तीन उपन्यास

क़ुर्रतुल एन हैदर

जन्म : 1927 में अलीगढ़ में। लखनऊ विश्वविद्यालय से अंग्रेज़ी में एम.ए.। पिता सज्जाद हैदर यल्दरम और माँ नज़र सज्जाद हैदर दोनों ही उर्दू के मशहूर लेखक। कई देशों का भ्रमण। अंग्रेज़ी पत्रिका 'इम्प्रिंट' और 'इलस्ट्रेटेड वीकली ऑफ इंडिया' में कई वर्षों तक कार्य किया। उर्दू की नई कहानी को शुरू करनेवालों में से एक सुश्री हैदर का पहला कहानी-संग्रह *सितारों से आगे* सन् 1947 में छपा। कहानी-संग्रह *पतझड़ की आवाज़* पर वर्ष 1967 का साहित्य अकादमी पुरस्कार। इसके अतिरिक्त अनुवाद के लिए सोवियत लैंड नेहरू पुरस्कार (1969), पद्‌मश्री (1984), ग़ालिब मोदी अवार्ड (1984), इक़बाल सम्मान (1987), ज्ञानपीठ पुरस्कार (1991) आदि से सम्मानित। 1994 में साहित्य अकादमी का 'फेलो' बनाया गया।

प्रकाशित कृतियाँ

उपन्यास : मेरे भी सनमखाने (1949), सफीन-ए-ग़म-ए-दिल (1953), आग का दरिया (1959), कार-ए-जहाँ दराज़ (1979), निशांत के सहयात्री (1979—'आखिर-ए-शब के हमसफ़र' का रूपांतर), गर्दिश-ए-रंग-ए-चमन (1987), चाँदनी बेगम (1990), तीन उपन्यास (1995)।

कहानी-संग्रह : सितारों से आगे (1947), शीशे के घर (1953), पतझड़ की आवाज़ (1966), रोशनी की रफ़्तार (1981), यह दाग़-दाग़ उजाला (1991)।

रिपोर्ताज : कोहे दमावन (ईरान), गुलगस्त (सोवियत संघ), सितंबर का चाँद (जापान और दक्षिण-पूर्व एशिया), जहान-ए-दीगर (अमरीका)।

आवरण-चित्र : वन्दना देवेन्द्र

जन्म : 3 मई, 1962, फीरोज़ाबाद (उ.प्र.)। **शिक्षा :** पोस्ट ग्रैजुएट (इतिहास)। **प्रकाशित कृतियाँ :** *समय का हिसाब* (कविता संग्रह), *ताओ-ते-छिङ* (अनूदित कविता संग्रह)। **सम्प्रति :** चित्रकार, स्वतंत्र लेखन।

क़ुर्रतुल ऐन हैदर

तीन उपन्यास

अगले जनम मोहे बिटिया न कीजो

दिलरुबा

एक लड़की की ज़िंदगी

राजकमल पेपरबैक्स

पुनरीक्षण : नरेश नदीम

पहला पुस्तकालय संस्करण
राजकमल प्रकाशन प्राइवेट लिमिटेड द्वारा
1995 में प्रकाशित

राजकमल पेपरबैक्स में
पहला संस्करण : 2011
पहली आवृत्ति : 2013

राजकमल पेपरबैक्स : उत्कृष्ट साहित्य के जनसुलभ संस्करण

राजकमल प्रकाशन प्रा. लि.
1-बी, नेताजी सुभाष मार्ग, दरियागंज
नई दिल्ली-110 002
द्वारा प्रकाशित

शाखाएँ : अशोक राजपथ, साइंस कॉलेज के सामने, पटना-800 006
पहली मंजिल, दरबारी बिल्डिंग, महात्मा गांधी मार्ग, इलाहाबाद-211 001
36 ए, शेक्सपियर सरणी, कोलकाता-700 017

वेबसाइट : www.rajkamalprakashan.com
ई-मेल : info@rajkamalprakashan.com

बी.के. ऑफसेट
नवीन शाहदरा, दिल्ली-110 032
द्वारा मुद्रित

मूल्य : ₹ 195

आवरण-चित्र : वन्दना देवेन्द्र

TEEN UPANYAS
Novel by Qurratul Ain Haider

ISBN : 978-81-267-2108-5

प्रकाशक की ओर से

आधुनिक उर्दू कथा-साहित्य में क़ुर्रतुल ऐन हैदर का व्यक्तित्व एक विशिष्ट स्थान रखता है। सआदत हसन मंटो, राजेंद्रसिंह बेदी, इस्मत चुग़ताई और कृश्नचंदर के बाद आनेवाली पीढ़ी में जो रचनाकार सर्वोच्च स्थान पाने के अधिकारी हैं उनमें क़ुर्रतुल ऐन हैदर का नाम भी आता है।

यह कहने की ज़रूरत नहीं कि क़ुर्रतुल ऐन हैदर को प्रसिद्धि उनके अमर उपन्यास *आग का दरिया* से मिली, और अब तो भारत ही नहीं, विश्व की अनेक भाषाओं में इस उपन्यास का अनुवाद हो चुका है। इस उपन्यास के हिंदी संस्करण के प्रकाशन के बाद हिंदी का साहित्य-प्रेमी वर्ग भी उनके रचनात्मक व्यक्तित्व से न केवल परिचित हुआ है बल्कि उसका क़ायल भी हुआ है। भारतीय इतिहास के विभिन्न कालखंडों को एक समय-प्रवाह के रूप में प्रस्तुत करनेवाला यह उपन्यास अपनी मिसाल आप है, इसमें शायद ही किसी शक-शुबहे की गुंजाइश हो। और यही कारण है कि जब उनके एक और उपन्यास *आख़िरे-शब के हमसफ़र* का हिंदी अनुवाद प्रकाशित हुआ तो हिंदी पाठक-वर्ग ने उसका उत्साह के साथ स्वागत किया।

लेकिन ये दोनों उपन्यास उनकी बड़ी कृतियाँ हैं जबकि प्रस्तुत संकलन में उनके तीन लघु-उपन्यास पहली बार हिंदी के पाठक-वर्ग के सामने आ रहे हैं। कहने के लिए ये लघु-उपन्यास हैं मगर ये लेखिका के रचनात्मक व्यक्तित्व को पाठक के सामने और भी निखार कर लाते हैं। इनमें उनके बड़े उपन्यासों जैसा ही विस्तृत कैनवस नज़र आता है, और भावनाओं की वही गहराई पाई जाती है जो बड़े उपन्यासों की विशेषता है। लेकिन जो चीज़ इनको एक अलग दर्जा प्रदान करती है वह है उनकी देखने में छोटे मगर गंभीर घाव करनेवाले तीरों जैसी प्रकृति। यही कारण है कि ये तीनों लघु-उपन्यास – *अगले जनम मोहे बिटिया न कीजो, दिलरुबा* और *एक लड़की की ज़िंदगी* – एक बिलकुल अलग ही तरह का प्रभाव मन पर छोड़ते हैं और लंबे समय तक पाठक को उद्वेलित किए रहते हैं। इस दृष्टि से देखें तो जहाँ ये लघु-उपन्यास क़ुर्रतुल ऐन हैदर के बड़े उपन्यासों की निरंतरता में आते हैं वहीं एक स्तर पर उनसे भिन्न भी दिखाई पड़ते हैं। कहने की ज़रूरत नहीं कि लेखिका के दूसरे उपन्यासों या उनके कहानी-संग्रह *रोशनी की रफ़्तार* की तरह ये लघु-उपन्यास भी उर्दू साहित्य की थाती बन चुके हैं। साहित्य अकादमी फ़ेलोशिप और इससे पहले अनेक पुरस्कारों के रूप में भारत के साहित्य जगत ने लेखिका के इस रचनात्मक योगदान को स्वीकार किया है।

राजकमल प्रकाशन क़ुर्रतुल ऐन हैदर के इन तीन लघु-उपन्यासों को एक संकलन के रूप में हिंदी पाठक-वर्ग के सामने लाने में गर्व का अनुभव करता है, और हमें विश्वास है कि हिंदी के साहित्य-प्रेमियों के बीच इस संकलन का स्वागत भी उसी प्रकार होगा जैसा *आग का दरिया* और दूसरी रचनाओं का हुआ है। दुख इस बात का है कि कुछ अपरिहार्य कारणों से उनके एक और लघु-उपन्यास *चाय का बाग़* को इस संकलन में शामिल नहीं किया जा सका है, शायद भविष्य में ऐसा करना संभव हो सके।

शीला संधू

अनुक्रम

अगले जनम मोहे बिटिया न कीजो

लिप्यंतरण :

सुरूर अहमद

लगाके काजल चले गोसाईं–भूरे क़व्वाल की फ़लकशिगाफ़[1] तान से चिराग़ की लौ भी थर्रा गई। अरे लगाके काजल चले गोसैयाँ–भूरे ख़ाँ के दस-साला साहबज़ादे शद्दू अपनी बारीक आवाज़ में नग़्मासरा हुए[2]। अहे लगाके काजल चले गोसैयाँ – चारों फ़ाक़ाज़दा साथी तालियाँ बजा-बजाकर दोहराने लगे। भूरे ख़ाँ हारमोनियम पर सर निहुड़ाए तेज़-तेज़ उँगलियाँ चलाया किए। फिर सर उठाकर रौशन आसमान को देखा जिस पर बारहवीं शब का चाँद जगमगा रहा था। आसमान सेहरा-ए-शाम[3] का वह स्याहपोश राहिब[4] है जो अपनी ख़ानक़ाह की मेहराब में क़ंदील जलाए रखता है लेकिन मुसाफ़िरों को रास्ता नहीं मिलता।

चले गोसाईं ··· चले ··· शबे-मेराज[5] का बयान और भूरे ख़ाँ का लासानी[6] फ़न। हंडेशाह का बारौनक़ उर्स। सामईन[7] थे कि मबहूत[8] बैठे थे। एक आदमी क़व्वाल पार्टी के सामने धरी तेल की डिबिया की लौ उकसाने में मुनहमक[9] हो गया क्योंकि दरगाह में टँगा हुआ गैस का हंडा अब मद्धम पड़ चुका था। इसी ज़ंगआलूद[10] पेट्रोमेक्स की वजह से वह बुज़ुर्ग हंडेशाह कहलाते थे। वह अपने मोतक़िदीन[11] के मानिंद एक मिस्कीन,[12] ग़ैर-मारूफ़[13] बुज़ुर्ग थे। जाने थे भी कि नहीं। यह सब जो हो रहा है, था या नहीं। या उसकी अस्ल और बुनियाद क्या है। हंडेशाह ग़ैर-मौजूद हैं तो मौजूद क्या है और जो कुछ है बस यही है तो ग़ैर-मौजूद क्या है। और जो है उसका जवाज़[14] भी कोई बतलाए। मज़ीद-बर-आँ[15] फ़नकारों,[16] अदीबों[17] की तरह औलिया भी इस लिहाज़ से बाज़े[18] ख़ुशनसीब होते हैं कि उनको दुनिया जानती है। बाज़ों को चंद अल्लाह के बंदे ही चिराग़ जलाने के लिए मयस्सर आते हैं। बाज़ों को वह भी नहीं।

पीर हंडेशाह के ग़रीबा मऊ उर्स में आनेवाले तेली, जुलाहे, कुँजड़े, क़साई, भड़भूजे, काश्तकार, खेतमज़दूर झोपड़ों में ज़िंदगियाँ गुज़ारकर कच्ची क़ब्रों में दफ़्न हुए। ख़ुदा के मक़बूल[19] बंदे यही हैं। जैसे वह बूढ़ी शरीफ़न ··· बेवा, लावारिस, मुफ़लिस, अनपढ़ जो दरगाह के पीछे चबूतरे पर नमाज़े-इशा पढ़ रही है–बिस्मिल्लाहिर्रहमानिर्रहीम। अल्लाहु-अकबर ··· पढ़ती हूँ कलमा अल्लाह मुहम्मद का ··· ला इलाहा इल्लिल्लाह मुहम्मद रसूल-अल्लाह ··· बिस्मिल्लाहिर्रहमानिर्रहीम ··· ला इलाहा इल्लिल्लाह मुहम्मद ··· रसूल-

---

1. आकाशभेदी; 2. गीत गाने लगे; 3. शाम रूपी रेगिस्तान; 4. काला वस्त्र पहननेवाला, पहुँचा हुआ फ़क़ीर; 5. वह रात जब इस्लामी परंपरा के अनुसार हज़रत मुहम्मद साहब चाँद पर गए थे; 6. अद्वितीय; 7. श्रोतागण; 8. स्तब्ध; 9. तल्लीन; 10. मुर्चाया हुआ; 11. श्रद्धालुगण; 12. दीन-हीन; 13. गुमनाम; 14. औचित्य; 15. इसके अलावा 16. कलाकारों; 17. साहित्यकारों; 18. कुछेक; 19. प्रिय।

अल्लाह ··· अल्लाहु-अकबर ··· अल्लाहु-अकबर ··· क़याम ··· रूकूअ ··· कोमा ··· सजदा ··· क़ाद रूकूअ ··· कोमा ··· सजदा ··· क़ाद ··· इस औरत ने जिसे नमाज पढ़ना नहीं आती, सारी उम्र जब भी कमरतोड़ मेहनत-मज़दूरी से मुहलत पाई, अपने रब को इसी तरह याद किया। उसकी इकलौती, जवान मासूम, मज़लूम[1] लड़की को ससुरालवालों ने गँड़ासे से मारकर हलाक कर दिया था और पुलिस को खिला-पिलाकर मज़े से दनदनाते हैं। शरीफ़न घर-घर जाकर चक्की पीसती है और चार आने रोज़ कमाती है। सबसे पहले जन्नत में वही जाएगी।

और यह गुमनाम बेबज़ाअत[2] देहाती क़व्वाल और ये उनके सामईन। ग़ैर-अहम, हक़ीर,[3] उसरतज़दा[4]। साबिरो-शाकिर[5]। और उर्स के मेले के ये दुकानदार। चुग्गी दाढ़ियोंवाले तहमदपोश, मैले दुपट्टों, चाँदी की बालियों और पैबंद लगे घुटनोंवाली जवान और बूढ़ी औरतें जो अपने सामने टाट बिछाए बैठी हैं और उन पर थोड़ी-सी खजूरें, मूँगफली की ज़रा-ज़रा-सी ढेरियाँ, रेवड़ी, बताशे, अंदर्से, गुड़ की भेलियाँ धरी हैं और एक-एक टीन की डिबिया टिमटिमा रही है। यक़ीन जानो और इमान ले आओ कि अह्ले-बहिश्त[6] यही लोग हैं।

एक सफ़ेदरीश[7] बड़े मियाँ "हर माल मिलेगा चार आने" की सदा[8] लगा रहे हैं। उनकी दुकान फ़ीतों में टँके बुंदे, क्लिप, हारों और नकली घड़ियों पर मुश्तमिल[9] है। मेलेवालियाँ हैं कि इस डिपार्टमेंट स्टोर पर टूटी पड़ रही हैं।

"यह किलिप क्या भाव दिया"–एक नौउम्र लड़की जार्जेट का पुराना हरा दुपट्टा सर से लपेटकर उकड़ूँ बैठ जाती है।

"हर माल मिलेगा चार आने बिटिया।"

लड़की दुपट्टे के कोने की गिरह खोलकर चवन्नी निकालती है। फिर एक हार को ललचाई नज़रों से देखती है। अंटी में फ़क़त चार आने बाक़ी हैं। अभी जमीलुन के लिए भी कुछ ख़रीदना है।

"अच्छा, एक किलिप और दे दो ··· वह लालवाला। हमारी छोटी बहन के लिए ··· " लड़की ने ज़र्द 'केले' की क़मीज़ और नीले साटन की शलवार पहन रखी थी। कलाइयों में हरी 'रेशमी' चूड़ियाँ।

"रश्के-क़मर ··· ओ रश्के-क़मर ···" भीड़ में से आवाज़ आती है।

"जा नू तुम्हारी महतारी गुहरावत हैं," एक औरत टहोका देकर उससे कहती है। वह दरगाह की तरफ़ भागती है जहाँ भूरे ख़ाँ का प्रोग्राम ख़त्म हो चुका है। अब "इमरती-जलेबी" और काँडे भाँड का नंबर है।

लड़की दौड़ती हुई चबूतरे की ओर आती है जहाँ एक यकचश्म[10] मसख़रा फुँदने की तुर्की टोपी और सुर्ख़ वास्केट और स्लीपिंग सूट का नीला धारीदार पायजामा पहने एक मुख़्तसर-सा हारमोनियम सँभाल चुका था। एक मदक़ूक़[11] औरत धुस्सड़ शाल में लिपटी

---

1. सताई हुई; 2. सामर्थ्यहीन; 3. तुच्छ; 4. कंगाल; 5. संतोषी और कृतज्ञ; 6. स्वर्ग के अधिकारी; 7. सफ़ेद दाढ़ीवाले; 8. आवाज़; 9. आधारित; 10. काना; 11. तपेदिक की शिकार।

ढोलक अपने आगे सरकाती है। एक कमसिन बच्ची क़रीब बैठी मजमे को ग़ौर से देख रही है। मदकूक़ औरत उसे एक थप्पड़ रसीद करती है। "अरी बदज़ात, इधर क्या बैठी है थुआ की थुआ। सामने आकर बैठ।"

"ख़ाला, हमें उठाओ तो," बच्ची नरमी से कहती है।

"सात फ़ाक़ों पर भी वज़न है कि बढ़ता चला जा रहा है मरने जोगी[1] का ···" मदकूक़ औरत बड़बड़ाती है। इतनी देर में नीली शलवार, हरे दुपट्टेवाली लड़की चबूतरे पर पहुँच जाती है।

"बजिया ···" बच्ची उसकी तरफ़ बाहें फैलाती है। बड़ी लड़की उसे गोद में उठाकर हारमोनियम के सामने बैठाल देती है। बच्ची अपनी खुश्क टहनी ऐसी टाँग को एहतियात[2] से अपने मुन्ने-से ग़रारे में छिपाने की कोशिश करती है। अब यकचश्म मसख़रा सर तिरछा करके हारमोनियम पर तेज़-तेज़ उँगलियाँ चलाता है। बड़ी लड़की कान पर हाथ रखकर तान लगाती है।

"चलो, चलो, इमरती-जलेबी गावत हैं।" मजमे में भिनभिनाहट।

बड़ी लड़की ने गाना शुरू कर दिया है। सफ़र है दुश्वार ··· सफ़र है दुश्वार ··· ख़्वाब कब तक ··· बहुत बड़ी मंज़िले-अदम[3] है।"

लँगड़ी बच्ची मिसरा-सानी[4] उठाती है। "नसीम जागो ··· नसीम जागो ··· कमर को बाँधो, उठाओ बिस्तर की रात कम है ···" सामईन सर हिला-हिलाकर झूम रहे हैं।

"जवानी-ओ-हुस्न, जाहो-दौलत, ये चंद अनफ़ास[5] के हैं झगड़े ···" अपाहिज बच्ची बड़ी मेहनत से बड़ी बहन का साथ देती है।

"अजल[6] है इस्तादा[7] दस्तबस्ता[8], नवेदे-रुख़सत[9] हर एक दम है ··· बसाने-दस्ते-सवाले साइल[10] तही[11] हूँ हर एक मुद्दुआ से ··· " बड़ी लड़की शीन-क़ाफ़ से दुरुस्त, निहायत सलीक़े से गा रही है।

" ··· नियाज़ है बेनियाजियों से, बग़ल में दिल सूरते-सनम[12] है।"

"हक़अल्लाह ···" एक काला भुजंग मलंग नारा लगाकर फ़र्श पर लोटने लगता है। "अल्लाहू-अल्लाह ··· अल्लाहू-अल्लाह ···"

"मआले-कारे-जहाने-फ़ानी[13] कभी नहीं एक क़ायदे पे ··· जो चार दिन है वफ़ूरे-राहत[14] तो बाद उसके ग़मो-अलम[15] है ···"

गाँव के चौधरी हामिद अली के चचाज़ाद भाई जो मुक़द्दमेबाज़ी में लुट-पुट चुके हैं, ज़ोर-ज़ोर से फ़र्श पर हाथ मारते और रोते हैं और चिल्ला-चिल्लाके दुहराते हैं—"जो चार दिन हैं ··· जो चार दिन हैं ··· वाह रे अल्लाह ··· वाह ··· वाह रे मौला, वाह ··· देख ली तेरी क़ुदरत ··· देख ली ···।"

"ज़बान रोको, बहक रहे हो, सुरूरे-दोशीना[16] जोश पर है ···" बड़ी लड़की उनको

---

1. योग्य; 2. सावधानी; 3. परलोक; 4. दूसरी पंक्ति; 5. साँसें; 6. मृत्यु; 7. खड़ी हुई; 8. हाथ जोड़े; 9. विदाई का निमंत्रण; 10. भिखारी के उठे हुए हाथ की तरह; 11. खाली; 12. प्रियतम की तरह; 13. नश्वर जगत के व्यापार का परिणाम; 14. सुख की अधिकता; 15. दुख; 16. पिछली रात का नशा।

मुख़ातिब करके गाती है ··· अब चंद लोगों को हाल आ रहा है ··· जोश-ख़रोश बढ़ता जाता है ··· माजूर[1] बच्ची को यकचश्म मसख़रे ने अपने काँधे पर बिठा लिया है। वह अपने मुन्ने-मुन्ने हाथों से ताल देकर बहन की हमनवाई[2] में मसरूफ़ है ··· "ज़बान रोको, बहक रहे हो ··· सुरूरे-दोशीना जोश पर है ···"

ये मिसरा बजुज़-मुसीबत[3] पसंद हमको कमाल[4] आया ··· नसीम जागो ··· कमर को बाँधो ··· उठाओ बिस्तर ··· कि रात कम है ···"

गुरबतज़दा[5] सामईन इकन्नियाँ-दुअन्नियाँ मदकूक़ औरत की तरफ़ फेंकते हैं जो वह अपना दुपट्टा फैलाकर उसमें समेटती जा रही है।

"खिसके डबल ··· खिसके डबल ··· खिसके डबल ···" बड़ी लड़की रश्के-क़मर उर्फ़ क़मरून उर्फ इमरती ठुमकी लगाती गाँव के सफ़ेदपोशों की तरफ़ जाती है जो उसे चवन्नी-अठन्नी देते हैं। सब मिलाकर साढ़े नौ रुपये बने। रश्के-क़मर मायूसी से पैसों पर नज़र डालकर उनको दुपट्टे की गिरह में बाँध लेती है।

मज़मा छटने लगता है। क़मरून का कुनबा[6] अपना साज़ो-सामान समेटकर चबूतरे से उतरता है। वो दरगाह के अहाते से निकलकर नानबाई[7] की दुकान की तरफ़ जाते हैं जहाँ उनका ज़ादे-राह[8] एक कोने में रखा है। नानबाई भी अपनी दुकान बढ़ाने में मशगूल है। क़मरून टीन का छोटा-सा बक्सा खोलकर बड़ी एहतियात से अपने दोनों क्लिप उसमें रखती है। उसकी आँखों से टप-टप आँसू गिर रहे हैं।

"टसुए क्यों बहाती है कमनसीब," मदकूक़ औरत बुर्क़ा सर पर डालते हुए उसे झिड़कती है। "जमीलुन को उठा।"

"खाना तो खा लो", नानबाई अलमोनियम के कटोरे में थोड़ा-थोड़ा शोरबा और चार नान[9] उनको देता है। वह ज़मीन पर उकड़ूँ बैठके सर जोड़कर रात का खाना खाते हैं ··· नानबाई उनसे पैसे नहीं लेता। अब यकचश्म भाँड रेलवे कुली की फुर्ती से ट्रंक और दरी में लिपटा बिस्तर अपने सर पर धरता है। हारमोनियम कमर से लटकाता है। औरत ढोलकी सँभालती है। क़मरून गोद में जमीलुन को उठा लेती है। तीनों सर झुकाए इक्कों के अड्डे की ओर चल पड़ते हैं। मेले के बाज़ार में से गुज़रते हुए नन्ही जमीलुन सर मोड़-मोड़कर ललचाई नज़रों से चूड़ियों की दुकान को देखती है। काँडा भाँड चलते-चलते एक लंबा साँस लेकर दरगाह को मुख़ातिब[10] करता है, "वाह पीर हंडेशाह ··· बड़ी आस-मुराद लेकर आपके दरबार में आए थे ··· मिला क्या ··· नौ रुपये सवा छः आने ···"

---

1. अपंग; 2. आवाज़ में आवाज़ मिलाना; 3. मुसीबत को छोड़कर; 4. बहुत अधिक 5. दरिद्र; 6. परिवार; 7. रोटी बेचनेवाला; 8. सफ़र का सामान; 9. रोटियाँ; 10. संबोधित।

2

फ़ुरक़ान मंज़िल के ज़नानख़ाने में डिप्टी साहब आरामकुर्सी पर बैठे, आगे को झुके, एक अबरू[1] उठाकर सर पर ख़िज़ाब लगा रहे थे। डिप्टियाइन आईना लिए सामने खड़ी थीं। डिप्टीसाहब गुनगुनाते जा रहे थे और महवे-आराइशे-जमाल[2] थे। दफ़अतन[3] उन्होंने कहा, "बीबी, हम रश्के-क़मर से मुताअ[4] कर लें ?" डिप्टियाइन ने आईना स्टूल पर रखा और वस्ली की बैठी एड़ियोंवाली जूतियाँ घसीटती चुपचाप अपने कमरे की तरफ़ चली गईं। अंदर जाकर मसहरी पर बैठ गईं। कुछ देर बाद दालान में झाँका। शौहर ऐनक का केस और सरफ़राज़ अख़बार सँभाले, सर झुकाए मरदाने की सिम्त[5] जा रहे थे।

डिप्टियाइन ने चबूतरे पर निकलकर आवाज़ दी, "छेदू की बीबी, ज़रा क़मरून की ख़ाला को तो भेजना।"

छेदू की बीबी चबूतरे के नीचे से बाहर आईं और ड्योढ़ी की तरफ़ चलीं।

यह फुरक़ान मंजिल डिप्टीसाहब के परदादा ने बनवाई थी जो सुना है, कंधार के गवर्नर थे। डिप्टीसाहब के मुख़ालिफ़ीन[6] का क़ौल था कि वाजिद अली शाह के अस्तबल में साईस थे। अब वल्लाह इल्म[7] डिप्टियाइन पेट भर के कंजूस थीं। चबूतरे के नीचे का तहख़ाना दो-दो रुपये महीने किराये पर उठा रखा था। किरायेदार औरतें फ़ुरक़ान मंज़िल में मुफ़्त कामकाज करतीं। उनके लड़के-बाले सौदा-सुलफ़ लाते। मर्द फ़ाजिर[8] के वक़्त बाहर निकल जाते, ठेले चलाते, पतंगें बनाते या यूँ ही अवाई-तवाई फिरते। फाटक के बाहर भी चार कोठरियाँ किराये पर चढ़ी हुई थीं। उनमें से एक में रश्के-क़मर का कुनबा रहता था। काँडे ख़ालू, सिड़न ख़ाला, लँगड़ी बहन। हमाख़ाना आफ़ताब[9] ··· अल्लाह तौबा ··· अल्लाह तौबा !

छेदू की बीबी ड्योढ़ी से निकलकर गली में पहुँचीं। कोठरी के बाहर ख़ालू किस्बत[10] खोले बैठे थे। एक गाहक उनसे अपना सर घुटवा रहा था। अंदर धुआँधार कोठरियों में क़मरून की ख़ाला हुरमुज़ी बेगम चूल्हा धौंक रही थीं। नौजवान जमीलुन एक झिंलगे पर पड़ी छत की स्याह कड़ियाँ गिन रही थी। एक खूँटी पर ढोलकी टँगी थी। छेदू की बीबी ने टाट का पर्दा उठाकर हाँक लगाई, "ए क़मरून की ख़ाला ! तुमको डिप्टियाइन याद फ़रमाती हैं।"

"आ गया मलकुन-मौत[11] का बुलावा," हुरमुज़ी बेगम ने फुँकनी पटख़कर कहा। चंद मिनट बाद बकती-झकती बड़बड़ाती अंदर पहुँचीं। डिप्टियाइन चबूतरे पर उनकी मुंतज़िर[12] थीं। जाकर मुतार-सी[13] खड़ी हो गईं।

"आओ बैठो," डिप्टियाइन ने फ़र्श की तरफ़ इशारा किया। वह बैठ गईं।

---

1. भौं; 2. सजने-धजने में व्यस्त; 3. एकाएक; 4. सीमित अवधि का निकाह; 5. तरफ; 6. विरोधीगण; 7. अल्लाह जाने; 8. भोर; 9. पूरा घर सूरज ही सूरज; 10. हज्जाम की पेटी; 11. यमराज; 12. प्रतीक्षारत; 13. लट्ठ की तरह।

"क़मरून की ख़ाला, हमने तुमको गिरहस्तन समझकर किरायेदार रखा।"

"तो क्या हम गिरहस्तन नहीं हैं ?" ख़ाला ने चमककर कहा।

"तुम्हारी लँगड़ी भांजी पर रहम खाया।"

"शुक्रिया, इनायत।"

बहुत ही बद औरत थी।

"तुमने हमसे कहा तुम्हारा ख़ाविंद हज्जाम है।"

"तो क्या गिरासकट है ?"

"हमसे लोगों ने आ-आकर कहा, आपने किन उल्फ़तों को घर में घुसा लिया। गली-गली गाते-बजाते, माँगते-खाते फिरते हैं।"

"आपसे तो माँगकर नहीं खाते।"

डिप्टियाइन तिलमिलाकर रह गईं। मगर ख़ाला सिड़िन मशहूर थीं। अंदाज़े-गुफ़्तगू[1] ही यही था।

"ज़बान सँभालकर बात करो। इतने जूते लगाऊँगी कि होश ठिकाने आ जाएँगे ··· ठीक कहते हैं कहनेवाले कि हुसैनाबाद की ख़ानगियों[2] का टब्बर है। हमने यक़ीन न किया। हुज़ूर[3] की हदीस-शरीफ़ में आया है कि जब तक खुद न देखो, किसी पर शक न करो। लेकिन अब हमने खुद रश्के-क़मर को बुर्क़ा ओढ़कर रात-बिरात बाहर जाते देखा है। अब तुम यहाँ रहने जोगी नहीं क़मरून की ख़ाला ··· "

अम्माँ और क़मरून की ख़ाला के झगड़े की आवाज़ सुनकर फ़रहाद मियाँ ऊपर से उतरे। आज यूनिवर्सिटी नहीं गए थे, देर से सोकर उठे थे। ज़ीना तय करके आँखें मलते चबूतरे पर आए। जमाई लेकर दरियाफ़्त किया, "अम्मीजान ! क्या फिर रश्के-क़मर का कोई मुक़द्दमा पेश है ?"

"अरे हमने कितनी भलाई की इन बेघरों, नाशुक्रों के साथ। रश्के-क़मर को स्कूल में डाला, तमीज़-सलीक़ा सिखलाया ···," डिप्टियाइन ने फ़रियाद की।

"अम्मीजान ! आप अब ख़ामोश रहिए। हम आज सारा तिया-पाँचा किए देते हैं। क़मरून की ख़ाला ! आप तशरीफ़ ले जाइए अपनी महलसरा ···"

"अरे ताने न दो भैया ··· खुदा के ग़ज़ब से डरो," ख़ाला ने कमर पर हाथ रखकर फ़र्श से उठते हुए कहा और चबूतरे से उतरकर बाहर सटक लीं।

फ़ुरक़ान मंज़िल के शाहपुर आग़ा सफ़दर हुसैन ख़ान कंधारी मुतअल्लिम[4] एम.ए. (फ़ारसी) के कान में अपने क़िब्ला-ओ-क़ाबा की रश्के-क़मर में अफ़लातूनी दिलचस्पी की भनक पड़ चुकी थी। गुस्से और शर्म से भिन्नाए हुए चबूतरे की सीढ़ियाँ उतरे। रश्के-क़मर उर्फ़ क़मरून सेहन के एक गोशे[5] में हैंडपंप के थड़े पर उकड़ूँ बैठी मुँह धो रही थी। रेशमी मलमल का पिस्तई दुपट्टा नज़दीक गुले-मख़मल के पौधों पर सूख

1. बात करने का ढंग; 2. किसी की रखैल बननेवाली वेश्याओं; 3. पैगम्बर मुहम्मद साहब; 4. छात्र; 5. कोने।

रहा था। थड़े की मुँडेर पर गेसूदराज़ हेयर आयल की बोतल और साबुनदानी में लक्स सोप रखा था। यह ठाट-बाट कहाँ से होते हैं ! रश्के-क़मर ने मुँह पर छपका मारकर सर उठाया; उसकी सूरत देखते ही फ़रहाद मियाँ का सारा गुस्सा हवा हो गया।

"रश्के-क़मर ··· मुँह-हाथ धो लो तो ज़रा हमारे कमरे में आना।"

"डिप्टियाइन वह सामने ही बैठी हैं," रश्के-क़मर ने हँसकर जवाब दिया।

फ़रहादसाहब झेंपकर गुलाबी हो गए। वाक़ई ख़ानगियों की औलाद है। बेहया! आवारा! उन्होंने निहायत संजीदगी से कहा, "रश्के, हम तुम्हारी भलाई चाहते हैं। यहाँ रोज़ तुम्हारी वजह से कोई न कोई शिगूफ़ा खिल रहा है। ऊपर आओ। बैठकर सोचेंगे, तुम्हारे लिए क्या बंदोबस्त किया जाए।"

"बहुत अच्छा मियाँ ! अभी आते हैं। आप जाइए," लड़की ने भी उसी मतानत[1] से जवाब दिया।

थोड़ी देर बाद वह लुक-छिपकर मरदाने ज़ीने से होती, दूसरी मंज़िल पर आग़ा फ़रहाद की अमलदारी में पहुँच गई। वह एक दरवाज़े के पास कुर्सी पर बैठे दीवाने-फ़ानी[2] की वरक़गरदानी कर रहे थे।[3] दरवाज़ा जिसके निचले हिस्से पर सलाखें लगी थीं, गली पर खुलता था। बड़ी सुहानी हवा आ रही थी।

"जी, फ़रमाइए," रश्के-क़मर ने कमरे में आकर बेबाकी से कहा।

"क़मरून !" फ़रहादसाहब ने किताब कश्मीरी तिपाई पर रखकर बात शुरू की। "हम दो साल से तुम्हें देख रहे हैं। तुम्हें यहाँ आए हुए दो साल हो गए ना ? पहले कोई शिकायत तुम्हारे ख़िलाफ़ सुनने में नहीं आई। जब तक स्कूल जाती रहीं, कश्मीरी मुहल्ले में अमन क़ायम था। भला तुमने स्कूल क्यों छोड़ दिया ?"

"वहाँ के ऊपर चंद साहबज़ादियों ने एतराज़ किया था। हमने कहा, जाओ जहन्नुम में। हम कौन-सा तुम्हारे साथ बैठकर पढ़ना चाहते हैं।"

"रश्के-क़मर, बैठ जाओ।"

वह क़ालीन पर बैठने लगी।

"नहीं-नहीं, यहाँ।"

वह सोफ़े पर बैठ गई।

"आज हमें पूरा क़िस्सा बता दो। यह तुम लोगों ने क्या मिस्ट्री बना रखी है !"

"मिस्ट्री क्या ··· ?"

"राज़ ··· "

"हमारे क्या राज़ होंगे साहब, राज़ तो बड़े आदमियों के होते हैं। हम बहुत छोटे, कमीन लोग हैं।"

"लाहौल-विला-कुवत। लेकिन अम्मीजान से मुहल्लेवालियाँ तरह-तरह की बातें जड़ रही हैं।"

"सब सच कहती हैं।"

---

1. विनम्रता; 2. 'फ़ानी' बदायूनी का काव्यसंग्रह; 3. पन्ने पलट रहे थे।

"हैं ?"

"जी हाँ। हममें यही तो ख़ूबी है कि हम झूठ नहीं बोलते।"

"तुम लोग जब यहाँ आए तो कहा था कि गाँव में कारोबार मंदा था, इसलिए शहर वापस आ गए।"

"वह भी सच कहा था। हम लोग गाँव-गाँव घूमते थे। ख़ाला ने कहा, जूतियाँ चटख़ाते-चटख़ाते थक गए। अब शहर वापस चलो। यहाँ किसी ने बतलाया, आपके शागिर्दपेशे[1] में किराये के लिए कोठरी ख़ाली है। यहाँ आ गए। गाना-बजाना अलबत्ता छोड़ दिया; यहाँ उसकी गुंजाइश नहीं। घर-घर रेडियो बज रहा है। ख़ालू अपना पुराना काम करने लगे नाई का। सारे मुहल्ले की हजामत बनाते हैं। इसमें कौन लंबे-चौड़े राज़ की बात है।"

"अब तुम्हारा क्या इरादा है रश्के-क़मर ··· शादी नहीं करोगी ?"

"शादी ··· ?"

"क्यों ··· तुमको ताज्जुब क्यों हुआ ? क़ायदा है, जब लड़कियाँ बड़ी हो जाती हैं, उनका ब्याह कर दिया जाता है।"

"बड़ी-बड़ी ख़ानदानी लड़कियाँ आजकल माँ-बाप के यहाँ बैठी सूख रही हैं। हम जैसों से ब्याह कोई अक़्ल का अंधा ही करेगा। मियाँ, आप भी क्या भोली बातें करते हैं ··· लाइए हमें दिखाइए आप क्या पढ़ रहे थे।" उसने किताब तिपाई से उठा ली। उसके वरक़[2] पलटे। एक ग़ज़ल गुनगुनाने लगी।

"ज़रा ज़ोर से ··· "

"दरवाज़ा भेड़ दीजिए। नीचे सब आवाज़ जाती है।"

फ़रहाद ने उठकर सेहन की तरफ़ खुलनेवाले दरवाज़े भेड़ दिए।

रश्के-क़मर ने ज़रा नीचे सुरों में तरन्नुम से पढ़ना शुरू किया। फ़रहाद मियाँ महसूरो-मबहूत[3] सुना किए। फिर यकलख़्त[4] कुर्सी से उठकर कहा, "रश्के ··· मिलाओ हाथ। तुम्हारा कैरियर समझ में आ गया। हम तुम्हें शायरा बनाएँगे।"

3

आल इंडिया मुशायरा क़ैसरबाग़ की बारादरी से रिले किया जा रहा है। मुहतरमा सूफ़िया नसीम सबीहाबादी मुशायरे की सदारत[5] फ़रमा रही हैं। "अभी आपने मुहतरमा नाज़नीन बरेलवी से उनका कलाम सुना। अब लखनऊ की होनहार शायरा मिस रश्के-क़मर से

---

1. नौकरों के क्वार्टर; 2. पन्ने; 3. खोए हुए और स्तब्ध; 4. अचानक; 5. अध्यक्षता।

उनकी ताज़ा ग़ज़ल सुनिए। आइए, बहन रश्के-क़मर ··· "

मुशायरे के इख़्तताम[1] पर रश्के-क़मर ने अपना लेडी हैमिल्टन का काला बुर्क़ा ओढ़ा और पिछले दरवाज़े से निकलकर गैलरी में पहुँची जहाँ आग़ा फ़रहाद काली शेरवानी, सफ़ेद पायजामे में मलबूस अपनी बयाज़[2] हाथ में लिए रेडियो स्टेशन के एक नौजवान अफ़सर सैयदसाहब के साथ मौजूद थे। सैयदसाहब ने हेड-फ़ोन उतारा। उनके आदमियों ने अपना अंगड़-खंगड़ समेटना शुरू किया।

"रश्केसाहिबा, आपके तरन्नुम ने मुशायरा लूट लिया।" सैयदसाहब ने मुस्कुराकर कहा। रश्के-क़मर ने नक़ाब उलटकर तसलीम अर्ज़ की।

"अब चुपके से निकल चलो। वर्मासाहब ने तुम्हारे लिए एक और प्रोग्राम बनाया है," आग़ा फ़रहाद ने उठते हुए कहा। "वह प्रोग्राम कल बताएँगे। अच्छा भई सैयद, कल तुमसे वर्मा के यहाँ मुलाक़ात होगी।"

आग़ा फ़रहाद के साथ बाहर आकर रश्के-क़मर ताँगे पर सवार हुई।

"तुमसे किसी ने सवालात तो नहीं किए ··· ग़ैर-ज़रूरी," फ़रहाद ने दरियाफ़्त किया।

"सवालात हमेशा ग़ैर-ज़रूरी होते हैं ··· " रश्के-क़मर ने कहा। "लेकिन अब कौन सा प्रोग्राम सोच रहे हैं ?"

"यह भी ग़ैर-ज़रूरी सवाल है। ख़ामोश रहो और देखती जाओ। हम तुम्हारा कैरियर बना रहे हैं।"

ताँगा पाटे नाले के एक मकान पर जाकर रुका। उसके दरवाज़े पर भी टाट का पर्दा पड़ा था। लेकिन यह मकान फ़ुरक़ान मंज़िल की उस कोठरी से हज़ार दर्जा बेहतर था। ड्योढ़ी के अंदर छोटा-सा आँगन। खपरैल का बरामदा। अंदर दो कमरे। ड्योढ़ी के पास बैतुलख़ला[3]। दूसरी तरफ़ बावर्चीख़ाना। अमरूद के दरख़्त के नीचे पानी का नल। रश्के-क़मर को मुशायरों से आमदनी हो रही थी। रेडियो पर गाने के प्रोग्राम मिल रहे थे। छः-सात महीने में कायापलट हो गई। ख़ालू[4] अब किसी बढ़िया हेयर-कटिंग सैलून में मुलाज़मत करना चाहते थे। मगर हुरमुज़ी ख़ाला ने मना कर दिया कि लोग कहेंगे, मिस रश्के-क़मर के ख़ालू नाई हैं। उनको फ़रहादसाहब ने एक दुकान में जिल्दसाज़ी के काम पर लगवा दिया था।

दूसरे रोज़ शाम के पाँच बजे क़मरून और जमीलुन बुर्क़े ओढ़कर नज़रबाग़, फ़रहादसाहब के बताए हुए पते पर पहुँचीं। बालाई[5] मंज़िल की बालकनी में मियाँ फ़रहाद इंतज़ारे-साग़र खींच रहे थे।[6] इशारे से ऊपर बुलाया। जमीलुन के लिए नई बैसाखी आ गई थी, मगर उसे ज़ीना चढ़ने में दिक़्क़त होती थी। फ़रहाद ख़ुद दौड़े हुए नीचे गए। उस बेचारी को सहारा देकर दूसरी मंज़िल पर लाए। गैलरी में एक दरवाज़े पर बोर्ड लगा था—नरेंद्रकुमार वर्मा, जर्नलिस्ट (गोल्ड मेडलिस्ट), राइटर एंड आर्ट एडवाइज़र।

अंदर से कमरा मुँह से बोल रहा था कि एक नख़ालिस[7] इंटेलेक्चुअल की बैठक हूँ।

---

1. समापन; 2. शेर लिखने की कापी; 3. शौचालय; 4. मौसा; 5. ऊपरी; 6. शराब आने की प्रतीक्षा कर रहे थे; 7. शुद्ध।

दीवारों पर चुग़ताई के प्रिंट। एक तरफ़ ग़ालिब, दूसरी तरफ़ टैगोर। कोने में फ़्लोर लैंप। बुक-शेल्फ़ में अंग्रेज़ी-उर्दू किताबें। नीची तवील[1] मेज़ पर उर्दू के तरक़्क़ीपसंद जरीदे[2] और चंद ताज़ा पाकिस्तानी रिसाले,[3] फ़र्श पर रंगीन चटाई। किश्ती में स्टूडियो पाटरी का टी-सेट, साहबे-ख़ाना[4] फ़र्श पर बैठे, रेडियो स्टेशनवाले दोस्त से मसरूफ़े-गुफ़्तगू[5] थे। एक दीवान पर एक नाज़ुक-अंदाम[6], गोरी-सी सत्रह-अठारह-साला लड़की मामूली फ़ाल्सई सारी पहने सहमी बैठी थी। नौवारद[7] लड़कियों को देखते ही घबराकर उठ खड़ी हुई और हाथ जोड़कर नमस्ते किया। साहिबे-ख़ाना फ़ौरन खड़े हो गए। क़मरून-जमीलुन को बड़े तपाक से तसलीमात अर्ज़ की और टोकरीनुमा निहायत आर्टिस्टिक कुर्सियों पर बिठाया। वर्मासाहब आग़ा फ़रहाद से उम्र में चंद साल बड़े थे। मोटे स्याह फ़्रेम की ऐनक, सर पर झव्वा भर बाल, खादी सिल्क का बादामी कुर्ता, नेहरू जैकेट, चूड़ीदार पायजामा, चेहरे से नेकदिली और खुशख़ल्क़ी[8] हुवैदा[9] थी। देखने-सुनने में भी बुरे नहीं थे।

बैचलर एपार्टमेंट था। मुलाज़िम छोकरे को आवाज़ दी। वह नहीं आया तो झल्लाकर चायदानी उठाई और किचन की तरफ़ भागे।

"आपने अब तक बताया ही नहीं कि साहबे-ख़ाना कौन हैं," रश्के-क़मर ने चुपके से पूछा। रेडियोवाले दोस्त दीवान पर बैठे छरेरी बदनवाली लड़की से बात कर रहे थे।

"ये ···," आग़ा फ़रहाद ने जवाब दिया। "अरे, लाजवाब आदमी है। रईसज़ादे हैं। माँ-बाप नरही पर रहते हैं। उन्होंने यह फ़्लैट ले रखा है आर्ट और कल्चर की ख़िदमत के वास्ते। हमने तुम्हारे बारे में उन्हें बताया। उन्होंने फ़ौरन एक स्कीम बना डाली। अभी देखो, आकर बताएँगे।"

वर्मासाहब चायदानी उठाए मुस्कुराते हुए वापस आए। अब आग़ा फ़रहाद ने सरगोशी में उनसे पूछा,"यार, यह लड़की कौन है ?"

"यह ··· ?"

"पहाड़न है ··· "

"यह सुतवाँ नाक, कँवल[10] नयन, पतली कमर ··· आपको पहाड़न नज़र आती है ?"

"सुना है कि उनके कमर ही नहीं है। खुदा जाने नाड़ा कहा बाँधते हैं ···" फ़रहादसाहब इक्के-ताँगेवालों की तरह गुनगुनाए।

"लाहौल-विला-कुवत ····" वर्मासाहब ने झुँझलाकर कहा और गोरी लड़की से मुख़ातिब हुए। "मोती, इधर आकर बैठो ··· लो ··· चाय बनाना सीखो ··· भई रश्के-क़मर साहिबा ! ज़रा अब आप इनकी तरबियत[11] कीजिए।"

लड़की दीवान से उतरकर चारपाई पर आ बैठी और घबराई हुई-सी सबके चेहरे तकती रही।

"लो ··· चाय बनाओ सबके लिए," वर्मासाहब ने ट्रे उसके सामने सरकाई।

"चौके में बैठना छोड़ मेरी सरवन ··· छुरी-काँटे से खाना सीख ··· लहँगा पहनना

1. लंबी; 2. पत्रिकाएँ; 3. पत्रिकाएँ; 4. गृहस्वामी; 5. बातचीत में रत; 6. धीमी चालवाली; 7. आगंतुक; 8. शिष्टता; 9. प्रकट; 10. कमल; 11. प्रशिक्षण।

छोड़ मेरी सरवन ··· साया पहनना सीख ··· पीढ़ी पर बैठना छोड़ मेरी सरवन ··· अरे धौले कुएँ पे तंबूरे ताने मेखें वीं गड़वाए ··· मेखें वीं गड़वाए ···'सैयदसाहब ने जो दिल्लीवाले थे, अलापना शुरू किया।

"यह क्या है ? कहाँ का लोकगीत है," वर्मा ने दिलचस्पी से पूछा।

"एक दिहातन पर दिल्ली का अंग्रेज़ रेज़ीडेंट आशिक़ हो गया था। उसके मुतल्लिक़ उस ज़माने में हमारी तरफ़ यह गीत गाया जाता था ···"

"फिर क्या हुआ ··· ?"

"वह अंग्रेज़ क़त्ल हुआ ···"

"विलियम फ्रेज़र ··· ?" आग़ा फ़रहाद ने दरियाफ़्त किया।

"हमारी मोती पे फ़िरंगी आशिक़ हो गया तो हम भी उसे क़त्ल कर देंगे," वर्मासाहब ने ऐलान किया।

"साहब, यह क़त्ल-ख़ून की बातें न कीजिए। बदशगुनी है," रश्के-क़मर बोलीं।

"भाई सुनो," वर्मासाहब ने सैंडविचेज़ सर्व करते हुए फ़रमाया। "पिछले हफ़्ते हम गए थे अलीगंज के मेले। वालिदा[1] को लेकर। वह बेचारी हनुमानजी के मंदिर जा-जाकर हमारे लिए मन्नतें मानती हैं कि हम राहे-रास्त[2] पर आ जाएँ यानी अपना घर बसाएँ। अब खुदा की कुदरत देखिए कि वालिदा तो गईं मंदिर के अंदर, हम ज़रा कैमरा लेकर निकले बराए-मटरगश्त[3] तो आप नज़र आईं। एक पेड़ के नीचे खड़ी कजरी गा रही थीं। पूरी टोली साथ थी। क़यामत की आवाज़ है। बस रश्के-क़मर साहिबा, आपके तोड़ पर हैं। हमने आपको रेडियो पर कई दफ़ा सुना है।"

"तो आप उनको पटाकर यहाँ ले आए," रश्के-क़मर ने बेतकल्लुफ़ी से हँसकर कहा।

"बड़ी मुश्किल से ··· ख़ासुल-ख़ास ज़िला फ़ैज़ाबाद की पात्र हैं।"

"और वालिदा को मालूम हो गया तो ··· ?" आग़ा फ़रहाद ने पूछा।

"अभी तो उन्हें कुछ इल्म नहीं है। हम क्या करें ! बजरंगबली की मर्ज़ी यही थी। अच्छा भई, सुनो हमारी स्कीम। हम एक स्विंग बर्ड्स क्लब क़ायम करते हैं। आप तीनों बहैसियत लोकगीत एक्सपर्ट उसकी स्टार्स। शहर में प्रोग्राम करेंगे, टूर पर जाएँगे। स्विंग बर्ड्स क्लब उड़ जाएगा। हम आर्गेनाइज़र आदमी हैं। बला के एफ़िशिएंट ··· कल हम आर्ट स्कूल से इसके लेटरहेड का नमूना भी बनवा लाए। देखिए ··· " उन्होंने कॉफ़ी टेबिल के निचले ख़ाने से एक काग़ज़ निकाला जिसकी पेशानी पर लिखा था– "स्विंग बर्ड्स क्लब, मैनेजिंग डाइरेक्टर एन.के. वर्मा।" गोशे[4] में आम का दरख़्त। उस पर चिड़ियाँ, नीचे एक लड़की बैठी तंबूरा बजा रही थी। सबने बारी-बारी उस काग़ज़ का मुलाहिज़ा किया।

"जब चिड़ियाँ हैं तो लड़की की क्या ज़रूरत है ···," आग़ा फ़रहाद ने एतराज़ किया।

"भाई आग़ासाहब, ये बारीकियाँ तुम्हारी समझ में नहीं आएँगी। तुम जाके हींग बेचो। और सुनिएगा, इनका नाम था मोती। हमने रखा है सदफ़-आरा बेगम। मोती," वर्मासाहब

1. माता; 2. सही राह, सन्मार्ग; 3. टहलने के लिए; 4. कोने।

ने लड़की को पालतू बिल्ली की तरह मुख़ातिब किया। "मोती ··· कहो सदफ़।"

"सदफ।" लड़की ने दुहराया।

"अरे भाई सदफ़ ··· फ़े से।"

"सदफ ··· फे से ··· "

"अस्तग़फ़िरुल्लाह।[1] कहो, सदफ़-आरा बेग़म।"

"सदफ-आरा बेगम।"

वर्मासाहब ने एक तवील साँस ली। "ख़ैर, अल्लाह मालिक है। कल से उनका शीन-क़ाफ़ दुरुस्त करने की intensive ट्रेनिंग शुरू, डेढ़ महीने बाद स्विंग बर्ड्स क्लब का पहला प्रोग्राम रेडियो पर भी शिड्यूल कर लिया गया ··· क्यों मियाँ ?" उन्होंने सैयदसाहब से दरियाफ़्त किया।

"क़त्तई।" उन्होंने पाइप सुलगाते हुए जवाब दिया।

अब वर्मासाहब जमीलुन की तरफ़ मुतवज्जह[2] हुए जो उस दौरान में चुपकी बैठी ग़ौर से सबकी गुफ़्तगू सुन रही थी। वर्मासाहब ने उसे बड़े ध्यान से देखा। फिर दफ़अतन चुटकी बजाकर बोले, "कुमारी जलबाला लहरी ···"

"कौन ··· ? हम ··· ? हमारा नाम जमीलुन्निसा बेगम है।" जमीलुन ने बिगड़कर कहा।

"कुमारी जलबाला लहरी," वर्मासाहब ने क़त्तइयत[3] के साथ दुहराया। "शक्ल में बिलकुल बंगाली मलाहत[4]। आप बंगाल से कल आई हैं ··· जलबाला लहरी ···"

"यह जला-बला कौन बला है ? और बंगाल से आए हमारी बला। हम हुसैनाबाद में पैदा हुए थे। अब पाटे नाले पर रहते हैं।"

"अरे भाई ··· हम तुम्हारा कैरियर बना रहे हैं।"

"कैरियर न सैरियर ··· वह क्या होता है ?"

"तुम्हारा मुस्तक़बिल।"

"अरे हमारा कैरियर अल्लाह मियाँ न बना पाए, आप क्या बनाएँगे !" जमीलुन ने खुश्की से जवाब दिया।

"नऊज़बिल्लाह[5] ··· क्या कुफ़्र बकती हो !" वर्मासाहब ने बुरा मानकर कहा।

"जलबाला लहरी।" आग़ा फ़रहाद ने तौसीफ़न[6] दुहराया। "ख़ूब नाम सोचा।"

"लहरी क्यों ··· ? इसलिए कि हम लहरा के चलते हैं ?" जमीलुन ने सवाल किया।

"अरे भाई, ज़रा इस उलटी खोपड़ी की लड़की को समझाओ," वर्मासाहब ने आज़िज़ आकर कहा। "लहरी एक बंगाली surname है।"

"वर्मासाहब, हम इन्हें समझा लेंगे ··· अब आप बताइए, रिहर्सलें कब शुरू करेंगे ?" रश्के-क़मर ने दरियाफ़्त किया।

वर्मासाहब पैड पर लिखने में मसरूफ़ हो चुके थे।

---

1. खुदा रक्षा करे; 2. ध्यानाकर्षित; 3 निश्चय; 4. सलोनापन; 5. अल्लाह की पनाह; 6. प्रशंसा भाव से।

स्विंग बर्ड्स क्लब

1. सदफ़-आरा बेगम
2. मिस रश्के-क़मर
3. कुमारी जलबाला लहरी

4

"हलो ··· हलो ··· जी हाँ, मैं वर्मा बोल रहा हूँ। अख़्ख़ाह, आदाब अर्ज़। मिज़ाज़े-आली ··· अरे साहब, आप कहाँ थे ? दिल्ली से कब आए ? आपने हमारा कंसर्ट मिस कर दिया। जी हाँ, बहुत शानदार रहा। एक मिनिस्टर ने उद्घाटन किया। ख़ूब तसवीरें खिंचीं, ज़बरदस्त पब्लिसिटी रही और हाउसफुल। जी ··· ? जी नहीं, सिर्फ़ लाइट म्यूज़िक। हमारी आर्टिस्ट लोग ग़ज़ल और गीत की एक्सपर्ट हैं। प्रेस ने बहुत उम्दा रिव्यू किए। इस वक़्त ··· ? भई, माफ़ फ़रमाइएगा। आज मंगल की शाम है। वालिदासाहिबा को एक कीर्तन में ले जाना है। आज तो तशरीफ़ न लाइए। हम इसी वक़्त नरही जा रहे हैं। अपने मकान पर ··· जी हाँ, बहुत-बहुत शुक्रिया। आपकी दुआओं का तालिब[1] हूँ। अगले इतवार को ··· बहुत ख़ूब। आदाब अर्ज़।" वर्मासाहब ने फ़ोन का रिसीवर रखकर एक गहरी साँस भरी। आकर दीवान पर गिर गए और फ़रमाया, "माँएँ ही आड़े वक़्त पर काम आती हैं।"

"अमाँ, क्यों इतना सफ़ेद झूठ बोलते हो ! दोनों वक़्त मिल रहे हैं। कहने लगे, वालिदासाहिबा को कीर्तन में ले जाना है," फ़रहाद ने चटाई पर लेटे-लेटे कहा। "कौन था ?"

"एक महाबोर। प्रोग्राम की कामयाबी की दाद देने आ रहे थे और हमने टाल दिया। अरे भाई सदफ़-आरा ···" वर्मासाहब ने आवाज़ दी।

"सदफ़-आरा किचन में कचालू बना रही हैं," रश्के-क़मर ने कहा। वह कुर्सी पर बैठी एक रिसाले की वरक़गरदानी कर रही थी।

"सदफ़-आरा ने आज तुम लोगों के लिए बढ़िया खाना बनाया है", वर्मासाहब बोले।

"बहुत भली लड़की है," क़मरून ने कहा।

वर्मासाहब जोश में आकर उठ बैठे। "तुम तीनों बहुत भली लड़कियाँ हो ··· सुनो रश्के-क़मर, हमने एक और स्कीम बनाई है।"

"अल्लाह ख़ैर करे।"

---

1 इच्छुक।

“बात सुनो। हम एक उर्दू रिसाला निकालेंगे। कल ही जाकर डिक्लेरेशन दाख़िल करते हैं। इसका नाम सोच लिया है। गौहरे-शबचिराग़।”

“सुब्हान-अल्लाह,” फ़रहाद ने कहा। “सदफ़-आरा बेगम और गौहरे-शबचिराग़! आपका जवाब नहीं।”

“और पहले शुमारे[1] में एक मज़मून[2] लिखेंगे रश्के-क़मार के बारे में। यह देखो ···,” उन्होंने काग़ज़ पर जल्दी-जल्दी कुछ घसीटा और काग़ज़ रश्के-क़मर को पेश किया।

“मुमकिन उनवान
रश्के-क़मर की शायरी
रश्के-क़मर का नज़रिया-ए-फ़न[3]
रश्के-क़मर का फ़लसफ़ा-ए-हयात[4]
रश्के-क़मर के साथ एक शाम
रश्के-क़मर के शबो-रोज़[5] ···”

आग़ा फ़रहाद ने काग़ज़ लेकर पढ़ा और बोले, “यह आख़िरी उनवान हमें पसंद आया।”

“आप लोगों को हमारा मज़ाक़ उड़ाते शर्म तो नहीं आती,” रश्के-क़मर ने उदासी से कहा।

“मज़ाक़ ··· ? कमाल करती हो ··· हम तुम्हारा अदबी कैरियर बना रहे हैं,” वर्मासाहब ने संजीदगी से इरशाद किया।

जमीलुन सोफ़े पर लेटी थी। बैसाखी के सहारे उठने की कोशिश की। वर्मासाहब और आग़ा फ़रहाद, दोनों उसकी मदद के लिए लपके।

अचानक जमीलुन सर झुकाकर रोने लगी।

“जलीमुन ··· जमीलुन ··· क्या हुआ ··· ?” वर्मासाहब ने हड़बड़ाकर पूछा।

“कुछ नहीं वर्मासाहब,” जमीलुन ने कश्मीरी सिल्क की सारी के पल्लू से आँसू खुश्क करते हुए कहा। “हमें अभी-अभी यह ख़याल आया ··· कि ··· ”

“क्या ··· ? क्या ··· ?”

“ ··· कि हमने ज़िंदगी में कभी सुख-चैन देखा ही नहीं। अब जो अचानक यह हमारा माहौल बदला है इसमें कोई धोखा न हो ··· बजिया तो सख़्तजान हैं, हम नहीं हैं ···”

“कैसी बातें करती हो भाई जलीमुन ··· जमीलुन ···,” वर्मासाहब ने इंतहाई ख़ुलूस से[6] कहा।

“अरे, आप लोग हमारी रामकहानी सुनें तो यक़ीन न आएगा,” रश्के-क़मर कॉफ़ी बनाते हुए बोली। “लेकिन हमें हमदर्दी वसूल करने से नफ़रत है और शर्म भी आती है।”

“हमें नहीं आती शर्म। जब कुदरत को हमारी यह धजा बनाते शर्म न आई तो हमें क्यों आए!” जमीलुन ने रूमाल से नाक पोंछते हुए कहा। वर्मासाहब ने कॉफ़ी की प्याली पेश की।

---

1. अंक; 2. लेख; 3. कला संबंधी दृष्टिकोण; 4. जीवन-दर्शन; 5. रात-दिन; 6. अत्यंत साफ़दिली से।

"हम पैदा हुए, अम्माँ हमारी पैदाइश ही में मर गई," जमीलुन ने काफ़ी का घूँट भरके कहा। "हम लँगड़े पैदा हुए। ख़ाला ने पाला। गलियों में रुलके, लोट-पीटकर पाँच-छ: साल के हुए। अम्माँ के मरने के बाद घर का ख़र्च चलानेवाली सिर्फ़ ख़ाला रह गईं। उनको हो गई तपेदिक़। अम्माँ जो कुछ जोड़-जकोड़ गई थीं वह ख़ाला की दवा-दारू में उठ गया। डाक्टर ने कहा, भुवाली जाओ। जो थोड़ा-सा पैसा बचा था उसे लेकर हुरमुज़ी ख़ाला ने भुवाली जाने की ठानी …"

"और यह तुम्हारे ख़ालू … ?" आग़ा फ़रहाद ने बात काटी।

"बताते हैं, सुनते जाइए। यह एक हज्जाम हमारे अक़ीक़े[1] के लिए बुलाए गए थे। उन बेचारे को हम लोगों से हमदर्दी हो गई। कभी-कभार आ निकलते। ख़ाला पहले तो उनसे अपनी चिलम भरवाने की भी रवादार नहीं थीं।[2] लेकिन पर्दे में बैठती थीं। बीमार पड़ीं तो लोगों ने मिलना-जुलना छोड़ दिया। अब दवा-इलाज की दौड़-भाग कौन करे! हम छ: साल के थे, बजिया दस-ग्यारह साल की। यह जुम्मन ख़ाँ हज्जाम बाहर का काम कर देते। उनके बीवी-बच्चे मर चुके थे। वह भी मुहब्बत-अपनाइयत के दो बोलों के भूखे थे। कहने लगे, मैं तुम लोगों के साथ भुवाली चलूँगा। हुसैनाबाद का मकान भी किराये का था। हम लोग बोरिया-बिस्तर बाँध काठगोदाम रवाना हुए।

"अब ये निगोड़े यकचश्म[3] जुम्मन ख़ाँ थे बड़े ऐबी। गाँजे और अफ़ीम की लत इन्हें। जुआ यह खेलें। ख़ाला, हम और बजिया ज़नाना थर्ड क्लास में सवार हुए। वह मरदाने डिब्बे में जा बैठे।

"मरे को मारें शाह मदार … सारा पैसा ख़ाला ने उनके हवाले कर दिया था कि हिफ़ाज़त से रखेंगे। वह खुद रोगी। हम दोनों बच्चियाँ। ख़ैर, काठगोदाम ट्रेन पहुँची। हम लोग उतरे तो जुम्मन ख़ाँ अपने डब्बे से उतरकर धाड़ें मारके रोने लगे। बोले, रात को सोते में किसी ने जेब काट ली। ख़ाला ने हाहाकार मचा दिया। ऐबी, बदज़ात, भाँड, शोहदे, किसी मुसाफ़िर के साथ ताश खेलने बैठा होगा। सारी रक़म हार गया। उन्होंने हमाइल-शरीफ़[4] हाथ में लेकर क़सम खाई कि किसी जेबकतरे ने बटुवा पार कर दिया। उन्होंने जुआ नहीं खेला। हम लोग अपनी क़िस्मत को रो-पीटकर बैठ गए। अब क्या करें! जो नाश्ता साथ था, वह भी ख़त्म हो गया। ख़ाला के पास दो-चार रुपये थे। वह भी ख़र्च हो गए। अब खाएँ कहाँ से। जुम्मन ख़ालू अपनी किस्बत[5] साथ लाए थे। दूसरे दिन वह प्लेटफ़ार्म के सिरे पर जा बिराजे। मुसाफ़िरों की हजामत बनाने लगे। फिर ख़ाला की समझ में एक बात आ गई। वह हारमोनियम-ढोलकी भी साथ लाई थीं। उन्होंने ढोलक बजिया के आगे सरका दी। बजिया ने गाना शुरू किया। मुसाफ़िरों की भीड़ लग गई। थोड़ी-सी आमदनी हुई। नैनीताल जानेवाले अमीर लोग हमारा गाना सुनकर इधर आ जाते। रुपया, दो रुपया दे देते। रेलवे स्टेशन पर पड़े कई दिन गुज़र गए तो पुलिस ने हँकाल दिया।[6] नज़दीक लकड़ियों के ढेर लगे हुए थे। एक सायबान था। उसमें जा बैठे।

---

1. मुंडन-नामकरण संस्कार; 2. पसंद नहीं करती थीं; 3. काना; 4. छोटे आकार का क़ुरआन शरीफ़; 5. नाई की पेटी; 6. भगा दिया।

"काठगोदाम भी आधा नैनीताल समझो। ख़ाला की तबियत बेहतर होने लगी। ज़रा दम आया तो किसी ने जुम्मन ख़ाँ से कहा, आसपास के गाँवों में गा-बजाकर काफ़ी कमा सकते हैं। हम लोग लारी में बैठकर हलद्वानी पहुँचे। फिर वहाँ से और आगे। तराई के इलाके में घूमने लगे। अफ़ज़लगढ़, लाल डाँग, काला गढ़। वहाँ बाघ-बघेलों की कसरत[1] थी। रात को हम लोग किसी जंगल के रास्ते से गुज़रते, शेरों के दहाड़ने की आवाज़ आती। अकसर ख़ाला मुझे कोसतीं। कमबख़्त कोई शेर आकर इसे नहीं खाता। मैं भी कभी-कभी दुआ माँगती। अल्लाह मियाँ कोई शेर, तेंदुआ भेज दो जो आकर मुझे खा जाए। लाल डाँग में कार्बेटसाहब का बँगला था। वह आदमख़ोरों की तलाश में बंदूक उठाए जंगल-जंगल घूमता था।

"उस इलाके की आबो-हवा इतनी अच्छी थी कि ख़ाला जो बरसों हुसैनाबाद के गंदे मकान में बंद रही थीं, अच्छी होने लगीं। वह बड़ा सरसब्ज़[2] इलाक़ा था। वहाँ कच्चे रास्ते पर अब दोमंज़िला शिकरमें चलती थीं। हम लोग वहाँ कई बरस घूमे। अफ़ज़लगढ़ में ईसाइयों का मिशन था। एक बार उन्होंने इशारतन हमसे कहा कि तुम सब ईसाई हो जाओ और हमारी तब्लीग़ी[3] टोली में शामिल होकर गाँव-गाँव इसी तरह यीशु मसीह के भजन गाओ तो तुम्हारा इलाज भी करा देंगे। स्कूल-कालेज पढ़ा भी देंगे। मैंने ख़ाला से कहा, हो जाओ ईसाई। खुदा न यहाँ है न वहाँ, फ़र्क़ क्या पड़ता है! तुम्हारा और मेरा इलाज तो हो जाएगा। बजिया स्कूल में दाख़िल हो जाएगी। उनकी ज़िंदगी बन जाएगी। ख़ाला हमेशा ही हथछुट। उन्होंने मार-मारके हमें अत्तू कर दिया। टाँग तो ग़ारत हुई, बदबख़्त ईमान भी खाने पर तैयार है। ख़ैर, उन मिशनरी औरतों ने हमें और बजिया को थोड़ी-सी अंग्रेज़ी पढ़ा दी। ऊन का काम सिखा दिया।

"जुम्मन ख़ाँ ज़ात के भाँड थे। कहते थे, उनके दादा-परदादा शाही के लखनऊ में नामी-गिरामी भाँड थे। ज़माना बदल गया। उनके फ़न[4] के क़द्रदाँ न रहे। जुम्मन ख़ाँ ने मजबूरन नाई का काम सीख लिया। अब भी उनको तीन-चार नक़लें याद थीं। बेचारे बड़ी कोशिश से मेलों-ठेलों में वही पेश करते। बजिया और हम गाते। ख़ाला ढोलक बजातीं। बेचारी ख़ाला ने उनसे निकाह कर लिया था। गँवारों ने हमारा नाम जमीलुन से जलेबी कर दिया। बजिया इमरती कहलाती थीं। बड़ी कठिन ज़िंदगी थी। लेकिन ख़ाला हुसैनाबाद आने को तैयार न थीं। उन्हें यक़ीन था कि टाट के पर्दे के पीछे मुक़य्यद[5] होकर उन्हें फिर टी.बी. हो जाएगी। लेकिन गाँवों और क़स्बों में इतनी ग़ुरबत[6] थी! ज़मींदारों की तक़रीबों[7] में दस-पाँच रुपये, एक-आध जोड़ा कपड़ा मिल जाता था। बड़ी मुश्किल से गुज़र होती थी। फिर पाकिस्तान बना। सिख रिफ़्यूजियों को बसाने के लिए जंगल काटे गए। उस इलाके में पंजाबी शरणार्थी आबाद होने लगे। वह हमारे गानों और नक़लों को क्या समझें! हम लोगों ने फिर अवध का रुख़ किया।

"वहाँ एक क़स्बे में हम लोग एक सराय में टिके थे। जाड़ों का ज़माना था। रमज़ान का महीना। मुझे वह रात अब तक इतनी साफ़ याद है। 21 रमज़ान की शब थी। ख़ालू

---

1. बहुतायत; 2. हरा-भरा; 3. धर्मप्रचारक; 4. कला; 5. क़ैद; 6. ग़रीबी; 7. उत्सवों।

गाँव की मस्ज़िद में तरावीह[1] पढ़ने गए थे। मैं और ख़ाला और बजिया सराय के बरामदे में बैठे आग ताप रहे थे। ख़ालू का क़ायदा था कि मस्जिद से सेहरी[2] खाकर वापस आते थे क्योंकि वहाँ गाँववाले दीनदारों की भेजी हुई सेहरी खाने को मिल जाती थी। सेहरी के बाद बस्ती की तरफ़ से नौहे की दिलदोज़[3] आवाज़ सुनाई दी--इब्ने-मुलजम ने हैदर को मारा। रोज़ादारो, क़यामत के दिन हैं ··· ख़ालू, बजिया और मैं भी वही नौहा पढ़ने लगीं। उसी वक़्त ढाटे बाँधे डाकू सेहन में आ कूदे। एक डकैत बजिया को उठा ले जाने के लिए आगे बढ़ा। सराय के आँगन में सेहरी के लिए जगह-जगह चूल्हे जल रहे थे। हमारी चीख़ें सुनकर सारे मुसाफ़िर दौड़ पड़े। डाकुओं को मार भगाया। मगर हम तीनों दहलकर रह गए। ख़ालू फ़जिर[4] पढ़कर मस्जिद से लौटे। ख़ाला ने कहा, शहर वापस चलो। देहात से भर पाए। चुनांचे हम लोग लखनऊ वापस आ गए। यहाँ फ़रहाद के शागिर्दपेशे[5] में एक कोठरी किराये के लिए ख़ाली थी, उसमें आन बसे ···"

वर्मासाहब और आग़ा फ़रहाद मबहूत[6] बैठे सुन रहे थे। जमीलुन ने क़िस्सा ख़त्म किया तो चौंक पड़े। सदफ़-आरा जो रसोई से आ चुकी थी, कहानी सुनकर आँसू बहा रही थी।

"मगर ताज्जुब है कि रश्के-क़मर तुम लोग भाभर के इलाक़े में पली-बढ़ी और उर्दू तुम्हारी इतनी नफ़ीस[7] है !" वर्मासाहब ने कहा।

"वर्मासाहब, जान साहब[8] की रेख़्ती[9] ख़ानगियों ही की ज़बान थी ···" आग़ा फ़रहाद बोले।

"और हुरमुज़ी ख़ाला और जुम्मन भाँड की तरबियत,[10]" रश्के-क़मर बोली। "हुरमुज़ी ख़ाला सनक गई हैं, लेकिन अब भी दर्जनों शेर याद हैं।"

"आहो ··· हमारा ख़याल था, तुम लोग ज़ात की मीरासन हो ···"

"मीरासनें बेचारियाँ शरीफ़ होती हैं। पेशा नहीं करतीं। दरअस्ल हमें और बजिया को गाने का बड़ा शौक़ था। इसलिए ख़ाला ने ढोलक मँगवा दी थी।"

"पर्दानशीन ख़ानगियाँ गाती-बजाती नहीं हैं। हमसे पूछिए। अच्छा, एक बात बताओ क़मरून। औरतें ख़ानगियाँ क्यों हो जाती हैं ?"

"यह भी निहायत ग़ैर-ज़रूरी सवाल है आग़ासाहब। गोया आप तो जानते ही नहीं," रश्के-क़मर ने उकताकर जवाब दिया। "इनसान पेट की ख़ातिर सब कुछ करता है। शराफ़त-वराफ़त सब धरी रह जाती है। ज़्यादातर ख़ानगियाँ सफ़ेदपोश घरानों से ताल्लुक़ रखती हैं। खुद हमारे नाना बेहद शरीफ़, बेहद ग़रीब आदमी थे। वह मर-मरा गए। अम्माँ को उन्होंने जिस शरीफ़ आदमी से ब्याह दिया था वह किसी वबा[11] में चल बसे। हमारे बाप ··· हम डेढ़ बरस के थे। अम्माँ सत्रह बरस की उम्र में बेवा हुईं। बिलकुल बेसहारा रह गईं तो मज़बूरन ··· हुरमुज़ी ख़ाला के मियाँ किसी फ़ौजदारी के मुक़द्दमे में फँस गए

1. रमज़ान के महीने में शाम की नमाज़ के बाद प्रतिदिन कुरआन-शरीफ़ के एक हिस्से का पाठ; 2. रोज़े का दिन शुरू होने से पहले का भोजन; 3. हृदयविदारक; 4. सुबह की नमाज़; 5. नौकरों के रहने की जगह; 6. स्तब्ध; 7. सुंदर; 8. रेख़्ती के एक प्रसिद्ध कवि; 9. उन्नीसवीं सदी में प्रचलित काव्य-रूप जो ज़नाना बोली में होता था; 10. प्रशिक्षण; 11. महामारी।

थे। वह पुलिस से छिपने के लिए लापता हो गए। ख़ाला के ससुरालियों ने बेचारी को मनहूस-मनहूस कहकर घर से हँकाल दिया। वह भी नाचार अम्माँ के पास हुसैनाबाद आ गईं। जमीलुन वहीं पैदा हुई थी। उसके बाप इसी शहर के बाइज़्ज़त इनसान हैं। उन्होंने कभी पलटकर उसकी ख़बर नहीं ली।"

"उफ़्फ़ोह भाई," वर्मासाहब ने एक गहरा साँस लिया। "सदफ़-आरा से सुनो तो वह भी कम सताई हुई नहीं है। उसे तेरह बरस की उम्र में इसकी माँ ने एक झड़ूस ज़मींदार के हाथ बेच दिया था। वह था sadist ··· इसकी ख़ुशक़िस्मती से वह दो साल ही में लुढ़क गया। यह गढ़ी से भागकर फिर अपने गाँव वापस आ गई।"

सदफ़-आरा अब ज़ारो-क़तार[1] रो रही थी।

"कभी आपके पास वक़्त हो तो हमारे जुम्मन ख़ाँ से उनकी दास्ताने-हयात[2] भी सुनिएगा। यह जो आप लोग अपनी किताबों, रिसालों में बड़ी ऊँची-ऊँची बातें लिखते हैं सब भूल जाएँगे," जमीलुन ने तलख़ी[3] से मुस्कुराकर कहा।

"भाँडों की हालत बहुत अलमनाक[4] है," आग़ा फ़रहाद सर हिलाकर बोले। "फ़ाक़े कर रहे हैं। हमारे बचपन तक भाँड और साधूबचे तक़रीबों में[5] बुलाए जाते थे। यार वर्मा ! तुमको मुस्तफ़ा हुसैन भाँड याद हैं ? क्या ज़बरदस्त फ़नकार थे।"

"धुँदले से याद हैं। हमारी बुआ की शादी पर बारात के साथ नरही तशरीफ़ लाए थे," वर्मासाहब ने जवाब दिया।

"हमें ख़ूब याद हैं। अस्सी बरस के थे जब हमने देखा। उस उम्र में भी क्या नाचते थे ! बाकमाल रक़्क़ास[6] थे और कभी-कभी बस ख़ामोश खड़े हो जाते थे लेकिन इस अंदाज़ से खड़े होते थे कि महफ़िल जाफ़रानज़ार[7] बन जाती थी। और वह उनकी घोड़ा छोड़ने की नक़ल। अरे, ये लोग वेस्ट में पैदा हुए होते तो सारी दुनिया उन्हें जानती और लखपति होते।"

"जुम्मन ख़ालू मुस्तफ़ा हुसैन से अच्छी तरह वाक़िफ़ थे।" रश्के-क़मर ने कहा।

"अब बताओ। बेचारे जुम्मन ख़ाँ को नाई बनना पड़ा," वर्मासाहब बोले।

"यह जो हमारी सोसाइटी में बेचारे lowest of the lowly कहलाते हैं, कभी उनकी ज़िंदगियों में झाँककर देखना चाहिए। हमें तो शोहदों पर बहुत तरस आता है। सारी उम्र मुर्दे उठाना, शादियों में निछावर के पैसे लूटना, अजीबो-ग़रीब गालियाँ देना, यही उनकी ज़िंदगी है और ये इसी तरह अपना पेट पालते है ··· और गोरकुन[8] और मुर्दाशोनियाँ[9] ··· "आग़ा फ़रहाद ने कहा।

"भाई अब ज़्यादा डिप्रेस न करो," वर्मासाहब उदासी से बोले।

"और अब स्विंग बर्ड्स क्लब ···," जमीलुन ने उसी तलखी से कहा।

---

1. फूट-फूटकर; 2. जीवन-कथा; 3. कड़वाहट; 4. दुखद; 5. उत्सवों, समारोहों में; 6. कमाल के नर्तक; 7. ज़ाफ़रान का बाग़; 8. क़ब्र खोदनेवाले; 9. मृतकों को नहलानेवाले।

5

लाल बाग़ की एक नई इमारत की गैलरी में बोर्ड :

> दफ़ातिर[1] स्विंग बर्ड्स इंटरप्राइज़ेज़ (प्राइवेट) लिमिटेड, मैनेजिंग डाइरेक्टर : एन.के. वर्मा (ग्राउंड फ़्लोर)
>
> स्विंग बर्ड्स स्कूल आफ़ लाइट म्यूज़िक। प्रिंसिपल : सदफ़-आरा बेगम। वाइस-प्रिंसिपल : कुमारी जलबाला लहरी। फ़र्स्ट फ़्लोर।
>
> 'गौहरे-शबचिराग़' उर्दू क्वार्टरली। डिवोटेड टु लाइफ़ एंड लिटरेचर। पैट्रन : आग़ा फ़रहाद कंधारी। एडीटर : एन.के. वर्मा। असिस्टेंट एडीटर : मिस रश्के-क़मर लखनवी। फ़र्स्ट फ़्लोर। स्विंग बर्ड्स डांस एंड ड्रामा ग्रुप। फ़र्स्ट फ़्लोर।
>
> रेज़िडेंस, मैनेजिंग डाइरेक्टर, श्री एन.के. वर्मा। सेकंड फ़्लोर।

श्री एन.के. वर्मा अपनी नफ़ीस ख़्वाबगाह[2] में मसहरी पर नीम़दराज़[3] 'गौहरे-शबचिराग़' का इदारिया[4] लिखने में मशग़ूल हैं। सदफ़-आरा बेगम एक पतिव्रता स्त्री के मानिंद पाँइती बैठी उनके पाँव दाब रही हैं। सहपहर[5] का वक़्त। ख़ुदा अपनी जन्नत में है और दुनिया में हर तरह से ख़ैरियत।

"वर्मासाहब ... ए वर्मासाहब ... हम इ कहत रहिन की ..."

"हम यह कहते हैं कि ..."

"अच्छा। हम यह कहते हैं कि अब कमरून का का होइहै। जमीलुन बतावत रहिन मुसाइरों में आय वाली साइरा लोग एजीटेसन कर रही हैं ... की जिस मुसाइरे में रस्के-कमर को बुलाया जइहै, वो न जइहैं। उनका चाल-चलन खराब है ..."

"शायरा लोग का दिमाग़ ख़राब है। तारीख़े-अदबे-उर्दू[6] गवाह है कि बहुत-सी अरबाबे-निशात[7] साहबे-दीवान[8] गुज़री हैं और अहले-नज़र ने[9] उनकी हमेशा क़द्र की ..."

"का ...?"

"अरे यार, तुम तो हो गधय्या। अब बक बक मत करो, हमें मज़मून लिखने दो ..."

"वर्मासाहब, हम एक बारी सपना देखे रहिन ... की तुम हमसे ब्याह कर लिहिन हो और आगा फरहाद रश्के-कमर से।"

"उस रात तुम खाना बहुत खाकर सोई होंगी।"

---

1. दफ़्तर (बहुवचन); 2. सुंदर शयनागार; 3. अधलेटे; 4. संपादकीय; 5. तीसरा पहर; 6. उर्दू साहित्य का इतिहास; 7. आनंद देनेवाली (वेश्याएँ); 8. प्रकाशित संग्रह वाले कवि या कवयित्रियाँ; 9. पारखी व्यक्तियों ने।

"पर कुछ जमाना उन्होंने आगा फरहाद के साथ अच्छा बिता लिया। मुसाइरों में दूर-दूर तक बुलाई गईं। बंबई गईं तो बतावत रहिन, बहुतै आवभगत हुई। राइटर लोग के हाँ रोज दावत। चाय-पानी। फोटू हिंचे। जगह-जगह गजलें सुनाइन। मुसाइरे हुए। हर जगह फरहादसाहब और रश्के-कमर। फरहादसाहब और रश्के-कमर। धूम मचाई।"

"जी हाँ। और जब साहबज़ादे लखनऊ वापस आए तो डिप्टी-डिप्टियाइन ने वह जूतेकारी की! लगाए पचास और गिना एक। उसी महीने बाँध-बूँधकर ब्याह कर दिया।"

"यही तो गजब भवा।"

"क्या ग़ज़ब हुआ। माँ-बाप की तय की हुई लड़की से ब्याह न करते?"

"अरे तुम मर्द लोग हो बड़े हरामी। हम तो जब जानते जब फरहाद डंके की चोट पर रश्के-कमर से दो बोल पढ़वा लेते।"

"ज़्यादा टर-टर न करो।"

"तुम भी हमारे साथ यही करोगे, हमें मालूम है। जहाँ तुम्हारी माता कहेंगी उसी कुँवारी कन्या, सुपुत्री राजकुमारी, सौभाग्य-लक्ष्मी के साथ फेरे डालोगे।"

"देखो सदफ़, हमारा भेजा मत खाओ। जाकर सो रहो। भूल गई तुम कौन थीं। क्या से क्या बना दिया! नामवर आर्टिस्ट। अब और ज़्यादा ऊँचे ख़्वाब न देखो भाई। मेलों-ठेलों में गानेवाली मोती को सदफ़-आरा बेगम में तब्दील कर दिया। फिर भी चाँव-चाँव!"

"नाम बदलने से किस्मत थोड़े बदल जात है। जमीलुन का नाम बदलने से क्या उनकी रेखा बदल गई। वैसे ही पड़ी झींक रही हैं खाट पर। हम जात के हिंदू। तुमने हमें बनाया सदफ-आरा बेगम। जमीलुन को कर दिया जलबाला लहरी। उससे क्या फर्क पड़ा! अरे, जो भगवान के घर से लिखवाकर लाया है वही भोगेगा।"

"अजीब पागल औरत है।"

"अरे, भगवान की नाइंसाफी का कोई ठिकाना है। रश्के-कमर के हाँ चार बरस में दो ठो लड़के। और फरहादसाहब के यहाँ तीन-तीन बेटियाँ। भगवान का जो काम देखो, उलटा। इतने जमाने से संसार चलाते-चलाते गड़बड़ा गए हैं। अरे सुनो, वर्मासाहब ..."

"क्या है यार ..." वर्मासाहब ऊँघ रहे थे।

"जब नादिर पैदा हुए, हमने कमरून को समझाया था—यह बड़े हो जाएँ तो आगा फरहाद पर दावा कर देना। इतनी बड़ी जायदाद के मालिक हैं, कुछ तो मिल जाएगा। वह तोबा-तिल्ला करने लगीं कि ऐसी बात ही फिर न कहना। उस बेचारे के मरने के बाद फ़रहादसाहब ने कमरून का दुई सौ रुपया बाँधा। यह भी उलटी बात। अब जौन आफताब पैदा भये तो उनका चार सौ रुपया नहीं करने का चाही?"

"अरे चुग़द। आफ़ताब उनका लड़का नहीं है।"

"वह तो हमहू जानत हैं। वह जौन आर्टिस्ट पंजाब से आया रहा ओका है। आए भी वह, गए भी वह ... खत्म फसाना होय गया। आगा फरहाद तो मिलते-जुलते हैं नहीं। बीवी से डरत हैं। हमदर्दी में वजीफा देत हैं। तो हमदर्दी में दो सौ और बढ़ा दें। उनके पास पैसे की कोई कमी है ... और कमरून बेचारी की हालत बहुत खराब है ... ए

वर्मासाहब ··· सोय गइन ···"

वर्मासाहब अब ख़र्राटे ले रहे थे। सदफ़-आरा बेगम उठकर रसोई की तरफ़ जा रही थीं जब कालबेल बजी। जाकर ड्राइंगरूम का दरवाज़ा खोला। एक लंबा-तड़ंगा, खुश-शक्ल, गोरा-चिट्टा अजनबी नीला सूट पहने खड़ा मुस्कुरा रहा था। अपना नाम बताया। सदफ़-आरा ने अंदर जाकर वर्मासाहब को जगाया।

"ए वर्मासाहब ··· उठो ··· वह आए हैं। आग़ा शबदेग ···"

6

"बजिया ··· बहुत बनठनके चलें ··· आग़ा शबदेग ने बुलाया है ?"

"जमीलुन, तुम सदफ़ की नक़ल में जाहिलाना बातें न किया करो। हम आग़ा शब-आवेज़ हम्दानी के साथ 'आन' पिक्चर देखने जा रहे हैं।"

"शब-आवेज़ नाम ही अनोखा है।"

"ख़ालिस ईरानी नाम है। और हम्दान से उनके बाप कलकत्ते आन बसे थे।"

"शकरदान, चायदान, हमादान, माकूल ! बस ज़रा यह ख़याल रखना कि कहीं यह भी चूना न लगा जाए। ईरानी है। हद से हद मुताअ[1] करके छोड़ देगा।"

"काली ज़बान ! थू-थू ···"

"निकाह करेगा ···?"

"हाँ, कह चुका है।"

"निकाह के लिए तैयार है ?" जमीलुन ख़ुशी के मारे उठ बैठी। सिरहाने से खिसक-खिसककर पाँइती आ गई जहाँ क़मरून खिड़की के पास खड़ी मेक-अप कर रही थी।

"कल शाम कह रहे थे। यहाँ से जाते ही ख़त लिखेंगे। ठीक दो महीने बाद बुला लेंगे।"

"कलकत्ते ···?"

"नहीं, उनकी बिज़नेस कई जगह फैली है। कराची, तेहरान, लंदन। अभी तो कराची जा रहे हैं।"

"वर्मासाहब उनसे अच्छी तरह वाक़िफ़ है ?"

"वर्मासाहब के पास ही तो आए थे अपनी बिज़नेस के सिलसिले में। सदफ़ मुझे रेडियो स्टेशन पर मिली। कहने लगी, एक आग़ा कलकत्ते से आया है। बहुत अमीर है और छड़ा है। शायद निकाह कर ले। मौसीक़ी[2] का बड़ा शौक़ीन है। बेचारी ने दूसरे रोज़ ही स्विंग

---

1. एक निश्चित अवधि के लिए विवाह; 2. संगीत।

बर्ड्स क्लब का प्रोग्राम रखा।"

"बजिया ··· एक बात कहूँ। वर्मासाहब सदफ़ की इस आदत से बहुत परेशान हैं कि वह तुम्हें स्विंग बर्ड्स के ज़रिये लोगों से मिलवाती है। स्विंग बर्ड्स क्लब इसीलिए बदनाम हो रहा है।"

"तो आख़िर मैं क्या करूँ ? मर जाऊँ ? मुशायरों के दावतनामे आने बंद हो गए। रेडियो प्रोग्रामों से ख़र्चा चल सकता है ? दो सौ रुपल्ली फ़रहाद के हाँ से आते हैं। पचास रुपया महीना वर्मासाहब फ़र्ज़ी म्यूज़िक स्कूल की वाइस प्रिंसिपली के नाम से तुमको दे रहे हैं। महज़ अज़-राहे-हमदर्दी।[1] ढाई सौ में गुज़र हो सकती है ? अभी आफ़ताब को स्कूल में डालना है।"

"बजिया, यह आग़ा हम्दानी वाक़ई तुमसे शादी करने को तैयार है ? ···"

"कह चुका है साफ़-साफ़ अलफ़ाज़ में।"

"लगता है, तुम उस पर आशिक़ हो गई हो। कमबख़्त ख़ूबसूरत बहुत है।"

"हाँ आशिक़ हो गए हैं। आज तक किसी पर आशिक़ नहीं हुए थे। उस पर जान जाती है और वह भी हमें बहुत चाहते हैं।"

"मगर वह तुम्हें कराची या लंदन बुलाकर शादी करेगा, यह मुझे यक़ीन नहीं आता।"

"काली ज़बान थू-थू-थू ··· तू तो मेरी ख़ुशी देखकर जलती है ··· लँगड़ी चुड़ैल ··· पिछलपाई ···"

"अज़ बराय-ख़ुदा बजिया ··· ऐसी घटिया बातें मत करो ···"

बजिया पर्स उठा, तनतनाती हुई कमरे से बाहर चली गईं। ड्योढ़ी में पहुँचकर टाट का पर्दा उठाया और बाहर निकलीं। साइकिल रिक्शा में बैठीं। रिक्शा पाटे नाले से निकलकर कार्लटन होटल की तरफ़ रवाना हुई।

7

ओ रे विधाता बिनती करूँ तोरी पैंयाँ पड़ूँ बारम-बार,
अगले जनम मोहे बिटिया न कीजो चाहे नरक दीजो डार।

ढोलक की थाप पर सदफ़-आरा और कुमारी जलबाला लहरी की सुरीली आवाज़ें और एक दिलदोज़[2] पूरबी गीत ··· अगले जनम मोहे बिटिया न कीजो ··· अगले जनम ···

स्विंग बर्ड्स म्यूज़िक स्कूल के कमरे में एक लड़की टेपरिकार्ड चला रही थी। सदफ़-आरा और जमीलुन बरामदे में चटाई पर बैठी थीं। जमीलुन की बैसाखी सामने

1. सहानुभूति के नाते; 2. हृदयविदारक।

धरी थी। सदफ़ थाली में तरकारी काट रही थी। वर्मासाहब बाहर गए हुए थे।

"आज पंद्रह तारीख़ है। क़मरून अब कराची पहुँच गई होंगी," सदफ़ ने आलू छीलते हुए कहा।

"क्या पता !" जमीलुन आहिस्ता से बोली। "कब तक पहुँचेंगी। धक्का पासपोर्ट से गई हैं। खोखरापार का रास्ता सुना है बड़ा जान जोखों का सफ़र है। जवान बेटी का साथ।"

"आज की बात है जब माहपारा पैदा हुई थी ! सोलह बरस हो गए," सदफ़ ने कहा।

"अब क्या वह बजिया को पहचानेगा ! रूपा हो गए केस[1] ··· सदफ़, हम जानते हैं बाज़ गीत ही मनहूस होते हैं। बजिया हर प्रोग्राम में वही एक राजस्थानी माँड सुनाया करती थीं। सावन बीतो जाय ··· आलीजाह बेगी आवदरे ··· आलीजाह बेगी आवदरे ··· रूपा[2] मिला न साजन मिले, रूपा हो गए केस ··· आलीजाह बेगी हरामज़ादे उल्लू के पट्ठे को न वापस आना था न आया ··· अरे, एक ख़त तक न लिखा ···"

"शुरू-शुरू में दो-चार चिट्ठयाँ तो आई थीं," सदफ़ ने कहा।

"उसके बाद गोल ··· बजिया ने कितने ख़त लिखे ! हर पते पर ··· कराची ··· तेहरान ··· लंदन ··· सत्रह बरस डाकिये की राह देखते गुज़ार दिए। सुबह-शाम दरवाज़े पर जाकर डाक का इंतज़ार करतीं। हमसे बार-बार पूछतीं, कोई डाक आई ··· कोई तार आया। सत्रह बरस ··· इतना बड़ा इंतज़ार !"

"बहुत बड़ा इंतज़ार !" सदफ़ ने दुहराया।

"जब माहपारा पैदा हुई थी, याद है वर्मासाहब ने फट से उसका नाम तजवीज़ा था ··· माहदुख़्त ··· कि ईरानी की बेटी है, उसका नाम माहदुख़्त ··· और एक नाम अमरापाली रखा था। एक ईरानी नाम रखो, एक हिंदुस्तानी। और जब बाप के पास जाकर रहेगी इंग्लैंड, एक इंगलिश नाम वहाँ रख लेगी।" जमीलुन बेपायाँ[3] तलख़ी से हँसी। "माहपारा अपने स्कूल में लड़कियों से कहा करती थी, हमारे डैडी लंदन और कराची के बड़े भारी बिज़नेसमैन हैं।"

"वर्मासाहब कोई तोहफ़ा उसके लिए फ़ारेन से लेकर आते, उसे समझा देते। बिटिया अमरापाली, स्कूल में अपनी दोस्तों को बताना तुम्हारे डैडी ने लंदन से भेजा है," सदफ़ ने कहा और दुपट्टे से अपने आँसू पोंछे।

"सदफ़, बजिया को ढोंगी पीरों-फ़कीरों के चक्कर में तुमने ही डाला।"

"हम क्या करते जमीलुन ! क़मरून माहपारा की वजह से बिलकुल ख़फ़क़ानी[4] हुई जाती थीं। हमसे रोज़ कहतीं, माहपारा बड़ी होती जा रही है। कहीं उसे भी मेरी तरह ज़िंदगी न गुज़ारनी पड़े। मैं चाहती हूँ, उसे किसी न किसी तरह उसके बाप के सुपुर्द कर दूँ। जमीलुन तो खुदा ही को नहीं मानतीं, उनसे क्या कहूँ। तुम किसी पहुँचे हुए बुज़ुर्ग के पास ले चलो। यह तो अबकी बात है जब माहपारा तीन साल की थी। तब क़मरून

---

1. बाल चाँदी के हो गए; 2. रुपया; 3. अथाह; 4. परेशानहाल।

एक शाहसाहब के पास गई थीं। हमें भी साथ ले गई थीं ··· उनकी बहुत धूम सुनी थी। उन्होंने क़मरून से कहा, तुम्हारे ऊपर किसी दुश्मन ने जादू कर दिया है। रास्ते बंद कर दिए हैं। तुम्हारे बाल कहीं पर दफ़्न किए गए हैं। तीन सौ रुपया दो। क़ब्रिस्तान में तीन दिन अमल करेंगे। हम तो यह सुनकर डर गए। हमने क़मरून से कहा, वापस चलो ··· हम तो आ गए मगर वह फिर पहुँचीं उसके पास। उससे मायूस हुईं तो दूसरे आमिलों के पते ढूँढ़-ढूँढ़कर खुद जाने लगीं ··· कितना रुपया बरबाद किया। तुमसे डरती थीं। तुम्हें क्या बताएँ। हमने बहुत समझाया मगर वह मानी ही नहीं। बस यही लगन लगी थी कि शबदेग का ख़त आ जाए। वह बुला ले। बुलाकर ब्याह कर ले या माहपारा की ज़िम्मेदारी सँभाल ले। सारे पीर-फ़क़ीर, नजूमी,[1] रम्याल[2] उन्हें यही आस दिया किए। आज से इक्कीसवें दिन ख़त आवेगा। आज से सातवीं रात वह ख़्वाब में आएँगे। आज से चालीसवें दिन ख़त आवेगा। सनीचर की साढ़-सत्ती है। वह ख़त्म होगी तो मुराद पूरी होगी ··· अरे कितना सैकड़ों-हज़ारों रुपया खिला दिया उन ठगों को ··· मगर आस न टूटी ···"

"इस पीरगर्दी में बजिया ने अपने ज़ेवर भी बेच डाले। पूरा एक सेट बनवा लिया था जड़ाऊ ··· एक जोड़ा कड़े ठोस। तुम्हारे ही साथ जाकर तो बनवाए थे। हमने यह देखा कि कहीं जाती हैं तो गहने नहीं पहनतीं। हमने पूछा तो कहने लगीं, माहपारा के लिए बैंक के लाकर में रख दिए हैं। अब उनके पाकिस्तान जाने के बाद ख़बरें मिल रही हैं कि सारे गहने बेचकर एक ठग पीर फुलफुलशाह बिल्लियोंवाले को खिला दिए। वह बरसों से उनके लिए बहुत लंबे-लंबे अमल कर रहा था।

"एक बात है जमीलुन। उन्हीं फुलफुलशाह ने उनको कराची जाने की राय दी।"

"कहाँ रहता है ? मेरा बस चले तो जेल भेजवा दूँ ···"

"बख़्शी के तालाब पर रहता था। अब ग़ायब है। हमसे एक रोज़ क़मरून ने आकर बहुत खुशी-खुशी बताया कि फुलफुलशाह कहते हैं, 'लड़की को लेकर पाकिस्तान चली जाओ। हमने ज़ायचा[3] बनाया है। उसके सितारे तगड़े हैं। कराची पहुँचते ही गौहरे-मुराद[4] हासिल होगा। महबूब का सर तुम्हारे क़दमों पर होगा !' अब हम तो यह कहते हैं जमीलुन, हो सकता है कराची में शबदेग से मुलाक़ात हो जाए। अपनी लड़की को देखकर ही उन्हें दया आ जाए। और कुछ नहीं तो माहपारा के नसीब ही अच्छे निकलें। उनका वहाँ ब्याह हो जाए। हम तो दोनों जब से गई हैं, रोज दुआएँ माँग रहे हैं। कभी-कभी भगवान सुन भी लेते हैं।"

"अच्छा ···? तुम अपने लिए इतनी मुद्दतों से दुआएँ माँग रही हो। वह तुम्हारे भगवान ने सुनीं ?" जमीलुन ने पूछा।

सदफ़ सर झुकाए तरकारी काटती रही।

"वर्मासाहब नहीं आए अब तलक। हम चलें," जमीलुन ने अपनी बैसाखी उठाते हुए कहा।

1-2. ज्योतिषी; 3. जन्मपत्री; 4. इच्छापूर्ति रूपी मोती।

"अपनी परेशानियों में घूम रहे हैं। जबसे उनके बाप मरे हैं, वह बाप की बिज़नेस सँभालें कि स्विंग बर्ड्स को देखें। कल कह रहे थे, इसको बंद ही कर देंगे।"

"फिर तुम कहाँ जाओगी ? उनकी माताजी तो तुम्हें कुबूलने के लिए अब तक राज़ी नहीं हुईं।"

"जहाँ हमारे मुक़द्दर में होगा जमीलुन, हम वहाँ जाएँगे।"

"हमें रिक्शे तक पहुँचा दो सदफ़ ··· बजिया अगर कराची पहुँच गई हैं तो वहाँ धक्के खाती फिर रही होंगी। अब हम घर जाकर उनके ख़त का इंतज़ार शुरू करेंगे।"

8

प्यारी बजिया, तसलीम।

आपको यहाँ से गए एक साल हो गया। ख़ैरियत से पहुँचने का सिर्फ़ एक पोस्टकार्ड आया था। और उसके चार महीने बाद एक और पोस्टकार्ड। हम और ख़ाला फ़िक्र से अधमुए हुए जा रहे हैं। अज़-बराय-खुदा सब मुफ़स्सल[1] हालात लिखिए। शायद आपने मकान तब्दील कर लिया है। हम आपको जितने ख़त भेजते हैं, जवाब नहीं आता। सदफ़ भी कई ख़त लिख चुकी हैं। अब यहाँ के हालात सुनिए। बड़े अफ़सोस से इत्तला देती हूँ कि ख़ालू का बुध को इंतक़ाल हो गया। कल मस्जिद में सोयम[2] की कुरआनख़ानी, फ़ातिहाख़ानी[3] भी करवा दी गई। बजिया, दूसरी बुरी ख़बर यह सुनाती हूँ कि तुम्हारा लड़का आफ़ताब एक रोज़ मुझ जागती की सोने की दोनों चूड़ियाँ जो तुम बनवा गई थीं कलाइयों में से नोचकर ले भागा। मैं जन्म की अपाहिज। उसके पीछे दौड़ भी न सकी। ख़ाला हाँय-हाँय करती रह गईं। याद है, पहले कहा करता था फ़रहादसाहब के पेट में छुरा घोंप दूँगा। उनकी लड़कियों को गुंडों से उठवा लूँगा। अब तुम्हारे जाने के बाद धुन सवार थी कि बंबई जाकर हीरो बनूँगा। मेरी चूड़ियाँ उड़ाकर बंबई भाग गया। सुना है वहाँ चाकू-छुरी लिए गुंडागर्दी करता फिर रहा है।

फ़रहादसाहब की नई कोठी बटलर पैलेस कालोनी में बनकर तैयार हो गई है। वह उसमें उठ गए हैं। उनकी बड़ी लड़की जिसकी शादी इंग्लैंड में किसी डाक्टर से हुई थी, वहीं पर है। छोटी जो ब्याहकर कराची गई थी, शायद तुम्हारी कभी मुठभेड़ हो जाए। सुना है, उसका शौहर वहाँ करोड़पति है। मँझलीवाली आजकल लखनऊ में है। उसके शौहर ने सीतापुर में बड़े पैमाने पर फ़ार्मिंग शुरू कर दी है। फ़रहादसाहब ने ख़ालू के

---

1. विस्तृत; 2. तीजा; 3. कुरआन शरीफ़ और फ़ातिहे का पाठ।

कफ़न-दफ़न के लिए पाँच सौ रुपए भिजवाए थे। जो उनका मुलाज़िम पैसे लेकर आया था उसने यह सब बतलाया।

बजिया, तुम्हें याद है माहपारा के बाप के लखनऊ से जाने के चंद रोज़ बाद हम लोग सब वर्मासाहब के हाँ जमा थे। तुमने कहा था, पता नहीं हमारी माँ, ख़ाला और हम दोनों इतने बदनसीब क्यों पैदा हुए तो मैंने तुमसे कहा था ज़रा दुनिया के अस्ल बदनसीबों को देखो। जनम के अंधे, ढाई फुट के बौने-बौनियाँ, कुबड़ी लड़कियाँ, पीठ पर बड़े-बड़े कूबड़ या चेहरे पर चेचक के निशान। भैंगी-कानी। हम ही को देख लो कि उचक-उचककर चलते हैं। कम-अज़-कम तुम्हारी सूरत अच्छी है। और देखो मुर्दाशोनियाँ[1] , भिखारनें, जेल काटनेवाली औरतें, फ़र्ज़ करो तुम किसी क़त्ल के मुक़द्दमे में फँस जातीं और उम्र-क़ैद होती। दुनिया में हज़ारों क्या, लाखों इनसान उम्र-क़ैद काट रहे हैं। सैकड़ों चढ़ते हैं। क़त्ल किए जाते हैं। तुम और हम तो लाखों से बेहतर हैं, अपने से बदतर लोगों पर नज़र करो।

वर्मासाहब ताली लगाकर बोले, शाबाश जमीलुन, That's the spirit... लेकिन अब बजिया, हमारी स्पिरिट का भी कचूमर निकलता जा रहा है। कहाँ तक और कब तक!

उसी रोज़, तुम उस कमबख़्त आग़ा शबदेग की ख़ानगी[2] की वजह से बहुत उदास बैठी थीं तो वर्मासाहब ने तुम्हें Cheer up करने के लिए छेड़ा था कि रश्के-क़मर तुम गौहरे-शबचिराग़ के लिए एक अफ़साना लिखो। अफ़साना लिख रही हूँ दिले-बेक़रार का। आँखों में रंग भरके तेरे इंतज़ार का ··· तो मैंने चिढ़कर कहा था अफ़साना लिखें बजिया के दुश्मन। और मुई आँखें न हुईं बालटियाँ हो गईं। बालटियों में रंग भरके तेरे इंतज़ार का। सब खूब हँसे थे। तुम भी हँस पडी थीं। फिर वर्मासाहब खुद ही कहने लगे, वाक़ई तुम दोनों की ज़िंदगियाँ तो ऐसी हैं कि कोई ग्रीक ट्रेजेडी भी उसके मुक़ाबले में पिकनिक मालूम हो। मैंने पूछा, ग्रीक ट्रेजेडी कैसी होती है। तुमने कहा था, वही जो हमारे मुक़ाबले में पिकनिक मालूम हो।

वर्मासाहब बोले, 'तुम लोग तनहा नहीं हो। हमारे समाज में ज़्यादातर औरतों की ज़िंदगियाँ हमेशा से ट्रैजिक रही हैं और उन्हें मज़ीद[3] बेवकूफ़ बनाने के लिए उन्हें सती-सावित्री, वफ़ा की पुतली, ईसार[4] की देवी के ख़िताब दे दिए जाते हैं और वो खुश हो जाती हैं।'

'निहायत उल्लू की पट्ठियाँ हैं,' मैंने जलके कहा था। कहने लगे, 'लड़की पैदा होती है तो उसकी माँ रोती है कि जाने कैसा नसीबा लेकर आई है। विदा होती है तो माँ पछाड़ें खाती है कि न जाने ससुराल में उस पर क्या बीतेगी। कभी तुमने किसी अंग्रेज़ या अमरीकन या यूरोपियन लड़की को देखा या सुना है कि उसके ब्याह पर वह खुद या उसके माँ-बाप धाड़ें मार-मारकर रोते हों। फिर हमारी हिंदुस्तानी औरत बेवा होती है तो दरअस्ल पछाड़ें इसलिए खाती है कि उसके रोटी-कपड़े का सहारा ख़त्म हुआ।'

मगर बजिया, उन सबके दाँत दिखाने के और, खाने के और। वर्मासाहब ने हमेशा

---

1. मुर्दे नहलानेवाले 2. रखैलपन; 3. और अधिक; 4. त्याग।

इसी तरह बड़ी ऊँची-ऊँची बातें कीं मगर खुद सदफ़ से ब्याह न किया। ऐसी वफ़ादार औरत जिसने बीस-इक्कीस बरस उनके पाँव धो-धोकर पिए, किसी दूसरे पर नज़र न डाली, उसे उन्होंने पिछले दिनों पुरानी जूती की तरह उतार फेंका।

चुनांचे अब एक नहीं बल्कि दो ज़ोरदार ख़बरें भी सुन लो। श्री नरेंद्रकुमार वर्मा को एक दौलतमंद गुजरातन लेडी डाक्टर ने अग़वा कर लिया। विलायत से आई थी। यह मौटी भैंस की भैंस। वर्मासाहब पर ख़ूब डोरे डाले। बहुत अमीर औरत है। बाप अहमदाबाद में मिल-ओनर है। वर्मासाहब की स्विंग बर्ड्स इंटरप्राइज़ेज़ अब तक़रीबन ठप हो चुकी है। अपना ख़ानदानी बिज़नेस वह घाटे से चला रहे थे। गौहरे-शबचिराग़ भी बंद हो गया। उसमें बहुत रुपया इतने बरसों डुबोया। शायद यही सब सोचकर डाक्टरनी से शादी कर ली। वह उन्हें रुख़सत कराके अहमदाबाद ले गई। बजिया, तुम सोच सकती हो सदफ़ का क्या हाल होगा। बहुत बुरा हाल था। चहको-पहको रोती थी। लेकिन वर्मासाहब ने कुछ रुपया उसके नाम से जमा कर दिया था। उसने दो कमरों का एक फ़्लैट ले लिया। उसमें उठ गई। यह कोई छः महीने की बात है। मगर अब जो क़िस्सा सुनाती हूँ उसपे सर धुनो। अभी चार महीने हुए, लखनऊ में हिंदुस्तानी लोकसंगीत पर एक इंटरनेशनल कांफ़्रेंस हुई। मुझे और सदफ़ को भी मदऊ[1] किया गया। कांफ़्रेंसवाले मुझे कुर्सी पर बिठाकर ले गए। मेरे अंदर अब गाने की ताक़त तो रही नहीं, बस बैठी टुकुर-टुकुर सबके मुँह देखा की। कांफ़्रेंस में फ़ॉरेन के लोग भी आए थे। एक उर्दू-हिंदीदाँ अमरीकन भी था। बजिया, वह अमरीकन सदफ़ पर लट्टू हो गया। जितनी देर उन्होंने गाया, वह बिलकुल उल्लुओं की तरह मुँह खोले उनको तकता रहा। कांफ़्रेंस के बाद बार-बार मिला। पंद्रहवें दिन उनको कोर्ट में ले जाकर सिविल मैरेज कर ली। सदफ़ से तीन-चार साल छोटा ही होगा। (याद है, वर्मासाहब कहा करते थे हमारी सरवन पे कोई फ़िरंगी आशिक़ हो गया, हम जाकर उसे क़त्ल कर देंगे !) शादी के तीसरे दिन सदफ़ उसे लेकर हमसे मिलाने लाई। कहने लगी यह हमें सेडी कहते हैं। 'कहते हैं मिस सेडी थांप्सन' किसी अंग्रेज़ के मशहूर नावेल की हीरोइन है। मैंने दिल में सोचा, यह वर्मासाहब को बतानेवाली बात है। वह फटाफट नाम तजवीज़ करने के बड़े शौक़ीन थे। मगर वर्मासाहब अब कहाँ ! अहमदाबाद में बैठे ससुरे का बही-खाता देख रहे होंगे।

आज पंद्रह दिन होते हैं कि सदफ़ अपने मियाँ के साथ अमरीका चली गईं। चलते वक़्त हमसे लिपटकर और तुम्हें याद करके धारों रोईं। परसों उनका पेरिस से हमारे नाम ख़त भी आ गया।

काश बजिया, इसी तरह तुम्हारे दिन भी फिर जाएँ।

वर्मासाहब का म्यूज़िक स्कूल बंद होने से हमारी वह पेंशन भी अलक़त[2] जो बेचारे ने इतने बरसों दी। तुम्हारे जाने के बाद तो डेढ़ सौ रुपया महीना कर दिया था। फ़रहादसाहब से एक पैसे की मदद हम न लेंगे। बजिया, अब चला-फिरा बिलकुल नहीं जाता। पलंग पर पड़े-पड़े प्लास्टिक की टोकरियाँ, स्वेटर बुनकर बेचे। अब चिकन काढ़नी शुरू कर

1. आमंत्रित; 2. बंद।

दी है। एक साड़ी के दस रुपये। ज़्यादा कढ़त हो तो बीस या पचीस। बहुत दीदारेज़ी का[1] काम है। मगर अब आमदनी का यही ज़रिया है। फ़ाक़ाकशी का वही ज़माना वापस आ गया जो बचपन और लड़कपन में था। वाह हमारी भी क्या ज़िंदगी रही !

बजिया, अगर तुम्हारा काम वहाँ न बने तो अज़-बराय-खुदा वापस आ जाओ। ख़ाला दुआ लिखवाती हैं। माहपारा को बहुत-बहुत प्यार।

तुम्हारी जमीलुन्निसा

यह ख़त मकतूब-अलैह[2] के पास नहीं पहुँचा क्योंकि 1971 ई. की इंडो-पाक जंग शुरू हो चुकी थी। और मग़रिबी पाकिस्तान के दरमियान डाक का सिलसिला मुनक़ता[3] हो गया था।

9

मेरी प्यारी बहन जमीलुन्निसा, हज़ारों दुआएँ। मैं जबसे यहाँ आई हूँ, तुमको कई ख़त लिख चुकी हूँ। एक का जवाब नहीं आया। तुम्हारे और ख़ाला-ख़ालू और आफ़ताब बेटे के लिए सख़्त फ़िक्रमंद हूँ। मैंने तुम्हें पहले भी लिखा था, अब फिर ताकीद है आफ़ताब को किसी तरह मार-पीटकर स्कूल भेजती रहो। वर्मासाहब से कहो, उसकी फ़ीस माफ़ करा दें और उसे समझाएँ कि वह पढ़ने में दिल लगाए। वह मेरे सामने ही हद से ज़्यादा आवारा हो गया था।

मैं तुमको यहाँ की दास्तान पूरी लिख चुकी हूँ। यह सोचकर कि शायद वह मुफ़स्सल[4] ख़त तुमको नहीं मिला, अज़-सरे-नौ[5] सारा क़िस्सा बताती हूँ। मगर तुम मेरी फ़िक्र में कुढ़ना नहीं। इंशाअल्लाह सब ठीक हो जाएगा।

खोखरापार के रस्ते में बरेली के एक ग़रीब मौलवीसाहब और उनकी बुढ़िया का साथ हो गया था जो अपने बेटे के पास कराची जा रहे थे। बड़े नेक लोग थे। मुझसे कहने लगे, तुम औरत ज़ात। जवान-जहान बेटी का साथ। कराची में अकेली कहाँ धक्के खाओगी। जब तक कोई ठिकाना न बने हमारे साथ ही रहो। मैंने उनको यूँ बताया था कि शौहर ने मुझे छोड़ दिया है। वह छः माह कराची, छः माह लंदन रहता है और मैं नान-नफ़क़े[6] का मुतालबा[7] करने पाकिस्तान आई हूँ। यह सुनकर उन्हें बड़ी हमदर्दी हो गई थी क्योंकि उनकी लड़की को भी उसके ख़ाविंद[8] ने बेकुसूर तलाक़-तलाक़ कहकर धता बताई थी और

1. आँख गड़ाने का; 2. जिसको पत्र भेजा जाए; 3. भंग; 4. विस्तृत; 5. नए सिरे से; 6. ख़र्चा-पानी; 7. माँग; 8. पति।

वह बरेली में पड़ी अपनी जान को रो रही थी।

बहरहाल, तो मैं लालूखेत पहुँची जो यहाँ ग़रीब मुहाजिरों[1] की बस्ती है। उनका बेटा मुहम्मद लतीफ़ ख़ान किसी अमरीकन के हाँ मोटर ड्राइवर था। वह भी बहुत अच्छी तरह पेश आया मगर उसकी बीवी माहपारा और मुझसे जलने लगी। मैंने लतीफ़ भाई से कहा कि जल्द-अज़-जल्द मुझे कहीं खाना पकाने की नौकरी ही दिलवा दें तो मैं उनके घर से चली जाऊँ। वह मेरे लिए नौकरी ढूँढने लगे। हमें वहाँ रहते दस-बारह दिन हुए थे कि एक रोज़ लतीफ़ भाई की दुल्हन ने मीलाद-शरीफ़ किया। उसमें मैंने नातें[2] और सलाम पढ़ा तो बहुत तारीफ़ हुई और मुहल्ले में घर-घर मीलाद-शरीफ़ पढ़ने के लिए बुलाई जाने लगी। यह रबीउल-अव्वल का महीना था। अक्सर मकानों में बीवियाँ मेरी हालत पर तरस खाकर दो-चार रुपये भी दे देतीं। एक बार फिर वह तराई के गाँवों में घूमने का ज़माना लौट आया। क्या अल्लाह की शान है !

एक रोज़ एक महफ़िले-मीलाद में दुरूद-शरीफ़ पढ़ा जा रहा था कि बाहर एक मोटर आनकर रुकी और उसमें से कुछ ग़ैर-मुल्की कैमरा सँभाले उतरे। मैं समझी, लतीफ़ भाई जहाँ मुलाज़िम हैं, वह लोग हैं। बाहर गई। वो यूरोपियन टूरिस्ट थे। उस वक़्त औरतें सेहन में ज़ोर-ज़ोर से दुरूद-शरीफ़ पढ़ रही थीं। उन लोगों में से एक ने जिसके लंबे-लंबे सुर्ख़ बाल थे और नीचे को झुकी हुई मूँछें, मुझे बुलाकर अंग्रेज़ी में पूछा, "यह आल महमडन क्या है ?" पहले तो मैं चकराई, फिर ख़याल आया कि आले-मुहम्मद उनकी समझ में All Mohammadan आया है। तौबा-तौबा। इतने में माहपारा आ गई। उसने अंग्रेज़ी में समझाया कि हम लोगों की रिलीजियस मीटिंग हो रही है। लाल मूँछोंवाला माहपारा को देखता का देखता रह गया। मुझसे पूछा कि मेरी लड़की है ! मैंने कहा, "यस।" इजाज़त चाही, तसवीर खींच सकता हूँ। "स्टनिंग पर्शियन ब्यूटी।" मैंने सर हिला दिया। उसने फ़ौरन कई तसवीरें उतार लीं। अब हमारे गिर्द भीड़ इकट्ठा हो गई। लाल मूँछोंवाले ने अपना कार्ड माहपारा को दिया कि फ़लाँ होटल में कल सुबह दस बजे आए। वह और तसवीरें खींचेगा, किसी फ़ारेन मैगज़ीन के लिए, और उसका बहुत अच्छा मुआवज़ा देगा। माहपारा फ़ौरन राज़ी हो गई। लेकिन मुझे ख़याल आया कि लतीफ़ भाई से पूछ लेना ज़रूरी है। मैंने माहपारा से कहा, उससे कह दे कल फ़ोन करके बता देगी कि आ सकती है या नहीं। चंद मिनट बाद वो लोग चले गए। शाम को जब लतीफ़ भाई घर आए मैंने उनसे ज़िक्र किया। वह बरेली के पठान आदमी और मौलवी के बेटे। एकदम लाल-पीले हो गए। कहने लगे, यह लड़की की बरबादी की तरफ़ पहला क़दम होगा। तुम्हें मालूम है, ये लोग फ़ारेन रिसालों के लिए किस क़िस्म की तसवीरें खींचते हैं ? अगर तुमको अपनी और माहपारा की आफ़ियत[3] मंजूर है और यह चाहती हो कि अपने ख़ाविंद पर नान-नफ़के का दावा कर सको तो शराफ़त से रहो। मैंने एक जापानी के यहाँ आयागीरी का बंदोबस्त कर दिया है। वहाँ चली जाओ। वह लोग क्वार्टर भी देंगे। लड़की अपुवा के किसी इंडस्ट्रियल

1. शब्दशः देशत्यागी (भारत से पाकिस्तान जाकर बसे लोग); 2. पैग़ंबर मुहम्मद साहब की प्रशंसा में कही गई कविताएँ। 3. ख़ैरियत।

होम में काम सीख सकती है। अंग्रेज़ी स्कूल में पढ़ सकती है। किसी नर्सरी स्कूल में मुलाज़मत मिल जाएगी। मैं कोशिश करूँगा। मैंने उस शरीफ़ इनसान की बात मान ली और माहपारा को होटल जाने से सख़्ती से मना कर दिया। मगर वह सुबह-सवेरे ही चुपके से भाग गई और फिर कभी लालूखेत वापस न आई।

आगे की दास्तान बहुत लंबी है, मुख़्तसर[1] करती हूँ। माहपारा को उसी फ़ाइव स्टार होटल में ग़ैर-मुल्कियों के साथ देखा जाने लगा। वह कहाँ रहती थी और क्या करती थी, किसी को मालूम नहीं। बहुत दिनों बाद मुझे जापानियों के हाँ फ़ोन किया जहाँ मुझे लतीफ़ भाई ने आया की नौकरी दिला दी थी। मैंने अपना नाम मोना रख लिया। पुराना शनासा[2] देख ले तो मोना आया को भला क्या पहचानेगा! मैंने आग़ा शब-आवेज़ हम्दानी की तलाश जारी रखी। जगह-जगह फ़ोन किए। मालूम हुआ कि वह अब मुस्तक़लन[3] लंदन में रहते हैं। तो फिर वहाँ ख़त लिखे,और हस्बे-मामूल[4] जवाब का इंतज़ार शुरू किया और हस्बे-मामूल महरूम[5] रही। एक रोज़ माहपारा ने बहुत बेचैन आवाज़ में फ़ोन किया कि फ़लाँ होटल में कोई आग़ा हम्दानी तेहरान से आकर ठहरे हैं, मैं तो उनसे मिलने नहीं जाऊँगी, तुम हो आओ। शायद डैडी हों। मैंने फ़ौरन अपनी जापानी मेम से छुट्टी ली। बरसों बाद सिंगार-पिटार करके अच्छी सारी पहनकर धड़कते दिल से उस होटल पहुँची। रिसेप्शन काउंटर पर आग़ा हम्दानी के कमरे का नंबर दरियाफ़्त किया। मेरे हवास बाख़्ता हो रहे थे।[6] रंग फ़क़ था। काउंटर की लड़कियों मे ताज्जुब से मुझे देखा। इत्तफ़ाक़ से उसी वक़्त आग़ा हम्दानी आ गए। वह शब-आवेज़ के बजाय एक पच्चीस-छब्बीस साला नौजवान था। अब मुझे इतनी अंग्रेज़ी न आए, न उन्हें इतनी उर्दू। बहरहाल, मैंने उनसे पूछा आग़ा शब-आवेज़ हम्दानी को जानते हैं, कैसे हैं ? गुफ़्त बाले-बाले[7] ख़ूबे-ख़ूबे[8] लंदन में रहते हैं। टूटी-फूटी उर्दू में बताया। उनकी ख़ानम[9] और मेरी ख़ाला शीराज़ में एक ही दानिशगाह[10] में दानिश[11] जो थीं। यक पिसर दारद[12] वही न ?

फिर आग़ा हम्दानी तो ईरान एयर की कोच की तरफ़ बढ़ गए। मैंने माहपारा का फ़ोन आने के बाद शब-आवेज़ के नाम जो खर्रा लिखा था वह पर्स से निकाला। पुर्ज़े-पुर्ज़े करके वहीं रद्दी की टोकरी में डाल दिया और होटल के बाहर आ गई। अब सुकून है। अब किसी चीज़ का इंतज़ार नहीं। लेकिन अब माहपारा की फ़िक्र खाए जा रही है। वह मुझसे बिलकुल बरगश्ता हो चुकी है।[13] किसी को यह भी नहीं बताती कि मैं उसकी माँ हूँ। कहती है, एक आया को मैं अपनी माँ कैसे बताऊँ। मेरे पास आकर क्यों नहीं रहतीं! क्यों ढाई सौ रुपये महीने पर नौकरानी बनी अपनी औक़ात खो रही हो! मेरे पास पैसे की कमी नहीं ··· लेकिन माहपारा के हाँ दौलत की यही फ़रावानी[14] मुझे मारे डाल रही है। वह एक मुश्तबहा[15] क़िस्म के होटल में रहती है और तरह-तरह के मुश्तबहा लोगों से उसकी दोस्ती है। कभी कहती है, अपने अरब फ़्रेंड के साथ बैरूत जा रही है। कभी

---

1. संक्षिप्त; 2. परिचित; 3. स्थायी रूप से; 4. हमेशा की तरह; 5. वंचित; 6. होश उड़े जा रहे थे; 7. बोले; 8. भले-चंगे, अच्छी तरह; 9. पत्नी; 10. मदरसा; 11. छात्राएँ; 12. एक बाप की; 13. हाथ से निकल चुकी है; 14. अधिकता; 15. संदिग्ध।

फ़ोन करती है कि कैबरे डांस सीखने हांगकांग जानेवाली है। हफ़्तों-महीनों ग़ायब रहने के बाद सूरत दिखाती है तो लगता है, कोई फिल्म स्टार आ गई। बढ़िया विलायती कपड़े, क़ीमती इत्र, नित नये हेयर स्टाइल और विग, बेचारे भाई लतीफ़ ख़ाँ जो वर्मासाहब की तरह नेकदिल आदमी हैं, मुझसे बेहद नाराज़ हैं, कभी मिलते भी नहीं। और मैं क्या मुँह लेकर उनके घरवालों से मिलने लालूखेत जाऊँ ! उन सबको माहपारा के मुतल्लिक़ मालूम हो चुका है। मैं माहपारा से एक पैसा नहीं लेती मगर वह तो यही समझते होंगे।

अब जबकि आग़ा शब-आवेज़ की तरफ़ से भी पूरी नाउम्मीदी हो चुकी है, मुझे माहपारा के साथ रहने में क्या आर[1] है ? मेरी समझ में खुद नहीं आता। क्या अम्माँ, हुरमुज़ी ख़ाला और मैंने सारी उम्र वही नहीं किया जो अब माहपारा निहायत आला पैमाने पर बड़े स्टाइल से कर रही है ? मेरी जापानी मेम जिसे मुझसे बेहद हमदर्दी है, मुझे बताया करती है कि टोकियो में एक पूरा इलाका बेहद शानदार गैंज़ा डिस्ट्रिक्ट कहलाता है जिसमें जापान की हज़ारों-हज़ार लड़कियाँ इन्हीं अशग़ाल[2] में मसरूफ़ हैं और पुराने फ़ैशन की बावक़ार[3] गीशा गर्ल्स की जगह ले चुकी हैं।

ठीक है। फिर मुझे माहपारा से पैसे लेते क्यों झिझक आती है ! शायद इसलिए कि हम लोगों ने 'इज़्ज़त' और 'वक़ार'[4] का एक पर्दा अपने सामने लटका रखा था। गो वह पर्दा टाट का था और टट्टी धोखे की। वह धोखा हम अपने-आपको भी देते थे और दूसरों को भी और वह क्या अनोखी वज़ादारी[5] थी। हालाँकि तुम्हें मालूम है, ईरान में 'ख़ानगी' तवायफ़ ही को कहते हैं। अब एक अलल-ऐलान[6] 'हाई क्लास पार्टी गर्ल' की कमाई खाते मुझे शर्म आती है। किस क़दर ग़ैर-मंतक़ी[7] और बेतुकी बात है। और माहपारा की तरफ़ से तशवीश[8] बढ़ती जा रही है। हमारी वो तंगो-तारीक[9] गलियाँ महफ़ूज़[10] थीं और इनसान इतने दरिंदे नहीं थे। आज यह बाहर की खुली फ़िज़ाएँ[11] और यह जगमगाती दौलतमंद दुनिया बेहद पुरख़तर[12] है और इनसान ज़्यादा कमीने हो चुके हैं।

बहरकैफ़, मैं अपनी क़िस्मत पर पेचो-ताब खाती हूँ और शायद क़िस्मत ही से इंतक़ाम लेने की ख़ातिर माहपारा से किसी क़िस्म की मदद नहीं लेती।

एक रोज़ इत्तफ़ाक़िया आग़ा फ़रहाद की छोटी लड़की से मुलाक़ात हो गई। मेरी जापानी मेम अपनी किसी अमरीकन सहेली से मिलने गई थी। मैं भी साथ थी। पड़ोस की आलीशान सहमंज़िला[13] कोठी के फाटक पर आग़ा फ़रहाद के छोटे दामाद के नाम का बोर्ड लगा था। मेरी मेमसाहब अमरीकियों से मिलने उनके हाँ चली गई; मैं बाहर धूप में टहलने लगी। टहलते-टहलते पड़ोस में दाख़िल हो गई। कोठी थी कि महल का महल। जैसे अमरीकन रिसालों में तसवीरें होती हैं। बरामदे में पहुँची। संगमरमर का फ़र्श। अंदर झाँका। सफ़ेद 'वाल-टु-वाल' कारपेट; निहायत बढ़िया फ़रनीचर। आग़ा फ़रहाद की लड़की सामने ही नज़र पड़ी। मैं फ़ौरन पहचान गई। कई बार लखनऊ में देखा था। वह सफ़ेद रंग के टेलीफ़ोन पर झुकी 'चिपन डील, चिपन डील' कर रही थी। जी हाँ, हमने सेकंड

---

1. परेशानी; 2. कृत्यों; 3. सम्मानित; 4. सम्मान; 5. चालचलन; 6. ऐलानिया; 7. तर्कहीन; 8. चिंता; 9. अँधेरी और तंग; 10. सुरक्षित; 11. वातावरण; 12. ख़तरों से भरी; 13. तीनमंज़िला।

फ़्लोर के लिए चिपन डील का फ़रनीचर आर्डर किया है। थर्ड फ़्लोर के सिर्फ़ छ: कमरों के लिए क्वीन ऐन फ़रनीचर चाहिए। जी हाँ, हमने सारा सामान यूरोप से मँगवाया है। फिर उसकी नज़र मुझ पर पड़ी। दुरुश्ती[1] से पूछा, क्या है ? क्या चाहिए ? मैंने कहा, कुछ नहीं बेगम साहब। आपकी आया से मिलने आई थी। उसने जवाब दिया – उधर जाओ। अंदर कहाँ घुसी आती हो ! मैं बरामदे से उतरकर टहलती हुई फाटक से बाहर आ गई।

मेरी जापानी मेम बहुत अच्छी औरत है। उसने कहा है, यह ख़त अपनी माँ को टोकियो भेज देगी। उसकी माँ उसे तुम्हारे पते पर इंडिया रीडाइरेक्ट कर देगी।

ख़ाला-ख़ालू को दस्तबस्ता आदाब। वर्मासाहब और सदफ़ को सलाम। आफ़ताब बेटे को प्यार। तुम्हें प्यार।

जमीलुन, दुआ करो माहपारा राहे-रास्त पर[2] आ जाए। अब सुना है, वह स्मगलरों के एक गिरोह में शामिल हो गई है। खुदा करे, यह ख़बर ग़लत हो। मैं तो दुआएँ माँगते-माँगते थकके चूर हो गई।

तुम्हारी बजिया

यह ख़त भी मकतूब-अलैह[3] के पास नहीं पहुँचा क्योंकि जापानी मेम ने उसे अपनी मामा सान को टोकियो भेजा। और जापानी ज़ईफ़ा[4] ने दूसरी डाक के साथ अपनी मेज़ की दराज़ में रख दिया और उसे इंडिया पोस्ट करना भूल गई।

10

पाकिस्तान के उर्दू अख़बारों की एक सुर्खी–क्लिफ़्टन पर नौउम्र हसीना का रहस्यपूर्ण क़त्ल, क़ातिल मफ़रूर[5] हैं। लड़की की लाश सुबह चार बजे के क़रीब साहिल[6] पर पड़ी पाई गई। बयान किया जाता है कि यह लड़की ग़ालिबन स्मगलरों के बैनुल-अक़वामी[7] गिरोह से ताल्लुक रखती थी। उसकी माँ एक विदेशी के हाँ घरेलू मुलाज़िमा है। तहक़ीक़ात के बाद जिस वक़्त उस औरत को लड़की की लाश शिनाख़्त करने के लिए बुलवाया गया, वह हिस्टिरियाई रूप में चिल्ला-चिल्लाकर कह रही थी, "वर्मासाहब, आपकी अमरापाली मर गई। वर्मासाहब, आपकी अमरापाली को मार डाला ···" इस वजह से यह शुब्हा ज़ाहिर किया जा रहा है कि दोनों माँ-बेटियाँ भारती जासूस थीं। तहक़ीक़ो-तफ़तीश[8] जारी है।

---

1. कठोरता; 2. सही रास्ते पर; 3. पत्र जिसके नाम लिखा जाए; 4. वृद्धा; 5. फ़रार; 6. तट; 7. अंतर्राष्ट्रीय; 8. छानबीन।

11

पुलिस के मुर्दाघर का एक मंज़र।

"मरनेवाली के बाप का नाम ?" पुलिस-अफ़सर पूछता है।

"बाप का नाम ··· ? कुदरते-खुदा लिख लीजिए।"

"अजीब नाम है।"

"हर नाम अजीब होता है।"

"कुदरते-खुदा बंगाली मालूम होता है।"

"जी हाँ। मुत्वत्तन[1] कलकत्ता। ग़ालिबन इस जहाने-फ़ानी[2] से कूच कर चुके हैं।"

"उनकी क्या क़ौमियत[3] थी ?"

"ब्रिटिश।"

"मक़तूल[4] का पासपोर्ट नंबर ···"

"सिफ़र[5] ··· सिफर ··· सिफ़र।"

"ठीक-ठीक बताओ।"

"लाश का पासपोर्ट नंबर ? ज़ीरो ··· ज़ीरो ··· जीरो ···"

"क्या अब फिर दौरा पड़नेवाला है ?"

"लाश का पासपोर्ट ··· हा ··हा ··· हा ··· सफ़र है दुश्वार। ख़्वाब कब तक ··· बहुत बड़ी मंज़िले-अदम[6] है ··· हा हा ··· नसीम जागो। कमर को बाँधो ··· उठाओ बिस्तर ··· अजी उठाओ बिस्तर कि रात कम है।" औरत अब गाना शुरू कर देती है। पुलिस के लोग उसे आश्चर्य से देखते हैं। "जवानी-ओ-हुस्न, जाहो-दौलत ··· ये चंद अनफ़ास[7] के हैं झगड़े। अजल है इस्तादा दस्तबस्ता, नवेदे-रुख़सत हरेक दम है[8] ··· बसाने-दस्ते-सवाले-साइल तही हूँ हर एक मुद्दुआ से[9] ··· "औरत अब ग्रामोफ़ोन रिकार्ड पर अटकी हुई सुई की तरह बेथकान दुहरा रही है। "सफ़र है दुश्वार ··· सफ़र है दुश्वार ···

"बहुत बड़ी मंज़िले-अदम ··· अदम ··· अदम ··· अजी छाप-तिलक सब छीनी मोसे नेहा लगाय के ··· छाप-तिलक – खुसरो निज़ाम के बलि-बलि जाऊँ ··· बलि बलि बलि बलि बलि।" उसने फिरकी के मानिंद चक्कर लगाना शुरू कर दिया। उसका जूड़ा खुल गया और लाँबे बाल शानों पर बिखर गए। अब वह ज़बान निकालकर लट्टू की तरह घूमने लगी ··· जैसे ज़िंदगी के मरघट पर काली नाचती हो।

दो सिपाही उसे ब-दिक़्क़त[10] पकड़कर बाहर एंबूलेंस की तरफ़ ले गए।

---

1. निवासी; 2. नश्वर संसार; 3. राष्ट्रीयता; 4. बधित; 5. शून्य; 6. परलोक; 7. साँसें; 8. मौत हाथ जोड़े खड़ी है, हर पल विदाई का निमंत्रण है; 9. भिखारी के भिक्षा माँगते हाथ की तरह मैं हरेक मुद्दे से एकदम ख़ाली हूँ; 10. कठिनाई से।

12

नूरे-इस्लाम मुसाफ़िरख़ाना, मुहम्मद अली रोड, बंबई के क्लर्क ने पूछा, "पाकिस्तानी ?" और रजिस्टर खोला।

"पता नहीं, पाकिस्तानी कि हिंदुस्तानी। दरअस्ल जहन्नमी ⋯"

क्लर्क ने नई आनेवाली औरत को ताज्जुब से देखा।

"आपने मुझे पाकिस्तानी क्यों समझा ⋯ ? क्या मेरे माथे पर लिखा है ?"

"जी नहीं बेगम साहब, आप चारों तरफ़ ऐसे देख रही थीं जैसे बाज़[1] पाकिस्तानी जो पहली बार यहाँ आते हैं, हर चीज़ को शुब्हे की नज़र से ⋯"

"मैं सारी दुनिया को शुब्हे की नज़र से देखती हूँ ⋯ क्या पता, आप भी अभी जासूस समझकर मुझे हवालात में बंद करा दें ⋯ दीवानी क़रार देकर पागलख़ाने भेज दें ⋯ मेरी पीठ में छुरा घोंपकर मेरी लाश साहिल[2] पर फेंक दें। मेरा ज़ेवर लूट खाएँ। मुझे फ़रेब में मुब्तला[3] रखें। मेरे मुँह पर कालिख पोत दें। मैं हज़ारों ख़त लिखूँ, एक का जवाब न दें।"

क्लर्क घबराकर मैनेजर को बुलाने के लिए उठा।

"घबराइए नहीं। अब मैं बिलकुल अच्छी हूँ। यह मेडिकल सर्टीफ़िकेट देख लीजिए।" उसने पर्स खोला ⋯ फिर बंद कर दिया। "एक फ़ोन कर सकती हूँ ⋯"

"ज़रूर ⋯ " क्लर्क ने कहा।

औरत टेलीफ़ोन डायरेक्टरी में नंबर तलाश करने लगी। चंद मिनट बाद उसने एक नंबर डायल किया।

"हलो ⋯ हलो ⋯ शेख़ ताऊस हैं ?"

"जी मैं हाज़िर हूँ। फ़रमाइए। कौन साहब ?"

"जी, मैं रश्के-क़मर बात कर रही हूँ।"

"ओ हो ⋯ रश्के-क़मर साहिबा ⋯ यह ईद का चाँद कहाँ से निकल आया ! सुना था, आप कराची चली गई थीं।"

"जी हाँ। आज सुबह दस बजे वहाँ से वापस आई हूँ।"

पच्चीस बरस पहले जब वह आग़ा फ़रहाद के साथ बंबई आई थी, शेख़ साहब के यहाँ कई महफ़िलें रही थी। शेख़ ताऊस भी उस ज़माने में अफ़साने लिखते थे और शेर कहते थे। ताऊस[4] तख़ल्लुस[5] था। अरसे से अदब से तायब हो चुके थे[6] और लोहे के बड़े भारी ब्योपारी थे मगर कभी-कभी अदबी महफ़िलें मुनअक़िद[7] करते थे और शायरों वग़ैरह की सरपरस्ती फ़रमाते थे। "तो फ़रमाइए कब मिलेंगी ?" उन्होंने पूछा। "इत्तफ़ाक़ से

---

1. कोई-कोई; 2. तट; 3. ग्रस्त; 4. मोर; 5. उपनाम; 6. तौबा कर चुके थे; 7. आयोजित।

ग़रीबख़ाने पर कल ही एक नशिस्त[1] है। आपका क़याम[2] कहाँ है ?"

"नूरे-इस्लाम मुसाफ़िरख़ाना ..."

"ओह ..."

अगर वह ओबराय शेरटन या ताज में ठहरी होती तो शेख़ ताऊस कहते, मैं ख़ुद कार लेकर आपको लेने आऊँगा। अब उन्होंने ज़रा सर्द-मेहरी से[3] जवाब दिया, "अच्छा तो कल आप सात, साढ़े सात तक आ जाइए। मैं वरली सी फ़ेस पर रहता हूँ। आपको बस आसानी से मिल जाएगी। मेरा पता लिख लीजिए।"

दूसरी शाम वह मुसाफ़िरख़ाने के क्लर्क से बसों के नंबर दरियाफ़्त करके एक बस स्टाप पर जा खड़ी हुई। बहुत लंबा क्यू था। आध घंटे बाद वह एक ग़लत बस पर चढ़ गई। वह बंबई के रास्तों को नहीं जानती थी। ग़लत बस स्टाप पर उतर गई। दूसरी बस में सवार हुई। उसने हाजी अली पर उतार दिया। उस वक़्त तक वह थककर चूर हो चुकी थी। ताज़ा-दम होने के लिए समंदर की दीवार पर बैठ गई। सामने एक टापू पर हाजी अली की ख़ूबसूरत सफ़ेद दरगाह बुक़ा-ए-नूर[4] बनी हुई थी। जुमेरात[5] की शाम थी और लोगों के ठठ के ठठ पानी पर बने हुए तवील[6] रास्ते पर से गुज़रते दरगाह की सिम्त[7] जा रहे थे। उसने दूर ही से फ़ातिहा पढ़ी और एक बुर्क़ापोश औरत से वरली सी फ़ेस का रास्ता पूछकर पैदल चलना शुरू किया। कुछ देर बाद एक आलीशान इमारत के सामने पहुँची। शेख़ ताऊस का बढ़िया फ़्लैट पाँचवीं मंज़िल पर था। ड्राइंगरूम में महफ़िल गर्म थी। रश्के-क़मर अपने खिचड़ी बालों, मामूली सारी, बुझी हुई शख़्सियत[8] की वजह से म्यूनिसपैलिटी की स्कूल टीचर मालूम हो रही थी। बल्कि उनमें से एक ने पूछ भी लिया, "क्या आप किसी स्कूल में पढ़ाती हैं ?" साहबे-ख़ाना[9] और अल्ट्रा-फ़ैशनेबुल बेगम ताऊस ने भी किसी ख़ास गर्मजोशी का इज़हार[10] न किया और एक-दो ग़ज़लें सुनकर मेहमानों ने रस्मी वाह-वाह के बाद नज़रअंदाज़ कर दिया। वह एक कोने में ख़ामोश बैठी रही।

रात के दस बज चुके थे। लोग डिनर के लिए उठे। उस वक़्त एक साहब उससे बातें करने लगे। वह दिल ही दिल में उनकी बहुत मशकूर[11] हुई। वह प्लेटें लेकर उसके साथ समंदर की ओर एक दरीचे[12] में आ बैठे। वह ख़ाँसाहब, ख़ाँसाहब कहला रहे थे और निहायत माक़ूल और भले आदमी मालूम होते थे। ख़ाना ख़त्म करते ही उन्होंने साहबे-ख़ाना से इजाज़त चाही। "मुझे अपने काम के सिलसिले में ठीक साढ़े ग्यारह बजे एक जगह पहुँचना है। मैं कोलाबा में रहता हूँ। आप कहाँ जाएँगी ?" उन्होंने रश्के-क़मर से दरियाफ़्त किया।

"मुहम्मद अली रोड ..."

"मुझे भी साउथ बांबे जाना है। लेकिन रास्ते में ज़रा-सा काम है। उसके बाद आपको पहुँचा दूँगा। आपको कोई एतराज़ तो नहीं ?"

---

1. बैठक; 2. निवास; 3. ठंडेपन से; 4. प्रकाश-स्तंभ; 5. बृहस्पतिवार; 6. लंबे; 7. तरफ़; 8. व्यक्तित्व; 9. गृहस्वामी; 10. अभिव्यक्ति; 11. कृतज्ञ; 12. खिड़की; छोटा दरवाज़ा।

वह नीचे आकर ख़ाँसाहब की कार में बैठी। ख़ाँसाहब ने इंजन स्टार्ट करते हुए कहा, "क़मर साहिबा ··· मैं इंप्रसारियो हूँ ··· artistes में deal करता हूँ। मुझे ऐसा महसूस होता है कि आप सिर्फ़ रस्मी क़िस्म की शायरा नहीं, परफ़ार्मिंग आर्टिस्ट हैं या रह चुकी हैं और इस वक़्त किसी वजह से बेहद परेशान हैं। क्या मैं आपकी किसी तरह से मदद कर सकता हूँ ?"

"आपने शायद सुना हो। मैं एक ज़माने में रेडियो पर गाया करती थी।"

ख़ाँसाहब ने कार चलाते-चलाते चुटकी बजाई, "देयर यू आर ··· मेरा अंदाज़ा ग़लत नहीं होता ··· अगर आप मुनासिब समझें, अपनी परेशानी की वजह बतला दें ··· यू सी मिसेज ··· क़मर ··· मेरी जो लाइन है उसमें मैंने आर्टिस्टों की दुखी ज़िंदगियों के इतने वाक़ियात देखे हैं कि मेरे अंदर ··· यूँ कहना चाहिए कि एक क़िस्म की वुसअते-नज़र[1] पैदा हो गई है और जिस तरह इनसान इनसान को सताता है उसकी कमीनगी और नीचता पर मैं मुतहय्यर[2] भी नहीं होता।"

"मेरे हालात तो ठीक हैं। सिर्फ़ सफ़र की थकान है।"

खुद्दार औरत है, ख़ाँसाहब ने दिल में सोचा। ख़ामोशी से रास्ता तय करने लगे। मेरीनड्राइव पर से गुज़रते हुए उन्होंने घड़ी देखी और कहा, "आइए, कहीं चलकर कॉफ़ी पी लें।" वह ओबराय शेरटन पहुँचे। रेस्तराँ में जाकर कॉफ़ी का आर्डर दिया और चुपचाप बैठ गए। शरीफ़ और दर्दमंद आदमी हैं। वर्मा और लतीफ़ ख़ाँ की तरह, रश्के-क़मर ने सोचा। फिर खुद ही बताना शुरू किया।

"मेरे शौहर मुझे छोड़कर लंदन चले गए थे। मैं उनके रिश्तेदारों के पास कराची गई। लड़की को लेकर ··· वहाँ उसकी शादी कर दी। अब वापस आ गई हूँ।"

जहाँदीदा[3] ख़ाँसाहब उसकी आवाज़ से समझ गए कि वह सच नहीं बता रही। और अधिक कुरेद करके उसे मुज़्तरिब[4] करने के बजाय नरमी से पूछा, "अब क्या इरादा है ?"

"पता नहीं, लखनऊ जाकर सोचूँगी।"

"आप क़व्वाली गाना पसंद करेंगी।" फिर ख़ुद ही ख़याल आया कि यह स्टेज पर हाव-भाव के साथ क़व्वाली गाने की उम्र से काफ़ी आगे निकल चुकी हैं।

रश्के-क़मर ने मुस्कुराकर कहा, "इस सिनो-साल[5] में क़व्वाली गाऊँगी ?"

"क्यों नहीं," ख़ाँसाहब ने बात बनाने की ख़ातिर जवाब दिया।

"शकीला बानो भोपाली बरसों से गा रही हैं। नूरजहाँ, रज़िया बानो और शकीला बानो तो इंग्लैंड का दौरा भी कर चुकी हैं।" फिर उन्होंने अपनी रिस्ट-वाच पर नज़र डाली। "आइए चलें। सामने ही जाना है।"

वो होटल से निकलकर नरीमान प्वाइंट के थिएटर हाल पर पहुँचे जहाँ 'मुजरा कैबरे कंपटीशन' प्रोग्राम शुरू हो चुका था। वो अंदर गए। स्टेज पर एक लड़की सुनहरा विग पहने इंतिहाई लचर रक़्स[6] कर रही थी।

"इसे बैली डांस की अलिफ़-बे भी नहीं आती," ख़ाँसाहब ने कोफ़्त से कहा।

---

1. दृष्टि की व्यापकता; 2. चकित; 3. दुनिया देखे हुए; 4. बेचैन; 5. उम्र; 6. नृत्य।

"और लोग इतने महँगे टिकट ख़रीदकर उसे देखने आते है !"

"जी हाँ, ज़्यादातर अंडरवर्ल्ड के लोग ··· और गल्फ़ के अरब ··· आइए चलें।"

वो उठकर बाहर आए। बारिश शुरू हो चुकी थी और समंदर की ऊँची लहरें साहिली दीवार से टकरा रही थीं। तेज़ हवा चल रही थी और सड़क पर सन्नाटा तारी[1] था। बरसाती में एक आदमी ओवरकोट में चेहरा छिपाए चुपचाप खड़ा था ··· उसने रश्के-क़मर से फ़्रेंच में कुछ कहा। वह घबराकर ख़ाँसाहब के बराबर दुबक गई।

"बंबई की अंडरवर्ल्ड बहुत ख़तरनाक है। आइए, यहाँ से चलें।" ख़ाँसाहब बोले।

"मोंशियो ··· मादाम ···" उस आदमी ने बेबसी से टूटी-फूटी अंग्रेज़ी में कहा, "मैं मारीशस से आया हूँ। एक शख़्स ने मेरी जेब काट ली।"

ख़ाँसाहब और रश्के-क़मर सरअत[2] से कार में जा बैठे। सामने एक नामी-गिरामी स्मगलर की कैडीलेक आकर रुकी। वह अपने गुर्गों के साथ झूमता-झामता उतरा। ख़ाँसाहब ने अपनी कार स्टार्ट की। "बंबई की अंडरवर्ल्ड ···" उन्होंने दुहराया।

"ख़ाँसाहब, मेरी बच्ची कराची की अंडरवर्ल्ड में मारी गई ···" उसने कहा और बेइख़्तियार रोने लगी।

ख़ाँसाहब ने कार की रफ़्तार धीमी की और नरमी से बोले, "मुझे पूरा वाक़िया बतलाइए।"

तब उसने पूरी दास्तान उनको मुख़्तसरन[3] सुनाई।

" ··· फिर सिपाही मुझे हस्पताल ले गए और जापानी साहब को सूचना दी। उस बेचारे ने मुझे एक मेंटल होम में दाख़िल कर दिया ··· इलेक्ट्रिक शॉक लगाए गए। चार-पाँच महीने इलाज हुआ। जापानी ने सारा ख़र्चा उठाया। वो टोकियो लौटनेवाले थे। मुझसे कहा, मुझे किसी और जापानी या अमरीकन के हाँ नौकर रखवा देंगे। तब ही मेरे पास मसक़त से पोस्ट किया हुआ, जमीलुन का चार सतरों[4] का परचा पहुँचा कि वह सख़्त बीमार है और उसकी देखभाल और माली[5] इआनत[6] के लिए कोई मौजूद नहीं। मैं रात-भर, दिन-भर रोती रही। जापानियों ने मेरी यह हालत देखकर और उस ख़त की बुनियाद पर मेरे लिए परवान-ए-राहदारी[7] की तगो-दौ[8] की। उसमें एक साल लग गया। इजाज़त मिलते ही मेरे लिए यहाँ का टिकट ख़रीदा। एयरपोर्ट पर ख़ुद पहुँचाने आए। मेरा रोवाँ-रोवाँ जापानी मियाँ-बीवी को दुआएँ देता है।

"रवानगी से एक दिन पहले माहपारा को ख़ुदा हाफ़िज़ कहने क़ब्रिस्तान गई थी। बहुत देर तक उसकी क़ब्र के सिरहाने बैठी रही। अचानक बहुत गहमा-गहमी शुरू हो गई। किसी वी.आई.पी. का जनाज़ा लाया जा रहा था। टेलीविज़न कैमरे, प्रेस रिपोर्टर, फूलोंवाले रीथ, सफ़ेद शिफ़ोन और जार्जेट की सारियाँ, सफ़ेद सैंडिल्स पहने, सफ़ेद पर्स

1. छाया हुआ; 2. तेज़ी से; 3. संक्षेप में; 4. पंक्तियों; 5. आर्थिक; 6. सहायता; 7. पासपोर्ट; 8. दौड़धूप।

सँभाले, काला चश्मा लगाए, हलका मेक-अप किए, नफ़ासत से सर ढँपे सोगवार बेगमात। मैं बस स्टाप की तरफ़ जाने के लिए उठी। रस्ते में जनाज़े के जुलूस में आई हुई शानदार इंपोर्टेड कारों की इतनी लंबी क़तार थी कि मैं उनके गुज़रने के इंतज़ार में सड़क के किनारे एक संगे-मील[1] पर बैठ गई। एक कार में से एक सफ़ेद शिफ़ोन की सारी और काले चश्मेवाली बेगम उतरीं। मुझे कोई भिखारिन समझकर मेरे सामने चंद सिक्के फेंके। बेल्जियम की लैस के सफ़ेद नाजुक रूमाल से अपनी नाक की नोक छूती आगे बढ़ गईं।"

"रश्के-क़मर ··· आपने अभी बतलाया था कि आपका एक लड़का भी है ···"

"जी हाँ, उसे स्कूल में पढ़ाने के लिए जतन किए लेकिन वह लखनऊ की गलियों में आवारागर्दी का शौक़ीन था। अब कराची में किसी लखनऊ से आनेवाले ने बताया था कि वह बंबई में दादागीरी कर रहा है। मैं कल सुबह से, जब से यहाँ पहुँची हूँ, चारों तरफ़ आँखें फाड़-फाड़कर देख रही हूँ, शायद वह कहीं नज़र आ जाए। मगर ऐसे इत्तफ़ाक़ात[2] सिर्फ़ हिंदुस्तानी फ़िल्मों में होते हैं।"

कार अब नूरे-इस्लाम मुसाफ़िरख़ाने, भिंडी बाज़ार पहुँच चुकी थी। ख़ाँसाहब ने आहिस्ता से कहा, "आप पाकिस्तान से कुछ रुपया साथ ला न सकी होंगी।"

"एक पैसा नहीं। मेरे हाथ में ये दो सोने की चूड़ियाँ हैं। कल सुबह उन्हें फ़रोक्त करके[3] लखनऊ का टिकट ख़रीदूँगी। मुसाफ़िरख़ाने का किराया बहुत सस्ता है। सिर्फ़ तीन रुपये रोज़।"

ख़ाँसाहब का हाथ उनके कोट की जेब की तरफ़ गया। "मैं अगले हफ़्ते अजमेर के क़व्वालों की पार्टी को लेकर मिडिल-ईस्ट और इंग्लैंड के दौरे पर जा रहा हूँ। इसकी वजह से बहुत इख़राजात[4] दरपेश हैं[5]।" उन्होंने जेब से बटुवा निकाला।

खिसके डबल ··· खिसके डबल ··· खिसके डबल ··· रश्के-क़मर उर्फ़ क़मरून उर्फ़ मेलेवाली इमरती ने दिल में दुहराना शुरू किया। ख़ाँसाहब ने कहा, "इस वक़्त सिर्फ़ इतना ही पेश कर सकता हूँ। एक मुख़लिस[6] दोस्त की तरफ़ से क़ुबूल कीजिए।" और बटुवे में से चंद नोट निकाले।

13

पड़ोस की मस्जिद में इशा की अज़ान हो रही थी जिस वक़्त वह टाट का पर्दा उठाकर अपने आँगन में दाख़िल हुई। सामने अमरूद की टहनी से साइकिल-रिक्शा के पुराने ट्यूब

1. मील का पत्थर; 2. संयोग (बहुवचन); 3. बेचकर; 4. ख़र्च; 5. सामने; 6. सद्भावपूर्ण।

और टायर लटक रहे थे। एक औरत ने खपरैल में से आवाज़ दी, "कौन है ?" असबाब ड्योढ़ी में रखकर वह "जमीलुन, जमीलुन" पुकारती अपने कमरे की तरफ़ दौड़ी। जल्दी में चौखट से ठोकर लगी। अँगूठे में चोट आ गई। अंदर स्टूल पर रखी लालटेन अंधी-अंधी जल रही थी।

"जमीलुन ··· ख़ाला ··· हम आ गए ···" बेहद बूढ़ी, सूखी लक्क़ात[1] हुरमुज़ी ख़ाला मैले-कुचैले बिस्तर पर से धुएँ की एक पतली लकीर की तरह उठीं। उनके बराबर बिछा जमीलुन का पलंग ख़ाली पड़ा था। उसकी बैसाखी कमरे के एक कोने में रखी थी। रश्के-क़मर का दिल धक से रह गया।

"ख़ाला, तसलीम ···" वह पलंग की पट्टी पर बैठकर ख़ाला से लिपट गई। वह फ़ुसुर-फ़ुसुर रोने लगीं।

"ख़ाला ··· जमीलुन ··· कहाँ है ?"

औरत बावर्चीख़ाने से निकली। अपने बच्चों के साथ मिलकर रश्के-क़मर का असबाब ड्योढ़ी से उठाया और उसे लाकर बरामदे में चुन दिया। खुद मैली ओढ़नी से पसीना पोंछती चौखट में आ खड़ी हुई और घर की नई आनेवाली मालकिन को देखने लगी।

"ख़ाला ··· जमीलुन ··· ?" रश्के-क़मर ने दहलकर दुहराया।

"अल्लाह के घर गई," सिड़न ख़ाला ने रोते-रोते जवाब दिया। "उसके दोनों पाँव बेकार हो गए थे ··· मौला ने उसकी मुश्किल आसान की।"

"जमीलुन बिटिया तो बिलकुल हिल-जुल नहीं सकती थीं। यह दागदर बुलाकर लाए। वह बोला, सारे बदन को यह हो गया है। गठिया हो गई है। जोड़-जोड़ जकड़ गया है," दरवाज़े में खड़ी औरत ने कहा।

रश्के-क़मर ने सर उठाकर उसे देखा।

"आख़िर वक़्त तक उसने तुम्हारा इंतज़ार किया। उसे तो मरे भी अब एक साल हो जाएगा," ख़ाला बोलीं।

रश्के-क़मर गुमसुम, बारी-बारी उन दोनों की सूरतें देखा की। एक आँसू आँख से न टपका। उसने जज़्बात से आरी,[2] सपाट आवाज़ में पूछा," ··· तुमने हमें इत्तला भी न भेजी !"

"बीमारी की इत्तला तो बुलूल का देवर मस्क़त जा रहा था, उसके हाथ भिजवा दी थी। वह भी वहाँ पहुँचकर लापता हो गया। हमारा कौन सगा विलायत में बैठा है जिसके ज़रिये ख़तो-किताबत करते !"

रश्के-क़मर सर झुकाए जमीलुन के खाली खुर्रे पलंग को तकती रही। ताज्जुब की बात है, जमीलुन की मौत की ख़बर पर मेरी आँखों से एक आँसू नहीं गिरा। क्या माहपारा की वफ़ात[3] ··· नहीं क़त्ल ··· पर आँसुओं का सारा स्टाक ख़त्म हो गया ! मैं रोई नहीं तो जिऊँगी कैसे। अचानक उसे जुम्मन ख़ालू याद आए। शायद अभी नमाज़ पढ़कर मस्जिद से नहीं लौटे।

---

1. काँटे की तरह सूखकर दुबली हो चुकी; 2. रहित; 3. मृत्यु।

"ख़ाला ··· ख़ालू कैसे हैं ?"

"कौन ··· तुम्हारे ख़ालू ··· उनको मरे पाँच साल हो गए। जमीलुन मरहूमा ने तुम्हें मुफ़स्सल[1] ख़त में इत्तला दी थी ···"

"मुझे कोई ख़त नहीं मिला ख़ाला ··· कहीं से कोई ख़त नहीं आया मेरे नाम।"

हुरमुज़ी ख़ाला, जुम्मन ख़ालू, रश्के-क़मर लखनवी, जमीलुन्निसा बेगम उर्फ़ कुमारी जलबाला लहरी, माहपारा ख़ानम ··· हम सब दलदल में फँसे हुए हैं, फँसे हुए थे। दलदल में फँसा आदमी बाहर निकलने के लिए हाथ-पाँव मारता है, रोता नहीं; उसे रोने की फ़ुरसत नहीं होती। वह दलदल से निकलने की कोशिश में जुटा रहता है ··· जुम्मन ख़ालू, जमीलुन्निसा, माहपारा ख़ानम, तीनों दलदल में धँस गए। उसने अपनी ख़ुश्क[2] आँखों पर उँगलियाँ फेरीं।

"जमीलुन ··· कब ··· कैसे मरी ··· ख़ाला ··· ?"

"आदमी कैसे मरता है बिटिया ··· ? बस मर जाता है। जमीलुन ने रात के वक़्त दम तोड़ दिया। तारीख़ और महीना हमें याद नहीं। भरी बरसात थी। घर में कफ़न के लिए एक पैसा नहीं था। बफ़ाती कहीं से बीस रुपये क़र्ज़ लाए। कहने लगे, मुहल्लेवालों से चंदा कर लूँ।"

"बफ़ाती कौन ···?"

"हफ़ीजुन के मियाँ ··· रिक्शा चलाते हैं। जमीलुन ने किरायेदार रख लिया था। जब से वह पलंग से लगी, गाने के लिए बाहर नहीं जा सकती थी। वर्मासाहब और सदफ़-आरा इमदाद[3] करते रहते थे। वर्मा शादी करके लखनऊ से उड़नछू हुए। सदफ़ किसी गोरे के साथ विलायत चली गई। बफ़ाती ने कहा, मस्जिद में जाकर चंदा जमा करें। हमारा दिल न माना। आँख पर ठीकरी रखकर उन्हें आग़ा फ़रहाद के हाँ भिजवाया। बारिश कहे, आज बरसके फिर न बरसूँगी। फ़रहाद मियाँ खुद बीमार पड़े थे। उन्होंने अपने मुंशी के हाथ पैसे भिजवाए। सब कफ़न-दफ़न का इंतज़ाम उसने किया। मूसलाधार बारिश में ले जाकर ग़रीब की मिट्टी अर्ज़ीज़ की।"

"अब गुज़र कैसे होती है ?"

"जमीलुन मरहूमा[4] पड़े-पड़े चिकन काढ़कर बीस रुपये महीना पैदा कर लेती थी। पंद्रह रुपये महीना बफ़ाती किराया देते थे। अब जमीलुन के मरने के बाद किराये के बजाय हमें दो वक़्त दाल-भात खिला देते हैं। रिक्शा खींचते-खींचते टी.बी. हो गई है, फिर भी उनकी पूरी नहीं पड़ती। चार बच्चे, दो मियाँ-बीवी। अब बेचारे हमें भी साल-भर से खिला रहे हैं। शुक्र है तुम यह मकान ख़रीद गई थीं, वर्ना इसका किराया कहाँ से अदा होता ···" अचानक उनको माहपारा याद आ गई। पूछा, "ए क़मरून, बिटिया कहाँ है ··· वह साथ नहीं आई ··· ?

"माहपारा की कराची में शादी कर दी है ख़ाला ··· बहुत अच्छा लड़का मिल गया। नेक, शरीफ़, तालीमयाफ़्ता,[5] अच्छी तनख़्वाह पाता है," रश्के-क़मर ने करख़्त[6] आवाज़

---

1. विस्तृत; 2. शुष्क; 3. सहायता (मदद का बहुवचन); 4. स्वर्गीया; 5. शिक्षित; 6. सख़्त।

में जवाब दिया।

"शुक्र है ··· मौला तेरा शुक्र है। इलाही तेरा लाख-लाख शुक्र है।" वह पलंग से उठने लगीं।

"कहाँ जा रही हो ख़ाला ?"

"जब माहपारा पैदा हुई थी तब से चौदह रकत नमाज़ मान रखी है कि उसकी शादी हो जाए।"

"तो अब कहाँ चलीं ?"

"वजू करने ···"

"खाला, लेट जाओ, कल पढ़ लेना," उसने हुरमुज़ी बेगम को फिर बिस्तर पर लिटा दिया। वह वफ़ूरे-मुसर्रत[1] से दोबारा उठ बैठीं ··· रश्के-क़मर ने उनका ध्यान बँटाने के लिए पूछा, "तुम कह रही थीं, आग़ा फ़रहाद बीमार पड़े हैं ···"

"अरे उन्हें कोई जानलेवा मर्ज़ लग गया है। बड़े दामाद के पास इलाज के लिए विलायत गए हैं। बड़ा दामाद वहाँ डाक्टर है। बीवी और मँझली बेटी-दामाद भी साथ गए हैं। चलते वक़्त दो सौ रुपया भिजवा गए थे और तुम्हारे नाम एक बड़ा लिफ़ाफ़ा था। अभी देते हैं। ज़रा लालटेन उठाना।"

हुरमुज़ी ख़ाला ने फिर उठना चाहा।

"ख़ाला मुझे बताओ, मैं ढूँढ लूँगी।"

"वह बक्सा खींचना।"

क़मरून ने जमीलुन की चारपाई के नीचे से सुर्ख़ टीन का फूलदार पुराना बक्स खींचकर बाहर निकाला। उसमें जमीलुन के कपड़े रखे थे। वह आग़ा फ़रहाद का लिफ़ाफ़ा ढूँढने के लिए कपड़े निकाल-निकालकर फ़र्श पर रखती गई। ट्रंक की तह में पुराना अख़बार बिछा था। उसके नीचे से गुलाबी प्लास्टिक के दो क्लिप निकले जो उसने मुद्दतें गुज़रीं पीर हंडेशाह के उर्स में चार-चार आने में अपने और जमीलुन के लिए ख़रीदे थे। उनको कुछ देर तकती रही। ख़ाला की आवाज़ पर चौंक उठी। अब वह कह रही थीं, "आफ़ताब भी ग़ायब हो गया। बंबई भाग गया।"

रश्के-क़मर फिर आग़ा फ़रहाद का लिफ़ाफ़ा ढूँढने में मसरूफ़ हुई। वह जमीलुन के एक अधबुने स्वेटर के नीचे रखा मिला। बहुत भारी था। क़मरून के दिल में रौशनी-सी पैदा हुई। शायद नोटों की गड्डी भिजवा गए हों। जल्दी से जमीलुन की खाट पर आ बैठी। स्टूल खींचकर क़रीब रखा। लालटेन की बत्ती ऊँची की। लरज़ते[2] हाथों से लिफ़ाफ़ा खोला। एक मराको लेदर की नफ़ीस[3] बयाज़[4] बरामद हुई और एक ख़त। उसने ख़त पढ़ना शुरू किया :

रश्के-क़मर !

हम जमीलुन्निसा मरहूमा की ताज़ियत[5] तुमसे किन अलफ़ाज़ में करें। हमें तुम्हारा कराची का पता मालूम नहीं वर्ना वहाँ ख़त भेजते, चाहे तुम जवाब न देतीं। पच्चीस साल

---

1. प्रसन्नता की अधिकता; 2. काँपते हुए; 3. सुंदर; 4. शेर लिखने की कापी; 5. शोक व्यक्त करना।

गुज़र गए लेकिन हम तुम्हें भूले नहीं। जो तुम्हारी-हमारी क़िस्मतों में लिखा था सो पूरा हुआ। तुम्हें लखनऊ से गए भी पाँच-छ: बरस होने को आए। तुम्हारे जाने के बाद हमने जमीलुन्निसा को कई बार माली[1] इमदाद करना चाही; उन्होंने हमेशा रुपये वापस कर दिए। इस क़दर की ग़यूर[2] लड़की हमने आज तक न देखी। सारी उम्र ज़िंदगी से लड़ती रही, फिर मौत से लड़ा की। आख़िर में दोनों से हार गई। अल्लाह-तआला उसे दूसरी दुनिया में आराम और चैन नसीब करें।

रश्के-क़मर ! पिछले बरसों में तुम हमें बहुत याद आईं। अब हम भी बुड्ढे हो चले। बीवी अपने मैके और ससुराल की सियासत[3] में मशग़ूल[4] रहती हैं। बेटियाँ अपने-अपने घरों की हो गईं। अल्लाह ने हमें घर-बार, औलाद, दौलत, आसाइश[5] सब-कुछ दिया। दिल का चैन न दिया। हमने तुम्हारे लिए बहुत-सी ग़ज़लें कहीं। सब एक बयाज़ में लिखते गए। इस उम्मीद पर कि यह कभी तुम्हारे हाथ में पहुँच जाए। शायद तुम कभी लखनऊ लौट आओ। पब्लिक का हाफ़िज़ा[6] बहुत कमज़ोर होता है। अगर तुम वापस आओ और मुशायरों में मदऊ[7] किया जाए (अब हमारी सोसाइटी भी काफ़ी वसीउन्नज़र[8] हो चुकी है) तो ये ग़ज़लें तुम्हारे काम आएँगी।

और क्या लिखें रश्के-क़मर ! डाक्टरों ने सरतान[9] का ख़दशा[10] ज़ाहिर किया है। हम अपने बड़े दामाद के पास बग़रज़-इलाज़ लंदन जा रहे हैं। अब क्या अच्छे होंगे और क्या ज़िंदा वापस आएँगे ! रश्के-क़मर, अब खुदा हाफ़िज़। अगर मुमकिन हो, हमें माफ़ कर देना।

तुम्हारा आग़ा फ़रहाद

14

बंबईवाले ख़ाँसाहब की दी हुई रक़म में से अब सिर्फ़ दस रुपये बाक़ी थे। रश्के-क़मर सुबह को पुरानी आदत के मुताबिक़ डाकिये के इंतज़ार में ड्योढ़ी पर जा खड़ी हुई। चंद मिनट बाद अचानक ख़याल आया, मैं भी कितनी बड़ी उल्लू की पट्ठी हूँ। अठारह-उन्नीस बरस लंदन के ख़त का इंतज़ार किया। अब तो सब तरफ़ से हमेशा के लिए छुट्टी ··· वह आँगन में वापस आई। बफ़ाती की बीवी हफ़ीजुन बावर्चीख़ाने में खाना पका रही थी। बफ़ाती सुबह-सुबह काढ़ा चाय और एक सख़्त लक्कड़-तोड़ पाव का नाश्ता करके

---

1. आर्थिक; 2. स्वाभिमानी; 3. राजनीति; 4. व्यस्त; 5. समृद्धि; 6. स्मृति; 7. निमंत्रित; 8. उदार विचारोंवाली; 9. कैंसर; 10. आशंका।

रिक्शा लेकर जा चुके थे। बच्चे गली में खेल रहे थे। ख़ाला अंदर पलंग पर पड़ी खाँस रही थीं। रश्के-क़मर खपरैल में आ बैठी और सोचने लगी। अब क्या करूँ। आग़ा फ़रहाद की बयाज़ याद आई। अंदर से उसे निकालकर लाई। वरक़ पलटे। ग़ज़ल के मक़ता[1] में 'क़मर' तख़ल्लुस[2] मौजूद था। उसने बयाज़ बंद की। तब एक बड़ा-सा आँसू उसकी आँख से टपककर किताब की उन्नाबी[3] जिल्द पर टप से गिरा। वह कुछ देर तक सोचा की, फिर उठकर कपड़े बदलने के लिए कमरे में चली गई।

बफ़ाती दोपहर को हाँपते-काँपते घर लौटे। रश्के-क़मर ने खाने के बाद उनसे पूछा, "बफ़ाती, हमें ज़रा मंसूरनगर तक ले जाओगे।"

"जरूर बिटिया ⋯ चलिए।"

वह बाहर आकर रिक्शे में बैठी ⋯ विक्टोरिया स्ट्रीट, फ़िरंगीमहल, चौक, अकबरी दरवाज़ा, गुलाम हुसैन का पुल।

"मुहर्रम आनेवाला है। सुना है, इस साल भी शिया-सुन्नी सरफुटव्वल होगा," बफ़ाती ने रिक्शा चलाते-चलाते इज़हारे-ख़याल[4] किया।

"अब भी बराबर होता है ?"

"हर साल, और बहुत ज़ोरों में। अभी तीन-चार बरस उधर की बात है बिटिया। ईरान से कुछ लोग आए थे। अपने टेलीविज़न के लिए लखनऊ के मुहर्रम की पिक्चर बनाने। यहाँ पहुँचे। यहाँ हो रही थी ज़बरदस्त जंग शिया-सुन्नी की। उलटे पाँव वापस गए।"

मंसूरनगर पहुँचकर वह एक पुराने मकान के सामने उतरी। बैठक के दरवाज़े पर पहुँची। अंदर वर्मासाहब और आग़ा फ़रहाद के एक धनी शायर दोस्त अपने हवाली-मवालियों[5] के साथ बैठे चाय पी रहे थे। उसने खुदा का शुक्र अदा किया।

"ओहो ⋯ बी रश्के-क़मर ⋯ आप कब तशरीफ़ लाईं ?" वग़ैरह-वग़ैरह। मज़ीद[6] चाय और नाश्ता मँगवाया गया। रश्के-क़मर ने रेल से उतरने के बाद से इस वक़्त तक पेट-भर खाना नहीं खाया था। दिल चाह रहा था, सामने रखी सारी नेमतें चट कर जाए। बड़ी हिम्मत से हाथ रोका। बातों-बातों में पूछा, "आजकल मुशायरे कहाँ-कहाँ हो रहे हैं ?"

"एक तो परसों शाम ही को है। इतवार के रोज़ क़ैसरबाग़ की बारादरी में/आप आएँगी ?"

"आप बुलाएँगे तो ज़रूर आएँगे।"

"बात यह है कि अब हम तो उसकी इंतज़ामिया कमेटी[7] से अलग हो गए हैं। हमारे छोटे भाईसाहब उसके सेक्रेटरी से कह देंगे। अरे मियाँ ताहिर ⋯"

ताहिर मियाँ तौलिये से मुँह पोंछते अंदर से निकले। झुककर रश्के-क़मर को तसलीमात अर्ज़ की।

---

1. आख़िरी शेर; 2. उपनाम; 3. लाल रंग की; 4. विचारों की अभिव्यक्ति; 5. मुसाहिबों और चमचों; 6. और अधिक; 7. प्रबंध समिति।

"ताहिर मियाँ। रश्के-क़मर साहिबा को अपने मुशायरे में बुला लो ⋯ तुम तो बच्चे थे। हमें उनका पढ़ने का अंदाज़ और आवाज़ अब तक याद है।"

"बहुत ख़ूब भाईजान, हम इंतज़ाम कर देंगे।"

"किस वक़्त शुरू होगा मुशायरा ?" रश्के-क़मर ने दरियाफ़्त किया।

"आठ बजे। आप फ़िक्र न कीजिए। हम आदमी भेजकर बुलवा लेंगे। अपनी कार भेज देंगे। मकान का पता बतला दीजिए," ताहिर मियाँ ने फ़रमाया।

इतवार की सुबह से उसने मुशायरे की तैयारियाँ शुरू कीं। ट्रंक खोलकर सारियाँ धूप में डालीं। ब्लाउज़ पर इस्तरी की। बाल काले रँगे। तीन बजे आग़ा फ़रहाद की बयाज़ निकालकर दो-तीन ग़ज़लें मुंतख़ब कीं।[1] उनके तरन्नुम की धुनें बिठाती रही। हफ़ीज़ुन से कहा, खाना सात बजे तक तैयार कर दे। रश्के-क़मर ने काफ़ी समय पहले मकान में बिजली मँगवा ली थी जो उसके जाने के बाद बिल अदा न होने की वजह से काट दी गई थी। सूरज ढलने से पहले-पहले उसने आँगन में बैठकर मेक-अप किया। कराची में ख़रीदी हुई अमरीकन नाइलोन की एक फूलदार नीली सारी बाँधी। जल्दी-जल्दी खाना खाया और ताहिर मियाँ की कार के इंतज़ार में बैठ गई। आठ बजे, साढ़े आठ, नौ, दस, ग्यारह, साढ़े ग्यारह। उसे मुशायरे में ले जाने के लिए कोई न आया।

सुबह-सवेरे उठकर उसने बफ़ाती को आवाज़ दी। वह बरामदे में बैठे रिक्शा के टायर में हवा भर रहे थे।

"बफ़ाती," उसने करीब जाकर कहा। "जमीलुन मरहूमा किस ठेकेदार के लिए चिकन काढ़ती थीं, जानते हो ?"

"जी हाँ, जानते हैं बिटिया।"

वह बाहर आकर टूटे हुए मोंढे पर बैठ गई। हफ़ीज़ुन ने चिनहट की आर्टिस्टिक प्याली में चाय पेश की। उसने चौंककर पूछा, "यह कहाँ से आई ?"

"सदफ़ बिटिया चलते वक़्त अपने बर्तन दे गई थी। सब बिक गए। यही प्याली बाक़ी बची है," हफ़ीज़ुन ने कहा।

"सदफ़ बिटिया और उनका अमरीकन ख़ाविंद जाते वक़्त पैसे भी दे गए थे। वो एक महीने के अंदर जमीलुन बिटिया और ख़ाला के इलाज में उड़ गए," बफ़ाती सर उठाकर बोले। "अमरीका जाते वक़्त सदफ़-आरा तो बैंक में उनका कुछ रुपया था, वह जमीलुन बिटिया के नाम करनेवाली थीं। बिटिया ने उनको बहुत समझाया कि वह यह हिमाक़त न करें। कल-कलाँ उन्हें लखनऊ वापस आना पड़ा तो ज़रूरत होगी। वह न मानीं। मगर ऐन वक़्त पर गाँव से उनके लठबंद बाप-भाई आन पहुँचे कि इस पर हमारा हक़ है।"

"सदफ़ चलते-चलते कह गई थीं कि अमरीका से रुपया भेज देंगी। मगर जमीलुन बिटिया ही न रहीं," हफ़ीज़ुन ने भर्राई हुई आवाज़ में कहा। रश्के-क़मर उसकी तरह दिल कड़ा किए सुना की।

"फिर बिटिया की बीमारी की ख़बर सुनकर आग़ा फ़रहाद ने अपने आदमी के हाथ

1. चुनीं।

पैसे भिजवाए, वह उन्होंने लौटा दिए। दूसरी बार फिर उनका सिकत्तर[1] पैसे लाया।"

"आग़ा फ़रहाद के यहाँ अब सिकत्तर भी है ?" रश्के-क़मर ने पूछा।

"पूरा अमला[2] है," बफ़ाती ने अपनी नई-नवेली साइकिल-रिक्शा को साफ़ करते हुए जवाब दिया। "लाखों का कारोबार है। शाहजहाँपुर में ग़ालीचे बनाने का कारख़ाना तो उनका बहुत बरसों से चल रहा है। सीतापुर में फ़ार्म लिया है। जायदाद का किराया अलग आता है। ये बड़ी जंगी कोठी बनवाई है। मगर खुदा की शान। इतनी दौलत और नाम चलाने के लिए लड़का एक नहीं। सब कुछ दामादों को मिलेगा।"

रश्के-क़मर चेहरा फेरकर दूसरी तरफ़ देखने लगी। इसी मकान में आग़ा फ़रहाद का फ़रज़ंद तवल्लुद हुआ था[3] और वर्मासाहब ने फ़ौरन उसका नाम नादिर फ़रवीन रख दिया था। वह दो साल का होकर जाता रहा। आज पच्चीस बरस का कड़ियल ज़वान होता ... अगर ज़िंदा रहता तो भी क्या होता ... कुछ भी नहीं ... आफ़ताब तो ज़िंदा है ... मेरी बदक़िस्मती नाक़ाबिले-यक़ीन[4] है।

हफ़ीजुन बाल्टी उठाकर नल पर चली गईं। रश्के-क़मर ने जमीलुन के ख़ाली पलंग पर नज़र डाली।

जमीलुन्निसा, तुम्हें तुम्हारी खुद्दारी[5] ने हलाक किया[6] ... उसे याद आया, जमीलुन को आग़ा फ़रहाद से तब से नफ़रत हो गई थी जब उसने नादिर फ़रवीन के वलादत[7] के बाद स्विंग बर्ड्स क्लब में फ़रहाद को वर्मा से कहते सुन लिया था कि इस तबक़े[8] की छोकरियों के पास ब्लैकमेल का यह सहल नुस्ख़ा है। किसी आए-गए की औलाद किसी मालदार शनासा[9] के सर मँढ़ दी। क़मरून के पास सुबूत क्या है ? आग़ा फ़रहाद की नई-नई शादी हुई थी। वह अपनी तेज-मिज़ाज रईसज़ादी दहपट बीवी से बहुत डरते थे और समाज के lowest of the lowly से उनकी हमदर्दी हवा हो चुकी थी, लेकिन नादिर फ़रवीन के मरने के बाद अपने इस रवैये पर शिद्दत से नादिम थे।[10] रश्के-क़मर से मिलना-जुलना छोड़ चुके थे मगर दो सौ रुपये माहवार 'पेंशन' मुक़र्रर कर दी थी जो उसने भागते भूत की लँगोटी ही भली कहकर शुक्रिया के साथ कुबूल की थी। लेकिन बला की ज़हीन[11] अपाहिज जमीलुन इस प्रोफ़ेशन में कभी दाख़िल ही न हुई थी और पलंग पर पड़ी-पड़ी अपने साफ़-शफ़्फ़ाफ़ जेह्न से दुनिया के आर-पार देखा करती थी। आग़ा फ़रहाद के इन जुमलों को उसने कभी माफ़ न किया।

"फिर क्या हुआ बफ़ाती ?" रश्के-क़मर ने पूछा।

"फ़रहाद मियाँ ने तीसरी बार रुपये भिजवाए तो हमने चुपके से रख लिए कि उनके लिए अच्छा डाक्टर बुलवाएँगे। अच्छा खाना पकवाया करेंगे। घर की हालत सुधर जाएगी। पूछेंगी, कह देंगे, लाटरी निकल आई है या किसी से क़र्ज़ा लिया है। मगर हमारे एक बच्चे ने भूले से उनको बतला दिया। बहुत बिगड़ीं-चिल्लाईं। हमने हाथ जोड़कर कहा, बिटिया हम आपको फ़ाक़े करते, एड़ियाँ रगड़-रगड़कर मरते नहीं देख सकते।

---

1. सेक्रेटरी; 2. स्टाफ़; 3. बेटा पैदा हुआ था; 4. अविश्वसनीय; 5. स्वाभिमान; 6. मार डाला; 7. जन्म; 8. वर्ग; 9. परिचित; 10. अत्यंत लज्जित थे; 11. प्रतिभाशाली।

"हमारी रिक्शा टूट गई थी। उन्होंने हमारे बच्चों की क़सम देकर हमसे कहा, इस रक़म से नई रिक्शा ख़रीद लो। हम तो मरने ही वाले हैं। तुम्हें रिक्शा के ज़रिये अपने कुनबे का पेट भरना है। मजबूरन हमने यह रिक्शा ख़रीदी। जो पैसे बचे उससे बिटिया ने हमारे बच्चों के कपड़े बनवा दिए। अरे, वह इनसान थीं कि फ़रिश्ता। मगर ज़िद्दी ऐसी कि हस्पताल में भरती होने को आख़िर दम तक तैयार न हुईं।

"जब तक चल-फिर सकती थीं, गाने के प्रोग्राम मिल जाते थे। पलंग से लग गईं तो चिकन काढ़ने लगीं। उसमें बीस रुपये कमा लेती थीं। बिटिया भूख से मरीं। हम जो दाल-भात खाते थे वही उन्हें खिलाते थे। हमें मालूम है वह भूखी रहती थीं। कहती थीं, अपने बीवी-बच्चों का पेट काटकर हमें न खिलाओ। दो निवाले खाकर हाथ खैंच लेतीं। कहतीं, हमारा हाज़मा ख़राब है। लालटेन की रौशनी में चिकन काढ़ते-काढ़ते सो जातीं।"

रश्के-क़मर पत्थर का बुत बनी सुनती रही। बफ़ाती रिक्शा को झाड़-पोंछकर चलने के लिए तैयार हुए, फिर खुद ही बोले, "यह रिक्शा ख़रीदकर हम आग़ा फ़रहाद को बतला आए थे कि बिटिया ने पैसे अब भी नहीं लिए। हमको दे दिए।"

"बफ़ाती, जमीलुन के ठेकेदार से हमारे लिए काम ला दो।"

"बिटिया, आप रेडियो पर गाइए। पहले तो गाती थीं।"

"अब हमारी आवाज़ रेडियो के लायक़ नहीं रही। हम यहाँ थे जब ही बहुत अरसे से गाना छोड़ चुके थे ... चिकन बनाने का रेट आजकल क्या है ?"

"कुरते की तुरपाई फ़ी[1] कुरता दस पैसे। एक सारी के पाँच, दस, पंद्रह रुपये। भारी काम के बीस-पच्चीस। एक नया पैसा फ़ी मुर्री पत्ती। एक आना फूल पक्की कढ़ाई। पत्ती में जाली बनाने का एक नया पैसा। एक नया पैसा फ़ी शैडो वर्क। एक नया पैसा फ़ी बूटी। एक औरत एक सारी नहीं बना पाती। एक घर में मुर्री पत्ती बनेगी, दूसरे में शैडो वर्क, तीसरे में बेल। जमीलुन बिटिया मुर्री पत्ती बनाती थीं। बिटिया, यही सारियाँ बाज़ार में और फ़ारेन जाकर सैकड़ों में बिकती हैं। कारीगर भूखे मरते हैं।"

दूसरे रोज़ सुबह साढ़े नौ बजे ठेकेदार चार कुरते, एक सफ़ेद सारी और धागा लेकर ड्योढ़ी पर आया। क़मरून ने टाट के पर्दे के पीछे से सारा सामान लिया। ठेकेदार ने धागा नापकर दिया कि औरत कहीं दो-तीन गज़ अपने पास न रख ले। फिर वह बुक़चा सँभालकर पड़ोस के घर की तरफ़ बढ़ गया।

क़मरून खपरैल में आई। बोसीदा[2] तख़्त को झाड़न से खूब अच्छी तरह साफ़ किया। उस पर चादर बिछाई और सारी अपने सामने फैलाकर उस पर छपे हुए बेलबूटों को ग़ौर से देखा। सुई में सफ़ेद धागा पिरोया। दीवार के सहारे बैठकर सारी का आँचल घुटनों पर फैलाया और बूटा काढ़ना शुरू किया।

तब वह दफ़अतन अपना सर घुटनों पर रखके फूट-फूटकर रोने लगी।

(1976)

1. प्रत्येक; 2. सड़ा-गला।

दिलरुबा

लिप्यंतरण :

क़मरुल-इस्लाम जीलानी

1. पर्दा गिरने के बाद

" ··· रुबाब, सितार, पखावज, सुरसिंगार बाज ध्यान-मान से गमक-तान से तीन गराम से बजे सब बाज, नाचो नृत, बताओ और उड़ाओ गंधर्व राग। मा-नी-धा-नी-धा-पा-मा-गा-रे-सा-धा-किड़-तिक-धा-किड़-तिक-धम-किड़-तिक-धान-तिक-थई-धा-किड़-तिक-थई ··· " आख़िरी पुरशिकोह[1] कोर्स की गूँज मद्धम पड़ी। अह्दे-विक्टोरिया के मेकैनिकल स्टेज-क्राफ़्ट से लैस शाही दरबार में जमा, ज़र्क़-बर्क़[2] पोशाकों से जगमगाती कास्ट पर उन्नाबी[3] मखमली पर्दा आहिस्ता-आहिस्ता गिरा। बाहर आकर ड्रेस-सूट में मलबूस पारसी मैनेजर रुस्तमजी पिसटनजी ने कंपनी की तरफ़ से पब्लिक का शुक्रिया अदा किया और अगली रात का प्रोग्राम एनांउस किया। चवन्नीवालों की सीटियों और तालियों के शोर में हाल बर्क़ी कुमकुमों से[4] जगमगा उठा। उन्नाबी प्लश के ड्रेस सर्किल में से निकलकर शोरफ़ा-ए-लखनऊ[5] ज़ीना उतरने लगे। एक कोनेवाले 'लेडीज़ बॉक्स' में बुर्क़ापोशों ने फ़ौरन पर्दा बराबर किया। चंद मिनट बाद उनमें से एक ने बाहर झाँका; हाल ख़ाली हो चुका था। चारों का जुलूस 'बाक्स' से बरामद हुआ। उनमें से एक ने घबराहट में शटल-काक बुर्क़ा इस तरह ओढ़ लिया था कि आँखों की सफ़ेद जाली सर के पीछे थी। चारों ने अंधा-धुंद भागना शुरू किया। एक सुनसान कॉरीडोर में सब्ज़ बानात[6] से मँढ़े दरवाज़े पर 'प्राइवेट' की तख़्ती लगी थी। नीम-वा[7] किवाड़ से टकराकर चारों ग़ड़ाप से अंदर।

अपने प्राइवेट ड्रेसिंगरूम में 'मलिका मेह्र' सिंगार-मेज़ के सामने बैठी नक़ली ज़ेवरात उतारने में मशगूल थी। बल्ब से रौशन आईने में अजीब माजरा नज़र आया। एक नक़ाबपोश घेरदार सफ़ेद बुर्क़े में मलफ़ूफ़,[8] फ़र्श पर ढेर। तीन नक़ाबपोश दहलीज़ पर मौजूद।

"उई अल्ला !" मलिका-मेह्र दहलके चीख़ी, "कुंदन ! मुन्नू ! बहरूपिये ··· चोर ··· चोर ··· " हाज़िरदिमाग़ी से काम लेकर 'नादिर-जंग' के क़त्ल के इरादेवाले सीन का मसनूई[9] खंजर, जो सिंगार-मेज़ पर रखा था, उठाया।

---

1. वैभवशाली; 2. जगमगाते हुए; 3. लाल रंग का; 4. बिजली के लट्टुओं से; 5. लखनऊ के कुलीन; 6. मोटा ऊनी कपड़ा; 7. अधखुले; 8. लिपटा हुआ; 9. कृत्रिम।

फ़र्श पर पड़ी मख़लूक़[1] बुर्क़े में उलझी हाथ-पाँव चलाकर आज़ाद होने की कोशिश कर रही थी। मलिका मेह्र ने कड़ककर पूछा, "कौन ?"

"हम, लल्लू ⋯ " बुर्क़े में से एक कमसिन आवाज़ आई। "मैडम हम हैं ⋯ लल्लूजी। हमें निकालिए। हमारा दम घुटा जा रहा है।" फिर हाथ-पाँव मारकर बुर्क़े में से एक पंद्रह-साला साहबज़ादे बरामद हुए। मलिका मेह्र को बेइख़्तियार हँसी आ गई। उसने दरवाज़े पर नज़र डाली। अब बक़िया तीनों की हिम्मत बढ़ी और उन्होंने नक़ाब उल्टे। तीनों के रंग फ़क़। उनमें से एक ने स्कूल की कापियाँ हाथ में बड़ी एहतियात[2] से सँभाल रखी थीं। जहाँदीदा[3] तजरबेकार थियेटरवाली ने सोचा, भँवरे में पले शरीफ़ज़ादे। माँ-बाप से छिपकर थियेटर देखने आए हैं। यह लखनऊ है। यहाँ जो भी न हो, कम है। किसी की उम्र सोलह-सत्रह साल से ज़्यादा न थी और वे इस तरह मबहूत[4] खड़े थे, गोया अपनी आँखों पर यक़ीन न आता हो कि इतनी मशहूर हीरोइन के ड्रेसिंगरूम में मौजूद हैं।

"बैठ जाओ !" हीरोइन ने डपटकर कहा। वह चारों बुर्क़े समेत सोफ़े पर एक क़तार में बैठ गए। 'मलिका-मेह्र' ने ख़ंजर मेज़ पर रखकर एट्राफ़ रोज़ेज़ अपने ऊपर छिड़का और इतमीनान की साँस ली। फिर स्टूल पर बैठकर पुकारी, "कुंदन ⋯ हरामज़ादी ⋯ छिनाल ⋯ कहाँ मर गई ?"

लड़कों ने घबराकर एक-दूसरे को देखा। उनके ख़्वाबों की मलिका ⋯ न्यू अल्फ़्रेड कंपनी की चीफ़ एक्ट्रेस 'सैदे-हवस'[5] की नामवर अदाकार[6] गुलनारबाई इटावेवाली, भड़भूजनों, भटियारनों की तरह गालियाँ दे रही थी।

एक टिर्री शक्लवाली औरत कमरे में घुसी। लाल लहँगा, नीला शलूका, हरा दुपट्टा, नाक में बुलाक़, ख़ासी बंदरिया। मस्ख़,[7] फिटकारज़दा सूरत। गुलनारबाई उस पर बरस पड़ीं – "कलमुँही ⋯ मालज़ादी ⋯ मैं यहाँ लुट जाऊँ, डकैत आन पड़ें, ठग आन घुसें। खेल ख़त्म हुआ नहीं और तुम सब चरस का दम लगाने बैठ गए। दरवाज़ा किसने खुला छोड़ा ? अरे, ये तो ख़ैर, स्कूल के छोकरे निकले। चोर-बदमाश-उचक्के होते तो ? ⋯ और मँडवे के चौकीदार सब इंफ़्लूएंजा में मर गए क्या ? ⋯ मुनुवा भसम हो गया ? उसकी गोर[8] में कीड़े पड़ें। ढाई घड़ी की आए। मरते वक़्त कलमा नसीब न हो ⋯ "

कुंदन ने जल्दी से बेदमुश्क[9] पेश किया। इतने में एक दुबला-पतला घुँघरियाले बालोंवाला लड़का, जो शक्ल से गुलनार का भाई मालूम होता था, अंदर आया। "बाजी ⋯ बाजी ⋯ क्या हुआ ?" उसने घबराकर पूछा।

"मुनुवा के बच्चे ⋯ हरामज़ादे ⋯ भड़वे ⋯ दरवाज़ा तू खुला छोड़कर चला गया था ?"

चारों बुर्क़ापोश बौखलाकर खड़े हो गए। यह जगह तो भंगडख़ाना निकली, और मिस गुलनार टकिहाई।

---

1. प्राणी; 2. सावधानी; 3. दुनिया देख चुकी; 4. स्तब्ध; 5. वासना का शिकार; 6. अभिनेता; 7. विकृत; 8. क़ब्र; 9. एक तरह के बेंत से खींचा गया रस।

"बैठ जाइए आप लोग ... ," गुलनार ने गरजकर कहा। "जाते कहाँ है ! अपना पता-निशान बताकर जाइए। पूछताछ करते कल-कलाँ आपके बाबा आकर मेरे सर पर सवार हुए तो उनको क्या जवाब दूँगी ? ओ कुंदनिया ... बाबा लोग के लिए सोडा-लेमन ला।"

"बाजी ! पिस्टनजी को बुलाऊँ ?" मुनुवा ने मुस्तैदी से दरियाफ़्त किया। वह लाल-लाल आँखों से बुर्क़ापोश लड़कों को देख रहा था।

"भाग जा बे ... हराम की औलाद ... ," गुलनार ने बालों का नुक़रई[1] ब्रश उसकी तरफ़ गुस्से से फेंका। "दरवाज़े पर बैठ जाकर अपने स्टूल पर। कोई इन बच्चों को ढूँढता नज़र आए तो मुझे इत्तला करना।"

"बहुत अच्छा बाजी ... " मुनुवा सर झुकाए जाकर अपनी ड्यूटी पर बैठ गया। कुंदन ने नीले फूलदार गिलासों में सोडा-लेमन लड़कों को पेश किया।

"बाहर जाओ !" गुलनार ने हुक्म दिया। कुंदन बुलाक़ के नीचे मुस्कुराती, लहँगा फड़काती गलियारे में चली गई। गुलनार ने किवाड़ बंद करके अंदर से चटख़नी लगा ली।

कुंदन कॉरीडोर में निकली। फसक्कड़ मारके मुनुवा के स्टूल के क़रीब फ़र्श पर बैठ गई। शलूके की जेब से बीड़ी का बंडल निकाला। एक खुद सुलगाई, दूसरी मुनुवा को दी। फिर गले में लटके चाँदी के ख़िलाल से दाँत कुरेदते हुए बोली, "अबके बहुत नन्हे-मुन्ने मुर्ग़े फँसे हैं। किसी की मूँछों का कूंडा भी नहीं हुआ अब लग। लखलऊ के नाबाग़िल नवाबज़ादे ... बुर्क़े ओढ़के गुल्लू से मिलने आए ... खी खी खी ... क़ ... क़ ... क़।"

ड्रेसिंगरूम के अंदर गुलनारबाई उर्फ़ गुल्लूजान को दरवाज़े की चटख़नी लगाते देखकर वो चारों लड़के बिलकुल हवासबाख़्ता हो चुके थे। बार-बार दिल में कह रहे थे, बुरे फँसे, बहुत बुरे फँसे। और सब अपने-अपने बुजुर्गों के हाथों बेद[2] से पिटने का तसव्वुर[3] करने में खोए बैठे थे।

इतने में एक जादूगरनी-नुमा अधेड़ औरत अंदरूनी दरवाज़े से कमरे में आई।

"अब यह बुढ़िया हमें मक्खियाँ या बकरे बना देगी," उनमें से एक ने अपने साथी के कान में कहा।

जादूगरनी गुलनारबाई और मुनुवा की हमशक्ल थी। घुँघरियाले खिचड़ी बाल। बड़ी-बड़ी आम की फाँकों जैसी आँखों में काजल। नाक में हीरे की लौंग। दायें बाजू पर तावीज़ | छींट की उटँगी सारी। पाँव में स्लीपर। अजब क़ता[4] थी। उसने चील की-सी नज़रों से लड़कों को घूरा और बोली, "इस मुनुवा के बच्चे को तो पैसे पर रखकर मारूँ।"

---

1. रुपहला; 2. बेंत; 3. कल्पना; 4. सज-धज।

"आपा, तुम ज़रा बाहर जाओ। अभी बुलाती हूँ," गुलनार ने कहा। इज्जो-ज़ह नामाकूल यह सुनते ही ग़ायब हो गई। गुलनार अपने ज़ेवर उतारती गई और लड़कों से मुख़ातिब हुई।

"अब फ़रमाइए। आपका इस्मे-शरीफ़[1] ?" उसने सबसे बड़े लड़के से पूछा, जिसने वक़ार[2] के साथ जवाब दिया, "बंदे को बृजबिहारीलाल माथुर कहते हैं।"

"बब्बू ··· बब्बू कहलाते हैं।" बेवकूफ लल्लू ने फ़ौरन किरकिरी कर दी। और बोले, "हम घनश्यामदास रस्तोगी उर्फ़ लल्लू -- और ये नन्हे – और ये हमारे शज्जू भैया ··· ।"

"शैयद शुजाअत हुसैन, ताल्लुक़ेदार, करीमपुर, ज़िला हरदोई।" बब्बू ने सिलसिल-ए-तआरुफ़[3] दोबारा अपने हाथ में लेकर मतानत से कहा।

गुलनार फ़ौरन ताड़ गई। ये भोले-भाले शज्जू मियाँ बाप की जवाँ-मर्गी[4] की वजह से ताल्लुक़ेदार हो चुके हैं। ये तीनों उनके मुसाहिबीन[5] हैं।

"आपके क़ानूनी सरपरस्त कौन हैं ?" गुलनार ने शज्जू से दरियाफ़्त किया।

शज्जू ने सरासीमा[6] इमदाद-तलब[7] नज़रों से बब्बूजी को देखा।

"मामूँ--सैयद रिफ़ाक़त हुसैन ··· बैरिस्टर, ताल्लुक़ेदार बाराबंकी। आजकल छुन्नामलवालों के मुक़द्दमे के लिए दिल्ली गए हुए हैं," बब्बूजी ने बताया।

"ओहो ··· बैरिस्टरसाहब का तो हमने नाम सुना है। अख़बार में फ़ोटो भी देखे हैं। अच्छा तो वह शहर में मौजूद नहीं। इसलिए आप लोग नाटक देखने चले आए। ये बुर्क़े ओढ़ने की तरकीब किसने सुझाई ?" गुलनार ने दफ़अतन[8] हँसकर ख़ुशख़ल्क़ी[9] से पूछा।

"हमने 'राज़े-इश्क़-दर-ख़ुफ़िया पुलिस उर्फ़ गंजीन-ए-सुराग़रसानी'[10] किताब में पढ़ा था," लल्लूजी ने इरशाद किया।

"और आपके वालिद ··· ?" गुलनार ने बब्बूजी से पूछा जो चारों लड़कों में सबसे तेज़फ़हम[11] और होशियार मालूम होते थे।

"हमारे वालिद ··· मिस्टर कुंजबिहारीलाल माथुर, बैरिस्टर ऐट ला।"

"माशाअल्लाह ! और आप ?" तीसरे लड़के से पूछा। वह घबराया हुआ चुप बैठा रहा। बब्बू ने फिर कहा, "इनका नाम नन्हे है। इनके फ़ादर शेख़ रशीद अहमद *अवधपंच* अख़बार में काम करते हैं।"

"ये ··· ?" उसने लल्लू की तरफ़ इशारा करके पूछा।

बब्बूजी ने जवाब दिया, "लल्लू के फ़ादर रिफ़ाक़त हुसैन चाचा के रस्तोगी हैंगे।"

गुलनार ने सवालिया निगाहों से बब्बूजी को देखा। वह लखनऊ पहली मर्तबा आई थी।

"हमारे पिताजी जो हैं ··· ," लल्लू ने बड़े वक़ार के साथ तशरीह[12] की। "वह

---

1. शुभनाम; 2. प्रतिष्ठा; 3. परिचय का क्रम; 4. अकाल मृत्यु; 5. चमचे; 6. घबड़ाकर; 7. सहायता माँगनेवाली; 8. अचानक; 9. शिष्टाचार; 10. ख़ुफ़िया पुलिस के अंदर प्रेम का रहस्य उर्फ़ जासूसी विद्याकोश; 11. कुशाग्रबुद्धि 12. व्याख्या।

रिफ़ाक़त हुसैन साहब के इलाके के मैनेजर हैं।"

"स्कूल जाते हो ?"

"जी हाँ," बब्बू बोले। "हम ला मार्टिनियर में हैं। शज्जू काल्विन ताल्लुकेदार्स स्कूल में और नन्हे अमीरुद्दौला जाते हैं।"

गुलनार ने दोबारा लल्लू और नन्हे पर नज़र डाली। दोनों मिस्कीन[1] से बच्चे शज्जू मियाँ और बब्बूजी से कम-हैसियत मालूम होते थे।

"यहाँ कैसे आए ?"

"घर की बग्घी है।" लल्लूजी ने जवाब दिया।

"नहीं। मेरा मतलब है, स्टेज के पीछे कैसे आ निकले ?" गुलनार ने पानदान अपनी तरफ़ सरकारकर पूछा।

"बहार जाने के लिए खुफ़िया रास्ता ढूँढ रहे थे। सुराग़रसानी की किताब में पढ़ा था," लल्लूजी ने फ़रमाया।

"हम अम्मीजान की इजाज़त से आए हैं।" शज्जू ने जी कड़ा करके पहली बार बात की। "बुर्के इसलिए ओढ़े कि यहाँ हमारे मामूँ मियाँ या माथुर चाचा का कोई जान-पहचानवाला देख न ले। और हमें घर ले जाने के लिए हमारे आदमी आवेंगे। वो हमें ढूँढते होंगे। इजाज़त दीजिए।"

गुलनार को अब लुत्फ़ आ रहा था। कहने लगी, "बैठो मियाँ। घबराओ नहीं। मैंने कह दिया है। तुम्हारे आदमी सीधे यहाँ पहुँचा दिए जाएँगे। पान खाते हो ?"

उन्होंने नफ़ी[2] में सिर हिलाया।

"सिगरेट तो पीना नहीं शुरू किया ? मत पीना। बुरी आदत है।"

लड़के हैरानो-परीशान गुलनारबाई की सूरत देखा किए। यही बी साहब चंद मिनट पहले अपने लवाहक़ीन को[3] गाली-कोसनों से नवाज़ती कितनी बाज़ारी और लचर मालूम हो रही थीं। पल-की-पल में दूसरा मास्क पहन लिया। खुश-इख़लाक[4]। मुहज़्ज़ब[5]। शफ़ीक़[6]। उन कम-उम्र लड़कों को अभी तजरबा न हुआ था कि इनसान की शख़्सियत के कितने पहलू होते हैं ! एक आदमी के अंदर कितनी मुख़्तलिफ़[7] और मुतज़ाद[8] हस्तियाँ छिपी रहती हैं और बाज़[9] लोग मौका-ओ-महल[10] के लिहाज़ से किस तरह अपना रंग बदलते हैं ! गुलनारबाई की अस्लियत क्या थी ? बाज़ारी या शरीफ़ ? ग़ालिबन दोनों ... और यह बात शायद खुद उसे मालूम न थी।

बड़ी नफ़ासत से[11] पान की गिलौरियाँ बनाते-बनाते उसकी नज़र उन कापियों पर पड़ी जो लल्लू एहतियात से सँभाले बैठे थे। उसने दरियाफ़्त किया, "स्कूल से सीधे यहाँ आ रहे हो ?"

---

1. दीन-हीन; 2. इनकार; 3. साथवालों को; 4. शिष्टाचारी; 5. सभ्य; 6. वात्सल्यपूर्ण; 7. भिन्न-भिन्न; 8. परस्पर विरोधी; 9. कुछेक; 10. अवसर और स्थिति; 11. सुंदर ढंग से।

"जी नहीं ! हम और शज्जू भैया को जो मकालमे[1] और गाने अच्छे लगते हैं, लिख लेते हैं;"- लल्लू ने जवाब दिया और सिंगार-मेज़ पर रखे मसनूई खंज़र को बड़ी अक़ीदत[2] से देखा जो गुलनार ने फ़ौरन उठाकर उन्हें दे दिया।

लल्लू और शज्जू बड़े इनहमाक[3] से उसे छू-छूकर देखते रहे।

"ऐ छुरी, अच्छी छुरी, दे साथ गर तू साथ है ··· मैं भी औरत ज़ात हूँ और तू भी औरत ज़ात है।" शज्जू ने दुहराया, फिर फ़ौरन झेंप गए।

"सुब्हान-अल्लाह ! खूब हाफ़िज़ा है ![4]" गुलनार ने तारीफ़ की। "थियेटर में काम करने को जी चाहता है ?"

"जी हाँ।"

"नामुमकिन। ग़लत है।" बब्बू ने, जो उम्र में सबसे बड़े होने की वजह से इस वक़्त खुद को उन अहमक़ छोकरों का गार्ज़ियन समझ रहे थे, झुँझलाकर कहा।

गुलनार ज़रा बुरा मान गई। "क्यों ? बंगाल में बड़े-बड़े रईसज़ादे नाटक में काम करते हैं।" उसने कहा।

"बंगाल की बात बंगाली बाबू जानें। हमें उनसे क्या ग़रज़ ?" बब्बू ने जवाब दिया।

"आपकी तरफ़ के भी एक बहुत बड़े ज़मींदार हैं। हाफ़िज़ अब्दुल्लाह। उन्होंने अपनी कंपनी क़ायम की है। खुद एक्टिंग करते हैं। और कितने शरीफ़ज़ादों के नाम गिना दूँ ?"

"जी हाँ। इनके मामा को यही तो फ़िक्र है कि ये हज़रत भी उसी रंग में न रँग जावें।"

गुलनार की हिम्मत-अफ़ज़ाई की वजह से शज्जू अब खुद को बहुत दिलेर महसूस कर रहे थे। उन्होंने बब्बूजी को नज़रअंदाज करके एक्ट्रेस से कहा, "हम तों आग़ासाहब के सारे नाटक पहले किताब में पढ़ लेते हैं। 'सैदे-हवस' का तो हमें एक पूरा सीन ज़बानी याद है। सुनिएगा ?"

"ज़रूर-ज़रूर ··· " वह कुर्सी की पुश्त[5] से टेक लगाकर इतमीनान से बैठ गई।

शज्जू मियाँ उठे। खँखारे और हाथ लहराकर आग़ाज़[6] किया-"जब क़ैदख़ाने में बच्चा शहज़ाद कहता है : नहीं ··· नहीं ··· क़ज़ल, मुझे बँधवाओ नहीं। मैं शोर नहीं करूँगा। भेड़ की तरह बैठा रहूँगा। क़ज़ल बोला, ख़ामोश। शहज़ादा क़ैसर बोला, मैं हिलूँगा भी नहीं। ग़रीब गाय की तरह शोर भी नहीं करूँगा। और लोहे की तरफ़ गुस्से से भी न देखूँगा। तुम जो दुख दोगे, माफ़ कर दूँगा। फिर बोला, देखो। मेरी बेगुनाह आँखों को रोता देखकर लोहा भी ठंडा हो गया। क़ज़ल बोला, मैं उसे फिर गर्म करूँगा।"

कमसिन[7] शहज़ादे की ट्रेजेडी याद करके शज्जू, लल्लू, नन्हे तीनों बहुत मलूल[8] हो गए। गुलनार बड़ी उंसियत[9] से उनके भोले चेहरों के तास्सुरात[10] देखा की। उसे ऐसे सीधे-सादे बेग़रज़ मद्दाहों[11] से आज तक साबक़ा न पड़ा था।

---

1. संवाद; 2. श्रद्धा; 3. तन्मयता; 4. स्मरण-शक्ति; 5. पीठ; 6. आरंभ; 7. कम-उम्र; 8. दुखी 9. स्नेह; 10. भाव; 11. प्रशंसकों।

दरवाज़े पर दस्तक। उसने उठकर चटख़नी खोली। मिस्टर रुस्तमजी पिस्टनजी, मैनेजर, अल्फ्रेड थियेट्रिकल कं. की तवील[1] नाक ज़ाहिर हुई। फिर पूरा चेहरा। फिर खुद। उनके पीछे-पीछे एक ईरानी टोपी। खिचड़ी मूँछें। टूटी ऐनक। स्याह शेरवानी। दूसरी दुपल्ली टोपी। सफ़ेद मूँछें। धागे से बँधी ऐनक। सफ़ेद अँगरखा। दायें हाथ में लिपटी तसबीह-अकीक़[2]। उँगलियों में फ़ीरोज़े की नुकरई अंगूठियाँ। गुलनार ने दोनों हज़रात को बड़ी दिलचस्पी से देखा। वाकई लखनऊ को जैसा सुनते थे, वैसा ही पाया। एक से एक रंगारंग अफ़सानवी कैरेक्टर।

"यंग राजासाहब आफ़ करीमपुर का ए.डी.सी.।" पिस्टनजी ने मरऊब[3] आवाज़ में गुलनार को मतला[4] किया। "इनको घर ले जाना माँगता।"

इस असना[5] में जादूगरनीनुमा बुढ़िया कमरे में आकर मोंढ़े पर बैठ चुकी थी। राजासाहब करीमपुर का नाम सुनते ही मारे अदब के उठ खड़ी हुई। वह ज़माना गुज़रे ज़्यादा अरसा न हुआ था जब वह खुद और उसकी बहनें-भांजियाँ नवाबों के सामने खड़े-खड़े गाना सुनाती थीं। उन्हें बैठने की इजाज़त न थी। गुलनार भी मुतास्सिर[6] नज़र आई। तो ये शज्जू मियाँ छोटे-मोटे ज़मींदार न थे; बाक़ायदा राजासाहब थे। इस ख़ानदान के मर्दों से राहो-रस्म पैदा करना ज़रूरी है।

दोनों 'ए.डी.सी.' कुर्सियों पर बैठ गए। ईरानी टोपीवाले ने सरगोशी की,[7] "ओहो! ये गुलनारबाई की वालिदा हैं। गुलज़ारबाई। यह भी अपने ज़माने की नामी एक्ट्रेस थीं। हम इनके नाटक देख चुके हैं। ये बहुत क़दीम[8] हैं।"

गुलनार ने पान की नुकरई थाली पेश की। कमरे में मुवद्दब[9] ख़ामोशी तारी[10] थी। बब्बूजी ने सोचा, यह ए.डी.सी. की एक ही रही। यह लतीफ़ा मीर हुक़्क़ा का मालूम होता है। बब्बू ने दुपल्ली टोपी और अँगरखेवाले बुजुर्ग का तआरुफ़[11] गुलनार से कराया, "मीर नासिर रज़ा सफ़वी ..."

गुलनार ने झुककर तसलीम अर्ज़ की।

मिर्ज़ा अब्बास कुली बेग क़ज़लबाश ईरानी टोपीवाले का नाम था। गुलनार कोर्निश बजा लाई।

मिर्ज़ा अब्बास कुली बेग क़ज़लबाश ... मीर नासिर रज़ा सफ़वी ... क्या शानदार शाहाना नाम थे! मगर दोनों धान-पान। मिस्कीन। रंजीदा-सूरत। ख़स्ताहाल।

"और भाईसाहब, हमारे अलक़ाब[12] भी सुन लीजिए। मिर्ज़ा गुड़गुड़ी और मीर हुक़्क़ा," ईरानी टोपीवाले ने कहा। गुलनार खिलखिलाकर हँस पड़ी। ज़रा बेतकल्लुफ़ी का माहौल पैदा हुआ। गुलनार समेत तमाम हाज़िरीने-महफ़िल[13] को इल्म न था कि मिर्ज़ा अब्बास कुली बेग उर्फ़ मिर्ज़ा गुड़गुड़ी और मीर नासिर रज़ा सफ़वी उर्फ़ मीर

---

1. लंबी 2. अक़ीक़ पत्थर के दानों की माला; 3. रोब खाई हुई; 4. सूचित; 5. अंतराल; 6. प्रभावित; 7. फुसफुसाहट; 8. पुरानी; 9. सम्मान से भरी; 10. छाई हुई; 11. परिचय; 12. उपाधियाँ; 13. महफ़िल में उपस्थित व्यक्ति।

हुक़्क़ा, दोनों साहबान ईरानो-हिंद के, बिलकुल आग़ा हश्र की-सी घन-गरज़वाले माज़ी[1] की बची-खुची यादगार हैं। गुलनारबाई, जो अपने तबक़े और अपने माहौल के लिहाज़ से बहुत ज़हीन और हिस्सास[2] लड़की थी, कभी-कभी सोचा करती थी कि थियेटर हाल या मँडवे की स्टेज तो ख़ैर हुई; जिसमें मशीनों के ज़रिये परियाँ ऊपर से उतारी जाती हैं, बर्क़ी[3] रौशनी तरह-तरह के तास्सुर[4] पैदा करती है, रंग-बिरंगी 'शाही' पोशाकों से तिलिस्म बाँधा जाता है। मगर दुनिया का मँडवा इससे ज़्यादा हैरत-अंगेज़[5] है। अंग्रेज़ीदाँ पारसी एक्टर मास्टर महराम फ़ीरोज़ ने एक मर्तबा उसे बताया था कि विलायतवाला शेक्सपियर, जिसके ड्रामों के उर्दू चर्बे हम लोग पेश करते हैं, यही बात बहुत पहले कह गया है।

गुलनारबाई, मास्टर फ़ीरोज़, पिस्टनजी के हज़ार-हा[6] शायकीन[7] और तामाशाई, सारा हिंदोस्तान जन्नतनिशान, उर्दू-पारसी थियेटर की मानिंद एक एनोक्रोनिस्टिक तमाशा था और ज़मानो-मकान[8] की क़यूद[9] से आज़ाद–जिस तरह पारसी स्टेज पर हरिश्चंद्र, नल-दमयंती और चंद्रावली ग़ज़लें और रुस्तमो-सोहराब, शीरीं-फ़रहाद हिंदी भजन गाते थे, अह्दे-चंगेज़ ख़ाँ[10] में जंगे-ट्रांसवाल का ज़िक्र होता था और 'अरबो-अजम'[11] और 'हिंद-क़दीम'[12] के मसख़रे किरदार विक्टोरियन म्यूज़िक हाल की मक़बूल धुनों पर बाँधी हुई 'चीज़ें' अलापकर उधम मचाते थे। हिंदुस्तानी मिज़ाज ज़मानो-मकान की क़यूद से बेनियाज़ो-आज़ाद हर तफ़रीह से लुत्फ़-अंदोज़ होने के लिए तैयार था। क़दीम संस्कृत रंगभूमि के क़वानीन,[13] मसख़रों के ज़ैली[14] प्लाट, नौटंकी के मानिंद गानों की फ़रावानी,[15] ईरानो-तूरान के एपिक्स की शानो-शौकत, स्टाइलाइज़्ड अदाकारी और विक्टोरियन मेलो-ड्रामा का ये माजूने-मुरक्कब[16] जो उर्दू थियेटर कहलाता था, पिछले साठ-सत्तर बरस से कोलोनियल हिंदुस्तान के ख़वासो-अवाम का महबूबतरीन[17] सरमाय-ए-तफ़रीह[18] था। और उसी उर्दू थियेटर के सारे लवाज़िम[19] और खुसूसियात[20] आज के पचास साल बाद तक की हिंदुस्तान फ़िल्म इंडस्ट्री में उसी तरह दायमो-क़ायम रहनेवाली थीं, क्योंकि हिंदुस्तान ज़मानो-मकाँ की क़यूद से आज़ाद था।

आज इस वक़्त, गुलाबी जाड़ों की इस खुशगवार रात रुस्तमो-सोहराब की ज़रा मज़हकाख़ेज[21] ट्रैजिक, नस्ली यादगार, बेचारे गुजराती पारसी रुस्तमजी पिस्टनजी, जो जामे-जमशेद की तलछट की भी तलछट की एक बूँद थे, जब बेचारे शज्जू मियाँ को बड़े शेक्सपियरियन अंदाज में 'गुडनाइट यंग प्रिंस' कहकर बाहर गए तो फ़्यूडल ऐशपरस्ती की यादगार गुलज़ारबाई ने दिल में सोचा, लखनऊ में दूसरी ही रात एक नवाबी ख़ानदान से गुल्लू की मुलाक़ात नेक शगुन है। उन्होंने नक़ली ताज, बाजूबंद और चंदनहार समेटकर अलमारी का पर्दा सरकाया। उसमें नक़ली तलवारों का ढेर कोने में

---

1. अतीत; 2. संवेदनशील; 3. बिजली की; 4. प्रभाव; 5. आश्चर्यजनक; 6. हज़ारों; 7. चाहनेवाले; 8. देश-काल; 9. क़ैद; 10. चंगेज़ के युग में; 11. अरब और ईरान; 12. प्राचीन भारत; 13. क़ानून; 14. गौण; 15. आधिक्य; 16. चूँ-चूँ का मुरब्बा; 17. सबसे प्रिय; 18. मनोरंजन का साधन; 19. साज-सामान; 20. विशेषताएँ; 21. हास्यास्पद।

रखा था। लड़के बड़ी दिलचस्पी से उन्हें देखने लगे।

"भैया, अब घर चलिए !" मीर हुक्क़ा ने उठते हुए कहा। उनके उठते ही सब फ़ौरन खड़े हो गए। गुलज़ारो-गुलनार फ़ौरन समझ गईं, शज्जू मियाँ के ज़ाती अमले[1] की अहमतरीन हस्ती यही हैं।

"ये तलवार तो मास्टर अख़्तर आफ़ंदी चला रहे थे।" शज्जू एक तलवार तबर्रुक[2] के मानिंद छूकर बोले।

"मीर साहब," गुलनार ने मीर हुक्क़ा से कहा, "अगर मुनासिब समझें तो साहबज़ादे को थोड़ी देर के लिए तीसरे पहर हमारे होटल ले आएँ। इन्हें मास्टर आफ़ंदी और मास्टर बहराम फ़ीरोज़ दोनों से मिलवा देंगे।"

"अख़्तर आफ़ंदी और बहराम फ़ीरोज़ ?" लड़कों ने खुशी से उछलकर दुहराया।

2. पाम कोर्ट होटल

अमीनाबाद की एक माक़ूल मेहमान-सराय थी, जिसमें बैरूनजात के शोरफ़ा[3] और वो मुतमव्वल[4] क़दामतपसंद[5] हिंदुस्तानी जेंटिलमैन जो बर्लिंगटन में अंग्रेज़ों की मौजूदगी से घबराते थे, आकर ठहरा करते थे। कुशादा[6] हवादार कमरे, चिप्स के फ़र्श, चीनी गमलों में पाम के सरसब्ज़ पौदे। मुरग़्ग़न[7] लखनवी खाना। न्यू अल्फ़्रेड का सीनियर स्टाफ़ यहाँ मुक़ीम[8] था। उस वक़्त सब गुलनार के कमरे में जमा थे। संगमरमर के वस्ती[9] मेज़ पर नीले बिल्लौरी गुलदान में गुलाब के फूल महक रहे थे। एक गोशे[10] में पैडल से चलानेवाला फोल्डिंग हारमोनियम रखा था। एक तरफ़ चाँदनी बिछी थी जिस पर गुलज़ारबाई के बेटे और गुलनार के बिरादरे-खुर्द[11] मुन्नू अता मुहम्मद पेटी-मास्टर के साथ बैठे प्यालियों से तश्तरियों में उँडेलकर चाय नोश कर रहे थे। मुंशी 'अफ़सोस' (जो मकालमे[12] याद करवाते थे) दीवार से टेक लगाए मतबा नवलकिशोर का[13] ताज़ातरीन नावेल 'चाबुकसवार माशूक़ा' पढ़ने में महव[14] थे। सफ़ेद तंग पाजामे, कुर्ते, दुपट्टे में मलबूस गुलनार मसहरी पर पाँव लटकाए बैठी क्रोशिया बुन रही थी और घरेलू लड़की मालूम हो रही थी। ऐसी शरीफ़-सूरत लड़की इतनी बेहूदा गालियाँ भी बकती है ! चारों लड़कों ने एक बार फिर ताज्जुब से सोचा।

मास्टर अख़्तर आफ़ंदी बेद[15] की कुर्सी पर तिरछे लेटे बीड़ी पी रहे थे। उनके

1. स्टाफ़; 2. प्रसाद; 3. बाहर के कुलीन; 4. खाते-पीते; 5. पुरातनपंथी; 6. खुले हुए; 7. रौग़न से भरे हुए; 8. टिका हुआ; 9. बीच की; 10. कोने; 11. छोटे भाई; 12. संवाद; 13. नवलकिशोर प्रेस का छपा; 14. खोए हुए; 15. बेंत।

नज़दीक बैठे मिर्ज़ा गुड़गुड़ी ने मुंशी 'अफ़सोस' से बड़ी जानकारी के लहजे में दरियाफ़्त किया, "आग़ा हश्र साहब कंपनी के साथ तशरीफ़ नहीं लाए।"

मुंशी 'अफ़सोस' ने कान की लौ छुई और जवाब दिया, "जी नहीं। आजकल कलकत्ते में तशरीफ़ रखते हैं।"

मिर्ज़ा गुड़गुड़ी दुसरी तरफ़ मुतवज्जह[1] हुए। चारों लड़के मय[2] मीर हुक़्क़ा चाँदनी पर बैठे गुलज़ारबाई की लच्छेदार गुफ़्तगू सुनने में मसरूफ़ थे। गुलज़ारबाई की शख़्सियत भी आज बिलकुल मुख़्तलिफ़ मालूम हो रही थी। कल जादूगरनी लग रही थीं। आज उन्होंने सफ़ेद चूड़ीदार पाजामा, डोरिये का कुर्ता, उस पर मख़मली सदरी, हलका आबी दुपट्टा ओढ़ रखा था। झाड़-झंखाड़ बाल भी क़ायदे से समेटे थे। तावीज़ बाज़ू से उतारकर चोटी में लटका लिए थे। चूहेदँतियाँ, हैकल और बाली-पत्ते पहने बिलकुल गुलाबो बनी बैठी थीं। चाय की किश्तियाँ और केक-पेस्ट्री, दालमोंठ, समोसे और बंगाली मिठाई की प्लेटें चारों तरफ़ बिखरी हुई थीं। एक पेस्ट्री मुँह में रखकर जबड़े चलाती रहीं, "ए बेटा, हम तो इटावे के डेरेदार हैं।" उन्होंने इस अंदाज़ से कहा गोया इटावे की सूबेदार हैं। फिर दालमोंठ फाँकी। बहुत पेटू थीं और मुस्तकिल[3] खा रही थीं।

गुलनार ने क्रोशिया से पेटीकोट की चौड़ी लेस बुनते-बुनते निगाह उठाकर हाज़िरीने-जलसा को देखा। उसे मीर हुक़्क़ा पसंद नहीं आए थे। अक्खल खरे, जली-कटी बातें करनेवाले। बिगड़े दिल। जाने कौन-सा तख़्तो-ताज छोड़कर आए हैं जो ये दिमाग़ हैं। मिर्ज़ा गुड़गुड़ी अलबत्ता दिलचले शौक़ीन-मिज़ाज आदमी थे। अब वह गुलज़ारबाई से कह रहे थे :

"बी साहब, हमने तो सन अट्ठारह सौ पचानवे में आपका नाटक नलो-दमन देखा था, इसी लखनऊ के अंदर।"

बाईसाहब को अपना इस तरह डेटेड होना पसंद न आया। ज़रा तवक्क़ुफ़[4] के बाद जवाब दिया, "मैं तो बारह साल की उम्र में विक्टोरिया नाटक कंपनी की हीरोइन बन गई थी। खुरशीद बालीवाला के साथ काम कर चुकी हूँ।"

खुरशीद बालीवाला के नाम पर मास्टर आफ़ंदी ने अपने कान की लौ छुई।

"फिर अपनी तरफ़ की लाइट ऑफ़ इंडिया थियेटर कंपनी में काम किया।"

"वही आगरेवाली कंपनी, जिसके मैनेजर हाफ़िज़ अब्दुल्ला थे ?" मिर्ज़ा गुड़गुड़ी ने पूछा। उनकी मालूमात क़ाबिले-रश्क[5] थीं।

"उन हज़रत ने कलामे-पाक हिफ़्ज़ करने के बाद[6] अच्छा काम किया !" मीर हुक़्क़ा बड़बड़ाए।

"सारे इंडिया का दौरा कर चुकी हूँ। रंगून तलक हो आई," गुलज़ारबाई कहती रहीं।

"आपका वह गाना ··· जब दमयंती जंगल में गाती है -- अहा हा ! हमें अब तलक

---

1. ध्यानाकर्षित; 2. समेत; 3. लगातार; 4. अंतराल; 5. ईर्ष्या की पात्र; 6. कुरआन-शरीफ़ कंठस्थ करने के बाद।

याद है। हमका छाड़ चले महाराज ऐसे उजाड़ बन में ... " मिर्ज़ा गुड़गुड़ी ने सिर हिलाया।

गुलज़ारबाई ने अबरू[1] से पेटी-मास्टर को इशारा किया। वह हारमोनियम पर तेज़-तेज़ उँगलियाँ चलाने लगे। मुन्नू ने बायाँ हथौड़ी से ठोंकना शुरू किया। गुलज़ारबाई ने बेटे से कहा, "ताल पश्तू।" फिर सामईन[2] को मुख़ातिब किया, "नलो-दमन की एक ग़ज़ल पेशे-ख़िदमत है।"

अब उन्होंने एक कान पर हाथ रखकर गाना शुरू किया :

"अरे हिज्र[3] की आग से घर दिल का मेरे ख़ाक हुआ। ऐसा बेलाग जला, लग गई आके मुझे इश्के-सनम की जो हवा ... क्या लगे कोई दवा ... "

मिर्ज़ा गुड़गुड़ी ने हर शेर पर झूम-झूमकर दाद दी। गाने के बाद गुलज़ारबाई ने कहा, "पंडितजी ... 'तालिब' बनारसी।"

मुंशी 'अफ़सोस' ने फिर दायें कान की लौ छुई।

बब्बूजी ने पूछा, "आपकी वालिदा भी एक्ट्रेस थीं ?"

"नहीं मेरे लाल, मैं तो बहू की औलाद हूँ।"

"जी ?" लल्लूजी ने तशरीह[4] चाही।

"अम्मा हमारी ... अल्लाह करवट-करवट जन्नत नसीब करे ... सात पर्दों में रहती थीं। दादी मशहूर गायिका थीं। ग़दर के पहले तो ढाके तलक बुलवाई गई थीं। वहाँ उन्होंने 'बुलबुले-बीमार' में काम किया।"

"सौ पुश्त से है पेशा," मीर हुक्क़ा बोले। गुलज़ारबाई ने, जो चाय के बजाय व्हिस्की नोश कर रही थीं, एक गिलास मीरसाहब को पेश किया।

उन्होंने तुनककर कहा, "बी गुलज़ारसाहब, हमने तो आज तक इस शै[5] को हाथ नहीं लगाया।"

"नहीं लगाया तो बुरा किया ?" वह दोबारा दोनों की तरफ़ मुतवज्जह[6] हुईं।

"आपकी ख़ुल्द-आशियानी[7] जन्नत-मकानी[8] अस्मत-मआब[9] मादरे-गिरामी[10] हमेशा पसे-पर्दा चिराग़े-ख़ाना[11] रहीं ?" बब्बूजी ने दरियाफ़्त किया। कायस्थ बच्चे थे।

"ऐ बेटा, हमारी बिरादरी का यही क़ानून है। हमारी बहुएँ पर्दे में रही हैं, हम अस्ल-नस्ल[12] डेरेदार हैं। सुना है, हमारी सगड़दादी मीरानपुर कड़े की लड़ाई पर गई थीं।"

लड़कों ने ताज्जुब से उन्हें देखा।

"अल्लाह उन्हें करवट-करवट जन्नत नसीब करे ! आपकी सगड़दादी जंग मीरानपुर कड़ा में काम आई थीं ? किसकी तरफ़ से ?" मीर हुक्क़ा ने तजाहिले-आरिफ़ाना[13] से

---

1. भौं; 2. श्रोतागण; 3. वियोग; 4. व्याख्या, स्पष्टीकरण; 5. वस्तु; 6. ध्यानाकर्षित; 7-8. स्वर्गवासिनी; 9. इज़्ज़तदार; 10. इज़्ज़तदार माताजी; 11. घर का चिराग़; 12. अस्ली नस्लवाले; 13. परमज्ञानी जैसी मूर्खता।

इस्तफसार[1] किया। "वारेन हेस्टिंग्ज़ ? शुजाउद्दौला ? हाफ़िज़ रहमत ख़ाँ ?"

गुलज़ारबाई ने अब उन्हें नज़रअंदाज़ कर दिया। लड़कों से मुख़ातिब रहीं, "मियाँ, हमारे डेरे चलते थे नवाबों के लश्कर के साथ। मैदाने-जंग में नवाबों का लाल ख़ेमा। जरनैलों, अमीरों-वज़ीरों के ख़ेमे। फिर हमारे ..."

शज्जू ने मासूमियत से दरियाफ़्त किया : "तो आप लोग जंग में जाकर लड़ती थीं ?"

उनके मुशीरे-ख़ास[2] बब्बूजी ने कान में कहा : "अमाँ, घास खा गए हो ! चुप रहो। अभी जर्मन की लड़ाई से हमारे डाक्टर जीजाजी लौटे हैं। वह पापा को बता रहे थे कि विलायत में भी कैंप फालोवर्स होती हैं।"

"मेम लोग भी ... पतुरिया होत हैं ?" लल्लू ज़ोर से बोल पड़े। उसी वक़्त मास्टर फ़ीरोज़ कमरे में दाख़िल हुए। सफ़ेद बिरजिस, ऊदा धारीदार कोट, गले में सुर्ख़ रूमाल, गलमुच्छे, सुर्ख़ आँखें। बहराम फ़ीरोज़ बड़ी घनगरजवाले रोल अदा करते थे, मगर अस्लियत में उनका लबो-लहजा और अंदाज़े-गुफ़्तगू[3] इंतहाई पारसी था। लड़कों ने हैरत से उनकी अड़ंग-बड़ंग बंबइया उर्दू सुनी। चंद मिनट बाद बाहर चले गए। मुंशी 'अफ़सोस' ने मिर्ज़ा गुड़गुड़ी को बताया, "पहले ये बेनज़ीर मूनलाइट ऑफ़ इंडिया थियेटर कंपनी में थे।"

"हम बनाएँगे बेतदबीर सनलाइट सोप ऑफ़ इंड़िया थियेटर कंपनी।" मीर हुक्क़ा ने सोचा और दो-ज़ानू[4] बैठे मंज़र[5] का मुताला[6] किया किए। मीर नासिर रज़ा सफ़वी की क़िस्मत में मुंशीगीरी लिखी थी, वर्ना *अवधपंच* के कालमनवीस होते। मीर सफ़वी और मिर्ज़ा क़ज़लबाश उर्फ़ गुड़गुड़ी, दोनों बैरिस्टर रिफ़ाक़त हुसैन के क्लर्क थे।

"अरे साहब ! हम तो आपके नाच की तारीफ़ ननुवा-बचुवा से सुन चके हैं," मिर्ज़ा गुड़गुड़ी ने अब गुलनार से ख़िताब किया। ननुवा-बचुवा के नाम पर दोनों माँ-बेटियों ने अपने कानों की लवें छुईं। गुलज़ारबाई समोसे की प्लेट साफ़ करने में जुट गईं। कमरे में दफ़अतन ख़ामोशी छा गई। मास्टर अख़्तर आफ़ंदी ने, जो बेहद कम-सुख़न[7] थे, एक और बीड़ी सुलगाई। गुलज़ार ने मसहरी के पास मेज पर पड़ा एक पुराना *पायनियर* अख़बार उठाया। शज्जू को इशारे से बुलाकर पिछले सफ़्हे पर छपी एक तसवीर दिखाई। "ये तुम्हारे मामूँ का फ़ोटो है ना ?"

"जी हाँ।"

"पढ़कर बताओ, क्या लिखा है ?"

"मामूँ मियाँ ने यहाँ एक जलसे में तक़रीर की थी, उसका ज़िक्र है।"

"तुम उनसे बहुत डरते हो ?"

"जी हाँ।"

"और ममानी ? वह नर्म-मिज़ाज हैं ?"

"ममानी। वह तो स्कूल में पढ़ रही हैं।"

---

1. प्रश्न; 2. विशेष सलाहकार; 3. बातें करने का ढंग; 4. घुटनों के बल; 5. दृश्य; 6. अध्ययन; 7. मितभाषी।

"स्कूल में ?"

"जी हाँ। मौलवीसाहब का। जज करामत हुसैन का मदरसा। वह हमारे नाना के दोस्त थे। अभी मामूँ से उनका ब्याह कहाँ हुआ है ? बस मँगनी हुई है। आठवीं क्लास में पढ़ती हैं।"

"और तुम ?"

"हम सातवीं में।" ज़रा झेंपे।

यकलख़्त[1] गुलनार उठकर बरामदे में चली गई और चिक की ओट में अमीनाबाद की रौनक़ देखने में महव हो गई। कमरे में महफ़िल जमी रही। गुलज़ारबाई को अरसा-दराज़[2] के बाद एक टूटे-फूटे फ़ैन मयस्सर आए थे। उन्होंने मिर्ज़ा गुड़गुड़ी से दरियाफ़्त किया, "मिर्ज़ासाहब, और ख़िदमत करूँ ? नलो-दमन की एक और ग़ज़ल सुनिएगा ?" साज़िंदों ने फ़ौरन अपनी-अपनी जगह सँभाली। गुलज़ारबाई ने बड़ी दिलदोज़ आवाज़ में शुरू किया–

ढूँढा उसे कहाँ-कहाँ, उसका कहीं पता नहीं,
आए गए यहाँ-वहाँ, हाय वो गुल मिला नहीं।

गुलनार की झलक देखकर होटल के नीचे भीड़ इकट्ठी हो गई। वह बे-दिमाग़ होकर कमरे में आई।

ढूँढा उसे कहाँ-कहाँ, उसका कहीं पता नहीं

अख़्तर आफ़ंदी बीड़ियाँ फूँकते रहे। मीर हुक्का ने जेब से ज़ंजीरवाली गोल घड़ी निकालकर देखी और लड़कों को चलने का इशारा किया। गुलनार कद्दे-आदम आईने के सामने जाकर बाल सँवारने लगी। फिर स्टूल पर बैठ गई और अपनी शक्ल ग़ौर से देखती रही। यहूदी की लड़की ... असीरे-हिर्स[3] ... सैदे-हवस[4] ... और अभी एक दरख़्शाँ मुस्तक़बिल[5] सामने मौजूद है।

... आए गए यहाँ-वहाँ, हाय वो गुल मिला नहीं ... वालिदा लहक-लहक गाया कीं।

3. तोतेवाला बँगला

चारों लड़के मय मीरो-मिर्ज़ा खुले ख़ज़ाने बाक्स में बैठे 'असीरे-हिर्स' मुलाहिज़ा कर रहे थे। इंटरवल में कंपनी के एक लकंदरे-से कारकुन ने आकर मिर्ज़ा गुड़गुड़ी से कुछ कहा और वापस चला गया। मिर्ज़ासाहब तरद्दुद[6] से बोले, "तमाशे के बाद पिस्टनजी हम

---

1. एकाएक; 2. लंबी अवधि; 3. लोभ का कैदी; 4. वासना का शिकार; 5. उज्ज्वल भविष्य; 6. चिंता।

लोगों से मिलना चाहते हैं। जाने क्या बात है ?"

"आपको मिर्ज़ा हिमाक़त बेग का पार्ट पेश करते होंगे।" मीर हुक़्क़ा ने ख़ुश्की से जवाब दिया। ड्राप सीन के बाद जब गुलनारबाई के छहों मेहमानाने-खुसूसी[1] हीरोइन के ड्रेसिंगरूम में सोडा-लेमन उड़ा रहे थे, पिस्टनजी बौखलाए हुए दाख़िल हुए। शज्जू को देखा। हाथ जोड़े और कहा, "साहबजी।"

"जी !"

"साहबजी," बब्बू ने मुस्कुराकर जवाब दिया। एक हफ़्ते में बब्बूजी खुद को बेहद मैन ऑफ़ द वर्ल्ड महसूस करने लगे थे। शज्जू रहे वही घोंचू के घोंचू। पिस्टनजी ने छूटते ही फ़रमाया, "तुम नवाब लोग का लखनऊ एकदम कंडम साला !"

शज्जू के चेहरे पर शॉक का असर बहुत नुमायाँ[2] था। मगर पिस्टजनी की तक़रीर जारी रही। "इधर हमार नंबर वन का बाई को देखो ''' देखो ''' " उन्होंने डपटकर दुहराया।

लड़कों ने घबराकर गुलनार पर नज़र डाली, जो निहायत मुज़्महिल[3] और पज़मुर्दा[4] लग रही थी।

"इंडियन शेक्सपियर के तीन मशहूर प्ले का हीरोइन ''' क्या ''' ," पिस्टनजी ने झटके से गर्दन उठाकर कहा, "अब सोचो। रात-भर सोचो ''' दिन-भर सोचो ''' फिर रात-भर सोचो। यह नंबर वन का आर्टिस्ट जिसे बोंबे में बाइस्कोप का ऑफ़र मिल चुका है; जब ये ठीक से स्लीप नहीं कर सकेंगा तो काम कैसे करेंगा ? अक्खा दिन होटल के नीचे मवाली लोग बोम मारता। क्या ''' ?" उन्होंने फिर मुँह उठाकर गर्दन को झटका दिया।

"तो बर्लिंगटन तशरीफ़ ले जाइए", मीर हुक़्क़ा ने नर्मी से कहा।

"और दूसरा ख़बर सुनो," पिस्टनजी ने मज़ीद फ़रमाया, "बाई के बराबरवाले रूम में इंफ़्लूएंज़ा का केस हो गया।"

"ओहो ! यह तो ख़तरनोक बात है," मिर्ज़ा गुड़गुड़ी बोले। "फ़ौरन इनको बर्लिंगटन पहुँचा दीजिए।"

"फिर एक और होटल !" गुलनार ने आजुर्दगी से[5] कहा। "मैं होटलों में रहते-रहते तंग आ चुकी हूँ। क्या हफ़्ता-दस दिन के लिए एक कोठी का इंतज़ाम नहीं हो सकता ?"

"तुम हाईक्लास लोग हमारा हेल्प करो ना ''' " पिस्टनजी बोले। "एक-आध बंगलो ही भाड़े पर मिल जाए तो कोई हरकत नहीं।"

मिर्ज़ा गुड़गुड़ी ने सोचते हुए अपनी ज़बरदस्त क़ज़लबाश मूँछों पर हाथ फेरा और बोले, "लड़ाई ख़त्म हो गई है। गोरे अफ़सर और साहब लोग लखनऊ वापस आ रहे हैं। इस वजह से कोठियाँ आजकल ज़रा मुश्किल से मिलती हैं।"

---

1. विशेष अतिथि; 2. स्पष्ट; 3. निढाल; 4. मरी-मरी सी, मुरझाई हुई; 5. तंग आकर।

"हमारे को भी सब ऐसा ही बोला। तब्बी हमने आप लोग को इधर बुलाया।"

"हम कल शाम तक दो-चार लोगों से मालूम करके आपको कहलवा देंगे। आप भी तलाश जारी रखिए," मिर्ज़ा गुड़गुड़ी ने जवाब दिया।

शज्जू, बब्लू, लल्लू, नन्हे हस्बे-साबिक[1] एक कतार में सोफे पर मुतमक्किन[2] थे। सामने ही दीवार पर आवेज़ाँ[3] कैलेंडर पर शज्जू की नज़र पड़ी।

OCTOBER 14, 1919

ज़ेहन में एक सवाल कौंदा। तोतेवाला बँगला। आज चौदह तारीख़ है। मामूँ मियाँ दिल्ली से लौटेंगे छब्बीस को। साथियों को देखा। वो तीनों भी सर खुजाते हुए शायद यही सोच रहे थे।

"तसलीम नवाबसाहब !" गुलज़ारबाई ने कमरे में आते हुए कहा।

"आदाब !" शज़्ज़ू ने ज़रा झेंपकर जवाब दिया। "हम नवाबसाहब नहीं हैं।"

"आए-हाए ··· फिर क्या हो ?"

"हमारे हाँ के ताल्लुक़दार नवाबसाहब नहीं कहलाते।" बब्बू को फिर वज़ाहत[4] करनी पड़ी।

"और क्या कहलाते हैं ?"

"बस ताल्लुक़दार ··· या राजा ··· ठाकुर।"

"बहुत अच्छा, बंदगी राजासाहब !" गुलज़ारबाई ने कहा।

जब सोलह-साला राजासाहब करीमपुर मय अहबाब[5] ड्रेसिंगरूम से निकलकर बग्घी की तरफ़ जा रहे थे, बब्बू ने उनके कान में फूँका, "अमाँ, वो तुम्हारा तोतेवाला बँगला किराये पर उठता है कि नहीं ?"

"उठता तो है।"

"अभी चार महीने वह करंटी डाक्टरनी उसमें रहकर गई है कि नहीं।"

"तीस रुपये महीने किराया देती थी।" लाला घनश्यामदास रस्तोगी उर्फ़ लल्लूजी ने प्रोफ़ेशनल अंदाज़ में कहा। "हम एक हफ़्ते का बीस रुपये तय करवाए लेते हैं। बल्कि पचीस से शुरू करेंगे। गुलनारबाई वहाँ आ जाएँ, बस रोज़ जाकर गाना सुना करेंगे।" लल्लूजी संगीत के रसिया थे।

"और उनके गाली-गलौच और कोसने कौन सुनेगा ? बँगले को भटियारख़ाना बना देंगी," शज्जू ने ढुलमुल-यक़ीन होकर कहा। "और सबसे बड़ी बात यह कि मामूँ मियाँ को वापस आकर पता चल गया तो हमारी बखिया नहीं उधेड़ देंगे !"

"उन्हें पता कैसे चलेगा ? सब मामलात खुफ़िया।" लल्लूजी ने गंजीन-ए-सुरागरसानी[6] के अबवाब[7] याद करने शुरू किए।

मीरो-मिर्ज़ा को पीछे-पीछे आता देखकर वो ख़ामोश हो गए।

---

1. पहले की तरह; 2. बैठे हुए; 3. सुसज्जित; 4. स्पष्टीकरण; 5. दोस्तों के साथ; 6. जासूसी विद्याकोश; 7. अध्याय।

सुबह स्कूल जाने से पहले शज्जू दफ़्तर के कमरे में गए जहाँ मीर हुक़्क़ा एक मिसिल पर सर झुकाए लिखने में मसरूफ़ थे। शज्जू ने फ़ौरन झिझकते हुए बात शुरू की :

"मीरसाहब !"

"हाँ भैया !"

"ये गुलनारबाई कितनी अच्छी हैं बेचारी !"

मीरसाहब ने ऐनक माथे पर सरकाकर उनको देखा और बोले, "भैया, बस आपका शौक़ काफ़ी से ज़्यादा पूरा हो गया। दो तमाशे देख आए। उन सब लोगों से मिल लिए। अब जाइए, अपनी पढ़ाई शुरू कीजिए। स्कूल जाइए। आप दो साल से सातवीं क्लास में फ़ेल हो रहे हैं।"

यही राजा शुज़ाअत हुसैन की दुखती रग थी। फ़ौरन आँखों में आँसू भर आए। चंद लम्हों बाद दिल कड़ा करके मुद्दुआ बयान कर ही दिया। "मीरसाहब, गुलनारबाई को बँगले में बुला लें ?"

मीर हुक़्क़ा चौंक उठे। "भैया, क्यों अपनी शामत को पुकारते हो ! अलावा इसके कि यह निहायत नाज़ेबा[1] बात है। मियाँ को जब मालूम होगा ··· "

"मियाँ ! मियाँ ! मियाँ ने हमारा जीना दूभर कर दिया है।" शज़्ज़ू ने यकलख़्त चिल्लाकर कहा।

"ख़ामोश !" मीर हुक़्क़ा ने गरजकर डाँटा। शज़्ज़ू भैया रोते, आँसू बहाते तीर की तरह सीधे माँ के कमरे में पहुँचे। वह तख़्त पर बैठी कुछ कतरब्योंत में मसरूफ़ थीं। जाकर उनकी गोद में सर रख दिया और सिसकियाँ भरने लगे। माँ इकलौते, यतीम नूरे-नज़र[2] को इस तरह रोता देखकर बेताब हो गईं। दहलकर बोलीं, "चाँद, मेरे लाल, भइया, क्या हुआ ··· ? ख़ैरियत ?"

शज्जू और रोए। जब चंद मिनट बाद जी हलका हुआ, माँ के दुपट्टे से आँसू खुश्क करके सारी दास्तान सुनाई।

वालिदा खुद रोने लगीं। फिर नाक सुनुककर बोलीं, "आज तुम्हारे अब्बा ज़िंदा होते, या नाना, तो किसी की मजाल पड़ी थी कि तुम्हारी इतनी-सी फ़रमाइश पूरी न होती ?"

माँ की यह हिमायत देखकर राजासाहब फ़ौरन शेर हो गए। "अम्मीजान, मीरसाहब को बुला लाऊँ ?"

"बुला लाओ।"

मीर हुक़्क़ा खँखारकर कमरे में दाख़िल हुए। मुफ़ालिसो-फ़रो-तन[3] मीरसाहब शाहाने-सफ़विया[4] के ख़ानदान से थे। उनका पासे-अदब[5] था और उम्र में बहुत बड़े थे। वर्ना कोई और अहलकार[6] होता तो रानीसाहब करीमपुर उसकी तबीयत साफ़ कर देतीं।

वही मुक़द्दमा दोबारा पेश किया गया। रानीसाहब, जो मैके में बड़ी बिटिया

---

1. अशोभन; 2. आँख की रौशनी (सुपुत्र); 3. ग़रीब और कृशकाय; 4. ईरान के सफ़वी बादशाह; 5. सम्मान; 6. कार्मिक।

कहलाती थीं, सब सुनकर बोलीं, “मीरसाहब, हमारी तरफ़ से इजाज़त है। मियाँ को हम समझा लेंगे।”

मीर हुक़्क़ा ने ताज्जुब से उनको देखा। मामता[1] ऐसा अंधा और औंधा जज़्बा है जिसकी हद नहीं। मीरसाहब आहिस्ता-आहिस्ता क़दम उठाते कमरे से बाहर आए। फ़तहमंद-सुर्ख़रू शज्जू भैया ने पीछे-पीछे आकर पूछा, “हम पिस्टनजी को कहलवा दें ?”

मीरसाहब बरामदे के एक सुतून से टिककर बोले, “भैया, ज़रा यह सोचिए, उन लोगों को अच्छी तरह मालूम है कि बैरिस्टरसाहब थियेटरबाज़ी के शदीद मुख़ालिफ़[2] हैं। तो वह लोग अदबदाकर उन्हीं के मकान में क्यों आकर रहेंगी ?”

“उनको यह थोड़ा ही बताएँगे कि बँगला हमारा है। कह दीजिए, हमारे पड़ोस में एक काटेज ख़ाली है। उनको पता ही न चलेगा। उसका सब इंतज़ाम हम और लल्लू कर लेंगे। आप फ़िक्र न कीजिए।”

मीर हुक़्क़ा ने नज़रें उठाकर तास्सुफ़[3] से साहबज़ादे की शक्ल देखी। जासूसी नावेल ... थियेटर ... बड़े होंगे तो अय्याशी ...

दूसरे रोज़ मिस गुलनार, गुलज़ारबाई, मुनुवा और कुंदन महरी का तायफ़ा[4] मय साज़ो-सामान, दो ताँगों पर सवार बैरिस्टर रिफ़ाक़त हुसैन की कोठी, वाक़ा[5] क्लाइड रोड के, उक़बी[6] फाटक में दाख़िल हुआ। वसीअ[7] अहाते के एक सिरे पर फूँस की वह बँगलिया खड़ी थी, जो कभी-कभार किराये पर उठा दी जाती थी, वर्ना गेस्ट हाउस का काम देती थी। बँगले के सदर दरवाज़े पर ताला पड़ा था। गुलनार बाहर लॉन पर खड़ी ख़ुशी से बाग़ का नज़ारा करती रही। कैसी पुरफ़िज़ा[8] जगह थी। शज्जू और लल्लू का सिखाया-पढ़ाया माली नमूदार[9] हुआ। दरवाज़े का ताला खोला और बंदगी करके ग़ायब हो गया। वो सब अंदर गए, मुनुवा ने गोल कमरे की खिड़कियाँ खोलीं। हवा का ऐसा फ़ुरहतबख़्श[10] झोंका अंदर आया गोया जन्नत की खिड़की खुल गई। पिस्टनजी ने सुबह-शाम खाना भिजवाने का इंतज़ाम कर दिया था । अपनी मालकिनों की ख़ानाबदोशी की आदी कुंदन ने स्टोव जलाकर चाय का पानी रखा। गुलनार खिड़की में से बाहर झाँकने लगी। बँगले के पिछवाड़े पपीते और सीताफल के पेड़ लगे थे। उसके बाद एक जाफ़री[11] पर मार्निंग ग्लोरी की घनी बेल फैली हुई थी। जाफ़री के सिरे पर बाँस का छोटा-सा फाटक। दूसरी तरफ़ बहुत बड़ी सफ़ेद रंग की कोठी। मिर्ज़ा गुड़गुड़ी ने बतलाया था कि बैरिस्टरसाहब की कोठी पड़ोस में ही है; वही होगी। वह बेद के सोफ़े पर आ बैठी। कुंदन ने गिलास में ‘कड़क’ चाय पेश की। आपा दूसरे कमरे में चीज़ें सँगवा रही थीं।

---

1. ममता; 2. भारी विरोधी; 3. अफ़सोस की भावना; 4. दल; 5. स्थित; 6. पीछे के; 7. चौड़े; 8. सुंदर वातावरणवाली; 9. प्रकट; 10. ताज़गी देनेवाला; 11. छोटा मचान।

गिलास बहुत गर्म था। उसे नज़दीक के बुक-शेल्फ़ पर रखकर गुलनार किताबों का जायज़ा लेने लगी। मंसूर मोहना, रोज़ अलेंबर्ट हिस्सा अव्वलो-दोम, कलजुग की खूँटी उर्फ़ बाज़ीच-ए-अतफ़ाल[1] मुतरजिमा[2] द्वारकापरशाद 'उफ़क़', क़िस्सा उमर अय्यार ⋯ इस किताब के सरे-वरक़[3] पर बचकानी राइटिंग में लिखा था – सैयद शुजाअत हुसैन, जमाअत पंजुम, काल्विन ताल्लुकेदार्स स्कूल, लखनऊ। गुलनार चौंक उठी। अच्छा, यह बात है ! मज़ीद तजस्सुस[4] से उसने दूसरी किताब निकाली। वह अंग्रेज़ी से नावाक़िफ़ थी। भूरे रंग के *ला-सोसाइटी जर्नल* में से एक पोस्टकार्ड नीचे गिरा। पता उर्दू में था। किसी मुवक्किल का ख़त था – आलीज़नाब सैयद रिफ़ाक़त हुसैन साहब बैरिस्टर को मिले ⋯

गुलनार का सर चकरा गया। दूसरे कमरे में पहुँची। वहाँ दीवार पर वही तसवीर आवेज़ाँ थी जो परसों-नरसों *पायनियर* अख़बार में देखी थी।

अब क्या करूँ ? इस गाउदी छटंकी राजा ने ग़ज़ब किया ! क्यों ⋯ बेचारे ने अपनी तरफ़ से तो भलाई ही की। अब वापस कहाँ जाऊँ ? शहर में इंफ़्लूएंज़ा की हवा फैलती ही जा रही थी। अव्वल तो होटल थे ही नहीं; जो इक्का-दुक्का थे वो मख़्दूश[5]। पिस्टनजी खुद कूच का इरादा कर रहे हैं। चंद रोज़ की बात और है। हर-चे बादाबाद ![6] बहरहाल, वह खुर्द-दिमाग़ मौलवी बैरिस्टर छब्बीस तारीख़ को लौटेगा, इससे पहले रवाना। इस भोले शज्जू ने कम-अज़-कम चंद रोज़ के लिए एक आरामदेह पुरसुकून ठिकाने का बंदोबस्त कर दिया। उसने बेडरूम में जाकर माँ को बताया।

"हूँ !" वह खिल उठीं। "लाए महाराजा हमें छल करके।" कमर पर हाथ रखकर गुनगुनाने लगीं। वालिदा मुहतरमा के इस क़दर शदीद बाज़ारीपन से बाज़-औक़ात[7] गुलनार की जान जलकर रह जाती थी। फिर उसे ख़याल आता था कि वह खुद भी गाहे-ब-गाहे इसी क़िस्म की सस्ती हरकतें करती है, और उलझकर चुप रहती थी। वालिदा ने फ़रमाया, "घबराए क्यों है गुल्लू ? इसमें भी अल्लाह की कोई मस्लहत होगी। मैं तो जबसे इस छटंकी राजा से मुलाक़ात हुई है, यही सोच रही हूँ कि नेक शगुन है। 'पन्ना' का क़िस्सा भूल गई। इसी तरह नवाब ने जाकर अपने बाग़ में उतारा था। तेरे ही मामूँ की लड़की है; कोई आसमान से नहीं उतरी। न सुर्ख़ाब के पर लगे हैं ⋯ लो जी ⋯ महीने के अंदर रईस ने निकाह कर लिया। रियासत की छोटी बेगम बन बैठी। नवाब अलमास-महल ख़िताब मिला है।"

गुलनार को हँसी आ गई। "आपा, बेचारा शज्जू बच्चा तो मुझसे निकाह करने से रहा।"

"ऐ शज्जू न सही, कोई और रईस सही। और निकाह का ज़िक्र क्या है ? ज़रा आँखें खोलकर देखो। यह बहुत पैसेवाली तगड़ी पालटी है। अवध के नवाब लोग हैं, मज़ाक़ नहीं। हमारी तरफ़ के उजड्ड देहाती जमींदार ना हैं। ज़रा बँगला तो देखो, कैसा सजा रखा है ! वह तो जब माली कुल्फ़[8] खोलकर चुपचाप लौट गया जभी मैं ताड़ गई, कुछ

---

1. बच्चों का क्रीड़ांगन; 2. अनूदित; 3. जिल्द; 4. और अधिक जिज्ञासा; 5. चिंता के कारण; 6. हर्ज क्या है; 7. कभी-कभी; 8. शुद्ध शब्द कुफ़्ल अर्थात ताला।

दाल में काला है।"

वालिदा जिस क़दर खाती थीं, उसी क़दर बेथकान लगातार बोलती थीं। गुलनार तौलिया उठाकर बाथरूम में चली गई। वहाँ भी सब सामान क़रीने का। पीतल की गंगाम[1] में बाग़ के कुएँ से निकला ताज़ा-ताज़ा पानी। कोने में ईंटों पर धरा हमाम। उसके नीचे बड़ा क़लईदार लोटा। सफ़ेद मेज़ पर फूलदार चीनी का जग, मग्गा और चिलमची। नीले किनारेवाला सफ़ेद तामलोट।

वह गुसलखाने में देर तक नहाती रही और काहिली से चिड़ियों की चहकार सुना की। फिर बाल सुखाने की ख़ातिर सब्ज़े[2] पर निकल गई। हरदेई मालन घास खोदते-खोदते हैरत से उसे तकने लगी। इतनी सुंदर नौटंकीवाली !

अमरूद से लदे दरख़्तों पर तोते बैठे थे और जाफ़री पर फैली मार्निंग ग्लोरी की बेल में तेज़-नीले बिगुलनुमा सैकड़ों फूल खिले हुए थे। जाफ़री के उधर कोठी की झलक नज़र आई। सफ़ेद मैले-मैले ग़रारे पहने मामाएँ इधर-उधर आ-जा रही थीं। मुर्ग़ियाँ चरती-चुगती फिर रही थीं। दूर से भैंसों के डकराने की आवाज़ आ रही थी। किस क़दर पुरसुकून,[3] महफ़ूज़[4] और मामून[5] जगह थी।

बाल सुखाकर टहलती हुई वह बँगले में वापस आई और कमरे-कमरे फिरने लगी। गुलाबी और सब्ज़ फूलदार टाइलों से मुज़य्यन[6] सिंगार-मेज़ें, झाल-पाल, क़िलेनुमा साइड-बोर्ड, बारहसिंघे के सींगोंवाला फर्नीचर, स्याहो-सफ़ेद टाइलों पर कश्मीरी नमदे। दीवारों पर इंग्लिस्तान की सीनरी की रंगीन तसवीरें, जो विलायती रिसालों से तराशकर फ्रेम की गई थीं। वह फिर खिड़की में जा बैठी और सोचा, "जब मेहमानख़ाना इतना आरामदेह है तो घर कैसा न होगा ?" पैदाइश के बाद से माँ के साथ और फिर हिंदुस्तान और बर्मा के दौरों पर सरायों, खेमों और होटलों में ज़िंदगी गुज़ारी थी। बड़ी आरज़ू और रश्क के साथ आँखें बंद कीं और तसव्वुर[7] करने लगी। "इस सफ़ेद कोठी के कमरे अंदर से कैसे होंगे ! इसमें कैसी पर्दानशीनें रहती होंगी ! महफ़ूज़ो-मामून इस वक़्त क्या कर रही होंगी !"

शज्जू की वालिदा रानीसाहिबा करीमपुर अपने कमरे में तख़्त पर बैठी छोटे भाई की बरी के लिए ऊदे, फ़र्शी पायजामे की गोट पर माही पुश्त का जाल बनाने में मसरूफ़ थीं। सारे घर में शादी के इंतज़ाम का कारोबार फैला हुआ था। रिश्तेदार बीवियाँ और बाँदियाँ बे-तरह मसरूफ़ थीं। सुबह से एक नई दिलचस्पी यह पैदा हुई थी कि तोतेवाले बँगले में थियेटरवालियाँ आकर उतरी थीं और वह भी खुफ़िया। इस 'खुफ़िये मुआमले' में सब गले-गले पानी शज्जू मियाँ के साथ थीं, क्योंकि सब बैरिस्टरसाहब की खुश्क-मिज़ाजी से शाकी थे[8] और अब ज़रा तफ़रीह का मौक़ा मिला था। खुद बड़ी बिटिया, शज्जो की वालिदा एक बार पिछले बरामदे से जाकर झाँक आईं, जहाँ से तोतेवाला बँगला नज़र आता था। बाप, अल्लाह जन्नत नसीब करे, और मरहूम शौहर के ज़माने में इसी

---

1. टब; 2. हरी घास; 3. शांतिपूर्ण; 4. सुरक्षित; 5. बेहलचल; 6. सुसज्जित; 7. कल्पना; 8. शिकायतें लिए हुए थे।

तोतेवाले बँगले में आए दिन राग-रंग की महफ़िलें जमा करती थीं। मुशायरे, क़व्वालियाँ ··· ननुआ-बचुवा और जानकीबाई यहाँ आकर उतर चुकी थीं। कौन अनोखी बात थी ? बेचारा यतीम बच्चा, जिसकी सूरत देखकर जीती थीं और जो मामूँ के सामने सहमा-सहमा रहता था, उसकी इतनी-सी ख़ुशी पूरी हो गई; कौन ग़ज़ब हुआ ? लेकिन सुबह-सवेरे ही मीर हुक़्क़ा को हुक्म दे चुकी थीं कि भइया वक़्त-बेवक़्त बँगले की तरफ़ न जाने पावें; आप साथ जाइए। अब वह इतमीनान से बैरिस्टरसाहब की बरी के जोड़ों की तैयारी में मुनहमिक[1] थीं।

कुंदन कुटनी, वह फ़ख्रपेश-ए-दल्लालाँ,[2] सहपहर[3] तक शागिर्दपेशे[4] की असीलियों में रुल-मिलकर सारी टोह ले आई। लहँगा घुमाती बँगले पर वापस पहुँची। गुलनार झपकी लेकर उठी थी। गुलज़ार फ़र्श पर बैठी, आईना सामने रखे अपने झाड़-फ़ानूस बाल सँवार रही थी।

"कहाँ मर गई थी हर्राफ़ा ? चाय बना।" गुलनार ने जम्हाई लेकर कहा।

"हो आई अपने यारों में ?" गुलज़ारबाई ने दरियाफ़्त फ़रमाया।

कुंदन ने स्टोव सुलगाते हुए सारी अलिफ़-लैला सुना दी। "मियाँ, यानी बैरिस्टर रिफ़ाक़त हुसैन की ज़मींदारी जिला बाराबंकी में है। उधर बड़े सरकार ने उनको पढ़ने भेजा विलायत और इधर वह ख़ुद और उनके दामाद शज़्ज़ू के बाप ··· प्लेग में चटपट ··· शज़्ज़ू दस साल के थे, उनका इलाक़ा कोर्ट ऑफ़ वार्ड ने ले लिया इंतज़ाम की ख़ातिर ··· मियाँ विलायत से लौटे तो कुनबे की सारी ज़िम्मेदारी उन पर आन पड़ी। वह भी माँ-बाप के इकलौते लड़के। माँ ज़िंदा हैं। यहीं कोठी में रहती हैं और एक बड़ी बहन ··· शज़्ज़ू की वालिदा। उन्हें उनके इलाके करीमपुर से अपने पास बुलवा लिया। लड़के को स्कूल में दाख़िल करा बाप और बहनोई ने खूब रंगरलियाँ मनाई थीं। बहुत दौलत उड़ाई। उन मियाँ को इसका असर यह हुआ कि खेल-तमाशे, नाच-गाने से लल्लही। बस शाम को क्लब जाकर बैट-बल्ला खेल आते हैं। ईद के चाँद ब्याह होगा। मंगेतर ख़ाला की लड़की है। उसका क़िस्सा भी मालूम कर आई। विलायत जाते वक़्त ख़ाला-ख़ालू से कह गए थे, मेरे पीछे लड़की को अंग्रेज़ी न पढ़ाई तो लंदन से मेम कर लाऊँगा। इस डर से उन लोगों ने लड़की को स्कूल में डाल दिया। बैरिस्टर दबंग आदमी है ··· "

"ख़ैर !" गुलज़ारबाई ने चोटी करते हुए होंठ बिचकाकर कहा। "इन मियाँजी का तमाशा भी हम देखेंगे।" और गुलनार पर नज़र डाली। इन माँ-बेटियों का ज़ाती[5] और ख़ानदानी तजरबा यही बताता था–जो मुर्ग़ा जितना पारसा[6] हो, समझ लो उतनी आसानी से ही दाम में फँसेगा। गुलज़ारबाई उस वक़्त न जाने क्या-क्या स्ट्रेटजीज़ बनाने में

1. तल्लीन; 2. दल्लालों के पेशे की शान; 3. तीसरा पहर; 4. नौकरों के निवास; 5. निजी; 6. पवित्रतावादी।

महव थीं, मगर गुलनार का दिल अचानक ज़ोर-ज़ोर से धड़कने लगा। उसने उठकर चुपके से बेदमुश्क पिया और बाग़ में चली गई।

फिर उसे बैरिस्टरसाहब की तसवीर तके जाने का ख़ब्त-सा हो गया। जब मौक़ा मिलता, जाकर उसके सामने खड़ी हो जाती और जाने क्या-क्या सोचा करती। नामुमकिन ख़्वाब।

4. राग दिले-चमन

दूसरे रोज़ सुबह शज्जू मिर्ज़ा गुड़गुड़ी के साथ बँगले पर पहुँचे। सलाम-दुआ के बाद शज्जू ने कहा, "हम यहाँ नज़दीक ही रहते हैं। सोचे, आपसे पूछ आएँ, किसी चीज़ की ज़रूरत तो नहीं ?"

उनकी इस सादादिली पर गुलनार को बेसाख़्ता हँसी आ गई। उसने जवाब दिया, "शज्जू मियाँ। वह राजे-इश्क़-दर-खुफ़िया-पुलिसवाली किताब आपने ग़ौर से नहीं पढ़ी। लेकिन गंजीन-ए-सुराग़रसानी मैंने ढूँढ निकाला। आइए दिखलाऊँ।" गोल कमरे में ले जाकर उसने किताबें पेश कीं जिन पर मालिक-मकान के नाम लिखे थे। और मालिक-मकान की तसवीर दिखाई। शज्जू झेंपकर चुप हो गए। गुलनार ने मिर्ज़ा गुड़गुड़ी से कहा, "हमने नादानिस्ता[1] ओखली में सर दिया।"

"क्या कहें बाईसाहब। उनकी बाल-हठ थी और आपको मकान की ज़रूरत।" मिर्ज़ा गुड़गुड़ी नदामत[2] से बोले।

तोतेवाले बँगले में आए उसे पाँच दिन गुज़र गए। वह बड़ी शराफ़त और ख़ामोशी से रह रही थी। सुबह को रियाज़ करती जिसे शज्जू और लल्लू कोठी के बाग़ में बैठकर सुना करते। शागिर्दपेशेवाले भी इधर-उधर दरख़्तों के नीचे जमा हो जाते। रात को शज्जू अपने कमरे में बैठकर नाटक लिखते। 'असीरे-हिर्स' के मिर्ज़ा हिमाक़त बेग, झंझट और बी नहूसत ने उनको बहुत 'इंस्पायर' किया होगा। सनीचर की रात होमवर्क के बजाय (मुझे समझा है क्या हरचरनदास ?) बहुत देर तक लैंप के सामने क़लम-काग़ज़ लिए बैठे रहे। निबवाला क़लम नुक़रई दवात में डुबो-डुबोकर बार-बार 786 लिखा। दिमाग़ पर बहुत ज़ोर डाला पर कोई प्लाट समझ में न आया। अब अचानक कास्ट के नाम सूझ गए। फ़ौरन लिखना शुरू किया। 786, जनाना पार्ट : वीरानजहाँ बेगम, हवन्नक़

---

1. अनजाने में; 2. शर्मिंदगी।

बानो, बरबादी ख़ानम। मर्दाना पार्ट : अहमक़नवाज़ जंग, ग़बिउद्दौला, वहशतुज़्ज़मा, खौफ़नाकसिंघ। अब उन पर एक इल्हामी[1] कैफ़ियत तारी[2] थी और नाम थे कि बारिश के फुवार की तरह सफ़ह-ए-कर्तास[3] पर गिरते चले जा रहे थे। अपनी जूदते-तबा[4] पर अश-अश करते राजा शुजाअत हुसैन कुछ देर बाद कापी-बुक पर सर रखकर ऊँघने लगे।

सुबह दस बजे ही बब्बूजी, लल्लूजी और नन्हे कोठी पर आन धमके। शज़्ज़ू मियाँ उस वक़्त नाश्ता कर रहे थे और तोतेवाले बँगले से तबला खड़कने की आवाज़ आ रही थी। लल्लूजी बेसब्री से बोले, "आज शायद यहूदी की लड़की की रिहर्सलें हो रही हैं। चलो देख आएँ।"

"मीर हुक़्क़ा को बुला लो," शज़्ज़ू ने जवाब दिया। नाश्ता अधूरा छोड़ अपने नाटक (जो अभी कास्ट के नामों से आगे न बढ़ सका था) की कापी-बुक लेने अपने कमरे की तरफ़ भागे। फिर मीर हुक़्क़ा, मिर्ज़ा गुड़गुड़ी और तीनों दोस्तों के हमराह[5] और बड़ी बिटिया की इजाज़त के साथ काटेज की सिम्त[6] रवाना हुए।

गुलनार बरामदे में खड़ी हरदेई मालन से अपने लिए हार गुँथवा रही थी। "आ गई चांडाल-चौकड़ी।" उसने लड़कों को देखकर मुसर्रत से कहा। तोतेवाले बँगले में उस वक़्त ग़ैर-मुतवक़्क़ा[7] तौर पर बड़ी रौनक थी। 'असीरे-हिर्स' के दोनों मसख़रे, उनके अलावा मास्टर अख़्तर आफ़ंदी, मास्टर फ़ीरोज़, अता मुहम्मद पेटी-मास्टर, मुन्नू ... कुंदन महरी चाय बना-बनाकर सबको दे रही थी। गुलज़ारबाई एक कोने में बैठी बाक़रख़ानियाँ[8] उड़ा रही थीं, जो सुबह-सुबह मुन्नू साइकिल पर जाकर चौक से लाए थे। मास्टर फ़ीरोज़ सोफ़े पर उकड़ूँ बैठे गुजराती रस्मुल-ख़त[9] में छपी 'राग दिले-चमन' की वरक़गरदानी कर रहे थे, जो थियेटर की क़दीम-तरीन[10] ग़ज़लों का मजमूआ[11] और नाटक-मंडलियों का बाइबिल था। मास्टर फ़ीरोज़ न्यू अल्फ्रेड कम्पनी के नंबर वन गवैये थे। सुबह से शुग्ले-मै[12] शुरू कर देते थे और मुस्तकिल गुनगुनाते और तरह-तरह की दिलावेज़[13] धुनें बिठाते रहते थे।

कोठी से आए हुए मुअज़्ज़िज़[14] मेहमानों को ड्राइंगरूम में बिठाने के बाद गुलज़ार ने लल्लूजी से पूछा, "असीरे-हिर्स कैसा लगा ?"

"नंबर वन।" लल्लूजी ने उँगली उठाकर रुस्तमजी पिस्टनजी के अंदाज़ में जवाब दिया। "अब यहूदी की लड़की प्रैक्टिस करेंगी ?"

"कौन ... ? मैं ? नहीं तो। तुम लोग कुछ सुनना चाहते हो ?" गुलनार ने पूछा।

"बेटा, हम तुम्हारे गुलामों के गुलाम। जिसको जो हुक्म दो, वह ख़िदमत करे।" गुलज़ारबाई बोलीं। आज वह जादूगरनी या गुलाबो-शताबो के बजाय अस्ल-नस्ल नायिका लग रही थीं।

---

1. आकाशवाणी; 2. छाई हुई; 3. काग़ज़ की सतह; 4. तबीयत की उमंग; 5. साथ; 6. तरफ़; 7. अप्रत्याशित; 8. मैदे की रौग़नी और ख़स्ता रोटियाँ; 9. लिपि; 10. प्राचीनतम; 11. संग्रह; 12. मद्यपान; 13. चित्ताकर्षक; 14. प्रतिष्ठित।

शज़्ज़ू ने जरा तकल्लुफ़ से गुलनार को मुख़ातिब किया, "हमें एक-आध कॉमिक सीन सुनवा दीजिए।"

गुलनार ने दोनों मसख़रों को इशारा किया। पासिंग शो की डिबिया जेब में डालकर उन साहब ने, जो मिर्ज़ा हिमाक़त बेग बनते थे, झुककर नौ-उम्र राजासाहब को तसलीम अर्ज़ की। खँखारे और आस्तीन चढ़ाकर कमरे में टहलना शुरू किया। फिर यकलख़्त[1] गरज़ पड़े, "फ़िक्र-फ़िक्र-फ़िक्र-फ़िक्र। जितनी मुझको है, उतनी अगर कोई साहूकार करता, मुफ़लिस बैंक का हिस्सेदार बन जाता। अगर कोई नाटक का मुंशी करता, उसका नया खेल पास हो जाता। अगर जनरल कूपर करता तो ट्रांसवाल का सत्यानाश हो जाता।"

चारों नौजवान महबूत[2] होकर मसख़रे को देखा किए। कुंदन महरी दहलीज़ के पास फ़र्श पर बैठी बकरी की तरह पान चबा रही थी। दूसरा मसख़रा, जो 'असीरे-हिर्स' में झंझट बनता था, झट उससे मुख़ातिब होकर गाने लगा। "अरे वाह जी वाह ··· ये लूना चमारी ··· हो सूरत पे वारी ··· बुढ़ापे का टट्टू, मुहब्बत पे लट्टू। इधर-उधर ज़िनगी[3] जवानों में, जंगी घरानों में होता शुमार ! तू है मेरी जानी, तू है नानी। तू है मेरी ख़ालाजान। जान ले। ईमान ले। मकान ले।"

गुलज़ारबाई ने क़हक़हा लगाया। लल्लूजी खुशी से बेहाल थे। मीर हुक़्क़ा अपनी जगह पर कसमसाए।

फिर सारी कंपनी ने गुलज़ारबाई समेत 'असीरे-हिर्स' का मक़बूल[4] गाना, जो पिछले तीन-चार दिन से लखनऊ के लौंडे गली-कूचों में गाते फिर रहे थे, गाना शुरू किया : "सूरत-सीरत में चंदा[5] ··· हर फ़न कामिल[6] है बंदा। शक्ल मुछंदर। अक़्ल में बंदर। ख़ासे क़लंदर। वाह जी वाह।"

लल्लूजी भी ताल देकर साथ लग गए।

"मेंबर बनकर, घर-घर फिरकर, टैक्स लगाएगा बंदा।"

"आहा ! वाह-वाह, खूब निकला ये धंधा।"

"यारों में, ग़ारों में, भंगी-चमारों में, धोबी-कहारों में पाऊँगा नाम। कुर्सी पर बैठूँगा, यारों में ऐंठूगाँ। दौलत समेटूँगा मैं सुबहो-शाम। ख़ानबहादुर बनके, चाल चलूँगा तनके।"

अब सब मूड में आ चुके थे। बब्बूजी, शज्जू और मिर्ज़ा गुड़गुड़ी कोरस में शामिल हो गए। "सूरत-सीरत में चंदा। हर फ़न कामिल है बंदा।"

दफ़अतन गुलनार ने खिड़की के पास जाकर बड़े जज़्बाती अंदाज में कहना शुरू किया, "लो यार शोख़-शंग ! छेड़ चंग का-सा रंग ! जाम का जमा दे रंग ! फिर कहाँ ये दोस्त होंगे और कहाँ ये बज्में-चंग ! चली नाव मँझदार में।" फिर सबकी नज़रें बचाकर छँगुलिया की नोक आँख के गोशे तक ले गई और आँसू पोंछा।

---

1. एकाएक; 2. स्तब्ध; 3. हब्शी; 4. लोकप्रिय; 5. दूसरों से अलग; 6. हर कला में माहिर।

मास्टर अख़्तर आफ़ंदी बरामदे में जाकर सीढ़ियों पर बैठ गए। बीड़ी सुलगाई और सामने अमरूद के दरख़्तों पर उड़ते तोतों की बहार देखने लगे।

दोपहर के खाने का वक़्त आ गया। बड़ी बिटिया मीर हुक्क़ा के ज़रिये गुलनार को कहलवा चुकी थीं कि सबके लिए ख़ासा[1] कोठी से भेजा जाएगा। हेड ख़िदमतगार की क़यादत[2] में मुलाज़िम खाने की किश्तियाँ उठाए आ पहुँचे। तबला बायाँ, फ़र्शी हारमोनियम और फर्नीचर एक तरफ़ को खिसकाकर दस्तरख़्वान बिछाया गया। कोठी के बावर्चीख़ाने में रंगीन पीढ़ी पर बैठी, ग़रारे के पायँचे पिंडलियों तक चढ़ाए, बड़ी बिटिया देगचों में से खाना निकलवा रही थीं और सफ़ेद दुपट्टे से आँसू ख़ुश्क करती जाती थीं–अल्लाह रखे, यह पहला मौक़ा था कि जवान बेटे ने असल ख़ैर से तोतेवाले बँगले में महफ़िल-आराई की थी[3]। बाप और शौहर बेतरह याद आ रहे थे। उनके ज़माने में इसी तरह खाना उतरवा-उतरवाकर बँगला भिजवाती थीं।

खाने के बाद सबने इधर-उधर आड़े-तिरछे लेटकर क़ैलूला[4] शुरू किया। मीर हुक्क़ा ने शज्जू से कहा, "भैया, अब कोठी चलिए।"

भैया ने मुल्तजियाना[5] निगाहों से उनको देखा। मीर हुक्क़ा ख़ामोश हो गए। दीवार से टेक लगाकर उन्होंने भी आँखें मूँद लीं।

"पी और पिलाता जा साक़ी, हो ख़ैर तेरे मैख़ाने की।" कोई पौन घंटे बाद मीर हुक्क़ा को मास्टर के फ़लक-शिगाफ़[6] नारे ने नींद से चौंका दिया। वह हड़बड़ाकर सीधे हो बैठे। धागे की ऐनक नाक पर दोबारा जमाई और सामने ग़ौर से देखा। सुर्ख़ फ़्राक में मलबूस, एक सुनहरे बालोंवाली लड़की गुलनार के साथ बेंद के सोफ़े पर बैठी बियर पी रही थी। मास्टर फ़ीरोज़ फ़र्श पर बादानोशी[7] में मशगूल थे। गुलनारबाई कोने में अब तक अंटा-ग़फ़ील थी। मीर हुक्क़ा ने घबराकर शज्जू मियाँ को पुकारा और इतमीनान की साँस ली। शज्जू, बब्बू, लल्लू, नन्हे–चारों दूसरे कमरे में 'मिर्ज़ा हिमाक़त बेग' से बातें कर रहे थे। मीर हुक्क़ा ने मिर्ज़ा गुड़गुड़ी को इशारे से पास बुलाया और चुपके से दरियाफ़्त किया, "ये मिसिया कौन हैं ?"

"आप पहचाने नहीं ? कंपनी की नंबर टू एक्ट्रेस ढेलाबाई।"

"चे ख़ूब। नीली आँखें। पीले बाल। नाम है ढेला। ढीली चाल। आया नया बवाल।" मीर हुक्क़ा ने फ़ौरन तुकबंदी की, "ये कब आई ?"

"अभी जब आप सुन्ना रहे थे," मिर्ज़ा गुड़गुड़ी ने जवाब दिया। "इसकी माँ कलकत्ते की तवायफ़ है। बाप कोई गोरा सोल्ज़र था। सुना है, मास्टर फ़ीरोज़ इस पर ज़हर खाते हैं, मगर गुलनार की तरह इनका दिमाग़ भी सातवें आसमान पर है।"

गुलनार और ढेलाबाई पाँव हिला-हिलाकर सहेलियों का गीत अलाप रही थीं :

---

1. भोजन; 2. नेतृत्व; 3. महफिल सजाई थी; 4. हलकी नींद लेना; 5. प्रार्थी; 6. आकाशभेदी; 7. मद्यपान।

"झूलनेवाली है रश्के-गुल लाला का झूला। जाके बुलबुल, तू रगे-गुल का बना ला झूला !"

फ़ीरोज़ ने गाकर जवाब दिया, "ऐ प्यारी, फ़स्ले-बहारी, नहरें हैं जारी, फूल है क्यारी। इधर-उधर यूँ चलत सुनाना, आहा हा।"

ढेलाबाई नाक-भौं चढ़ाकर दूसरी तरफ़ देखने लगी। मोतियों के बटुए से कैंची सिगरेट की डिबिया निकालकर एक खुद लिया, दूसरा गुलनार को दिया। चंद कश लिए और उठ खड़ी हुई। उसका ताँगा बाहर मौजूद था। किसी को सलाम न दुआ; रवाना।

"बहुत खूब, नाम चाहे ढेलाबाई हो, मगर गोरी चमड़ी का रौब ये भी जमाती है !" मीर हुक़्क़ा ने मिर्ज़ासाहब से कहा।

खाने के बाद मास्टर आफ़ंदी फिर बाहर जा बैठे थे और मुस्तकि़ल-मिज़ाजी[1] से तोतों की बहार देख रहे थे। दिल-शिकस्ता[2] मास्टर फ़ीरोज़ ने पेटी-मास्टर के पास जाकर ज़ोर से कहा, "साली !" और चुप हो गए।

लल्लू ने बड़ी लिजाजत से दरख़्वास्त की, "कुछ सुनाइए।" वाकि़या यह था : फ़ीरोज़साहब माहिरे-फ़न गुलूकार[3] थे। चौंककर बोले, "क्या सुनाइए ? हम साला। हमारा लक डाउन हो गया। स्टार गर्दिश में है।" उन्होंने उँगली उठाकर गर्दिश की तशरीह[4] की। बोतल उठाई और झूमकर बोले, "हम क्या सुनाएगा साला ! नर्गिस के इशारे होते हैं। फूलों का रंग बदलता है। गुंचे की सुराही ढलती है। लाला का पियाला चलता है। सब रिंद[5] हैं मस्त अलमस्त बने। मै दस्त-ब-दस्त उड़ाते हैं। सब रंग-तरंग उमंग में हो, हर ढंग के रंग जमाते हैं। हाँ काग उड़े, बेलाग उड़े, कुछ राग उड़े। क्या गाना हो ... ? कुछ धुरपत सुरपत टपाटपी या तूम तना, दर ताना हो !"

"कुछ धुरपत सुरपत टपाटपी या तूम तना दर ताना हो !" गुलज़ारबाई ने नींद से चौंककर दुहराया और फिर सो गईं। चंद मिनट बाद उठीं। आँखें मलकर हाज़िरीने-महफ़िल को ग़ौर से देखा। याद आया, कहाँ हैं। बोलीं, "जैसे खुशबू से बेला, लोगों से मेला, मुजरिम से घात, चाँद से रात की बहार है।"

"वाह-वाह ! सुब्हान-अल्ला !" मिर्ज़ा गुड़गुड़ी ने फ़ौरन तारीफ़ की।

अब गुलनार तरंग में आ चुकी थी और गुनगुना रही थी : "लबे-जू हो, फ़र्शे-आब हो, शबे-माह हो, बादा-नाब[6] हो ... !" गुलज़ारबाई को शायद अपनी सगड़नानियों के मैदाने-जंग का ख़याल आया। कान पर हाथ रखकर चिल्लाईं, "गोभी का तो कि़ला बनाया, गाजर का दरवाज़ा। शकरकं़द की टोप बनाई, लड़े फि़रंगी राजा। अरे तरकारी ले लो, मालन आई बीकानेर से।"

फ़ीरोज़ ने उनके रंग में भंग डाल दिया। दहाड़कर लड़कों से पूछा, "बाबा लोग, बोलो क्या सुनेगा ! वही सुनाएगा।"

"हमें कॉमिक गाने बहुत अच्छे लगते हैं," शज्जू ने फ़रमाइश की।

"हरिश्चंद्र का गायन चलेगा ?"

---

1. धैर्यचित्त; 2. भग्न-हृदय; 3. पहुँचे हुए गायक; 4. व्याख्या; 5. मद्यप; 6. पक्की शराब।

"जी ?"

"जी हाँ, जी हाँ! ज़रूर चलेगा !" बब्बू फ़ौरन बोले।

फ़ीरोज़ ने शुरू किया : "मन मैल मिटे। तेज बढ़े।" साज़िंदों ने फ़ौरन एक अंग्रेज़ी धुन छेड़ी। मिस्टर बहराम फीरोज़ जोशो-ख़रोश से गाते रहे : "मन मैल मिटे। तेज बढ़े। दे रंग भंग का घोटा। सौ रोग टले, सौ सोग जले, उठ भोर नहाके गंग, चढ़ाके भंग, जमा ले एक, निराले ढंग दिखा दे। हर बार बोल, बम भोला ···।" "बम भोला" चिल्लाते हुए फ़ीरोज़ उचककर मेज़ पर चढ़ गए और टैप-डांस करने लगे। फिर वहीं से फ़रमाया, "अब मुरीदे-शक नाटक का दादरा सुनाता हूँ। तवा-कटोरा बेच डाल। धर लोटे पर ध्यान। सवेरे फिर छनेगी।"

"वंस मोर !" लल्लू ललकारे।

"सवेरे फिर छनेगी।"

अब मास्टर फ़ीरोज़ ने 'मिर्ज़ा हिमाक़त' का मक़बूल गाना शुरू किया, "मेरी जानी शराब। अरग़वानी[1] शराब। आ जा तुझे डालूँ पेट में। जी मेरा आया तेरी लपेट में। कोफ़्ते-पसंदे मँगाकर प्लेट में। तुझको पियूँ स्लेट में। यारो, ख़ता माफ़ करो, मैं नशे में हूँ। यूँ कहते हैं मिर्ज़ा हिमाक़त बेग। चुको न यारो इंसलेट में।" फिर जफ़ा-केश[2] ढेलाबाई याद आ गई। बोले, "तेरे हिज्र में यार मर गए ससुरे साले। आख़िर ये क्या है गड़बड़ घोटाला? तू औरत है या आशिक़ों की सत्यानासी का मसाला।" और लड़खड़ाकर मेज़ से नीचे आ रहे। मीर हुक़्क़ा फ़ौरन उठ खड़े हुए। चीं-ब-जबीं होकर[3] गुलनार से कहा, "इन्हें यहाँ से फ़ौरन चलता कीजिए।"

मुन्नू दौड़े-दौड़े बाहर गए। सड़क पर से ख़ाली ताँगा पकड़ लाए। बेचारे मास्टर बहराम फ़ीरोज़ को पिछली सीट पर लादकर उनके होटल ले गए। मीर हुक़्क़ा ने शज्जू से कहा, "अब आप भी घर चलिए !"

"मीरसाहब, हम एक नाटक लिख रहे हैं। उसकी कास्ट गुलनारबाई को सुना दें। बस पाँच मिनट।" शज्जू ने इल्तजा की।

"अच्छा सुना दीजिए।"

शज्जू ने कापी-बुक उठाई और गुलनार से कहा, "हम एक नाटक ··· "

"हाँ-हाँ, सुनाओ मियाँ !" गुलनार हिम्मत-अफ़ज़ाई के लहजे में बोली।

शज्जू ने ज़रा शरमाकर पढ़ना शुरू किया, "जनाना पार्ट : वीरानजहाँ बेगम, हवन्नक़ बानो, बरबादी ख़ानम, बेहूदा ख़ातून।"

"बेहिज़ाबबाई महलक़ा और शामिल कर लीजिए!" मीर हुक़्क़ा ने तुर्शी से कहा।

शज्जू के ऊपर से गुज़र गई। सुनाने में महव रहे, "अहमक़नवाज़-जंग, ग़बिउद्दौला, ख़ौफ़नाकसिंघ।"

"लाला बेहिसाबराय और भुरकुसनिकालसिंघ का भी इज़ाफ़ा कर लीजिए," मीर हुक़्क़ा बोले। सामईन[4] ने शज्जू को ज़ोर-ज़ोर से दाद दी। गुलज़ारबाई ने बलाएँ लीं।

---

1. लाल रंग की; 2. अत्याचारी; 3. माथे पर बल डालकर; 4. श्रोतागण।

बब्बू दरवाज़े के पास फ़र्श पर टाँगे पसारे बैठे थे। मअ़न[1] उनकी निगाह बाहर पड़ी और रंग सफ़ेद पड़ गया। झुककर शज़्ज़ू से कहा, "अबे, हम सबका भुरकुस अभी निकला जाता है। आपके मामा तशरीफ़ ले आए। छब्बीस तारीख़ को आनेवाले थे। पाँच दिन पहले ही चले आ रहे हैं।"

बाहर सुर्ख़ बजरी पर बूटों की चाप। चिक् उठी। सैयद रिफ़ाक़त हुसैन बैरिस्टर ऐट लॉ दरवाज़े में मौजूद। मय गुलनारो-गुलज़ार सारी कंपनी सरो-क़द[2] खड़ी हुई। सबने झुक-झुककर आदाब अर्ज़ किया। बैरिस्टरसाहब ने सर ख़म करके सबको सलाम का जवाब दिया। भांजे को देखा जो नज़रें बचाए मीर हुक़्क़ा की पनाह और आड़ में हो गए थे। बैरिस्टरसाहब ने गुलनार पर नज़र डाली। दोबारा महफ़िल का जायज़ा लिया। एक कुर्सी पर टिक गए। गुलनार से कहा, "तशरीफ़ रखिए। आपकी कंपनी आजकल शहर में बड़े अच्छे खेल दिखा रही है। हमने आपकी बहुत तारीफ़ सुनी है।"

गुलनार ने तसलीम अर्ज़ की। उसका दिल धक से रह गया। और वह इस तरहदार नौवारद[3] को देखती की देखती रह गई। अपनी तसवीर से ज़्यादा सूरतदार और मुदम्मग़[4] मुजस्सिम[5] तकब्बुरो-नख़वत[6]। ख़ैर ठीक है, जितना भी गुरूर न करे, कम है! अल्लाह ने उन्हें क्या नहीं दिया ? शराफ़त, दौलत, इज़्ज़त, वजाहत[7]। और हम कौन हैं ? ख़ुदाई ख़्वार,[8] उठाईगीरे, कंजर। उसने खुद ही खुद सर हिलाया और अपनी और उनकी दुनियाओं के तफ़ावुत[9] पर मुतहय्यर[10] टकटकी बाँधे उनकी शक्ल तकती रही। बैरिस्टरसाहब ने ज़रा बेआरामी से पहलू बदला। गुलनार से पूछा, "आप लोगों को यहाँ किसी क़िस्म की तकलीफ़ तो नहीं।"

"जी नहीं, आपकी इनायत है।"

गुलज़ारबाई बाँछें खिलाए हमा-तन तवज्जह[11] बैठी थीं। लेकिन बैरिस्टरसाहब गुलनार के बजाय लड़कों की तरफ़ मुतवज्जह हो चुके थे। लल्लूजी के हाथ में कापियाँ देखकर पूछा, "यह क्या है ?" और दोनों कापियाँ उनसे ले ली थीं।

लल्लूजी की कापी के ऊपर अंग्रेज़ी में मरक़ूम[12] था : लाला घनश्यामदास रस्तोगी। जमाअत दहम,[13] अमीरुद्दौला हाईस्कूल, लखनऊ, यू.पी., इंडिया। ब्रिटिश एंपायर-वर्ल्ड। नार्दर्न हमसफ़ीर ''' अंदर उर्दू में लिखा था :

1. पारसी थियेट्रिकल कंपनी। तमाशा हामान।
   अजी साहब नतीजा मिल जाएगा
   मा गा रे गा नी धा पा मा गा
2. तमाशा जौहरे-शमशीर उर्फ़ क़त्ले-बेनज़ीर।
   हुआ हासिल विसाल वले जी हाँ निढाल नया दिल को मलाल, करूँ क्या मैं बयाँ, वह है नाज़ुक दिमाग़, कहीं देवे न दाग़, होवे ठंडा चिराग़, मेरे दिल

---

1. अचानक; 2. सरो के पौधे की तरह सीधी; 3. नवागंतुक; 4. नकचढ़ा; 5. साकार; 6. अभिमान; 7. रौशन चेहरा; 8. बदनाम; 9. अंतर; 10. आश्चर्यचकित; 11. पूरी तरह ध्यान देना; 12. लिखा हुआ; 13. कक्षा दस।

का, यहाँ कभी होकर बेज़ारियाँ सो होवे फ़रार। मेरी मिट्टी हो ख़्वार। उसे पाऊँ कहाँ।

3. कर्ज़न थियेट्रिकल कंपनी ऑफ़ बंबई। तमाशा दिलफ़रोश।
तुम्हें दूँगा बाकी खबरिया जान
गा रे गा मा पा धा पा मा

4. एलेग्ज़ेंडर थियेट्रिकल कं. ऑफ़ देहली। तमाशा 'चूँ-चूँ का मुरब्बा'।
(बतर्ज़ : मैं बावर्ची की बेटी)
मैं तो फिर नख़रे आई करती छल और ठट्ठा
सा X 2 रे गा रे सा गा मा X 0 2 रे X 2

5. तमाशा लैला उर्फ़ सितारा मंगरेलिया
मै होवे, कुंजे-बाग़ हो, साक़ी हो माहवश
कोई मुख़िल न हो वहाँ बाइस हिजाब का

6. ग़ज़ल दाग़ – 44
बुताने-माहवश उजड़ी हुई मंज़िल में रहते हैं।

7. तमाशा फ़सान-ए-अजायब उर्फ़ ख़ुरशीद ज़रनिगार (तर्ज़ अंग्रेज़ी)
धुएँ की गाड़ी उड़ाय लिए जाए। पैसे का लोभी फ़िरंगिया रे बाबू, ज़ात नहीं देखें, जमात नहीं देखे। एकदम ही सबको बिठाय लिए जाए। हिंदू-मुसलमान, भंगी-चमार से टिकट के पैसे कटाय लिए जाए।

8. ज़बान अंग्रेज़ी। धुन देस। ताल कहरवा। दोगुन।
अगेन-अगेन-अगेन। व्हेन आई बाज़ सिंगल। माई पाकेट बाज़ डिंगल।

9. इमरोज़ दीगरम ब-फ़िराक़े-तू शामे-शुद।
(धुन बिहाग)

बैरिस्टरसाहब का सर घूम गया। उन्होंने कापी-बुक बंद की। भांजे की किताब खोली। सैयद शुजाअत हुसैन, जमाअत हफ़्तुम[1]। काल्विन ताल्लुक़ेदार्स स्कूल, लखनऊ, यू.पी.। इंडिया। ब्रिटिश एंपायर। ज़नाना पार्ट : वीरानजहाँ बेगम। हवन्नक़ बानो। बरबादी ख़ानम। बेहूदा ख़ातून ''' आँखों पर उँगलियाँ फेरकर बाहर देखा और खड़े हो गए। हाज़िरीने-जलसा फ़ौरन उठे। बैरिस्टरसाहब ने गुलनार से मुख़ातिब होकर कहा, "माफ़ कीजिएगा। सफ़र की थकान है, वर्ना थोड़ी देर और बैठते।" भांजे से बोले, "ज़रा मेरे साथ तशरीफ़ लाइए।" और चिक़ उठाकर बाहर।

अब शाम के पाँच बज रहे थे। कोठी की बरसाती में एक फ़िटन आकर रुकी। बढ़िया सूट पहने, मोनोकिल लगाए, चुरुट पीते, नुकीली मूँछोंवाले एक नेटिव जेंटिलमैन ने

---

1. कक्षा सात।

बाहर झाँककर बरामदे में मुंतज़िर[1] और सरासीमा[2] जमना महरी को आवाज़ दी, "मियाँ को इत्तला कर दो ··· लाटसाहब आए हैं।"

"मियाँ आपका अंदरै बुलावत हैं," महरी ने जवाब दिया।

कोठी के पिछले गोल चबूतरे पर 'अदालत' लगी थी। बैरिस्टरसाहब मुतरद्दिद[3] अंदाज़ में सिगार पीते आरामकुर्सी पर दराज़ थे। लाला दुर्गादास रस्तोगी, शेख़ रशीद अहमद, सब-एडीटर *अवधपंच*, मीर हुक्क़ा और मिर्ज़ा गुड़गुड़ी नीम-दायरे में कुर्सी-नुमा मोंढों पर बैठे थे। चारों मुजरिमीन[4] – शज्जो, नन्हे, बब्लू और लल्लू सामने खड़े थे।

मोनोकिलवाले मेहमान को आता देखकर बैरिस्टरसाहब ने हाथ फैलाकर, "आओ भाई, लाटसाहब ! आओ बैठो," कहा और एक गहरा साँस लिया।

लाटसाहब यानी कुंजबिहारीलाल माथुर, बैरिस्टर ऐट लॉ, ने अपने नूरे-नज़र[5] लख़्ते-जिगर[6] बृजबिहारीलाल माथुर उर्फ़ बब्बू को शोलाबार[7] निगाहों से घूरा और खुद भी आहे-सर्द खींचकर एक मोंढे पर बैठ गए। बहुत अंग्रेज़ आदमी थे। इस वजह से हलक़-ए-अहबाब[8] में 'लाटसाहब' कहलाते थे।

"बैठ जाइए।" साहिबे-ख़ाना[9] ने कड़ककर लड़कों को हुक्म दिया। वो हड़बड़ाकर मोंढ़ों के चर्मी[10] किनारों पर टिक गए और सर झुका लिए।

चंद सेकंड ख़ामोशी छाई रही। फिर साहिबे-ख़ाना बोले, "अमें लाटसाहब, तुमको ख़ूब मालूम है; इसी शौक़ ने मेरे घराने को बरबाद किया। दादाजान और अब्बाजान हमेशा मक़रूज़[11] रहे। दूल्हा-भाई का इलाक़ा कोर्ट हुआ। और ये ! लालाजी, ज़रा अपने सपूत के कारनामे भी देखिए।" उन्होंने लल्लू के गानों की कापी उनके वालिद दुर्गादास रस्तोगी के हाथ में दे दी और कहते रहे, "शुजाअत हुसैन साहब को कम-अज़-कम एफ़.ए. में होना चाहिए था। दो साल से सातवीं क्लास में फ़ेल हो रहे हैं। और सुनिए, किन उलूम में बर्क़[12] हैं ? वीरानजहाँ बेगम। बरबादी ख़ानम। बेहूदा ख़ातून।" ग़मो-गुस्से से सुर्ख़ होकर दूसरी कापी-बुक उन्होंने चबूतरे से दूर घास पर फेंकी और नन्हे के वालिद शेख रशीद अहमद, सब-एडीटर, *अवधपंच*, को मुख़ातिब किया, "शेख़साहब, क़ौम की नयी पौध थियेटर के शौक़ में ग़ारत हुई जा रही है। आप इसके ख़िलाफ़ क़लम क्यों नहीं उठाते ?"

उस वक़्त तक लाटसाहब का दिमाग़ पूरी तरह भन्ना चुका था। उन्होंने सैयद रिफ़ाक़त हुसैन की बात काटकर अपने फ़र्ज़ंदे-दिलबंद[13] को मुख़ातिब किया : "क्यों बे ! घर चलकर ऐसी मरम्मत करूँगा बच्चू कि ··· अमें जनाबे-आली इसका नाम लीजिए, हम तो ये कोशिश करते-करते घिसे जा रहे हैं कि औलाद साली जो है, वह अंग्रेज़ी तहज़ीब सीखे। आदमी बने। मुतमद्दिन[14] कहलाए, और यहाँ वही ताक धिनाधिन ताक धिनाधिन।" तैश में आकर उन्होंने अपनी छड़ी को ज़ोर से चबूतरे पर पटख़ा।

"क्यों मिर्ज़ासाहब, थियेटर का और कौन-कौन डोम-धाड़ी यहाँ आता था ?"

---

1. प्रतीक्षारत; 2. सहमी हुई; 3. चिंताग्रस्त; 4. अपराधीगण; 5-6. सुपुत्र; 7. आग बरसाती; 8. मित्रमंडली; 9. गृहस्वामी; 10. चमड़े के; 11. ऋणग्रस्त; 12. तेज़; 13. प्रिय पुत्र; 14. सभ्य।

बैरिस्टर रिफ़ाक़त हुसैन ने सवाल किया।

मिर्ज़ा गुड़गुड़ी दस्त-बस्ता[1] गुड़गुड़ाए, "साहब, मैं तो इस क़ौम से ज़्यादा वाक़िफ़ नहीं। सुझाई भी नहीं देता है। रतौंदी आती है। मीरसाहब से दरियाफ़्त फ़रमाइए।"

मीर हुक्क़ा ने अर्ज़ की, "मियाँ, एक तो वही दोनों हैं; जी हाँ, और उनके ख़ाँसाहब पेटी-मास्टर। और ··· "

"पेटी-मास्टर क्या होता है ?"

"हुजूर, वह जवन हरमोनिया बजावत है।" आरामकुर्सी के पीछे खड़े मुँह-चढ़े बाँके कोचवान ने तफ़सीर[2] बयान की।

मीर हुक्क़ा बोले, "मगर हलफ़िया, जनाब अमीर की क़सम। बड़ी बिटिया की इजाज़त से।"

"जी हाँ, मालूम है। बाजी बेगम अपने लाड़-प्यार में साहबज़ादे को दो कौड़ी का करके छोड़ेंगी। उनकी आँखें अब तक नहीं खुलीं। मैं कहाँ तक इस डूबती नाव को बचा सकता हूँ। लालाजी, कल सवेरे दस बजे तब बँगला खाली करवाइए।"

"बेहतर है।"

"और अज़ीज़ी शज्जू मियाँ। आप भी अपना असबाब बाँधना शुरू कीजिए। मैं कल ही आपका नाम काल्विन से कटाता हूँ और आपको अलीगढ़ रवाना करता हूँ।"

अदालत बरख़ास्त हुई। चबूतरे पर शेख़ रशीद अहमद और लाटसाहब बैठे रह गए। लाला दुर्गादास रस्तोगी, मिर्ज़ा गुड़गुड़ी और मीर हुक्क़ा कुछ फ़ासले पर जाकर नीम तले मिस्कौट में मसरूफ़ हुए। चंद मिनट बाद मिर्ज़ासाहब चबूतरे पर वापस आए और कहा, "मियाँ, गुस्ताख़ी माफ़ हो तो कुछ अर्ज़ करूँ !"

"फ़रमाइए !"

"मियाँ, बात यह है कि मिस गुलनार जो हैं ये कोई गश्ती,[3] कसबी,[4] ख़ानगी[5] वग़ैरह नहीं हैं। बल्कि न्यू अल्फ़्रेड कंपनी की मशहूर ··· "

"मिर्ज़ासाहब, आप तो कहते थे इस क़ौम से वाक़िफ़ नहीं।"

"जी हाँ, मगर मैंने इनके बारे में ऐसा ही सुना है। और मियाँ, यहाँ ये अज़-खुद[6] तो आईं नहीं। बुलाया तो आईं। और पेशगी किराया अदा किया। डबल। और बँगला किराये पर अकसर उठता है।"

"दुरुस्त ! तो फिर ?"

"तो मियाँ, उनसे किन अलफ़ाज़ में – यानी किस तरह कहा जावे कि सुबह दस बजे तक मकान ख़ाली कर दो।"

"कह दीजिए, अभी दिल्ली से तार आया है। चंद अहम मुवक्किल सुबह की गाड़ी से पहुँच रहे हैं। गेस्ट हाउस उनके लिए चाहिए। और हमारी तरफ़ से माज़रत[7] कर दीजिए।" ज़िच होकर मिस्टर माथुर से कहा, "लाटसाहब ! लिल्लाह आप ही बताइए !

---

1. हाथ जोड़े; 2. विस्तार की बातें; 3-4-5. वेश्याओं के प्रकार; 6. अपने-आप; 7. क्षमा-प्रार्थना।

मिस गुलनारबाई के क़यामो-तआम[1] का मैं किस तरह ज़िम्मेदार हूँ ?"

गुलनार मार्निंग ग्लोरी की आड़ में छिपी अदालत की पूरी कार्रवाई देख और सुन रही थी। बैरिस्टरसाहब के चेहरे पर नज़रें जमा रखी थीं और गुस्से से थरथर काँप रही थी। ऐसी तौहीन ! ऐसी नाक़ाबिले-यक़ीन बेइज़्ज़ती ! हुक़्क़ा गुड़गुड़ी को सर झुकाए बँगले की सिम्त आता देखकर सरपट भागी और अपने कमरे में वापस आ गई। "अगर मेरा बस चले ... अगर मेरा बस चले तो इसी वक़्त पर लगाकर उड़ूँ और यहाँ से दफ़ान हूँ ... काला मुँह करूँ।"

5. बुलबुले-बीमार

गुड़गुड़ी और हुक़्क़ा के सामने गुलज़ारबाई हाथ चला-चलाकर चिल्लाईं, "हम ... हम बड़े-बड़े वालियाने-रियासत के[2] शाही मेहमानख़ानों में ठहराए जाते हैं। बड़े-बड़े राजों-नवाबों ने हम पर अपने ख़ज़ाने लुटा दिए। ज़रा जाकर अपने खुर्द-दिमाग़[3] बालिस्टर से पूछो। मियाँ, तुम्हारी औक़ात ही क्या ? दो टके के वकील ! ज़रा-जुहूर[4] ज़मीनदारी। अरे, अभी कल-कलाँ को मेरे इटावेवाली जायदादे-अमलाक[5] का कोई मुक़द्दमा खड़ा होवे, मैं उनकी फ़ीस अदा करूँ तो दौड़े आएँ। और अब हमसे हेकड़ी की लेते हैं। जैसे उनकी फ़ीस उनके काम की, हमारी फ़ीस हमारे काम की। हममें-उनमें फ़र्क़ क्या है ?"

"ख़ुदा के लिए आपा चुप रहो !" गुलनार ने शर्म से पानी-पानी होकर इल्तजा की।

इससे क़ब्ल[6] कि गुलज़ारबाई, जो नशे में आउट थीं, ज़्यादा फ़ुहश-कलामी[7] पर उतरें, हुक़्क़ा-गुड़गुड़ी वहाँ से खिसक लिए। नदामत[8] और गुस्से की वजह से गुलनार की हालत ग़ैर थी और वह पसीना-पसीना हुई जा रही थी। उसने मुन्नू को फ़ौरन पिस्टनजी के पास कोर्ट होटल दौड़ाया कि रात के शो में ढेलाबाई से, जो उसकी स्टैंड-इन थी, काम करवा लें और खुद जाकर पलंग पर पड़ गई।

शाम हुई। चिराग़ जले बड़ी बिटिया ने हज़ार माज़रत[9] के साथ ख़ाना भिजवाया, जो गुलनार ने वापस कर दिया। बाथरूम में जाकर हाथ-मुँह धोया। अम्माँ दिन-भर की थकी-माँदी और नशे में ग़ैन, ड्राइंगरूम के ग़ालीचे पर लुढ़क रहीं। गुलनार सिगरेट जलाकर दरीचे में जा बैठी। रफ़्ता-रफ़्ता रात की ख़ामोशी छाई। कोठी में पहले ही सबको साँप सूँघ गया था।

---

1. रहनसहन और खानपान; 2. रिसायतदारों के; 3. कमअक़्ल; 4. पिद्दी जैसी; 5. संपत्ति; 6. पहले; 7. गाली-गलौच; 8. शर्मिंदगी; 9. क्षमा-प्रार्थना।

रौशनियाँ गुल हुईं। रात की रानी ने बाग़ मुअत्तर[1] किया। मार्निंग ग्लोरी की बेल जहाँ ख़त्म हुई थी, वहाँ से बैरिस्टरसाहब का बेडरूम दिखलाई दे रहा था। उसकी रौशनी ग्यारह बजे तक जला की।

अचानक गुलनार का जी चाहा कि दहाड़ें मार-मारकर रोए। शुग्ले-मै[2] कभी-कभार करती थी; अँधेरे में टटोलकर वालिदा की व्हिस्की-सोडा तलाश किया। गिलास बनाया। फिर खिड़की में आ बैठी। एक घूँट भरा। आँसू टप-टप गिरने लगे। ज़िल्लत की ज़िंदगी। ज़िल्लत की मौत। हवा का झोंका रात की रानी की महक साथ लाया। मै होवे, कुंजे-बाग़ हो, साक़ी हो माहवश[3]। कोई मुख़िल[4] न हो वहाँ बाइस हिजाब का[5]। "बेहिजाबबाई महलक़ा !" उस जल-कुकड़े[6] मीर हुक़्क़ा ने फ़ुक़रा कसा। इस दो टके के मुंशी की यह हिम्मत ! ज़िल्लत की ज़िंदगी। ज़िल्लत की मौत। तेरे कूचे से। तेरे कूचे से। इतना गुरूर। अल्लाह मुझे जहाँ पैदा किया वहाँ पैदा हो गई। इसमें मेरा क्या कुसुर ! रोते-रोते हिचकी बँध गई। अम्माँ बेख़बर सो रही थी। उठकर फिर मुँह धोया। आँखों पर छपके मारे। बेडरूम की बत्ती जलाकर आईने में सूरत देखी। जूड़े के गिर्द लिपटी सफ़ेद नक़ली मोतियों की माला उतारी। कलकत्ते में एक बार बहुत पढ़े-लिखे आशिक़ ने कहा था, "मैडम, तुम तो बिलकुल रवि वर्मा की पेंटिंग के मुआफ़िक़ मालूम देता है।" बत्ती बुझाकर पलंग पर औंधी पड़ गई। मच्छरों ने सताया तो फिर उठी। बरामदे में निकल आई। सामने एक खुदी हुई क्यारी दरख़्तों के अँधेरे में क़ब्र का गढ़ा-सा मालूम हो रही थी। जब बुढ़िया हो जाऊँगी तो कफ़न का चोंगा। किसी वाहियात आदमी, किसी बूढ़े, बदक़वारा, मीर शिकार का सहारा। शायद वह भी न मिले। आपा की हालत ! इस बेतुके बू-बक मिर्ज़ा गुड़गुड़ी ही को ग़नीमत समझ रही थीं बेचारी आपा। और जब मैं मरूँगी ... मरूँगी। वह सीढ़ियों पर बैठकर याद करने लगी। जब मूँगा ख़ाला मरी थीं, इटावे में, उनके जनाज़े के साथ क़ब्रिस्तान के रास्ते में टोकरों रोटियाँ बाँटते गए थे। बुआ ने बताया था। हमारी बिरादरी का दस्तूर है। मरनेवाली की बख़्शिश के लिए, गुनाहों की माफ़ी के लिए रोटियाँ बाँटते हैं। झुरझुरी-सी आई। बहुत डर लगा। क्यारी के गढ़े से नज़र बचाकर कमरे में वापस आ गई। ग़ालीचे पर उकडूँ बैठकर माँ को झिंझोड़ा।

गुलज़ारबाई आँखें बंद किए-किए हुँकारीं, "अरी नाबक़ार, मुर्दार, सोने दे। औंधी-क़िस्मत। आग लगे।"

"आपा, आपा; जब मूँगा ख़ाला मरी थीं, उनके जनाज़े के साथ रोटियाँ क्यों बाँटी गई थीं ? जब मैं मरूँगी, मेरे जनाज़े के साथ कितने मन रोटियाँ ... " वालिदा बौखलाकर उठ बैठीं। झबड़े खिचड़ी बाल समेट अँधेरे में चुड़ैल मालूम हो रही थीं। जनाज़ा ? किसका ? आग लगे। कलजिभ्भी। हरामज़ादी। मुर्दार। करमों-जली। अरे टेढ़मुँही ! पन्ना तो बन जाए नवाब अल्मासमहल, और तू कमबख़्त ! तेरे ये नसीब की एक टुटपुँजिये वकील ने कंपनी के सामने तेरी बेइज़्ज़ती कर दी। अपने नौकरों से जूते

---

1. सुगंधित; 2. मद्यपान; 3. चंद्रमुखी; 4. दख़ल देनेवाला; 5. पर्दे का कारण; 6. मुर्ग़ाबी।

लगवाए कुतिया के सर पर।"

"अच्छा-अच्छा, सो जाओ।" गुलनार ने कहा। वह फिर फ़िल्फ़ूर[1] फ़र्श पर ढेर हो गई और करवट बदल ख़र्राटे लेने लगीं।

अब चाँद निकल आया था। बाग़ सो रहा था। तारीक[2] घने दरख़्तों में खड़ी सफ़ेद कोठी चाँदनी में चमकने लगी। वह ताज़ा हवा में साँस लेने की ख़ातिर बाहर आ गई और रविश पर टहलने लगी। फिर बे-इख़्तियार उसके क़दम बैरिस्टरसाहब के बेडरूम की सिम्त[3] उठे। नीची कुर्सी की कोठी थी। दबे पाँव चलती वह कमरे के खुले दरीचे[4] के नीचे पहुँच गई और साये में होकर अंदर झाँका। कमरा चाँद की रोशनी से मुनव्वर[5] था। चाँदनी बैरिस्टरसाहब के हसीनो-जमील चेहरे पर पड़ रही थी। वह दरीचे की चौखट पर कुहनियाँ टिकाकर दिलेरी से अंदर झाँकने लगी। फिर हटकर बोगनविला के साये में हो गई और सोचने लगी। क़िस्मत की सितमज़रीफ़ी[6] । पैदाइश के इत्तफ़ाक़ात[7] । मैं कौन हूँ ? वह भोली, मासूम पर्दानशीन शरीफ़ज़ादी कौन है, जो मौलवीसाहब के मदरसे में पढ़ रही है और इस गुलफ़ाम की दुल्हन बननेवाली है। और वह खुद कौन है ? हम सब कौन हैं ? क्या हैं ? यह सारा माजरा क्या है ? गोरखधंधा ··· ! मीर हुक्क़ा माज़रत कर रहे थे। बैरिस्टरसाहब अपने तेज़ मिज़ाज और अपने हालात से मजबूर हैं। तो मैं भी अपने हालात से मजबूर हूँ। लो नाहक़ हम मजबूरों पर ··· ।

आध घंटा गुज़र गया। वह उसी तरह दीवार से टिकी खड़ी रही। फिर अंदर झाँका। "महाराजा किवड़िया खोलो।" रस की बूँदें पड़ीं। बैरिस्टरसाहब ने करवट बदली। ख़्वाब में बड़बड़ाए, "कुर्बात शोम ![8]" सोते में भी हुज़ूर का मिज़ाज सीधा नहीं होता। आवाज़ देकर जगाऊँ। फिर मुमकिन है ··· । मुमकिन है, क़िस्मत बदल जाए। जैसे पन्ना की क़िस्मत बदली। सिर्फ़ एक पल में कुछ-से-कुछ हो जाता है इनसान। इधर या उधर। जगाऊँ ? अजी साहब, कुछ अपने दिल की कहो। कुछ हमारे दिल की सुनो। ये एतबार नहीं, हम रहे ··· न रहे। इस लम्हे उसे अपनी हालत पर शिद्दत का[9] रोना आया। अचानक बजरी पर अधोड़ी के जूतों की चाप सुनाई दी। चौकीदार डंडा बजाता फाटक की सिम्त चला आ रहा था। वह हड़बड़ाकर भागी और बँगले पर आकर दम लिया। तेज़ दौड़ने से साँस फूल गया। वह बरामदे की सीढ़ियों पर बैठ गई। चौकीदार हो-हो करता दूसरी तरफ़ निकल गया। चंद मिनट बाद वह उठकर अंदर गई। वालिदा जाग गई थीं। वह भी नाक सुड़क-सुड़ककर रोती जाती थीं और कमरे की बत्ती जलाकर सामान समेटने में मसरूफ़ थीं। बाहर चाँद का उजाला फीका पड़ता जा रहा था। कोई दम में मुर्ग़ बाँग देंगे। कूच का वक़्त क़रीब था। एक बार फिर कूचागर्दी[10]। ब्रिटिश इंडियन एंपायर के छोटे शहरों में कंपनी की छोलदारियाँ। शौक़ीन रउसा[11] के मर्दानख़ाने ··· बड़े शहरों में होटल ···

---

1. फ़ौरन; 2. अंधेरे; 3. तरफ़; 4. खिड़की; 5. प्रकाशमान; 6. अत्याचार; 7. संयोग; 8. हद दर्जा मनहूस; 9. बुरी तरह; 10. भटकना; 11. रईस (बहुवचन)।

6. गुलरू ज़रीना

सेवाय होटल, मसूरी, 1935 ई.।

विलयाती ड्रेसिंग गाउन में मलफूफ़[1] हिज़ हाइनेस बेडरूम से निकलकर लाउंज में आए और ज़ेरे-लब[2] श्लोक पढ़ते हुए दरीचे से बाहर देखने लगे जहाँ होटल के सुर्ख़ छतों के परे बर्फ़पोश[3] पहाड़ अप्रैल के आख़िरी दिन की सर्द धूप में जगमगा रहे थे। चंद मिनट बाद महाराजासाहब सोफ़े पर धप से बैठ गए और बराबर के कमरे की तरफ़ मुँह करके आवाज़ दी, "डार्लिंग ! डार्लिंग !"

जवाब नदारद। उम्र-रसीदा महाराजासाहब इतने फ़र्बा[4] थे कि चलने-फिरने में दिक़्क़त होती थी। घंटी बजाई। दरवाज़ा खुला। उनका ख़ादिम नमूदार[5] हुआ।

"महाराज !"

"मेमसाहब कहाँ हैं ?"

"मिनर्वा होटल गई हैं।"

"इस वक़्त ?"

"उनकी मदर की तबीयत एकदम ख़राब हो गई। टेलीफ़ोन आया था। सरकार अशनान कर रहे थे। मुझसे कह गई थीं कि सरकार को बता दूँ।"

"हमें तैयार करो।"

"हुक्म।"

ख़िदमतगार ने सहारा देकर महाराजाधिराज को फूलदार सोफ़े से उठाया। अंदर ले जाकर नफ़ीस[6] स्काटिश कोट-पतलून ज़ेबे-तन[7] करवाई। चार-ख़ाना कैप लगाई। राजासाहब मुलाज़िम के सहारे बाहर आकर ज़ीना उतरे। कोर्टयार्ड से निकलकर रिक्शे में बैठे। मिनर्वा होटल का रुख़ किया जहाँ उनकी मंज़ूरे-नज़र,[8] पारसी स्टेज और "ख़ामोश" सिनेमा की नामवर अदाकार गुलनारबाई की ज़ईफ़ुल-उम्र[9] वालिदा बाई गुलज़ारबाईसाहिबा, तेरह-साला बेटी गुलरू, छोटा भाई और बंबई की बोलती फिल्मों का डांस-डाइरेक्टर मास्टर मुन्नू, मुलाज़िमा कुंदन और गुलरू की देसी ईसाई उस्तानी मिस टामस मुक़ीम थीं। जिस वक़्त हिज़ हाइनेस होटल की निचली मंज़िल के कोनेवाले लाउंज में पहुँचे, बाई गुलज़ारबाईसाहिबा की तबीयत सँभल चुकी थी। वह उन्नाबी बनारसी शाल में लिपटी पलंग पर तकियों के सहारे बैठी ब्रेकफ़ास्ट उड़ा रही थीं। पायोंवाली ट्रे गुलाबी साटन के लिहाफ़ पर उनके सामने धरी थी। गुलनार, जो उनका बेहद ख़याल रखती थी, टोस्ट पर मक्खन और जेम लगा-लगाकर उन्हें देती जा रही थी। लेकिन दोनों बेटियाँ बहुत ग़मगीन नज़र आती थीं और मालूम होता था कि बहुत रो चुकी हैं। दरीचे के सामने मेज़ पर नीले रंग के ऊनी फ़्राक में मलबूस गुलरू अंग्रेज़ी

---

1. लिपटे हुए; 2. होंठों में; 3. बर्फ़ से ढके; 4. स्थूलकाय; 5. प्रकट; 6. सुंदर; 7. सुशोभित; 8. प्रियतमा; 9. बूढ़ी।

की तीसरी किताब का एक सबक़ अटक-अटककर पढ़ने में मसरूफ़ थी। अधेड़ उम्र की काली मेम नीचा-सा सफ़ेद फ़्राक और सुर्ख़ कार्डिगन पहने उसके सामने बैठी थी।

हिज़ हाइनेस कमरे में दाख़िल हुए। धम से सोफ़े पर बैठ गए। घबराकर गुलनार से दरियाफ़्त किया, "क्या हुआ ? ख़ैरियत ?"

गुलनार नैपकिन से उँगलियाँ पोंछकर एक कुर्सी पर टिकी ख़ामोश रही और गहरी सोच में डूबी, सिर ऊपर-नीचे हिलाया। महाराजासाहब ने परीशान आवाज़ में कहा, "डार्लिंग !" वह गुलनार पर जान देते थे।

"आग़ासाहब जन्नत को सिधारे।" गुलनारबाई ने मुँह चलाते-चलाते भर्राई हुई आवाज़ में कहा। "मैं तो सुबह सोकर उठी ही थी कि मिस साहिबा ने अख़बार पढ़ते-पढ़ते ख़बर सुनाई। लाहौर में इंतक़ाल हुआ।"

"नानी को ग़श आ गया।" गुलरू ने अपनी किताब बंद करके हाशिया-आराई की।[1] "मैंने घबराकर मम्मी को फ़ोन किया।"

"आग़ासाहब गुज़र गए। ओ माई गॉड !" महाराजा ने दिली अफ़सोस के लहजे में आहिस्ता से कहा। "वह बड़ा ज़ीनियस आदमी था।" उन्होंने उस्तानी को मुख़ातिब करके इज़हारे-ख़याल किया।[2]

"यस योर हाइनेस !" काली मेम ने मुँह टेढ़ा करके जवाब दिया। "हमने सुना है कि इंडियन लोग उनको इंडियन शेक्सपियर बोलता था।"

गुलज़ार और गुलनार ने अपने-अपने कानों की लवें छुईं और आँसू खुश्क किए।

"आग़ासाहब की मौत," महाराजासाहब ने अपने-आपसे अंग्रेज़ी में कहा, "इंडियन थियेटर के ताबूत में आख़िरी कील है, डार्लिंग।" अब वह उर्दू में गुलनार से मुख़ातिब हुए, "इतना ग़म न करो। तुम्हारी सेहत पर बुरा असर पड़ेगा।"

गुलनार उसी तरह चुपचाप बैठी रही। दबीज़[3] रेशम की फ़ीरोज़ी सारी में मलबूस। शानों पर चीते की खाल का कोट डाले बेहद दिलकश लग रही थी। महाराजासाहब के मौरूसी[4] ख़ज़ाने का एक इंतहाई बेशक़ीमत और नायाब हीरा उसकी अँगूठी में जगमगा रहा था।

"मम्मी ने आग़ासाहब के इतने ड्रामों में काम किया ··· " गुलरू ने मिस टामस को बताना शुरू किया। "असीरे-हिर्स, सैदे-हवस ··· "

"नहीं। सबसे पहले 'ख़ूबसूरत बला' ··· " गुलज़ारबाई ने तसहीह की।[5] "उस वक़्त तो मेरी गुल्लो सिर्फ़ बारह साल की थी।"

मिस टामस मुँह फेरकर ज़ेरे-लब मुस्कुराईं।

गुलज़ारबाई कहती रहीं, "ख़ूबसूरत बला, फिर यहूदी की लड़की ··· "

"यहूदी की लड़की का बोलता फ़िल्म भी बन गया," गुलरू ने चहककर कहा।

"ऐ हाँ ! आग लगे बोलती फिल्मों को ! क्या हमारे नाटकों का मुक़ाबला करेंगे ! फिर तुम समझो, असीरे-हिर्स, सैदे-हवस, सिल्वर किंग, बनदेवी ··· वो ज़माने ख़त्म

---

1. जोड़ा; 2. विचार व्यक्त किया; 3. भारी-भरकम; 4. पुश्तैनी; 5. ग़लती ठीक की।

हुए।"

वो ज़माने ख़त्म हुए। स्टेज के पुराने साथी छूट गए। मास्टर फ़ीरोज़ ने शराब पी-पीकर जान दे दी। अख़्तर आफ़ंदी की आवाज़ बैठ गई। रेसकोर्स पर सारा जमा-जथा हार गए। फ़क़ीरी ले ली। अजमेर शरीफ़ की दरगाह पर जा पड़े। ढेलाबाई ख़ामोश बाइस्कोप की मक़बूल[1] एक्ट्रेस बन गई थी; फिल्मी नाम मिस डॉली। टाकी के नये दौर में गुलनार की तरह वह भी नाकाम रही। गुलनार दो-तीन टाकी फिल्मों की हीरोइन बन ली थीं, मगर रिटायर हो गईं। अब काम करने की न उम्र है न ज़रूरत। अल्लाह ने बहुत धन-दौलत दी। संदूक़चे हीरे-जवाहरात से पटे पड़े हैं। बड़ी मेहनत की कमाई है। बस कफ़न का चौंगा कर लिया।

"अब अल्लाह गुलरू को इसी तरह कामयाब करे !" गुलनार ने सर उठाकर बेटी को देखा जो फिर अंग्रेज़ी का सबक़ याद करने में जुट गई थी। "जाओ, तुम्हारे रियाज़ का वक़्त है," गुलनार ने उससे कहा। "लड़की का दीदा पढ़ाई में बिलकुल नहीं लगता। मगर आजकल के ज़माने में अंग्रेज़ी की थोड़ी-सी, शदीद,[2] बहुत ज़रूरत है।" लड़की फ़ौरन उठी। दरवाज़े की तरफ़ भागने लगी। गुलनार ने फ़ौरन डाँटा, "हिज़ हाइनेस से इजाज़त लो। तसलीम अर्ज़ करो।" इस उम्र में क़दम-क़दम पर तरबियत[3] की ज़रूरत है। वर्ना डेरेदार तवायफ़ों की शाइस्तगी[4] और तहज़ीब[5] के महज़ अफ़साने ही बाक़ी रह जाएँगे।

गुलरू माँ की तरह हसीन नहीं। साँवली रंगत, मामूली नाक-नक़्शा। याद ही नहीं पड़ता, उसका बाप कौन था। शायद कोई मारवाड़ी था। मगर पाक-परवरदिगार ने शक्ल की कसर आवाज़ से पूरी कर दी। माशाअल्लाह, कोयल ! गाने की बाक़ायदा तालीम ले रही है। पाँच-छः साल बाद बंबई की सिनेमा इंडस्ट्री पर आवाज़ के बल ही छा जाएगी। इंशाअल्लाह। जब पैदा हुई, कलकत्ते में दिवालिया जुबिली थियेटर कंपनी के मशहूर नाटक 'गुलरू ज़रीना' को पिस्टनजी ख़रीदना चाहते थे। वह मामला तो न पट सका, गुलनार ने लड़की का नाम गुलरू ज़रीना अलबत्ता रख लिया। अल्लाह मुबारक करे !

महाराजासाहब उठने के लिए कसमसाए। गुलनार ने फ़ौरन उनके चैंबरलेन[6] को बुलाया। माली को ख़ुदा हाफ़िज़ कहा। बाहर निकलकर ख़ुद दूसरी रिक्शा में सवार हुई। दोनों रिक्शाएँ 'सेवाय' की तरफ चलीं।

शाम को हिज़ हाइनेस ने कहा, "डार्लिंग, तुम्हारी तबीयत बहल जाएगी, चलो हैक मेंज़ हो आएँ।" चुनांचे हैक मेंज़ गई। हाल नाचनेवालों से खचाखच भरा हुआ था। वह दोनों पिछले चबूतरे पर जा बैठे। एक नौजवान हिंदुस्तानी जोड़ा डांस करते-करते बाहर निकल आया। गुलनार ने चौंककर उन्हें देखा और कहा, "हमें अल्लाह ने जहाँ पैदा कर दिया वहाँ पैदा हो गए। मगर अब ये शरीफ़ज़ादियाँ क्या कर रही हैं ?"

चबूतरे पर लोग बैठ रहे थे। "अच्छा, मिस्टर जस्टिस हुसैन भी मसूरी आए हुए

---

1. लोकप्रिय; 2. बेहद; 3. प्रशिक्षण; 4-5. सभ्यता; 6. कंचुकी।

हैं !" महाराजासाहब अचानक बोले।

"कौन हैं ?"

"वह ··· जो सामने बैठे हैं। वह सिल्वर ग्रे बालोंवाले।"

गुलनार ने सिर उठाकर उधर नज़र डाली। सैयद रिफ़ाक़त हुसैन ··· ऑनरेबुल मिस्टर जस्टिस हुसैन एक कोने में बैठे अपने दोस्तों से बातें कर रहे थे।

महाराजासाहब बेचारे मारे मुटापे के न रक़्स[1] कर सकते थे न चहलक़दमी। बालरूम में बैठकर रक़्स मुलाहिज़ा करना ही उनके बस की बात थी। "आओ, अंदर चलें !" उन्होंने थोड़ी देर बाद गुलनार से कहा। वह फ़ौरन उठ खड़ी हुई। चोबदार, जो अब तक कोने में मौजूद था, सामने आया। सहारा देकर हिज़ हाइनेस को अंदर ले गया। वह पीछे-पीछे चली। सैयद रिफ़ाक़त हुसैन की मेज़ के पास से गुज़री। वह उसी तरह अहबाब[2] के साथ मसरूफ़े-गुफ़्तगू[3] रहे। उचटती निगाह से भी उसे न देखा।

7. जलती निशानी

लखनऊ, सन 1939। वह चौक में खुनखुनजी की दुकान से निकल रही थी। बरामदे में एक कमर-ख़मीदा बूढ़ा जाता नज़र आया। स्याह ईरानी टोपी। स्याह शेरवानी। शाने पर मशहदी रूमाल। बेहद चौड़े पायँचे का मैला-सा पाजामा। कमानीदार ऐनक।

"मिर्ज़ासाहब ! मिर्ज़ासाहब !" गुलनार ने लपककर ज़ोर से पुकारा।

मिर्ज़ा गुड़गुड़ी ने पेशानी पर हाथ का साया करके आँखें चुँधियाईं। ग़ौर से देखा, "गुलनार बाईसाहिबा ! आप ?"

"तसलीम मिर्ज़ासाहब। मिज़ाज-शरीफ़ ?"

"जैसी रहिए, जीती रहिए। आप यहाँ कहाँ ? आप तो सुना है, अब बंबई में रहती हैं।"

"मेरी लड़की उस्ताद मद्दन ख़ाँसाहब से तालीम ले रही है, इसलिए यहाँ आ गई हूँ। सब्ज़ीमंडी में कमरा लिया है। बेनज़ीर के कमरे के बराबर। आपके यहाँ सब ख़ैरियत है ? आपा आपको याद करती हैं। मीर हुक़्क़ा कैसे हैं ?"

"वह ग़रीब तो अल्लाह को प्यारे हुए। हमारे जोड़ीदार थे। हम अकेले रह गए। पाँच-छः बरस हो गए उन्हें भी मरे।"

"चच्-चच्-चच् – बड़ा अफ़सोस हुआ। और सुनाइए। शज्जू मियाँ तो अच्छे हैं ?"

"आपने ख़ूब याद रखा। जी हाँ, अल्लाह का करम है। राजासाहब ने अलीगढ़ से

---

1. नृत्य; 2. मित्रों; 3. बातचीत में व्यस्त।

एफ़.ए. पास कर लिया। ब्याह हो गया। अब माशाअल्लाह से तीन बच्चों के बाप हैं। अपने इलाक़े पर रहते हैं, हरदोई में। बड़ी बिटिया, उनकी वालिदा भी ··· तशरीफ़ रखती हैं। हमारे हाँ ··· क्लाइड रोड पर भी सब ख़ैरियत है। मियाँ जजसाहब के यहाँ खुदा का दिया एक ही लड़का है। मियाँ को बड़ी फ़िक्र थी कि भैया लखनऊ में रहें तो कहीं बुरी सुहबत में न पड़ जाएँ। ग्यारह साल के थे, जब मियाँ ने उन्हें विलायत ले जाकर बोर्डिंग स्कूल में डाल दिया। दुल्हन बेगम बहुत रोईं-पीटीं, मगर मियाँ किसकी सुनते हैं! अब हर दूसरे साल जाकर भैया से मिल आते हैं। भैया खुद छुट्टियों में विलायत से तशरीफ़ ले आते हैं। आजकल भी आए हुए हैं। अब खुदा के फ़ज़्ल से अठारहवें साल में हैं। कुनबे में निस्बत[1] ठहर गई है। बल्कि कल ही उसकी तक़रीब[2] है। हम इस सिलसिले में यहाँ कुछ ख़रीदारी के लिए आए थे।"

फिर मिर्ज़ा गुड़गुड़ी गुलनार को खुदा हाफ़िज़ कहकर उसी तरह झुके-झुके एक दुकान की तरफ़ बढ़ गए।

ज़ज रिफ़ाक़त हुसैन के ख़लफ़ुर्रशीद[3] सैयद शफ़ाअत हुसैन उर्फ़ शफ़्फ़ू (जो विनचेस्टर पब्लिक स्कूल में शिफ़ कहलाते थे) इंग्लैंड से जब भी दो माह के लिए लखनऊ आते तो यहाँ के माहौल की हर चीज़ को हैरत से देखते। बड़े होकर उनके तहय्युरो-इस्तेजाब[4] में इज़ाफ़ा होता जा रहा था। इसी वजह से उनके 'लाटसाहब चाचा' उन पर बहुत नाज़ाँ[5] थे और कफ़े-अफ़सोस मलते थे[6] कि उनके अपने बेटे बब्बूजी ला मार्टिनियर कालेज की तालीम के बावजूद उजड्ड निकल गए। जनाबे-आली, हमने तो चाहा था कि उसे आदमी बनाते। तहज़ीब सिखाते। शफ़्फ़ू मियाँ को देखिए ··· बातचीत, चाल-ढाल, तौर-तरीक़े से बिलकुल अंग्रेज़ मालूम होते हैं। मगर हमारे बब्बू रहे वही नेटिव के नेटिव। (लाटसाहब के साहबज़ादे बब्बूजी, यानी बृजबिहारीलाल माथुर डिप्टी कलेक्टर इज़्ला[7] में बीवी-बच्चों के साथ घासड़-पासड़ ज़िंदगी गुज़ारते थे। जाड़ों में लड़कपन के साथी राजा शुजाअत हुसैन के साथ तराई के जंगलों में शिकार खेलते थे और अपने चाल में मगन थे।)

मँगनी की तक़रीब के चंद रोज़ के बाद शफ़्फ़ू भैया बंबई जाकर स्ट्रीथ मूर जहाज़ से इंग्लिस्तान रवाना होनेवाले थे। माह जून की एक तपती शाम क्लाइड रोड की कोठी के पिछले चबूतरे पर अपने अहम चंद रिश्तेदारों के साथ बैठे थे। गर्मी से बुरा हाल था और रिश्तेदारान उनको लखनऊ के अजाइबो-ग़राइब से[8] रूशनास[9] कराने पर तुले हुए थे।

"चौक में" ··· शफ़्फ़ू के खालाज़ाद भाई अज्जू ने कहा, "आजकल बहार आई हुई है। अगले वक़्तों की एक्ट्रेस है गुलनारबाई। उसकी लड़की है जनाब ··· गुलरू बानो ··· क्या गाती है! बस क़यामत है। चलते हो ? उसका गाना सुनवा लाएँ।"

"जी हाँ ! और डैडी को पता चल गया तो हमें उलटा लटकाकर पहले हमारी खाल

---

1. संबंध; 2. समारोह; 3. सुपत्र; 4. आश्चर्य; 5. गर्वित; 6. अफ़सोस करते थे; 7. ज़िलों; 8. अजीब-ग़रीब बातों से; 9. परिचित।

खिंचवाएँगे, फिर उसमें भूसा भर देंगे।" शफ़्फ़ू ने जवाब दिया।

"यार अजब बुज़दिल हो। यानी इनको देखिए। इंग्लिस्तान में रहते हैं सात-आठ बरस से, और जने कब तलक रहेंगे। रोम और पेरिस में घूम आए। यहाँ चुपके से चौक तलक नहीं जा सकते। अमाँ, तुम्हारे इंग्लिस्तान पर तीन हर्फ़[1]। वहाँ मर्द आदमियों को यही बुज़दिली सिखलाई जाती है ?"

"अटारी पर गिरा कबूतर आधी रात।" गुलरू ने दादरा शुरू किया। गुलनारबाई ठस्से से मसनद पर बैठी थीं। सामने पानदान रखा था। गुलज़ारबाई गावतकिये से लगी पोपले मुँह में मुरमुरे चबा रही थीं। कमरा खूब हवादार था और छत का बर्क़ी[2] पंखा पूरी रफ़्तार से चल रहा था। मगर गर्मी के मारे शफ़ाअत हुसैन की हालत तबाह थी। वह कुछ देर तक दादरे के बोल सुनता रहा फिर चुपके से अज्जू से पूछा, "कबूतर गिरा आधी रात ··· क्या मतलब ?"

"पीज़न फेल ऐट मिड-नाइट।" अज्जू ने समझाया।

"हाउ सिली !" उसने ज़ेरे-लब कहा और उकताकर इधर-उधर देखने लगा। याद आया। तहज़ीब का तक़ाज़ा है, जब कोई गा रहा हो बेध्यानी या उकसाहट हरगिज़ ज़ाहिर न करो। मुग़न्निया[3] की तरफ़ मुतवज्जह हुआ। अब अज्जू ने ग़ज़ल की फ़रमाइश की। गुलरू जब इस मिसरे पर पहुँची–

"अपनी गली में दफ़्न न कर मुझको बादे-क़त्ल"

अज्जू ने खुद ही चुपके से शफ़्फ़ू के कान में तर्जुमा किया, "डू नाट बरी मी इन योर लेन आफ़्टर मर्डरिंग मी।"

"गुडनेस ग्रेशस," शिफ़ बड़बड़ाया। वह खुसुर-फुसुर आदाबे-महफ़िल के बिलकुल ख़िलाफ़ थी। गुलनारबाई ने घूरकर देखा। शिफ़ देखकर बाहर ताकने लगा। निजी महफ़िल थी और इन दोनों लड़कों के अलावा कमरे पर कोई और मौजूद न था।

गुलरू रीं-रीं करती रही। शिफ़ ने चारों तरफ़ नज़र दौड़ाई। पुराना-धुराना फ़र्नीचर, छत में जाले। बाहर शिकस्ता-सी[4] बालकनी। चौक के इन्हीं बालाख़ानों[5] के इतने अफ़साने हैं ! पेरिस का पगाल, लंदन का सोहो और अपने लखनऊ का गंदा-संदा बोसीदा[6] चौक। उसने उदासी से साज़िंदों पर नज़र डाली। बौना सारंगीनवाज़, कछुवेनुमा तबलची, एक मिनहनी[7] मुख़न्नस[8]-सा आदमी हारमोनियम बजा रहा था। अज्जू ने बताया था कि गुलरू का मामूँ है।

ग़ज़ल के बाद ठुमरी–

अरे पी को मिलन कैसे जाऊँ ···

हमारे मआशरे[9] में इतनी अफ़सुर्दगी,[10] इतना रोना-पीटना क्यों है। शिफ़ सोचता

---

1. तीन बार लानत; 2. बिजली का; 3. गायिका; 4. टूटी-फूटी; 5. ऊपरी कमरों; 6. सड़ा-गला; 7. सींकिया; 8. हिंजड़ा; 9. समाज; 10. उदासी।

रहा। ··· पइयाँ पड़त हूँ, बिनती करत हूँ ··· हिंदुस्तानी औरत गाती है तब भी बिसूरती है। ग़ज़लें हैं तो उनमें नाल-ओ-फ़रियाद, आहो-बुका ख़ूने-दिल, दर्दे-जिगर, लाशें, क़त्ल, ख़ून, कफ़न-दफ़न, मज़ार, क़फ़स,[1] सैयाद,[2] जुनून, दीवानगी, वहशत, सेहरा ··· । बेचारे लाटसाहब चाचा ठीक ही तो कहते हैं। हमारे हाँ अह्ले-यूरोप जैसी बशाशत,[3] चूँचाली, सेहतमंदी[4], जोशे-हयात,[5] वलवला[6] सिरे से मौजूद नहीं। गुलरू शिफ़ की हमउम्र थी, मगर रोनी सूरत ··· माँ के चेहरे पर बेपनाह हुज़्न,[7] साज़िंदे सब मुसीबत के मारे। नानी अलबत्ता इस बुढ़ापे में हश्शाश-बश्शाश, हट्ठी-कट्ठी बैठी मुरमुरे के फंके लगा रही थीं। उसे नानी बहुत दिलचस्प लगीं। कोने में बैठी चील की नज़रों से उसका जायज़ा लेने में मसरूफ़ थीं।

शिफ़ अब बेतरह उकता गया था। खुदा-खुदा करके गाना ख़त्म हुआ। दोनों नौजवान उठे। अज्जू ने गुलनारबाई से पूछा, "बाईसाहब, चंद साल हुए एक फ़िल्म आई थी 'जलती निशानी'। सुना है, उसमें आपने भी काम किया था !"

"हाँ बेटा !" गुलनार ने वक़ार[8] के साथ जवाब दिया। "एक छोटा-सा रोल किया था। सिनेमा से तो मैं रिटायर हो चुकी हूँ।"

दरवाज़े के क़रीब रखे बूट पहनने के बाद शिफ़ ने ख़ालिस इंग्लिश पब्लिक स्कूल ब्यॉय स्टाइल में एक ख़फ़ीफ़[9] से झटके से सिर ख़म करके गुलनारबाई, गुलरू और गुलज़ार से मुसाफ़हा किया।[10] साज़िंदों का शुक्रिया अदा किया और सबको गुड नाइट और गुड बाई कहकर दरवाज़े की तरफ़ बढ़ा। अज्जू ने गुलनारबाई के ख़ासदान में कुछ रक़म रखना चाही। उन्होंने बड़ी आज़ुर्दगी[11] से कहा, "मियाँ तुम्हारे घराने से हमारी पुरानी यादे-अल्लाह है; हमें काँटों में न घसीटो।"

तंगो-तारीक ज़ीना उतरते हुए शिफ़ ने अपने कज़िन से दरियाफ़्त किया, "अज्जू, ये बेचारी लड़की जो गा रही थी, इसने नाक में इतनी बड़ी रिंग क्यों पहन रखी थी ? इस रिंग समेत इसने गाना तो गा लिया, मगर खाना कैसे खाती होगी ?"

"यार," अज्जू ने जवाब दिया, "अब तुम सीधे अपने विनचेस्टर वापस जाओ।"

नौजवानों के नीचे उतरते ही गुलनार और गुलरू बाम पर गईं और जँगले से झुककर नीचे देखने लगीं। वो दोनों मोटर में सवार हुए। मोटर गली से निकली और नुक्कड़ पर जाकर गायब हो गई। गुलनार ने आहिस्ता से कहा, "बिलकुल बाप का हमशक्ल है और वही मिज़ाज।"

गुलरू ने चौंककर माँ को देखा।

---

1. पिंजड़ा; 2. शिकारी; 3. प्रफुल्लता; 4. चुस्ती; 5. जीवन का उत्साह; 6. उमंग; 7. दुख; 8. गर्व; 9. हलका; 10. हाथ मिलाया; 11. उकताहट।

8. गिर्दबाद[1]

लखनऊ, 1967 ई.। माह जून। सुबह ग्यारह बजे का वक़्त। बूढ़े फूँस जस्टिस रिफ़ाक़त हुसैन साहब और उनके साहबज़ादे सैयद शफ़ाअत हुसैन क्लाइड रोड पर अपनी कोठी के बैरूनी[2] बरामदे में चुपचाप बैठे सामने तक रहे थे जहाँ वीरान बाग़ में ईंटों से लदे ट्रक खड़े थे। सीमेंट की बोरियों की गर्द उड़ रही थी और राज मज़दूरों का शोर मच रहा था ''' दूर धूप में चमकती सुनसान क्लाइड रोड पर से इक्का-दुक्का साइकिल-रिक्शा या कार निकल जाती थी। फिर एक बगूला तेज़ी से घूमता सड़क पर से गुज़रा।

ज़र्द पत्ते गर्द के उस रक़्साँ[3] भँवर में चक्कर काटते जा रहे थे। सैयद शफ़ाअत हुसैन ने आरामकुर्सी पर बैठे-बैठे गर्दन बढ़ाकर देखना चाहा कि बगूला कितनी दूर जाकर कहाँ खो जाता है ? लेकिन पल की पल में वह ग़ायब हो गया।

शफ़्फ़ू मियाँ दोबारा अपनी सियासी तक़दीर के मसौदे की तरफ़ मुतवज्जह हुए, जो वह तीसरे पहर को अपनी पार्टी के माहाना जलसे में पढ़नेवाले थे। ऐ लीजिए, कमबख़्त बालप्वाइंट का रिफिल ही ख़त्म हो गया। झुँझलाकर क़लम बाहर फेंक दिया, फिर उजाड़ बाग़ीचे को तकने लगे जहाँ नई-नई सुर्ख़ ईंटों के ढेर लगे थे।

उनके वालिद जजसाहब ने आप ही आप एक हुँकारा भरा और *नेशनल हेराल्ड* उठाकर अपनी आँखों के बेहद क़रीब ले गए।

"डैडी, फिर पढ़ने लगे ! कितनी बार आपको मना किया कि आँखों पर ज़ोर न डालिए।"

"शट-अप !" डैडी ने डाँट बताई और लरज़ाँ[4] हाथों से अख़बार के वरक़ खड़खड़ाए। जजसाहब हमेशा से गुस्सैले थे। पीराना-साली[5] ने और ज़्यादा कटखना कर दिया था। साहबज़ादे भी तुंदमिज़ाज[6] थे। अक्सर दोनों बाप-बेटों में बात-बात में झौड़ हुआ करती।

सैयद शफ़ाअत हुसैन उर्फ़ शफ़्फ़ू (जिनको बाप अब कभी-कभी प्यार से शिफ़ पुकारते थे) उन लोगों में थे, जिन्हें अमरीकन इस्तलाह[7] में नान-एचीवर कहा जाता है। उनकी ज़िंदगी का आग़ाज़[8] बहुत शानदार था। आगे चलकर टाँय-टाँय फ़िश। बाप ने ग्यारह बरस की उम्र में इंग्लैंड पढ़ने के लिए भेजा था। सन 39 ई. के मौसमे-गर्मा में जब लखनऊ आकर वापस गए उसके एक महीने के अंदर जंग छिड़ गई। जजसाहब ने घबराकर ब-राहे-आयरलैंड घर वापस बुला लिया। यहाँ पहुँचकर शिफ़ झल्लाए-झल्लाए रहे। इस मुल्क और इस शहर की हर चीज़ दक़ियानूसी ! फरसूदा ![9] फटीचर ! यूनिवर्सिटी में दाख़िल किए गए। बाक़ी वक़्त मुहम्मद बाग़ क्लब में अंग्रेज़ों के साथ खेलने में

---

1. बगूला; 2. बाहरी; 3. नाचते हुए; 4. काँपते हुए; 5. बुढ़ापा; 6. गर्म मिज़ाज; 7. शब्दावली; 8. आरंभ; 9. सड़ी-गली।

गुज़ारते। मँगनी हो चुकी थी। माँ ने इस ख़याल से कि बेटे का दिल लग जाए, बीस बरस की उम्र में ही शादी रचा दी। लेकिन दूल्हा इंग्लिश पब्लिक स्कूल ब्वॉय, दुल्हन मिट्टी का माधो, मोम की मरियम। अल्लाह का जी। शिफ़ का दिल उनसे क्या लगता ? इधर-उधर दो-तीन इश्क़ किए; वो भी नाकाम। इस मुल्क की लड़कियाँ तमाम झेंपू, कम-हिम्मत, कूढ़-मग़ज़।

जिस बेदिली से शादी की थी उसी बेदिली से बी.ए., एलएल.बी. कर डाला। वकालत शुरू की, वह चली नहीं। दरअस्ल तहसीले-मआश की[1] ज़रूरत ही नहीं थी। बाप बड़े आदमी। दौलत वाफ़र।[2] शिफ़ इस इंतज़ार में क्लबों और पहाड़ों पर वक़्त गुज़ारते रहे कि इंग्लिस्तान के हालात ज़रा बेहतर हों तो वापस चले जाएँ। मगर बाद-अज़-जंग इंग्लिस्तान ने उठाकर हिंदुस्तान को आज़ाद कर दिया। बाप रिटायर हो चुके थे। ताल्लुक़ा ज़ब्त हुआ। आमदनी घटना शुरू हुई। शिफ़ अब पॉलिटिक्स की तरफ़ मुतवज्जह हुए। सूबाई एलेक्शन लड़ा। बाक़ी माँदा[3] रुपया उसमें फूँक दिया। एलेक्शन हार गए। यानी एक तो नुक़साने-माया, दूसरे शमातते-हमसाया।[4] बाप और दोस्तों ने बहुतेरे समझाया था, "मियाँ, सियासत तुम्हारे बस का रोग नहीं।" मगर बाप ही की तरह ज़िद्दी। कहाँ मानते ? अब खुद अपनी पार्टी बनाई; उसमें लग गए। गर्दिशे-ज़माना ने सारी साहबियत निकाल दी थी। शेरवानी पहने, ताँगे पर सवार जगह-जगह तक़रीरें करते फिरते थे। आमदनी जिस रफ़्तार से कम हुई उसी तेज़ी से बच्चों की तादाद में इज़ाफ़ा। बीवी इतनी ज़रख़ेज़,[5] औलाद की शौक़ीन, कि आठ नौनिहाल पैदा करके रिटायर हुई। गिरानी[6] बढ़ती जा रही थी। बच्चों की आला-तालीम[7] के अख़राजात,[8] दाइमुल-मरीज़[9] वालिदैन[10] का महँगा इलाज। ज़ाहिरी टीप-टाप बनाए रखने की फ़िक्र। मजबूरन कोठी का आधा हिस्सा किराये पर उठाना पड़ा। बक़िया पाँच कमरों में मय ख़ानदान मुंतक़िल[11] हुए। फिर तोतेवाला बँगला फ़रोख़्त किया।

जिस रोज़ तोतेवाला बँगला बिका है, मिर्ज़ा गुड़गुड़ी ने मैले रूमाल से आँसू पोंछते हुए बैनामा ख़ामोशी से लाकर उनकी मेज़ पर रखा। एक परचे पर इतना लिखकर छोड़ गए, बे-टे-ते-रे-तो-ते-बे-चे। यह मिर्ज़ा गुड़गुड़ी के साथ उनके बचपन का एक लतीफ़ा था।

जब कोठी का शुमाली क़िता[12] फ़रोख़्त किया गया, मिर्ज़ा गुड़गुड़ी पैवंदे-ख़ाक हो चुके थे।[13] कोठी की निस्फ़[14] अहाता ख़रीदकर उसके नये मालिक ने 'मल्टी-स्टोरी एपार्टमेंट ब्लाक' बनवाना शुरू कर दिया। पिछले दो-तीन महीने से कंपाउंड में दिन-भर हंगामा रहता। ईंटों के ट्रक। राज मज़दूरों का गुल। अजनबी चेहरों का हुजूम। बैरूनी बरामदे के आधे हिस्से के अलावा बैठने के लिए अब और कोई जगह बाक़ी न रही थी। ब-हालते-मजबूरी दोनों बाप-बेटे वहीं कुर्सियाँ डाले बैठे रहते थे।

---

1. जीविका कमाने की; 2. ढेर सारी; 3. बचा-खुचा; 4. (मुहावरा) एक तो दौलत का नुकसान दूसरे उस पर पड़ौसी का हँसना; 5. उपजाऊ; 6. महँगाई; 7. उच्च शिक्षा; 8. ख़र्चे; 9. स्थायी रोगग्रस्त; 10. माता-पिता; 11. स्थानांतरित; 12. उत्तरी भाग; 13.मिट्टी में मिल चुके थे; 14. आधा।

बहुत दिनों तक जीते रहने की एक सज़ा यह है कि बेशतर दोस्त-अहबाब और रिश्तेदार पहले मरकर तनहा छोड़ जाते हैं। जजसाहब के सुख-दुख के साथी लाटसाहब को स्वर्गवासी हुए दस बरस होने आए। वफ़ादार जाँ-निसार साबिक़[1] मैनेजर लाला दुर्गादास रस्तोगी को बैकुंठ सिधारे पंद्रह साल हो गए। बाजी बेगम की वफ़ात[2] को मुद्दतें गुज़र गईं। मीर हुक़्क़ा, मिर्ज़ा गुड़गुड़ी दास्ताने-पारीना में शामिल हो चुके। और बहुत-से इसी तरह एक-एक करके चल बसे। खुद अगर दो साल के और हो लिए तो अस्सी के हो जाएँगे। इतनी तवील उम्र अज़ाब[3] है। खुसूसन[4] जब दिमाग़ उसी तरह हस्बे-साबिक़[5] काम कर रहा हो। जजसाहब रिफ़ाक़त हुसैन अपनी आँखों के तारे शिफ़ की मायूस बेरंग ज़िंदगी और सबसे बड़े पोते मज्जू की नालायकी देख-देखकर बैठे कुढ़ा करते और ज़्यादा झुँझलाते। सैयद शफ़ाअत हुसैन साहब के बड़े साहबज़ादे पहिलौठी की औलाद मज्जू मियाँ की उम्र अब माशाअल्लाह से पचीस बरस की थी। तालीम से बेनियाज़,[6] सिनेमा के शौक़ीन, घिस-घिसकर थर्ड डिवीज़न में बी.ए. किया; डंडे बजाते फिरे। आँजहानी[7] लाला दुर्गादास रस्तोगी के नमकहलाल बेटे घनश्यामदास रस्तोगी उर्फ़ लल्लूजी ने ज़िला बरेली में फ़ैक्टरी क़ायम की है। अल्लाह उनका भला करे, बेचारे आड़े वक़्त में काम आए। पुरानी वफ़ादारी निभाई। मज्जू मियाँ को बरेली बुलाकर अपने कारख़ाने में टेक्नीकल ट्रेनिंग दिलवा रहे हैं। वहीं मुलाज़मत भी देंगे।

मज्जू के बाद दूसरे नंबर पर हैं हमीदा। वह तेईस बरस की हो चुकीं। ब्याह का कोई बंदोबस्त नहीं। ख़ैर, अभी कालेज में पढ़ रही हैं। शज्जू मियाँ कब के हरदोई से पाकिस्तान जाकर नाज़िमाबाद, कराची में रच-बस गए। उन्होंने अपने एक लड़के का, जो लाहौर में आला अफ़सर है, हमीदा के लिए पैग़ाम भेजा था। मगर बेचारे जजसाहब पोती पर आशिक़; उसकी सूरत देखकर जीते हैं। उसें इतनी दूर, मुल्क के बाहर भेजना गवारा न किया। अब तो ख़ैर, सन 65 की लड़ाई के बाद वहाँ आने-जाने का सवाल ही पैदा नहीं होता। हमीदा शक्ल-सूरत में बाप और दादा पर गई है और बेहद तेज़-तर्रार, खुदसर,[8] खुदराय[9]। लेकिन पढ़ने-लिखने में वह भी फिसड्डी। सिनेमा और सैर-सपाटे की शौक़ीन। इन दिनों कालेज की लड़कियों के साथ कश्मीर गई हुई है।

सैयद शफ़ाअत हुसैन ने घड़ी देखी। लंच का वक़्त क़रीब था। कुर्सी से उठे। इतने में सीमेंट की बोरियों से लदा एक ट्रक ऐन बरामदे के पास आकर रुका। गर्दो-गुबार का बादल बाप-बेटों को सफ़ेद कर गया। जजसाहब ने बड़बड़ाकर अख़बार से अपना सर छिपा लिया।

"डैडी, अब अंदर चलिए।"

"देखिए... यह देख लीजिए!" जजसाहब अख़बार बेटे के सामने करके बर-अफ़रोख़्तगी से बोले। "आप क़ौम की हालत सुधारने की ग़रज़ से तक़रीर लिख रहे हैं ? क़ौम तबाह हो रही है। इसे आपकी तक़रीरों की परवाह नहीं... मुलाहिज़ा कीजिए। यह आपके

---

1. भूतपूर्व; 2. मृत्यु; 3. मुसीबत; 4. विशेषकर; 5. पहले की तरह; 6. उदासीन; 7. स्वर्गीय; 8. घमंडी; 9. मन-मर्जी की करनेवाली।

अहबाब[1] डोम-धाड़ियों के साथ फ़ख़्र के साथ दाँत निकोसे खड़े हैं। अस्तग़फ़रुल्लाह ![2]"

शिफ़ ने अख़बार में छपी तसवीर पर नज़र डाली। शहर के एक असराने[3] में बंबई से आए हुए तीन नामवर फ़िल्म-स्टार चंद सूबाई वुज़रा[4] के साथ खड़े मुस्कुरा रहे थे।

"डैड ... यहाँ बहुत धूल उड़ रही है। अंदर चलकर आराम कीजिए," शफ़ाअत हुसैन ने नर्मी से कहा।

"चले जाएँगे," जजसाहब ने झल्लाकर जवाब दिया। "अब आराम ही आराम है। खुदा करे, जल्द क़ब्रिस्तान पहुँचकर अपनी गोर[5] में आराम करें।"

शफ़ाअत हुसैन ने फ़िक्र से बाप को देखा। चिरागे़-सेहरी[6] हैं। जाने कब तक उनका साया सर पर रहता है ! सहारा देकर उन्हें आरामकुर्सी से उठाया।

अचानक जजसाहब ने पूछा, "हमीदा की ख़ैरियत का ख़त आ गया ?"

"जी हाँ डैडी, कल ही तो आया था। आपको सुना दिया था।"

"हूँ। कब तक वापस आएगी ?"

"कालेज की टीम साथ गई है। कश्मीर जैसा मक़ाम। एक महीना तो लग ही जाएगा।"

जजसाहब ने मुर्तअश[7] हाथों से बेटे का बाज़ू थामा, "हमीदा को वापस बुला लो। उसे ख़त लिखो कि जल्द वापस आ जाए।"

"बहुत अच्छा डैडी।"

शफ़ाअत हुसैन एहतियात[8] से चलाते उनकी ख़्वाबगाह में ले गए। तख़्त पर बेगम रिफ़ाक़त हुसैन मलमल के हलके गुलाबी दुपट्टे से मुँह लपेटे बेख़बर सो रही थीं। बेटे ने जजसाहब को एहतियात से मसहरी पर लिटाया। दरवाज़े और खिड़कियों के पुराने बदरंग पर्दे बराबर किए और बाहर आए। बीवी हस्बे-मामूल[9] बावर्चीख़ाने में मसरूफ़ थीं। छोटे बच्चे सब स्कूल गए थे। कोठी पर बड़ा वहशतनाक सन्नाटा तारी[10] था।

शफ़ाअत हुसैन अपने कमरे में गए। राइटिंग टेबुल के सामने बैठे। दूसरा क़लम तलाश किया। दराज़ में से दबीज़[11] नीले काग़ज़ का राइटिंग पैड निकाला जिसकी पेशानी पर मरहूम ताल्लुक़े का तुग़रा[12] सब्त[13] था। इस आख़िरी पैड में अब थोड़े-से काग़ज़ बाक़ी रह गए थे। टूरिस्ट होटल, गुलमर्ग के पते पर बेटी को अंग्रेज़ी में ख़त लिखना शुरू किया, "मेरी प्यारी बेटी हमीदा, मैं उम्मीद करता हूँ कि तुम अपनी छुट्टियों से लुत्फ़अंदोज़ हो रही होगी। लेकिन बेटी, तुम्हारे ग्रैंडपा तुम्हें बहुत याद कर रहे हैं। जल्द-अज़-जल्द वापस आ जाओ।"

---

1. मित्र; 2. अल्लाह बचाए; 3. चाय-पार्टी; 4. मंत्रिगण; 5. क़ब्र; 6. सुबह का चिराग; 7. काँपते हुए; 8. सावधानी; 9. हमेशा की तरह; 10. छाया हुआ; 11. भारी; 12. मोनोग्राम; 13. अंकित।

9. दिलरुबा

उर्दू के मक़बूल[1] और कसीरुल-इशाअ़त[2] फ़िल्मी माहनामे[3] *फ़ानूस* के 'सैयाह' की डायरी से एक इक़्तबास[4] :

"फ़िल्मिस्तान से निकलकर सैयाह[5] अपनी कार में बैठा। बहुत देर हो गई थी, लेकिन सैयाह ने तहैया[6] कर लिया था कि आज दिलरुबा का इंटरव्यू ज़रूर हासिल करेगा। चुनांचे अपनी कार में गुलनार बानो की आलीशान कोठी गुलिस्ताँ पर पहुँचा। गुलिस्ताँ पर इन दिनों बहार आई हुई थी। गुलाब के फूलों से पुर बाग़ लहलहा रहा था। रविशों पर कुत्ते खेलते फिर रहे थे। अंदर बरसाती में अंपाला और मर्सिडीज़ गाड़ियाँ खड़ी थीं। फाटक पर ही गोरखे ने सैयाह को बताया कि मेमसाहब अभी शूटिंग से वापस नहीं आई हैं। लिहाज़ा वहाँ से गुलनार स्टूडियोज़ का रुख़ किया।

"*फ़ानूस* के पतंगों को सबसे पहले सैयाह ही ने यह इत्तिला दी थी कि गुलरू पिक्चर्ज़ की ताज़ा फ़िल्म में नई दरियाफ़्त[7] दिलरुबा काम कर रही है। जब सैयाह स्टूडियोज़ के गेट के अंदर पहुँचा तो बड़ी गहमागहमी नज़र आई। फ़्लोर थर्ड पर शूटिंग चल रही थी। सैयाह ने अपना कार्ड मैडम गुलनार को भेजा। उन्होंने फ़ौरन अंदर बुलवाया। वह अपने ख़ूबसूरत एयरकंडीशंड दफ़्तर में बैठी अपने छोटे भाई कत्थक-उस्ताद मुन्नूसाहब से बातें कर रही थीं। वसीओ-अरीज़[8] बिल्लौरी मेज़ के पीछे दीवार पर उनकी वालिदा बाई गुलनारबाई मरहूमा का बड़ा पोर्ट्रेट आवेज़ाँ[9] था। गुलनार बानो कुछ बदली-बदली-सी नज़र आईं। पिछली मर्तबा जब उनको देखा था, उनके बाल बर्फ़ की तरह सफ़ेद थे। आज नीले। सैयाह का इस्तेजाब[10] देखकर मादाम हँस पड़ीं और बताया कि चंद माह क़ब्ल[11] अपने मँझले नवासे से मिलने अमरीका गई थीं; वहाँ अपनी अमरीकन बहू के इसरार पर बाल नीलगूँ करवा लिए। गुलनार बानो ने सैयाह को बताया कि मग़रिब में 'गोल्डन एज' वाली ख़्वातीन अकसर अपने बाल नीले या कासनी रँगवा लेती हैं और बहुत एलिजेंट मालूम होती हैं।

"गुलनार बानो की गुफ़्तगू हमेशा दिलचस्प होती है। कहने लगीं, इस दफ़ा लंदन में मार्लिन डेट्रिख़ का नाइट क्लब शो देखकर मैंने सोचा, ऐ-है, ये बड़ी बी इस सिन[12] में यूँ जलवे दिखा रही हैं। मैंने तो सयानी लोमड़ी की तरह फ़क़त बाल ही नीले रँगवाए!

"सैयाह ने यह सुनकर क़हक़हा लगाया। मादाम ने मज़ीद[13] बताया कि वह हर साल यूरप या अमरीका जाकर कुछ अरसा किसी हेल्थ फ़ार्म पर गुज़ारती हैं। इसी वजह से उनकी सेहत क़ाबिले-रश्क है। इस वक़्त भी सुरमई रंग का अमरीकन ट्राउज़र सूट पहने ख़फ़ीफ़[14] से अमरीकन लहजे में अंग्रेज़ी बोलती मादाम गुलनार एक शानदार शख़्सियत मालूम हो रही थीं। सैयाह जिस ग़रज़ से आया था उसे फ़रामोश[15] करके उनसे

---

1. लोकप्रिय; 2. भारी संख्या में छपनेवाले; 3. मासिक पत्रिका; 4. उद्धरण; 5. सैलानी; 6. निश्चय; 7. खोज; 8. लंबे-चौड़े; 9. सुसज्जित; 10. आश्चर्य; 11. पहले; 12. उम्र; 13. आगे; 14. हल्के; 15. विस्मृत।

बातें करने में महव[1] रहा। तब खुद गुलनार बानो ने कहा, आप बेबी से मिलना चाहते हैं। आइए, उसके ड्रेसिंगरूम में चलें।

"ड्रेसिंगरूम में नई हीरोइन से मुलाक़ात हुई। गुलनार बानो ने तआरुफ़[2] कराते हुए सैयाह को बताया कि यह फ़िल्मी नाम भी उन्होंने ही रखा है।

"दरअस्ल दिलरुबा, मैडम गुलनार ही की दरियाफ़्त है। इसी साल माह जून में मैडम और उनकी बेटी गुलरू बानो अपनी कंपनी की एक फ़िल्म की आउटडोर्स के लिए गुलमर्ग गई थीं। यह लड़की अपने कालेज के ग्रुप के साथ वहाँ आई हुई थी। एक रोज़ शूटिंग देखने आई। गुलनार से मुलाक़ात हुई। उन्होंने उसे फ़िल्म में काम करने की दावत दी, जो उसने फ़ौरन कुबूल कर ली।

" 'मुझे तो अब भी यक़ीन नहीं आता कि मैं इतनी आसानी से एक बड़े बैनर की पिक्चर में ले ली गई !' दिलरुबा ने सैयाह से कहा।

"गुलनार बानो ने सैयाह को बताया कि वह निस्फ़[3] सदी, बल्कि इससे भी ज़्यादा से शो बिज़नेस में हैं। पहले थियेटर, फिर ख़ामोश बाइस्कोप, फिर टाकी; अब कलर सिनेमास्कोप। और पिछले पंद्रह साल से खुद फ़िल्म प्रोड्यूस कर रही हैं। लेकिन दिलरुबा जैसी बा-सलाहियत अदाकारा[4] उन्होंने अब तक नहीं देखी थी।

"दिलरुबा ने शरमाकर कहा, 'ममी, यह तो आपकी ज़र्रानवाज़ी है।'

"इतनी देर में मैडम गुलरू भी कमरे में आ गईं। उनके तीनों लड़कों ने अमरीका में तालीम हासिल की है। सबसे बड़ा बेटा हॉलीवुड में फ़िल्म डाइरेक्शन सीख आया है। दिलरुबा की पिक्चर वही डाइरेक्ट कर रहा है।

"दिलरुबा ने इंटरव्यू के दौरान सैयाह को बताया कि वह शुमाली हिंद[5] के एक मुअज़्ज़िज़[6] और बे-इंतहा क़दामतपरस्त[7] घराने से ताल्लुक़ रखती है। बल्कि इस अचानक इत्तला पर कि उसने कश्मीर से बंबई जाकर फिल्म लाइन इख़्तियार कर ली, दिलरुबा के दादा पर फ़ालिज का असर हो गया और वालिद को दो बार हार्टअटैक हो चुके हैं।

" 'मैं उनको देखने घर जाना चाहती थी लेकिन उन्होंने आने की इजाज़त नहीं दी। मुझसे क़ता-ताल्लुक़[8] कर लिया है। ग्रैंडफादर और डैडी की अलालत[9] का मुझे बहुत अफ़सोस है। मगर मैं आर्ट की ख़िदमत करना चाहती हूँ और आर्ट की ख़ातिर बड़ी-से-बड़ी कुरबानी देने को तैयार हूँ।' इतने में असिस्टेंट डाइरेक्टर ने आकर कहा कि शाट तैयार है, और दिलरुबा सैयाह को खुदा हाफ़िज़ कहकर बाहर चली गई।

"गुलनार बानो बातों की मूड में थीं। बताया कि दिलरुबा उनके साथ 'गुलिस्ताँ' में ही रहती है। मैं और गुलरू उसे अपनी औलाद की तरह रखते हैं। आप तो जानते हैं, मेरी बेटी गुलरू के हाँ तीन लड़के ही लड़के पैदा हुए। मेरी वालिदा मरहूमा अपनी पर-नवासी का जश्ने-वलादत[10] धूमधाम से मनाने का अरमान दिल में लिए-लिए दुनिया से रुख़सत हो गईं। मगर खुदा का शुक्र है कि उसने गुलरू को एक बनी-बनाई बेटी और मुझे नवासी[11] अता की और उस कारसाज़े हक़ीक़ी[12] की कुदरत के कुरबान जाऊँ जिसने एक बहुत तवील[13] मुद्दत के बाद मेरे कलेजे में ठंडक डाली।"

---

1. तल्लीन; 2. परिचय; 3. आधी; 4. योग्य अभिनेत्री; 5. उत्तर भारत; 6. सम्मानित; 7. पुरातनपंथी; 8. संबंध-विच्छेद; 9. बीमारी; 10. जन्म का जश्न; 11. नतिनी; 12. वास्तविक कर्त्ता (ईश्वर); 13. लंबी।

एक लड़की की ज़िंदगी

लिप्यंतरण :

मुईन एजाज़

1

वह दोपहर भी हमेशा की तरह बड़ी आम-सी दोपहर थी जब डाक्टर सीता मीरचंदानी को मालूम हुआ कि जमील ने दूसरी शादी कर ली। घड़ी उसी तरह टिक-टिक कर रही थी। नवंबर के आसमान पर परिंदे उसी तरह चक्कर काट रहे थे। एशियन थिएटर इंस्टीट्यूट में लड़कियाँ और लड़के "बच्चों के थिएटर" की क्लास में उसी तरह कठपुतलियाँ बनाना सीख रहे थे। वह ललिता से मिलने यहाँ आई थी। तीन बजे उसे हिमा के यहाँ पहुँचकर शहज़ाद के हमराह[1] 'मुद्राराक्षस' के रिहर्सल में जाना था। रात को मॉडर्न थिएटर के अराकीन[2] ने मिसेज़ डोलीसेन के यहाँ खाना खाने के लिए मदऊ[3] किया था। ज़िंदगी कितनी मसरूफ़ थी! (और कितनी ख़ाली थी!) ढाई बजे वह मथुरा रोड से बस में बैठकर अलीपुर लेन की तरफ़ रवाना हुई थी। कमिश्नर लेन में आकर "पीली कोठी" की सुर्ख़ बजरीवाली तवील[4] सड़क पर पहुँची थी। "पीली कोठी" के चबूतरे पर बैठी हुई लड़कियों को हलो-हलो करती "नीली कोठी" के गार्डन हाउस की गैलरी से दाख़िल हुई थी। दरवाज़े के बराबर शहज़ाद का कमरा था। उसने झाँककर कमरे में से देखा था कि शहज़ाद अभी तक मज़े से सन्ना रहा था। वह हिमा के कमरे की तरफ़ जा रही थी जब गैलरी के दूसरे फ़ोन की घंटी थर्राना शुरू हो गई। फ़ोन बहुत देर से बज रहा था और बीच में चंद लम्हों के लिए रुक गया था। उसने लपककर रिसीवर उठाया था। उस वक़्त तीन बजा था। दूसरे सिरे पर बिलक़ीस ज़ोर-ज़ोर से कह रही थी, "हिमा, क्या सीता तुम्हारे यहाँ पहुँच गई है?" "हाए ··· बिलक़ीस ··· मैं सीता बोल रही हूँ। कोई ख़ास बात है ?"

"अरे, तुम बड़ी जल्दी पहुँच गईं। ख़ास बात ? ··· ओह ··· अरे ··· हा हा हा ··· आज बड़ा मज़ा आया ··· प्रदीप ने कामरान से कहा ···"

"बिलक़ीस तुमने इस वक़्त मुझे फ़ोन क्यों किया है ?"

---

1. साथ; 2. सदस्यगण; 3. आमंत्रित; 4. लंबी।

"कुछ नहीं ... ऐसे ही, ... " बिलक़ीस की आवाज़ मामूल[1] से ज़्यादा पुरसुकून[2] थी। "हि हि हि ! मैंने सोचा, ज़रा मालूम कर लूँ, आज की ख़बरें क्या हैं ? तुमने ललिता को हमीदा का पैग़ाम पहुँचा दिया या नहीं ?" उसके बाद कोई बीस मिनट तक बिलक़ीस ने शह्‌र की थिएटर गासिप की थी !

अब साढ़े तीन बजा था। सीता ने आजिज़ आकर कहा था, "बिली डियर ... क्या तुमने यही सब बतलाने के लिए फ़ोन किया है ?"

"अरे भई वह ... "

"न्यूयार्क से कोई ख़त आया है ?"

"हाँ," बिलक़ीस की आवाज़ का मसनूई[3] जोश यकलख़्त[4] मद्धम पड़ गया।

"क्या बात है बिलक़ीस ?"

"जमील भैया ने ... जमील भैया ने शादी कर ली।"

घड़ी की टिक-टिक ... शहज़ाद ने ज़ोर से करवट बदली और उसकी पलंग के स्प्रिंग बज उठे। बाहर उन्नाबी गुलाब की क्यारियों के पास हिमा का बच्चा टीहूँ-टीहूँ करके रोया। खाने के कमरे में बिशनसिंह ने खटाक से अलमारी बंद की।

"किससे ?" सीता ने इस तरह पूछा गोया अंधे कुएँ में से बोल रही है।

"कोई कांटिनेंटल लड़की है ...।" मीलों दूर चाणक्यपुरी में बिलक़ीस के घर की ज़िंदगी भी मामूल के मुताबिक़ जारी थी। बच्चे शोर मचा रहे थे। चाय के बरतन खड़खड़ाते थे। छोटी ख़ाला[5] रामअवतार पर बिगड़ रही थीं। ड्राइंगरूम में बिलक़ीस की बड़ी भांजी फ़र्श पर उकड़ूँ बैठी टेपरिकार्ड चला रही थी – तमाम उम्र रहा ग़म्ज़-ओ-अदा[6] का शिकार ... "दरवाज़ा भेड़ दो ... ख़ामोश ! अरे, बोले मत चले जाओ भई ... वाह वाह, बहुत खूब, क्या बात है ... कि ग़म्ज़-ओ-अदा क्या है ... अरे भई दोबारा पढ़िएगा ... तमाम उम्र रहा ... यह ग़ज़ल बिलक़ीस के यहाँ चंद रोज़ हुए, किसी शायर ने तरन्नुम से पढ़ी थी और सीता को बहुत पसंद थी। उन सब आवाज़ों में मिलकर बिलक़ीस की आवाज़ साफ़ सुनाई नहीं दी।

"ज़रा ज़ोर से बोलो भई ... तुम्हारे यहाँ बहुत रोला मच रहा है," सीता ने तक़रीबन चिल्लाकर कहा था।

"एक कांटिनेंटल लड़की है, तफ़सील मालूम नहीं। सिर्फ़ इतना ही लिखा है, यू.एन. में उनके दफ़्तर में काम करती है ... कोई होगी ... अरे मुज़फ़्फ़र भैया, मेरे सर पर क्यों झूल रहे हो ? बाहर जाकर कूदो। अरे हाँ, कोई होगी वेट्रेस या टाइपिस्ट कमबख़्त।"

"वो मेरी तरफ़ से एलिज़ाबेथ टेलर से ब्याह कर लें मुझसे मतलब ... " सीता ने बड़ी मतानत[7] से जवाब दिया। वह फ़ोन के क़रीब रखी हुई आरामकुर्सी से टिक चुकी थी। गैलरी बहुत तारीक[8] थी और ग़ैरमामूली तौर पर सर्द !

"इसमें सिर्फ़ एक क़बाहत[9] है सीता डियर ... एलिज़ाबेथ टेलर तो ब्याह रचा

---

1. सामान्य; 2. शांतिपूर्ण; 3. बनावटी; 4. एकाएक; 5. मौसी; 6. नाज़-नख़रे; 7. विनम्रता, नर्मी; 8. अँधेरी; 9. झंझट।

चुकी है और सुना है प्रिंसेस मार्गरेट के भी आजकल में हाथ पीले होनेवाले हैं। सारी दुनिया में यही दो लड़कियाँ उन्हें पसंद थीं और तीसरी नरगिस, तो वह भी हाल ही में अपने घरबार की हो चुकी।"

बिलक़ीस अनवर अली मुल्क की चोटी की स्टेज-एक्ट्रेस होने के नाते अब फिर बड़ी नार्मल आवाज़ में बात कर रही थी। इस साल उसे देहली नाट्य संघ की तरफ़ से बेहतरीन एक्ट्रेस होने का एवार्ड मिला था। मॉडर्न थिएटर की अगली पेशकश में वह ग़ज़ब की अलमिया[1] अदाकारी[2] करनेवाली थी। फिर वह अपनी आवाज़ से किस तरह ज़ाहिर होने देती कि दरअस्ल क्या सोच रही है।

"बिलक़ीस ... "

"हाँ भई सीता ..."

"अच्छा मैं ज़रा हिमा से मिल लूँ। शाम को मुलाक़ात होगी ... बाई ..."

"बाई ... सीता ... "

2

बिलक़ीस ने रिसीवर रख दिया और लांज में से गुज़रकर अपने कमरे की तरफ़ चली गई। दरमियानवाले कमरे में छोटी ख़ाला फालसई शाल में सर से पाँव तक लिपटी तुलसीपुर से आए हुए किसी रिश्तेदार से बातों में मसरूफ़ थीं। पिछले लान पर बच्चे क्रिकेट खेल रहे थे। अवाख़िर ख़िज़ाँ का[3] सूरज बहुत धुँधला-धुँधला, लांज के शीशों में से झाँक रहा था। अपने कमरे में जाकर बिलक़ीस ने सिंगारमेज़ से ख़त उठाया जो क्लीनिक्स के डिब्बे पर आधा खुला पड़ा था। स्टूल पर टिककर उसने दोबारा पढ़ना शुरू किया। उसके चहेते ख़ालाज़ाद भाई ने इधर-उधर की बातों के बाद आख़िर में सिर्फ़ एक पैरा और लिखा था :

" ... मैंने पिछले इतवार को एक स्पेनिश लड़की से शादी कर ली। वह मेरे ही सेक्शन में काम करती है। बहुत माकूल लड़की है। इंटेलेक्चुअल नहीं है। स्मिथ कालिज की तालीमयाफ़्ता[4] है जो यहाँ का सख़्त एरिस्ट्रोक्रेटिक कालिज है। चुनांचे इतमीनान रखो, तुम्हारी भावज "शॉप गर्ल" नहीं जो तुम नेटिव लड़कियों का रासिख़[5] अक़ीदा[6] है कि तुम्हारे नाख़लफ़[7] भाई लोग मग़रिब[8] में आकर शॉप गर्ल्ज़ और बक़ौल तुम्हारे धोबनों को समेट लाते हैं ... वाक़ई ! तुम लोग किस क़दर ज़बरदस्त स्नॉब हो। बहरहाल तसवीर आइंदा भेजूँगा। कार्मन ख़ूबसूरत नहीं मगर सारी पहनकर बिलकुल हिंदुस्तानी लगेगी क्योंकि 'आज भी इस देश में आम है चश्मे-ग़ज़ाल[9]' वग़ैरह !

---

1. त्रासद; 2. अभिनय; 3. पतझड़ के अंतिम दिनों का; 4. शिक्षाप्राप्त; 5. पक्का; 6. विश्वास, आस्था; 7. निकम्मे; 8. पश्चिम; 9. हिरन जैसी आँख।

यह बात अम्माँ को बतला देना। राहुल अच्छी तरह है। कार्मन से अभी से बहुत हिल-मिल गया है और खूब मोटा हो रहा है माशाअल्लाह से। मैं कल ही कार्मन के साथ उसके स्कूल गया था।

"तुम अगले साल फ़ॉल के ज़माने में यहाँ आओ जब मशरिक़ी[1] साहिल के शानदार जंगल सुर्ख़ पत्तों की आग से बिलकुल दहक उठते हैं। सुना है तुमको यहाँ आकर एक्टिंग सीखने के लिए स्कॉलरशिप मिल गया है। कब तक आ रही हो? हम लोग क्रिसमस के लिए बोस्टन जाएँगे।"

सीता के मुतल्लिक़ उसने एक लफ़्ज़ नहीं लिखा था–सीता जो उसके बेटे राहुल की माँ थी!

1951 में बिलक़ीस के पास जमील का ख़त उसी न्यूयार्क से आया था। (उस रोज़ भी वह इसी तरह एक रिहर्सल के लिए बाहर जानेवाली थी। यही सब लोग थे, यही दुनिया, यही मसरूफ़ियतें।) और चंद घरेलू बातों के बाद उसने लिखा:

"··· और कोई ख़ास बात क़ाबिले-तहरीर[2] नहीं।

"हाँ, एक चीज़ अलबत्ता बतलाना भूल गया। मैंने पिछले हफ़्ते एक सिंधी लड़की से शादी कर ली। वह कोलंबिया में सोशियोलॉजी पढ़ रही है। ज़ात की आमिल है जो सिंधियों में बड़ी ऊँची ज़ात समझी जाती है। लिहाज़ा अम्माँ को कम-अज़-कम यह इतमीनान होना चाहिए कि मैंने किसी 'नीच फ़िरंगन' को पल्ले नहीं बाँध लिया। अब बिटिया तुम इस इश्तियाक़[3] में मरी जा रही होगी कि उसकी शक्ल कैसी है। तो भई, बेहद गोरी है। एकदम सुर्ख़ो-सफ़ेद, और काफ़ी खूबसूरत है। औरतों के हुस्न की तारीफ़ के मामले में हमेशा का कंजूस हूँ (क्योंकि ज़रा-सी तारीफ़ से उनका दिमाग़ ख़राब हो जाता है) मगर यह वाक़ई अच्छी-ख़ासी क़ुबूल-सूरत लड़की है। क़द में तुमसे ज़रा निकलती है। उर्दू बहुत साफ़ नहीं बोलती मगर बड़ा पायँचा पहनकर ऐन-मैन चाँदपुर, मौज़ा[4] तुलसीपुर, ज़िला फ़ैज़ाबाद की सय्यदानी मालूम होगी, इतमीनान रखो!

"हमने अभी से तय कर लिया है कि बच्चे का नाम राहुल रखेंगे। राहुल ··· चूँकि तुम जाहिले-मुतलक़[5] हो, इसलिए बताना पड़ेगा कि गौतम बुद्ध के बेटे का नाम था। अब तुमको ज़बरदस्त शॉक पहुँचा होगा कि मेरी बीवी ऐसी फ़रवट है कि अभी से इस तरह की बातें डिस्कस करती है, तो बिटिया, क़िस्सा यह है कि तुम हो अब तलक एक नंबर की दक़ियानूसी ओल्ड इंडियन फटीचर। बावजूद अपनी सारी आला तालीम[6] और तरक़्क़ीपसंदी के[7], अब तक सख़्त फ़्यूडल भी हो। सीता एकदम औरत है। तुम लोगों की तरह क़स्बाती नहीं ··· बहरहाल, तो बच्चे का नाम राहुल होगा और अगर लड़की हुई तो उसका नाम गुलरुख़ रखेंगे।"

बिलक़ीस ने ख़त मेज़ पर रख दिया। बड़ी लरज़ाख़ेज़[8] बात थी। दोनों ख़त एक थे, एक ही आदमी ने लिखे थे ··· फिर उसने आहिस्ता से उठकर अलमारी

---

1. पूर्वी; 2. लिखने योग्य; 3. जिज्ञासा; 4. गाँव; 5. पक्की जाहिल; 6. उच्च शिक्षा; 7. प्रगतिशीलता; 8. कँपानेवाली।

खोली और सारियाँ निकाल-निकालकर उलटती-पलटती रही। अभी उसको तैयार होकर 'मुद्राराक्षस' की रिहर्सल लेने जाना है। अगले आध घंटे में वो सब इकट्ठे होंगे ... वो सब पुराने दोस्त ... ललिता ... राकेश ... कामरान ... हमीदा ... शहज़ाद ... जाने-पहचाने चेहरे, मानूस[1] हस्तियाँ ... ज़िंदगी इसी तरह जारी रहेगी।

3

गैलरी की दूसरी तरफ़ हिमा के ड्रेसिंगरूम में कोई चीज़ गिरने की आवाज़ आई। हिमा अब तौलिया सर पर लपेटकर गुसलख़ाने के दरवाज़े से बाग़ में उतर चुकी थी। उसके कमरे का जो दरवाज़ा जमुना की तरफ़ खुलता था उस पर ज़र्द गुलाब की बेलें झुक आई थीं।

वह फ़ोन बंद करके उठी और दरवाज़े पर जाकर सकते के आलम में बाहर देखती रही। फिर पर्दा हाटाकर हिमा के कमरे में गई। कमरा ख़ाली था। वार्डरोब पर बहुत से पिक्चर पोस्टकार्ड और हिमा के मरहट्टा[2] शौहर की तसवीर सजी थी जो किसी आला ट्रेनिंग के लिए लंदन गया हुआ था। बच्चे की बेद[3] की टोकरी मसहरी के बराबर रखी थी। सोफ़े पर नीले रंग की कटक की सारी पड़ी थी जो हिमा इसी सुबह को क्वींस वे से ख़रीदकर लाई थी। कोने की मेज़ पर चुग़ताई की *इंडियन पेंटिंग्ज़* की जिल्द पर दूध की बोतल धरी थी। सुर्ख़ रौग़नी फ़र्श पर ख़िज़ाँ के मद्धम सूरज की मद्धम किरनें बिखरी हुई थीं। गार्डन हाउस के सारे दरवाज़े बाग़ में खुलते थे जहाँ ज़र्द पत्ते उड़-उड़कर किवाड़ों और खिड़कियों के शीशों से टकरा रहे थे। बड़ा सन्नाटा था।

चंद लम्हों बाद बराबर के कमरे में खटर-पटर हुई। हिमा का छोटा भाई शहज़ाद कूदकर पलंग पर से उतरा और फिर गुसलख़ाने के शावर में से पानी गिरने की आवाज़ आने लगी। जो बेडरूम "पीली कोठी" के रुख़ पर था उसके दरवाज़े पर हिमा की अम्माँ मोंढ़ा बिछाए बैठी गीता पढ़ रही थीं। किस क़दर दक़ियानूसी मज़हबी औरत थीं ! इतने तालीमयाफ़्ता रौशन-ख़याल बच्चों की ऐसी ओल्ड फ़ैशन माँ ! उसकी अपनी माँ भी उतनी ही मज़हबी थी, उसकी सास भी, बिलक़ीस की माँ भी। शालों और दुपट्टों में लिपटी-लिपटाई गुड़िया ऐसी छोटी कमज़ोर औरतें जो हर समय अपने बच्चों के लिए दुआएँ माँगती थीं, अच्छे और बुरे शगुन देखती थीं, व्रत और रोज़े रखती थीं। माँएँ मुज़हकाख़ेज़[4] होती हैं। वह ख़ुद माँ थी। हिमा

1. परिचित; 2. मराठा; 3. बेंत; 4. हास्यास्पद।

भी अब माँ बन चुकी थी जो अपना सारा जर्मन फ़लसफ़ा भूलकर कल से अपने बच्चे की मामूली-सी बीमारी की वजह से दीवानी हुई जा रही थी और डाक्टरों को फ़ोन पर फ़ोन कर रही थी।

वह गैलरी की सीढ़ियाँ उतरकर बाहर आ गई। लॉन के उस पार "पीली कोठी" के चबूतरे पर बान की खुर्री खाट बिछाए उमाजी अपने लड़के को हिंदी पढ़ा रही थीं। रविश के दोनों तरफ़ बड़े-बड़े गुलाब रौशन थे। वह रविश पर से गुज़रकर चबूतरे पर आई। उमाजी ने उसकी आहट पर सर उठाकर देखा। ख़ामोशी से मुस्कुराई और फिर किताब पर झुक गई–"हाँ पढ़ो–

बुंदेले हरबोलों से यह हमने सुनी कहानी थी
खूब लड़ी मरदानी वह तो झाँसीवाली रानी थी।

लेकिन बच्चे ने पढ़ने के बजाय अपनी माँ से झगड़ना शुरू किया, "मम्मी ··· मैं तो नहीं पढ़ता ··· अच्छा एक रुपया लाओ तो आगे पढूँगा ··· "

"चलो, शरारत मत करो ··· पढ़ो आगे," उमाजी ने डाँटा।

"यह मरदानी क्या होता है ?"

"बहादुर," उमाजी ने खिलखिलाकर हँसते हुए जवाब दिया।

बच्चे ने हिल-हिलकर पढ़ना शुरू किया। सीता चंद लम्हों तक ठिठककर यह पुरसुकून[1] मंज़र[2] देखा की। फिर हिमा के पुराने कमरे में दाख़िल हुई जिसमें वह अपने ब्याह से पहले रहा करती थी। अलमारियों में उसकी किताबें बेकसी के आलम में पड़ी थीं। दीवारों पर मानीपुरी टोपियाँ और जगन्नाथजी के चोबी[3] बुत आवेज़ाँ[4] थे। बराबर के कमरे की एक अलमारी भी देवी-देवताओं से भरी हुई थी। दरमियाने तख़्ते पर देवी की नन्ही-सी मसहरी थी। मंगल के मंगलदेवी को नई "पोशाक" पहनाई जाती थी। इस घर में देवी-देवताओं की इस क़दर भरमार थी कि सीता का जी बौला जाता था। हिमा इन मूर्तियों को फ़र्नीचर का एक हिस्सा समझकर उनकी तरफ़ से बिलकुल बेनियाज़[5] थी। वह मज़हबी या ग़ैर-मज़हबी, कुछ भी नहीं थी। एक नार्मल क़िस्म की लड़की थी। यह तो सीता ही के दिमाग़ में फ़ितूर था कि वह मज़हब, सियासत, ज़िंदगी, मौत, दुनिया-भर की हर चीज़ के मुतल्लिक़ सोच-सोचकर दीवानी हुई जाती थी ··· मगर अब हिमा भी अपने नौज़ाइदा[6] बच्चे को लेकर हर मंगल को अपनी माँ और फूफियों के साथ कालकाजी के मंदिर जाती थी।

सीता ड्राइंगरूम से निकलकर सामने के बरामदे में आ गई जिधर से प्राइवेट रोड बल खाती हुई अलीपुर रोड की सिम्त मुड़ती थी। सामने से हिमा की एक और कज़िन प्रमिला अपने दफ़्तर से वापस आ रही थी। उसने हाथ हिलाकर सीता को हलो कहा और अमराइयों में ग़ायब हो गई। सीता फिर अंदर लौटी और सारे कमरों में घूमती फिरी। उसे यह कोठी हमेशा से पसंद थी। इस घर में आकर, इसके मकीनों[7] से मिलकर उसे हमेशा एक अजीब-सी राहत और हिफ़ाज़त का एहसास

---

1. शांतिमय; 2. दृश्य; 3. लकड़ी; 4. सजे हुए; 5. उदासीन; 6. नवजात; 7. निवासियों।

होता था। इन लोगों की ज़िंदगी कितनी पुरअम्न थी। इनके यहाँ कोई दिमाग़ी या नफ़सियाती[1] या जज़्बाती उलझनें नहीं थीं। साठ-सत्तर बरस से यह ख़ानदान पाँच-छः बड़ी-बड़ी कोठियों में इसी तरह रहता आया था। उनके पुरखे औरंगज़ेब के ज़माने से मुग़ल दरबार में बक़ायानवीस और मुंशी थे और मुग़ल बादशाहों ने उनको रायराजा का ख़िताब दिया था। हिमा के दादा साहिबे-दीवान[2] थे, परदादा ने लुग़त[3] तसनीक़ की थी,[4] नगड़दादा ने फ़ारसी शुअरा[5] का तज़किरा[6] लिखा था। हिमा की अम्माँ बाज़ दफ़ा ऐसे-ऐसे मुहावरे इस्तेमाल कर जातीं जो सीता की समझ में न आते, जिस पर वह कहतीं, "अरी, लखनऊ में तेरी ससुराल है, अब तो ज़बान सीख ले।" फिर खुद ही नाक-भौं चढ़ाकर कहतीं, "और लखनऊवाले निगोड़े भी उर्दू क्या जानें ··· पुरबिए नहीं तो ··· "

ये इस क़दर शाइस्ता[7] मुहज़्ज़ब,[8] नस्तालीक़[9] वज़ादार[10] और ग़ैर-सियासी क़िस्म के लोग थे कि सीता को हैरत होती थी। इतना बड़ा हंगामा आकर गुज़र गया। दुनिया तहो-बाला[11] हो गई मगर ये लोग उसी सुकून से इन कोठियों में बैठे रहे। वह खुद बे-ख़ानुमाँ[12] होकर हिंदुस्तान के मुख़्तलिफ़ रिफ़्यूजी कैंपों में होती हुई, 1948 में दिल्ली आई थी। यहाँ उसकी मुलाक़ात हिमा से बिलक़ीस की बड़ी बहन फ़रख़ंदा बाजी के घर पर हुई थी जो लोकसभा की मेंबर थीं। उनके वहाँ सुबह से शाम तक शरणार्थियों और हिरासाँ[13] मुसलमानों का ताँता बँधा रहता था और वह इंतहाई दर्दमंदी और सब्र के साथ उन सबके लिए दौड़धूप करती रहतीं। हिमा जो इसी साल आई.ए.एस. में कामयाब हुई थी, वज़ारते-आबादकारी[14] में काम कर रही थी। उस रोज़ फ़रख़ंदा बाजी के ड्राइंगरूम के एक कोने में बैठी हुई एक ख़ौफ़ज़दा-सी लड़की को बिलक़ीस ने अपने क़रीब बुलाकर हिमा से कहा था (जो उसी वक़्त अपनी लंबी उन्नाबी रंग की नीश ड्राइव करती हुई आकर उतरी थी), "हिमा, उमाजी कल सिंधी कढ़त की सारी बनवाने को कह रही थीं। सीता की वालिदा बड़ी ख़ूबसूरत सारियाँ काढ़ती हैं।"

"ओ ··· हाउ वंडरफुल ··· " हिमा ने कहा था। "एक काटन सारी का पल्लू और बेल आप कितने में बनवा देंगी ?"

"दस रुपये," सीता ने कड़वा घूँट पीते हुए जवाब दिया था। इस वक़्त यह महसूस करके कि वह मुफ़लिस और क़ाबिले-रहम शरणार्थी है, उसका सारा बदन काँपने लगा था। फिर एक रोज़ वह बिलक़ीस के साथ ही हिमा के घर गई थी। उसके कमरे के दूसरे अफ़राद[15] की कोठियाँ पास-पास थीं और अपने रंगों की मुनासबत से मशहूर थीं। हिमा अपने वालिदैन और भाई-बहनों के साथ "नीली कोठी" में रहती थी। उसके ताया "पीली कोठी" में, मँझले चचा "लाल कोठी" में और छोटे चचा "हरी कोठी" में रहते थे। ये सब बेहद ज़िंदादिल, खुशबाश,[16]

---

1. मनोवैज्ञानिक; 2. प्रकाशित संग्रह वाले कवि; 3. शब्दकोश; 4. रची थी; 5. कवियों; 6. वर्णन-ग्रंथ; 7-8. सभ्य; 9. साफ़-सुथरे; 10. अच्छी चालढाल वाले; 11. उलटपलट; 12. बेघरबार; 13. भयभीत; 14. पुनर्वास मंत्रालय; 15. व्यक्ति; 16. अच्छे तौर-तरीकों वाले।

दोस्तनवाज़[1] और पुरखुलूस[2] क़िस्म के लोग थे। इनकी अनगिनत लड़कियाँ कालिजों और स्कूलों में पढ़ रही थीं। लड़के भी ज़्यादातर ज़ेरे-तालीम[3] थे। शहज़ाद, मेहताब, इक़बाल, गुलज़ार, निहाल, खुशवंत और जाने कौन-कौन ··· गुरूर इन लोगों में नाम को न था। इसके बावजूद सीता शुरू-शुरू में इनसे खिंची-खिंची रहती। वह उस वक़्त बहुत कमउम्र और हिस्सास[4] थी। फ़रख़ंदा बाजी और हिमा उससे बड़ी बहनों ऐसा बरताव करतीं तो उसकी आँखों में आँसू आ जाते।

यह उसके साथ कैसी मुसीबत थी कि दर्दमंदी और इख़लास[5] की एक-एक ज़रा-ज़रा बात उसके दिल पर लिखी जाती थी। एक मर्तबा गर्मियों में जब वह सब नरगिस की नई फ़िल्म का एक सेकंड शो देखने कनाट सर्कस गए थे और बरामदे के सुतूनों[6] के पास एक फूलवाला जूही के गजरे बेच रहा था, सीता ने उसकी तरफ़ पलटकर देखा ही था कि नेमत मामा ने फ़ौरन उसके लिए गजरा ला दिया था। उसके बाद जब दोबारा सिनेमा देखने उस जगह पर गए तो नेमत मामा कार से उतरकर खुद ही लपके हुए जाकर गजरा ख़रीद लाए—“मुझे मालूम है तुम्हें सफ़ेद फूल पसंद हैं।” नेमत मामा अब उत्तरप्रदेश में कहीं फ़ार्मिंग कर रहे थे। उनका ब्याह हो गया था। शहज़ाद भी अब बड़ा हो चुका था बल्कि उसे तो आई.ए.एस. में आए हुए भी सात-आठ साल होने को आए थे। अब तक वह मग़रिबी बंगाल के अज़ला[7] में तैनात था और हाल ही में तबदील होकर मरकज़[8] में आ गया था। हिमा के वालिद के इंतक़ाल को अब तीन साल हो चुके थे। हिमा ने शादी कर ली थी और शौहर के लंदन जाने के बाद वह गार्डन हाउस में अपने वालिद के कमरे में ठहरी हुई थी। अब वह अपने बच्चे में इस क़दर मसरूफ़ थी कि सीता की तरफ़ तवज्जह करने[9] के लिए उसके पास वक़्त ही नहीं था। शहज़ाद तनदही[10] से थिएटर मूवमेंट में जुटा हुआ था। हिमा की सारी चचाज़ाद बहनें तालीम से फ़राग़त[11] पाकर मुलाज़िम हो गई थीं। चंद-एक अपने-अपने घर सिधार चुकी थीं। लड़के बड़े हो गए थे। इक़बाल और मेहताब फ़ौजी अफ़सर थे और कश्मीर में तैनात थे।

पिछले नौ साल में इस ख़ानदान में काफ़ी तबदीलियाँ हो चुकी थीं। यह घर जो हमेशा अमिट सुकून का गहवारा[12] मालूम होता था, ज़रा बदला-बदला-सा लग रहा था। शायद इसकी वजह यह थी कि वह खुद यकसर[13] बदल चुकी थी।

लेकिन ये कमरे, क़ालीन, पुराना फ़र्नीचर, पर्दे, फ़र्श के टाइल, बाग़ के फूल, हर चीज़ वही थी। यह घर अब भी बंदरगाह में ठहरा हुआ एक ख़ामोश जहाज़ था जिसमें कभी-कभी आकर वह यहाँ के सुकून से खुद को हमआहंग करने[14] की कोशिश करती थी। नीचे बल खाती हुई तवील ख़ामोश सड़क के परे जमुनाजी उसी सुकून से बह रही थीं। क्या वाक़ई इतना सुकून मुमकिन हो सकता है? कमरों

---

1. मित्रता निभानेवाले; 2. शुद्धहृदय; 3. अध्ययनरत; 4. संवेदनशील; 5. शुद्धहृदयता; 6. खंभों; 7. जिला का बहुवचन; 8. केंद्र; 9. ध्यान देने; 10. एकाग्रचित्त; 11. मुक्ति; 12. आँगन; 13. एक सिरे से; 14. सामंजस्य बिठाने।

का चक्कर लगाकर वह फिर हिमा के पुराने कमरे में वापस आ गई।

"अरी सीता ··· कहाँ घूमती फिरे बावली-सी। बाहर आ जा। अंदर बड़ी सीलन है।" चबूतरे पर से हिमा की अम्माँ की आवाज़ आई जो खड़ाऊँ पहने खट-खट करती अपने देवी-देवताओंवाले कमरे की तरफ़ जा रही थीं—वह उनके पीछे-पीछे उस कमरे में आ गई और ज़रा सहमकर दरवाज़े के पास खड़ी हो गई।

"अरी इनको परनाम तो कर ले। तेरा क्या बिगड़ जाएगा ! भगवान तो हर शै[1] में हैं। अरी बावली डरे क्यूँ ? ··· मेरी भी दो भतीजियों ने मुसलमानों से ब्याह कर लिया। आजकल यही हवा चली है। अब उनको घर से निकाल थोड़े ही दिया। बाप ने इतना बड़ा ऐट होम दिया था ··· क्या नाम है उसका ··· मुझे निगोड़े का नाम ही याद नहीं रहता। मेरी अपनी हिमा ने ग़ैर-कुफ़ में शादी कर ली। इतनी दूर मरठवाड़े चली गई ··· फिर अब क्या हुआ ··· ज़माना ही ऐसा है।" अम्माँ ने अलमारी खोलकर मुन्ने-से दीपमहल में चिराग़ जलाते हुए कहा।

वह अलमारी के सामने आकर खड़ी हो गई जहाँ घरौंदे की तरह देवी-देवता सजे थे। पीछे महंतों और साधुओं और जोगियों के फ़ोटोग्राफ़ रखे थे और उन पर गेंदे के हार पड़े हुए थे। हिमा की अम्माँ से सीता की मुलाक़ात को ज़्यादा अरसा नहीं गुज़रा था। इस वजह से वह उनसे ज़रा ख़ायफ़[2] रहती थी। जब 1948 में वह दिल्ली में थी तब ये अपने भाई के पास लखनऊ गई हुई थीं। तीन साल क़ब्ल[3] जब वह अमरीका से चंद महीने के लिए दिल्ली आई थी तब ही उनसे पहली दफ़ा मुठभेड़ हुई थी। ये हस्बे-मामूल[4] घास पर मोंढ़ा बिछाए गीत पढ़ रही थीं। हिमा ने आगे बढ़कर कहा था, "अम्माँ, यह सीता है।"

"आदाब अर्ज ··· " सीता ने हस्बे-आदत[5] एक हाथ से सलाम करते हुए कहा था।

उन्होंने ऐनक पेशानी[6] पर चढ़ाकर अपनी बड़ी-बड़ी शरबती आँखें झपकते हुए उसे ग़ौर से देखा था और ज़रा मुस्कुराकर कहा था : "नाम तो तुम्हारा सीता है और जय रामजी के बजाय आदाब अर्ज़ कहती हो ··· "

और बाहर आकर कार में बैठते हुए उसने गुस्से में कहा था, "हिमा, तुम्हारी अम्माँ भी खूब हैं। मैं जय रामजी क्यों कहूँ ? आई ऐम नॉट ए सिल्ली हिंदू !"

अम्माँ एक बड़ी शदीद[7] मक़नातीसी[8] आँखोंवाली जवान संन्यासन की तसवीर पर से हार बदलने में मसरूफ़ हो गईं। गले में तुलसी-माला पहने, बाल बिखराए और बग़ैर ब्लाउज की सारी लपेटे यह संन्यासन एक मृगछाला में बैठी कैमरे को बड़े ग़ौर से देख रही थी और सामने विचित्रवीणा रखी थी। दूसरी तसवीर में वही संन्यासन और भी ज़्यादा मक़नातीसी आँखोंवाले नौजवान संत के साथ तख़्त पर बैठी थी ··· संत बड़ा सख़्त हैंडसम था।

"अम्माँ ··· ये कहाँ रहते हैं ?" सीता ने आहिस्ता से सवाल किया।

"ये ··· अपना शरीर छोड़ चुके हैं।"

---

1. वस्तु; 2. भयभीत; 3. पहले; 4 हमेशा की तरह; 5. आदतवश; 6. माथा; 7. तीव्र; 8. चुंबकीय।

"ओह ... व्हाट ए पिटी ... इतना ख़ूबसूरत था बेचारा।"

"और ये?" उसने संन्यासन की तरफ़ इशारा किया।

"यह ...? राधाजी ... यह भी दो बरस हुए अपना शरीर छोड़ चुकीं।"

"ये दोनों ...?

"हाँ ... ये दोनों दुनिया की नज़रों में मियाँ-बीवी थे। बचपन में राधाजी से उनका ब्याह कर दिया गया था। मगर यह कभी मियाँ-बीवी की तरह रहे नहीं।"

"नानसेंस," सीता ने दिल में कहा। अम्माँ अब देवी की पोशाक बदल रही थीं।

"अम्माँ, आपको साधू-संतों की संगत में बड़े-बड़े ताक़तवर संत मिले?" कुछ देर बाद सीता ने पूछा। उसने अपनी दानिस्त[1] में spiritual power का तरजुमा ताक़तवर किया था। आख़िर दस साल से वह उर्दू पढ़ रही थी। ... "मुझे जो संत मिले, बड़ी ऊँची रूहानी[2] ताक़त के मिले।" उन्होंने आँखें बंद करते हुए जवाब दिया।

"ओह ... "

"आज देवी को हिमा की फूफी के यहाँ जाना है," अम्माँ ने मूर्ति पर मुकुट सजा कर कहा।

"अच्छा ... "

वह बाहर आ गई।

बेमानी ... बेमानी ... ज़िंदगी किस क़दर बेमानी थी।

अब लॉन पर हिमा के तीन-चार कज़िन जमा हो चुके थे। हिमा गुलाबी हाउसकोट में मलबूस[3] टहल-टहलकर बच्चे को सुला रही थी। शहज़ाद भी नहा-धोकर अंदर से निकल आया था। उसके साथ उसका एक दोस्त भी था। वह इस क़दर ख़ूबसूरत था कि सीता उसे देखती रह गई। वह बहुत कमउम्र था। हद से हद छब्बीस-सत्ताईस बरस का रहा होगा और कमबख़्त की क़यामत की आँखें थीं और किस क़दर ख़ूबसूरत बाल!

"हलो सीता, दिस इज़ कैलाश," शहज़ाद ने कहा।

"हलो!"

"मिसेज़ जमील, आप आज हमारी रिहर्सल देखने आ रही हैं?" नौजवान ने बड़ी यगानगत[4] और बेसाख़्तगी से[5] बात शुरू की। इन ड्रामा ग्रुप वालों की बड़ी अजीब जथबंदी थी।

"डाक्टर मीरचंदानी, ... " उसने आहिस्ता से कहा।

"ओह ... आई डू बेग योर पारडन।" फिर उसने शहज़ाद से चुपके से पूछा, "यार मैंने ईंट तो नहीं गिरा दी ...?"

"अरे नहीं यार ... सब चलता है ...," शहज़ाद ने जवाब दिया। फिर उसने मुड़कर सीता से पूछा, "तुम अभी चलती हो या बाद में आकर पिक-अप कर लूँ?" वह बेइख़्तियार होकर कैलाश की आँखों को देखे जा रही थी। उसको इस तरह

---

1. समझ; 2. आध्यात्मिक; 3. लिपटी हुई; 4. अपनापन; 5. स्वाभाविक ढंग से।

अपनी तरफ़ देखते पाकर कैलाश घबरा गया और ज़्यादा तनदही[1] से प्रमिला के साथ बात करने लगा।

"सीता ... !" शहज़ाद ने दोबारा कहा।

"ओह ... " वह चौंकी। "... मैं हिमा के साथ आ जाऊँगी; तुम लोग जाओ।"

हिमा बच्चे की फ़िक्र में खोई हुई थी। उसका बुख़ार कम नहीं हुआ था और वह किसी तरह सोता नहीं था। उसने सीता की बात नहीं सुनी।

"हिमा ... " सीता ने कहा।

फ़िज़ूल ... फ़िज़ूल ... हर चीज़ फ़िज़ूल ...

"ओह सॉरी ... हाँ सीता ! नहीं, मैं कैसे जा सकती हूँ। आनंद की यह हालत है।"

"अच्छा, तुम छः बजे कॉफ़ीहाउस आ जाना ... कैलाश तुमको वहीं से पिक-अप कर लेगा," शहज़ाद ने कहा और दोनों लड़के घास पर से गुज़रते हुए कार की तरफ़ चले गए। सामने "पीली कोठी" के चबूतरे पर सारी लड़कियाँ मीटिंग में मसरूफ़ थीं और चिलग़ोज़े खा रही थीं और बड़ी आरामदेह नार्मल बातें कर रही थीं।

हिमा आया को बुलवाकर दूध की बोतलें साफ़ करवाने में मसरूफ़ हो गई।

"हिमा, मैं ज़रा अपने घर हो आऊँ," सीता ने मोंढ़े पर से उठते हुए कहा।

"घर ... ?"

"हाँ ... क़रोलबाग़ ... वहीं से इन लोगों के यहाँ चली जाऊँगी ... गुड नाइट।"

"गुड नाइट सीता।"

वह अपना बैग उठाकर सुर्ख़ बजरीवाली सड़क पर आई और बस स्टॉप की तरफ़ रवाना हो गई।

4

कामरान एक सुतून के पीछे छिपा कुछ खटर-पटर कर रहा था। फिर उसने फ़र्श पर पड़े हुए तारों के लच्छे पर झुककर स्विच दबा दिया। स्टेज पर मद्धम सफ़ेद उजाला फैल गया। स्टेज डाइरेक्टर ने ख़ाली ऑडिटोरियम को मुख़ातिब किया।

"क़िस्सा* मुख़तसर करता हूँ ... मुझे अकादमी की तरफ़ से हिदायत की गई है–

---

1. एकाग्रता।

* 'मुद्राराक्षस' के पहले मंजर (दृश्य) का अव्वलीन मुकालमा (आरंभिक संवाद)।

तुमको चाहिए कि 'राक्षस की अंगुश्तरी'[1] नामी नाटक जो महाराजा भास्करदत्त के बेटे और सामंत दातेश्वरदत्त के पोते तमसीलनिगार विशाखदत्त ने लिखा, आज पेश करो। मैं भी बहुत मुतमइन[2] हूँ कि एक ऐसे मजमे के सामने यह नाटक खेला जाएगा जो एक अदनी तख़लीक़[3] की खूबियाँ सराह सकता है।

"क्योंकि ...

"धान की अच्छी फ़सल का इनहसार[4] बोनेवाले की ज़ाती[5] खूबियों पर नहीं होता ... अब मैं घर जाता हूँ ताकि अपनी घरवाली के साथ संगीत की तैयारी कर सकूँ ... " फिर उसने स्टेज का एक चक्कर लगाया– "यह रहा हमारा मकान ... अब मैं अंदर जाता हूँ।" उसने चारों तरफ़ देखा– "आहा, क्या बात है। ऐसा लगता है जैसे किसी तेहवार की तैयारियाँ की जा रही हैं। नौकर अपने-अपने काम में मसरूफ़ है। एक दासी पानी ला रही है। दूसरी खुशबूदार जड़ी-बूटियाँ कूटती है। यह लड़की हार गूँधने में जुटी है और इस दासी को देखो जो कूटने-छानने के साथ गुनगुनाती जाती है। अब मैं घर की बीवी को बुलाता हूँ।"

खटाक ... प्लाईवुड का बड़ा तख़्ता एक तरफ़ को सरका और सरदार प्रदीपसिंह ओवरआल पहने और हाथ में हथौड़ा लिए नमूदार हुए।

"प्रदीप, तुमको भी इस वक़्त हल्ला करना है," बिलक़ीस ने हाल में चिल्लाकर कहा। "मेरा तो बेड़ा ग़र्क हो गया–शहज़ाद किधर है ?" प्रदीप ने गुस्से से कहा।

"अरे रे रे, यह तख़्त इधर घसीटो भाई ... "

"ऐ पाकबाज़ औरत, सुघड़ और खुशतदबीर ... मेरे घर की सियासत की माहिर ... ऐ मेरे घरबार की मलिका ... इधर आ ... " राकेश बोले जा रहा था। अब एक्ट्रेस सामने आई, "महाराज, मैं यहाँ हूँ। अपनी हिदायात से मुझे सरफ़राज़[6] कीजिए।"

बिलक़ीस ने फिर आवाज़ दी–"राकेश, उसके आगे वहाँ 'ज़ालिम हमला-आवर' वाला जुमला है, उसे ज़रा फिर से कहो ... "

"अच्छा ... देखो, ज़ालिम हमला-आवर क़ेतू के साथ चंद्रमा को ज़ेर[7] करना चाह रहा है ... हा कौन है !! जबकि मैं यहाँ खड़ा हूँ और ... "

अब सात बजा था। सीता अब तक नहीं आई ... बिलक़ीस ने घड़ी पर नज़र डालकर सोचा। अब पाटलिपुत्र के नंद राजा के वज़ीर राक्षस का दोस्त 'चंदनदास' कह रहा था :

> मेरे सर पर बादलों की घन गरज है।
> मेरा प्रीतम बहुत दूर है। यह क्या हुआ ?
> अमर बूटियाँ बर्फ़ीले पहाड़ों पर हैं।
> और सर पर कुंडली मारे नाग बैठा है।"

अब ... अब चंद्रगुप्त कह रहा था :

> वह मग़रूरों[8] से झिझकती है ... डरपोकों के पास नहीं रहती क्योंकि उसे बेआरामी से डर लगता है। उसे अहमक़ों से नफ़रत है। वह बड़े-बड़े

---

1. अँगूठी; 2. संतुष्ट; 3. साहित्यिक रचना; 4. दारोमदार; 5. वैयक्तिक; 6. सम्मानित; 7. पराजित, वश में; 8. घमंडियों।

गुणवानों से भी बेतकल्लुफ़ नहीं होती। बहादुरों से घबराती है। देश की नारी की मानिंद उसे भी बड़ी मुश्किल से राम[1] किया जाएगा।

"सीताजी आ गईं !" कामरान ने 'चाणक्य के मकान' की खिड़की में से मुँडिया निकालकर ललिता को बताया। सीता हाल में से गुज़रकर पहलू[2] के बरामदे की सीढ़ियों पर बैठ गई जहाँ अँधेरा था।

कामरान ने दूसरा स्विच दबाया। स्टेज पर उदास ज़र्द रौशनी फैल गई। अब 'चंद्रगुप्त' कह रहा था :

उफ़क़[3] का मंज़र ख़िज़ाँ ने कितना ख़ूबसूरत बना दिया है।
क्योंकि ···
आहिस्ता-आहिस्ता ख़ुश्क होती हुई नदियों के दोनों तरफ़
रेतीले किनारे जगमगा रहे हैं ···
सारसों के हुजूम और कँवल के झुंड
और चाँदी के बादल और उड़ते हुए बगुले
और शाम के आसमान पर सुलगते सितारे ···

"सीता, ··· " बिलक़ीस ने बरामदे में निकलकर पुकारा।

"हाय बिली ··· "

बिलक़ीस उसकें नज़दीक जाकर सीढ़ियों पर बैठ गई। "यहाँ काफ़ी ख़ुश्की है, अंदर चलो ··· "

"नहीं ··· यहीं ठीक है ··· "

"इतनी देर में क्यों आईं ? हम लोग कॉफ़ी बना रहे थे, उस वक़्त तुम्हारा बहुत इंतज़ार किया। तुम्हारे लिए दो-तीन फ़ोन भी आए थे ··· "

"किसके ?"

"मालूम नहीं ··· सुनो सीता ··· उस वक़्त तुमने मेरी बात पूरी नहीं सुनी और खट् से फ़ोन बंद कर दिया।"

"अब कौन-सी बात बताना रह गई थी तुमको ?"

"वह तो ठीक है सीता डियर ··· मगर ··· ," बिलक़ीस ने बेचैनी से पहलू बदला। "अस्ल में कल रात मँझली ख़ाला ने कराची से ट्रंक काल किया था। क़ैसर की शादी है ना अगले हफ़्ते। तो मँझली ख़ाला ने सख़्त इसरार किया है कि तुम उसमें ज़रूर शरीक हो। बड़ी ख़ाला तुलसीपुर से नहीं जा सकतीं। असग़र भैया की बीमारी की वजह से। उनकी बहू की हैसियत से उनकी नुमाइंदगी तुम्हें ही करना है। वग़ैरह-वग़ैरह ···" हलक़ साफ़ किया। सर्दी के बावजूद पसीना-पसीना हो रही थी।

"कराची ···," सीता का दिल धक से रह गया। "कराची ··· !"

"हाँ-हाँ, और क्या ···," बिलक़ीस ने दफ़अतन[4] ख़ुद को सँभाला और फिर एक्टिंग शुरू कर दी। "चली चलो, बड़ा मज़ा आएगा। सब पाकिस्तानी रिश्तेदारों से मिलेंगे। उन सबको तो मैंने नौ साल से नहीं देखा है। आठ-दस दिन बाद चले आएँगे। बाजी के हाँ

---

1. वश में; 2. बगल; 3. क्षितिज; 4. एकाएक।

लाहौर ठहरकर वापस दिल्ली ··· क्या ख़याल है ?" फिर वह सीता से नज़रें न मिला सकी और जल्दी से तमसील[1] की फ़ाइल उलटने-पलटने लगी। "चली चलो, वाक़ई फिर अगले महीने मुझे थिएटर सेमिनार के लिए बंबई जाना है।"

"मुझे मालूम है, तुम बहुत मसरूफ़, बहुत अहम आदमी हो। हिंदुस्तान का सारा थिएटर मूवमेंट तुम्हारे ही दम से चल रहा है।"

"बको मत ··· अरे अरे ··· रो क्यों रही हो क्रैकदास, ··· सच्ची ··· चलो हमारे साथ कराची।" फिर उसने खुशदिली की सई[2] की, "ज़रा सोचो, मैं आज तक किसी फ़ॉरेन कंट्री नहीं गई, एक फ़ॉरेन कंट्री तो देख आऊँ बक़ौल मजाज़ ···।"

सीता ख़ामोश रही।

"चलो यहाँ से। मिसेज़ सेन के हाँ जाने के बजाय सीधे घर चलेंगे और खाने के बाद बैठकर स्क्रैबिल खेलेंगे। अब की दफ़ा लैटिन लफ़्ज़ बनाए जाएँ। इतनी देर में क्यों आईं ? क्या अपने घर चली गई थीं ?

"हाँ, मैं कुछ देर मम्मी के पास चुपचाप बैठना चाहती थी।"

"तुमने ··· तुमने उनको बतला तो नहीं दिया ?"

"हाँ ··· बता दिया ··· "

"क्या कहती थीं ?"

"कुछ नहीं ··· कहने लगीं, सब कर्मों का फल है।"

अंदर से 'चंद्रगुप्त' की आवाज़ फिर बुलंद हुई। वह अपना मुकालमा दोहराए जा रहा था :

और शाम के आसमान पर सुलगते सितारे ···

"मँझली ख़ाला का ख़त मेरे पास भी आ चुका है," सीता ने आहिस्ता से कहा। "बड़े भैया का भी। अभी मैंने मम्मी से यही कहा कि मँझली ख़ाला ने क़ैसर के ब्याह के लिए कराची बुलाया है। कहने लगीं, जरूर जाओ। तुम्हारा अस्ल घर तुम्हारी ससुराल है। कराची में तुम्हारे जेठ रहते हैं और जेठ ससुर के बराबर होता है। उनका कहना हरगिज़ मत टालो ··· एंड सो आन एंड सो फ़ोर्थ।"

बिलक़ीस बरामदे के नीचे लगे हुए फूलों को देखती रही। अब कोहरा गहरा होता जा रहा था। दफ़अतन उसने एक फ़र्ज़-शनास[3] डाइरेक्टर की हैसियत से अंदर से आई 'चंद्रगुप्त' की साफ़ और गहरी आवाज़ पर कान लगा दिए। वह कह रहा था :

"और शाम के आसमान पर सुलगते सितारे।"

और फिर ···

नदियों की उठती लहरें मौसम की बात मानकर
अपने-अपने धारों में सिमट गईं।
धान फ़र्ते-इंकसार[4] से झुक गई।
मोर अपना गुरूर छोड़ चुके हैं।
अचंभे की बात है किस तरह सारी दुनिया को

---

1. नाटक; 2. कोशिश; 3. कर्त्तव्यपरायण; 4. अत्यधिक विनम्रता।

ख़िज़ाँ ने माक़ूलियत[1] के रास्ते पर चलने के लिए धीमा कर लिया
ऐसी कुटनी की मानिंद जो मुहब्बतों के क़िस्से बड़ी महारत से सुनाती हो
पतझड़ ने गंगा को दरियाओं के ख़ुदा के पास पहुँचाकर
उसके सुकून को बहाल कर दिया।

अब "भाट" कह रहा था :

आसमान पर उसके फूलों की पीली रौशनी
शिव के जिस्म की राख की ऐसी फैली है।
ठंडी किरनोंवाले चाँद ने बादल बिखेर दिए जो
शिव के हाथी की खाल की मानिंद गर्द-आलूद[2] थे
तेज़ चाँदनी उसकी खोपड़ियों की माला की तरह चमक रही है।
हवा में उड़ते राजहंस
उसकी हँसी की मानिंद जगमगाते हैं।
ख़ुदा करे की ख़िज़ाँ जो विष्णु के बदन की तरह ज़र्द है,
तुम्हारी मुश्किले दूर करे ...

अब 'चाणक्य' कह रहा था :

चारों सागरों के रेतीले साहिलों[3] तलक जिन पर ताड़ के पत्तों से तारीक[4] जंगल साया किए हुए हैं। जिनके गहरे पानी हैबतनाक[5] मछलियों के तैरने से मुज़्तरिब[6] हैं।
तुम्हारा हुक्म ताज़ा फूलों के गजरे की मानिंद
एक सौ राजाओं ने अपने ऊपर लिया है ... !

"बिलक़ीस ... " पीछे से कैलाश की आवाज़ आई। वह हाल के आख़िरी दरवाज़े से निकलकर सीढ़ियों की तरफ़ आया।

"हाँ भई," बिलक़ीस ने पीछे मुड़कर दरियाफ़्त किया ! "व्हाट इज़ इट ?"

"तआरुफ़[7] में क्या-क्या लिखा जाएगा ?" वह फ़र्श पर दो-ज़ानू[8] बैठ गया–"आउटलाइन बना दो, मैं अंदर जाकर लिख लूँगा।"

"अरे, बस भई लिख दो कि यह मॉडर्न थिएटर की चौथी क्लासिकल पेशकश है।"

"यह तुमने किस क़दर नई और प्रोफ़ाउंड बात बताई है। मानता हूँ।"

"और यह लिखो कि ... " बिलक़ीस ने सोचते हुए सर खुजाया।

"सातों एक्ट का अलग-अलग ख़ुलासा ? और शुरू में क्या लिखूँ ?"

बिलक़ीस ने फ़ाइल खोली, "यहाँ कुछ टप ही नहीं रहा, अँधेरे में। यह लिख दो कि यह नाटक चौथी सदी ईसवी में गुप्ता अह्द[9] में लिखा गया। ड्रामाटिस्ट विशाखदत्त इसका मुसन्निफ़[10] था। लाओ, मुझे दो ... मैं पढ़ती जाती हूँ।" दरवाज़े में से आती हुई मद्धम रौशनी की तरफ़ झुककर उसने काग़ज़ात पलटे, "विशाखदत्त इसका मुसन्निफ़ था। शहंशाह चंद्रगुप्त दोयम के अह्द में पाटलिपुत्र में पहली बार स्टेज हुआ। चंद्रगुप्त

1. उचित, सत्य; 2. गर्द में लिपटे हुए; 3. किनारों; 4. अँधेरे; 5. भयानक; 6. हलचल से भरे, बेचैन; 7. परिचय; 8. घुटनों के बल; 9. युग; 10. लेखक।

दोयम का ज़माना शायद 375 ई. से 413 ई. तक है। किताब में से चेक कर लेना।"

सीता खड़ी हुई, "मैं बाहर जाती हूँ।"

बिलक़ीस ने उसकी बात नहीं सुनी। वह अपने काम में दोबारा मुनहमिक[1] हो चुकी थी। हिमा की तरह उसके पास भी सीता की तरफ़ तवज्जह करने[2] की फ़ुरसत नहीं थी। वह कहती रही, "और यह लिखो कि बड़ा सख़्त सीरियस और सियासी क़िस्म का प्ले है। संस्कृत ड्रामे और प्योर आर्ट थिएटर का ज़िक्र करो, अगले पैराग्राफ़ में ··· रेणु ने ले-आउट तैयार कर दिया ?"

"गैली प्रेस से आ जाए तब ही तो वह ले-आउट बनाएगी," कैलाश ने जवाब दिया।

अंदर 'चाणक्य' कह रहा था :

> चीलें और गिद्ध धुएँ के मरग़ोलों[3] की तरह आसमान पर चक्कर काट रहे हैं। दौराने-परवाज़ में[4] उनके पर बिलकुल साकिन[5] हैं।
>
> घोड़े आसमान को अपनी टापों से उड़ाए दे रहे हैं। फ़ौजों के आगे-आगे चलनेवाले हाथी साकित[6] खड़े हैं और ज्वार-भाटा के निशानों के मानिंद उनकी घंटियाँ ख़ामोश हैं ··· "

सीता पूरी इमारत का चक्कर लगाकर फिर बरामदे में आ गई। बिलक़ीस और कैलाश स्टेज की तरफ़ जा चुके थे।

वक़्त है कि उड़ा चला जा रहा है। वह फिर सीढ़ियों पर बैठ गई।

अंदर पाँचवें एक्ट में शहज़ादा मलयकेतु का जाली दोस्त भागोराईन शहज़ादे से मुख़ातिब था :

> महाराजकुमार ! वह जो सियासत में अमली तौर पर हिस्सा लेते हैं ! सियासी मक़ासिद[7] की ज़रूरत दुश्मनों, साथियों और ग़ैर-जानिबदार फ़रीक़ैन[8] की गिरोहबंदी का तअय्युन[9] करती है। ग़ैर-सियासी इनसानों की तरह महज़ ज़ाती[10] पसंदीदगी की बिना पर ये दोस्तियाँ उस्तवार[11] नहीं की जातीं शहज़ादे ! ··· सियासी मक़ासिद की वजह से दोस्त दुश्मन में और दुश्मन दोस्तों में तब्दील कर दिए जाते हैं। हिकमते-अमली[12] सारे पुराने बंधनों को हमेशा के लिए ख़त्म कर देती है। जिस तरह इनसान मौजूदा ज़िंदगी में पूर्वजन्म की बातें भूल जाता है।

··· 'एक अफ़सर' स्टेज पर आया।

"महाराज की जय हो," उसने कहा – "हिफ़ाज़ती चौकी के निगराँ[13] दुघर्ष की अर्ज़दाश्त[14] है कि एक शख़्स जिसके पास परवान-ए-राहदारी[15] न था, एक ख़त के साथ शाही ख़ेमागाह से फ़रार होना चाहता था ··· उसे गिरफ़्तार कर लिया गया है।"

अब भागोराईन कह रहा था :

> महाराजकुमार ! अब कुसुमपुरा पर हल्ला बोल देना चाहिए। ताकि ··· लोधरा

---

1. ध्यानमग्न; 2. ध्यान देना; 3. लच्छों; 4. उड़ान के बीच; 5-6. स्थिर; 7. उद्देश्यों; 8. तटस्थ पक्षों; 9. निर्धारण; 10. निजी; 11. विकसित; 12. रणनीति; 13. रक्षक; 14. प्रार्थना; 15. पासपोर्ट, यात्रा का आज्ञापत्र।

के फूलों के ग़ाज़े[1] से सजे रुख़सारों[2] वाली गोंड़ की औरतों के चेहरे ख़ाक-आलूद[3] हो जाएँ और उनके भौंरा ऐसे घुँघरियाले बालों की चमक हमारे शहसवार[4] दस्तों की टापों से उड़ाई हुई धूल के सुतूनों[5] में छिप जाए और ख़ाक के बगूलों के ये सुतून हमारे जंगी हाथियों की सूँडों से बरसते पानी से कटकर दुश्मनों के सरों पर जा गिरें।

बरामदे में से एक गिरोह बातें करता ग्रीनरूम की तरफ़ चला गया। बरसाती में एक कार स्टार्ट होने की आवाज़ आई। चाँद अमलतास की ओट में से निकल आया।

कुछ देर बाद यह सब लोग मिसेज़ डोलीसेन के यहाँ जाएँगे और सिगरेट के धुएँ से भरे ड्राइंगरूम के क़ालीनों पर बैठकर ज़्यादा जोशो-ख़रोश से अपनी प्रोफ़ेशनल गुफ़्तगू में मसरूफ़ होंगे।

पीछे से उसे कैलाश की आवाज़ सुनाई दी। वह गैलरी से निकलते हुए प्रदीप से कह रहा था :

"मिसेज़ सेन के हाँ जाने से पहले बाहर जाकर थोड़ा हलक़ तर कर लिया जाए ··· "

यह हलक़ तर करना उसे भी बहुत पसंद था। इन लड़कों को यह बात मालूम नहीं, वरना वो उसे फ़ौरन मदऊ[6] कर लें। उनके गिरोह की कोई लड़की ड्रिंक नहीं करती थी। अब ग्यारह बज रहा है। बारह बजेगा; आधी रात होगी। फ़क़त ड्रिंक करके यह एहसास होता है कि वक़्त मादूम[7] हो गया। कैलाश कितना ख़ूबसूरत है!

ड्रामा करीबुल-ख़त्म[8] था और 'समयधर' कह रहा था :

"इन दोस्तों से जुदाई जिनकी जगह दिल में है, राग-रंग में मसरूफ़ और शराबख़ानों में मैनोशी करते हुए भी दिल में खटकती है।"

क्या हस्बे-हाल मुकालमा[9] है! वह मुस्कुराई। किससे जुदाई ? किसकी जुदाई ? किस-किसकी जुदाई ··· ? और खटक कैसी ··· ?? डैम ··· डैम ··· डैम ···

अब आख़िरी एक्ट के शुरू में 'राक्षस' आहिस्ता-आहिस्ता कह रहा था :

यह बाग़ कितना सुनसान है!

क्योंकि यहाँ ···

बारादरी जो एक ताक़तवर शाही ख़ानदान की तरह तामीर की गई थी, टूटकर गिर चुकी है।

बग़ैर फूलों के दरख़्त ना-अह्ल[10] बादशाहों की सियासी कार्रवाइयों की तरह उजाड़ हैं। ज़मीन पर झाड-झंखाड़ बेवकूफ़ इनसानों के दिमाग़ के नाक़ाबिले-अमल मंसूबों[11] की तरह उग रहा है।

और ···

कुल्हाड़ियों से कटी हुई शाख़ें फ़ाख़्ताओं की कू-कू की वजह से गोया दर्द से

---

1. पाउडर; 2. गालों; 3. धूल से सने; 4. घुड़सवार; 5. खंभों; 6. आमंत्रित; 7. नष्ट, गायब; 8. समाप्तप्राय; 9. समयोचित संवाद; 10. निकम्मे; 11. अव्यावहारिक योजनाओं।

कराह रही हैं।

साँप अपने प्यारे दोस्तों के इस दुख को देखकर उनकी डालियों से इस तरह लिपटे हैं जैसे उनके ज़ख़्मों पर पट्टियाँ बँधी हों।

पत्तियों से आरी[1] दरख़्त इस तरह खड़े हैं जैसे किसी की अर्थी के साथ जाने के लिए तैयार हों।

स्टेज की रौशनियाँ बुझने लगीं। कामरान ने हाल में से उसे पुकारा, "सीताजी ··· "

वह चौंकी।

"आपका फ़ोन ··· मिस्टर चौधरी ··· "

वह उठकर स्टेज के पिछले कमरे में गई। बिलक़ीस और कैलाश मेज़ पर झुके तनदही से तआरुफ़ी किताबचे[2] का मज़मून लिखने में मसरूफ़ थे।

"आज तुम्हारे बहुत फ़ोन आए हैं भई ··· " ललिता ने स्क्रिप्ट पर से सर उठाकर कहा।

"हलो !" उसने रिसीवर उठाया।

"हलो यस ··· "

"सीता ··· हम क़मरुल बोल रहे हैं। हम आज ही सुबह कलकत्ते से आए हैं। फ़ेस्टिबल के लिए अपना प्ले लेकर ··· तुमको सुबह से कई जगह तलाश करने की कोशिश की ··· आख़िर मालूम हुआ कि तुम इधर बिलक़ीस की रिहर्सल में आनेवाली हो ··· बिलक़ीस कैसा प्रोड्यूस कर रही है ··· ?"

"हाउ आर यू क़मर ?"

"फाइन ! तुम बताओ ··· न्यूयार्क से कब आईं ?"

"काफ़ी दिन हो गए ··· तुम तो बहुत अरसे से यहीं हो ··· "

"हाँ, लेकिन मार्च में हम मास्को जा रहे हैं, यही प्ले के साथ। और कुछ पुरानी बातें करो सीता ··· न्यूयार्क हमारे आने के बाद उदास तो नहीं हो गया ? हाउ इज़ ओल्ड जमील ··· ? बाद में उससे मिलना हुआ ··· ? तुम्हारा क्या प्रोग्राम है ? ··· सीता, तुम्हें देखने को बहुत जी चाह रहा है ··· सुनो, तुम ऐसा करो ··· कि तुम अभी कांस्टीट्यूशन हाउस आ जाओ। यहाँ से इकट्ठे अशोका होटल चलेंगे। प्रोजेश बाबू ने पार्टी में बुलाया है। नहीं, तुम गेट-क्रैशिंग बिलकुल नहीं करोगी। प्रोजेश को नहीं जानतीं; फिर तुमने अब तक दुनिया में क्या किया है ? मैं तुम्हारी 'नहीं' नहीं सुनूँगा। आ रही हो ना ? गुड ··· अभी फ़ौरन आ जाओ ··· "

सीता हँस-हँसकर उसकी बातों का जवाब देती रही और बिलक़ीस लिखते-लिखते सर उठाकर हैरत से उसे देखा की।

---

1. वंचित; 2. परिचय-पुस्तिका।

5

सीता से बात करने के आधे घंटे बाद अबुल-फ़साहत क़मरुल-इस्लाम चौधरी अशोका होटल की तरफ़ रवाँ था।[1] चंद मिनट क़ब्ल[2] माधुरी रंगाराव अपनी कार में उसे लेने आ पहुँची थी और कहा था, चलो जल्दी पार्टी में, तुम्हारा बहुत देर से इंतजार हो रहा है। और उस वक़्त तक वह भूल चुका था कि उसने सीता को कांस्टीट्यूशन हाउस बुलाया है।

क़मरुल-इस्लाम चौधरी मुर्शिदाबाद का रहनेवाला था। उसकी बहुत ख़ूबसूरत आवाज़ थी। लाँबी-लाँबी[3] पलकें, साँवला रंग, ख़ालिस रोमैंटिक शक्ल और ऐसा आदमी था जिस पर कालिजों की शायरपरस्त लड़कियाँ ज़हर खाती हैं। कलकत्ता से एम.ए. करने के बाद कई साल तक वह तरक़्क़ीपसंद ड्रामे प्रोड्यूस करता रहा। फ़िल्मों में काम किया; बंगाली और अंग्रेज़ी में शायरी की। फ़नकारों[4] के डेलीगेशन के साथ रूस, मशरिक़ी[5] यूरोप और अवामी चीन के चक्कर लगाए। फिर अमरीका चला गया। वहीं उसकी अंग्रेज़ी शायरी को 'डिस्कवर' किया गया। हाल ही में उसकी नज़्मों का पहला मजमूआ[6] लंदन से शाया[7] हुआ था जिसने अंग्रेज़ी अदब में धूम मचा दी थी। डाम मारिस के बाद यह दूसरा हिंदुस्तानी था, *न्यू स्टेट्समैन* और *टाइम्स लिटरेरी सप्लिमेंट* में जिसके मुतल्लिक़ मज़ामील[8] लिखे जा रहे थे। बैनुल-अक़वामी शोहरत[9] हासिल करने के बाद वह लड़कियों की नज़रों में और ज़्यादा ग्लैमरस हो गया था। मगर क़मरुल-इस्लाम काफ़ी लपाड़ी और ग़ैर-ज़िम्मेदार था। दोस्तों से पैसे लेकर वापस न करता था। अमूमन[10] बेकार रहता था। वह इस क़िस्म का आदमी था जिसे औरतों पर ख़ुद आशिक़ होने की ज़हमत गवारा करना ही नहीं पड़ती। औरतें उसे अपना महबूब बनाना ज़्यादा पसंद करती थीं।

बिलक़ीस को वह एक आँख न भाता था और वह उसे अबुल-हिमाक़त क़मरुल-इस्लाम चौधरी कहती थी। उसकी ग़ैर-प्रोफ़ेशनल हरकतों से जलती थी और उसके पोज़ को बरदाश्त नहीं कर सकती थी।

उन दिनों माधुरी रंगाराव उस पर बुरी तरह फ़िदा हो चुकी थी। वह जुनूबी[11] हुस्न का मुकम्मल नमूना थी और सीता से ज़्यादा दिलकश और फ़रमाँबरदार थी और उसको सीता से कहीं ज़्यादा गर्मजोशी से चाह रही थी। सीता के मुतल्लिक़ उसे यक़ीन न था कि वह अब उसके साथ किस क़िस्म का रवैया इख़्तियार करेगी।

और क़मरुल-इस्लाम चौधरी इस मक़ूले[12] में यक़ीन रखता था कि हाथ पर बैठी हुई एक चिड़िया झाड़ियों में छिपी हुई दो चिड़ियों से बेहतर है।

---

1. जा रहा था; 2. पहले; 3. लंबी-लंबी; 4. कलाकारों; 5. पूर्वी; 6. संग्रह; 7. प्रकाशित; 8. लेख; 9. अंतर्राष्ट्रीय प्रसिद्धि; 10. आम तौर पर; 11. दक्षिणी; 12. सूक्ति।

6

दुल्हन रुख़सत होकर जा चुकी थी। मँझली ख़ाला कोनों में मुँह छिपाकर रोती फिर रही थीं। बड़े भैया बार-बार आँसू पीने की कोशिश कर रहे थे। लोगों के उठने के बाद शामियाने के नीचे सोफ़े अब ज़रा बेतरतीबी से पड़े थे। कारचोबी मसनद पर जहाँ निकाह और बाद में आरसी मुसहिफ़[1] हुआ था, अब बच्चे कूद रहे थे और फूलों के हार बिखरे पड़े थे। मीरासनें गाते-गाते थक चुकी थीं। शहर की "ऊँची सोसाइटी" के अफ़राद[2] मेज़बानों को खुदा हाफ़िज करके मोटरों में सवार हो रहे थे। बिलक़ीस रिश्तेदारों के हुजूम में अंदर बैठी ज़ोर-ज़ोर से हँस रही थी। स्याह शेरवानी और चूड़ीदार पाजामे में मलबूस उसका कज़िन नादिर मेहमानों को सिगरेट पेश करते-करते उकताकर सोफ़े पर बैठ गया था। उसकी भाभीजान शामियाने के एक कोने में उसके दोस्तों के हुजूम में खड़ी मसल-ए-कश्मीर[3] पर धुआँधार तक़रीर कर रही थीं। यह हमारा पटरा करवाएँगी–नादिर ने ज़रा परेशानी से सोचा और फिर कॉफ़ी मँगवाने के लिए कोठी के अंदर चला गया।

वह उसी तरह खड़ी बहस में उलझ रही थी जब एक शानदार शख़्स हाथ में कॉफ़ी की प्याली लिए उसके क़रीब से गुज़रा और उसे देखकर बड़ी उदासी से मुस्कुराया गोया उसकी आँखों में तैरते बेपायाँ अलम[4] को समझता हो या समझने की कोशिश कर रहा हो। उसके बालों के अंदाज़ में जमील की हलकी-सी झलक थी जिसने एक लम्हे के लिए उसे बहुत मुज़्तरिब[5] किया। कुछ देर पहले उसने देखा था कि वह कारचोबी मसनद के क़रीब खड़ा बिलक़ीस से बड़े इख़लाक़[6] से गुफ़्तगू कर रहा था और वह भी उसी इख़लाक़ से उसकी बातों का जवाब दे रही थी।

एक रिश्तेदार लड़की कॉफ़ी की ट्रे लेकर उसकी तरफ़ आई। "यह कौन साहब हैं ?" उसने लड़की से पूछा।

"अरे, यही तो इरफ़ान भाई हैं," लड़की ने जवाब दिया और आगे चली गई।

फिर नादिर खुश्क मेवे की प्लेट लेकर उसके नज़दीक आया। उसने ज़रा झिझककर फिर वही सवाल किया, "यह कौन साहब हैं ?"

"अरे !··· आप अभी इनसे नहीं मिलीं ? ठहरिए, अभी बुलाता हूँ ··· ।" वह लंबे-लंबे डग भरकर उस शख़्स के पास पहुँचा, "इरफ़ान भाई ! इधर आइए। आप हमारी भाभीजान से अब तक मिले ही नहीं। वाह ···" वह उसे अपने साथ लेकर फिर वापस आया, "जनाबे-आली ! हमारे जमील भाई की दुल्हन हैं। डा. सीता जमील।"

उसने बड़ी अदा से हस्बे-आदत[7] आदाब अर्ज़ किया।

"आदाब !" उस शख़्स ने जवाब दिया, "आइए यहाँ बैठ जाएँ ··· आप इतनी देर

---

1. निकाह के बाद दूल्हा-दुल्हन को आईना और कुरआन-शरीफ दिखाना; 2. व्यक्ति; 3. कश्मीर-समस्या; 4. अथाह दुख; 5. बेचैन; 6. शिष्टाचार, सौजन्य; 7. आदतवश।

खड़े-खड़े थक तो नहीं गईं ? मैं आध घंटे से आपकी तक़रीर सुन रहा हूँ।" वो तीनों दूर एक कोने में रखे हुए सोफ़े पर जाकर बैठ गए।

"मैं अपने केस का नुक़्त-ए-नज़र[1] बताने की कोशिश कर रही थी मगर आप लोग दूसरी पार्टी का नुक़्त-ए-नज़र सुनने के लिए तैयार ही नहीं होते। हुँह ··· ज़रा तो मुंतिक़[2] इस्तेमाल कीजिए। फ़ौरन emotional हो जाते हैं आप लोग ··· मैंने देखा कि आपके यहाँ बहुत पढ़े-लिखे लोग भी बहुत भोले-भाले हैं।"

"Every case is emotional; the rest is argument," इरफ़ान ने मुस्कुराकर जवाब दिया।

वह ज़रा ताज्जुब से उसे देखने लगी। उतने में उसके एक और ससुराली रिश्तेदार नासिर भाई क़रीब आकर बैठ गए, "भाईजान, कॉफ़ी मँगवाऊँ ?" नादिर ने पूछा, "आपको कराची कैसा लगा ?" इरफ़ान ने पूछा। (कैसा शदीद अहमक़ाना सवाल महज़ सोशल गुफ़्तगू की ख़ातिर मुझे भी करना पड़ रहा है ! उसने दिल में सोचा।)

अब नादिर, नासिर और इरफ़ान, तीनों ने उससे इधर-इधर की बातें शुरू कर दीं। इरफ़ान ने उससे पूछा, "आप कैसी डाक्टर हैं ··· ? दवाओं वाली या दूसरी ?"

"नहीं साहब। यह दवा-ए-दर्दे-दिल बेचती हैं।" नासिर ने देवर के रिश्ते से उससे मज़ाक़ किया। जब से वह यहाँ आई थी, ये लोग उसके लिए बिछे जा रहे थे। रिश्ते के देवर और ननदें हर वक़्त उसे छेड़ते।

तुलसीपुर की मीरासनें जो इस ख़ानदान के साथ ही हिजरत करके कराची आ गई थीं और यहाँ लालूखेत में रहती थीं, रात को क़ैसर और बिलक़ीस को सुना-सुनाकर उससे मुख़ातिब हुईं :

सास हमारी यूँ कह गई थीं
बहू जोगी को चुटकी दे देना री
मैं अलबेली भूल गई थी
मैंने जोगी को ननदी दे डारी रे

नादिर उसके लिए तरह-तरह के प्रोग्राम बनाता। ख़ुसूसन[3] इस ख़याल से कि जमील ने उसे तलाक़ दिए बग़ैर दूसरी शादी कर ली, ये लोग उसे खुश रखने की हर मुमकिन कोशिश में मसरूफ़ थे।

"दुल्हन, हम तो तुम्हारे आगे बहुत शर्मिंदा हैं," मँझली ख़ाला बार-बार कहतीं।

"न हुए साहबज़ादे मेरे सामने, वरना मारे जूतों के फ़र्श कर देता ··· उनको मेरा गुस्सा मालूम है ··· " बड़े भैया ने उससे कहा था।

मँझली ख़ाला राहुल की तसवीरें हर आए-गए को दिखलातीं–"देखो, कैसा चाँद ऐसा है। बिलकुल हमारे जमील भैया ऐसा ··· "

"हमारी भाभीजान बेहद क़ाबिल हैं," नादिर ने बड़े फ़ख़्र से इरफ़ान को इत्तला दी।

---

1. दृष्टिकोण; 2. तर्कशास्त्र; 3. विशेषकर।

इरफ़ान ने नज़रें उठाकर सीता को देखा। वह ज़रा घबरा-सी गई। इतने में बड़े भैया वहाँ आए। सीता ने फ़ौरन सारी के पल्लू से सर ढाँप लिया। तीनों नौजवान ताज़ीमन[1] उठ खड़े हुए।

"भाई दुल्हन," बड़े भैया ने उसे मुख़ातिब किया ! "बिलक़ीस कह रही हैं कि अगले इतवार को वापस जाना चाहती हैं। तुम्हारा क्या इरादा है ?"

अगले इतवार को ··· वह सहम-सी गई। इतनी जल्दी ··· इतनी जल्दी वह यहाँ से चली जाएगी और फिर शायद इस शख़्स को कभी उम्र-भर दोबारा न देख सके। "हम तो चाहते थे कि अभी कुछ दिन तुम यहाँ रहो। यह भी तुम्हारा घर है मगर बिटिया जल्दी मचा रही हैं कि उनको जल्द-अज़-जल्द बंबई पहुँचना है," बड़े भैया कह रहे थे।

"बड़े भैया, हमने सोचा था कार से लाहौर जाएँगे," नादिर ने कहा। "आइए भाभीजान, अंदर चलकर बिलक़ीस से बात कर लें।"

वह इरफ़ान को शब-ब-ख़ैर[2] कहकर नादिर के साथ कोठी में गई।

उस रात जब वह जहेज़[3] के कमरे में चीज़ें सँगवाने[4] में दूसरी लड़कियों की मदद कर रही थी तो मँझली ख़ाला ने अचानक उससे पूछा :

"दुल्हन ··· तुम इरफ़ान का देख लियो ?"

"जी हाँ।"

"उनकी माँ बिलक़ीस बिटिया के लिए दिल्ली उनका पैग़ाम भेजिन हैं। हम बिलक़ीस का ई लिए बुलाए हन कि ई इरफ़ान का देख लएँ ··· मगर वो ऐसी उलटी अक़्किल की हैं कि देखो जो उनके जी पर बैठें ··· "

"अच्छा, ··· " सीता ने सआदतमंद[5] बहू की तरह ख़ानदानी मसाइल[6] में दिलचस्पी लेते हुए कहा, "मुझे तो ख़ासे माक़ूल आदमी दिखे।"

"माक़ूल तो हैं मगर बिलक़ीस भी तो समझें।"

"क्या काम करते हैं ?"

"बहुत ऊँची नौकरी है। डेढ-दुई हज़ार पावत हैं। लड़कियन का और क्या चाहिए ! ज़ात-वात भी अच्छी है," मझँली ख़ाला ने तोहफ़ों के डिब्बे ऊपर-तले चुनते हुए जवाब दिया। "हरदोई के रहनेवाले हैं। हरदोई जानत हौ ?"

"जी नहीं ··· जी हाँ ···," उसने गड़बड़ाकर कहा।

"हमारी बिलक़ीस के दिमाग़ का कीड़ा एक इहो है कि पाकिस्तान ना अइहें। अब इरफ़ान तो पाकिस्तानी हैं।"

सीता टके हुए जोड़े उठा-उठाकर रखती गई।

"कल तुम नादिर भैया के साथ जाइके तनिक कोठी तो देख ल्यो ··· " मँझली ख़ाला ने कहा।

---

1. आदरपूर्वक; 2. शुभरात्रि; 3. दहेज़; 4. सँभालकर रखवाने; 5. विनम्र; 6. समस्याओं।

कराची आने से एक रोज़ क़ब्ल वह बिलक़ीस को अपने घर क़रोलबाग़ ले गई थी। बिलक़ीस को उसने आज तक अपने घर मदऊ नहीं किया था। वह अपने दोस्तों में किसी को अपना सही पता न बताती थी। मगर जिस रोज़ वह कराची के लिए असबाब बाँध रही थी, उसकी माँ ने इसरार किया था कि वह बिलक़ीस को खाने पर बुला ले। कैसी बुरी बात कि मैंने आज तक तुम्हारी ननद को नहीं देखा ! सीता कुछ महीने से एक सरकारी दफ़्तर में मुलाज़िम हो गई थी। और दफ़्तर से उसने बिलक़ीस को फ़ोन पर दावत दी थी। उसके फ़ौरन बाद बिलक़ीस ने हिमा को फ़ोन किया था कि वह शाम को सीता के घर जा रही है और उसे पिक-अप कर लेगी। दोपहर को वह लंच के वक़्त कनाट सर्कस के एक रेस्तराँ में बिलक़ीस से मिली तो बिलक़ीस ने उससे कहा था : "मैं पुरानी दिल्ली जाकर हिमा को लेती हुई आठ बजे तक तुम्हारे यहाँ आ जाऊँगी ··· "

"हिमा को लेती हुई ··· "

"हाँ, हाँ ··· क्यों ··· ?"

"तुमने हिमा को क्यों बुलाया ?"

बिलक़ीस भौंचक्की रह गई थी, "हिमा तुम्हारी इतनी पुरानी दोस्त है, उसको बुलाने में क्या हर्ज था ? मेरा तो ख़याल था तुम पहले ही उससे कह चुकी होगी।"

"मगर बिलक़ीस, हिमा इतनी शानदार कोठी में रहती है, मैं उसे अपने घर कैसे बुलाऊँ। मेरे हाँ तो बैठने को भी जगह नहीं है। तुम मेरी रिश्तेदार हो, तुम्हारी दूसरी बात है।"

"सीता ··· ," बिलक़ीस का मुँह हैरत से खुला रह गया था। "सीता ! और तुम क्लास और तबक़ाती शऊर[1] के मुतल्लिक़ इतनी तक़रीरें करती हो !!"

"वह सब ठीक है, ··· " उसने चिढ़कर जवाब दिया था। "But I happen to have a lot of personal pride."

"गुड हीवेंश ··· तो अब मैं हिमा को कैसे मना करूँ ?"

"अब कैसे मना कर सकती हो !"

उस शाम बिलक़ीस हिमा को साथ लेकर सीता के बताए हुए पते पर क़रोलबाग़ की एक गली में पहुँची। खिड़की में से सीता की छोटी बहनें झाँक रही थीं। सीता की माँ ने दरवाज़ा खोला। यह किसी निचले-मुतवस्सित तबक़े[2] के मुसलमान का छोड़ा हुआ तंगो-तारीक छोटा-सा मकान था। मम्मी दोनों लड़कियों को वस्ती[3] कमरे में ले गईं और दरी पर बिठा दिया। एक तरफ़ को पलंग बिछा था और दीवार के बराबर ट्रंक चुने हुए थे। अलमारी के ऊपर श्रीकृष्ण की बड़ी-सी तसवीर लगी थी। कुछ देर बाद मम्मी ने अलमारी के पीछे से फ़्रेम किया हुआ कलमा निकाला और झाड़-पोंछकर उसे मेज़ पर रख दिया। "बिलक़ीस, यह कलमा उस कमरे में लगा हुआ था। मैंने उसे उतारकर एहतियात से रख दिया है। कई बार सीता से कहा कि उसे तुम्हारे हाँ पहुँचा दे कि शायद कभी ग़लती से यहाँ किसी से बेअदबी हो जाए। अब तुम लेती जाना।"

---

1. वर्ग-चेतना; 2. निम्न-मध्य वर्ग; 3. बीच के।

"जी अच्छा," बिलक़ीस ने जवाब दिया था।

मम्मी ने थालियाँ और कटोरियाँ दरी पर परोसीं। हिमा और बिलक़ीस आराम से टाँगें फैलाकर दीवार के सहारे बैठ गईं और मम्मी और उसकी छोटी बहनों लीला और मोहिनी से मज़े-मज़े की बातें करती रहीं। सीता दूसरी दीवार से टेक लगाए बैठी उन सबको देखती रही थी। मुक़ाबिल[1] की दीवार पर हनुमानजी की तसवीर टँगी थी जो पहाड़ हथेली पर उठाए उड़े चले जा रहे थे। मैंने भी ज़िंदगी का पहाड़ उठाकर आसमानों पर उड़ने की कोशिश की थी–उसने दिल में सोचा था।

"बीबी कराची आमिल कालोनी में हमारी अट्ठारह कमरों की दोमंजिला कोठी थी ''' " मम्मी गिलासों में पानी उँडेलते हुए बिलक़ीस से मुख़ातिब थीं।

सीता ने बड़ी कोफ़्त से उनको देखा था। यह क़िस्सा हर-एक को सुनाकर इन्हें किस क़िस्म का इतमीनान महसूस होता है ?

"उस कोठी में डाक्टर साहब ने ''' सीता के डैडी ने छः कमरों में संगे-मरमर का फ़र्श लगवाया था।"

"मम्मी, अब ख़त्म करो यह रामकहानी, ''' " सीता ने चिढ़कर कहा था।

"नहीं बिलक़ीस, तुम जाकर देखना ज़रूर ''' उसके नीले रंग के शीशों की खिड़कियाँ हैं। 'दौलतराय महल' ऊपर लिखा दूर ही से नज़र आ जाता है। जमशेद रोड से मोतीलाल नेहरू रोड पर जब मुड़ो ''' "

"मम्मी ''' भई ठीक है, देख लेंगे। हिमा, तुमने दहीबड़े लिए ''' ?" उसी वक़्त डैडी अंदर आ गए थे।

"क्यों भई ''' ये तुमको दौलतमहल के क़िस्से सुना रही हैं ? इनकी यह आदत मुश्किल ही से छूटेगी।" उन्होंने हँसते हुए कहा था और वहीं दरी पर बैठ गए थे। फिर उन्होंने मेहमान लड़कियों से कहा था, "बीबी ''' तुम दोनों इतने बरसों बाद आज पहली बार हमारे गुर्बतमहल में आई हो। इसी को दौलतमहल समझकर फिर भी आना।"

"सुबह को नाश्ते के बाद नादिर तुमको तुम्हारी कोठी दिखला लाएगा ''' ," मँझली ख़ाला ने नुक़रई[2] बरतन सँगवाते हुए दोबारा कहा।

"जी नहीं ''' नहीं देखूँगी ''' क्या ज़रूरत है ''' " उसने जवाब दिया। मँझली ख़ाला चुप हो गईं।

चाँदपुर हाउस में एक हफ़्ता गुज़र गया। चाँदपुर हाउस उसके जेठ की स्कैंडीनेवियन तर्ज़ की दोमंज़िला कोठी का नाम था जो उन्होंने हाउसिंग सोसाइटी में बनवाई थी।

"यह ज़ाहिर करने की क्या ज़रूरत है कि आप लोग एक फटीचर-से साबिक़ ताल्लुक़ेदार हैं और फटीचर-सा चाँदपुर नामी आपका ताल्लुक़ा तुलसीपुर ज़िला फ़ैज़ाबाद, 1947 तक मौजूद था। और कुछ नहीं तो पाकिस्तान आकर आप रिफ़्यूजी लोग पुराने

---

1. सामने; 2. चाँदी के।

नामों ही से चिपके हुए है, ... " बिलक़ीस ने एक रोज़ सुबह को नाश्ते की मेज़ पर हस्बे-मामूल[1] अपने पाकिस्तानी अज़ीज़ों[2] से झगड़ना शुरू किया।

"हमारा चाँदपुर हाउस था कि नहीं लखनऊ में जाप्लिंग रोड पर, ... " मँझली ख़ाला ने रसान से कहा। उनकी आवाज़ में सीता को अपनी माँ की आवाज़ की झलक सुनाई दी। वह कोफ़्त से दरीचे के बाहर देखने लगी।

ड्राइव पर उसकी कार आकर रुकी। वह उतरा। बरामदे की सीढ़ियाँ चढ़ा। ड्राइंग रूम में दाख़िल हुआ। बिलक़ीस बेनियाज़ी से तोस[3] पर मक्खन लगाने में मसरूफ़ रही।

... इस एक हफ़्ते के दौरान में वह रोज़ाना सुब्हो-शाम चाँदपुर हाउस आता और घंटों बैठा सबसे बातें करता रहता। लेकिन हमेशा इस मौक़े की तलाश में रहता कि सीता के नज़दीक बैठ सके, लेकिन किसी पर यह भी ज़ाहिर न हो कि वह सीता की क़ुरबत[4] का ख़्वाहाँ[5] है। मँझली ख़ाला यह सोच-सोचकर ख़ुश होती रहीं कि वह बिलक़ीस की वजह से आ रहा है। जब एक आदमी इतनी ख़ुशामद करेगा तो लामुहाला[6] लड़की को "हाँ" करना ही पड़ेगा। उन्होंने फ़ौरन बिलक़ीस की माँ को, जो उनकी बड़ी बहन थीं, तुलसीपुर इस मज़मून का ख़त भी लिख भेजा कि माशा-अल्लाह से बिटिया की बात यहाँ तक़रीबन पक्की हो गई है।

नौजवान पार्टी ज़्यादा वक़्त नादिर के कमरे के सामनेवाले बरामदे में गुज़ारती। एक रोज़ वो बरामदे में बैठे चाय पी रहे थे जब इरफ़ान ने दफ़अतन[7] सीता से कहा, "आपको वापस जाने की इतनी जल्दी क्यों है ? हम पाकिस्तानी इतने बुरे नहीं। कुछ दिन तो और ठहर जाइए ... "

"मैं तो दुनिया की किसी क़ौम को भी बुरा नहीं समझती। मज़हबी जुनून और शाविनिज़्म का फ़लसफ़ा तो आप जैसे ग़ैर-इश्तराकी[8] लोगों ही की बरकत है।"

"वाक़ई भाभीजान ! एक महीना और ठहर जाइए। वीज़ा आपका मैं बढ़वा दूँगा फ़टाफ़ट," नादिर ने कहा।

"कैसे ठहर जाऊँ। मेरे पीछे सी.आई.डी. नहीं लग जाएगी !"

"ख़ैर सीता ! ... अब तुम इतनी अहम भी नहीं कि सी.आई.डी. तुम्हारी फ़िक्र में अपनी रातों की नींदें हराम करे," बिलक़ीस ने हँसकर कहा। "चंद साल बाद अगर इसी रफ़्तार से तरक़्क़ी करती रहीं तो इंटरपोल के तुम्हारे पीछे लगने के इमकानात[9] अलबत्ता हैं।"

उसने उदासी से उन तीनों को देखा।

फ़िज़ूल ... फ़िज़ूल ... दुनिया कितनी फ़िज़ूल जगह थी !

"आपका मेडेन नाम क्या था ... ?" इरफ़ान ने पूछा, वह *प्रेडिक्शन* रिसाले[10] की वरक़गरदानी[11] कर रहा था जो नादिर बड़े शौक़ से पढ़ा करता था।

"मीरचंदानी ..." उसने चौंककर जवाब दिया।

"हमारे यहाँ हरदोई में एक सिंधी इंजीनियर साहब तब्दील होकर आए थे, मेरे

---

1. हमेशा की तरह; 2. रिश्तेदारों; 3. टोस्ट; 4. सामीप्य; 5. इच्छुक; 6. मन मारकर; 7. अचानक; 8. कम्युनिस्ट-विरोधी; 9. संभावनाएँ; 10. पत्रिका; 11. पन्ने पलटना।

लड़कपन में," इरफ़ान ने कहना शुरू किया। "उनका नाम मीरचंदानी था। तो एक रोज़ मिलने आए तो नौकर ने अंदर आकर कहा, बेगमसाहब, मच्छरदानी साहब आए हैं। उसके बाद वह बहुत दिनों तक उन्हें मिर्चदानी कहता रहा। यह वाक़िया मुझे अब तक याद है। हमने उस ज़माने में सिंधी देखे ही नहीं थे। गंज में दो-तीन सिंधियों की दुकानें थीं। और बस।"

"हाँ," नादिर चमककर बोला। "बिलक़ीस, तुमको याद है वह फ्रूट-मार्ट वाला सिंधी, जब तुमने इंदिरा वालटर्ज़ के लिए उससे पूछा था कि क्या उनकी शादी हो गई है और क्या वह वाक़ई बहुत ज़्यादा क्रैक हैं तो उसने जवाब दिया था, 'Yes madam, she is mad and married both...' हा हा हा, ··· हम लोग उसके इस बरजस्ता[1] जवाब पर किस क़दर हँसे थे !"

"हा हा हा," इरफ़ान भी हँसा और फिर रिसाला देखने लगा।

फ़िज़ूल ··· फ़िज़ूल ···

दफ़अतन उसने इरफ़ान से पूछा, "आपको मालूम है, थर्ड डिग्री किस तरह की जाती है ?"

"क्यों, आपको इसका ख़याल कैसे आया ?" इरफ़ान ने पूछा।

"ऐसे ही। ख़याल में रब्त[2] या मंतिक़[3] का क्या ज़िक्र ?"

इरफ़ान ने उसे ग़ौर से देखा और फिर बात टालना चाही, "आपने वह लतीफ़ा सुना है ?

"कौन-सा ?"

"वही कि एक मर्तबा न्यूयार्क में लेफ़्ट विंग अदीबों के हफ़्तेवार जलसे में आधे से ज़्यादा खुफ़िया पुलिस के लोग हुआ करते थे तो एक रोज़ एक जलसे में एक अदीब ने उठकर हाज़रीन को इस तरह मुख़ातिब किया, Comrades and gentlemen of the F.B.I. !"

"हा हा हा ··· " नादिर ने क़हक़हा लगाया।

फिर वह चारों बेहद खोखली हँसी हँसते रहे।

शाम होती तो समझ में न आता कि क्या किया जाए।

"चलिए पिक्चर भाभीजान," नादिर उससे कहता।

"रोज़ पिक्चर्स ?"

इरफ़ान से बहस करते-करते वह झुँझलाकर कहती, "कोई पोलिटिकल अंडरस्टैंडिंग नहीं, किताबें नहीं हैं, अच्छे फ़िल्म देखने को नहीं मिलते। अख़बारों में ले-देकर वही एक *मार्निंग स्टार* पढ़कर और उसके कार्टून देखकर सारी उम्र गुज़ार दे, इसकी साइकॉलोजी का क्या हश्र होगा"।

"भाभीजान आप वाक़ई हमारा पटरा करवा देंगी। खुद तो चली जाएँगी और हमारा हो जाएगा कुंडा शरीफ़। आप हर महफ़िल में इस तरह की अंट-संट बातें उड़ाती रहती हैं।"

---

1. स्वत:स्फूर्त; 2. संबद्धता, क्रम; 3. तर्क, तार्किकता।

वह नादिर के एहतजाज[1] का कोई नोटिस न लेती और उसी तरह झाँय-झाँय करती रहती।

इरफ़ान की रुख़सत[2] ख़त्म हो चुकी थी और उसे लाहौर वापस पहुँचना था। तय यह हुआ कि वह सब दो मोटरों पर इकट्ठे लाहौर जाएँगे।

उस रोज़ शाम के वक़्त सीता बरामदे में अकेली बैठी *लाइफ़* रिसाला देख रही थी जब वह आ गया। यह पहला मौक़ा था जब उन दोनों के पास तीसरा कोई नहीं था। "परसों सुबह चलने का इंतज़ाम हो गया है डाक्टर साहब।" वह ज़रा फ़ासले पर एक कुर्सी पर बैठ गया।

"मुझे डाक्टर साहब मत कहिए।"

"अच्छा, फिर क्या कहें ? मिसेज़ जमील, बेगम साहिबा, श्रीमतीजी ··· "

"आपको मालूम है मेरा नाम सीधा-सादा सीता है।"

वह बिलक़ीस के सगे ख़ालाज़ाद भाई की बीवी थी। वह गोया उसका होनेवाला ननदोई था और उस लिहाज़ से मज़ाक़ के रिश्ते का पहलू निकलता था। शायद इसी वजह से वह उसे मुस्तक़िल छेड़ता रहता था। शायद ···

"आपके रामचंद्रजी अपना राजपाट सँभालने अयोध्या कब लौटेंगे ?" इरफ़ान ने दरियाफ़्त किया। उसे यह नहीं बताया गया था कि जमील ने दूसरा ब्याह कर लिया है। यह ख़ालिस ख़ानदानी मामला था और इरफ़ान बहरहाल ग़ैर-आदमी था।

"अभी उनकी टर्म दो साल के लिए और बढ़ गई है। आप न्यूयार्क गए हैं ?"

"जी हाँ।"

"कब ?"

"जब आप वहाँ नहीं थीं।"

"मैं तो वहाँ 1949 से हूँ।"

"मैं भी वहाँ 1949 ही में पहली बार गया था। दरअस्ल मेरे और आपके हलक़े[3] मुख़्तलिफ़[4] रहे होंगे। अब अमरीका वापस कब जा रही हैं ?"

"अभी कुछ तय नहीं," उसने घबराकर दरवाज़े की तरफ़ देखा और दुआ माँगी कि बिलक़ीस या कोई और वहाँ आ जाए और यह मौज़ू[5] ख़त्म हो।

जिस रोज़ सुबह वो लोग सफ़र पर रवाना होनेवाले थे उसी रात बिलक़ीस को फ़्लू हो गया और जाना चंद रोज़ के लिए मुल्तवी करना पड़ा। अब बिलक़ीस बीमार पड़ गई तो सीता ही अकेली नादिर और इरफ़ान के साथ बाहर जाती रही। इतने अरसे में वह नादिर के दोस्तों के हलक़े में बहुत मक़बूल[6] हो गई। उन्होंने सीता को हाथों-हाथ लिया। अरसे बाद उनको एक हिंदू जीती-जागती लड़की नज़र आई थी। पहली मर्तबा जब नादिर ने अपने चंद इंटेलेक्चुअल दोस्तों को सीता से मिलवाने के लिए चाँदपुर हाउस मदऊ किया तो मँझली ख़ाला ने अपने कमरे की खिड़की में से झाँककर कहा था :

"यह नादिर भैया की पार्टी है या शिवजी की बरात ! एक से एक हवन्नक़[7] आदमी

---

1. विरोध; 2. छुट्टी; 3. मंडली; 4. भिन्न, 5. विषय; 6. लोकप्रिय; 7. बौड़म।

चला आ रहा है।"

"ये सब लोग भाभीजान से मिलने के लिए बुलवाए गए हैं," एक लड़की ने जवाब दिया।

"तुम्हारी भाभीजान तो ख़ब्ती हैं ···," मँझली ख़ाला ने कहा।

अब इरफ़ान बेतकल्लुफ़ी से सीता का नाम लेता था और उसे "तुम" कहकर मुख़ातिब करने लगा था। कैसर चाले के लिए आई हुई थी और दो दिन बाद अपने शौहर के साथ पेशावर जानेवाली थी।

रात को कैसर के ससुरालवालों के एज़ाज़[1] में चाँदपुर हाउस में बड़ा भारी डिनर था। बिलक़ीस अब ठीक हो चुकी थी और नादिर ने उन दोनों के साथ शाम को रेक्स में एक पिक्चर देखने का प्रोग्राम बनाया था।

तीसरे पहर को सीता जल्दी-जल्दी तैयार होकर बाहर जाने लगी तो बिलक़ीस ने उसें आवाज़ दी।

"यस बिली ··· ?" सीता ने दरवाज़े में ठिठकते हुए पूछा।

"अभी जा रही हो ?"

"हाँ, तुम साढ़े पाँच बजे पैलेस होटल आ जाना। मैं तुमको वहीं बार पर मिलूँगी।"

"बार पर ··· ?"

"हाँ हाँ, मैंने वहीं डिक से अप्वाइंटमेंट किया है। वह कल इत्तफ़ाक़न मुझे एंफ़िस्टन स्ट्रीट में मिल गया। मेरे साथ कोलंबिया में था। यहाँ वर्ल्ड बैंक के सिलसिले में आया हुआ है। क्यों ?"

"सीता डार्लिंग, ···" बिलक़ीस ने पलंग पर से उतरकर हाउसकोट पहनते हुए कहा। "तुम ज़रूरत से ज़्यादा imancipated हो गई हो। यह अमरीका या इंग्लैंड नहीं है।"

"ओह ··· मुझे इस बात का ख़याल ही नहीं आया। अच्छा तो पौने छः तक इरफ़ान के घर आ जाओ। मैं डिक से कहूँगी, मुझे वहाँ उतार दे। इरफ़ान पैलेस के क़रीब ही ठहरे हुए हैं, कचहरी रोड पर। कल हम लोगों ने उन्हें वहाँ ड्राप किया था ··· ।"

"इरफ़ान के घर, ··· " बिलक़ीस ने और ज़्यादा परेशान होकर कहा। "डार्लिंग, वह बेचारा आदमी है। अकेला रहता है, तुम उसके घर कैसे जा सकती हो ?"

"ओ माई गॉड ··· अच्छा सॉरी, मैं तुमको ज़्यादा शॉक नहीं करना चाहती।"

"डिनर के लिए अभी से मेहमान आना शुरू हो जाएँगे। तुमको वापस आकर तैयार भी होना है। नादिर से कहो, आज पिक्चर गोल करे," बिलक़ीस ने कहा।

"अच्छा ··· " उसने फ़रमाँबरदारी से जवाब दिया।

अपने अमरीकन क्लासफ़ेलो से पैलेस की बार पर मुलाक़ात करने के बाद उसने काउंटर पर जाकर इरफ़ान को फ़ोन किया। अब उसे जल्द चाँदपुर हाउस वापस जाना चाहिए

---

1. सम्मान।

था, मगर उसका जी चाह रहा था कि वह शाम तनहा इरफ़ान के साथ गुज़ारे।

चंद मिनट बाद इरफ़ान आ गया। उसके साथ उसका दोस्त उस्मान भी था। वो तीनों जाकर लांज में बैठ गए।

सीता ने सुर्ख़ रंग कांजीवरम की सारी पहन रखी थी, और बहुत अच्छी लग रही थी। डिनर का वक़्त आ गया मगर वह बेपरवाही से बैठी बातें करती रही। इरफ़ान ने उसके क़रीब के सोफ़े पर बैठते हुए उसके सरापा[1] पर नज़र डाली और मुस्कुराकर पूछा :

मेला है चाँदगंज में सूरज-गहन[2] का आज
तुम किसलिए न ग़ैरते-शम्सो-क़मर[3] गए ?

वह हँसने लगी, "सचमुच आप उर्दूवालों में फँसकर मेरा तो, बक़ौल नादिर, कुंडा-शरीफ़ हो गया।"

"और उर्दूवाले भी कौन ... लखनउवा ... जो 'रिंद' और 'आरज़ू' से कम तो बात ही नहीं करते !" इरफ़ान के दोस्त ने कहा। कुछ देर बाद उसने सीता से इजाज़त ली और चला गया।

अब रात का अँधेरा छा गया था। पैलेस होटल के उस हिस्से में निस्बतन[4] ख़ामोशी थी। लोग लागोरमे की तरफ़ जा रहे थे।

"कॉफ़ी पियोगी ?" इरफ़ान ने पूछा। उसे मालूम नहीं था कि वह ग़रूबे-आफ़ताब[5] के बाद महज़ स्याह क़हवे पर इक्तफ़ा[6] करना पसंद नहीं करती। वह उसे ग़ौर से देखता रहा।

"तुम वाक़ई बहुत ख़ूबसूरत हो।"

"तसलीम।"

फिर उसने सीता के बालों पर नज़र डाली :

"तुम माँग में सिंदूर नहीं लगातीं ?"

"दरअस्ल ... वह ... मेरी सिंदूर की डिबिया ही कहीं खो गई कराची आने में–मँझली ख़ाला भी कई बार कह चुकी हैं कि दुल्हन तुमने सिंदूर लगाना क्यों छोड़ दिया। तुम्हारी सूनी माँग देखकर हौल आता है। उनकी ख़ातिर मैंने सोचा कि ज़रूर लगाऊँगी। मगर यहाँ मिल जाएगा सिंदूर ?"

"मालूम नहीं ... " इरफ़ान ने जवाब दिया। "तलाश करवा लो।"

"आप कहीं से ढूँढकर ला दीजिए, ... " फिर वह यकलख़्त चुप हो गई और उसका चेहरा सुर्ख़ हो गया। कैसी अजीबो-ग़रीब सूरते-हाल थी; उसने उस आदमी से सिंदूर लाने के लिए क्यों कहा जिसे वह जमील के नाम पर लगाएगी !

ओ माई गॉड ... वह दिल में क्या सोचता होगा इस वक़्त ! उसने तय किया कि उसे सारी बात बता दे।

"आपको मालूम नहीं ... ," उसने रुक-रुककर कहना शुरू किया। "मैं सिंदूर

---

1. पूरा शरीर; 2. सूर्यग्रहण; 3. सूरज-चाँद को ले जानेवाले; 4. अपेक्षाकृत; 5. सूर्यास्त; 6. संतोष।

किसके लिए लगाऊँ ! जमील मुझे छोड़ चुके हैं।" फिर वह त्यौरी पर बल डालकर और पलकें झपक-झपककर खिड़की से बाहर देखने लगी ताकि आँसू न निकलें।

"मुझे मालूम है," इरफ़ान ने धीमी आवाज़ में जवाब दिया। "मुझे जब किसी ने नहीं बताया था तब ही मालूम हो गया था। मैं पहले रोज़ जब तुमसे शामियाने के नीचे मिला था, मैंने तुम्हारी आँखों में पढ़ लिया था कि तुम कितनी दुखी हो ... आओ ... ।" वह एकदम उठ खड़ा हुआ, "चाँदपुर हाउस चलें। तुम्हें क़ैसर की दावत में देर से नहीं पहुँचना चाहिए। तुम उस घराने की बहू हो।"

"और आपको भी देर नहीं लगाना चाहिए। आप उस घराने के दामाद बननेवाले हैं।" सीता ने आहिस्ता से कहा। ... क्या करूँ ... क्या हो सकता है !

"बिलकुल नहीं ... तुम्हें मालूम है बिलक़ीस को मेरी ज़र्रा बराबर परवा नहीं।"

"और आपको ... आपको भी उसकी परवाह नहीं ?"

"क़तई नहीं ... मगर तुम्हें इसका यक़ीन करने की क्या ज़रूरत है ! चलो उठो, देर न करो !"

उस रात वह चाँदपुर हाउस के डिनर से जल्द वापस चला गया। घर पहुँचा तो देर तक नींद नहीं आई। सुनसान कमरा उसे काटने को दौड़ रहा था। आख़िर झुँझलाकर उसने उस्मान को फ़ोन किया :

"मैं आज़म की स्टैग पार्टी में जा रहा हूँ। तुम भी जिमख़ाना आ जाओ।"

उस्मान ने जवाब दिया, "मैं अब मज़ीद[1] किसी पार्टी में नहीं आ सकता।"

"यार, तुम आ तो जाओ। एक कोने में बैठकर तुम्हारी सीता ही की बातें करेंगे ... आओ हुस्ने-यार की बातें करें ... ।"

"अच्छा ... मैं पहुँचता हूँ।"

वह अपने फ़्लैट से उतरकर टहलता हुआ जिमख़ाना पहुँचा। उस्मान अभी नहीं आया था। वह बरामदे में बहुत दूर जाकर एक कोने में बैठ गया।

सीता ... सीता ...

" ... सीता जमील बड़ी ज़बरदस्त फ़्लर्ट मालूम होती है ... ," वह चौंक पड़ा। पाम के गमलों के उधर ज़ोर-शोर से गुफ़्तगू हो रही थी। शायद वही स्टैग पार्टी जा रही थी जिसके लिए उस्मान ने उसे मदऊ किया था।

वह आँखें बंद किए सुना किया।

"ऐसी देसी ख़ालिस Man-eater of Kumayon मालूम होती है !"

"और ऊपर से बनती प्रोग्रेसिव है।"

"सुर्ख़ों[2] के यहाँ तो इख़लाक़[3] का तसव्वुर[4] बहुत बुलंद है।"

"अच्छा !"

"रूसी तो इस सिलसिले में अच्छे-ख़ासे विक्टोरियन हैं।"

"बकवास ... उनमें सब चीज़ें मुश्तरक[5] होती हैं।"

---

1. और अधिक; 2. कम्युनिस्टों; 3. नैतिकता; 4. धारणा; 5. साझी।

“शायद आपको इल्म नहीं कि रूसियों को 'पानी के गिलास' की थ्योरी रद्द किए भी ज़माना हो गया।”

“आपको इन ख़ातून मुहतरमा ने ब्रेन-वाश कर दिया है।”

“अजी वह बेचारी क्या ब्रेन-वाश करेंगी ! मगर आप हज़रत उन लोगों में से हैं जिनके कुलूब[1] पर अल्लाह मियाँ ने मुहर लगा दी है। सच है, जहालत में बड़ी बरकत है।”

“मेरी समझ में नहीं आता कि एक इनसान की निजी ज़िंदगी को उसके सियासी अकाइद[2] की कसौटी पर क्यों कसा जाए ?”

“अफ़सोस कि महज़ उस लड़की से मिलकर जो इतनी कन्फ़्यूज़्ड है, आप सारी इश्तमाली[3] लड़कियों पर हुक्म लगा रहे हैं। बदक़िस्मती से यहाँ आई भी कौन ··· सीता जमील ··· इंडिया से यहाँ सिर्फ़ बी क्लास फ़िल्में मँगवाने की इजाज़त है और सीता जैसी phoney लड़कियाँ ··· ”

“ख़ैर ··· गाय को दूसरे के खेत की घास हमेशा ज़्यादा हरी नज़र आती है।”

“बोलती बहुत है। कल रहमान के वहाँ खाने पर घंटा-भर सबसे चौमुखी लड़ की।”

“सुना है, नाचती खूब है ··· कथाकली।”

“भई, औरतें कथाकली नहीं नाचतीं।”

“चलिए ख़ैर ··· मैं कोई भाँड तो हूँ नहीं जो मुझे नाच की अक़साम[4] मालूम हों।”

“बहुत अच्छी लड़की है भई ··· बस ज़रा पीती ज़्यादा है, बक़ौल-शख़्से[5] मछली की तरह पीती है।”

“यही तो उसकी एक अदा हमें पसंद आई।”

“वाह ··· जाने-आलम वाजिदअली शाह आप ही तो हैं।”

“हमने सुना है कि उसने अपने मियाँ को छोड़ दिया है।”

“अच्छा ··· तो मौका है ··· क़िस्मत आज़माई जाए ··· ओहो ··· उधर इरफ़ान साहब छिपे बैठे हैं। अरे भई इरफ़ान, क्या ख़याल है, तुम रौशनी डालो इस मामले पर ··· ”

“इरफ़ान साहब से बात करना बेकार है, वलीअल्लाह[6] आदमी हैं।”

वह ख़ामोशी से वहाँ से उठकर चला आया। दूसरी सुबह सीता उसे चाँदपुर हाउस के फाटक पर मिल गई।

“रात आप खाने के बाद इतनी जल्दी चले गए ··· यहाँ खूब गाना-वाना होता रहा,” उसने कहा।

“अच्छा।”

“मैंने आपको काफ़ी रात गए फ़ोन भी किया था। नौकर ने बताया, आप जिमख़ाना चले गए हैं।”

“अच्छा।”

“क्यों ··· आपको क्या हो रहा है ?” उसने ज़रा सहमकर पूछा।

“सीता !”

---

1. दिलों; 2. अवस्थाओं; 3. मिलनसार (सोशल); 4. क़िस्में; 5. किसी के कथनानुसार; 6. ईश्वरलीन।

"जी ...?"

"लोग तुम्हारे लिए तरह-तरह की बातें करते हैं। मुझे बिलकुल अच्छा नहीं लगता। क्या दिल्ली में भी लोग इसी क़िस्म की बातें तुम्हारे लिए करते हैं ?"

"ज़रूर करते होंगे। मुझे पता नहीं।"

"परवाह भी नहीं ... ?"

"उँह, ... " वह यकलख़्त झुँझला गई। वो बरामदे की सीढ़ियों तक पहुँच चुके थे। "अंदर चलिए, असबाब बँध चुका है। आपका इंतज़ार किया जा रहा है," उसने सर्दमेहरी से[1] जवाब दिया।

अंदर बाक़ायदा रोना-पीटना मचा हुआ था। कराची की रिश्तेदार बीबियाँ शादी में आई हुई हिंदुस्तानी बीबियों से गले मिल-मिलकर ज़ारो-क़तार रोने में मसरूफ़ थीं। बिलक़ीस सूँ-सूँ करती फिर रही थी। मर्द लोग भी नाक सुनक-सुनककर आँसू पोंछ रहे थे। मँझली ख़ाला लिपट-लिपटकर सबकी बलाएँ ले रही थीं।

इरफ़ान ने गैलरी के दरवाज़े पर खड़े होकर यह मंज़र देखा और उसे बेइख़्तियार हँसी आ गई।

सारे हिंदुस्तानी रिश्तेदार हवाई हजाज़ से वापस जा रहे थे। सिर्फ़ बिलक़ीस और सीता, नादिर और इरफ़ान के साथ लाहौर जानेवाली थीं। कराची से भी दो-तीन कज़िन लाहौर तक हमराह[2] जा रहे थे। सारी पार्टी बाहर आकर मोटरों में लदी। सीता बिलक़ीस के साथ नादिर की कार में बैठ गई। इरफ़ान ने दूसरे अज़ीज़ों[3] को अपनी शीव में भरा। "इमाम-ज़ामिन की ज़ामिनी" के गुल में मोटरें "फ़ोर्टी सेकंड स्ट्रीट" के टेढ़े-मेढ़े रास्ते से निकलकर ड्रग रोड पर आईं और ठठ के लिए रवाना हो गईं।

7

"नगर ठठ ... " नादिर ने शाहजहाँ की मस्जिद के सामने कार रोकते हुए गोया एनाउंस किया।

जब वो भरी दोपहर में जामा मस्जिद का चक्कर लगाकर "बनियों की गली" में से गुज़र रहे थे, उस वक़्त उन उजाड़ मकानों में जो सरकंडे और मिट्टी से बनाए गए थे, हवा यकलख़्त बहुत तेज़ी से सनसनाने लगी और ऐसा मालूम हुआ जैसे यह जगह दुनिया

---

1. शुष्क भाव से; 2. साथ; 3. रिश्तेदारों।

की सारी परेशाँ-हाल, आवारा, ग़रीबुल-वतन[1] रूहों का लरज़ाखेज़ मस्कन[2] है। सीता ख़ामोशी से पीछे-पीछे बिलक़ीस के हमराह चलती रही। कुछ देर बाद इरफ़ान उसके साथ चलने लगा।

"आपको मालूम है, इसका नाम ठठ क्यों है ?" उसने गागिल्स उतारते हुए इरफ़ान से पूछा।

"नहीं ⋯ "

"मुग़ल गवर्नर के ज़माने में यह शहर इतना बारौनक़ और इतना आबाद था कि यहाँ पूरे एशिया से आए हुए लोगों के ठठ के ठठ रहते थे।"

जब वो कारों में सवार होने लगे तो बिलक़ीस ने उससे चुपके से कहा, "तुम इरफ़ान की कार में बैठ जाओ। मैं ज़रा नसीम बाजी वग़ैरह से गप्पें हाँकना चाहती हूँ, लेकिन मैं उनकी कार में जाकर बैठी तो इरफ़ान और मैं, दोनों ख़्वाहमख़्वाह की कोफ़्त महसूस करेंगे। खुसूसन नसीम बाजी वग़ैरह के सामने ⋯ मैं उन सबको नादिर की कार में बुलवाए लेती हूँ।"

चुनांचे ठठ से रवाना होते वक़्त सीता को इरफ़ान की कार में बैठना पड़ा। तीनों रिश्तेदार नादिर और बिलक़ीस वाली कार में मुंतक़िल[3] कर दिए गए।

अब यह लोग सेहरा[4] में से गुज़र रहे थे। सीता ने इरफ़ान से पूछा, "आपने उस रोज़ मुझसे सवाल किया था कि मुझे कराची कैसा लगा ? अब यही सवाल मैं आपसे करती हूँ। मेरा सिंध आपको कैसा लगता है ?"

वह उस पर नज़र डालकर चुप रहा।

"अब मुझे यह सोच-सोचकर परेशानी हो रही है कि डैडी मुझसे मारे सवालों के नाक में दम कर देंगे। तुमने फ़लाँ जगह देखी ? फ़लाँ गाँव से गुज़री। मम्मी ने इतना कहा था कि अपनी कोठी देखकर आऊँ, किस हाल में है। मैंने वह भी नहीं देखी।"

"तुम्हारे डैडी कराची में क्या करते थे ?"

"डाक्टर थे ⋯ रामबाग़ में उनका क्लीनिक था।"

"रामबाग़ ⋯ ?"

"रामबाग़ कराची में है। आपने नहीं देखा ?"

"अरे हाँ ⋯ उसे अब आरामबाग़ कहते हैं।"

सामने से ऊँटों का क़ाफ़िला जा रहा था। एक बकरी सड़क पार करते हुए कार की ज़द[5] में आ गई तो उसने ज़ोर से ब्रेक लगाई। धचके की वजह से सीता तक़रीबन इरफ़ान के ऊपर जा गिरी।

"सॉरी," सीता ने घबराकर कहा।

"कुसूर मेरा था ⋯ बकरी का नहीं ⋯ अब ⋯ अब तुम्हारे डैडी दिल्ली में प्रेक्टिस करते होंगे।" इरफ़ान ने भी घबराहट में सिलसिल-ए-गुफ़्तगू[6] वहीं से जोड़ना चाहा।

---

1. बेवतन; 2. काँपता हुआ घर; 3. स्थानांतरित; 4. रेगिस्तान; 5. मार की सीमा, पकड़; 6. बातचीत का सिलसिला।

"जी नहीं ··· वह कई साल से बीमार हैं, इसलिए कुछ नहीं करते। मेरा छोटा भाई भिलाई की स्टील मिल में इंजीनियर हो गया है। उसी बेचारे की वजह से गुज़र होती है।"

"ओह !"

"वह सामने देखिए। हम लोग हैदराबाद जाते हुए अकसर उस दरख़्त के नीचे कार रोकते थे। यहीं पर एक बार मेरी टाँग में बड़ी चोट आ गई थी।"

वह चुपचाप कार चलाता रहा।

"क्या आपको इसका एहसास नहीं कि यह मेरा देस है? मेरे खेत! मेरे गाँव ··· मेरे पीरों के मज़ार।" उसने फ़िक्रमंदी से पूछा।

"मुझे मालूम नहीं था कि तुम इस क़दर सेंटिमेंटल हो," इरफ़ान ने कहा।

"अब कभी आप दिल्ली आइए तो रास्ते में जमुना के पुल पर से गुज़रते हुए मैं देखूँगी कि आप सेंटिमेंटल होते हैं या नहीं।"

"मैं यादों का रोग नहीं पालता ··· "

"अच्छा हुआ कि मुझे आपने यह बात बता दी ··· "

"दूसरी बात यह कि ··· मैं दिल्ली आने ही क्यों लगा ?"

"क्योंकि वहाँ आपकी ससुराल जो बननेवाली है।"

"लाहौल-विला-कूवत ··· फिर तुमने मायके-ससुराल का वज़ीफ़ा[1] शुरू कर दियां। औरतोंवाली फटीचर बातें।"

उसने कार की रफ़्तार तेज़ कर दी। वह बराबर नादिर की कार के आगे-आगे जा रहा था। और यह ख़याल रखता था कि उसके पीछे न होने पाए ताकि वो दोनों पिछलीवाली मोटर में बैठे हुए लोगों की नज़रों के सामने रहें।

किस क़दर मुहतात[2] आदमी है ! वाक़ई–सीता ने सोचा।

कुद देर ख़ामोशी रही। धूल उड़ाती हुई एक ट्रक क़रीब से निकल गई। अब वो एक क़दीम[3] क़ब्रिस्तान के बराबर से गुज़र रहे थे।

"सारा सिंध क़ब्रों का मुल्क है," इरफ़ान ने चंद लमहों के बाद इज़्हारे-ख़याल किया।[4]

"आपको पता है यह कितना पुराना मुल्क है ?" वह शायद उसकी मालूमात में इज़ाफ़ा करने पर तुली बैठी थी। वाक़ई बहुत बक्की लड़की है। यह कुछ देर चुपकी क्यों नहीं रह सकती ? मगर शायद इनसान अपनी घबराहट छिपाने के लिए मुतवातिर[5] बातें किए जाता है। थर्ड डिग्री का एक तरीक़ा यह भी है – इरफ़ान ने सोचा।

"नहीं ···" उसने ब-आवाज़े-बुलंद[6] कहा, "मैं तारीख़ में हमेशा कमज़ोर रहा हूँ।"

"मम्मी बताया करती थीं कि पुराणों में लिखा है कि राजकुमार सबी की औलाद बलूचिस्तान में फैली और अयोध्या के रामचंद्र के भाई भरत सिंधु देश की राजगद्दी पर बैठे। वह बड़े यक़ीन से कहती हैं कि महाभारत के बाद काली युग शुरू हो गया। इसी

1. जाप; 2. सावधान; 3. प्राचीन; 4. विचार व्यक्त किया; 5. लगातार; 6. ऊँची आवाज़ में।

वजह से पुराणों में सिंध का ज़िक्र नहीं मिलता।"

"अच्छा !? और बताओ।"

"मज़ाक़ मत उड़ाइए।"

"अरे ··· नहीं-नहीं, बताओ भई, मैं बहुत दिलचस्पी से सुन रहा हूँ।"

"यूनानी इस मुल्क को इंडिसेथिया कहते थे क्योंकि जुनूबी[1] सिंध के लोग आर्यन नहीं बल्कि सेथियन थे।"

"अच्छा ··· !? मुझे इन दोनों नस्लों का फ़र्क़ नहीं मालूम। भई, मैं बहुत जाहिल आदमी हूँ मगर तुम बोले जाओ। तुम्हारी आवाज़ सुनना मुझे बहुत अच्छा लगता है।"

"गुड गॉड !"

अब वो हैदराबाद के क़रीब पहुँच रहे थे। "वेस्ट एशिया से आए यही सेथियन लोग काठियावाड़ और राजस्थान तक फैल गए। जो बाद में अब राजपूत कहलाते हैं ना ··· "

"अच्छा।"

"प्राचीन ज़माने में मीरपुर ख़ास में ब्रह्मा की बड़ी सुंदर मूर्ति का मंदिर था और मुल्तान में सूर्य का मंदिर था। सहवान में पुराने आर्यों ने शिव के मंदिर बनवाए थे।"

"तुम कभी मंदिर गई हो ?"

"हाँ, बचपन में बहुत गई हूँ। टंडू आदम में अनगिनत शिवाले थे। हेमकोट में महादेव का मंदिर था। मैं अपनी मासी[2] के साथ एक बार गई थी और क्लिफ़टन पर जो मंदिर था वहाँ मैं शिवरात्रि के रोज़ मम्मी के साथ जाया करती थी। मेरी दादी काली की बहुत पूजा करती थीं। हमारे यहाँ काली का एक रूप थरमाई कहलाता है यानी थर रेगिस्तान की देवी।" फिर वह चुप हो गई। कुछ देर बाद उसने ख़ुद ही बात शुरू की, "मम्मी बड़ी रामभक्त हैं। कराची में थीं तो बड़ी तमन्ना थी कि तीर्थराम के लिए अयोध्या जाएँ। जब मैंने जमील से शादी कर ली तो उनको बताया कि जमील का गाँव अयोध्या से सिर्फ़ पाँच मील दूर है। कितनी अजीब बात है ना !"

"कोई ख़ास अजीब बात नहीं। तुम ज़िंदगी के हर मामूली से मामूली वाक़िये को भी हद से ज़्यादा ड्रैमेटिक बना देती हो।"

"ओ के ··· ओ के ··· आप मुझे बिलकुल मूर्ख समझते हैं। हमारे यहाँ सिंधी में एक कहावत है कि औरत की अक़्ल उसकी एड़ी में होती है और सूरज डूबने के बाद वहाँ से भी ग़ायब हो जाती है। आपका भी शायद यही ख़याल है ! ··· मगर मैं तो साधबेला भी जाऊँगी।"

"ज़रूर जाना भई। तुम जज़्बाती सफ़र पर निकली हो। अब क्या किया जा सकता है !"

"शट अप !"

"हलो ··· ज़रा मेरा अदब करो ··· "

"लाइक हेल* ···।"

---

1. दक्षिणी; 2. मौसी। * Like hell.

"एक बात बताओ।"

"जी।"

"तुम हिंदू लोग पीपल की शाख़ काटने पर इतना हल्ला क्यों करते थे ? हरदोई में जब भी ताज़िया पीपल में अटका और हुआ सर-फुटव्वल।"

"पीपल में महादेव जो रहते हैं।"

"ओ, आई सी !" वह खिलखिलाकर हँस पड़ा। फिर कुछ देर बाद उसने कहा, "पीपल की भी हमारी ज़िंदगियों में अजीबो-ग़रीब अहमियत थी। अम्माँ कहती थीं कि पीपल में चुड़ैलें रहती हैं। पीपल के नीचे शहीद मर्द के मज़ार होते थे। हरदोई में मेरे घर के सामने जो दरख़्त था, अम्माँ कभी हम बच्चों को दोनों वक़्त मिलते उसके नीचे नहीं जाने देती थीं कि साया न हो जाए, और रोज़ शहीद मर्द के मज़ार पर चिराग़ जलवाती थीं।"

उसकी आवाज़ जज़्बाती हो गई।

"अब सेंटिमेंटल कौन हो रहा है ?" सीता ने कहा।

"शट अप !!"

दूर से हैदराबाद के बादगीर[1] नज़र आने लगे।

"अब सूँ-सूँ करके रोना शुरू कर देना ... लो रूमाल।" इरफ़ान ने जेब में हाथ डालकर रूमाल निकाला।

वह हँस पड़ी।

सर्किट हाउस की सड़क पर कार मोड़ते हुए उसने सीता से कहा, "तुम मुझे सिंध का क़िस्सा सुना रही थीं वह पूरा करो। सेथियन लोग आए, फिर क्या हुआ ?"

वह हाथ पर हाथ रखकर संजीदगी से बैठ गई गोया यूनिवर्सिटी लाइब्रेरी में मौजूद हो। "फिर यहाँ बुद्ध मत खूब फैला और यहाँ सारस्वत ब्राह्मण रहते थे और राजपूत और जाट। अरोड़ शहर के बासी, मुसलमानों के हमले के वक़्त पंजाब भाग गए। मेरी मम्मी लाहौर की अरोड़ा हैं। सिंधी लोग मुसलमान होने के बाद भी अपने पुराने मज़हब की इज़्ज़त करते रहे। बेशुमार दरगाहें बन गईं। उन सब पीरों का एक-एक नाम हिंदू था और एक-एक मुहम्मडन।"

"अच्छा वाक़ई !"

"हाँ। राजा भर्तृहरि लाल शहबाज़ बने। पीर पट्टू पीर सुल्तान। ज़िंदा पीर ख़्वाजा ख़िज़र, औदेरू लाल शेख़ ताहिर बन गए। लालू जसराज मंघू पीर बने।"

"मंघू पीर ... अरे वही कराचीवाले मंघू पीर ?"

"जी हाँ।"

"भई, कमाल है !"

"कभी आप मेरे डैडी से मिलिए तो वह आपको ये सब क़िस्से सुनाएँगे। उनको सिंध की हिस्ट्री बहुत मालूम है। अब भी अकसर बैठे *छछनामा* पढ़ा करते हैं।"

"और बताओ।"

---

1. हवादार दरीचे।

"बस ! जैसे हिंदुओं के यहाँ हर चीज़ के लिए कोई न कोई देवी-देवता ईजाद कर लिया जाता है उसी तरह मुसलमानों के यहाँ हर चीज़ के लिए अलग-अलग पीर बन गए। रागों के पीर, मिट्टी के बरतनों के पीर, पँगोड़े के पीर, सारा सिंध पीरों का देस बन गया। साँपों का मंत्र जाननेवाले जोगी सब मुसलमान होते थे मगर शिव के फ़िरके से ताल्लुक़ रखते थे और गोरखनाथ को मानते थे। उसके साथ ही साथ रमज़ान का महीना हिंदुओं के लिए पवित्र बन गया और वो ताज़ियों के सामने नज़्रो-नियाज़[1] चढ़ाने लगे। आपकी तरफ़ भी यही सब होता था ?"

"हाँ।"

"मज़हब ने वाक़ई हम लोगों के लिए पहले सैकड़ों बरस तक अफ़ीम का काम किया है और उसके बाद गोले-बारूद का ... "

"अब तुम अपनी तक़रीर मत शुरू करो। मुझे सख़्त भूख लग रही है। सर्किट हाउस पहुँचते ही खाने का इंतज़ाम करो ... "

"आपको समझाना बिलकुल बेकार है। रिएक्शनरी !"

रात को खाने के बाद नादिर ने सीता को सिगरेट जलाकर दिया, और वह और बिलक़ीस और दूसरे लोग बातें करते हुए ड्राइंगरूम में चले गए। वह मेज़ पर बैठी गुलदान में से एक फूल निकालकर उसकी पंखड़ियाँ अलग करती रही। इरफ़ान सामने की कुर्सी पर नीमदराज़,[2] उसे सिगरेट के कश लगाते देख रहा था।

"मुझे नहीं मालूम था कि तुम सिगरेट भी पीती हो ... "

"इस 'भी' का क्या मतलब !"

"कुछ नहीं ... तुम ... तुम इस वक़्त ज़रूरत से ज़्यादा उदास हो। तुमने यहाँ का बाग़ देखा। कितना खूबसूरत है !"

"जी ... "

"आज चाँदनी रात है, इसलिए और ज़्यादा अच्छा लग रहा है।"

"जी ... "

ड्राइंगरूम में से क़हक़हों की आवाज़ें आ रही थीं।

इरफ़ान की समझ में न आया कि उसे किस तरह खुश करे। नफ़सियात[3] की किताबों में लिखा है कि अगर इनसान की उलझनें दूर करना हो तो उससे उसके बचपन की बातें करो।

"मुझे कुछ अपने बचपन के मुतल्लिक़ बताओ", उसने बड़े माहिरे-फ़न[4] की तरह कहा।

"आप तो इस तरह पूछ रहे हैं जैसे युग की रूह आप ही में हुलूल कर गई[5] है।"

"हा हा हा !" वह फिर अपनी खोखली हँसी हँसा।

"फिर आप अपने बचपन के मुतल्लिक़ बताएँगे ... माफ़ कीजिए यह बड़ी पिटी-पिटाई और घिसी-घिसाई सिचुएशन है।"

"लाहौल-विला-कूवत ! तुम तो कोई बात करने ही नहीं देतीं। तुम्हें बैरिस्टर होना चाहिए था।"

---

1. भेंट-मन्नत; 2. अधलेटा; 3. मनोविज्ञान; 4. विशेषज्ञ; 5. समा गई।

जमील ने भी उसे अपने बचपन के मुतल्लिक़ बताया था। उसने बड़ी जज़्बाती आवाज़ में कहा था– "हमारा घर घाघरा से ज़रा दूरी पर है। मेरी अम्माँ खाना बहुत उम्दा पकाती हैं। मेरी छोटी बहन का नाम क़ैसर है, बड़ी सख़्त चुड़ैल है। अब वह बड़े भैया के साथ पाकिस्तान चली गई है। एक दफ़ा मैंने उसे कोठे पर ले जाकर बंद कर दिया और नीचे से कुंडी चढ़ा दी। फिर मेरी ख़ूब ठुकाई हुई। मेरी दो ख़ालाएँ हैं। फ़रख़ंदा बाजी छोटी ख़ाला ही की लड़की तो हैं। फ़रख़ंदा बजिया बहुत देशभक्त और ग्रेट आदमी हैं। बिलकुल देवी हैं, एकदम। तुम उनसे दिल्ली में कभी मिलने नहीं गईं। मैं चाहता हूँ कि तुम भी उनकी ऐसी बन जाओ। उनकी छोटी बहन का नाम बिलक़ीस है। मैं और बिलक़ीस तुलसीपुर में बड़े अब्बा की बगिया में जाकर ख़ूब अमरूद चुराते थे और जब क़ैसर की बच्ची जाकर चुग़ली खाती तो ··· "

"फ़िज़ूल ··· फ़िज़ूल ··· "

मगर दफ़अतन उसने महसूस किया कि उसके तल्ख़ लहजे ने इरफ़ान को रंजीदा कर दिया है। उसने इरफ़ान के ख़ुलूस का जवाब बदतमीज़ी से दिया था और वह उसे नाराज़ करना नहीं चाहती थी। (वह तो जमील को भी नाराज़ करना नहीं चाहती थी। फिर यह क्या हुआ !?)

"मैं ··· मैं इसी हैदराबाद में पैदा हुई थी," उसने ज़रा एहसासे-जुर्म के साथ कहना शुरू किया और पलकें उठाकर उसे देखा कि वह सुन रहा है कि नहीं ··· "हम चार बहन-भाई थे, हम चार ··· " फिर उसकी आवाज़ हलक़ में अटक गई।

"दरअस्ल ··· " इरफ़ान ने उससे कहा, "मैं तक़सीम[1] से पहले कभी सिंध नहीं आया। इसीलिए इस तरह कुरेद-कुरेदकर तुमसे सवालात कर रहा हूँ। मुझे कुछ मालूम नहीं कि मुत्तहिदा[2] हिंदुस्तान में लाहौर और पेशावर और कराची और हैदराबाद सिंध कैसी जगहें थीं और उनके बाशिंदे ··· "

"इन जगहों में से एक की बाशिंदी तो मैं खुद ही आपके सामने मौजूद हूँ।"

'बाशिंदी' पर वह बेइख़्तियार हँस पड़ा। "वल्लाह, ख़ूब शै[3] हैं आप भी ··· " फिर उसने कहा, "दरअस्ल सीता ··· तुम मुझे बेहद ग़ैर-जज़्बाती समझती हो मगर जलावतनी[4] का मसला मुझे भी बहुत परेशान करता है। मग़रिबी बर्लिन में, हांगकांग में हर जगह मैंने पनाहगुज़ीनों[5] को देखा है। अमरीकन शहरों में मशरिक़ी यूरोप से भागे हुए लोगों से मिला हूँ। जॉर्डन में फ़िलिस्तीनी मुहाजिरों[6] की हालत देखी है ··· और जो मैं बात-बात पर तुमसे उलझता हूँ और तुम्हारी हर बात मज़ाक़ में टालना चाहता हूँ, उसकी वजह यह है कि हम एक ऐसे दौर में ज़िंदा हैं जिसमें चालीस करोड़ इनसानों की नफ़सियात यकसर बदल गई है, उनके ख़यालात, नज़रिये,[7] जज़्बात, रद्दे-अमल[8] ··· मेरे और तुम्हारे दरमियान अब कोई क़द्रे-मुश्तरक[9] बाक़ी नहीं। मुझे कुछ मालूम नहीं कि तुम लोग क्या सोचते हो ? क्या पढ़ते हो; क्या करते हो ? जब बिलक़ीस अपनी थिएट्रिकल मसरूफ़ियात[10] का ज़िक्र करती है, मुझे लगता है किसी दूसरे कुर्रे[11] की बातें सुन रहा

---

1. (देश का) विभाजन; 2. एकीकृत; 3. चीज़; 4. वतन छोड़ना; 5. शरणार्थियों; 6. अपना देश छोड़ कहीं और जानेवाले; 7. दृष्टिकोण; 8. प्रतिक्रियाएँ; 9. साझा जीवनमूल्य; 10. व्यस्तताओं; 11. ग्रह।

हूँ। छोड़ो हमने फिर पॉलिटिक्स शुरू कर दी जिससे मुझे नफ़रत है।"

"आप मेरे बचपन के मुतल्लिक़ पुछ रहे थे।"

"हाँ ··· हाँ ··· "

"हम चार बहन-भाई थे ··· ," उसने फ़रमाँबरदारी से फिर बच्चों की तरह गोया सबक़ सुनाना शुरू कर दिया। "पहले हम हैदराबाद में रहते थे। हैदराबाद में हमारा मकान था जो हमारे दादा ने बनवाया था। फिर हमारे डैडी ने कराची में प्रेक्टिस शुरू कर दी और वहाँ कोठी भी बनवा ली। मैं ग्रामर स्कूल और उसके बाद जोसफ़ कालिज में पढ़ती रही। हमारा बहुत बड़ा ख़ानदान था। रिश्ते के चाचे और मामे और मासियाँ। इनमें से कुछ आमिल कालोनी में रहते थे और कुछ लाड़काना और हैदराबाद में। मेरा भाई सिर्फ़ एक है और दो बहनें हैं; ये तीनों पार्टीशन के समय काफ़ी छोटे-छोटे-से थे।" फिर उसकी आवाज़ उदास होती चली गई, "जब पार्टीशन हुआ तो हम लोग जहाज़ पर बैठकर काठियावाड़ के एक पोर्ट पर जा उतरे। अगस्त के बाद अगले तीन महीनों में लाखों शरणार्थी हवाई जहाज़, रेल और समंदर के ज़रिये यहाँ से गए थे ··· "

"उस ज़माने में ट्रेन चलती थी ?"

"जी हाँ, स्पेशल रिफ़्यूजी ट्रेन चलाई गई थी जो मीरपुर ख़ास से मारवाड़ जंक्शन तक जाती थी। वहाँ ट्रांजिट कैंप क़ायम कर दिए गए। जो लोग यहाँ से गए वो ज़्यादातर शहरी पेशेवर थे। ज़मीनों पर बसाना उन्हें बहुत मुश्किल था। ये सबके सब बंबई प्रेसिडेंसी, मध्यप्रदेश और राजस्थान के रिफ़्यूजी कैंपों में भेज दिए गए। मेरे रिश्तेदार भी अहमदाबाद, जोधपुर, विंध्यप्रदेश, जाने कहाँ-कहाँ बिखर गए। बहुत-से सिंधी शरणार्थी भोपाल भेज दिए गए।"

"तुम लोग कहाँ रहे ?"

"हम पहले गाँधीधाम में रहे, फिर उल्हासनगर में। ये सिंधियों के लिए नए सेटिलमेंट बसाए गए थे। गाँधीधाम में ही डैडी बहुत सख़्त बीमार पड़ गए, सारे सिंधी शरणार्थियों की तरह इनको भी दो साल तक माली इमदाद दी जाती रही। 1950 के शुरू में यह इमदाद बंद हो गई। कुछ कैंपों में बीमारों और बूढ़ों को रखा गया था। डैडी भी चंद रोज़ के लिए वहाँ भेज दिए गए। उसके बाद हम दिल्ली आ गए। उस वक़्त तक सब शरणार्थी कारोबार की तलाश में सारे हिंदुस्तान में फैल चुके थे।" उसने एक लंबा साँस लिया।

ड्राइंगरूम में अब रमी शुरू हो गई थी। इरफ़ान ने सिगरेट जलाया लेकिन उसे पेश नहीं किया।

"अब हम वो लोग हैं जिनका कोई देस अपना नहीं। पंजाबियों को कम-अज़-कम मशरिक़ी पंजाब तो मिल गया।"

"तुम्हारे डैडी अब कुछ नहीं करते ?"

"नहीं, मैंने बताया तो वह मुस्तक़िल बीमार रहते हैं। हम आमिल लोग ज़्यादातर डाक्टर, वकील, प्रोफ़ेसर, इसी तरह के लोग थे। जैसे आपके हाँ कायस्थ होते हैं ना यू. पी. में, उसी तरह की यह कास्ट थी। कल्होड़ा और तालपुर अमीरों की हुकूमत में यही

लोग सारा एडमिनिस्ट्रेशन करते थे। इसलिए आमिल कहलाने लगे।"

"तुम लोग क्या हो ... बरहमन ... ?"

"नहीं भाई, आमिल खत्री होते हैं, मगर इस हिजरत की वजह से सारे तबके उलट-पलट हो गए। आमिलों और बरहमनों को भी वहाँ फुटपाथ पर दुकानें खोलना पड़ीं। पुरानी रीति-रस्में, पीर, फ़कीर, दरगाहें, मंदिर सब यहीं रह गए। यहाँ का अस्ल मज़हब सूफ़ीज़्म था। उस सूफ़ीज़्म के असर से हम लोग कट्टर क़िस्म के मज़हबपरस्त कभी नहीं रहे।"

चंद मिनट तक वह मेज़ की चादर पर काँटे से लकीरें खींचती रही।

"तुम सिंधी पढ़ लेती हो ?"

"अरे बिलकुल। आप क्या समझते हैं, मैं इतनी मेमसाहब हूँ कि अपनी ज़बान नहीं जानती ? आपने तो यहाँ सिंधी ज़रूर सीख ली होगी।"

"नहीं," इरफ़ान ने ज़रा झिझककर जवाब दिया। फिर पूछा, "तुम्हारा मज़मून डाक्टरेट के लिए क्या था ?"

"यही 1947 के बाद हिंदुस्तान का समाजी इनक़लाब। आपके यहाँ भी इस सब्जेक्ट पर बहुत काम हो रहा होगा। मुझे कुछ किताबों के नाम बताइएगा। मेरा मौज़ू[1] 'पंजाब के शरणार्थी' था।"

"अब बारह बज रहा है सीता। जाकर सो रहो।"

"बहुत अच्छा," वह उसी फ़रमाँबरदारी से उठी और उसे शब-ब-ख़ैर[2] कहकर अपने कमरे की तरफ़ चली गई।

सुबह को वह नाश्ते के बाद बरामदे में खड़ी थी। इतने में सर्किट हाउस का माली फूलों की डाली लेकर आया। इरफ़ान उसके क़रीब ही खड़ा था। "बेगमसाहब के लिए फूल लाया हूँ साहब," माली ने कहा।

"अच्छा, दे दो बेगमसाहब को ... "

वह तेज़ी से अंदर चली गई।

मोटरों में सवार होते वक़्त इरफ़ान ने उससे कहा," कल तुमने बेहद मेरा दिमाग़ चाटा है। आज ज़रा मैं आराम करना चाहता हूँ, इसलिए तुम नादिर के साथ जाओ।"

जिस वक़्त वो लोग ख़ैरपुर से गुज़र रहे थे, सीता ने दफ़अतन कहा, "मैं पीर अल्लाहबख़्श जमाली से मिलना चाहती हूँ।"

सबने उसको सवालिया नज़रों से देखा।

उसने बैग से नोटबुक निकालकर अता-पता बताया, "डैडी के दोस्त थे। डैडी ने कहा था, और किसी से नहीं तो कम-अज़-कम उनसे ज़रूर मिलना।"

बहुत देर तक वह पीर अल्लाहबख़्श जमाली की कोठी ढूँढते फिरे।

---

1. विषय; 2. शुभरात्रि।

"चलो, सर्किट हाउस पहुँचकर वहाँ से मालूम करवा लेंगे।" बिलक़ीस ने तजवीज़ किया।

स्टेट गेस्ट हाउस जाते हुए उन्हें पीरसाहब की कोठी नज़र आ गई।

शाम की चाय के बाद दफ़अतन अँधेरा हो गया। "मैं भूल गया था कि जाड़ों के ज़माने में सूरज जल्दी डूब जाता है," नादिर ने कहा। "चलिए, अब आपको आपके पीरसाहब के यहाँ छोड़ आएँ। इरफ़ान भाई, आप भाभीजान को ले जाइए। हम सबकी पूरी बरात जाने की क्या ज़रूरत है !"

"अब तुम फिर मेरे सर पर सवार हो गईं," इरफ़ान ने कार का दरवाज़ा खोलते हुए उससे कहा। "मेरा ख़याल था कि अब छुटकारा मिल गया।"

पीरसाहब की कोठी की बरसाती में पहुँचकर उसने सीता से कहा, "तुम अंदर हो आओ; मैं घंटे-भर बाद आकर ले जाऊँगा।"

"वाह, आप क्यों नहीं साथ चलते ?"

"मुझे सिंधियों से मिलते हुए घबराहट होती है," इरफ़ान ने झेंपते हुए कहा।

"अच्छा जी !"

"भई, तुम ही बतलाओ। वह होंगे पुरानी क़िस्म के असली ते वड्डे वडेरे। न मैं उनकी समझूँगा, न वह मेरी। और यह तो बड़े ग़ज़ब की बात होगी कि बाहर से आकर तुम्हें उनके जज़्बात की तरजुमानी[1] करना पड़े।"

सीता कार में बैठे-बैठे बाग़ के घने दरख़्तों को देखती रही, "मैं बचपन में डैडी के साथ यहाँ आया करती थी। डैडी पीरसाहब के फ़ैमिली डाक्टर थे। हमारे दादा हैदराबाद के मशहूर वकील थे। हरबख़्श मीरचंदानी का नाम आपने अब भी सुना होगा।"

उसने यह नाम कभी नहीं सुना था। लिहाज़ा सिगरेट जलाकर ख़ामोश रहा।

"दादाजी पीरसाहब के क़ानूनी मुशीर[2] थे। दूसरे वडेरों की तरह पीरसाहब भी मुस्तक़िल मुक़द्दमे लड़ा करते थे।" इरफ़ान ने हार्न बजाया। मगर चारों तरफ़ सन्नाटा था। सीता ने फिर बात शुरू की, "आपको मालूम है ?"

"नहीं मालूम ··· ," इरफ़ान ने तबस्सुम[3] के साथ उसकी बात काटी।

"आपको मालूम है अंग्रेज़ों के ज़माने में हिंदुओं ने खूब तरक़्क़ी कर ली और हिंदू महाजनों के पास मुसलमान तक़रीबन गिरवी हो गए ! सिंधी मुसलमानों की कोई मिडिल क्लास नहीं बनी और यह वडेरे लोग उसी तरह अपनी फ़्यूडलिज़्म में क़िलाबंद बैठे रहे और शायद अब भी उसी तरह बैठे हैं।"

"सारे हिंदुस्तान के हिंदू-मुसलमानों की यही एक-सी कहानी थी। शायद इसी वजह से पाकिस्तान बना," इरफ़ान ने जवाब दिया।

"बचपन में मैं पीरसाहब की बीवियों के ज़ेवर और लिबास देखकर मसहूर हुआ करती थी।[4] यह लोग किस क़दर बैकवर्ड और कितने दौलतमंद हैं, इसका आपको अंदाज़ा ही नहीं हो सकता।"

---

1. प्रवक्ता का काम; 2. सलाहकार; 3. मुस्कान; 4. रोब खाती थी।

एक मुछैल सिंधी मुलाज़िम, बड़े घेर की स्याह शलवार में मलबूस, अंदर से निकला। उसने हाथ जोड़कर नौवारदों[1] को सलाम किया और ड्राइंगरूम में ले गया। सीता फ़ौरन अंदर ज़नानख़ाने में चली गई। इरफ़ान एक सोफ़े पर बैठ गया। कमरा बेशक़ीमत फ़र्नीचर से अटाटूट भरा हुआ था। फ़र्श पर आलातरीन क़ालीन बिछे थे। दबीज़[2] रेशम के पर्दों पर सुनहरी डोरियाँ बँधी थीं। कुछ देर बाद घनी दाढ़ी और ग़िलाफ़ी आँखों वाले पीर अल्लाहबख़्श जमाली अंदर से तशरीफ़ लाए। झुककर दोनों हाथों से इरफ़ान से मुसाफ़ा किया[3] और ख़ामोशी से सोफ़े पर बैठ गए। इतने में ठोस चाँदी के टी सेट में चाय आ गई और उन्होंने इधर-उधर की चंद बातों के बाद मुल्की सियासत की बुल-अजबियों[4] पर गुफ़्तगू शुरू की। यह सर फ़िरोज़ ख़ान नून की वज़ारत[5] का ज़माना था और मुल्क में शदीद[6] अफ़रातफ़री मची हुई थी।

फिर वह उठकर अंदर गए और सीता को साथ लेकर वापस लौटे और बड़े रेशमी रूमाल से आँसू पोंछ-पोंछकर सीता के सर पर हाथ फेरा किए। जब सीता पीरसाहब से सिंधी में बातें कर रही थी उस वक़्त इरफ़ान को शिद्दत[7] से महसूस हुआ कि वह इस जगह पर कितना अजनबी है।

मुछैल मुलाज़िम ने बड़ा-सा अटैचीकेस कार में रखा।

कार स्टार्ट करने के बाद इरफ़ान ने मज़ाक़न पूछा, "बहुत ज़बरदस्त तोहफ़े मार लाईं।"

"मैंने देखे नहीं, उन्होंने डैडी, मम्मी और मेरे लिए अलग-अलग जाने क्या-क्या चीज़ें दी हैं। बहुत क़ीमती सामान ही होगा। ये लोग बेहद जज़्बाती और बेहद दयालु हैं।"

"तुम जज़्बात की इतनी क़द्र करती हो और ऊपर से बनती इतनी मंतक़ी[8] हो ··· फ्राड ··· !!"

दूसरे रोज़ उन लोगों का क़ाफ़िला ख़ैरपुर शहर से गुज़र रहा था। सड़क के दोनों जानिब[9] पुरानी ईंटों की उदास इमारतें थीं जिनकी मेहराबों के नीचे बूढ़े, बावक़ार,[10] दराज़-रीश[11] मुसलमान सिंधी में बातें कर रहे थे। ये लोग बात-बात पर हाथ जोड़ते थे और धीमी-धीमी आवाज़ और सोते-सोते मौसीक़ी-रेज़[12] लहजे में गुफ़्तगू करते थे। बड़ी अजीब उदास, नर्म धीमी-धीमी तहज़ीब[13] थी जो इरफ़ान ने इस मुल्क में नौ साल तक रह चुकने के बावजूद अब तक नहीं देखी थी।

"कमाल है," अदालत के सामने गियर बदलते हुए उसने सीता से कहा। "वाक़ई अजीब-सी बात है कि मैं इस मुल्क का बाशिंदा हूँ और तुम ग़ैर-मुल्की हो।"

"लेकिन मुझे अब इस सूरते-हाल[14] की आदत पड़ चुकी है। पिछली मर्तबा जब मैं न्यूयार्क से ज़मील के साथ हिंदुस्तान आई थी तो मँझली ख़ाला अपने भांजे से मिलने के लिए कराची से फ़ैज़ाबाद आ गई थीं और उन्होंने मुझे सारे लखनऊ की सैर कराई थी

---

1. नवागंतुकों; 2. भारी-भरकम; 3. हाथ मिलाया; 4. आश्चर्य भरी बातों; 5. मंत्रिमंडल; 6. तीव्र, घोर; 7. तीव्रता; 8. तर्कशास्त्री; 9. तरफ; 10. सम्मानित; 11. लंबी दाढ़ियों वाले; 12. संगीतमय; 13. सभ्यता; 14. स्थिति।

और तुलसीपुर और चाँदपुर की पुरानी रीति-रस्मों से रूशनास[1] कराया था। मगर फ़ैज़ाबाद से लखनऊ पहुँचते ही मुझे एक ग़ैर-मुल्की की हैसियत से उनको पुलिस स्टेशन में अपनी आमद और उसके बाद रवानगी की इत्तला दर्ज करवानी पड़ी थी।"

सिंध के शहरों में हर तरफ़ उदासी और बेरंगी और रेत और धूल थी। अंग्रेज़ी अह्द[2] की यादगार, ज़िलों की इमारतें सिविल लाइंस की गर्द-आलूद सड़कों के किनारे ख़ामोश खड़ी थीं। अंग्रेज़ सारे बर्रे-सग़ीर[3] में, पेशावर से लेकर मद्रास तक और बिहार से लेकर सिंध तक, अज़ला[4] के तर्ज़े-तामीर[5] और माहौल और मसाइल[6] का यकसाँ[7] पैटर्न बनाकर जा चुके थे। वही कचहरियाँ, वही बाग़ात, वही डाकबँगले, वही रेलवे स्टेशनों के कोलतार से लिपे ऊँची डाट वाले वेटिंगरूम और उनका यकसाँ भद्दा फ़र्नीचर।

सक्खर का यह सर्किट हाउस जिसमें वो सब अभी आनकर उतरे थे, बुलंदशहर या विलासपुर या गया, किसी भी जगह उठाकर रखा जा सकता था। वही ख़ानसामाँ था जिसने लपकते हुए सामने आकर बड़े साहब को सलाम करने के बाद पूछा था कि छोटा हाज़िरी किस वक़्त खाएँगे। उसका नाम था रसूलबख़्श या गुरबचन। माली का नाम चिराग़दीन था या रामखिलावन। मगर दुनिया तब्दील हो चुकी थी। इनसान बदल गए थे। क्या वाक़ई इनसान बदल गए थे ? इस सवाल का जवाब दयानत[8] से देने के लिए कोई भी तैयार नहीं था।

"मैं साधबेला जाऊँगी। मैं वहाँ हमेशा सालाना मेले में जाती थी। ख़ूब म्यूज़िक कंपटीशन होते थे," सीता ने दोहराया।

शाम के वक़्त वो लांच में बैठकर दरिया उबूर करने[9] लगे। दूर साधबेला का टापू बड़े जहाज़ की तरह लहरों के वस्त[10] में खड़ा था। किनारे पहुँचकर वो सीढ़ियाँ चढ़े। किनारे पर बड़ा-सा पैविलियन था जिसकी दीवारों पर कबीर की बानियाँ मुनक़्क़श[11] थीं। टीलों पर इमारतें सुनसान पड़ी भाँय-भाँय कर रही थीं। छोटे-बड़े मंदिर और शिवाले, लड़कों का हास्टल, क्लब हाउस, सीता इरफ़ान को साथ लिए चारों तरफ़ घूमती फिरी। पार्टी के दूसरे लोग थककर नीचे एक बेंच पर बैठ चुके थे।

"मुझे भाभीजान पर बड़ा तरस आता है," सीता को एक अँधेरे मंदिर की सीढ़ियाँ चढ़ते देखकर नादिर ने आहिस्ता से कहा।

मंदिरों की दीवारों पर अजीब-अजीब ख़ौफ़नाक और मुज़हका-ख़ेज़[12] शक्लोंवाली मूर्तियों के नीचे पेंसिल से उर्दू में तरह-तरह के जुमले लिखे हुए थे।

"देवी माँ, मैं हिंदुस्तान जा रहा हूँ। मुझ पर अपनी दया रखना। 12 नवंबर, 1947 ई.।"

"भगवान, मैं आज तुम्हारी शरण छोड़कर इंडिया भाग रहा हूँ, मुझे माफ़ कर दो। 15 सितंबर, 1947 ई.।"

"माता, मैं तुमको छोड़ रहा हूँ। अब कभी प्रसाद न चढ़ा सकूँगा। मेरे बच्चों पर दया करती रहना। 19 दिसंबर, 1947 ई.।"

---

1. परिचित; 2. युग; 3. उपमहाद्वीप; 4. ज़िलों; 5. निर्माण का ढर्रा; 6. समस्याएँ; 7. एक जैसा; 8. ईमानदारी, साफ़दिली; 9. पार करने; 10. बीच; 11. नक़्क़ाशी की हुई; 12. हास्यास्पद।

सीता और इरफ़ान ढूँढ-ढूँढकर इन दर्दनाक जुमलों को पढ़ते फिरे, यहाँ तक कि सूरज मेहरान की लहरों में डूब गया।

दूसरे टीले पर बरगद के नीचे एक और तारीक[1] मंदिर था। अंदर घुप अँधेरे में रेशमी कपड़ों में मलबूस राधा की क़दे-आदम[2] मूर्ति औंधी पड़ी थी। इरफ़ान को बड़ी वहशत हुई। "अब बाहर चलो," उसने जल्दी से कहा।

नीचे उतरकर क्लब हाउस की मरमरीं सीढ़ियों पर बैठते हुए सीता ने यकलख़्त उससे पूछा, "यह जगह भूतों का शहर नहीं है ? ··· मेरी दादी मुझसे अकसर कहा करती थीं, आज मैंने तेरे लिए बड़ा अच्छा सपना देखा। रात किसी गोसाईं की नेक आत्मा घर के ऊपर से गुज़री होगी ··· या आज मैंने बड़ा बुरा सपना देखा ··· किसी मोची की बदरूह[3] पिछवाड़े से गुज़री होगी। उनका कहना था कि बाज़[4] बदरूहें बच्चों की शक्ल में निकलती हैं और उनके हाथों में चार-चार उँगलियाँ होती हैं। और बदरूहें हवा में चिराग़ों की तरह भी उड़ती हैं ? ··· उधर देखिए, कहीं हवा में चिराग़ जल रहे हैं ? साधबेला मेरी सारी क़ौम का क़ब्रिस्तान है।"

वह उठकर दूसरी सीढ़ी पर जा बैठी, "कैसा अँधेरा है। इस अँधेरे में मेरी सारी आरज़ुएँ, सारे आदर्श, सारे पछतावे अगिया भत्ताल[5] की तरह जगमगाते हैं ··· अभी मैंने आँखें बंद कीं तो मुझे ऐसा लगा जैसे भैरव की सवारी का कुत्ता, लकड़बग्घे पर सवार होकर क़ब्रिस्तानों की तरफ़ जानेवाली चुड़ैलें, हज़ारों बरस की मरी हुई रूहें, इन सबने मिलकर मुझे चारों ओर से घेर लिया है और मैं बहुत जल्द मर जाऊँगी।" उसने सहमकर इरफ़ान का हाथ थाम लिया।

"हमारे यहाँ एक बड़ी डरावनी रस्म थी," उसने चंद लम्हों के बाद फिर कहना शुरू किया, "कि अगर कोई आदमी कुँवारा मर जाए तो उसे सुर्ख़ कपड़ों में लपेटकर शमशान ले जाते थे और ज़ोर-ज़ोर से ढोल बजाया जाता था। गोया मौत के साथ-साथ उसका ब्याह भी हो गया।

"यह सामने जो सिंध बह रहा है, हमारे लोगों का अक़ीदा[6] था कि उसके पच्छिम में जहाँ चाँद डूबता है, मौत का देस है और हर सिंधी जो मरता है, उस गऊ माता पर जो उसने ज़िंदगी में बरहमनों को दान दी ··· उसकी दुम से चिमटा हुआ उस दरिया पर से गुज़र जाएगा। भादों की पूरनमासी में उसकी आत्मा उस नाव पर सवार होकर वापस आती है जो उसके घरवाले पूरनमासी से दो रोज़ पहले सिंध दरिया में छोड़ देते थे।

"चैत के महीने में बड़ा भारी मेला होता था। दरअस्ल हमारा सबसे बड़ा ख़ुदा यही दरिया था क्योंकि रेगिस्तान में बहता था; जिस तरह प्राचीन मिस्रवाले नील को देवता मानते थे। इसी सक्खर में मछली की पीठ पर सवार दरिया देवता का मंदिर था। इसी को मुसलमान दरिया पीर और ख़्वाजा ख़िज़र कहते थे। जुनूबी पंजाब के हिंदू इसे दरिया साहब कहते थे ··· ज़रा सोचिए कितने फ़ैसिनेटिंग अक़ीदे थे। नाग देवता के लिए यह तय था कि वह ठठ के आगे सिंध के किनारे रहता है।"

उस रात वह सक्खर बैराज पर खड़ी देर तक सिंध दरिया की कहानी सुनाती रही

---

1. अँधेरा; 2. आदमी के क़द जितनी; 3. बुरी आत्मा; 4. कुछ; 5. अगिया वैताल; 6. आस्था।

और फिर यकलख़्त ख़ामोश हो गई। उस वक़्त इरफ़ान ने देखा कि वह इस अज़ीमुश्शान[1] और बा-जबरुत[2] बंद की मुँडेर पर झुकी बेहद अकेली, बेहद कमज़ोर और बेहद अजनबी लग रही थी। मेहरान की समंदर ऐसी मौजों[3] में घिरी मीलों लंबे पुल की रौशनियों की झिलमिलाहट और सदियों तक फैले हुए सेहरा[4] की वुसअत[5] में खोई हुई बेचारी लड़की!

नीचे सिंध चाँदनी में लहरें मार रहा था। दोनों किनारों पर रोहड़ी और सक्खर की रौशनियाँ जगमगा रही थीं। पुल पर मोटरों और ताँगों और बसों और साइकिल सवारों के रेले गुज़र रहे थे। नवंबर 57 ई. की सिंध की यह दुनिया बहुत मुख़्तलिफ़[6] थी। इस क़दर मुख़्तलिफ़ कि इसमें क़रोलबाग़, देहली से आई हुई सीता मीरचंदानी के लिए कोई यगानगत[7] नहीं हो सकती थी।

सिंध से निकलते हुए नादिर ने उससे कहा, "चलिए भाभीजान, आपके सिंध की ख़ूब सैर कर ली। इरफ़ान भाई आज तो आपके पीर अल्लाहबख़्श जमाली की ज़ियारत[8] भी कर आए।"

"सिंध न मेरा है न पीर अल्लाहबख़्श जमाली का। सिंध के अस्ल मालिक वो हारी[9] हैं जिनके मुतल्लिक़ सोचने की तुमने आज तक ज़रूरत ही न समझी होगी," सीता ने कहा।

"इनक़लाब ज़िंदाबाद !" नादिर ने बशाशत[10] से नारा लगाया। इरफ़ान खुश हुआ कि वह अपने जज़्बाती मूड पर काबू पाकर दोबारा नार्मल हो रही थी। यानी सियासी बहसें करने के लिए तैयार हो चुकी थी।

बहावलपुर में पंचनद के जंगल के ऊँचे गर्द-आलूद दरख़्त और पाँच दरियाओं के संगम पर बरसती हुई चाँदनी बहुत खुशगवार थी। वहाँ से आगे बढ़े तो चाँदनी और ज़्यादा तेज़ हो गई। रौशनी में चमकती हुई सीधी सड़क पर कार छोड़कर इरफ़ान ने सीता से कहा :

"सेहरा की खुनक,[11] अजीब चाँदनी रात, अब मैं क्या कर सकता हूँ। अगर मुझे अख़्तर शीरानी के शेर याद आ रहे हैं ··· हम स्कूल की किताबों में पढ़ा करते थे ··· सुबहे-बनारस, शामे-अवध, शबे-मालवा ··· ! सुबहे-बनारस और शामे-अवध तो समझ में आ जाती थी मगर यह पल्ले नहीं पड़ता था कि रेगिस्तान की रात में सिवाय ख़ाक-धूल के क्या रखा होगा। अब यहाँ आनकर मालूम हुआ ··· तुमने बनारस की सुबह और अवध की शाम देख ली ?"

"जी हाँ।"

चाँदनी में उसके हाथ का कंगन तेज़ी से जगमगा उठा। वह कुछ देर से चुपकी बैठी उसे कलाई में घुमा रही थी।

"बड़ा खूबसूरत कंगन है ··· इतालवी[12] है ना ?" इरफ़ान ने दरियाफ़्त किया।

"जी हाँ।"

"नेपिल्स में ख़रीदा था ?"

---

1. अत्यंत शानदार; 2. श्रेष्ठ, प्रतिष्ठित; 3. लहरों; 4. रेगिस्तान; 5. व्यापकता; 6. भिन्न; 7. अपनापन; 8. दर्शन; 9. मेहनतकश; 10. उल्लास, प्रसन्नता; 11. ठंडी; 12. इटली का।

"जी नहीं कैनेड़ा में ···"

"कैनेडा ··· ! दुनिया में और भी हज़ारों मुल्क हैं; यह तुमको कैनेडा जाने की क्या सूझी थी ?"

"मेरे मामा वहाँ तिजारत करते थे। पार्टीशन के बाद उन्होंने डैडी को लिखा कि आपकी माली हालत अब ऐसी नहीं कि सीता को आला तालीम दिलवा सकें। उसे मेरे पास भेज दीजिए।"

"तुमको बेहद खुशी हुई होगी।"

"ज़ाहिर है एक इक्कीस-साला बेइंतहा हिस्सास[1] लड़की जो शरणार्थी कैंपों में घूमने के बाद क़रोलबाग़ के एक छोटे-से मकान में रहती हो और बस में बैठकर दूर रामजस कालिज पढ़ने जाती हो, अचानक उसे यह बताया जाए कि उसे कैनेडा या अमरीका भेजा जा रहा है तो यह बिलकुल परियों की कहानियों ऐसी बात थी ··· मामा की कोई औलाद नहीं थी। वह और मामी बीस-पच्चीस साल से अमरीका में रह रहे थे। उनका कारोबार काफ़ी फैला हुआ था और साल में छः महीने न्यूयार्क में रहते थे। उन्होंने हवाई जहाज़ का टिकट ख़रीदकर भेज दिया और कोलंबिया में मेरा दाख़िला करवा दिया।"

"वहीं जाकर तुम सुर्ख़ों[2] की संगत में पड़ गईं !"

वह हँसी, "सुर्ख़ों की संगत में तो मैं देहली ही में पड़ गई थी। मेरे एक कज़िन जो लाहौर से शरणार्थी बनकर आए थे, उर्दू के अफ़सानानिगार[3] थे। श्यामनारायण अरोड़ा। आपने उनके अफ़साने ज़रूर पढ़े होंगे। वह बड़े सख़्त रेड थे। उनके घर पर हफ़्तेवार अदबी मीटिंग होती थी और फ़सादों पर अफ़साने पढ़े जाते थे।"

"फिर ?"

"फिर क्या ?"

"न्यूयार्क में क्या हुआ ?"

वह चुप हो गई।

वह उससे जो बात पूछना चाहता था, उसकी हिम्मत नहीं पड़ रही थी।

"आप ··· आप शायद जमील के मुतल्लिक़ पूछना चाहते हैं।" कुछ तवक्क़ुफ़[4] के बाद उसने फ़रमाँबरदारी से खुद ही कहना शुरू कर दिया गोया अपने उस्ताद के सामने बैठी हो, "जमील से मैं एक सुर्ख़ों के जलसे में मिली थी। उस ज़माने में मैकार्थीज़्म अभी शुरू नहीं हुई थी और ग्रैंच विलेज में काफ़ी लेफ़्ट विंग ग्रुप थे जिनमें ज़्यादातर यहूदी निग्रो और थोड़े-से हिंदुस्तानी शामिल थे। जमील वहाँ उसी साल यू.एन.ओ. में मुलाज़िम होकर इंडिया से आए थे।"

"फिर ?"

"फिर क्या ··· फुर्र ··· !"

"बहुत खूब। मानता हूँ कि तुम भी अहले-ज़बान कहलाने की मुस्तहिक़[5] हो गई हो।"

"एक फ़ैज़ाबाद वाले से ब्याह जो किया था, इतनी उर्दू भी न सीख जाती ··· जमील

---

1. संवेदनशील; 2. कम्युनिस्टों; 3. कहानीकार; 4. अंतराल; 5. अधिकारी।

से मिलने के बाद मैंने उर्दू में दिलचस्पी लेना शुरू की क्योंकि वह लिटरेचर के बहुत शायक़[1] थे और उनसे बातें करने के लिए मेरे लिए लाज़िम था कि मैं खुद को उनका हममज़ाक़[2] बनाऊँ और वही बातें सोचूँ और करूँ जो उनको पसंद थीं। बाज़ दफ़ा बेसाख़्ता मुझसे अवधी में बातें करने लगते। जब मैं उनकी देहाती ज़बान का बहुत मज़ाक उड़ाती तो वह फ़ख़्रिया कहते, जनाब, मैं और मेरे घरवाले वह ज़बान बोलते हैं जिसमें तुलसीदासजी ने *रामायण* लिखी थी ...

"शादी से पहले मैं हर रोज़ शाम को कैंपस से सीधी जमील के अपार्टमेंट जाती जहाँ एक सरदारजी, जो उनके बहुत गहरे दोस्त थे, बाक़ायदा मुझे उर्दू पढ़ाते। मगर उन सरदारजी को अफ़साना लिखने की झक थी; लिहाज़ा मुझे पहले, घंटे-भर उनके ताज़ा अफ़साने सुनने पड़ते। कमरे में टहल-टहलकर वह कहा करते कि बहुत जल्द कृश्नचंदर और राजिंदरसिंह बेदी को डाउन करनेवाले हैं। पता नहीं, बेचारे अब कहाँ है !

"उर्दू मुझे बहुत आसानी से आ गई क्योंकि इसका और सिंधी का स्क्रिप्ट एक ही है ना। मुझे याद है जमील ने शादी के दो साल बाद अपनी बहन को लिखा था कि मेरी बीवी उर्दू में ऐसी ताक़[3] हो गई है कि तुम लोगों को ताक़ पर रख दे ... ।

" ... आपको मालूम है मैं बहुत कमीनी हूँ ... "

"अच्छा, वह किस तरह ... बताओ ... ."

"जमील से जब मैं पहली बार मिली तो उनके और मेरे एक मुश्तरका[4] दोस्त ने बताया कि यह फ़रख़ंदा बाजी के कज़िन हैं। यह मालूम करके मैं उनसे और ज़्यादा खुसूसियत से मिली वरना शायद शुरू में उनको snub कर देती।"

"अच्छा ... आप शुरू में लोगों को snub भी कर देती हैं ?"

"डू शट्-अप ... बात तो सुनिए, लेकिन मैंने उन पर यह ज़ाहिर नहीं होने दिया कि मैं फ़रख़ंदा बाजी या बिलक़ीस को इतनी अच्छी तरह जानती हूँ, क्योंकि उन्होंने मुझे शुरू ही में बता दिया था कि उनकी मँगनी कुनबे ही में एक कज़िन से हो चुकी है जो शायद बिलक़ीस की चचाज़ाद बहन और एक रिश्ते से जमील की भांजी होती थी। आप मुसलमानों में इस क़िस्म का घपला बहुत चलता है। ख़ैर ... तो अगर मैं उनको यह बतला देती कि मैं फ़रख़ंदा बाजी को जानती हूँ तो वह फ़ौरन दिल्ली ख़त लिखते कि सीता मीरचंदानी से शादी कर रहे हैं और इस इत्तला पर फ़रख़ंदा बाजी और बिलक़ीस मुझे कितनी कमीनी और ज़लील समझतीं। एहसानफ़रामोशी की भी एक हद होती है। ये दोनों दिल्ली में मेरा कितना ख़याल करती थीं और अब मैं उनकी एक बहन के मंगेतर को फाँस रही थी।"

"अपने लिए ऐसे लचर अलफ़ाज़ मत इस्तेमाल करो।"

"नहीं, बिलकुल ठीक तो कहती हूँ। सब लड़कियाँ किसी न किसी तरीक़े से मर्दों को फाँसती हैं। ख़ाली उनके modus operandi[5] मुख़्तलिफ़ होते हैं और आप अहमक़ों ने इसका नाम मुहब्बत वग़ैरह रख छोड़ा है। हर लड़की का ज़िंदगी में सिर्फ़ एक मक़सद

1. शौक़ीन; 2. समान रुचि वाला; 3. पक्की; 4. साझे; 5. कार्यप्रणाली।

और सिर्फ़ एक तमन्ना होती है कि वह किसी न किसी बेवकूफ़ को फाँसकर उससे शादी कर ले ··· बाक़ी सब बकवास है।"

"माशाअल्लाह, आपके गुनागूँ[1] फ़लसफ़े क़ाबिले-दाद[2] हैं।"

"तसलीम।"

हवा से उड़ते हुए बालों को पेशानी पर से हटाने के बाद उसने आँखें बंद कर लीं। "जमील से जिस रोज़ मैं पहली बार मिली थी उस रोज़ रात को अपने हास्टल आकर मैंने अपनी रूम-मेट ग्रेस से कहा था : आज मुझे पहली बार एहसास हुआ कि अब तक मैं इनसाइक्लोपेडिया ब्रिटैनिका थी। अब एक औरत हूँ ··· ।

"शादी से पहले मैं जमील से ज़रा-ज़रा-सी बात पर ख़फ़ा हो जाया करती थी और बहुत जल्द मान भी जाती थी। तो एक दफ़ा उन्होंने कहा–तुम कभी शेरनी की तरह बिफर जाती हो, कभी बिल्ली के बच्चे की तरह खुरखुर करती हो। मैंने फ़ौरन कहा था, लाहौल-विला ··· सबसे पहले मैं उनसे यही फ़िक़रा सीखी थी ··· 'इसमें लाहौल की क्या बात है ?' उन्होंने कहा था।

"ई ई ई क ··· मैंने मुँह बनाया था जिस पर वह कहने लगे कि तुम उस माद्दे[3] से बनी हो जिससे ओल्ड मेड्ज़ तख़लीक़[4] की जाती हैं ···

"शादी के बाद जब मैं ख़फ़ा होकर कमरा अंदर से बंद कर लेती तो वह हँसकर कहते ··· 'लो भई, हमारी सीता तो अटवाटी-खटवाटी ले कोपभवन में जा लेटीं' ··· जमील अलफ़ाज़ के बादशाह थे।"

कई संगे-मील[5] बराबर से गुज़र गए।

"फिर, ··· " इरफ़ान ने बहुत देर बाद पूछा। "शादी कैसे हुई ?"

"एक रोज़ हम कहीं से वापस आ रहे थे। रास्ते में सब-वे के एक स्टेशन पर उतरते हुए जमील ने कहा।"

"सब-वे में ··· ?"

"जी हाँ, शाम के पाँच बजे के भीड़-भड़क्के में।"

"जो कि बड़ी ग़ैर-रोमैंटिक बात थी।"

"बिलकुल। मगर जमील को humbug से चिढ़ थी। मैं चूँकि प्लेटफॉर्म पर हुजूम के धक्के से आगे बढ़ चुकी थी, इसलिए उन्हें काफ़ी ज़ोर से चिल्लाना पड़ा और जब मैं दूसरी ट्रेन पर चढ़ रही थी तो उन्होंने पीछे-पीछे दौड़ते हुए कहा था ··· सीता ··· सीता ··· मुझसे शादी करोगी ? ··· जवाब दो ··· जल्दी ··· वक़्त बहुत कम है। उन्होंने इस तरह घड़ी देखी थी जैसे एक-दो मिनट की देर से बड़ा फ़र्क़ पड़ जाएगा। और मैंने उस रश में दरवाज़े में चढ़ते हुए पलटकर ज़ोर से जवाब दिया था–हाँ !"

"फिर ··· ?"

"फिर मैंने मामा को नहीं बताया। अगले हफ़्ते एक हिंदुस्तानी दोस्त के घर पर हमारी शादी हुई। खूब तसवीरें खिंचीं जो शाम के अख़बारों में छपीं–'ब्यूटीफुल इंडियन

---

1. रंगारंग; 2. प्रशंसा के पात्र; 3. पदार्थ; 4. रचित; 5. मील के पत्थर।

ब्राइड ''' ' वग़ैरह। दोस्तों ने खूब खुशियाँ मनाईं। मामा को मैंने दहशत के मारे नहीं बताया हालाँकि मैं उस वक़्त चौबीस साल की हो चुकी थी। मामा को अख़बार के ज़रिये ही मालूम हुआ और उनको सदमे के मारे दिल का दौरा पड़ गया। मरते-मरते बचे। उन्हें मुझसे बेहद मुहब्बत थी। उन्होंने मुझे बेटी बनाया था। जमील उनसे मिलने के लिए उनके दफ़्तर गए तो वह उनसे मिले भी नहीं। मामी हालाँकि पुरानी क़िस्म की हैं मगर मामा से ज़्यादा समझदार हैं। मेरा ख़याल है, औरतों में कॉमन सेंस ज़्यादा होता है। फिर बीस बरस अमरीका में रहकर वह ज़रा रौशनख़याल हो गई हैं। मामा बहुत पूजापाठ करते हैं। मामी जमील से एक ड्रग स्टोर में आकर मिलीं और उन्हें बहुत पसंद किया। जमील में यही तो एक बात थी। औरतों का दिल पल के पल में मोह लेते थे। फिर मामी ने मेरी मम्मी को ख़त लिखा–सीता ने ब्याह कर लिया है। लड़का अपनी ज़ात-बिरादरी का नहीं। नाम जीमल है। बाद में मामी मुझसे हँसकर कहती थीं, जमील और जीमल में क्या फ़र्क़ है, महज़ नुक़्तों ही का तो फ़र्क़ है !

"चंद रोज़ बाद उन्होंने मम्मी को भी राज़ में शरीक कर लिया और वह भी इस नुक़्तों के फ़र्क़ वाली थ्योरी को मान गईं। डैडी से उन्होंने यही कहा कि लड़का है तो हिंदू मगर बहुत आज़ादख़याल है। किसी मज़हब को नहीं मानता और आजकल कौन हिंदू लड़का मज़हब को मानता है ''' डैडी की समझ में यह बात आ गई क्योंकि वह जानते थे कि हमारे घर में भी दिल्ली आने के बाद श्याम भाई की वजह से तरक़्क़ीपसंदी की चर्चा रहने लगी थी ''' "

"यहाँ तुमने साबित कर दिया कि पूरी तरह उर्दू वाली नहीं बनीं। चर्चा उर्दू में मुजक्कर[1] है।"

"ओह ''' सॉरी ''' चर्चा रहने लगा था," उसने एक-एक लफ़्ज़ अलग-अलग अदा किया।

"चंद महीने बाद मैंने और जमील ने इकट्ठे डैडी को ख़त लिखा और सारी बात बता दी ''' डैडी ने मुझे लिखा–मैं तुमसे ख़फ़ा ज़रूर हूँ, लेकिन अगर तुम खुश हो तो ठीक है। जमील को उन्होंने लिखा ''' वही जो सब बेटियों के बाप अपने दामादों से कहते हैं, ' ''' मेरी नाज़ों की पाली लड़की है। उसका दिल कभी मत दुखाना'।"

फिर वह खुद ही हँसी, "बेचारे डैडी ''' डैडी बेहद लिटरेरी आदमी हैं। उन्होंने जमील को उस ख़त में *रामायण* quote की थी–'जिस तरह हिमालय ने गिरिजा महेश को, समंदर ने लक्ष्मी हरि को सौंपी थी उसी तरह जनक ने सीता राम को सौंपी ''' और इसी तरह बेटे हम अपनी सीता तुम्हें सौंपते हैं ''' ' जमील खुद तुलसीदास के हमवतन ठहरे ''' यह पढ़कर फड़क उठे। आमिल लोग तो काफ़ी आज़ाद-ख़याल होते हैं। मगर मम्मी ने अपने मायक़ेवालों से, जो कट्टर आर्यसमाजी हैं, यह ख़बर आज तक छिपाए रखी है कि मैंने एक मुसलमान से शादी कर ली है। वह अब तक यही समझते हैं कि लड़का यू.पी. का हिंदू है। जयमल नामी।

"जब राहुल पैदा हुआ था तो मम्मी, डैडी, मामा, मामी सभी बहुत खुश हुए और इस

---

1. पुल्लिंग।

बात से ज़्यादा खुश थे कि जमील इतने आज़ादख़याल हैं कि उन्होंने अपने बेटे का हिंदू नाम रखने में कोई हर्ज न समझा।

"दो साल बाद जमील को तीन महीने की फ़रलो[1] मिली तो हम लोग दिल्ली आए। फ़रख़ंदा बाजी, बिलक़ीस वग़ैरह मुझसे इतनी मुहब्बत से मिलीं कि मैं शर्मिंदा हो गई। मम्मी ने अपने मायकेवाले अरोड़ों को पहले ही समझा दिया था कि लड़का लखनऊ का बाशिंदा है इसीलिए इतनी अच्छी उर्दू बोलता है और बात-बात पर लाहौल कहता है और खुदा की क़सम खाता है। हम शरणार्थी लोग यू.पी. वालों से पहले ही नाखुश थे इसलिए ख़ानदान वाले उसुलन इस बात पर ख़फ़ा रहे कि लड़की ग़ैर-सिंधियों में क्यों गई। दिल्ली हम चंद रोज़ ही ठहरे। फिर चाँदपुर और तुलसीपुर चले गए। मैंने फ़ैज़ाबाद और लखनऊ देखा। कश्मीर की सैर की। उसके बाद वापस अमरीका।

"उसी साल एक लड़का कलकत्ते से एक्टिंग सीखने के लिए न्यूयार्क आया, उसका बहुत लंबा-चौड़ा नाम था–अबुल-फ़साहत क़मरुल-इस्लाम चौधरी ... "

"क़मरुल-इस्लाम चौधरी ... ? अंग्रेज़ी शायर ... जो आजकल हिंदुस्तान का टी.एस. एलियट कहला रहा है ?"

"जी हाँ ... वही ... उस वक़्त वह बिलकुल मशहूर नहीं हुआ था और अदाकारी के मैदान में क़िस्मत-आज़माई कर रहा था। कई तरक़्क़ीपसंद बंगाली फ़िल्मों में काम कर चुका था और अंग्रेज़ी में नज़्में बहुत अच्छी लिख रहा था। वह भी हमारे ग्रुप में शामिल हो गया। जब से लंदन में उसकी किताब छपी है, मैंने सुना है, वह Angry Young Man बन गया है।"

"उसके बाद ?"

"उसके बाद ... आप तो लगता है जैसे कहानी लिखने बैठे हैं।"

"फ़िज़ूल की बातें मत करो ... आगे सुनाओ।"

"उस ज़माने में ... ख़ैर छोड़िए ... अब उसके ज़िक्र का क्या फ़ायदा ... "

"नहीं ... नहीं ... ज़रूर बताओ ... मुझसे कोई बात छिपाओ नहीं।"

"आप मेरा साइकोलाजिकल इलाज कर रहे हैं ? कहीं इस ख़याल में न रहिएगा।"

"लाहौल-विला-कूवत ..."

"अच्छा ख़ैर ... फिर वही हुआ ... न जाने क्या हुआ ... मैं यूनिवर्सिटी में अपने काम में मसरूफ़ थी। घर वापस आकर राहुल की देखभाल करती। खाना बनाती। दोस्तों का हलक़ा[2] भी वही था। सारी बातें पुरानी जैसी थीं। मगर जाने क्यों, जमील आहिस्ता-आहिस्ता रिएक्शनरी बनते गए। ख़ैर, मैं इसको बरदाश्त कर लेती मगर उन्होंने शराब हद से ज़्यादा पीना शुरू कर दी। जब वह रात गए शराबख़ानों से लौटते और खाना बनाके उनके इंतज़ार में राह देखा करती, उस वक़्त क़मर मेरे पास बैठा रहता।"

"और तुमसे हमदर्दी करता। यह हमदर्दी का रैकेट भी खूब होता है।"

"आप खुद इस वक़्त उस रैकेट में शामिल नहीं हैं ?"

इरफ़ान ने गुस्से से उसे देखा, "अल्लाह की क़सम, तुम बिलकुल नाक़ाबिले-बरदाश्त

1. सरकारी कर्मचारियों को आधी तनख़्वाह पर मिलनेवाली लंबी छुट्टी; 2. मंडली, घेरा।

हो ··· क़िस्सा सुनाओ ··· ”

“जाइए, नहीं सुनाते ··· अच्छा, ख़ैर ··· ,” उसने संजीदगी से बात जारी रखी। “नहीं, हमदर्दी की बात नहीं ··· इरफ़ान, बस जाने क्या हुआ, इनसान वाक़ियात और वक़्त के धारे में बहता चला जाता है और उसे कुछ पता नहीं चलता कि क्या होनेवाला है। अस्ल में मेरी और क़मर की दोस्ती इस तरह शुरू हुई कि एक रोज़ कैंपस पर क़मर ने मुझसे कहा कि मैं शाम को उसके अपार्टमेंट पर आऊँ। उसकी एक दोस्त जो कालिज में इलोक्यूशन सिखाती है, उससे मिलने आ रही है। मैं उससे मुलाक़ात करके बहुत खुश हूँगी ··· मेरे और जमील के ओक़ात[1] बिलकुल मुख़्तलिफ़ थे। वह खाना यू.एन. ही में खाते और अकसर शाम को घर आए बग़ैर वहीं से दोस्तों के साथ शराबख़ाने चले जाते ··· जमील दूसरी औरतों से फ़्लर्ट नहीं करते थे। इस बात का मुझे आज तक विश्वास है। वह मुझसे हमेशा वफ़ादार रहे। मगर उसके बावजूद न जाने क्या हुआ ··· हालाँकि आम तौर पर घर दूसरी औरतों की वजह से बर्बाद होता है।”

“या दूसरे मर्दों की वजह से।”

“जी हाँ। बहरहाल हम दोनों को एक-दूसरे पर इतना मुकम्मल एतमाद था कि उसमें किसी क़िस्म के शको-शुबहे की गुंजाइश का सवाल ही पैदा नहीं होता था ··· ” उसका गला रुँध गया।

“सिगरेट लो ··· ”

“शुक्रिया ···” उसने सिगरेट जला लिया, “मैं सिगरेट महज इसलिए नहीं पीती कि यह औरत की समाजी और इक़्तसादी[2] आज़ादी और मर्दों से हमसरी[3] का सिंबल है। बस अमरीका में कालिज में दाख़िल होते ही इसकी आदत पड़ गई थी। आपको बुरा तो नहीं लगता ?”

“नहीं ··· नहीं ··· ,” कार की रफ़्तार एकदम तेज़ हो गई। उसके सिगरेट पीने या न पीने पर मैं एतराज़ करनेवाला कौन ? उसने मुझसे यह सवाल क्यों किया ?

“हम क्या कह रहे थे ?”

“हैं ··· ?”

“ओह, माफ़ कीजिएगा। इतने बरस जमील के साथ रहकर मुझे मुस्तक़िल 'मैं' के बजाय 'हम' कहने की आदत पड़ गई थी। आप अवधवाले 'हम' बोलते हैं ना ··· मैं बहुत एहतियात से 'हम' कहती थी और 'हमारे के यहाँ' और 'बहुत' के बजाय 'बुहत' ··· जमील के लहज़े में उर्दू बोलने की नक़ल करती। नमस्ते कहना छोड़कर बाक़ायदा आदाब अर्ज़ कहती थी। जिस लगन से मैंने अपने-आपको जमील के कल्चर में ढालने की कोशिश की, बहुत कम किसी लड़की ने अपने पति के लिए इतना कुछ किया होगा ··· मैंने महज़ इसीलिए शराब भी ज़्यादा पीनी शुरू कर दी ताकि शाम को उनके साथ-साथ रह सकूँ। मगर जब मैं उनके साथ बार में जाती तो वह ख़फ़ा हो जाते कि क्यों हर वक़्त साये की तरह मेरे साथ लगी रहती हो।

“तुलसीपुर जब हम गए, मुहर्रम का ज़माना आ गया। जमील के घर पर बड़े ज़ोर

---

1. (काम आदि के) समय; 2. आर्थिक; 3. बराबरी।

का मुहर्रम होता था। मैं भी काली सारी पहनकर खूब अपनी सास-ननदों के साथ मजलिसों में शामिल हुई हालाँकि मैं हर मज़हब को ला-यानी[1] समझती हूँ। जब मुझे इस्लाम ही से कोई दिलचस्पी नहीं तो शिया-सुन्नी क़िस्से से क्या मतलब होता! मगर जमील शिया घराने के फ़र्द[2] थे, लिहाज़ा मुझे सारी दुनिया के शिया बहुत अच्छे लगने लगे।"

"किसी अक़लमंद आदमी ने बहुत ठीक कहा है–औरतें बेहद बोगस होती हैं।"

"बात तो ठीक है ··· " वह फिर सोच में डूब गई।

"अब क्या सोच रही हो ?"

"कुछ नहीं। मुझे वह तुलसीपुर का मुहर्रम याद आ गया। कैसा ख़्वाब का ऐसा वक़्त गुज़रा था! और वहाँ मैंने एक बात और अजीब देखी कि वहाँ मजलिसों में अकसर पंजाबी और सिंधी शरणार्थी औरतें भी शरीक होती थीं। फ़रख़ंदा बाजी ने बताया कि तक़रीबन सारी यू.पी. स्टेट में यही हो रहा है आजकल ··· देखिए कल्चर पैटर्न किस तरह बदलते हैं! तुलसीपुर में उन सैयदों के घर ख़ाली पड़े हैं जो पाकिस्तान चले गए मगर कोई शरणार्थी उनमें नहीं रहता कि सैयदों के घरों की बेअदबी होगी ··· इस तरफ़ सिंध और पंजाब में सैयदों की बेहद इज़्ज़त की जाती है ना!"

"या अल्लाह!"

"जी ··· ?"

"मालूमात का समंदर है कि ठाठें मार रहा है ··· !!"

"आप बात तो करने नहीं देते।"

"मैं तो सिर्फ़ यह सोच रहा हूँ कि जमील ग़रीब भी दिल में क्या कहता होगा कि लड़की क्या, पूरी लाइब्रेरी की लाइब्रेरी से शादी की है।"

"वेरी फ़न्नी ··· हा हा हा।"

"क़िस्सा जारी रहे।"

"तो शाम को मैं क़मर के हाँ पहुँची। उसके कमरे में सब बोहीमियन जमा थे। इरफ़ान, उस लड़की जेनीफ़र क्रीन को देखकर मेरी तो सिट्टी गुम हो गई। और जब क़मर ने सबसे अपनी मंगेतर कहकर उसका तआरुफ़[3] करवाया तो हम लोग भौंचक्के रह गए। मगर हम सब इंटेलेक्चुअल थे। और इंटेलेक्चुअल लोग दुनिया से अनोखी, निराली बातें करना फ़र्ज़ समझते हैं। जेनीफ़र क्रीन इंतहा से ज़्यादा मोटी और बेहंगम[4] थी और क़मर काफ़ी हैंडसम लड़का है।"

"हाँ, मैंने इंडियन हाई कमीशन में उसकी एक फ़िल्म देखी है।"

"है ना हैंडसम ··· ? और जेनीफ़र क्रीन ख़ौफ़नाक हद तक मोटी थी। उसकी शक्ल बहुत प्यारी थी, इसलिए और ज़्यादा बेतुकी मालूम होती। ऐसा लगता जैसे किसी ग्लेशियर के पीछे से सर निकाले जलपरी झाँक रही हो ··· यह क़मर को बोस्टन की किसी थिएटर वर्कशॉप में मिली थी। फिर उसके पीछे-पीछे न्यूयार्क आ गई। एक्टिंग की बड़ी क़ाबिल उस्ताद समझी जाती थी। उसकी नज़्में *न्यू वर्ल्ड राइटिंग* और *बडसन रिव्यू* में छपती

---

1. निरर्थक; 2. व्यक्ति; 3. परिचय; 4. बेढब।

थीं। उस चीज़ का हम सब पर बड़ा रोब था। वह और जेनीफ़र ऐसा अजीबुल-ख़िलक़त[1] जोड़ा मालूम हुआ कि हम सब बे-इख़्तियार हँस पड़े और बहुत खुशियाँ मनाई गईं। शराब के दौर चले। जेनीफ़र चूँकि खुद बोहीमियन थी, इसलिए अपने मोटापे का खुद मज़ाक उड़ाती थी। सबको सामने बिठाकर अपनी नफ़सियाती[2] उलझनों का तजज़िया[3] करती थी और क़मर से मुसिर[4] थी कि वह उसके सामने किसी और लड़की पर आशिक़ हो जाए ताकि वह हसद[5] और ट्रेजेडी के जज़्बात का तजज़िया करके बेहतर नज़्में लिख सके।

"क़मर ने उससे शादी तो नहीं की मगर वह क़मर ही के एपार्टमेंट में मुंतक़िल[6] हो गई। हम लोगों ने इस बात का बिलकुल नोटिस नहीं लिया क्योंकि आपको मालूम है कि ये old morality के ··· "

"हाँ, हाँ। मालूम है। क़िस्सा मुख़्तसर करो ··· "

"साल-भर बाद क़मर कलकत्ते वापस चला गया। चंद रोज़ बाद वह भी इंडिया गई और वहाँ पहुँचकर उसने सचमुच क़मर से शादी कर ली ··· मगर उसके बाद ··· आप बोर तो नहीं हो रहे ?"

"मैं बेवक़ूफ़ी के सवालों के जवाब नहीं दिया करता। कहानी सुनाए जाओ।"

"मगर यह तो बड़ी लंबी कहानी है।"

नादिर ने बराबर आकर ज़ोर से हार्न बजाया। वो मुल्तान पहुँच चुके थे।

मुल्तान शहर में दाख़िल होते हुए नादिर ने ज़ोर से नारा लगाया :

और दीवाने-'शरर' मुल्तानी
मूँछ सफ़ेद और मुँह पे जवानी
और दीवान ···"

"किस क़दर बेतुके हैं आप वल्लाह, ··· " इरफ़ान ने खिड़की में से सर निकालकर दाद दी। "आगे इरशाद हो।"

"आगे याद नहीं," नादिर ने हँसते हुए जवाब दिया।

वो सर्किट हाउस पहुँच गए। कार से उतरते हुए नादिर ने बात जारी रखी, "कमाल है, इस वक़्त मैं सोच रहा हूँ कि बचपन की बाज़ बातें ज़ेह्न पर किस बुरी तरह नक़्श हो जाती हैं। इरफ़ान भाई, आप कुछ रौशनी डालिए। आप तो बड़े भारी माहिरे-नफ़सियात[7] हैं।"

"वाक़ई ?" सीता ने खुशदिली से मुँह बनाकर कहा। "जभी यह रास्ते-भर मुझसे मेरे बचपन की बातें पूछ रहे थे।"

"मैंने बचपन में *नैरंगे-ख़याल* में एक नज़्म पढ़ी थी जो देविकारानी के अंग्रेज़ी फ़िल्म 'कर्मा' के मुतल्लिक़ किसी ने लिखी थी। बेहद पुरलुत्फ़। अकबर के देहली दरबार

---

1. दुनियाभर में अजीब; 2. मनोवैज्ञानिक; 3. विश्लेषण; 4. अड़ी हुई; 5. ईर्ष्या; 6. स्थानांतरित; 7. मनोवैज्ञानिक।

की क़िस्म की। उसका बस एक ही शेर याद रह गया ... कुछ और भी था ... बिलक़ीस याद है ... ?" नादिर ने पूछा।

"जमील भैया को सारी नज़्म अज़बर[1] थी। उनके तो हज़ारों शेर नोके-ज़बान पर रहते हैं ...।" फिर वह सीता की तरफ़ देखकर अचानक चुप हो गई।

नादिर हड़बड़ाकर मौक़े को सँभालना चाहा, "और दीवाने-'शरर' मुल्तानी ... और दीवाने-'शरर' मुल्तानी," उसने बेवक़ूफ़ों की तरह अलापना शुरू किया। वो सब बरामदे में दाख़िल हुए।

"कुछ और चंडूख़ाने के शेर सुनाऊँ भाईजान ?" नादिर ने घबराते हुए सरगर्मी से पूछा।

"ज़रूर सुनाओ," सीता ने मादराना[2] शफ़क़त[3] से उसे देखा। बेचारा ... मेरा देवर!

"बिलक़ीस, नेशनल एंथेम शुरू करो," नादिर ने पुकारा।

"कहा मजनूँ से यह लैला की माँ ने ... ?" बिलक़ीस ने बालों से गर्द झाड़ते हुए उसी तनदही से दरियाफ़्त किया। फिर उसने मुस्तैदी से गाना शुरू किया, "कहा मजनूँ से यह लैला की माँ ने।"

"क्या कहा ?" नादिर ने क़व्वालों के अंदाज़ में पूछा।

"कि बेटा गर तू कर ले एम.ए. पास ... ," बिलक़ीस ने तान लगाई।

आरामकुर्सी पर बैठते हुए इरफ़ान ने सीता से कहा, "अब मुल्तान की हिस्ट्री शुरू हो जाए।"

"शट अप !"

"अजी कहा मजनूँ ने यह अच्छी सुनाई।" बिलक़ीस जोशो-ख़रोश से गाए जा रही थी।

"यही ठहरी जो शर्ते-वस्ले-लैला[4] ... तो इस्तफ़ा ... अजी तो इस्तफ़ा।"

अटैचीकेस मेज़ पर पटख़ते हुए नादिर ने गर्दन हिला-हिलाकर 'नेशनल एंथेम' के टीप का बंद उठाया :

> अल्लाह अगर तौफ़ीक़[5] न दे इनसान के बस का ...
> अहे वा ... फ़ैज़ाने-मुहब्बत[6] आम सही, इरफ़ाने-मुहब्बत[7] ...
> इरफ़ाने-मुहब्बत ...

इरफ़ान ... इरफ़ान ... इरफ़ान ...

दूसरे रोज़ धूप बहुत तेज़ थी और गर्द के झक्कड़ चल रहे थे और शम्स तबरेज़ के मक़बरे के बरामदों में ख़ौफ़नाक सुर्ख़ आँखोंवाले क़लंदर और ग़लीज़[8] बुर्क़ों में मलबूस औरतों और चरस के दम लगाते हुए लोफ़रों और तवायफ़ों का हुजूम था। हर शख़्स ख़ौफ़नाक था। लरज़ा-ख़ेज़[9] शक्लोंवाले, कान में बड़े-बड़े बाले पहने हुए फ़क़ीर और

---

1. कंठस्थ; 2. मातृवत; 3. स्नेह, वात्सल्य; 4. लैला से मिलन की शर्त; 5. सामर्थ्य; 6. प्रेम की दया; 7. प्रेम का अंतर्ज्ञान; 8. गंदे; 9. कँपा देनेवाली।

'शाहदौला के चूहे' और भाँत-भाँत की नौजवान भिखारनें।

"यही आपकी सूफ़ीज़्म की कल्चर है," इरफ़ान ने तंज़िया[1] आवाज़ में सीता से कहा।

मुल्तान से रवाना होकर जब वो दोबारा सीधी सड़क पर आए तो इरफ़ान ने कहा :

"शह्रज़ाद ! अपनी दास्तान शुरू करो।"

"और कहाँ तक सुनाऊँ, अंजाम तो आपको मालूम है।"

"नहीं, मुझे अंजाम मालूम नहीं। मालूम करना चाहता हूँ।"

"ताकि आप अपना हुक्म लगा सकें।"

"ताकि मैं अपना फ़ैसला कर सकूँ।"

"उफ़्फ़ो ··· ! आप ग़ैर इश्तराकी[2] लोग किस क़दर रोमैंटिक होते हैं ! हाँ तो मैं कहाँ तक पहुँची थी ?"

"जेनीफ़र ने कलकत्ते जाकर क़मर से ब्याह कर लिया।"

"हाँ ··· और अभी उनके ब्याह को छः महीने ही गुज़रे होंगे। एक रोज़ मैं बावर्चीख़ाने में राहुल के लिए दलिया तैयार कर रही थी कि दरवाज़े की घंटी बजी। मैंने किवाड़ खोले। सामने क़मर खड़ा था। अरे, मैंने कहा, तुम कैसे आ गए। तुमने कलकत्ता और न्यूयार्क घर-आँगन बना रखा है ··· तब उसने एक सख़्त ड्रामाई बात कही ··· वह बड़ी गंभीर बंगाली रोमैंटिक आवाज़ में बोला, सीता मैं तुम्हारी वजह से वापस आया हूँ !!

"पहले तो मैं समझी, वह अपने किसी ड्रामे का डायलाग बोल रहा है। मैंने उसे मज़ाक़ में टालना चाहा मगर वह बहुत संजीदा था।

"बस ··· इसके बाद ··· " वह आहिस्ता-आहिस्ता कहती रही, "जाने किस तरह मैं एक और धारे में बहने लगी। जमील मुझसे बाज़ दफ़ा तीन-तीन दिन तक बात न करते थे। सुबह को चुपचाप दफ़्तर जाने के लिए तैयार हुए ··· बच्चे को प्यार किया ··· वह अपने बच्चे पर आशिक़ थे–और आधी रात के बाद घर लौटे ··· पहले-पहले मुझे ख़याल आया कि मैं जमील की बेपरवाई का इंतक़ाम ले रही हूँ, मगर अस्ल बात यह थी ··· कि ··· "

"कि ··· ?"

"कि मैं वाक़ई क़मर की ओर खिंचती ही चली गई–जैसे साँप की ओर उसका शिकार खिंचता चला जाता है।

"एक रोज़ मुझे बताए बग़ैर क़मर जमील के पास उनकी बार में गया और उनसे कहने लगा, 'जमील मुझे तुम्हारी बीबी से इश्क़ हो गया है ···'।

"गुड गॉड ··· नो ··· " इरफ़ान ने कहा।

"जमील भी पहले यही समझे कि क़मर अपने ड्रामे का डायलाग बोल रहा है, मगर जब सारी बात उनकी समझ में आई तो उन्होंने ··· "

"ज़ाहिर है," इरफ़ान ने उसकी बात काटी। "उन्होंने पहले क़मर की ठुकाई की

---

1. व्यंग्यमय; 2. कम्युनिस्ट-विरोधी।

होगी फिर घर आकर तुम्हारी ठुकाई की होगी अच्छी तरह ··· "

"आपको कैसे मालूम ?" सीता ने हैरत से पूछा।

"मेरा मतलब है, अगर मैं जमील की जगह होता तो यही करता।"

"उन्होंने बिलकुल यही किया। उन्होंने क़मर को भी खूब घूँसे लगाए और घर आकर मुझे बहुत मारा। मैं कभी सोच भी नहीं सकती थी कि जमील ऐसे मधुर और नर्म मिज़ाज के आदमी पर इतना जुनून सवार हो सकता है। उन्होंने मुझे खूब मारा !"

"शाबाश मेरे शेर ··· ," इरफ़ान ने कहा। "और उस वक़्त जमील ने यह भी कहा होगा कि अभी-अभी मेरे घर से निकल जाओ ··· और रात का वक़्त था और बाहर बारिश हो रही थी।"

सीता हक्का-बक्का होकर उसे देखने लगी। "जी हाँ, बिलकुल यही हुआ था," उसने धीरे से जवाब दिया।

"देखो सीता, ··· " इरफ़ान ने रसान[1] से कहा, "तुम जो कहती हो हर बात मुख़्तलिफ़, ओरिजिनल, अनोखी और गहरी होनी चाहिए ··· सीता, सारी ज़िंदगी हज़ारों-लाखों बार दुहराई हुई दास्तान है। ऐसा हमेशा हुआ है और हमेशा होता रहेगा। लोग इसी तरह मुहब्बत में गिरफ़्तार होंगे। एक-दूसरे से मायूस होंगे। इसी तरह दिल टूटेंगे। इसी तरह दुख उठाए जाएँगे। तुम या जमील या क़मर अनोखी अजूबा-ए-रोज़गार[2] हस्तियाँ नहीं हो। तुम मुझे सतही और ग़ैर-जज़्बाती समझती हो। मगर मैं जानता हूँ, किस तरह तुम जमील के घर से (जो तुम्हारा घर था) निकली होगी। किस तरह उसने राहुल को तुम्हें देने से इनकार किया होगा। किस तरह तुम मदद माँगने क़मर के पास गई होगी और शायद उसने भी तुम्हें सहारा देने से इनकार किया हो ··· ऐसी बातें तुम लोगों के साथ नहीं होना चाहिए थीं क्योंकि तुम और जमील और क़मर बड़े ग़ैर-मामूली दिलो-दिमाग़ के लोग थे मगर ज़िंदगी की चक्की में सब एक साथ पिसते हैं। इसमें इंटेलेक्चुअल और ग़ैर-इंटेलेक्चुअल की कोई तफ़रीक़[3] नहीं ··· "

वह सर खिड़की में टिकाकर सामने सड़क को देखती रही। अब पंजाब के सरसब्ज़[4] खेत शुरू हो चुके थे। सुर्ख़ और स्याह लहँगे पहने किसान औरतें पगडंडियों पर से गुज़र रही थीं। मिंटगुमरी ज़िले से आगे ग़ुरूबे-आफ़ताब[5] की रौशनी में आसमान बिलकुल सुर्ख़ अंगारा ऐसा हो गया। सड़क पर मुकम्मल सन्नाटा था। जोहड़ों पर पनडुब्बियाँ चक्कर काट रही थीं। एक किसान बड़ा-सा पग्गड़ बाँधे और सफ़ेद तहमद पहने बैलों की जोड़ी हँकाता घर जा रहा था। बहुत देर तक घंटियों की सुरीली आवाज़ शाम के गुलरंग सन्नाटे में तैरा की। सीता ने हाथ बढ़ाकर रेडियो खोल दिया। रेडियो सिलोन से लता का गीत शुरू हो गया जिसमें गिटार बड़ी जानलेवा आवाज़ में बज रहा था।

"बंद करो इसे," इरफ़ान ने झुँझलाकर कहा।

सीता ने फ़ौरन तामील की और स्विच ऑफ़ करने के बाद फिर सर खिड़की में रख दिया।

"रोओ मत," इरफ़ान ने त्यौरी पर बल डालकर कहा।

---

1. आहिस्तगी से, धीमी आवाज में; 2. दुनिया में अजीबो-गरीब; 3. भेद; 4. हरे-भरे; 5. सूर्यास्त।

उसने सिसकी भरी और छँगुलिया से आँख का कोना साफ़ किया।

"मैं तुम्हारे लिए जो कुछ मुमकिन होगा, करूँगा सीता। मगर बताओ, भला मैं क्या कर सकता हूँ ?"

"इरफ़ान, मुझे मेरा राहुल चाहिए। अगर आपको मुझसे ज़रा-सी भी हमदर्दी है तो जमील से मेरा बच्चा वापस दिलवा दीजिए।"

"राहुल जमील से हिला हुआ है ?"

"वह उसे पागलों की तरह चाहते हैं। अमरीका से आनेवाले दोस्तों ने मुझे बताया है कि दफ़्तर से सीधे घर आकर बस उसी को खिलाते रहते हैं। एक निग्रो बुढ़िया उसकी देखभाल के लिए रख ली है, शाम को घर पर ही तनहा बैठकर ड्रिंक करते रहते हैं। मगर यह उनकी दूसरी शादी से पहले की बात है। अब तो उन्होंने उसे स्कूल के बोर्डिंग में डाल दिया है। किसी तरह मुझे मेरा बेटा वापस दिला दीजिए इरफ़ान ···"

"तुमने उनके घरवालों से कहा ?"

"मैं उनसे क्या कह सकती हूँ ?"

"क़ानूनी मश्विरा किया ?"

"मैं कुछ नहीं कर सकती ··· मैंने फ़रख़ंदा बाजी से ज़िक्र किया था। वह बेचारी हर तरह से मदद करने को तैयार हैं। उन्होंने जमील को अनगिनत ख़त लिखे मगर यह एक उलझा हुआ मामला हैं क्योंकि जमील उनके भाई हैं। उन्होंने मुझे तलाक़ दिए बग़ैर दूसरी शादी कर ली ··· अभी थोड़े दिन हुए।"

"अरे, तुमने सिविल मैरेज नहीं की थी ?"

"नहीं। मुसलमान होकर मेरा निकाह पढ़ाया गया था क्योंकि जमील के बाबा ने उनसे कहा था कि अगर उन्होंने अमरीका में किसी ग़ैर-मुस्लिम से सिविल मैरेज की तो वह उनको आक़[1] कर देंगे क्योंकि वह मुज्तहिद[2] हैं। जमील ने मुझको यह बात बताई। मैं उनके इश्क़ में इस शिद्दत[3] से मुब्तला[4] थी कि मैंने जवाब दिया, कोई हर्ज नहीं। उनकी यह शर्त पूरी कर दीजिए। बूढ़े माँ-बाप का दिल दुखाने की क्या ज़रूरत है और फ़र्क़ क्या पड़ता है मुस्लिम और ग़ैर-मुस्लिम ··· मैं तो इन झगड़ों को मानती ही नहीं सिरे से ··· निकाहनामे पर मेरा इस्लामी नाम शायद सईदा बेगम लिखा गया है। मैंने बेहद इसरार करके बिलकुल शरई मेहर लिखवाया जो सिर्फ़ चंद डालर बनता था। चूँकि जमील ने मुझे तलाक़ नहीं दी, इसलिए उस स्पेनिश लड़की को मुसलमान करके ही ब्याह किया होगा।

"वह मुझे तलाक़ न देकर अच्छी सज़ा देना चाहते हैं। क़ुसूर सरासर मेरा था। मैंने उन्हें धोखा दिया था। मैं कई महीने तक मुतवातिर[5] दोपहर को या रात को, जब भी मौक़ा मिलता, क़मर के घर चली जाया करती थी। उसके दोस्तों को भी मालूम हो चुका था कि मैं उसकी मिस्ट्रेस बन चुकी हूँ।

"लेकिन जिस वक़्त जमील ने मुझे घर से निकाला मैं बहुत देर बाहर बारिश में

---

1. कुल नाम, संपत्ति आदि से वंचित; 2. शिया धर्मगुरु; 3. तीव्रता; 4. ग्रस्त; 5. लगातार।

साइडवाक पर खड़ी रही। अगर उस वक़्त वह एक मर्तबा भी दरवाज़ा खोलकर सिर्फ़ इतना कह देते–सीता, बारिश में मत भीगो ''' अंदर आ जाओ ''' तो मैं ''' तो मैं वापस जाकर उनके क़दमों से लिपट जाती ''' उम्र-भर उनको धोखा न देती। मगर दरवाज़ा उसी तरह बंद रहा। अंदर से राहुल के रोने की आवाज़ आ रही थी। वह बेडरूम की रौशनी जलाकर उसे सुलाने की कोशिश में मसरूफ़ हो गए थे। उनका साया मैंने खिड़की पर पड़ते देखा। वह राहुल की पलंगड़ी पर झुके उसे सुला रहे थे। उसे कंबल ओढ़ाने के बाद वह सर दोनों हाथों में थामकर सोफ़े पर बैठ गए। मैं देर तक साँस रोके खिड़की के अंदर देखा की–शायद वह मुझे अंदर बुला लें। मगर वह उसी तरह बुत बने अंदर बैठे रहे और उसके बाद रौशनी बुझा दी।

"आपने ठीक अंदाज़ा लगाया था। मैं वहाँ से टैक्सी लेकर क़मर के घर पहुँची। उस वक़्त उसके यहाँ महफ़िल गर्म थी। उसने मुझे ताज़्ज़ुब से देखा–इतनी बारिश में क्यों आई ? ''' कैसी हो ?

"मैंने उसे सारी बात बताई। वह ख़ामोश हो गया। फिर उसने कहा–मैंने ग़लती की थी ''' मैं तुमसे कभी नहीं निभा पाऊँगा ''' मैं बहुत ग़ैर-ज़िम्मेदार आदमी हूँ। वापस जाओ और जमील से कहो, तुम्हें माफ़ कर देंगे। मैं भी उनसे माफ़ी माँग लूँगा। हम दोनों जज़्बात के सैलाब में बह गए थे, सीता रानी–ज़िंदगी का अस्ल सुकून तुम्हें एक solid आदमी ही के घर में मिल सकता है ''' वह जाने क्या-क्या डायलाग बोलता रहा। मैं बाहर आ गई।

"चंद रोज़ मैंने अपनी दोस्त ग्रेस के अपार्टमेंट में गुज़ारे और फिर मामी से किराये का रुपया लेकर दिल्ली चली आई। अब साल-भर से मैं दिल्ली में हूँ।"

"तुमने बच्चे के लिए जमील को लिखा ? खुला[1] की कोशिश नहीं कर सकतीं ''' ?"

"इरफ़ान, ये सब इतनी डरावनी बातें हैं, मैं कभी सोच भी नहीं सकती थी कि जिस आदमी को मैंने अपनी ज़िंदगी, अपना दिल, दिमाग़, रूह सभी कुछ सौंप दिया था, एक रोज़ उससे अलहदगी हासिल करने के लिए क़ानूनी झगड़े करने पड़ेंगे। मैं झगड़ा ज़्यादा नहीं बढ़ाना चाहती थी क्योंकि डैडी को सब तफ़सील मालूम होती तो उनका सदमे के मारे हार्ट फ़ेल हो जाता। एक बैरिस्टर दोस्त के ज़रिये अलबत्ता जमील को ख़त लिखवा दिया था तो उन्होंने जवाब दिया कि उस औरत की इख़लाक़ी[2] हालत ऐसी नहीं कि एक मासूम बच्चे की परवरिश कर सके ''' और इरफ़ान, उनका यह प्वाइंट शायद ठीक भी था ''' कम-अज़-कम दुनिया की नज़रों में ''' "

"व्हाट रबिश ''' "

लाहौर स्टेशन पर इंडिया जानेवाली ट्रेन पर सवार होने से पहले प्लेटफ़ॉर्म की सलाख़ों

1. छुटकारा (इस्लाम में स्त्रियों को विवाह से मुक्ति माँगने का अधिकार); 2. नैतिक।

के उधर बैठे हुए कांस्टेबिल ने काग़ज़ात की ख़ानापुरी के लिए सवालात शुरू किए तो एक ख़ाने पर आकर उसने पूछा :

"मज़हब ... ?"

सब गड़बड़ा गए। बिलक़ीस फ़ार्म मुकम्मल करवाके ट्रेन के क़रीब खड़ी रिश्तेदारों से बातें करने में मशग़ूल थी। नादिर और इरफ़ान सीता के साथ पुलिस की मेज़ पर मौजूद थे। कांस्टेबिल ने पासपोर्ट खोलकर दोबारा देखा और वीज़ा पर निगाह दौड़ाई ...

नाम : मिसेज़ सीता जमील।

सफ़र का मक़सद : अज़ीज़ों से मिलने पाकिस्तान आई थीं।

शौहर की क़ौमियत : जम्हूरिय-ए-हिंद[1] का शहरी।[2]

उसने फिर एक मर्तबा सीता पर नज़र डाली। अजीब-सा नाम है। माथे पर बिंदी लगा रखी है। पाकिस्तान से इंडिया जा रही है। ख़ासा पुर-असरार[3] मामला था।

"मज़हब ?" उसने दोबारा सवाल किया।

"यह सोचना पड़ेगा। चलिए, फ़्री थिंकर लिख दीजिए," इरफ़ान ने हँसते हुए कहा।

कांस्टेबिल ने लिख दिया।

"हा हा हा ... ," नादिर ने क़हक़हा लगाया। "भाभीजान फ़्री थिंकर ... ! सारे शगुन बड़ी ख़ाला से पूछ-पूछकर तुलसीपुर में करती थीं। जब जमील भैया बीमार पड़ गए थे ... हा हा ... ।"

"हा हा हा ... ," इरफ़ान भी खोखली हँसी हँसा।

"हा हा हा ... " सीता ने भी उसका साथ दिया।

8

ट्रेन लाहौर से देहली पहुँची गई। बिलक़ीस उसी रोज़ पालम जाकर बंबई रवाना हुई। सीता क़रोलबाग़ वापस पहुँची। दूसरे रोज़ हिमा से मिली। तीसरे रोज़ से दफ़्तर जाने लगी। उसकी मसरूफ़ और ख़ाली ज़िंदगी के मामूलात[4] का सिलसिला वहीं से दोबारा शुरू हो गया, जहाँ उसे छोड़कर वह तीन हफ़्ते के लिए पाकिस्तान गई थी।

बिलक़ीस के बंबई से लौटने के बाद 'मुद्राराक्षस' शुरू होनेवाला था और मॉडर्न थिएटर के इराक़ीन[5] उसकी तैयारियों में बेहद मसरूफ़ थे।

'फ़र्स्ट नाइट' के मौक़े पर सीता थिएटर हाल की सीढ़ियों पर खड़ी चंद दोस्तों से

---

1. भारतीय गणराज्य; 2. नागरिक; 3. रहस्यमय; 4. रोज़मर्रा के नियम; 5. सदस्यगण।

बातें कर रही थी जब उसने महसूस किया कि सुतून[1] के पीछे से एक आदमी उसे बड़े ध्यान से देख रहा है। सूरत कुछ मानूस[2]-सी थी मगर उसकी समझ में नहीं आया कि कौन है। वह इतमीनान से बातों में मुनहमिक[3] रही। जब सब लोग अंदर जाने लगे तब भी उस आदमी ने एक-दो बार मुड़कर उसे उचटती निगाहों से देखा। खेल के इख़्तताम[4] पर जब वह बिलक़ीस को मुबारकबाद देने के इरादे से ललिता के ड्रेसिंगरूम में गई उस वक़्त वह आदमी वहाँ पहले से मौजूद था और चार-पाँच लोग उसे घेरे हुए थे। अपने अंदाज़ से वह कोई बड़ी अहम हस्ती मालूम होता था। ललिता ने सीता का उससे तआरुफ़[5] कराया–"प्रोजेश कुमार चौधरी !"

प्रोजेश कुमार चौधरी–मुल्क का अज़ीम[6] मुसव्विर[7]। आलमगीर शोहरत[8] का एक्सप्रेशनिस्ट आर्टिस्ट ··· जिसकी तसवीरें उसने नुमाइशों और रिसालों और किताबों में देखी थीं। जिसके मुतल्लिक़ अमरीका के आर्ट मेगज़ीनों में मज़मून[9] पढ़े थे ··· प्रोजेश कुमार चौधरी ··· इस समय जीता-जागता उसके सामने मौजूद था !!

"हलो सीतादेवी," वह कह रहा था। "क़मर से तो आपका बहुत ज़िक्र सुना है। बड़ी खुशी हुई कि इस वक़्त आपसे मुलाक़ात हो गई ··· आइए, इधर बैठ जाएँ !"

वो मलबूसात[10] के अंबार के पास स्टूलों पर टिक गए। प्रोजेश बेहद इख़लाक़ से गुफ़्तगू करता रहा।

यह सोचकर कि वह हिंदुस्तान के सबसे बड़े मुसव्विर से बातें कर रही है, उसे बड़ी अजीब-सी सनसनी महसूस हुई।

प्रोजेश ख़ासी पुख़्ता उम्र का इनसान था। उसकी शख़्सियत बहुत दिलकश थी और औरतों को मोहने का फ़न[11] भी उसे खूब आता था।

"बचपन से मैं आपका नाम सुनती आ रही हूँ। कोलंबिया में हम लोगों ने आपकी तसवीरों की नुमाइश भी की थी, 'इंडिया इवनिंग' के सिलसिले में एक मर्तबा !" सीता ने कहा।

"अच्छा !" वह बड़ी शफ़क़त[12] और अपनाइयत[13] से मुस्कुराया।

"बचपन से आपका नाम सुनती आ रही हूँ ··· " यह क्या रस्मी और अहमक़ाना बात कह दी मैंने। मगर यह वाक़िया था कि उस वक़्त वह यकबारगी बेहद नर्वस हो गई थी। मशहूर शख़्सियतों से मरऊब होना[14] उसकी बहुत बड़ी कमज़ोरी थी और उसे इस कमज़ोरी का एहसास भी था। पल की पल में उन सब मशहूर लोगों का जुलूस उसके ज़ेहन में मँडलाया जिनकी वह लड़कपन से हीरो-वर्शिप करती आई थी ···

"मेरा मतलब यह नहीं कि ··· मैं बहुत छोटी हूँ ··· " दूसरे लम्हे उसने सँभलकर कहा।

"क्यों नहीं ··· तुम तो मेरी बेटी बराबर होगी।"

"ख़ैर यह तो ग़लत है ··· बेटी ?" उसने ज़रा रुककर पूछा।

"हाँ, अगर मेरे कोई बेटी होती तो तुमसे कोई चार-पाँच साल ही छोटी रही होती

---

1. खंभा; 2. परिचित; 3. मग्न; 4. समापन; 5. परिचय; 6. महान; 7. चित्रकार; 8. विश्वव्यापी प्रसिद्धि; 9. लेख; 10. कपड़ों; 11. कला; 12. वात्सल्य; 13. अपनापन; 14. रोब में आ जाना।

उम्र में।"

सीता को मालूम था कि जब से अपनी हंगेरियन बीवी को उसने तलाक़ दी थी (जो खुद बड़ी मशहूर संगतराश[1] थी) प्रोजेश कुमार चौधरी ने दूसरी शादी नहीं की थी। जिस तरह गोर्की सारी दुनिया को अपनी यूनिवर्सिटी समझता था, प्रोजेश सारी दुनिया की खूबसूरत औरतों को अपनी हरमसरा की मुमकिन कनीज़ें तसव्वुर[2] करने का क़ायल था और ऐसा सोचने में वह हक़-ब-जानिब[3] था क्योंकि बहुत कम औरतें उसकी शख़्सियत[4] के सेह्र[5] से बच सकती थीं। पिछले बीस साल से उसके बेतकल्लुफ़ दोस्तों के हलक़े में उसके मुख़्तलिफ़ 'पीरियड' मशहूर थे। 1928 से लेकर 1941 तक, जब इलाहाबाद की कश्मीरी-नज़ाद[6] आर्टिस्ट प्रेमा बख़्शी पर आशिक था। वह ज़माना उसकी मुसव्विरी[7] का 'कश्मीर पीरियड' कहलाता था। उसके बाद यके-बाद-दीगरे[8] चेकोस्लोवाकियन, गुजराती और राजस्थानी अदवार[9] जारी रहे। 1946 से 1952 तक जब नामवर हिंदी अदीबा[10] कुमारी राजरानी मिश्र ने उससे मुतास्सिर[11] होकर तीन ज़ख़ीम[12] नावेल लिखे, वह प्रोजेश कुमार चौधरी का 'गंगा-जमुनी दौर' समझा गया। 1952 से अब तक उसके अलाहदा-अलाहदा[13] मरहटी, फ्रांसीसी, रूसी और पंजाबी पीरियड शुरू होकर ख़त्म हो चुके थे। इसी दौरान में उसकी हंगेरियन बीवी आई भी और चली भी गई। इधर कुछ अरसे से उसकी जज़्बाती ज़िंदगी का कोई पीरियड मंज़रे-आम[14] पर नहीं आया था।

वह ललिता के ड्रेसिंगरूम में बैठा बहुत देर तक सीता से इधर-उधर की बातें करता रहा। सीधी-सादी ग़ैर-गुंजलक,[15] ग़ैर-माबादुत्तबइआती[16] बातें।

उसकी तबीयत में कितना इंकसार[17] था, कितनी मुलायमियत–सीता ने हैरत से सोचा, और जब प्रोजेश ने कहा कि हफ़्ते[18] की रात को मेरे साथ खाना खाओ तो उसने फ़ौरन मंज़ूर कर लिया। "क़मर और माधुरी भी आ रहे हैं," प्रोजेश ने इज़ाफ़ा किया।

"ओह ... हाउ वंडरफुल ... मैं क़मर से बहुत ज़माने से नहीं मिली ... ," सीता ने गर्मजोशी से जवाब दिया।

हफ़्ते की शाम को जब वह प्रोजेश कुमार चौधरी के हमराह[19] रेस्तराँ में दाख़िल हो रही थी तो उन दोनों को इकट्ठे देखकर बरामदे में खड़ी हुई किसी लड़की ने चुपके से अपने साथी से कहा :

"शूगर डैडी !!"

सीता का चेहरा सुर्ख़ हो गया। शुक्र है, प्रोजेश ने यह लचर रिमार्क नहीं सुना, उसने सोचा।

वह दोनों अंदर जाकर एक कोने में बैठ गए। हाल क़ुमक़ुमों[20] से जगमगा रहा था। आर्केस्ट्रा कोई ताज़ातरीन अमरीकन धुन बजाने में मसरूफ़ था। लोग आकर मेज़ों पर बैठ रहे थे या बाहर जा रहे थे। प्रोजेश अपने किसी शनासा[21] से बात करने के लिए

---

1. मूर्तिकार; 2. कल्पना; 3. सही; 4. व्यक्तित्व; 5. जादू; 6. कश्मीरी मूल की; 7. चित्रकला; 8. एक के बाद एक; 9. युग; 10. लेखिका; 11. प्रभावित; 12. भारी-भरकम; 13. अलग-अलग; 14. दृश्यपटल; 15. अस्पष्टता से रहित; 16. पराप्राकृतिक बातों से रहित; 17. विनम्रता; 18. शनिवार; 19. साथ; 20. बल्बों 21. परिचित।

उठकर दूसरी मेज़ पर चला गया। सीता अपनी जगह पर बैठी रेस्तराँ के मजमे को देखती रही। कैसे-कैसे लोग, नई हिंदुस्तानी स्टेज के अदाकार, उर्दू के शायर और अदीब ··· नए दौलतबंद सिंधी और पंजाबी जो दस साल क़ब्ल[1] इसी शहर में पाकिस्तान से शरणार्थी बनकर आए थे। बाहर कनाट सर्कस के रास्तों पर मोटरों का ज्वार-भाटा उमड़ रहा था। मरकज़ी हुकूमत[2] के आला ओहदेदार,[3] फ़िल्म सेमिनार के लिए आए हुए बंबई और कलकत्ते के मशहूर एक्टर और एक्ट्रेसें और डाइरेक्टर ··· कांग्रेस और सोशलिस्ट और कम्युनिस्ट पार्टियों के नेता ··· इसी नई सोसाइटी के मुतल्लिक़ रिसर्च करके उसने पी.एच.डी. डिग्री ली थी ··· चंद मिनट बाद प्रोजेश मेज़ पर वापस आया और नर्म-नर्म आवाज़ में उससे बातें करता रहा। इन कमबख़्त बंगालियों की आवाज़ में कितना जादू होता है।

थोड़ी देर में क़मर और माधुरी आ गए ··· माधुरी की माँग में सिंदूर था।

"मिसेज़ चौधरी ··· ," प्रोजेश ने सीता से तआरुफ़ कराया।

"मुबारक हो क़मर," सीता ने मुस्कुराकर कहा।

"थैंक्स ··· सीता ··· हम लोगों ने इतनी जल्दी में शादी की है कि सब दोस्तों को ख़बर भी नहीं कर सके ··· और तुम तो पाकिस्तान चली गई थीं !"

क़मर ने बड़ी मुहब्बत और ख़ुलूस से सीता से बातें शुरू कीं, जिस तरह दो पुराने दोस्त एक-दूसरे से मिलते हैं।

उसी वक़्त प्रोजेश ने एक रूसी दोस्त को अपनी मेज़ पर बुला लिया जो उर्दू में रिसर्च करने के लिए मास्को से अलीगढ़ आई हुई थी। कुछ देर बाद दो और रूसी पार्टी में शामिल हो गए। यह दोनों भिलाई में इंजीनियर थे। ये लोग 'हिंदीवाले' थे और निहायत सक़ील[4] उर्दू और निहायत शुद्ध हिंदी बोल रहे थे।

जूँ-जूँ रात गहरी होती गई, प्रोजेश के मेहमानों की तादाद में इज़ाफ़ा होता गया। डिनर के इख़्तताम[5] पर जब सीता बाहर निकलने लगी तो क़मर और माधुरी ने उसे बड़ी गर्मजोशी से आइंदा इतवार को अपने घर मदऊ[6] किया।

क़मर और माधुरी की शादी को एक महीना भी नहीं हुआ था। वह दोनों सुंदरनगर के एक फ़्लैट में रह रहे थे। माधुरी सरकारी अफ़सर थी और अपनी कार चलाती थी। इस वजह से क़मर को अपनी माली कामयाबी के बावजूद कार ख़रीदने की ज़रूरत नहीं पड़ी थी। इन दिनों वह दोनों अपना घर इंतहाई आर्टिस्टिक अंदाज़ से सजाने में जुटे हुए थे और ज़्यादातर शाम को बाहर जाने के बजाय वो अपने क़रीबी दोस्तों को अपने यहाँ मदऊ कर लेते थे जहाँ सब मिलकर खाना पकाने में माधुरी की मदद करते।

इतवार की शाम हस्बे-वादा[7] वह प्रोजेश के हमराह क़मर के घर पहुँची। क़मर घंटी की आवाज़ सुनकर बहुत खुश-खुश, दौड़ता हुआ नीचे इस्तक़बाल[8] के लिए आया। ऊपर

---

1. पहले; 2. केंद्र सरकार; 3. उच्च अधिकारी; 4. कठिन; 5. समापन; 6. आमंत्रित; 7. वादे के मुताबिक; 8. स्वागत।

पहुँचकर उसने महेमानों को सिटिंगरूम में छोड़ा और उनकी ख़ातिरें करने में मसरूफ़ हो गया। प्रोजेश ने जो बहुत बड़ी पेंटिंग क़मर को शादी के तोहफ़े में दी थी, उसके नीचे दीवान पर बैठे हुए सीता ने देखा कि कामयाबी ने क़मर को एक हद तक मुख़्तलिफ़[1] शख़्स बना दिया था। उसके अंदाज़ में ख़ुदएतमादी[2] आ गई थी। शायद वह अब इतना लपाड़ी भी नहीं रहा था। मेहमानों से बातें करते-करते वह कभी-कभी नज़रें उठाकर बड़े प्यार से माधुरी को देख लेता था ··· माधुरी ने उस पर बहुत अच्छा असर डाला था। यह ज़ाहिर था कि वह उसकी बोहीमियनिज़्म दूर करने में तनदही से मसरूफ़ थी।

क़मरुल-इस्लाम चौधरी इस वक़्त एक कामयाब, नामवर, दौलतमंद इनसान था और मसरूर[3] और मुतमइन[4]–कामयाबी रूह के लिए कितनी उम्दा शै है।

उस वक़्त वह बड़ी बेनियाज़ी[5] और बेपरवाई से अपने बर्तानवी अमरीकन पब्लिशर्ज़ का ज़िक्र कर रहा था और सीता ने देखा कि उसकी गुफ़्तगू में कहीं पर भी ग़ुरूर या इतराहट या खुदसताई[6] की झलक नहीं थी। कामयाबी इनसान को इंकसार भी सिखला देती है। चंद रोज़ बाद वह मास्को जा रहा था। उसकी नई तमसील[7] मशरिक़ी बर्लिन में स्टेज की जानेवाली थी। हाल ही में उसने अपना पहला नॉवेल मुकम्मल किया था। इस नॉवेल को छपवाने की उसे जल्दी नहीं थी क्योंकि नज़्मों के मजमूए[8] की इशाअत[9] से उसे इतनी शोहरत मिल गई थी कि अब उसे मज़ीद[10] शोहरत की चंदाँ[11] परवाह नहीं रही थी ··· कामयाबी इनसान को क़ाने[12] बना देती है।

घंटी बजी और सतीश गोपाल और जेनीफ़र क्रीन अंदर आए। जेनीफ़र सीता को देखते ही नारा लगाकर उससे लिपट गई–"डार्लिंग ··· तुमको इतनी सदियों बाद देखा है ··· कैसी हो ··· ? मैं अब मिसेज़ गोपाल हूँ और तुम ··· ?"

सतीश गोपाल ने मुस्कुराकर सीता को नमस्ते किया। सीता उससे एक बार बिलक़ीस के हाँ मिल चुकी थी। वह बड़ा ख़ुश-इख़लाक़[13] और मिलनसार क़िस्म का पंजाबी लड़का था। महकम-ए-इत्तलाआत[14] में काम करता था और उर्दू में शे'र कहता था।

"हिंदुस्तान की रूह के अंदर झाँकने की तुम्हारी प्रोजेक्ट अभी मुकम्मल नहीं हुई ··· ?" खाने के लिए जापानी वज़ा[15] की लंबी चौकी के नज़दीक कुशन पर बैठे हुए सीता ने जेनीफ़र से दरियाफ़्त किया।

"बंगाल के बाद पंजाब का जायज़ा लेना बेहद ज़रूरी था," जेनीफ़र ने इतमीनान से फुसक्कड़ा मार फ़र्श पर बैठते हुए जवाब दिया।

"अभी तो हिंदस्तान की बहुत सारी स्टेट्स और बाक़ी हैं जेनीफ़र डीयर," सीता ने कहा।

"ख़ुदा मेरी मदद करे !" जेनीफ़र ने आँखें घुमाकर छत को देखते हुए जवाब दिया।

"सीताजी !" सतीश ने उसे मुख़ातिब किया, "क़मर साहब अब मुसिर[16] हैं कि मैं

---

1. भिन्न; 2. आत्मविश्वास; 3. प्रसन्न; 4. संतुष्ट; 5. उदासीनता; 6. आत्मप्रशंसा; 7. नाटक; 8. संग्रह; 9. प्रकाशन; 10. और अधिक; 11. ज़रा भी; 12. संतोषी; 13. अच्छे व्यवहार वाला; 14. सूचना विभाग; 15. आकार-प्रकार; 16. अड़े हुए।

उनके नॉवेल का उर्दू तर्जुमा करूँ ··· आपने पढ़ लिया इसे ··· ?"

"अभी तो नहीं।"

क़मर फ़ौरन मसौदे का फ़ाइल निकाल लाया।

"नाम तो बड़ा अच्छा है। बादलों का शहर ··· ," प्रोजेश ने उनवान[1] पर नज़र डालकर कहा।

खाने के बाद क़मर मसौदा लेकर सीता के पास आ बैठा। "सीता, मैं किसी रोज़ यह नॉवेल तुम्हें खुद पढ़कर सुनाऊँगा ··· सुनोगी ··· ? तुम्हें न्यूयार्क की वह तूफ़ानी रात याद है जब बरसती बारिश में तुम मेरे पास आई थीं और मैं कुछ न कह सका था ··· याद है ना ··· ? मैंने उस तूफ़ानी रात का बाब[2] अपने खूने-जिगर से लिखा है," उसने आहिस्ता से कहा।

सीता ने नफ़रत से उस पर नज़र डाली–तुम ज़िंदगियों से इसीलिए खेलते हो कि बाद में उनके मुतल्लिक़ नॉवेल लिख सको ··· तुम इंटेलेक्चुअल लोग दरअस्ल कितने बड़े फ्रॉड हो–उसने दिल में कहा।

जेनीफ़र अब क़हवा बनाने में माधुरी की मदद करने बावर्चीख़ाने में जा चुकी थी और दोनों किसी बात पर खुश-खुश हँस रही थीं। सतीश फुलकारी के टुकड़े पर बैठा बुक-केस की किताबें देखने में मसरूफ़ था ··· और क़मर से कोई बात कह रहा था।

एक लम्हे के लिए सीता का सर चकरा गया। यह बोहीमियन इंटेलेक्चुअल लोग शादियों के सिलसिले में एक क़िस्म की म्यूज़िकल चेयर खेल रहे थे और कितने नाक़ाबिले-एतबार[3] थे–क्योंकि खुद उन्हें अपनी ज़िंदगियों पर एतबार न था।

यकलख़्त उसे इरफ़ान याद आया ··· और उस याद ने उसे बेहद दिल-गिरफ़्ता[4] किया। इस लम्हे वह न जाने कहाँ होगा ··· लाहौर, पेशावर, पिंडी ··· वाक़ई उसने ठीक कहा था। वह और इरफ़ान दो मुख़्तलिफ़ कुर्रों पर[5] ज़िंदा थे।

इरफ़ान ने उसकी रवानगी के वक़्त लाहौर के प्लेटफ़ॉर्म पर नीची आवाज़ में कहा था :

"तुम मुझे ग़ैर-जज़्बाती समझती हो मगर अब तुम्हारे जाने के बाद मुस्तक़िल यह शेर पढ़-पढ़कर आँसू बहाया करूँगा ··· आँसू बहाना क्या, मानी दहाड़ें मार-मारकर रोऊँगा ··· "

"कौन-सा शेर ?"

"अर्ज़ करता हूँ–

> वो कब के आए भी और गए भी, नज़र में अब तक समा रहे हैं,
> ये चल रहे हैं, वो फिर रहे हैं, ये आ रहे हैं, वो जा रहे हैं।"

---

1. शीर्षक; 2. अध्याय; 3. अविश्वसनीय; 4. उदास; 5. भिन्न-भिन्न ग्रहों पर।

9

पाँच-छः महीने गुज़र गए ···

एक रोज़ काफ़ी रात गए बिलक़ीस खाना खाकर हाथ धोने के लिए गुसलख़ाने की तरफ़ जा रही थी जब ज़ोर-ज़ोर से फ़ोन की घंटी बजी। "सीता होगी। वही इस तरह वक़्त-बेवक़्त फ़ोन करती है ···," बिलक़ीस ने छोटी ख़ाला से कहा और लांज में जाकर रिसीवर उठाया। उसका ख़याल ठीक था। हिमा के गार्डन हाउस से सीता बोल रही थी।

"बिली ··· मैं कल सुबह को कोलंबो जा रही हूँ।"

"क्या कहा ? क्वालालंपुर ··· ? खुदा के लिए ··· क्यों भई ··· ?"

"कोलंबो," सीता की आवाज़ में नक़ाहत[1] थी।

"मगर क्यों ?"

"मुझे अभी मालूम हुआ कि जमील वहाँ यू.एन. के किसी काम से आए हुए हैं।"

"तो ··· ?"

"मैं जाकर आख़िरी बार उनसे प्रार्थना करूँगी कि राहुल मुझे दे दें।"

"यह जंगली बतख़ का तआकुब[2] है सीता डियर ··· और वहाँ क्यों जाओ ··· शायद वह दिल्ली भी आएँगे ··· इतने क़रीब आकर यह कैसे हो सकता है कि वह यहाँ न आएँ ··· मगर उन्होंने हमें कोलंबो आने के मुतल्लिक़ कुछ नहीं लिखा।"

"वह वहाँ सिर्फ़ हफ़्ते-भर के लिए आए हैं और सीधे जकार्ता चले जाएँगे और फिर वापस न्यूयार्क ··· मैंने यू.एन. इनफ़ार्मेशन आफ़िस से सब मालूम कर लिया है।"

"और कोलंबो में तुम उन्हें पकड़ लोगी ?"

"हाँ, मैं सब इंतज़ाम कर लूँगी।"

"या अल्लाह ··· ! तुम रोज़-ब-रोज़ ज़्यादा पुर-असरार[3] होती जा रही हो सीता डियर ··· वह किस तरह ? बड़ी रिसोर्सफुल हो भाई।"

"वह तुम्हारे वाले महाशय भी आजकल वहीं पर हैं। किसी कांफ़्रेंस के चक्कर में गए हैं।"

"मेरे वाले महाशय कौन ?"

"वही," वह ज़रा झिझकी। "इरफ़ान।"

"तुमको कैसे मालूम ?"

"मैं ··· मुझे उन्होंने लिखा था।"

"अच्छा ··· आप उनसे ख़तो-किताबत भी करती रही हैं ? तुम वाक़ई ज़बरदस्त डार्क हार्स हो सीता रानी। अगर कहीं खुदा-न-ख़ास्ता[4] मैं उनसे शादी करनेवाली होती तो इसी वक़्त आकर तुमसे डुएल लड़ती !"

---

1. कमज़ोरी; 2. पीछा; 3. रहस्यमय; 4. ईश्वर न चाहे।

"चूँकि मुझे मालूम है कि तुम उनसे शादी नहीं कर रहीं, इसलिए मैंने उनके ख़तों का जवाब देने में कोई हर्ज नहीं समझा।"

"ओह ··· नेवर माइंड ··· मैं मज़ाक़ कर रही थी। तुम किस क़दर बोर भी बनती जा रही हो। मुझे तुम्हारी तरफ़ से फ़िक्र हो गई है ··· चियर अप।"

"तो ··· वह ··· इरफ़ानसाहब बड़े समझदार आदमी हैं। मैं उनसे कहूँगी कि जमील को समझा-बुझाकर राज़ी करने की कोशिश करें ··· तुम्हारे नाते ··· उन्होंने पाकिस्तान में वादा किया था कि हर मुमकिन मदद करेंगे ··· उसके अलावा मैं डेढ़ साल काम करते-करते थक गई हूँ ··· ज़रा सैर भी कर लूँ ··· "

"तो सैर करने के लिए यहाँ जगहें कम हैं। कश्मीर या केरल चली जाओ। इतनी दूर जाकर रुपया बरबाद करने की क्या ज़रूरत है ··· ? फिर तुमने वही बेहूदा बात कही ··· मेरा नाता कैसा ?"

"मेरा मतलब यह कि वह तुम लोगों के फ़ैमिली फ़्रेंड हैं ··· ।"

"दूसरी बात यह कि जमील भैया दूसरों-तीसरों के समझाने से समझने के बजाय और ज़्यादा चिढ़ जाएँगे। तुम उनका गुस्सा नहीं जानती हो ··· मैं उनकी बहन हूँ ··· मैं जानती हूँ ··· "

"मैं उनकी बीवी हूँ बिलक़ीस।"

"गुड गॉड ··· सीता तुमको अक़्ल की बात बताना बिलकुल बेकार है। सीधे सुभाव यह क्यों नहीं कहतीं की चूँकि तुम्हारे लिए पाकिस्तान जाकर इरफ़ान से मिलना तक़रीबन नामुमकिन है और हम सबके लिए ackward भी। इसलिए तुम महज़ उनसे मुलाक़ात करने कोलंबो जा रही हो ··· तुम किसको बेवक़ूफ़ बनाना चाह रही हो सीता डियर ··· ?"

"बिलक़ीस !" सीता ने गुस्से से कहा, "तुम मुझसे ऐसी बातें क्यों कर रही हो ?"

"इसलिए कि तुम दिन-ब-दिन ज़्यादा अहमक़ होती जा रही हो। लोग यहाँ तुम्हारे स्कैंडल बयान करते हैं तो शर्म तो हम लोगों को आती है।"

"गुड नाइट बिलक़ीस !" सीता ने गुस्से से लरज़ते हुए[1] रिसीवर पटख़ दिया।

"किससे लड़ रही थीं ?" हिमा ने बच्चे को लोरी देते हुए अपने कमरे से बड़ी मीठी आवाज़ में पूछा।

"तुम सब लोग मिलकर मुझे खा जाओगे," सीता ने ज़ह्र भरे लहजे में जवाब दिया और बैग उठाकर तीर की तरह गैलरी से बाहर निकल गई।

---

1. काँपते हुए।

10

"वाणी और विनायक को मेरा प्रणाम जिन्होंने अलफ़ाज़ और उनके मानी ईजाद किए ··· वाल्मीकि, हनुमान, भवानी और शंकर, राम और सीता को मेरा प्रणाम ··· हरिहर ··· जिसके कारण यह दुनिया हक़ीक़ी[1] नज़र आती है ··· जिस तरह रस्सी को साँप समझ लिया जाता है। हरिहर ··· जिसके चरण ही ऐसी नाव हैं जिनके ज़रिये संसार--पैदाइश और मौत –के समंदर को पार किया जा सकता है ··· विष्णु ! जिसका चेहरा हाथी का ऐसा है, जो कलियुग की बदी को जलाकर राख कर देता है ··· मुझ पर अपना रहम कर ···

"दूध के समंदर में रहनेवाले खुदा जो नील कँवल के मानिंद नीला है–मुझ पर रहम कर ··· गुरु रामानंद के क़दमों की धूल से जो अमृत है, मैं अपनी ख़िरद[2] की आँखों को साफ़ करूँगा ··· संतों के कर्म कपास के फूल ऐसे हैं ··· खुश्क और सफ़ेद और मुलायम ··· मेरा गुरु जो दुनिया में मुजस्सम[3] प्रयाग है ··· जहाँ से गंगा बहती है, जो राम की भक्ति है ··· जो ध्यान है ··· जो सरस्वती की मानिंद है ··· हरि और हर की कहानी त्रिवेणी ऐसी है ··· धर्म बरगद का मज़बूत दरख़्त है–बद-नफ़स[4] इस दुनिया में केतु की तरह तबाहकुन[5] हैं और कुंभकरण की तरह सन्नाते हैं ··· खुदा और बंदा, दौलत और इफ़लास,[6] बादशाह और भिखारी, काशी और मगध,[7] गंगा और कर्मनाशा[8], मारवाड़ और मालवा[9], बरहमन और क़साई--वेदों ने इनका फ़र्क़ बताया है ··· मैं सफ़ेद काग़ज़ पर वही लिखता हूँ जो सच है ··· मलय की जो लकड़ी उसे बड़ा बेशक़ीमत समझा जाता है, उसे महज़ लकड़ी कौन समझता है ? शारदा[10] की बूँदें सीपी में गिरते ही पूर्णमासी की रात को सदफ़[11] बन जाती हैं।

"अवध के मुक़द्दस[12] शहर और मुक़द्दस सरयू को मेरा प्रणाम। सीता और राम जो इस तरह हैं जैसे लफ़्ज़ और उसके मानी, पानी और उसकी मौज[13]। रघुपति की भक्ति बरसात का मौसम है। राम के भक्त धान के उगते हुए पौधे ··· राम नाम के हुरूफ़[14] सावन-भादों के महीने–पुरखुलूस मुहब्बत वह जंगल है जिसमें राम और सीता घूमते हैं। ज़हीन सवालात कश्तियाँ है। उनके जवाब माहिर मल्लाह ··· राम के अलफ़ाज़ मज़बूत घाट हैं।

"मनु बादशाह जो नस्ले-इनसानी[15] का बाप है उसका पोता हरि-भक्त था। मनु और उनकी बीवी ने राजपाट तजकर तपस्या के लिए जंगलों का रुख़ किया। मियाँ और बीवी जंगल में इस तरह चलते थे गोया ख़िरद[16] और अक़ीदा[17] हमराह हों। ओम् नमो

1. वास्तविक; 2. बुद्धि; 3. साकार; 4. बुरी आत्माएँ; 5. विध्वंसक; 6. निर्धनता; 7. काशी नेकी है, मगध बदी; 8. गंगा की एक शाख़ जिसके मुतल्लिक़ अक़ीदा है कि उसको छूने से सारे कर्म का नाश हो जाता है; 9. मारवाड़ सहरा है, मालवा सरसब्ज़; 10. बारिश; 11. मोती; 12. पवित्र; 13. लहर; 14. अक्षर; 15. मानवजाति; 16. बुद्धि; 17. आस्था।

भगवते वासुदेव का जप करते तब जब गोमती किनारे पहुँचे और हज़ारों साल इबादत करते रहे तब खुदावंदे-आलम[1] ने उनसे कहा, माँगो तुम्हारी क्या ख़्वाहिश है ... मनु ने कहा– खुदावंदा, मैं तुझ ऐसा बेटा चाहता हूँ ... खुदावंदे-आलम ने कहा–मैं लासानी[2] हूँ– मेरा जैसा दूसरा कोई नहीं। मैं यह अलबत्ता कर सकता हूँ कि तेरे बेटे के रूप में दुनिया में आऊँ ... ।"

"अरी हिमा ... ," अम्माँ ने *रामायण* के सफ़हे पर उँगली रखकर अपने कमरे से आवाज़ दी। "अरी क्या सीता चली गई ? उसे खाना तो खिला दिया होता।"

हिमा ने कोई जवाब नहीं दिया; वह बेडरूम अंदर से बंद किए बच्चे को सुलाने में मसरूफ़ थी। सारा गार्डन हाउस ख़ामोश पड़ा था। शहज़ाद अभी नई दिल्ली से वापस न आया था। अम्माँ ने ऐनक लगाकर दोबारा पढ़ना शुरू किया।

"महाराजा सत्यकेतु के बेटे के राज में सारे देश में दूध की नदियाँ बह गईं। वह राजा बेहद नेक और बहादुर था। एक रोज़ वह विंध्याचल के पहाड़ों में हिरन का शिकार खेलने गया और एक बेहद हसीन जंगली सूअर का पीछा करते-करते एक ख़ोह में जा पहुँचा जहाँ एक शहज़ादा, जोगी के भेस में रहता था। उसे राजा ने मैदाने-जंग में शिकस्त दी थी और तब से वह उसका दुश्मन था। राजा उसको पहचान न सका और नक़ली जोगी ने कहा, मेरा नाम एकतनु है। इब्तिदा-ए-आलम[3] से मैं एक ही जिस्म में रहता आया हूँ कि तपस्या से इनसान बड़ी कुदरत[4] हासिल कर लेता है। सादा-लौह[5] राजा ने उससे कहा, "गुरु, ऐसी दुआ दो कि मैं और मेरा राज-पाट अमर हो जाए। उस चालाक संन्यासी ने कहा, "यह जभी मुमकिन है जब तुम ब्राह्मणों को ताबे[6] करो; ब्राह्मणों के श्राप से सारी ताक़तें ज़ेर हो जाती हैं। तुम मेरे हाथ का बना हुआ खाना रोज़ाना एक लाख ब्राह्मणों को खिलाओ और वह तुम्हारे ताब-ए-फ़रमान[7] हो जाएँगे। जोगी की मदद से राजा ने ब्राह्मणों की ज़ियाफ़त[8] की। जैसे ही ब्राह्मणों ने खाना शुरू किया, आसमान से आवाज़ आई–ख़बरदार ! इस भोजन को हाथ न लगाना। इसमें ब्राह्मण का मास पका है। लिहाज़ा ब्राह्मणों ने राजा को श्राप दिया कि उसका अगला जन्म राक्षस की सूरत में होगा। तब आकाश से आवाज़ आई, 'ब्राह्मणो ! तुमने बग़ैर सोचे-समझे श्राप दिया है। राजा बेक़सूर, मगर ब्राह्मणों का दिया हुआ श्राप वापस नहीं लिया जा सकता था। चुनांचे अगली मर्तबा राजा राक्षस की सूरत में पैदा हुआ। उसके दस सर थे और बीस हाथ, और वह बेहद बहादुर और जंगजू[9] था, और उसका नाम रावण था। उसके वज़ीर[10] ने उसके छोटे सौतेले भाई विभीषण के रूप में जन्म लिया जो बड़ा विष्णु-भक्त और आक़िल[11] था। जब रावण ने बड़ी तपस्या की तो ब्रह्मा ने पूछा, माँग तेरी क्या ख़्वाहिश है। रावण ने कहा–मैं चाहता हूँ कि सिर्फ़ इनसान या बंदर के हाथ मारा जाऊँ। ब्रह्मा ने कहा–तेरी यह आरज़ू पूरी होगी।

"समंदर के वस्त[12] में एक पहाड़ है। उस पर ब्रह्मा ने एक मज़बूत क़िला बनाया जो इंद्र के शहर अमरावती से भी ज़्यादा खूबसूरत था और लंका कहलाता था। उसके

---

1. विधाता; 2. अद्वितीय; 3. सृष्टि का आरंभ; 4. सामर्थ्य; 5. भोले-भाले; 6-7. अधीन; 8. दावत; 9. लड़ाकू; 10. मंत्री; 11. बुद्धिमान; 12. मध्य।

चारों ओर समंदरी पानी की ख़ंदक़ थी और उसकी दीवारें सोने की थीं। जिनमें हीरे-जवाहरात जड़े थे। रावण ने उस लंका को अपनी राजधानी बनाया और उसमें इतमीनान से रहने लगा। इशरत,[1] दौलत, बेटे, अफ़वाज[2] फ़तहो-नुसरत,[3] ताक़त, ज़हानत, सबकुछ उसका था। उसका भाई कुंभकरण जो बेहद पेटू था, साल में छः महीने सोता था।

"अपनी ताक़त के नशे में आकर एक रोज़ रावण ने सारी कायनात के ख़िलाफ़ ऐलाने-जंग कर दिया। सारी दुनिया उसकी महकूम[4] हो गई। नेकी इस जहान से रुख़सत हो गई।

"तब ख़ुदावंदे-आलम ने कहा—मैंने मुद्दतें गुज़रीं, कश्यप और आवती से उनकी एक आरज़ू पूरी करने का वादा किया था। अब मैं सूर्यवंशी ख़ानदान में पैदा होता हूँ और मेरा नाम राम होगा।"

"अवध के शहर में रघुवंशी राजा दशरथ हुकूमत करता था जो वेदों का माहिर और नेक और अक़लमंद और विष्णु का बंदा था।"

बाहर मोटर आकर रुकी। शहज़ाद आहिस्ता-आहिस्ता सीटी बजाता अंदर आया। फिर उसके क़दमों की चाप उसके बेडरूम में बिछे हुए क़ालीन में डूब गई।

अम्माँ ने कई वरक़ उलटे और आगे पढ़ना शुरू किया—

"और जब दोनों शहज़ादे इस ख़ूबसूरत शहर के बाहर पहुँचे जहाँ दरिया के किनारे और बहुत-से शहज़ादों ने ख़ेमे लगा रखे थे तब विश्वामित्र ने कहा, रघु ! हम यहाँ ठहरेंगे।

"जब मिथिला के राजा को मालूम हुआ कि ऋषि विश्वामित्र तशरीफ़ लाए हैं तो वह खुद उनसे मिलने के लिए आए और उन्होंने पूछा-ऐ महाराज, बतलाइए ये दोनों ख़ूबसूरत लड़के जिनमें से एक साँवला है और एक गोरा, आपके साथ कौन हैं ? क्या ज़ाते-मुतलक़[5] जिसे वेदों में 'यह नहीं है' कहा गया है, दुई[6] के रूप में ज़ाहिर हो गई है ? और विश्वामित्र ने बताया कि यह दोनों आक़िल और बहादुर भाई राम और लक्ष्मण हैं।

"और शहर की औरतें जो खिड़कियों की जालियों से झाँक रही थीं, उन्होंने एक-दूसरे से कहा—वह साँवले बदन और कँवलनयनों वाला जिसने तीर-कमान उठाया हुआ है, कौशल्या का बेटा राम है और गोरी रंगत वाला जो उसके पीछे-पीछे चल रहा है, उसका वफ़ादार भाई और सुमित्रा का बेटा लक्ष्मण है—और ये दोनों यहाँ धनुष तोड़ने के मुक़ाबले का नज़ारा करने आए हैं।

"... और सीता गौरी की पूजा के लिए बाग़ में आईं और राम ने उनकी पायल की झंकार पर नज़रें उठाईं और उनकी नज़रें सीता के चेहरे पर ऐसे जमीं जैसे चाँद चकोर को देखता है, और लक्ष्मण ने कहा—भैया, यह जनक की बेटी सीता है जिसको हासिल करने के लिए धनुष तोड़ने का मुक़ाबला किया जा रहा है।

---

1. समृद्धि; 2. सेनाएँ; 3. विजय; 4. अधीन; 5. निरपेक्ष सत्ता; 6. द्वैत्व।

"दरख़्तों के कुंज से सीता ने राम पर निगाह डाली और उनकी नज़रें राम पर ऐसे जमीं जैसे चकोर ख़िजाँ के चाँद को देखता है ··· उन्होंने राम को आँखों के ज़रिये दिल में दाख़िल करके पलकों के किवाड़ बंद कर दिए।

"जब राम सीता को ब्याहकर अयोध्या लौटे ··· ।"

"अम्माँ," हिमा ने दरवाज़े में आकर कहा। "आनंद रोए जा रहा है, ज़रा आकर चुप कराइए।"

"लड़की, तू मुझे कभी चैन से बैठकर पाठ नहीं करने देती !" किताब हाथ में लिए बड़बड़ाती हुई वह दूसरे कमरे में गईं और आनंद को गोदी में लिटाकर दूसरे घुटने पर किताब रख ली और हिलकोरे देकर उसे सुलाते हुए बोलीं, "ले, तू भी सुन ··· राम-नाम सुनकर देखूँ तो तू कैसे अच्छी माँ को तंग करता है !" फिर उन्होंने मज़ीद[1] चौपाइयाँ पढ़ना शुरू कीं।

" ··· दशरथ की रग़बत[2] एक जंगल की मानिंद थी जिसमें राहत मसरूर[3] परिंदों की तरह उड़ती फिरती थी। इस जंगल में भील शिकारन–कैकई–अपने अलफ़ाज़ के शिक्रे[4] छोड़नेवाली थी ··· उसने कहा–महाराज, एक मर्तबा आपने मुझे वचन दिया था कि मैं जो भी फ़रमाइश करूँगी, आप उसे पूरी करेंगे ··· सूर्यवंशी रजा अपने क़ौल से नहीं फिरा करते ··· अब मेरी एक आरज़ू पूरी कीजिए ··· राम के बजाय मेरे बेटे भरत को गद्दी पर बिठाइए और राम को चौदह बरस का बनबास दीजिए ··· "

"बच्चे ने ज़ोर से अपना मुन्ना-सा हाथ मारा और किताब पट से बंद होकर नीचे गिर पड़ी। अम्माँ ने उसे उठाकर पढ़ना जारी रखा :

" ··· राम और लक्ष्मण के दरमियान सीता इस तरह थीं जैसे ज़ाते-मुतलक़ और इनसानी रूह के दरमियान फ़रेबे-नज़र[5] ··· घने जंगलों में ऋषियों के हुजूम राम के साथ-साथ चले और चित्रकूट पहुँचकर मंदाकिनी नदी के किनारे राम ने क़याम किया।"

"अम्माँ, बिशनसिंह पूछ रहा है, सुबह को खाना क्या बनेगा ?" हिमा ने डाइनिंगरूम में से आवाज़ दी। बच्चा अब सो चुका था। उसे टोकरी में लिटाकर वह बड़बड़ाती हुई दूसरे कमरे में गईं। कुछ देर बाद वापस आकर उन्होंने झाँककर नज़र डाली और अपने बेडरूम में चली गईं। हिमा अब गुसलख़ाने से निकलकर चेहरे पर कोल्ड क्रीम लगाने के बाद सोने की तैयारी कर रही थी कि उसे फिर अम्माँ की आवाज़ सुनाई दी :

"हिमा ··· इधर आ ··· "

"जी अम्माँ," उसने गैलरी में आकर पूछा। अम्माँ आँखों पर हाथ रखकर पलंग पर लेट चुकी थीं।

"अभी पड़कर मत सो," उन्होंने कहा।

"जी अम्माँ।"

"मेरी आँखों में दर्द हो रहा है ··· तू थोड़ी देर यहाँ बैठकर मुझे राम-नाम सुना।"

"बहुत अच्छा अम्माँ," हिमा ने एक लंबा साँस भरा और कुर्सी खींचकर फ़रमाँबरदारी

---

1. और आगे; 2. प्रेम; 3. प्रसन्नचित्त; 4. एक हिंसक पक्षी; 5. दृष्टि-भ्रम।

से बैठ गई ...

"कहाँ से पढ़ूँ ?"

"कहीं से पढ़ ... बनबास का क़िस्सा पढ़ !"

"अच्छा।"

"काली घटा के मानिंद साँवले-सलोने राम गोदावरी के किनारे पहुँचे तो लक्ष्मण ने कहा–भैया, मुझे ज्ञान और बेताल्लुक़ी[1] और फ़रेबे-मजाज़[2] के मुतल्लिक़ बतलाइए ... "

"और आगे चलो।"

"उफ़्फ़ोह ... अच्छा, अनुसूया ने कहा ... यह पढ़ूँ ?"

"हाँ यह पढ़ो," अम्माँ ने आँखें बंद कर करवट बदलते हुए कहा।

"अनुसूया ने कहा–सुनो राजकुमारी, माँ और बाप और भाई, सब अपने दोस्त और मददगार हैं, मगर जो मुसर्रत उनसे हासिल होती है, महदूद[3] है ... शौहर से रिफ़ाक़त[4] की मुसर्रत अथाह है। वह औरत कमीनी है जो अपने शौहर की इज़्ज़त न करे। हिम्मत, उसूल, दोस्त और बीवी– ये चार चीज़ें आड़े वक़्त परखी जाती हैं। शौहर अगर बूढ़ा हो या बीमार या अहमक़ या अंधा या बद-मिज़ाज या सख़्त मुसीबत में मुब्तला[5] ... अगर उस समय बीवी ने उसकी इज़्ज़तो-तौक़ीर न की तो वह नरक में जलेगी। वेदों और पुराणों के मुताबिक़ औरत के चार दर्जे हैं। बेहतरीन औरत वह है जो समझे कि उसके शौहर के अलावा दुनिया में और कोई मर्द नहीं। दूसरे दर्जे पर वह औरत है जो शौहर के अलावा सारे मर्दों को बाप और भाई और बेटा समझे ... वह औरत सबसे कमतर है जो महज़ मौक़े के फ़ुक़दान[6] की वजह से पाकदामन[7] रहे ... "

"और आगे चलो ... "

" ... एक रोज़ रावण की बहन सूर्पणखा गोदावरी के किनारे आई और उसे दोनों शहज़ादे नज़र आए। ऐ गरुड़ ! औरत, ख़ूबसूरत मर्द को देखकर इस तरह पिघल जाती है जैसे सूरज के सामने रेतीला पत्थर ... "

"आगे चलो।"

"जब लक्ष्मण ने तैश में आकर सूर्पणखा की नाक काट ली ... यहाँ से सुनाऊँ ?"

"हूँ ... "

"तो वह रोती हुई राक्षसों के पास पहुँची और उनका सरदार धूमकेतु चौदह हज़ार राक्षसों की फ़ौज लेकर राम और लक्ष्मण पर हमला करने के लिए रवाना हुआ।

"उस समय जंगल में गीदड़ चिल्लाते थे ... भूतों, बदरूहों और मसानों ने खोपड़ियाँ जमा कीं ... ख़ूँख़ार इफ़रीतों[8] ने उन खोपड़ियों के ढोल बजाए और चुड़ैलें उनकी ताल पर नाचीं। सूर्पणखा ने अपने भाई से कहा ... "

"आगे चलो ... जहाँ सीताहरण होता है ... "

"और सतवंती सीता ने देखा कि एक सुनहरा हिरन जंगल में भागा जा रहा है। नाथ ! उन्होंने कहा–इसका शिकार करके उसकी खाल मेरे लिए ला दीजिए ... रघुपति समझ गए कि यह हिरन कौन है, और देवताओं का मक़सद पूरा करने के लिए उन्होंने

1. निस्पृहता; 2. जगत के अस्तित्व का भ्रम; 3. सीमित; 4. मैत्री; 5. ग्रस्त; 6. अभाव; 7. पवित्र; 8. प्रेतों।

तीर-कमान उठाई। रघुपति ने लक्ष्मण से कहा–भाई, जंगल में राक्षस घूम रहे हैं। ध्यान और फ़हम[1] और ताक़त के ज़रिये सीता की हिफ़ाज़त करते रहना ··· राम को देखते ही हिरन तेज़ी से भागा और राम ने उसका पीछा किया ··· और बहुत दूर निकल गए ··· ''

''जब हिरन राम के तीर से घायल होकर गिरा तो उसने एक फ़लक-शिगाफ़[2] चीख़ मारी ··· और चीख़ की आवाज़ सुनते ही सीता ने घबराकर लक्ष्मण से कहा–भैया, तुम्हारे भाई पर कोई आफ़त आई है ··· वह जिसके अबरू[3] के इशारे से सारी कायनात तख़लीक़ हुई, इस वक़्त खुद ख़तरे में घिरा है ··· फ़ौरन जाओ ··· और लक्ष्मण सरासीमा होकर[4] राम को ढूँढने चले गए।

''और रावण जोगी के भेस में सीता की कुटी पर पहुँचा और उन्हें ज़बरदस्ती उठाकर ले चला।

''सीता चीख़ी–रघुराई ··· रघुराई ··· रघुराई ··· ''

हिमा को अब नींद आ रही थी। उसने आँखें मलकर अम्माँ को देखा कि शायद वह भी सो चुकी हों मगर वह उसी तरह बड़ी श्रद्धा से आँखें नीम-वा[5] किए, लेटी पाँव हिला रही थीं। ये चौपाइयाँ वह हज़ारों मर्तबा पढ़ चुकी थीं मगर जाने क्या मुसीबत थी ··· उसने जमाई लेकर फिर पढ़ना शुरू किया।

''रावण ने सीता को रथ पर बिठाला और तेज़ी से उड़ गया। सीता शिकारी के चंगुल में फँसी हुई ख़ौफ़ज़दा हिरनी की तरह चीख़ती-चिल्लाती आसमान पर से गुज़री। जब उसने नीचे एक पहाड़ी पर बंदरों को बैठे देखा तो हरि का नाम लेकर अपना दुपट्टा उनकी तरफ़ फेंका। रावण ने उसे अपनी राजधानी में ले जाकर अशोक के जंगल में क़ैद कर दिया।''

वह फिर जमाई लेने के लिए रुकी और पुरउम्मीद नज़रों से अम्माँ को देखने लगी कि शायद अब वह बस करने को कहें।

''अब हनुमानजी वाली चौपाइयाँ पढ़ो ··· ,'' उन्होंने आँखें बंद किए-किए इतमीनान से फ़रमाइश की।

''ओ के अम्माँ'', हिमा ने ठंडा साँस लेकर जवाब दिया।

'' ··· और बंदरों ने लंका तक पहुँचने के लिए पुल बनाया और रघुराज ने उस पर खड़े होकर समंदर पर निगाह की और मगरमच्छ और समंदर की सारी मख़लूक़[6] उनके दर्शन के लिए बाहर निकल आई और पुल पर इस क़दर भीड़ लगी कि बंदरों को हवा में उड़ना पड़ा।

''बंदरों ने साहिल[7] पर पहुँचकर खूब फल खाए ··· ''(हाउ स्वीट ··· ! हिमा हँस पड़ी। हूँ ··· अम्माँ ने गुस्से से हुंकार भरा ···) और पहाड़ों के टुकड़े तोड़-तोड़कर लंका की तरफ़ फेंके।

''सामने लंका थी ··· सोने का शहर ··· चौक और बाज़ार ··· और गलियाँ ··· और हाथी और घोड़े ··· और रथ और राक्षसों की फ़ौजें ··· और जंगल और फूल बन ··· और

---

1. बुद्धि, समझदारी; 2. आकाशभेदी; 3. भौं; 4. घबड़ाकर, हताश होकर; 5. अधखुली; 6. जीव-जंतु; 7. तट।

झीलें और तालाब और इनसानों और नागों और गंधर्वों की ख़ूबसूरत बेटियाँ। हनुमान ने उस जगह की मज़बूत क़िलाबंदियाँ देखकर नरसिंह पर ध्यान लगाया और मच्छर की सूरत बनकर लंका में दाख़िल हुए और एक राक्षस ने जिसका नाम लंकनी था, ललकारकर कहा–तुम मेरी बग़ैर इजाज़त यहाँ क्यों आए ... ? और हनुमान ने उसे एक घूँसा रसीद किया और ... "

11

बैंग ... बैंग ... बैंग ... इंजनों का शोर कम हुआ और हवाई जहाज़ बड़ी सहूलत[1] से रत्मालना एयरपोर्ट पर उतर गया। मद्रास से यहाँ तक गहरे बादलों की वजह से परवाज़[2] बहुत ख़राब रही थी। वह जहाज़ से उतरकर सीधी इंडियन एयरलाइंस के काउंटर पर गई और कोलंबो प्लान के दफ़्तर फ़ोन किया ... "जी नहीं, यहाँ तो कोई मिस्टर इरफ़ान नहीं हैं ... शायद किसी दूसरी इमारत में हों ... ठहरिए, मालूम करके बताता हूँ ... आप घंटा-भर बाद दोबारा ... " उसका दिल धक से रह गया ... अब क्या होगा?

"यू.एन. का दफ़्तर किधर है ?" उसने टैक्सीवाले से दरियाफ़्त किया।

ड्राइवर ने टैक्सी एक इमारत के सामने ले जाकर खड़ी कर दी ... उसके अंदर वह बैठा होगा ... जमील ... अपने डेस्क पर अपने काम में मसरूफ़ होगा। अगर वह उस वक़्त बाहर निकल आए ... तो क्या हो ? यकलख़्त उसे बहुत डर लगा और सीधी माउंट ल्योनिया होटल की तरफ़ रवाना हो गई।

उस रोज़ सारे कोलंबो में बड़ी खुशगवार धूप फैली हुई थी जिसमें सड़क के दोनों तरफ़ लगे हुए सुर्ख़ फूलों वाले घने दरख़्त और नारियल के झुंड और समंदर की लहरें–हर चीज़ जगमगा रही थी। माउंट ल्योनिया के नीचे साहिल पर अंग्रेज़ और अमरीकन आफ़ताबी गुस्ल[3] में मसरूफ़ थे। फ़िज़ा[4] पर अजीब-सी काहिली छाई हुई थी।

अपने कमरे में पहुँचकर कुछ देर बाद उसने दरीचा[5] खोला। सामने समंदर ठाठें मार रहा था। स्याहफ़ाम[6] सिंहाली आयाएँ चंद अंग्रेज़ बच्चों को रेत पर खिलाने में मसरूफ़ थीं। एक सिंहाली औरत बालों में फूल उड़से, मोंगे के हार बेचती दरीचे के नीचे से गुज़री ...

"बीड्ज़ मैडम ? वेरी नाइस वीड्ज़ ... ," उसने ऊपर देखकर कहा।

उसने दरीचा बंद कर दिया और सिंगार-मेज़ के सामने आकर बैठ गई ... अब क्या

1. सुविधा; 2. उड़ान; 3. सूर्यस्नान (सन बाथ); 4. वातावरण; 5. खिड़की या छोटा दरवाज़ा; 6. काली।

होगा ?

घंटे-भर बाद दरवाज़े पर दस्तक हुई और सफ़ेद सीरोंग में मलबूस बैरे ने अंदर आकर एक कार्ड पेश किया–"इरफ़ान अहमद काज़मी ... "

"ओह !! थैंक यू !!!" बूढ़ा सिंहाली बैरा बड़ी शफ़क़त से मुस्कुराया। वह जल्दी-जल्दी बाल दुरुस्त करके नीचे चली गई।

इरफ़ान टैरेस पर रंगीन छतरी के नीचे बैठा किसी सिंहाली से बातें कर रहा था। उसे देखकर वह कुर्सी से उठा।

"मिस्टर रतनसिंह जयसूर्य ... मिसेज़ ... अर ... डा. मीरचंदानी ... " उसने सिंहाली से तआरुफ़[1] कराया।

"मिस्टर जयसूर्य यहाँ के एक बड़े अहम सिंहाली अख़बार के एडीटर और मेरे बहुत पुराने दोस्त हैं।"

सीता ने मुस्कुराकर हाथ जोड़े। तीनों बैठ गए। सीता ने ज़रा बेचैनी से चारों तरफ़ नज़र डाली। अधेड़ उम्र के जयसूर्य उसे बड़ी दिलचस्पी से देख रहे थे। इरफ़ान से अपनी बात ख़त्म करने के बाद उन्होंने सीता को रात के खाने पर मदऊ किया और इजाज़त चाहकर वहाँ से रुख़सत हुए।

इरफ़ान ने पहलू बदलकर सिगरेट जलाया।

"तो आप तशरीफ़ ले आईं ... "

"जी हाँ।"

इतने दिनों बाद यह बड़ी unceremonious सी मुलाक़ात थी।

"तुमने यह लिखा ही नहीं कि अचानक यहाँ क्यों नाज़िल हो रही हो। मैं समझा, तुम भी किसी सरकारी काम के लिए आनेवाली हो। कोलंबो इंटरनेशनल कांफ़्रेंसों का शहर है।"

"ख़त में पूरी दास्तान क्या लिखती ! आपको खुद ही अच्छी तरह मालूम है।"

"वाक़िया यह है कि अब मैं सोचता हूँ कि मुझे तुम्हारे मुतल्लिक़ कुछ भी नहीं मालूम।"

उसका दिल डूब-सा गया। दूसरे लहज़े उसने सँभलकर पूछा, "आपको कैसे पता चला कि मैं यहाँ हूँ ?"

"मैं भी यहीं ठहरा हुआ हूँ ... तुमने यह भी नहीं लिखा था कि किस रोज़ पहुँच रही हो। बहरहाल तुम्हें तलाश करने में ज़्यादा दिक़्क़त नहीं हुई।"

"जमील से मुलाक़ात हुई ?"

"जमील यहीं हैं ... ? तुम उनसे मिलने आई हो ... ? बड़ी सख़्त डॉर्क हार्स हो ... " उसने ऐशट्रे में सिगरेट बुझाते हुए कहा। दफ़अतन[2] वह बड़ा मायूस नज़र आया।

"आपका क्या ख़याल था ? मैं इतनी दूर चलकर महज़ आपके दर्शन के लिए आई हूँ !"

---

1. परिचय; 2. अचानक।

"You have hopes !" उसने हँसकर जवाब दिया।

यकलख़्त[1] माहौल का खिंचाव दूर हो गया। वह भी खूब हँसा—हा हा हा ...

"आप उनसे जाकर मिलिए ... आज ... अभी ... फ़ौरन—यू.एन.वालों से मालूम कर लीजिए कि वह कहाँ ठहरे हैं ... "

"क्या पता वह भी यहीं हों ... "

वह सफ़ेद पड़ गई। फिर उसने जल्दी-जल्दी कहना शुरू किया, "आप उनसे राहुल के मुतल्लिक़ बात कीजिए और उनसे कहिए कि एक बार मुझसे मिल लें ... सिर्फ़ एक बार ... "

वह अपनी घबराहट छिपाने के लिए चंद लम्हों तक कोट की जेब में सिगरेट केस तलाश करने के बाद कहने लगा, "मैं उनसे आज तक नहीं मिला हूँ, सीता ... मेरी उनसे इतनी बेतकल्लुफ़ी कैसे हो सकती है कि मैं छूटते ही उनके ख़ालिस निजी मामले में इस तरह जाकर टाँग अड़ाऊँ !"

"मगर आपने कहा था ... "

"हाँ ... हाँ ... बिलकुल ठीक है ... मैं ज़रूर उनसे मिलूँगा ... अभी कोई तरकीब सोचते हैं। तुम इस वक़्त तो ज़रा रिलैक्स करो ... सिगरेट लो ... "

"मैं किस तरह रिलैक्स कर सकती हूँ ?"

"यह भी ठीक है," वह फिर मुँह लटकाकर ख़ामोश हो गया।

सामने से खूबसूरत डचबर्गर लड़कियों का एक परा[2] गुज़रा। उनमें से एक लड़की नीला फ़्राक और नीली पिक्चर हैट और सफ़ेद दस्तानों में बिलकुल गैंज़ब्रू की पेंटिंग मालूम हो रही थी ... हिंदुस्तानी सारियों में मलबूस सिंहाली और तामिल औरतें, क़ीमती सूटों में मलबूस स्याहफ़ाम मर्द, संजीदा शक्लों वाले अंग्रेज़, बेफ़िक्रे अमरीकन इधर-उधर चल-फिर रहे थे। टैरेस के नीचे समंदर शोर कर रहा था।

"शाम को क्या कर रही हो ?"

"कुछ नहीं ... "

"जयसूर्य की पार्टी में चलो ... गालफ़ेस।"

"मैं यहाँ सोशल मुलाक़ातों के लिए नहीं आई।"

"तो क्या जंगल में बैठकर तपस्या करोगी ?"

यह आदमी भी क्या बोगस था ... अब क्या होगा ... अब क्या होगा !

वह उठ खड़ी हुई।

"अब कहाँ का इरादा है ?"

"जहन्नम का ... "

"अरे-रे-रे ख़फ़ा हो गई ... इतनी जल्दी।"

अब क्या यह भी जमील का शेरनी और बिल्ली के बच्चेवाला जुमला दुहरानेवाला था।

ओ माई गॉड ...

---

1. अचानक; 2. झुंड।

वह रेलिंग पर झुककर साहिल[1] की तरफ़ देखने लगी, "आप यहाँ से कब वापस जा रहे हैं ?"

उसने चंद लम्हों बाद मौज़ू तब्दील किया।[2]

"दस-पंद्रह दिन और लगेंगे।"

"वापस लाहौर ?"

"नहीं, मेरा तबादला पेरिस हो गया है। कराची पहुँचकर अगले महीने पेरिस रवाना हो जाऊँगा।"

"हाउ वंडरफुल ··· लकी यू ··· ।"

"पेरिस जाना कोई ख़ास वुडरफुल बात तो नहीं ··· और लकी तो मैं ज़िंदगी में आज तक किसी सिलसिले में नहीं रहा।"

"वहाँ कितने अरसे रहिएगा ?"

"पता नहीं ··· फ़िलहाल तो दो साल के लिए जाना है ··· अच्छा, अगर तुम डिनर पर नहीं चल रही हो तो मुझे इजाज़त दो। मुझे अभी ज़रा कांफ़्रेंस के चंद लोगों से भी मिलना है। मैं जल्द-अज़-जल्द तुम्हारे पतिदेव को पकड़ने की फ़िक्र करता हूँ। और फिर उन्हें कल्टीवेट करने की कोशिश करूँगा ··· तुम्हारी ख़ातिर।"

"लोगों को कल्टीवेट करना तो आपको ख़ूब आता है। कोशिश की क्या ज़रूरत है ··· " सीता ने ज़रा तल्ख़ी[3] से जवाब दिया।

वह हँसा। "अच्छा ख़फ़ा मत हो ··· चीयर अप। कल सवेरे ही से कांफ़्रेंस का इजलास[4] है। अगर मौक़ा मिला तो फ़ोन करूँगा। तुम ब्रेकफ़ास्ट के लिए नीचे आओगी ?"

"जी नहीं।"

"अच्छा, तो मैं कांफ़्रेंस में जाने से पहले फ़ोन करूँगा ··· गुड नाइट ··· "

"गुड नाइट ··· "

वह लंबे-लंबे डग भरता टैरेस से उतरकर बाहर चला गया। वह रेलिंग पर सर रखकर समंदर को देखती रही जहाँ सूरज डूब रहा था और किनारे पर बिकनी में मलबूस एक अंग्रेज़ औरत क़हक़हे लगाती आगे-आगे भाग रही थी और एक मोटा अंग्रेज़ हाँपता-काँपता रेत पर उसके पीछे-पीछे दौड़ रहा था।

दूसरे रोज़ वह शहर का चक्कर लगाकर सहपहर[5] के क़रीब लौटी तो रिसेप्शन काउंटर पर उसके नाम इरफ़ान का पर्चा रखा था। "मुझे इस नंबर पर फ़ोन कर लो ··· बेहद ज़रूरी बात है ··· ।"

उसने अपने कमरे में जाकर धड़कते दिल के साथ फ़ोन किया।

इरफ़ान अपने कमरे से बोल रहा था : "भई सीता ··· सुनो ··· घबराना मत ··· कल रात बड़ा क़िस्सा हो गया। जयसूर्य के डिनर में जमील साहब भी आए थे। बहुत देर तक उनसे तआरुफ़ न हो सका। वह दूर एक कोने में बैठे मैनोशी में मसरूफ़ थे। उसके बाद पार्टी में शामिल हो गए मगर किसी से एक लफ़्ज़ बात नहीं की ··· जयसूर्य ने मुझे

---

1. तट; 2. विषय बदला; 3. कड़वाहट; 4. सत्र; 5. तीसरे पहर।

बताया कि वह कल से डिप्रेस्ड हैं क्योंकि उन्हें इत्तला मिली है कि उनकी बीवी एक पाकिस्तानी के साथ भाग आई है और माउंट ल्योनिया में ठहरी है। और सीता उनकी ख़फ़गी[1] और रंजीदगी[2] हक़-ब-जानिब[3] है ... यह वाक़िया भी है।"

"जी ... !"

"यह वाक़िया भी है कि तुम माउंट ल्योनिया में ठहरी हो ... हा हा हा ... अच्छा, अब भला यह मालूम होने के बाद मैं उनसे क्या बात करता ! मैं तो डिनर ख़त्म होने से पहले ही कान दबाकर भाग आया।"

"आप इतने ... इतने डरपोक निकले।"

वह फिर हँसा, "अरे भाई, मैं मज़ाक़ कर रहा हूँ। अब एकदम यह कोई आग़ा हश्र का ड्रामा तो नहीं हो रहा है कि मैं भी उनके सामने जाकर डायलाग बोलना शुरू कर दूँ ... तौफ़ीक़[4] किस हाल में है और शेर लोहे के जाल में है। ज़रा एक-दो दिन में मौक़ा-महल[5] तलाश करके उनसे बात करूँगा। आदमी काफ़ी टेढ़े मालूम होते हैं। अपने बाक़ी ख़ानदानवालों से बिलकुल मुख़्तलिफ़ ... कल रात टैरेस पर मुझे तुमसे बातें करता देखकर डिनर पर बहुत-से लोगों ने मुझसे पूछा कि वह कौन परीज़ाद थी जिसके साथ आप चाय पी रहे थे ... वग़ैरह ... तुम जानती हो, गासिप की आदत इनसानी फ़ितरत[6] में दाख़िल है। उसे बदला नहीं जा सकता ... अब कांफ्रेंस में जा रहा हूँ ... शाम को अगर कहो तो तुम्हारे कमरे में आकर सारी रिपोर्ट दूँ। नीचे पब्लिक में तुमसे मिलना ज़रा मख़्दूश[7] है।"

"जी नहीं, रात को दस बजे के बाद फ़ोन कर लीजिएगा।"

"अच्छा।"

रात को उसका फ़ोन नहीं आया। तीसरे दिन वह सीढ़ियाँ उतरकर बाग़ में जा रही थी, जब हाल की तरफ़ से आता हुआ वह मिल गया। "भाई सीता, मुझे माफ़ करना," उसने जल्दी-जल्दी कहा। "मैं रात फिर बहुत देर में वापस आया ... सुनो ... इधर आओ ... मैं आज लंच पर जमील साहब से मुलाक़ात कर रहा हूँ ... " वह एक गुलमुहर के नीचे खड़े हो गए ... "सुनो, यहाँ पर एक जगह सान मीशेल* है। झील के अंदर एक जज़ीरा[8] है जहाँ एक रेस्तराँ है। मैं शाम को वहाँ आ जाऊँगा। तुम भी तशरीफ़ ले आओ। सारी रिपोर्ट गोश-गुज़ार कर दूँगा।"[9]

"वहाँ तो कोई हिंदुस्तानी-पाकिस्तानी नहीं मिलेंगे ?" उसने ज़रा ख़ायफ़[10] होकर पूछा।

"मेरे ख़याल में तो कोई हिंदुस्तानी-पाकिस्तानी उतनी दूर नहीं जाएगा। शाम का वक़्त ज़्यादातर लोग शहर के नाइट क्लबों में गुज़ारना ज़्यादा पसंद करते हैं ... अच्छा, तुम छः बजे वहाँ ज़रूर पहुँच जाना।"

"अकेली ... ?"

---

1. नाराज़गी; 2. क्षोभ; 3. उचित; 4. सामर्थ्य; 5. उपयुक्त अवसर; 6. मानव-स्वभाव; 7. ख़द्शे का कारण; 8. द्वीप; 9. कान में डाल दूँगा; 10. भयभीत।

* San Michel.

"अरे सारी दुनिया घूम चुकी हो, वहाँ अकेले नहीं पहुँच सकतीं ··· हद है।"

"अच्छा, अच्छा ···," सीता ने जवाब दिया। वह तेज़ी से रविश पर से गुज़रता ढलवान पर उतर गया।

टैक्सी कोलंबो के मज़ाफ़ात[1] से निकलकर सीधी सड़क पर रवाना हो गई जिसके दोनों तरफ़ ऊँचे-ऊँचे दरख़्तों के घने झुंड थे और जंगल के अंदर पहुँचकर बल खाते हुए रस्तों से गुज़रती झील के किनारे जा रुकी। दरख़्तों के नीचे दो-तीन मोटरें खड़ी थीं। वह उतरकर लकड़ी के बोट हाउस में गई। उसे देखकर कश्तीवाले ने मोटरबोट सीढ़ियों से लगा दी। फूँस की छतवाले इस सुनसान बोट हाउस में जलती हुई सुर्ख़ लालटेन बड़ी पुर-असरार[2] मालूम हुई। इतने में तीन-चार लोग और आ गए और सब कश्ती में जा बैठे। वो तामिल मर्द और औरतें थे और सब बड़े चुपचाप बैठे थे। बोट ने घड़-घड़ करते हुए पानी पर चलना शुरू कर दिया। झील पर मुकम्मल ख़ामोशी तारी[3] थी। दो किनारों पर नारियल और चंदन के झुरमुट खड़े थे। आसमान का रंग सुर्ख़ हो गया था। झील के वस्त[4] में सान मीशेल के टापू पर रौशनियाँ जल रही थीं। कुछ देर बाद बोट घाट से लगी। वह लकड़ी का तवील[5] कारीडोर तय करके रेस्तराँ की तरफ़ गई। रविश के ऊपर दोरूया[6] जापानी क़ंदीलें जल रही थीं। अंदर रेस्तराँ में चंद सिंहाली कैथोलिक लड़कियाँ और लड़के रक़्स[7] में मसरूफ़ थे। बरामदे में इक्का-दुक्का लोग खड़े थे। बड़ा उदास और डिप्रेसिंग माहौल था। आरकेस्ट्रा अनीता ब्राइट का उदास नग़्मा बजा रहा था और एक डचबर्गर लड़की माइक्रोफ़ोन के सामने खड़ी गा रही थी :

O come along with me
To my little corner of the world
And dream a little dream
In my little corner of the world

उसने चारों तरफ़ देखा। इरफ़ान कहीं नहीं था। वह सीढ़ियाँ उतरकर जज़ीरे के दूसरे किनारे की तरफ़ गई जहाँ एक चोबी[8] पैविलियन जो झील के ऐन वस्त में लकड़ी के खंभों पर एस्तादा[9] था, एक छोटे-से पुल के ज़रिये जज़ीरे से मुलहक़[10] था। वह उस पैविलियन में दाख़िल हुई। यह भी सुनसान पड़ा था। एक सिरे पर कोई सिंहाली जोड़ा रेलिंग से टिका पानी की लहरों को देख रहा था। अब सूरज डूब चुका था। झील का पानी क़िरमिज़ी हो गया था। चंद लम्हों में यह सुर्ख़ी रात की स्याही में तब्दील हो गई।

"सीता।"

उसने मुड़कर देखा।

इरफ़ान कोने की मेज़ पर से उठकर आया, "तुमने देखा नहीं, मैं इस तरफ़ बैठा था।"

---

1. उपनगर; 2. रहस्यमय; 3. छाई हुई; 4. मध्य; 5. लंबा; 6. दो रुख वाली; 7. नृत्य; 8. लकड़ी का; 9. खड़ा हुआ; 10. लगा हुआ।

वे रेलिंग के बराबर बिछी हुई कुर्सियों पर बैठ गए। सीता झुककर लहरों को देखने लगी, "कितनी खूबसूरत जगह है।"

"हाँ, हाँ, खूबसूरत तो है मगर अब काम की सुनो।"

"फ़रमाइए," सीता ने नज़रें उठाकर उसे देखा। वह बहुत 'बिज़नेस लाइक' नज़र आने की कोशिश में मसरूफ़ था। दूर रक़्सगाह[1] में लड़की की आवाज़ लाउडस्पीकर पर गूँज रही थी :

You will soon forget that there is any other place
And if you care to stay in my little corner of the world
Then we can hide away in my little corner of the world

"कल से आज तक बहुत-से वाक़ियात हो गए," इरफ़ान ने सिगरेट जलाकर जल्दी-जल्दी कहना शुरू किया। "एक तो यह कि यह बात काफ़ी फैल गई है कि तुम यहाँ आई हुई हो और बड़ी अजीब-सी बात है ना कि तुम और तुम्हारे साहब-बहादुर दोनों इसी शहर में मौजूद हैं और लोग-बाग जाने क्यों मुझे रकीबे-रूसियाह[2] समझने पर तुले हुए हैं। यह तो अच्छा-ख़ासा हंगामा हो गया। तुमने पहले इसके मुतल्लिक़ क्यों नहीं सोचा ? अब कांफ़्रेंस के बाद शाम की महफ़िलों में लोगों को यह बेहद उम्दा गासिप हाथ आ गई है और इंडो-पाकिस्तान झगड़ों के पेशे-नज़र यह सूरते-हाल और भी ज़्यादा तशवीशनाक[3] है। चंद हज़रात को तो यह यक़ीने-कामिल[4] है कि मैं जमील की बीवी को उड़ा लाया हूँ और उसे माउंट ल्योनिया में छिपा रखा है। आज एक साहब कह रहे थे कि मियाँ, परेशान क्यों होते हो, दूसरे की बीवी का अग़वा करना ख़ालाजी का घर नहीं।"

सीता ने एक झुरझुरी-सी ली, "अब क्या होगा ?"

वह हँसा, "होगा क्या, इंडो-पाकिस्तान ताल्लुक़ात मज़ीद[5] ख़राब होंगे। मुमकिन है कोई क्राइसिस भी हो जाए जिस पर हमारे वज़ीरे-ख़ारिजा[6] का कोई बयान छपेगा। तुम्हारे यहाँ लोकसभा में सवालात किए जाएँगे, अख़बारों में धड़ाधड़ ख़बरें छपेंगी। देखती जाओ, अभी तो इब्तदा-ए-इश्क़[7] है भाई ··· ।"

"आप किसी वक़्त भी मज़ाक़ से बाज़ नहीं आते ! पर बताइए, अब मैं क्या करूँ ?"

"मैं पूछता हूँ, तुम यहाँ आईं क्यों ? अगर जमील से मिलना था तो अमरीका चली जातीं।"

"अमरीका चली जाती ! और वहाँ तक जाने का किराया आप दे देते," उसने गुस्से से कहा।

"आज लंच पर जमील साहब से मुलाक़ात नहीं हो सकी। वह हज़रत आए ही नहीं। चुनांचे तीसरे पहर को बक़ौल-शख़्से[8] सर पर कफ़न बाँधकर जयसूर्य के हमराह गालफ़ेस गया जहाँ मौसूफ़[9] क़यामफ़रमा[10] हैं। भाई अपने कमरे में क़िलाबंद हस्बे-मामूल[11] मैनोशी में मसरूफ़ थे। मैंने जयसूर्य को अंदर भेजकर कहलवाया कि मैं इस सारे क़िस्से की

---

1. नृत्यघर; 2. कलमुँहा प्रतिद्वंद्वी; 3. चिंताजनक; 4. पूरा विश्वास; 5. और अधिक; 6. विदेश मंत्री; 7. प्रेम का आरंभ; 8. किसी के कहे अनुसार; 9. श्रीमान; 10. ठहरे हुए; 11. हमेशा की तरह।

तशरीह[1] करके उनकी यह ख़ौफ़नाक ग़लतफ़हमी दूर करना चाहता हूँ। जयसूर्य जवाब लाया कि इरफ़ान साहब से कह देना कि क़मरुल-इस्लाम चौधरी की जैसी ठुकाई मैंने न्यूयार्क में की थी वह आज तक नहीं भूला होगा। लिहाज़ा अपनी जान की ख़ैर मनाते हो तो मेरे सामने न आना।"

पैविलियन में हवा का खुनक[2] झोंका दाख़िल हुआ जिससे सीता के बाल उड़ने लगे। उसने अपनी स्याह लटें लपेटकर सर ढाँप लिया।

"तुम्हें पता है, ··· " वह आहिस्ता-आहिस्ता कह रहा था, "तुम अपनी कश्तियाँ जला चुकी हो। क़मर का क़िस्सा जो था सो था, जमील को प्रोजेश चौधरी की ख़बरें भी पहुँच चुकी हैं।"

वह सफ़ेद पड़ गई।

"आपको किसने बताया ?"

"मुझे बराबर तुम्हारा ख़याल रहता है और अगर तुम बुरा न मानो ··· क्योंकि तुम adult बनने की कोशिश बहुत करती हो मगर हो नहीं ··· तुम्हें यह भी ख़ूब मालूम है कि मुझे तुममें काफ़ी दिलचस्पी है। ग़ालिबन तुम इसका मदावा नहीं कर सकतीं[3] कि लोग तुममें अदबदाकर दिलचस्पी लें। यह दूसरी बात है कि अपनी हद तक तुम भी उसका दिल नहीं तोड़ना चाहतीं।"

"आपने इस वक़्त यह इस क़दर ज़लील और कमीनेपन की बात कही है कि मैं इसका जवाब नहीं देना चाहती। मैं आपको अपना दोस्त समझकर कोलंबो आई थी।"

"दोस्त ··· ? दोस्ती क्या बला है ···? डैम ··· "

शाम के गहरे सन्नाटे में जज़ीरे[4] से आती हुई मौसीक़ी[5] अब साफ़ सुनाई देने लगी। रक़्सगाह के अंदर लड़की वही गाना दोबारा गा रही थी :

I always knew, I'd find some one like you so
Welcome to my little corner of the world

वह यकलख़्त उठ खड़ा हुआ। "अब रात काफ़ी हो गई है; कोलंबो वापस जाओ। तुम पहली कश्ती से किनारे पर वापस चली जाओ; मैं बाद में वापस आ जाऊँगा। क्या पता, वाकई रेस्तराँ में कोई मुझे या तुम्हें पहचान ले। रात पड़े यहाँ मजमा ज़्यादा हो जाता है ··· गुड नाइट।"

वह उसे पैविलियन के चोबी पुल तक पहुँचाने भी नहीं आया। वह रविश पर आई। घाट की सिम्त[6] जाने के लिए रक़्सगाह के रास्ते पर से गुज़री तो रेस्तराँ के सिंहाली मैनेजर ने जो डी.जे. पहने बिलकुल पेंगुइन लग रहा था, सामने से आकर उससे कहा, "मिस ! आप बहुत जल्दी वापस जा रही हैं। डिनर के लिए नहीं ठहरिएगा ?" क़रीब से गुज़रती हुई दो तामिल ख़वातीन[7] ने उसे ग़ौर से देखा। वह तेज़-तेज़ क़दम उठाती कारीडोर तक पहुँची। कारीडोर के सिरे पर एक और सिंहाली जोड़ा रेलिंग पर झुका खड़ा था। रात के आसमान की वुसअत[8] और सन्नाटे के मुक़ाबिल में उनका सिलहवेट[9]

---

1. स्पष्टीकरण, व्याख्या; 2. ठंडा; 3. इससे बच नहीं सकतीं; 4. द्वीप; 5. संगीत; 6. तरफ़; 7. महिलाओं; 8. व्यापकता; 9. Silhoutte (धरती पर पड़ती छाया)।

बहुत अलमनाक और बेबस मालूम हुआ। उनके सर के ऊपर एक सुर्ख़ और सब्ज़ जापानी क़ंदील जल रही थी। चारों खूँट[1] बेपायाँ[2] तनहाई थी।

घाट से उतरकर वह मोटरबोट में बैठ गई। अंदर रूसी सिफ़ारतख़ाने के चंद मर्द और औरतें बैठे हुए थे। उस जगह का सेह्र[3] ऐसा था कि शायद बात करते हुए भी डर लगता था कि यह सेह्र टूट न जाए।

दूसरे रोज़ इरफ़ान उसे लांज में मिला, "मैंने आज फिर सिलसिल-ए-जुंबानी[4] की कोशिश की थी मगर वह मुलाक़ात पर तैयार नहीं हैं। लाहौल-विला-कुव्वत; तुमने मुझे किस मुसीबत में फँसा दिया।"

"मुझे अफ़सोस है कि मैंने आपको मुसीबत में फँसाया। मेरा ख़याल था हम तीनों मुतमद्‌दन[5] अफ़राद[6] हैं और इसी सतह पर यह ख़ालिस **human** मामला आपके सलाह-मश्विरे से तय हो सकेगा।"

"फिर तुमने अड़ंग-बड़ंग उड़ाना शुरू किया," इरफ़ान ने चिढ़कर जवाब दिया। "मैं अगले छ: दिन तक कांफ़्रेंस के काम में बेहद मसरूफ़ रहूँगा। तुम यहाँ इतना वक़्त बेकार कैसे गुज़ारोगी। बेहतर यह है कि स्कैंडल का ज़ोर कम करने के लिए कम-अज़-कम एक हफ़्ते के लिए कैंडी वग़ैरह चली जाओ। अगले मंगल से मुझे फ़ुरसत है। उसके बाद बैठकर हम कुछ सोच सकेंगे।"

"मगर जमील !"

"उनकी फ़िक्र न करो ... वह भी अभी हफ़्ता-दस दिन और ठहर रहे हैं, लेकिन तुम अब खुदा के लिए यहाँ से रफ़ूचक्कर हो–किसी अमरीकन टूरिस्ट बुढ़िया को हमराह ले लो। होटल उनसे भरा हुआ है, वह साथ हो जाएगी और तुम जी भरकर उसकी मालूमाते-अम्मा[7] में इज़ाफ़ा करती रहना।"

"अच्छा," उसने एक बार फिर फ़रमाँबरदारी से जवाब दिया।

"मैं अमरीकन एक्सप्रेस से बात करके अभी तुम्हारे लिए बहुत सख़्त फ़र्स्ट क्लास टूर का इंतज़ाम करवाए देता हूँ।" उसने काउंटर पर जाकर टेलीफ़ोन का रिसीवर उठाया।

12

सवा छ: फ़ीट ऊँचे और नीली आँखों और सुर्ख़ी-माइल[8] ज़र्द बालोंवाले डाक्टर लेज़ली

1. चारों तरफ़; 2. असीम; 3. जादू; 4. रिश्ता मिलाना; 5. सभ्य; 6. व्यक्ति; 7. सामान्य ज्ञान; 8. लाली मिले हुए।

विंसेंट मार्श ने रेस्ट हाउस की बरसाती में पहुँचकर कार रोक ली और एक मर्तबा पीछे मुड़कर देखा कि शायद वह सब्ज़ रंग की हिलमैन जिसमें वह ख़ूबसूरत लड़की बैठी थी, उसी तरफ़ आती हो। वह कोलंबो के मज़ाफ़ात[1] से लेकर यहाँ तक उसका तआकुब[2] करता रहा था। उसका ख़याल था कि शायद वह भी इस रेस्ट हाउस पर आकर ठहर जाएगी। मगर जंगल के दरमियान से गुज़रनेवाली बल खाती हुई सुर्मई सड़क सुनसान पड़ी थी। वह कार से उतरकर बरामदे में आया। बैरे ने नाश्ते की ट्रे उसके सामने लाकर रख दी। उसने स्याह क़हवे की एक प्याली ख़त्म करने के बाद टाइपराइटर खोला और मज़मून टाइप करना शुरू कर दिया। 'जुनूबी[3] एशिया में कम्युनिज़्म का असर' अपनी किताब का दूसरा बाब उसे जल्द-अज़-जल्द मुकम्मल करके रिसाले के एडीटर को हारवर्ड भेजना था और वक़्त बहुत कम था। उसे अभी यहाँ से मग़रिबी बंगाल और केरल भी जाना था।

बरामदे में इक्का-दुक्का यूरोपियन टूरिस्ट बियर का ग्लास सामने रखे चुपचाप बैठे अख़बार पढ़ रहे थे। बाग़ में सुर्ख़ फूल खिले थे। आसमान बहुत शफ़्फ़ाफ़[4] और नीला था। उसने सामने के पुरसुकून मंज़र को देखा। एक गहरा साँस लिया और दोबारा टाइप करने में मसरूफ़ हो गया।

घंटे-भर बाद वह एक बार फिर ख़ामोश सुर्मई सड़क पर रवाँ था[5] जिसके दोनों तरफ़ रबर के झुरमुट थे और इलायची की झाड़ियों पर ज़र्द तितलियाँ उड़ रही थीं।

क्रोयंगाला में हाथी की शक्ल की मुहीब[6] स्याह चट्टान उफ़क़[7] पर नमूदार[8] हुई। यहाँ से चढ़ाई शुरू होती थी। दूर-दूर तक पाम के झुंड हवा में सरसरा रहे थे। एक छोटे-से क़स्बे के ख़ूबसूरत बाज़ार में से गुज़रते हुए अचानक उसे वह सब्ज़ कार दोबारा दिखाई दे गई। कुछ देर तक वह आगे-आगे जाती रही और एक गाँव में फलों की दुकान के सामने रुककर फिर पीछे रह गई।

लेज़ली मार्श को खुद ही हँसी आ गई। वह क्या मसख़रापन कर रहा था! उस लड़की ने पीछे पलटकर देख लिया तो यही समझेगी कि कोई दूसरा टूरिस्ट पीछे-पीछे आ रहा है, और वाक़िया भी यही था।

गाँव के रास्तों के किनारे लगी हुई रंग-बिरंगी काग़ज़ी चर्ख़ियाँ हवा में तेज़ी से घूम रही थीं। कहीं-कहीं बुद्ध मंदिरों के फाटक पर सफ़ेद झंडे लगे थे जिनसे ज़ाहिर होता था कि वहाँ के पुरोहित का देहांत हो गया है। तारीक[9] जंगलों में पुर्तगाली और विलंदेज़ी[10] अह्द में बने हुए कैथोलिक चर्च पीछे खड़े थे। ख़ूबसूरत काटजों की खिड़कियों में पर्दे लहरा रहे थे।

कुछ देर बाद मंज़र तब्दील होना शुरू हुआ और ज़मर्रुद के रंग की पहाड़ियाँ हद्दे-नज़र[11] तक फैलती चली गईं।

पोलोंरवा में 'पराक्रम समुद्र' के किनारे रेस्ट हाउस पर पहुँचकर उसने मुतवक़्क़ा[12]

---

1. उपनगर; 2. पीछा; 3. दक्षिणी; 4. साफ़; 5. चल रहा था; 6. भयानक; 7. क्षितिज; 8. प्रकट; 9. अँधेरे; 10. डच; 11. दृष्टि की सीमा; 12. आशा भरी।

निगाहों से चारों तरफ़ देखा; वह यहाँ भी नहीं थी।

कमरे में जाकर उसने मुँह-हाथ धोया और लंच का आर्डर देने के बाद बाहर आकर शीशे की लांज में बैठ गया। लांज के तीन तरफ़ 'पराक्रम समुद्र' लहरें मार रहा था। अंदर मेज़ों पर बड़े-बड़े ज़र्द फूल गुलदानों में जगमगा रहे थे। दरीचों के क़रीब तीन-चार अमरीकन और यूरोपियन सय्याह[1] औरतें क़हवा पीते हुए आहिस्ता-आहिस्ता बातों में मसरूफ़ थीं। साये की तरह मवद्दाना[2] चलते हुए सिंहाली बैरे उनकी ख़ातिर करने में जुटे हुए थे।

डाइनिंग हाल में टूरिस्ट डिपार्टमेंट की एक लड़की ने मुस्कुराकर उसे नमस्ते किया।

"पोलोंरवा के खंडर देखने में कितनी देर लगेगी ?" उसने दरियाफ़्त किया।

"यह इस पर मुनहसिर है कि आपको उनसे कितनी दिलचस्पी है," लड़की ने बड़े इख़लास[3] से जवाब दिया।

"मैं आर्कियोलॉजिस्ट हूँ।"

"ओह ! तब तो आपको अनुराधापुरा भी ज़रूर जाना चाहिए।"

"अफ़सोस है कि इस मर्तबा अनुराधापुरा नहीं जा सकता। आर्कियोलॉजी मेरी हॉबी है, मगर इन दिनों मैं एक बिलकुल मुख़्तलिफ़ मौज़ू[4] पर किताब लिखने की ग़रज़ से यहाँ आया हूँ। तुम किसी सियासी पार्टी से ताल्लुक़ रखती हो तो मुझे कुछ बातें बताओ।" उसने खड़े होकर दूसरी कुर्सी, मेज़ के क़रीब खिसकाते हुए कहा, "तुम तामिल हो या सिंहाली ?"

"तामिल ... मगर मैं किसी सियासी पार्टी से ताल्लुक़ नहीं रखती। माफ़ कीजिए, मुझे इस वक़्त कोलंबो वापस जाना है।" लड़की ने मुस्कुराकर जवाब दिया और नमस्ते करके आगे चली गई।

खाना ख़त्म करके वह बाहर आया। बरामदे में श्रीलंका और पोलोंरवा का नक़्शा और पराक्रमबाहु अव्वल का फ़रमान फ्रेम में आवेज़ाँ[5] था : "बारिश का थोड़ा पानी भी इनसान के काम में आए बग़ैर समंदर तक न बहना चाहिए– पराक्रमबाहु।"

उसने 'जुनूबी एशिया में कम्युनिज़्म का असर' का मसौदा बंद करके पोर्टफ़ोलियो में से दूसरा मसौदा निकाला और नक़्शे के सामने सीढ़ियों में बैठकर जल्दी-जल्दी नोट लेने शुरू किए।

"ईसा की पैदाइश से पाँच सौ साल पहले हिंदुस्तान के प्रिंस विजय ने लंका पर हमला किया। उसके हमराह आए हुए लोग जो मगधी नस्ल के थे, सिंहाली कहलाए और उनकी मुनासबत से यह जज़ीरा सिंहल द्वीप कहलाया यानी शेरों का जज़ीरा। प्रिंस विजय ने लंका की शहज़ादी से शादी कर ली थी। लंका के क़दीम[6] बाशिंदे Pre-Dravadian Astroloids थे ... छोटा नागपुर के इलाक़े से चलकर यह नस्ल मलाया, जावा और आस्ट्रेलिया तक फैल गई। लंका में इन लोगों की राजधानी का नाम लंकापुरा था।

---

1. पर्यटक; 2. आदरपूर्वक 3. साफ़दिली; 4. विषय; 5. सजा हुआ; 6. प्राचीन।

ग़ालिबन उसी को हिंदुओं की क़दीम एपिक *रमायण* में शुमाली[1] हिंद के आर्यों ने अपनी नस्ली बरतरी[2] के एहसास की बिना[3] पर स्याहफ़ाम[4] राक्षसों की कौम कहा है। (एशिया में नस्लो-रंग का इम्तियाज़[5] ''' मशरिक़ की कलर बार ''' इस मसले पर मुझे मज़ीद काम करना पड़ेगा, उसने हाशिये पर लिखा और कैमल सिगरेट जलाकर पराक्रम समुद्र की मौजों को देखने लगा। उस कासनी सारी वाली लड़की का ख़याल दिमाग़ से निकालकर चंद लम्हों बाद दोबारा लिखना शुरू किया।) सिलोन के मौजूदा जंगली क़बाइल[6] जो उड़ीसा के जंगली क़बाइल से बहुत मुशाबहत[7] रखते हैं, वेदा कहलाते हैं और उन ही ओरिजिनल बाशिंदों की औलाद हैं।

"सिंहाली बादशाह इक्कीस सदियों तक इस जज़ीरे पर हुक्मराँ रहे। अनुराधापुरा उनका दारुल-सल्तनत[8] था। अशोक का बेटा शहज़ादा महेंद्र पहला बुद्धिस्ट मिशनरी था जिसने अनुराधापुरा आकर सिंहाली बादशाह देवनाम पियातिस्सा को बुद्ध मत में दाख़िल किया। बाइबिल में जुनूबी लंका के साहिली[9] शहर तारशिश यागाल का ज़िक्र है जहाँ मलिका सबा और सुलेमान के लिए मोर और हीरे एक्सपोर्ट किए जाते थे।

"आठवीं सदी ईसवी तक लंका शुमाली हिंद की मौर्य और गुप्ता कल्चर से मुतास्सिर[10] रहा और नवीं सदी से जुनूबी हिंद के सियासी और तहज़ीबी[11] हलक़-ए-असर[12] में दाख़िल हो गया। दरिया-ए-कृष्णा के पच्छिम में उस वक़्त चोला और पांड्या और केरल की बादशाहतें क़ायम थीं। लंका के तख़्त के मुख़्तलिफ़ दावेदार अपनी ख़ानाजंगियों[13] के दौरान उन बादशाहों से मदद माँगते थे। ग्यारहवीं सदी में चोला लोगों ने अनुराधापुरा की बादशाहत को शिकस्त देकर जज़ीरे के बेशतर[14] हिस्से को चोला सल्तनत में शामिल कर लिया और पोलोंरवा को अपनी राजधानी बनाया। मगर उसी सदी में सिंहाली बादशाह पराक्रमबाहु अव्वल ने जुनूबी हिंद के तसल्लुत[15] से आज़ाद होकर दोबारा अपनी सल्तनत क़ायम की।

"लंका का पाय-ए-तख़्त[16] अनुराधापुरा तेरह सौ साल तक आबाद रहा ''' यह रोम और कर्ताजिना और थेबीज़ से ज़्यादा लंबी मुद्दत है ''' और फिर जंगल उसे खा गया। पोलोंरवा लंका के अज़ीमतरीन[17] बादशाह पराक्रमबाहु अव्वल के अहद में अपने अरूज[18] पर पहुँच चुका था। उसने शानदार थिएटर हाल, तसवीरख़ाने, स्तूप और मंदिर तामीर करवाए। उसने सारे जज़ीरे में आबपाशी[19] का ऐसा ज़बरदस्त और हैरतअंगेज़[20] इंतज़ाम किया कि दूर-दराज़ कश्मीर के फ़रमाँरवा[21] यहाँ से इंजीनियर मँगवाते थे। (कोलंबो प्लान उस वक़्त ही शुरू हो गया था–लेज़ली मार्श ने दिल में कहा।)

"पराक्रमबाहु ने यह अज़ीमुश्शान[22] मसनूई[23] समंदर तैयार करवाया, '''" लिखते-लिखते उसने समंदर की तरफ़ देखा और फिर सामने लगे हुए फ़रमान पर नज़र डाली। "बारिश का थोड़ा-सा पानी भी इनसान के काम आए बग़ैर समंदर तक न बहना

---

1. उत्तरी; 2. जातीय श्रेष्ठता; 3. आधार; 4. काले; 5. भेद; 6. आदिवासी; 7. समानता; 8. राजधानी; 9. तटीय; 10. प्रभावित; 11. सांस्कृतिक; 12. प्रभावक्षेत्र; 13. गृहयुद्धों; 14. अधिकांश; 15. आधिपत्य; 16. राजधानी; 17. महानतम; 18. चरमोत्कर्ष; 19. सिंचाई; 20. आश्चर्यजनक; 21. शासक; 22. अत्यंत शानदार; 23. कृत्रिम।

चाहिए!"

"उसके बाद ज़वाल[1] आया ...," लेज़ली मार्श ने लिखना जारी रखा, "और रफ़्ता-रफ़्ता अगली सदियों में पोलोंरवा भी जंगल के बढ़ते हुए सैलाब[2] में डूब गया।"

उसने घड़ी देखी। अब चलना चाहिए, वरना रात तक सगरिया नहीं पहुँचा जा सकता। किताबें और काग़ज़ात समेटकर उसने पोर्टफ़ोलियो में रखे और रेस्ट हाउस से बाहर निकला। चंद क़दम पर पराक्रमबाहु का अज़ीमुश्शान मुजस्समा[3] एक नीचे-से टीले पर खड़ा था ... उस मुजस्समे को सिंहाली संगतराशों[4] ने नौ सौ बरस पहले बनाया था। उसके साये में खड़े होकर लेज़ली मार्श ने खुद को बेहद हक़ीर[5] महसूस किया—मैं कौन हूँ ... दूर-दराज़ न्यू इंग्लैंड से आया हुआ लेज़ली विंसेंट मार्श ... जो इस वक़्त ब-जोमे-खुद[6] मशरिक़ को तहज़ीब सिखाने निकला है, जो समझता है कि मशरिक़ के सारे दुखों का इलाज सिर्फ़ उसके पास है ... मशरिक़ को अपने दुखों का खुद ही मदावा[7] करने का कोई हक़ हासिल नहीं।

मुजस्समे के क़रीब झबरे बालों और स्याह रंगत का एक नौजवान वेदा खड़ा दाँत निकोस रहा था और ग़ालिबन उससे बख़्शिश का तालिब[8] था। उसे ऐसा लगा जैसे यह वेदा क़दीम जंगलों, इन सरसब्ज़[9] पहाड़ों, इस लहरें मारती नीली झील, इस संगे-सुर्ख़[10] के मुहीब[11] मुजस्समे की रूह है, जो आज की "मुतमद्दिन"[12] दुनिया के तारीक लाशऊर[13] में से दफ़अतन नमूदार होकर उसका मज़ाक़ उड़ा रहा है।

कैमरा सँभालकर वह टीलों पर से उतरता साँय-साँय करते ऊँचे दरख़्तों के जंगल में दाख़िल हुआ जहाँ संगे-सुर्ख़ के खंडर चारों तरफ़ दूर-दूर तक बिखरे हुए थे।

मुनक़्क़श सुतूनों[14] वाले पैविलियन के 'मून स्टोन' पर बैठकर वह अपना कैमरा फ़ोकस कर रहा था जब उसे अचानक वह नज़र आ गई। वह दूसरी तरफ़ से सीढ़ियाँ उतरकर पराक्रमबाहु के 'पचास कमरोंवाले महल' की सिम्त[15] जा रही थी। वह फ़ौरन उसके पीछे-पीछे हो लिया। घास पर बिखरी हुई ज़र्द पत्तियों पर उसके क़दमों की आहट सुनकर वह पीछे मुड़ी।

"हाइ ...," लेज़ली मार्श ने मुस्कुराकर कहा।

"हाइ ...," जवाबन वह भी मुस्कुराई।

वह उसके साथ-साथ चलने लगा। "यह इस क़दर खूबसूरत जज़ीरा है कि समझ में नहीं आता, क्या किया जाए," उसने बात शुरू की।

"हाँ," कासनी सारी वाली लड़की ने जवाब दिया। "हमारी मुक़द्दस[16] किताब *रामायण* में लिखा है कि सब्ज़ और सुनहरा लंका इस क़दर दिल-फ़रेब था जैसे आकाश पर बाग़ लगा हो।"

"कितनी हसीन तर्ज़े-तामीर[17] है यह," लेज़ली मार्श ने महल को देखते हुए ठिठककर कहा। "मैं जब भी एशिया आता हूँ अपने-आपको बेहद हक़ीर महसूस करता

---

1. पतन; 2. बाढ़; 3. मूर्ति; 4. मूर्तिकारों, तक्षकों; 5. तुच्छ; 6. अपने घमंड में; 7. इलाज; 8. इच्छुक; 9. हरे-भरे; 10. लाल पत्थर; 11. भयानक; 12. सभ्य; 13. अवचेतन; 14. नक़्क़ाशीदार खंभों; 15. तरफ़; 16. पवित्र; 17. निर्माण-कला।

हूँ।"

"तुमने जुनूबी हिंद के मंदिर देखे हैं ?"

"हाँ ... तुम भी हिंदुस्तानी हो ना ?"

"हाँ ... वह देखो ... सातमहल विहार–इसे रानी रूपवती ने बनाया था ... मैंने अभी गाइडबुक में देखा।"

"मेरा नाम लिज़ विंसेंट मार्श है। मैं हारवर्ड से आया हूँ।"

"मैं डाक्टर मीरचंदानी हूँ। मैंने 1954 तक कोलंबिया में पढ़ा है।"

"मिस मीरचंदानी या मिसेज़ मीरचंदानी ?"

"मीरचंदानी मेरा मेडेन नाम है।"

"तुम्हें मालूम है, मैं कोलंबो से लेकर यहाँ तक तुम्हारा तआकुब[1] करता आया हूँ। तुमने एक बार भी पीछे मुड़कर नहीं देखा।"

"हारवर्ड के लोग तो बहुत संजीदा और माकूलियत-पसंद मशहूर हैं !"

"हा हा हा ... तुम कोलंबिया में इंग्लिश डिपार्टमेंट के डाक्टर एडवर्ड मार्श को जानती हो ? वह मेरा छोटा भाई है।"

खंडरों के चक्कर लगाते हुए उन्होंने अमरीका की बातें शुरू कर दीं। वह उसी पसमंज़र[2] से निकलकर आया था जिसमें वह खुद इतने अरसे रही थी और जहाँ उसने अपनी ज़िंदगी का बेहतरीन वक़्त गुज़ारा था। शायद इसीलिए उस अजनबी अमरीकन से उसने एक अजीब-सी यगानगत[3] महसूस की।

"एंथ्रोपोलॉजी और आर्कियोलॉजी मेरे महबूब मज़मून हैं। लेकिन यूनिवर्सिटी में पोलिटिकल साइंस पढ़ाता हूँ। आजकल एक किताब लिखने की ग़रज़ से यहाँ आया हूँ। तुम भी किताब लिखने आई हो ?"

"नहीं तो ... वह देखो," उसने जल्दी से गाइडबुक खोली। "वह रानियों के नहाने के लिए कँवल की शक्ल का तालाब–यहाँ लिखा है कि ज़मीनदोज़ नाली के ज़रिये पराक्रम समुद्र से पानी लाकर उसमें भरा जाता था।"

वह सारे में घूमते फिरे–लंका-तिलक मंदिर ... जेतवन विहार ... रानी रूपवती का बनाया हुआ स्तूप ... पराक्रमबाहु की मलिका सुभद्रा का बनाया हुआ केरी विहार ... जुनूबी हिंद की तर्ज़ के टूटे-फूटे शिवाले ... ईंटों से बनाया हुआ बेतहाशा ऊँचा गौतम बुद्ध जो सीधा खड़ा था और जिसके गोथिक वज़ा[4] के मंदिर की छत गिर चुकी थी। घास पर सुर्मई चट्टानों के दरमियान लेटा हुआ गौतम बुद्ध जिसे परिनिर्वाण हासिल हो चुका था और जिसके सिरहाने आनंद हाथ बाँधे अपने आक़ा की मौत पर उदास खड़ा था ... एक वसीओ-अरीज़[5] चबूतरे पर पद्मासन में बैठा हुआ गौतम बुद्ध जिसके सामने दरख़्तों पर पुजारियों ने अपनी-अपनी मुरादें हासिल करने के लिए सफ़ेद कतरें बाँध रखी थीं ... और जिसके चारों ओर सिंहाली औरतें आ-आकर सजदे में गिर रही थीं ... मोरों और हाथियों

---

1. पीछा; 2. पृष्ठभूमि; 3. अपनापन; 4. शैली; 5. लंबे-चौड़े।

और राजहंसों की रिलीफ़ वाले नफ़ीस[1] और सुबुक[2] मून स्टोन ··· लेज़ली एक-एक चीज़ देखकर बेहाल हुआ जा रहा था।

"वह देखो सातमहल प्रासाद," लेज़ली ने सामने इशारा किया। "उस ज़माने में लोग सात-सात मंज़िलें तामीर कर लेते थे। कमाल है !"

"*रामायण* में तुलसीदास ने लिखा है कि लंका के महल खुद विश्वकर्मा ने खुदा-ए-दौलत[3] कुबेर के रहने के लिए अपने हाथों से बनाए थे," सीता ने कहा।

"हैं ··· हैं ? फिर से कहना," उसने फ़ौरन अपनी नोटबुक निकाली। सीता खिलखिलाकर हँस पड़ी।

"और यह भी लिखो ··· विष्णु ने जादू का शहर बसाया था। उसमें शहज़ादी विष्णु मोहिनी रहती थी।" वह एक शिकस्ता[4] सुतून पर बैठ गई। लेज़ली ने नोटबुक बंद कर दी।

"तुम्हें एक बात बताऊँ ?" उसने कहा, "हिंदू देवमाला[5] और *रामायण* की कहानी पढ़कर मैं हमेशा सोचा करता था कि सीता कैसी होगी।"

"और वह तुमने आज देख ली," वह और ज़ोर से हँसी।

फ़िज़ूल ··· फ़िज़ूल ···

वापसी पर उन्हें दूर से रनकोट विहार का अज़ीमुश्शान स्तूप नज़र आया जिसके वसीओ-अरीज़ गुंबद पर घना जंगल उग आया था। "कितनी डरावनी बात है !" सीता ने कहा। "इनसान जंगल के सामने बेबस रह जाता है।"

"हाँ !" लेज़ली ने उसे ग़ौर से देखते हुए जवाब दिया। "तुम बिलकुल ठीक कहती हो।"

रेस्ट हाउस के सामने पहुँचकर उसने सीता से कहा, "अगर तुम यह नहीं चाहती हो कि मैं दोबारा तुम्हारा तआकुब शुरू करूँ तो तुम मेरी कार में आ जाओ ··· और अपने ड्राइवर से कह दो कि हमारे पीछे-पीछे आए।"

सीता ने ऐसा ही किया।

पोलोंरवा के खंडर अक़ब[6] में छोड़कर फिर वो सीधी सड़क पर आ गए। सीता ने सर पीछे डालकर आँखें बंद कर लीं। पिछले साल वह इरफ़ान के साथ बहावलपुर की गर्द-आलूद सड़क पर से गुज़र रही थी। इरफ़ान इस वक़्त कोलंबो में था, जमील भी कोलंबो में था। वह लेज़ली विंसेंट मार्श के साथ सगरिया जा रही थी।

रात हो गई।

सावित्री ने कहा था–रात हमारे चारों ओर गहरी होती जाती है। सूरज डूब चुका है। रात के हैवान[7] चारों खूँट घूम रहे हैं और बड़ी बेरहमी से तंज़िया[8] क़हक़हे लगाते

---

1. सुंदर; 2. हलके; 3. धन के देवता; 4. टूटे हुए; 5. पुराण (माइथोलॉजी); 6. पीछे; 7. पशु; 8. व्यंग्यमय।

हैं। उनके चलने से पत्तियाँ खड़खड़ा रही हैं। जुनूब-मग़रिब[1] से आती हुई गीदड़ों की भयानक चीखें मेरे दिमाग़ को थर्रा रही हैं ... मेरे दिमाग को ... मेरे दिमाग़ को ...

रात की तारीकी में सगरिया रेस्ट हाउस पर गहरा सुकूत[2] तारी[3] था।

"तुम्हारा रिज़र्वेशन मौजूद है ?" लेज़ली ने कार से उतरते हुए पूछा।

"हाँ।"

"आपका कमरा उस तरफ़ के विंग में है डाक्टर मार्श," रेस्ट हाउस के मैनेजर ने सामने आकर कहा।

"अच्छा ... थैंक्स।" वह अटैचीकेस उठाकर लंबे-लंबे डग भरता दूसरे बरामदे की सिम्त रवाना हो गया।

सुबह को जब वह अपने कमरे से निकली तो वह बरामदे में बैठा बड़ी तनदही[4] से टाइप कर रहा था।

"गुड मॉर्निंग !" उसने सर उठाकर कहा।

"गुड मॉर्निंग टू यू प्रोफ़ेसर," सीता ने जवाब दिया और क़रीब की कुर्सी पर बैठ गई। वह टाइप करने में मसरूफ़ रहा।

"क्या लिख रहे हो ?"

लेज़ली ने टाइपशुदा काग़ज़ात उसकी तरफ़ खिसका दिए।

'जुनूबी एशिया पर कम्युनिज़्म का असर'। सिलोन में श्रीलंका फ्रीडम पार्टी का ढोंग। दूसरे बाब[5] का पहला उनवान[6] था ... वह चंद सफ़हों पर नज़र दौड़ाकर कोफ़्त के साथ बाहर देखने लगी ...

"तुम्हारी बातों से लगा था कि तुम माकूल क़िस्म के डेमोक्रेट हो ... ," चंद मिनट बाद उसने कहा।

लेज़ली टाइपराइटर बंद करके हँसने लगा। "मैंने कल शाम पोलोंरवा में तुमसे बहस करने के बाद तय कर लिया था कि इतने खूबसूरत लम्हात सियासी गुफ़्तगू में बरबाद नहीं करूँगा क्योंकि जब तुम तक़रीर शुरू कर देती हो तो दूसरे को कोई और बात नहीं करने देतीं और इस तरह बहुत क़ीमती वक़्त ज़ाया होता है। तुम ऐसी हसीन लड़कियों को इंटेलेक्चुअल बिलकुल नहीं होना चाहिए।"

सीता ने कोई जवाब नहीं दिया और उसके साथ ब्रेकफ़ास्ट की मेज़ की तरफ़ चली गई।

नाश्ता ख़त्म करके उसने घड़ी देखी।

"अब जल्दी से सगरिया देख आना चाहिए।"

"क्यों ? जल्दी क्या है ?" लेज़ली ने उसका सिगरेट जलाते हुए कहा।

"मेरा तो जी चाह रहा है कि एक-दो दिन यहीं रहा जाए।"

"मुझे मंगल की सुबह कोलंबो पहुँचना है।"

"कोलंबो पहुँचने की इतनी जल्दी क्यों है ?"

---

1. दक्षिण-पश्चिम; 2. सन्नाटा; 3. छाया हुआ; 4. एकाग्रता; 5. अध्याय; 6. शीर्षक।

"अंग्रेज़ों के बसाए हुए इस कोलोनियल शहर में क्या रखा है ?"

वह मेज़ पर माचिस की तीलियों से हरूफ़ बनाने में मुनहमिक[1] रही। एक बहुत कम-उम्र सिंहाली जोड़ा जिसके अंदाज़ से ज़ाहिर होता था कि वहाँ माहे-उस्ल[2] मनाने आया है, अपने कमरे से निकलकर काउंटर पर आया। लड़की कोलंबो ट्रंक काल कर रही थी।

"ममा हम लोग ख़ैरियत से हैं। बहुत अच्छा ··· खाना ··· ? हाँ, खाना बहुत अच्छा है··· हाँ ··· हाँ ··· मैंने ओवलटीन पिया है ··· मैं रत्ना को बहुत-से पिक्चर पोस्टकार्ड भेजूँगी ··· जार्ज से बात कीजिए।"

क़हवा ख़त्म करके लेज़ली उठ खड़ा हुआ। "जो तुम्हारी मर्ज़ी ··· चलो, सगरिया देख आएँ।"

सगरिया की छः सौ फ़ीट ऊँची हैबतनाक[3] चट्टान की चोटी पर पहुँचते-पहुँचते बहुत वक़्त लग गया। हवा बहुत तेज़ थी और मद्धम धूप नीचे हद्दे-नज़र तक खेतों पर फैली हुई थी ··· दूर उफ़क[4] पर तेज़ नीली पहाड़ियाँ नज़र आ रही थीं।

चोटी पर पहुँचकर चारों तरफ़ देखते हुए उसने यकलख़्त लेज़ली से कहा, "एहसासे-जुर्म[5] सगरिया की चट्टान की तरह मुहीब[6] और अटल और स्याह और ख़ौफ़नाक है।"

"तुम बाज़ दफ़ा ऐसी गुंजलक[7] बातें करती हो कि उनके लिए बाज़ाब्ता फुटनोट्स की ज़रूरत महसूस होने लगती है ··· बताओ दुनिया की किस लाइब्रेरी में तुम्हारी बातों के इशारे मिल सकेंगे ?" लेज़ली ने कहा।

सीता ने पलकें उठाकर उसे देखा।

फ़िज़ूल ··· फ़िज़ूल ··· फ़िज़ूल ···

एक और चट्टान की सतह पार करके वो फ़्रेस्कोज़ की तरफ़ जानेवाली आहनी[8] सीढ़ियों के नीचे पहुँच गए ··· लेज़ली ने एक क़दम मुँडेर पर रखकर ऊपर देखा।

"अगर वहाँ से गिर जाए आदमी तो कैसा रहे ?" उसने हाथ पर आँखों से साया करते हुए फिर चारों तरफ़ देखा ··· दफ़अतन उसने मुड़कर सीता से सवाल किया, "तुम एहसासे-जुर्म की क्या बात कर रही थीं ··· ?"

"कुछ नहीं।" वह मुँडेर पर बैठ गई।

"मुझे ज़रूर बताओ ··· ," लेज़ली ने ज़िद्द की।

"रात मैं सगरिया की कहानी पढ़ रही थी।" सीता ने बात टालने के लिए कहना शुरू किया, "कि पाँचवीं सदी ईसवी में धत्वसेन लंका का राजा था।"

लेज़ली ने फ़ौरन नोटबुक निकाली और घुटनों के बल झुककर उसके सामने बैठ गया। "उसके दो बेटे थे ··· ," सीता ने हवा के थपेड़े से उड़ते हुए पल्लू को कमर के गिर्द लपेटते हुए कहा ··· "केश्यप और मौग्लना। राजा की बेटी की शादी उसके सेनापति

---

1. मगन; 2. मधुमास (हनीमून); 3. भयानक; 4. क्षितिज; 5. अपराध-बोध; 6. भयानक; 7. अस्पष्ट; 8. लोहे की।

से हुई थी ··· एक रोज़ राजकुमारी ने अपने बाप से कहा कि उसके शौहर ने उसे कोड़ों से मारा है ··· धत्वसेन ने गुस्से में आकर उसकी सास को ज़िंदा जलवा दिया। सेनापति बादशाह पर खुद हमला नहीं कर सकता था। उसने केश्यप को अपने साथ मिला लिया और केश्यप ने बग़ावत करने के बाद बाप को ज़िंदा दफ़्न किया और खुद तख़्त पर बैठ गया। मौग्लना जान बचाकर हिंदुस्तान भाग आया मगर उसके बाद महाराजा केश्यप को एहसासे-जुर्म ने सताना शुरू कर दिया। उसे यक़ीन हो गया कि इंतक़ाम की देवी उसे उसके जुर्म की सज़ा देगी। लिहाज़ा उस मुस्तक़िल ख़ौफ़ज़दा बादशाह ने सगरिया की इस ऊँची चट्टान की सतह पर महल-दोमहले और तालाब और हौज़ बनवाए और यहाँ रहने लगा। मगर अट्ठारह साल बाद ··· ," मुँडेर से उठकर उसने फिर ऊपर चढ़ना शुरू कर दिया। लेज़ली नोटबुक सँभाले साथ-साथ सर झुकाए बड़े ध्यान से कहानी सुनता जा रहा था ··· चलते-चलते एक सीढ़ी पर सीता का पैर रपटा।

"अरे अरे–सँभलकर चलो," उसने घबराकर कहा। "हाँ फिर ··· ?"

"अट्ठारह साल बाद मौग्लना फ़ौज लेकर हिंदुस्तान से लौटा और उस चट्टान के नीचे अपने भाई से जंग की और केश्यप ने मैदाने-जंग में खुदकुशी कर ली ··· "

उन्होंने ख़तरनाक आहनी ज़ीना चढ़ना शुरू किया और चंद मिनट में ऊपर पहुँच गए। चोटी के बिलकुल किनारे-किनारे 'गैलरी' थी जिसकी दीवार पर अजंता की नक़ल में फ़्रेस्को बने थे।

"फूल बरसाती हुई अप्सरा का रिप्रोडक्शन इतनी बार देखा है कि इस वक़्त उसे सचमुच में देखकर यक़ीन नहीं आ रहा है ··· ," लेज़ली ने कहा।

"तुमने अजंता के फ़्रेस्को देखे हैं ?" सीता ने पूछा।

"नहीं ··· अब जाकर देखूँगा ··· ज़रा सोचो, ये खूबसूरत तसवीरें किन फ़नकारों[1] ने कितने जोखिम में पड़कर बनाई होंगी !"

"अजंता देखने के बाद ये पांच-छ: छोटी-छोटी तसवीरें बिलकुल मसख़रापन मालूम होती हैं। मुझे तो बड़ी मायूसी हुई ख़्वाहमख़्वाह इतनी ऊपर चढ़कर आई ··· चलो, अब नीचे ग्रैफ़िटी देख लें ··· ," सीता ने गाइडबुक खोलकर कहा। लेज़ली तसवीरें देखने में महव[2] था। वह उसके नज़दीक जा खड़ी हुई।

"तुम्हारी तसवीर अगर किसी क़दीम संगलाख़[3] दीवार पर इसी तरह बनाई जाती तो कैसी लगती ?" लेज़ली ने पलटकर उसे ग़ौर से देखते हुए कहा, "जाने ये लड़कियाँ कौन रही होंगी ··· "

सीता ने बालों की लट पेशानी पर से हटाकर आहिस्ता से कहा, "वज्रलता ··· बिजली की शहज़ादी ··· मेघलता ··· बादलों की शहज़ादी ··· अप्सराएँ ··· रंभा ··· मेनका ···"

फ़्रेस्कोज़ से आगे बढ़कर वह ग्रैफ़िटी की तवील दीवार के नीचे खड़े हो गए। नीचे शेर के अज़ीमुश्शान पंजों के दरमियान से निकलकर चंद सय्याह[4] सीढ़ियाँ चढ़ रहे थे। सिंहगिरि का हौलनाक साया दूर-दूर तक खेतों पर पड़ रहा था।

---

1. कलाकारों; 2. खोया हुआ; 3. पथरीली; 4. पर्यटक।

"इस दीवार पर सदियों पहले सगरिया आनेवाले सय्याहों ने जो कुछ लिखा था उसी तरह महफ़ूज़ है ... ," सीता ने गाइडबुक खोलकर पढ़ना शुरू किया, "इस ग्रैफ़िटी पर, जो शीशे की दीवार कहलाती है, छ: सौ अस्सी तहरीरें[1] मुनक़्क़श[2] हैं जिन्हें हमारी-आपकी तरह सय्याहों ने लिखा होगा ... बहुत-सी मज़ाकिया नज़्में सवाल-जवाब की सूरत में हैं।

"दोस्त ... एक जगह लिखा है ... इन सुनहरी लड़कियों की तसवीरें जगह-जगह से ख़राब हो गई हैं ... कहीं-कही पे उनका रंग उड़ गया है ... क्या अब कोई ऐसा बाक़ी नहीं जो उनके ज़माने में उनसे प्यार करता था ?

"एक किसी औरत ने लिखा है, 'सुनो सुनो ... हम लड़कियाँ तुमसे मुख़ातिब हैं ... तुम अहमक़ो, तुम जो सगरिया आए हो ... गीत गाने और नज़्में लिखने के अलावा तुमने यह भी सोचा है कि हम औरतें हैं और हमें मुद्रा चाहिए' ... "

कैंडी में शातू के दरीचे में से झील नज़र आ रही थी जिसके चारों तरफ़ पहाड़ियों पर सुर्ख़ छतों वाली कोठियाँ पाम के घने झुरमुटों में छिपी खड़ी थीं। पहाड़ियों पर बल खाते हुए सायादार ड्राइव्ज़ थे जिनके नाम साबिक[3] बर्तानवी गवर्नरों की बीवियों के नाम पर रखे गए थे–लेडी होर्टन ... लेडी ब्लैक्स ... लेडी मैक केलम ... आसमान के मुक़ाबिल बाइबिल रॉक एस्तादा[4] थी।

शातू का मालिक कोई रोमन कैथोलिक बैरिस्टर था जिसका आधा नाम पुर्तगाली, आधा सिंहाली और आधा तामिल था। निचली मंज़िल के ड्राइंगरूम में अपने फ़ेमिली ग्रुप आवेज़ाँ[5] थे। ऊपर खाने के कमरे में बैरिस्टर के किसी पुरखे की रौग़नी तसवीर[6] सजी थी। तसवीर के नीचे उसका नाम लिखा था : "डान फ़्रेंड्ज़ डि कोस्टा समरसिंघारविना मुदलियार।"

"कोलोनियल मशरिक़ और साम्राजी मग़रिब का यह नाजायज़ इख़्तलात[7] मुझे हांगकांग से लेकर गोवा तक हर जगह देखने को मिलता है ... ," लेज़ली ने नैपकिन उठाकर दरीचे के क़रीब खाने की मेज़ पर बैठते हुए कहा।

"तुमने कैंडी की रक़्क़ासाओं[8] का नाच देखा है ?" सीता ने पूछा।

"हाँ ... मैं जंग के ज़माने में बर्मा जाते हुए चंद रोज़ के लिए यहाँ ठहरा था। इत्तफ़ाक़ से इसी शातू में ठहरा था ... जिस ज़माने में कैंडी, लार्ड माउंटबेटन के साउथ ईस्ट एशिया कमांड का हेडक्वार्टर था ... " फिर वह रुककर किसी सोच में डूब गया।

"क्या सोचते हो ?" सीता ने सलाद की प्लेट उसकी तरफ़ बढ़ाते हुए सवाल किया।

"कुछ नहीं ... " वह चौंककर बोला, "बर्मा में बुरी तरह ज़ख़्मी हुआ था और कई साल जंगी क़ैदी रहा था। मेरे दो छोटे भाई टोकियर पर बमबारी करते हुए मारे गए थे ... जंग बड़ी ख़ौफ़नाक चीज़ है हनी।"

"और तुम अब एक और जंग चाहते हो !"

"क्योंकि तुम्हारे इस ख़ूबसूरत एशिया को कम्युनिज़्म से बचाना लाज़मी है हनी।"

---

1. लेख; 2. नक़्क़ाशी की हुई; 3. भूतपूर्व; 4. खड़ी हुई; 5. सजा हुआ; 6. तैलचित्र; 7. घालमेल; 8. नर्तकियों।

सीता ने एक बार फिर ख़ामोशी से खाना शुरू कर दिया।

"चलो, अच्छे सय्याहों की तरह दाँत का मंदिर देख आएँ," खाने के बाद उसने ज़रा उकताकर लेज़ली से कहा।

कैंडी के मशहूर 'दाँत के मंदिर' में शाम की पूजा हो रही थी। उससे मिला हुआ कैंडी के आख़िरी बादशाह विक्रमराजसिंह का छोटा-सा चोबी[1] महल सुनसान पड़ा था। लेज़ली उसकी दीवारों के चोबी नक़्शो-निगार उँगलियों से छूता हुआ फिरा ··· उस बादशाह को 1815 ई. में अंग्रेज़ों ने शिकस्त देकर लंका पर क़ब्ज़ा जमाया था ··· सीता को याद आया–उसने कोलंबो म्यूज़ियम में श्री विक्रमराजसिंह की रानी का अतलसी ब्लाउज़ एक शोकेस में रखा देखा था जिसके शाने[2] पर ख़ून का मद्धम-सा धब्बा था। ब्लाउज़ के नीचे एक पर्ची पर लिखा था–कैंडी को ताराज[3] करने के बाद राजमहल पर हमला करते हुए बर्तानवी सिपाहियों ने महारानी के कानों से जो बालियाँ नोची थीं, यह उसका ख़ून है ··· !

झाँसी की लक्ष्मीबाई ··· लखनऊ की मलिका हज़रतमहल ··· कैंडी की महारानी ··· शातू वापस आकर रात का खाना खाने के बाद लेज़ली से मज़ीद बातें करने के बजाय वह सीधी अपने कमरे में चली गई। वह उससे तीन दिन तक मुतवातिर[4] बातें करते-करते अब उकता गई थी।

रात गए तक लेज़ली के कमरे से टाइपराइटर की आवाज़ आया की। शायद वह उस वक़्त जुनूबी एशिया में कम्युनिज़्म के असरात का तीसरा बाब[5] लिख रहा था।

दूसरे रोज़ सवेरे वो कैंडी से रवाना हुए। शहर के बाहर महावेली गंगा में हाथी नहा रहे थे। चंद मील के फ़ासले पर सिलोन यूनिवर्सिटी की संगे-सुर्ख़ की ख़ूबसूरत इमारात दूर-दूर तक सरसब्ज़ पहाड़ियों पर बिखरी हुई थीं। सायादार रास्तों पर सूती सारियों में मलबूस साँवली-सलोनी लड़कियाँ किताबें उठाए इधर-उधर आ-जा रही थीं ··· जाने इन बेचारियों की क़िस्मतों में क्या-क्या लिखा है ··· कार में लेज़ली के पहलू[6] में बैठे हुए उसने सोचा–वह भी किसी ज़माने में इसी तरह ज़ौक़ो-शौक़[7] से किताबें सँभाले पढ़ने जाया करती थी ··· अब उसकी समझ में आया कि उसकी ससुराल की बड़ी-बूढ़ियाँ कुँवारी लड़कियों के सलाम के जवाब में "अल्लाह नसीबा अच्छा करे" क्यों कहा करती थीं ··· और बड़ी ख़ाला, मँझली ख़ाला, छोटी ख़ाला, तीनों उसके जवाब में उसे "बूढ़ सुहागन बनो" और "माँग से ठंडी रहो" की दुआएँ क्यों देती थीं ··· !!

कैंडी से आगे अचानक ज़्यादा बुलंद पहाड़ शुरू हो गए। पाम के झुंड अब ख़त्म हो रहे थे और उनकी जगह ऊँचे-ऊँचे अल्पाइन दरख़्तों ने ले ली थी।

तीसरे पहर को वो निवारा एलिया के हिल स्टेशन पर पहुँच गए–निवारा एलिया ··· 'रोशनियों का शहर' ···

अंग्रेज़ी कंट्री हाउस की वज़ा[8] का दोमंज़िला 'ग्रैंड होटल' एक फूलों से लदी हुई

---

1. लकड़ी का; 2. कंधे; 3. पराजित; 4. लगातार; 5. अध्याय; 6. बग़ल; 7. रुचि और लगाव; 8. शैली।

पहाड़ी पर एस्तादा[1] था। उस वक़्त हलकी-हलकी बारिश हो चुकी थी। हवा में पहाड़ी गुलाबों की तेज़ महक थी। हर तरफ़ डेज़ी और कार्नेशन के पौधे लहलहा रहे थे। होटल के अंदर से मद्धम मग़रिबी मौसीक़ी की आवाज़ आ रही थी।

"उफ़्फ़ोह ···," लेज़ली ने कार से उतरकर हवा को सूँघते हुए कहा। "मुझे यकायक ऐसा मालूम हो रहा है जैसे एशिया के तुंदो-तेज़ सेह्र[2] से बचकर एक बार फिर अपने महफ़ूज़[3] और सर्द मग़रिब में वापस आ गया हूँ।"

जितनी देर में सीता अपना सामान सँभालकर बरसाती में उतरी, वह हाल में जाकर काउंटर पर बैठे हुए क्लर्क से बात करने में मसरूफ़ हो चुका था ··· वह भी क़रीब आकर खड़ी हो गई। क्लर्क ने रजिस्टर खोला और लेज़ली को सवालिया नज़रों से देखने लगा।

"डबल रूम सर ?"

"हाँ ···" लेज़ली ने जवाब दिया।

"नाम ··· ?"

"मिस्टर एंड मिसेज़ लेज़ली मार्श ··· ," लेज़ली ने जवाब दिया। क्लर्क ने लिख लिया।

"तुम्हें कोई एतराज़ तो नहीं हनी ··· ?" उसने आहिस्ता से पूछा।

वह चुप रही।

दूसरी सुबह पहाड़ों पर बहुत गहरा कोहरा छाया हुआ था। धुँध छटी तो सीता हाउसकोट पहनकर दरीचे में गई और सुर्ख़ फूलों वाला पर्दा हटाकर बाहर देखने लगी।

"आज का क्या प्रोग्राम है ?" उसने पलटकर लेज़ली से पूछा।

"तुम ही बताओ," उसने शेव करते हुए सिंगारमेज़ के सामने से जवाब दिया। "मैं तुम्हारे हाथों में हूँ।"

सीता खिड़की के सर्द शीशे से नाक चिपकाए देर तक बाहर का मंज़र देखा की।

लेज़ली अब इंतहाई बेसुरी आवाज़ में जुनूबी प्लांटेशंस का एक उदास निग्रो नग़्मा गुनगुना रहा था। बाहर चोटियों पर बादल तैरते फिर रहे थे। दूर पहाड़ों पर आबशार[4] तेजी से गिर रहे थे।

निवारा एलिया में ज़मीन एक फुट तक स्याह है। यहाँ के लोगों का अक़ीदा[5] है कि सीता को बचाने के लिए यहाँ आकर हनुमान ने सारे पहाड़ को आग लगा दी थी, जभी से यह ज़मीन जली हुई है ··· सीता यहीं खोई गई थी ··· रावण ने सीता को लाकर इसी जगह पर क़ैद किया था।

दोपहर को सीता और लेज़ली पहाड़ों पर घूमते-फिरते एक आबशार के किनारे जा पहुँचे। "ज़रा यहाँ रुकना," सीता ने लेज़ली से कहा। आबशार से ज़रा हटकर एक छोटा-सा सफ़ेद रंग का मंदिर खड़ा था। वह कार से उतरकर चट्टानें फलाँगती मंदिर की सिम्त गई। लेज़ली भी कैमरा सँभालकर पीछे-पीछे लपका। मंदिर के नीचे पहाड़ी

---

1. खड़ा; 2. जादू; 3. सुरक्षित; 4. झरने; 5. आस्था।

नदी का शोर मचाता हुआ पानी बह रहा था। अंदर से पुजारी निकला। अमरीकन टूरिस्ट को देखकर वह बेहद खुश हुआ कि आज खुदा-ए-दौलत के दर्शन हो गए। दस रुपए से क्या ही कम बख़्शिश देगा।

"यह सीता परमेश्वरी का मंदिर है," बालों का जूड़ा बनाए, सर पर हाथीदाँत की कंघी उड़से एक राह चलता सिंहाली सीता को बता रहा था। "देखिए मैडम ! ··· वह जो आबशार के बराबर में छोटी-सी सुरंग है उसके ज़रिये सीता को एला से खाना लाकर पहुँचाया जाता था ··· रावण यहाँ से अड़तीस मील दूर एला में रहता था।"

"गुड गॉड ··· " सीता ज़ोर से हँसी लेकिन लेज़ली बड़ी अक़ीदत[1] से अपनी नोटबुक में लिखता गया।

"ये सब बातें मेरी किताब में अवामी अक़ायद[2] के बाब में आएँगी। मैं साबित करूँगा कि तुम्हारी सारी कम्युनिज़्म के बावजूद पूरे एशिया में ··· हिंदुस्तान, पाकिस्तान, लंका, हर जगह अवाम किस शिद्दत[3] से अपने-अपने मज़ाहिब[4] के पाबंद हैं और अपनी मज़हबी रवायात[5] में कितना अटल और गहरा यक़ीन रखते हैं ··· अब इस बेचारे ग़रीब सिंहाली मज़दूर को देखो ··· यह कितने वसूक़ से[6] तुम्हें बतला रहा है कि रावण यहाँ से अड़तीस मील दूर एला में रहता था ··· यह मशरिक़ की लाज़वाल[7] ताक़त है हनी, जिसे तुम्हारी इंडियन कम्युनिस्ट पार्टी या बर्मा के तख़रीबपसंद[8] या यहाँ के इश्तराकी[9] और हमसफ़र ··· कोई भी ख़त्म नहीं कर सकता।"

सीता चट्टान पर झुककर उस सुरंग के अंदर झाँकने की कोशिश में मसरूफ़ रही जिसके ज़रिये सीता के लिए खाना सप्लाई किया जाता था।

लेज़ली ने मंदिर की नीम-तारीक[10] कोठरी के अंदर जाकर पुजारी का इंटरव्यू शुरू कर दिया। पुजारी ने उसके माथे पर तिलक लगाया। डा. लेज़ली मार्श ने बड़े ज़ौक़ो-शौक़ से सुर्ख़ और सफ़ेद तिलक लगवाया ··· माथे पर तिलक लगाए हुए वह बेहद मसख़रा मालूम हुआ। बेचारा ··· बेवकूफ़ अमरीकन ···

निवारा एलिया के इस कंट्री हाउस के इस सुर्ख़ फूलदार पर्दों वाले कमरे में, जिसके बाहर पहाड़ी गुलाब खिले थे और दूर से आबशारों की आवाज़ आती थी, वो चार दिन तक रहे।

---

1. श्रद्धा; 2. लोक-विश्वास; 3. तीव्रता; 4. धर्मों; 5. परंपराओं; 6. भरोसे से; 7. अनश्वर; 8. विध्वंसवादी; 9. कम्युनिस्ट; 10. आधी अँधेरी।

13

" ... और हनुमानजी राक्षस के महल के अंदर गए मगर सीता वहाँ नहीं थी। उस महल के बराबर एक महल था जिसके अंदर हरि का मंदिर बना था। यहाँ विभीषण रहता था जो हरिभक्त था और उसने हनुमानजी से कहा—मैं इस जगह पर इस तरह रहता हूँ जैसे दाँतों के बीच में ज़बान।

" ... रघुपति ने लक्ष्मण से पूछा, भाई तुमने जनक की बेटी को जंगल में तनहा छोड़ दिया ... जहाँ चारों तरफ़ राक्षस घूमते फिर रहे हैं ... ?

"राम जंगल में पूछते फिरे—परिंदो, जानवरो, भौंरो, तुमने मेरी मृगनयनी सीता को कहीं देखा है ? ममोले, तोते, हिरन, मछलियाँ, बिजली, कँवल, ख़िज़ाँ का चाँद, साँप, 'काम' का तरकश, बतख़ें, हाथी, शेर—अब अपने-अपने हुस्न पर दोबारा नाज़ाँ[1] हो सकते हैं। सुनो जानकी ! बेल का फल, सोना और केला अब खुश हैं क्योंकि तुम जा चुकी हो ... वो मुतमइन[2] हैं कि हुस्न में उनका रक़ीब[3] अब कोई नहीं रहा।

"राम ने जंगल से गुज़रते हुए लक्ष्मण से कहा—देखो लक्ष्मण, जंगल कितना खूबसूरत है, कौन इसका हुस्न देखकर मुज़्तरिब[4] न होगा ? जब हिरन हमारी आहट पर भाग खड़े होते हैं तो उनकी हिरनियाँ उनसे कहती हैं, डरो नहीं ... तुम तो जन्म-जन्म के हिरन हो, लेकिन ये दोनों तो एक सुनहरे हिरन की तलाश में आए हैं ... भैया देखो, बसंत रुत कितनी खूबसूरत है ! कामदेव सीता के खो जाने की वजह से मुझे उदास देखकर जंगल और शहद की मक्खियों और चिड़ियों की अयानत[5] से मेरे ऊपर हमला करने आ रहा है। दरख़्तों पर फैली हुई बेलें उसकी फ़ौज के ख़ेमे हैं। केले और ताड़ के पत्ते उसके अलम,[6] फलों की झाड़ियाँ उसके तीर-अंदाज़, और कोयल की आवाज़ गोया उसके जंगली हाथी की चिंघाड़ है। बगुले और मैनाएँ कामदेव के ऊँट हैं। मोर और राजहंस उसके अरब घोड़े, पामोज़ परिंदे और जंगली तीतर उसके प्यादे हैं ... चट्टानें कामदेव के रथ हैं, आबशार उसके नक्कारे, मुअत्तर[7] हवाएँ उसके जासूस ... ए लक्ष्मण ! जो कामदेव की फ़ौज का मुक़ाबला कर सके वह सचमुच बड़ा जरी[8] है। कामदेवता का सबसे बड़ा हथियार औरत है।

" ... अब सब्ज़ ज़मीन घास से इस तरह ढक गई है कि पगडंडियाँ दिखाई नहीं देतीं जिस तरह मुक़द्दस[9] सहीफ़े[10] बिद्दतियों[11] के मुबाहिसों[12] में छिप जाते हैं। अब्र-आलूद[13] रात के अँधेरों में जुगनू इस तरह चमक रहे हैं जैसे रियाकारों[14] का खुफ़िया जलसा हो रहा हो। थके हुए मुसाफ़िर इधर-उधर इस तरह आराम कर रहे हैं जैसे हिस्सियात[15] ज्ञान हासिल करने के बाद आराम करती हैं।

"लेकिन लक्ष्मण ! देखो ... सावन बीत गया। ख़िज़ाँ आ गई। ज़मीन अब फूलों की

---

1. गर्वित; 2. संतुष्ट; 3. प्रतिद्वंद्वी; 4. बेचैन; 5. सहयोग; 6. झंडे; 7. सुगंधित; 8. शूरवीर; 9. पवित्र; 10. मंत्र, जाप; 11. वितंडावादियों; 12. बहसों; 13. बादलवाली; 14. मक्कारों; 15. ज्ञानेंद्रियाँ।

नुक़रई घास से इस तरह ढक गई जैसे बुढ़ापा आहिस्ता-आहिस्ता आता है। रास्तों पर बहता हुआ बारिश का पानी इस तरह ख़ुश्क हो गया है जैसे आसूदगी[1] हवस[2] को ख़त्म कर देती है।"

14

अँधेरे जंगल में छिपे हुए रेस्ट हाउस के नीचे कालीनी गंगा शोर करती हुई ऊदी चट्टानों पर बह रही थी। दरख़्तों पर परिंदे रात का बसेरा लेने से पहले ज़ोर-ज़ोर से चहचहा रहे थे। हवा नारियल के झुरमुट में साँय-साँय कर रही थी। सीता बहुत देर तक खिड़की में बैठी नदी की तारीक लहरों को देखती रही। निवारा एलिया से वापस लौटते हुए यहाँ पहुँचकर लेज़ली मार्श ने उसे खुदा हाफ़िज़ कहा था और अपने सफ़र पर आगे रवाना हो चुका था। निवारा एलिया में उसे केबिल मिला था कि उसे फ़ौरन कोलंबो लौटकर तीन दिन के अंदर कलकत्ता पहुँच जाना चाहिए।

सीता ने उसे खुदा हाफ़िज़ कहने के बाद अपने बेडरूम का दरवाज़ा अंदर से बंद कर लिया था। यह डाकबँगला सिलोन के घने जंगलों में छिपे हुए बाक़ी डाकबँगलों की मानिंद मॉडर्न और जगमगाता हुआ नहीं था। इसका फ़र्नीचर भी दक़ियानूसी था। फ़र्श पर मूँज की चटाइयाँ बिछी थीं। सिंगारमेज़ों के आईने बहुत धुँधले थे। कोई और ग़ैर-मुल्की सय्याह उस वक़्त वहाँ मौजूद नहीं था। वह सारे रेस्ट हाउस में बिलकुल तनहा थी। अमेरिकन एक्सप्रेस का ड्राइवर कार को गैराज में बंद करने के बाद शागिर्दपेशे[3] की तरफ़ जा चुका था। खाना खिलाते वक़्त बैरे ने दाँत निकोसकर उससे कहा था–"मैडम ! ब्रिज ऑन रीवर क्वाई की सूटिंग इसी जगह हुई थी। वह सामने वाली घाटी जिसमें गंगा बह रही है, वह ब्रिज इसी पर बनाया गया था ! एलेक गिंस और विलियम होल्डेन और सब बड़ा-बड़ा एक्टर इसी रेस्ट हाउस में ठहरा था। बड़ी रौनक़ रही थी मैडम !!" तो इस इत्तला से भी वह मुतास्सिर नहीं हुई थी। खाने के बाद वह कमरे में जाकर खिड़की में बैठी रही थी और उसके बाद रौशनी बुझाकर पलंग पर लेट रही थी।

रात गहरी होती गई–रात जो चंदन के जंगलों में आवारा थी, लौंग और इलायची की झाड़ियों में सो रही थी। रात जो कैंडी के मंदिर की सीढ़ियों पर बिखरे हुए सफ़ेद फूलों में लेटी थी। रात जो कालीनी गंगा के किनारे दरियाई घास में साँप की तरह सरसरा रही थी। रात जो तारीक जंगलों में छिपे हुए डच और पुर्तगाली गिरजाओं की

---

1. संतुष्टि; 2. लोलुपता; 3. नौकरों के ठहरने की जगह।

तरह ख़ामोश थी। रात जो नदी की तह में संगलाख़[1] चट्टानों पर करवटें बदल रही थी। रात जो कैंडी के शाही हाथियों के शाही महावत की तरह बा-वक़ार[2] और मग़रूर थी। रात जो महावेली गंगा में नहानेवाले हाथियों की तरह स्याहफ़ाम और सुस्त-रौ[3] थी। कैंडी में टार्चलाइट जुलूस निकल रहा है। बुद्ध के दाँत का जलूस। बुद्ध का दाँत सोने-चाँदी में मुग़रक़्क़[4] हाथी के जगमगाते हौदे के अंदर हीरे-जवाहरात के संदूक़चे में रखा हुआ है। घास पर लेटा हुआ बुद्ध दाँत निकोसे हँस रहा है। उसने नक़ली दाँत लगा रखे हैं। महात्मा बुद्ध के दाँत खाने के और हैं, दिखाने के और।

रात जो हंटरों की आवाज़ है, बाँसुरी की आवाज़, बैग पाइपर की आवाज़, सितारों की आवाज़।

प्रयाम मयूरः प्रति नृत्यति–मोर अपनी महबूबा की तरफ़ नाचता हुआ जा रहा है, प्रयाम–अरे, मैं तो सारी ज़बानें भूल गई, भला मैं कितनी ज़बाने जानती हूँ ? एक भी नहीं। मैं बिलकुल गूँगी हूँ।

अलफ़ाज़ के बादशाह ⋯ ऐ अलफ़ाज़ के बादशाह ⋯ वाणी और विनायक को मेरा प्रणाम। जिन्होंने अलफ़ाज़ और उनके मानी ईजाद किए। मैं विशाखदत्त हूँ, महाराजा भास्करदत्त का बेटा। मेरे सर पर बादलों की घन गरज है। मेरा प्रीतम बहुत दूर है। यह क्या हुआ ⋯ ? अरे भई, यह क्या हुआ ⋯ ? अमर बूटियाँ बर्फ़ीले पहाड़ों पर हैं। और सर पर कुंडली मारे नाग बैठा है, कुंडली मारे नाग।

अबुल-हिमाक़त क़मरुल-इस्लाम चौधरी ने मुझे चंडीदास का वह कौन-सा गीत सुनाया था ? "रात अँधेरी है और बादल गहरे। तुम ऐसी रात में कैसे आ सके ? वह फूल बन में खड़ा बारिश में भीगता है। मेरी सास-ननदें बहुत ज़ालिम हैं। चंडीदास कहे–सखी री ⋯ सखी री ⋯

और महाबुद्धोपाध्याय श्री प्रोजेश कुमार चौधरी ने विद्यापति के कौन-से गीत के मानी बताए थे ? राधा की नीमबाज़[5] आँखों की पुतली ऐसी है जैसे कँवल के फूल पर भँवरा बैठा हो ⋯ हा हा हा ⋯ और हवा के झोंके ज़ोर से पंखड़ियों के अंदर सरक जाते हैं ⋯ नहाने के बाद उसकी आँखें काजल लगाकर ऐसी लगती हैं जैसे कँवल पर सिंदूर लगा हो ⋯ और ⋯ ई इ इ इ क ⋯ ई इ इ इ क ⋯

⋯ और वह रात को शबरंग[6] सारी पहनकर कृष्ण से मिलने जाती है।

अजी सुना दे, सुना दे, सुना दे कृष्णा, तू बंसरी की तान सुना दे कृष्णा ⋯ आँ-आँ-आँ ⋯ सुना दे ⋯

रामायण में लिखा है तुलसीदासजी ने कि नौजवान औरत शोले की लौ की मानिंद है। ऐ आत्मा ! तू इसका परवाना न बन ⋯ मगर कोई उल्लू का पट्ठा तुलसीदासजी की बात नहीं सुनता।

रतनपुरा में अगर मुझे वह चिंतामणि हीरा मिल जाए जो सारी ख़्वाहिशें पूरी कर

---

1. पथरीली; 2. प्रतिष्ठित; 3. धीमी चालवाली; 4. लिपटे हुए; 5. अधखुली; 6. रात के रंग की।

देता है।

श्रीलंका के सारे पहाड़ तिरछे हो गए।

खुदा करे ख़िज़ाँ जो विष्णु के जिस्म के मानिंद ज़र्द है
तुम्हारी मुश्किलें दूर करे।

गहरे पानी हैबतनाक[1] मछलियों के तैरने से मुज़्तरिब[2] हैं।

तुम्हारा हुक्म ताज़ा फूलों के गजरे के मानिंद
मैंने अपने सर पर लिया है।

बेला फूले आधी रात, गजरा मैं कैके गरे डारूँ ... अरे भाई, गजरा मैं कैके गरे डारूँ !

महाराज की जय हो। एक शख़्स जिसके पास पासपोर्ट नहीं था एक ख़त के साथ हमारे कैम्प से फ़रार होना चाहता था ... उसे गिरफ़्तार कर लिया गया है।

थर्ड डिग्री किस तरह किया जाता है ? थर्ड डिग्री एफ़.बी.आई., सी.आई.डी., पीएच.डी., के.एल.एम.-पैन अमेरिकन ... एयर इंडिया इंटरनेशनल।

पत्तियों से आरी[3] दरख़्त इस तरह खड़े हैं, जैसे किसी की अर्थी के साथ जाने के लिए तैयार हों।

अब मैं शमशानों में जाकर प्रेतमंत्र जगाती हूँ ... जय काली कलकत्ते वाली ... मारीपुर के रास्ते में शमशानघाट था। उसमें बेचारे मुसलमान रिफ़्यूजियों ने झोंपड़ियाँ डाल लीं।

जय काली कलकत्ते वाली।

कायनात की इब्तदा[4] का असरार[5] काली के जिस्म के मानिंद तारीक है। शफ़क़[6] की सुर्ख़ी काली का ग़ैज़[7] है। तूफ़ान और वबाएँ[8] और मौत उसके साथी हैं—हम बंगालवाले सदियों से काली के क़हर का तमाशा देख रहे हैं ... श्री प्रोजेश कुमार चौधरी का स्टेटमेंट टू दि प्रेस ... बोगस एक्सप्रेशनिस्टिक तसवीरें बनानेवाला ... बोगस बोगस बोगस। काली का तसव्वुर[9] एक्सप्रेशनिस्टिक है ... बोगस !

मेरी रेखा खाँची बिलकुल बेकार गई।

अनुसूया ने कहा, सुनो राजकुमारी !

तक़दीस,[10] पतिव्रत, मासूमियत, वफ़ादारी, हाय हाय।

लेडीज एंड जेंटिलमेन ... कामरेड्स पाइवते पैनू ... ! आप सबकी इत्तला के लिए अर्ज़ है कि सीता आज की दुनिया के ख़ौफ़नाक जंगल में खो गई। उस सीता को आज की दुनिया का रावण उड़ाकर ले गया। हज़रात ! यह आज की दुनिया जो दो कैंपों में बँटी है ... एंग्लो-अमेरिकन साम्राज की शिकार दुनिया जिसमें मासूमों को थर्ड डिग्री किया जाता है तो उन्हें कोई हनुमान बचाने नहीं आता ... लता डियर माइक्रोफ़ोन फ़ेल हो गया ... अरे कैलाशनाथ माथुर, ज़रा करंट तो मँगाओ जल्दी से—हाँ तो हज़रात, मैं कह रही थी कि आज की दुनिया में जहाँ हाइड्रोजन बम के रावण अपने बाण से शहरों को

---

1. भयानक; 2. बेचैन, हलचल से भरे; 3. वंचित, रहित; 4. आरंभ; 5. रहस्य; 6. सांध्य-क्षितिज; 7. क्रोध; 8. महामारियाँ; 9. कल्पना, धारणा; 10. पवित्रता।

आन की आन में[1] भस्म करनेवाले हैं, जहाँ एशिया और अफ़्रीका की सीताएँ अग़वा कर ली जाती हैं ⋯ अरे *रामायण* पढ़नेवाले बगुलाभगतो–तुमने 1947 ई. में कितनी मुसलमान सीताएँ उड़ाई थीं। ज़रा उनका हिसाब लगाओ ⋯ और ऐ मज़ीद और शिम्र पर लानत भेजनेवाले मुसलमान मुजाहिदो,[2] तुम ⋯ जो ⋯

सीता मीरचंदानी ⋯ रोल नं. 963 ⋯ ?

यस प्लीज़ ⋯

जी हाँ, मेरा ही नाम सीता है।

आमार सहनेर ⋯ आमार प्रियो सीता।

हाइ सीता ⋯ हनी ⋯

सीता मेरी जान।

जाने-मन।

सीता डार्लिंगिस्ट !

बताओ, तुम्हारी सबसे बड़ी ख़्वाहिश क्या है ?

मेरी ख़्वाहिश ? वही कि श्रीलंका के जवाहरात के शहर रतनपुरा के सारे हीरे मुझे मिल जाएँ। फिर देखो, तुम सबका कैसा पटरा करती हूँ ⋯

हाय हाय, मैं बड़ी सख़्त पेटी बुर्जुवा हूँ।

हंलो हलो हलो ⋯ आवाज़ें ⋯ कैसी-कैसी आवाज़ें ⋯ टेलीफ़ोन के तारों की झनझनाहट ⋯ रेल के पहियों की छक-छक-छकाछक ⋯ मोटरबोट की घड़-घड़, तय्यारे[3] के इंजन की ज़ों-ज़ों, घों-घों, शाँय-शाँय, टाँय-टाँय फ़िश। चीं पटाख़ रें रें-खाँ रों धाँय-धाँय, छुआ छू ⋯ धोबी की आवाज़ ⋯ बिलक़ीस बिटिया, लादी ले लीजिए ⋯ बेगम साहब आज क्या-क्या पक्केगा। तमाम उम्र रहा ग़मज़-ओ-अदा का शिकार।

डोल। बनारस के मंदिरों की रौशन चौकी ⋯ क़ैसर की बरात का बैंड ⋯ राजा की आएगी बरात ⋯ संडे के संडे ⋯ मुहर्रम का ताशा ⋯ जाफ़र बाँदी का नौहा ⋯ अरे बुलबुल को गुल पसंद, गुलों को हवा पसंद ⋯ हम बू-तराबियों[4] को है ख़ाके-शिफ़ा[5] पसंद ⋯ तुझको इरम[6] पसंद, हमें कर्बला पसंद ⋯ हमें कर्बला ⋯ हमें कर्बला पसंद ⋯ रावण जलता है, सीता जलती है। लंका जलकर राख हो गया।

यह राहुल हँसा, राहुल की हँसी, जमील का क़हक़हा, शराब के गिलासों की खनखनाहट, दो बूढ़े मियाँ-बीवी जो ब्रोकलिन ब्रिज पर खड़े चुपके-चुपके किसी बात पर हँसते थे, बच्चों की तरह मसरूर[7] ⋯

मैं मर जाऊँगी ⋯ मौत ⋯ और मेरी टाँगें पच्छिम की ओर कर दी जाएँगी ताकि मेरी आत्मा नाव में सवार होकर सिंध महासागर पर से गुज़र सके। चिता के शोले, मोमबत्तियाँ, ताज़ा फूल, क़ब्र की मिट्टी, तुलसीपुर का क़ब्रिस्तान जहाँ जमीला बाजी को दफ़्न करने ले गए थे। अरे जमीला बाजी कौन थीं ⋯ ? और उनके मियाँ जो धाँय-धाँय,

---

1.पल-भर में; 2. योद्धाओं; 3. हवाई जहाज़; 4. मिट्टी में लेटनेवाले (बू-तराब हज़रत अली के लिए इस्तेमाल किया जाता है); 5. उपचार की मिट्टी; 6. स्वर्ग; 7. प्रसन्न।

सों-सों, भों-भों कर रहे थे। बिलक़ीस ने बताया कि उसी साल दूसरी शादी रचाने की फ़िक्र में लग गए। स्वाइन ⋯ आल मेन आर स्वाइन।

जमील डार्लिंग, मैं अब भी रात में अक्सर वही परेशान ख़्वाब देखती हूँ कि मैं एम.ए. का पर्चा कर रही हूँ जो किसी ऐसी ज़बान में लिखा है जो समझ में नहीं आती। और तीन घंटे पूरे होनेवाले हैं ⋯ दो घंटे ⋯ एक घंटा ⋯ बीस मिनट ⋯ पाँच मिनट ⋯ एक मिनट ⋯

Give me five minutes more
Only five minutes more
Only five minutes more of your charm
Give me five minutes more
In-your-Arms

हाथी की शक्ल की चट्टान ⋯ ऊँची चोटी पर चढ़ने की कोशिश करो तो पाँव रपट जाता है। मैं सगरिया से भी ऊँची चट्टान पर जाकर छिपूँ तब भी पकड़ी जाऊँगी।

आपकी तारीफ़ ⋯ ?

जी मैं ⋯ ? मिसेज़ बीच लक्ज़री होटल।

और आप ⋯ ? श्री अशोका होटल ⋯ ? पधारिए, पधारिए, इंडिया दैट इज़ भारत ने महाराजाधिराज अशोक के सुतून दरियाफ़्त किए। अशोक चक्र दरियाफ़्त किया। अशोका होटल दरियाफ़्त किया।

और आपकी तारीफ़ ?

यह मेरी ननद हैं। ननद बिजली बसंत ⋯ बिलक़ीस अनवर अली ⋯ नंबर वन एक्ट्रेस, प्रोड्यूसर इंटेलेक्चुअल ⋯ ऐ जमुनी बेगम ⋯ उमराव बेगम ⋯ खेतू बेगम ⋯ सब जने इधर आओ। ऐ, यह कागा-नोचन क्या मची है ! जमील की दुल्हन, अपनी एड़ी देखो, कहीं नज़र न लग जाए। तुम पर टपकी पड़े भूरी बेगम। ऐसा पायँचा भारी करके बैठीं कि सब आईं दो घड़ी के लिए छुद्दा उतारने ⋯ बूँदी बुआ–ए बूँदी बुआ, कल से जमील भैया का पिंडा फीका है ⋯ मेरे दिल को तो पंखे लग रहे हैं। रात मैंने मौला मुश्किलकुशा के नाम का रुपया धोके उठाया ⋯ और सुनो क्या-क्या खेतू बेगम ने बूँदी निगोड़ी पे तूतिए जोड़े। जैसे खुद तो बड़ी सतवंती बीवी हैं ⋯ उरूज की दुल्हन बड़ी धौताल हैं। उनके भर्रे में कभी न आइएगा अम्माँ ⋯ वह किसी को क्या खिलाएँगी ⋯ माघ नंगी बैसाख भूखी ⋯ रात मौला मुश्किलकुशा ख़्वाब में तशरीफ़ लाए। जमील भैया, ऐ जमील भैया ⋯

Am a cow
मिस्टर सैंडमैन ⋯ मिस्टर सैंडमैन ⋯ मेरे जी के वृंदाबन में

In my little corner of the world
Tonight my love – Tonight my love

बुद्ध-समाधियों पर रात उतर आई है।

अरे, यह रात ने मुझ पर फिर हमला कर दिया ?

हवा कितनी तेज़ हो गई !

हवा पराक्रम समुद्र पर बहती आ रही है। कालीनी गंगा पे बह रही है। कोलंबो की सिम्त[1] फुसुर-फुसुर रोती हुई रवाँ है[2] ··· हवा।

हवा।

चाँद।

चाँद संदल की डालियों पर सोता है। उन लोगों की आँखों में जो पुरानी काटेजों में सो रहे हैं, सदियों की नींद है ··· डान फर्नांडीज़ डि कोस्टा समरसिंघारविना मुदलियार। रतनसिंह जयसूर्य। गुनपाल गुनवर्दन। उनकी आँखों में जंगल की नींद है। ज़िरह-बक्तर पहने पुर्तगाली, डच किलों पर हमला करने जा रहे हैं। अंग्रेज़ प्लांटर्स की रूहें महाहन्या की सड़क के किनारे खड़ी अमरीकन सय्याहों से मक्खन-चीनी माँग रही हैं। चाँद अब भी महावेली गंगा में नहा रहा है। हाथी, जो हज़ारों बरस की, जंगल में मुक़य्यद[3] रूहें हैं।

चाँद।

रात।

रात सीता महारानी के बाल हैं। राम रघुराई का साँवला बदन है। काली का चेहरा है। तख़लीक़[4] से पहले की तारीकी।[5] हम सब हर वक़्त उसी तख़लीक़ से पहले की तारीकी में मुक़य्यद हैं और समझते हैं बड़ा इवाल्युशन हो गया। स्याह। स्याह। स्याह। रात।

मैंने अपनी नींद न्यूयार्क में खो दी। जंगलों में ताड़ के स्याह दरख़्त ऊँचे होकर सुर्ख़ आसमान से जा लगे। लंका-तिलक का खंडर दाँत निकाले हँसता है–ही-ही-ही ··· कँवल का तालाब बेख़्वाब[6] आँख की तरह खुला हुआ है ··· लीलावती ··· रूपवती ··· सीतावती ···

रनकोट विहार के स्तूप में हड्डियाँ एक-दूसरे से इंटरनेशनल सिचुएशन पर गुफ़्तगू कर रही हैं। पराक्रमबाहु अव्वल एशिया में कम्युनिज़्म का पाँचवाँ बाब लिख रहा है। जंगल ने मुझे खा लिया।

मेरे गहने कैसे-कैसे थे जो बड़ी ख़ाला ने मुझे रूनुमाई[7] में दिए। दुल्हन के गहने ··· रतनपुरा के सोनार जड़ाऊ चंदनहार बना रहे हैं ··· रौशनी-रौशनी–चमक-चमक-चमक ··· जंगल की आवाज़ें, चिड़ियों की, समंदर की, सड़कों की, हार्बर की, पहाड़ों के सन्नाटे की आवाज़ें।

आवाज़ ···

सिर्फ़ एक है।

यहाँ आओ ··· मेरे पास आओ ··· मेरे पास आओ ··· आओ ···

---

1. तरफ़; 2. जा रही है; 3. क़ैद; 4. सृजन; 5. अँधेरा; 6. नींद से वंचित; 7. मुँह दिखाई।

15

"मैं अभी-अभी आकर पहुँची हूँ ··· क्या न्यूज़ है ··· ?" सीता ने माउंट ल्योनिया में अपने कमरे से शाम के वक़्त फ़ोन किया।

"ओह ··· हलो सीता ··· ! तुम आ गईं !! हाउ वंडरफुल ··· इजाज़त हो तो ऊपर तुम्हारे कमरे में आ जाऊँ।"

"आइए।"

वह पाँच मिनट बाद कमरे में मौजूद था। "तुम तो बेहद बश्शाश[1] मालूम हो रही हो। जंगल की हवा ने तुम पर बहुत अच्छा असर किया, आई ऐम सो ग्लैड।"

"बैठिए।"

वह पहली दफ़ा उसके कमरे में आया था और ज़रा घबराया हुआ-सा मालूम होता था। कमरे का एक चक्कर लगाकर वह कोने में पड़े हुए सोफ़े पर बैठ गया। वह पलंग के किनारे बैठी निटिंग में मसरूफ़ रही।

"क्या बुन रही हो ?"

"राहुल के लिए स्वेटर कोट ··· मैंने सोचा था मुकम्मल करके जमील को दूँगी कि ले जाकर राहुल को दे दें ··· मगर मुझे मालूम ही नहीं, अब वह कितना बड़ा है। पता नहीं, यह उसे आएगा भी या नहीं ··· अटकल से बुन रही हूँ।"

वह ख़ामोश हो गया। थोड़ी देर बाद उसने पूछा, "और बताओ, फिर क्या हुआ ?"

"फिर ··· ? फुर्र ··· ," वह खिलखिलाकर हँस पड़ी।

"तुम एक हफ़्ता बेतरह याद आईं। कांफ़्रेंस में किसी तरह जी न लगा मेरा ··· न जाने रिपोर्ट में क्या अंट-संट लिखकर आया हूँ ··· तुम्हारा सफ़र बहुत दिलचस्प रहा ?"

"बहुत दिलचस्प," उसने सलाइयाँ तब्दील कीं।

"अमरीकन बुढ़ियाँ कैसी थीं ?"

"अमरीकन बुढ़ियाँ तो नहीं, एक अमरीकन टूरिस्ट, पोलोंरवा से साथ लग गया था और वह बूढ़ा नहीं था। "

Bich—इरफ़ान ने यकलख़्त ज़ेरे-लब[2] कहा और चुप हो गया।

"आपने अपनी आदत के मुताबिक़ पूछा नहीं कि फिर क्या हुआ ··· ," चंद लम्हों की मुकम्मल ख़ामोशी के बाद सीता ने पूछा।

"तुम खुद ही बताओ।"

"अरे ··· वह अमरीकन ऑर्कियोलॉजिस्ट था।"

"फिर तो तुमने खूब उसके साथ लंका की तारीख़ डिस्कस की होगी ··· जैसे तुमने मुझे सिंध की हिस्ट्री पढ़ाई थी।"

---

1. प्रफुल्लित; 2. होंठों ही होंठों में।

“हाँ ··· ,” वह बेताल्लुक़ी से निटिंग में मशग़ूल रही।

वह कुछ देर उसे टकटकी बाँधे देखता रहा, फिर एकबारगी आग बगूला होकर सोफ़े से उठा। उसके हाथों से सलाइयाँ और ऊन झपटकर एक तरफ़ फेंकी और उसे खींचता हुआ दरीचे में ले गया।

“तारीख़ डिस्कस करने के अलावा और क्या हुआ ··· ?” उसने गरजकर पूछा।

वह सफ़ेद पड़ गई।

“मैं पूछता हूँ, और क्या हुआ ! बोलती क्यों नहीं ?”

दफ़अतन वह गुस्से से सुर्ख़ हो गई। “शट अप ··· आपको इस तरह के सवाल करने का क्या हक़ है ? आप हद से आगे बढ़े जाते हैं।”

वह होंठ काटता रहा। “हक़ तो तुम्हारे ऊपर क़ानूनी शौहर का भी कुछ नहीं है जिसे छोड़कर तुम दो साल से रंगरलियाँ मना रही हो।”

“शट अप इरफ़ान ··· ,” वह पूरी कुव्वत से चीख़ी।

“गेट दि हेल आउट ऑफ़ हियर ··· गेट आउट ··· गेट आउट ··· वरना मैं अभी घंटी बजाकर बैरे को बुलाती हूँ।” वह सर-ता-पा[1] लरज़[2] रही थी।

एक लम्हे तक वह साकित[3] खड़ा उसे तकता रहा। फिर आहिस्ता-आहिस्ता क़दम रखता दरवाज़ा खोलकर कमरे से बाहर चला गया। दरवाज़े के बाहर जाकर उसने बड़ी नार्मल और नीची आवाज़ में सुकून के साथ कहा :

“बड़ी कोशिशों के बाद जमील ने मुलाक़ात का वक़्त दिया है। आख़िरकार वह आज रात को मिलने के लिए तैयार हो गए हैं। मैं उनसे गालफ़ेस होटल में डिनर पर मुलाक़ात कर रहा हूँ ··· उसके बाद उनका जवाब तुम तक पहुँचा दूँगा ··· गुड नाइट ··· ”

रात को बारह बजे के बाद उसके सिरहाने रखे हुए फ़ोन की घंटी देर तक बजती रही। मगर उसने फ़ोन नहीं उठाया।

16

वह रात-भर रोती रही थी। इतना वह अक्तूबर 1947 की उस रात भी नहीं रोई थी जिसकी सुबह वह और उसके ख़ानदान वाले कराची से काठियावाड़ रवाना हुए थे या जब न्यूयार्क में जमील ने उसे उसके घर से बाहर निकाला था। क़रोलबाग़ में वह अक्सर रातों को जगकर राहुल के लिए चुपके-चुपके रोया करती थी और सुबह-सुबह आँगन में

1. सर से पैर तक; 2. काँप; 3. स्थिर।

लगे हुए नलके पर जाकर आँखों पर खूब अच्छी तरह छपके मारती थी ताकि उसके बाप को उसके अलम[1] का पता न चलने पाए। मगर उस वक़्त माउंट ल्योनिया के उस खूबसूरत कमरे में उसके आँसू देखकर परेशान या रंजीदा या पशेमाँ[2] होनेवाला कोई न था। इसलिए वह इतमीनान से बिस्तर पर लेटी रही। उसके सामने सारा दिन, सारी ज़िंदगी, सारी दुनिया ख़ाली पड़ी थी। भयानक तारीक ख़ला[3] का तूफ़ानी समंदर जिसका कहीं पर कोई किनारा न था ··· आठ बजे के क़रीब बैरा नाश्ता लेकर आया। मेहरबान, शफ़ीक़[4] मुस्कुराहट वाला बूढ़ा सिंहाली जो उसकी सुर्ख़ आँखों को देखकर मुतफ़क्किर[5] नज़र आया क्योंकि वह भी दो जवान बेटियों का बाप था। ट्रे मेज़ पर रखकर वह चुपचाप बाहर चला गया।

दस बजे के क़रीब तैयार होकर उसने रिज़र्वेशन के लिए हवाई जहाज़ के दफ़्तर फ़ोन किया और नीचे टैरेस पर उतर आई। समंदर पर तेज़ धूप फैली हुई थी और उसकी चमक आँखों को बुरी लग रही थी। साहिल पर चंद अंग्रेज़ बच्चे रेत के क़िले बनाने में मसरूफ़ थे। बहुत दूर मूँगों के हार बेचनेवाली औरत सर झुकाए एक सिम्त को जा रही थी और गीली रेत पर उसके पैरों के निशान बड़े वाज़ेह[6] नज़र आ रहे थे। दिन बड़ा उजाड़ था। सारा माउंट ल्योनिया, सारा कोलंबो, सारी दुनिया उजाड़ थी। उजाड-उजाड़-उजाड़।

चंद मिनट रेलिंग के सहारे खड़े रहने के बाद उसने तय किया कि दोपहर तक शहर का चक्कर लगाती रहे और पैकिंग करने के बाद वक़्त से बहुत पहले ही एयरपोर्ट चली जाए। उसी वक़्त हाल पोर्टर ने आकर उससे कहा कि रिसेप्शन पर उसके लिए फ़ोन रखा है।

··· हवाई जहाज़ के दफ़्तर ने उसे इत्तला दी थी कि मुख़्तलिफ़[7] कांफ्रेंसों में आए हुए मंदूबीन[8] वापस जा रहे हैं, इसलिए तीन दिन तक जगह मिलना बड़ा मुश्किल है।

उसने बैग खोलकर ट्रेवेलर्स चेक के किताबचे पर नज़र डाली। चेक ख़त्म होनेवाले थे।

"मैडम, आपने कैलानिया मंदिर देख लिया ?" रिसेप्शन क्लर्क ने उससे पूछा।

"नहीं, अब जाकर देखूँगी ··· " उसने चौंककर जवाब दिया और बाहर चली गई। ड्राइव पर आकर उसने एक टैक्सीवाले को इशारे से बुलाया।

"कैलानिया टेंपल !"

"सॉरी मैडम," उसने सर हिलाकर कहा।

"क्यों ?"

"शायद कर्फ़्यू लग जाए। शहर में तामिल-सिंहाली झगड़े का अंदेशा है।"

"ओ माई गॉड !" वह एक दरख़्त से टिक गई ··· यहाँ भी ··· ··· अब क्या करूँ ?

यकायक उसे रतन जयसूर्य का ख़याल आया। इस अजनबी मुल्क में वह इरफ़ान और लेज़ली मार्श के अलावा सिर्फ़ तीसरे आदमी जयसूर्य से मिली थी। शायद वह कोशिश

---

1. दुख; 2. लज्जित; 3. शून्य, अंतरिक्ष; 4. वात्सल्यपूर्ण; 5. चिंतित; 6. स्पष्ट; 7. विभिन्न; 8. प्रतिनिधिगण।

करके हवाई जहाज़ में जगह दिलवा दे।

अंदर लौटकर उसने जयसूर्य को फ़ोन किया। उस वक़्त जयसूर्य के अख़बार के दफ़्तर में एक हगांमी[1] कांफ्रेंस हो रही थी। ज़ाहिर है कि वह उसकी आवाज़ सुनकर काफ़ी मुताज्जिब[2] हुआ।

"हलो ··· हलो ··· डाक्टर मीरचंदानी ! कैसे याद कर लिया ?"

उसने रिज़र्वेशन के मुतल्लिक़ पूरी बात बताई।

"ओहो ··· सुनिए ··· इस वक़्त मैं बेहद मसरूफ़ हूँ ··· आपने सुबह का अख़बार पढ़ लिया होगा ?"

उसने सुबह का अख़बार नहीं पढ़ा था।

"मगर आप ही ज़हमत करके यहाँ चली आएँ ··· मिस्टर इरफ़ान कब वापस जा रहे हैं ?"

"पता नहीं।"

"ओह ··· अच्छा आ ज़ाइए ··· मैं आपका मुंतज़िर[3] हूँ !"

अख़बार के दफ़्तर में हर शख़्स अपने-अपने काम में मुनहमिक[4] था। टेलीप्रिंटर्स और टाइपराइटरों की लगातार खटखट, सब-एडीटरों और रिपोर्टरों की भनभनाहट और टेलीफ़ोन एक्सचेंज पर बैठी हुई काली लड़की की बेइंतहा मसनूई शीरीं आवाज़ में यकसाँ "लंका दीप ··· गुड मार्निंग" की तकरार ने उसके दिल की वीरानी में और इज़ाफ़ा कर दिया। चंद मिनट के इंतज़ार के बाद चीफ़ एडीटर ने उसे अंदर बुलवा भेजा। वह हाल से गुज़रती हुई जयसूर्य के केबिन में दाख़िल हुई।

वह एक लंबे-चौड़े डेस्क पर बैठा दो टेलीफ़ोनों पर बयक-वक़्त[5] बात कर रहा था और बीच-बीच में इंटरकाम पर कुछ बोलता भी जाता था। वह कोने में रखी हुई कुर्सी पर टिक गई। जयसूर्य ने एक तरफ़ का टेलीफ़ोन बंद करते हुए घूमनेवाली कुर्सी उसकी तरफ़ ज़रा-सी फेरकर उसे ऐसी अजीब नज़रों से देखा कि वह पसीना-पसीना हो गई ··· डर्टी ओल्ड मैन ··· उसने शदीद कराहत[6] के साथ ज़ेरे-लब[7] कहा। जयसूर्य ने दूसरा रिसीवर भी हाथ से रखकर उसे मुख़ातिब किया :

"गुड मॉर्निंग डा. मीरचंदानी ··· इजाज़त दो तो तुम्हें सीता कहकर पुकारूँ ··· आराम से बैठ जाओ ··· कल रात इरफ़ान ने सारी बात बताई।"

दूसरे फ़ोन की घंटी बजी और उसने फ़ौरन उस पर सिंहाली में गुफ़्तगू शुरू कर दी। सीता को चक्कर आ गया ··· उसने मज़बूती से कुर्सी का हत्था पकड़ लिया और चंद लहज़ों[8] के लिए सर झुकाकर आँखें बंद कर लीं ··· क्यों नहीं ज़मीन फटती कि मैं उसमें समा जाऊँ ··· मगर चूँकि यह सीता और सावित्री की दुनिया न थी, काली युग था, इसलिए न ज़मीन फटी, न सीता उसमें समाई। दूसरे लहज़े उसने पर्स से सिगरेट केस

---

1. आपातकालीन; 2. आश्चर्यचकित; 3. प्रतीक्षारत; 4. मग्न; 5. एक ही साथ; 6. घृणा; 7. होंठों में; 8. क्षणों।

निकालकर एक सिगरेट जलाया।

जयसूर्य फ़ोन पर बात ख़त्म करके उसकी तरफ़ मुड़ा, "ओह, माफ़ करना ··· मैंने तुम्हें सिगरेट पेश नहीं किया।" उसने सीता को ज़रा ग़ौर से देखा ··· वह बेइंतहा सफ़ेद नज़र आ रही थी। इस बेचारी के आसाब[1] ज़रूरत से ज़्यादा कमज़ोर हैं, उसने दिल में सोचा। फिर उससे कहा, "घबराओ मत ··· मैं इरफ़ान का पुराना राज़दार हूँ। शायद तुम्हें मालूम नहीं कि वह और मैं कई साल तक जर्मनी में इकट्ठे रहे हैं ··· उस वक़्त तुम बहुत छोटी-सी रही होंगी ··· ।" उसने एक बार फिर सीता को उन्हीं लरज़ाख़ेज़[2] नज़रों से देखा, "इरफ़ान की निजी और जज़्बाती ज़िंदगी की कोई बात मुझसे छिपी नहीं ··· तुम्हारा राज़ भी मेरे पास महफ़ूज रहेगा ··· बाज़ दफ़ा जर्नलिस्टों पर भी भरोसा किया जाता है !! ··· अच्छा अब एक ख़ुशख़बरी सुन लो ··· आज कर्फ़्यू नहीं लग रहा है ··· कॉफ़ी पियोगी ?" उसने घंटी बजाई।

"नहीं ··· शुक्रिया।" सीता को अपने सारे वजूद[3] से अथाह नफ़रत महसूस हुई। मैं यहाँ क्यों आई ?

"मैं ··· ज़रा ··· वह ··· हवाई जहाज़ की सीट ··· ," उसने शदीद नक़ाहत[4] के साथ कहा।

"श्योर ··· श्योर ··· माई डियर ··· मुझे फ़ौरन कल का एडिटोरियल लिखना है ··· अपनी सेक्रेटरी से कहता हूँ।"

वह इंटरकॉम की तरफ़ झुका, "रत्ना ज़रा मार्टिन को भेज दो ··· और तुम भी आओ !"

दूसरे लम्हे उसकी सिंहाली सेक्रेटरी और क्लर्क अंदर आए ··· उनके पीछे न्यूज़ एडीटर लपका हुआ आया और डेस्क पर झुककर उससे जल्दी-जल्दी कुछ कहने लगा।

एक बार फिर जयसूर्य सीता की मौजूदगी फ़रामोश[5] करके अपने काम में मुनहमिक हो गया। वह चंद लहज़ों तक बैठी छत को देखती रही, फिर उठकर साथ वाले कमरे में चली गई। उस कमरे में घुँघरियाले बालों और गहरी साँवली रंगत का एक तामिल जवान खिड़की के पास खड़ा नीचे सड़क पर ट्रैफ़िक देख रहा था ··· शायद वह भी जयसूर्य से मुलाकात का मुंतज़िर था। सीता ने ज़ीने की तरफ़ जाने के लिए क़दम बढ़ाए ही थे कि जयसूर्य की सेक्रेटरी उसे बुलाने के लिए दौड़ी आई और उसे दुबारा केबिन में जाना पड़ा। इतने में जयसूर्य ने इंटरकॉम पर कहा, "रत्ना ··· मिस्टर रामास्वामी को आने दो !"

पर्दा उठा और वही तामिल नौजवान कमरे में दाख़िल हुआ। उसने मुतबस्सिम[6] नज़रों से सीता को देखा और दीवार से सटकर खड़ा हो गया।

अपने स्टाफ़ से बातें करते-करते कुर्सी सीता की तरफ़ घुमाकर जयसूर्य ने कहा, "सीता, यह मेरा बेहद शरीर[7] नौजवान दोस्त रामास्वामी है। हमारे मुल्क का शोलाबयान कालम-निगार है। हमारे मुख़ालिफ़ अख़बारों के लिए लिखता है लेकिन मुझ ऐसे

1. स्नायु; 2. कँपा देनेवाली; 3. अस्तित्व; 4. कमज़ोरी; 5. विस्मृत; 6. मुस्कुराती हुई; 7. शरारती।

फ़िरक़ा-परस्तों से कभी-कभार मिल लिया करता है। बैठो ··· राम ! हमारी हिंदुस्तानी मेहमान डा. मीरचंदानी से मिलो ··· हिंदुस्तानी होने के नाते मुमकिन है, यह तुम्हारी हमख़याल निकलें।" इस तआरुफ़ के बाद जयसूर्य फिर अपनी गुफ़्तगू में मुनहमिक हो गया।

रामास्वामी ने सीता को नमस्ते किया और बड़ी शाइस्ता[1] बेतकल्लुफ़ी से उससे बातें करने लगा। क्या वह बंबई से आई है ? अच्छा ! देहली से ··· वह भी देहली में नामानिगार[2] की हैसियत से कई साल रह चुका है ··· देहली में वह फ़लाँ-फ़लाँ सहाफ़ियों[3] को जानता है। वग़ैरह-वग़ैरह। उसने यह भी बताया कि उसका आधा ख़ानदान मद्रास में रहता है मगर वह खुद 'ओवरसीज़ इंडियन' है।

और उस वक़्त दफ़अतन एक बड़ी अनोखी बात हुई–अजनबी सिंहालियों के मजमे में घिरे हुए सीता ने अपने हमउम्र उस तामिल नौजवान के लिए एक अजीब-सी यगानगत[4] महसूस की ··· जिस तरह सदियों पुराने अबदियतपरस्त[5] पोलोंरवा के सुनसान खंड़रों के दरमियान उसने जदीद इनसान– लेज़ली मार्श–के लिए इस जज़्बे को महसूस किया था ··· क्योंकि वह उसकी मानूस[6] बीसवीं सदी की, मग़रिबी माद्दापरस्त[7] दुनिया का एक फ़र्द[8] था ··· पोलोंरवा अबदियत[9] थी, डाक्टर लेज़ली विंसेंट मार्श तारीख़ी वक़्त ··· जिस तरह उस लेज़ली मार्श के मुक़ाबले में पहाड़ी रास्तों में से गुज़रते हुए बालों के जूड़े बनाए और सेरोंग पहने सिंहाली मर्दों और औरतों के लिए यगानगत महसूस करती थी क्योंकि वो उसकी अपनी तहज़ीब का एक हिस्सा थे। और लेज़ली मार्श ग़ैरमुल्की मसीही मग़रिबी इनसान था ··· जिस तरह माउंट ल्योनिया के डाइनिंग हाल में बैठे हुए फ़ैशनेबुल मर्दों और औरतों के मुक़ाबले में पाकिस्तान से आया हुआ इरफ़ान बिलकुल उसका अपना मालूम होता था क्योंकि उसके बर्रे-सग़ीर[10] का रहनेवाला था। उसकी तहज़ीब का एक हिस्सा था ··· इनसान अपनी पेचीदा ज़िंदगी में बयक-वक़्त[11] कितनी मुख़्तलिफ़ और मुतज़ाद[12] सतहों पर ज़िंदा रहता है !

अब रामास्वामी भी जयसूर्य के साथ किसी बहस में उलझ चुका था। केबिन में बातों का शोर बढ़ गया। उसके सर में दर्द हो रहा था। अचानक बेइंतहा मुतवहिश होकर वह केबिन से बाहर निकली और तेज़ी से सीढ़ियाँ उतरकर नीचे सड़क पर आ गई।

दुकानों के सामने बरामदे में बिला-मक़सद इधर-उधर घूमने के बाद वह किताबों के स्टाल पर जा खड़ी हुई और स्टाल वाले से आई.ए.सी. के दफ़्तर का पता दरियाफ़्त किया।

"चलिए, मैं आपको वहाँ पहुँचा दूँ।"

उसने पलटकर देखा, रामास्वामी खड़ा मुस्कुरा रहा था।

"शुक्रिया ··· मुझे सिर्फ़ पता समझा दो। मैं खुद वहाँ पहुँच जाऊँगी।"

"तुम्हारे चले आने के बाद मिस्टर जयसूर्य बहुत परेशान हुए कि तुम कहाँ ग़ायब

---

1. सभ्यतापूर्ण; 2. संवाददाता; 3. पत्रकारों; 4. अपनापन; 5. शाश्वत की पूजा करनेवाले; 6. परिचित; 7. भौतिकवादी; 8. व्यक्ति; 9. शाश्वत; 10. उपमहाद्वीप; 11. एक ही साथ; 12. परस्पर-विरोधी।

हो गईं। मगर इस तामिल-सिंहाली क्राइसिस की वजह से वह इतने चकराए हुए हैं कि उनकी समझ में कुछ नहीं आ रहा है। उस वक़्त जब तुम उठकर चली आईं, वह फ़ोन पर अपने बड़े भाई से बात कर रहे थे जो काबीना[1] में वज़ीर हैं। आज उनकी वज़ारत भी ख़तरे में है।"

वह बरामदे में सीता के साथ चलने लगा।

"यह झगड़ा क्यों हो रहा है ?" सीता ने घड़ी देखते हुए बेख़याली से सवाल किया।

"आओ, दस मिनट बैठकर कहीं कॉफ़ी पी जाए ··· तुम आज ही देहली वापस जाना चाहती हो ?"

वह एक क़हवाख़ाने में दाख़िल हुए जहाँ यूनिवर्सिटी के तालिबे-इल्म[2] और अख़बारनवीस[3] ज़ोर-शोर से बहसों में मसरूफ़ थे। यहाँ भी बड़ा शोर हो रहा था। वो दरवाज़े के क़रीब एक मेज़ पर बैठ गए। सीता आहिस्ता-आहिस्ता उँगलियों से अपनी कनपटियाँ दबाने लगी। कितना शोर था ! सारी दुनिया में कितना रोला मच रहा था !

"ओह ··· माफ़ करना ··· मैं अभी आता हूँ।" इतना कहकर राम तेज़ी से मुर्सिदाबादी रेशम की सारी में मलबूस एक लड़की की तरफ़ गया जो उसी वक़्त क़हवाख़ाने से बाहर जा रही थी। दरवाज़े के नज़दीक ठिठककर वह दोनों चंद मिनट तक जल्दी-जल्दी एक-दूसरे से कुछ कहते रहे। लड़की ने पलटकर क़हर भरी निगाहों से सीता को देखा और बाहर चली गई। राम रूमाल से माथे का पसीना पोंछता हुआ वापस आकर बैठ गया।

"यह मेरी मंगेतर थी ··· ," सीता की सवालिया नज़रों से नज़रें मिलाकर उसने ज़रा झेंपते हुए जवाब दिया ··· वह कितना कमउम्र और जोशीला था !

वह उसका हमसिन[4] था। वह उसकी ज़बान, उसका जोश, उसका जज़्बा समझ सकती थी।

"थी ··· क्या मतलब ? अब नहीं है ?" सीता ने तबस्सुम[5] के साथ पूछा।

"इसका इनहसार[6] ताज़ातरीन सियासी सूरते-हाल[7] पर है।"

"अगर तुम कोई हर्ज न समझो तो मुझे समझाओ किस तरह ?"

क़हवे की प्याली को उदासी से देखते हुए उसने बताया–यह लड़की सिंहाली बुद्धिस्ट है ··· वह खुद तामिल हिंदू घराने से ताल्लुक़ रखता है। इसलिए लड़की के माँ-बाप इस शादी के ख़िलाफ़ हैं। लड़की बिलकुल ग़ैर-सियासी है मगर वह उसे एजुकेट करने की कोशिश करता रहता है। उस लड़की का बाप यू.एन.पी. का लीडर भी है और उसका सारा फ़्यूडल ख़ानदान बेइंतहा दौलतमंद, रिएक्शनरी और अमरीकापरस्त है।

"पिछले हफ़्ते मैं उससे लड़ बैठा ··· मैं मुसिर[8] था कि किसी दूसरे शहर जाकर सिविल मैरेज कर लें और उसके बाद कुछ अरसे के लिए मद्रास चले जाएँ, मगर वह इस चीज़ के लिए तैयार नहीं ··· डरपोक गिलहरी कहीं की ··· न जाने क्यों मैं अपनी दास्तान सुनाकर बोर कर रहा हूँ तुम्हें ··· "

---

1. मंत्रिमंडल (कैबिनेट); 2. छात्र; 3. पत्रकार; 4. हमउम्र; 5. मुस्कान; 6. दारोमदार; 7. स्थिति; 8. अड़ा हुआ।

"मुझे अपने मुतल्लिक़ और बताओ," सीता ने उसके लिए क़हवे की एक और प्याली मँगाते हुए कहा।

"तुम यहाँ नेटिव लोगों से मिलीं ?"

"सिवाए जयसूर्य के और तो किसी से नहीं मिली। और एक डचबर्गर लड़की का गाना सुना।"

"यानी मिस्टर जयसूर्य के अलावा मैं पहला ख़ालिस नेटिव हूँ जिससे आपकी मुठभेड़ हुई ? डचबर्गर यहाँ के एंग्लो-इंडियन हैं ... इतने दिनों और क्या किया ?"

"बस सारा वक़्त निवारा एलिया में गुज़र गया।"

"फिर तो तुम सही मानों में ग़ैर-मुल्की सय्याह[1] हो ! तुम्हें मिस्टर जयसूर्य ने अपने डिनर में मदऊ[2] किया था ?"

"हाँ, तुम्हें कैसे मालूम ?"

"शायद तुमको इसका अंदाज़ा नहीं कि कोलंबो छोटा-सा शहर है और तुमने उसमें काफ़ी खलबली मचा रखी है। मेरी एक रफ़ीके-कार[3] ने अपने अख़बार के सोशल कालम में तुम्हारा ज़िक्र भी किया था–माउंट ल्योनिया में ठहरी हुई दिलफ़रेब हिंदुस्तानी ख़ातून जो बेइंतहा खूबसूरत सारियाँ बाँधती हैं। वह तुम्हारा इंटरव्यू भी करना चाहती थी मगर तुम किसी सूरत दस्तयाब[4] न हो सकीं।"

"गुड गॉड !"

राम ने उसे नज़र भरकर देखा, "तुम मुझे पहले क्यों नहीं मिलीं ?"

खुदाया ... खुदाया ... यह भी ...

"मेरा मतलब है ... मैं महज़ इतना कह रहा हूँ कि चंद रोज़ क़ब्ल तुमसे मुलाक़ात हो जाती तो मैं तुम्हें यहाँ की असली धड़कती हुई ज़िंदगी की झलक दिखलाता। तुम्हें तामिल घरानों में मदऊ करता। अपनी बहनों से मिलवाता।"

"और अपनी मंगेतर से नहीं ?"

"वह मेरे घर कब आती है ?" वह फिर ग़मगीन हो गया।

"और मैं यह तमन्ना कर रहा हूँ कि वह अपना महल छोड़कर मेरे तीन कमरों के फ़्लैट में आ रहेगी !! सीता, तुमने कैंडी के फ़्यूडल तबके और यूरोपियन प्लांटर्स की ज़िंदगी नहीं देखी–बर्तानिया की हसीनतरीन क्राउन कालोनी वाक़ई इन लोगों के लिए जन्नत थी, और अब भी है। तुम तो मिडिल क्लास हो ना ?"

"हाँ, बल्कि लोवर मिडिल क्लास," सीता ने जवाब दिया।

"मेरी बेइंतहा एरिस्ट्रोक्रेट वेलमा अभी मुझसे पूछ रही थी कि तुम हिंदुस्तान की किस फ़्लाइंग महारानी को कॉफ़ी पिला रहे हो !!!"

सीता हँस पड़ी।

"आज सुबह की ख़बरें तो बड़ी परेशानकुन हैं। शुमाल[5] में इतना फ़साद हुआ," उसने राम के हाथ से अख़बार लेकर कहा।

---

1. पर्यटक; 2. आमंत्रित; 3. सहकर्मी; 4. उपलब्ध; 5. उत्तर।

मेज़ के बराबर से गुज़रते हुए चंद दोस्तों को देखकर वह मुस्कुराया। इतना बदशक्ल स्याहफ़ाम शख़्स मगर उसके चेहरे में ज़हानत कूट-कूटकर भरी थी। उसके दाँत बेहद ख़ूबसूरत थे और वह हँसता हुआ बड़ा अच्छा लगता था। सीता उसे बेध्यानी से देखा की ··· "हैं ··· बताओ," उसने सर निहुड़ाकर कनपटी पर उँगली रखते हुए पूछा–"तुम्हारे यहाँ इतना झगड़ा क्यों होता है ? एक मुल्क के बासी होकर आपस में झगड़ते हो ··· "

"सब कुछ जानते हुए इस क़दर जहालत का सवाल शायद तुम इसलिए कर रही हो कि वाक़ई अब बहुत बोर हो चुकी हो ··· तुम्हारे लिए कॉफ़ी और मँगवाई जाए ··· ब्याय," उसने आवाज़ दी। "तुम्हारे यहाँ झगड़ा क्यों होता है ? तुम लोग भी एक मुल्क के बासी थे। तुम और हम, दोनों सरमायादार बुर्जुवा सियासत के शिकार हैं।"

उसके लहजे की तल्ख़ी ने सीता को याद दिलाया – एक बार न्यूयार्क में जमील का तआरुफ़ उनके बड़े भाई के एक हमवतन से जब कराया गया था तो जमील ने इसी तल्ख़ी के साथ जवाब दिया था, जी नहीं–मैं अब भी उसी मुल्क का आज़ाद शहरी हूँ जिसे आज हज़रात चंद साल उधर 'जन्नत-निशान' कहते थे।

"तुम तामिल लोगों के लिए कहा जाता है कि वे मेनलैंड की तरफ़ देखते हैं ··· जिस तरह सारे ओवरसीज़ चीनी मेनलैंड चाइना की तरफ़ देखते हैं," सीता ने उससे कहा।

"मैंने देहली के अख़बारों में लंका के इंडियन प्राब्लम के मुतल्लिक़ सिलसिलेवार मज़मून लिखे थे। तुमको उनकी कटिंग भेजूँगा ··· शाम को मेरे घर खाना खाओ।

"तुम्हें कोलंबो से भागने की इतनी जल्दी क्यों है ? तुम्हारे ऐसे ख़ूबसूरत मेहमान हमारे यहाँ रोज़-रोज़ कब आते हैं !"

"क्यों ? हमारे हिंदुस्तानी फ़िल्म स्टार्ज़ और डांसर्स तो यहाँ अकसर आते रहते हैं।" सीता ने उसकी आवाज़ की बढ़ती हुई जज़्बातियत[1] से घबराकर बात मज़ाक़ में टालना चाही।

"तुम्हें पता है ··· तुम लंका दीप के उस कमरे में जब दाख़िल हुईं तो मुझे ऐसा लगा जैसे कश्मीर की खुशगवार हवा का झोंका कहीं से आ गया।"

"मैं सिंधी हूँ।"

"हाँ ··· लेकिन बिलकुल कश्मीरी मालूम होती हो।"

"सिंधी भी बदसूरत नहीं होते।"

वो हँसने लगे। उस वक़्त ··· कोलंबो के एक क़हवाख़ाने में बैठे हुए दो नौजवान ··· एक सिलोनी 'ओवरसीज़ इंडियन' तामिल ··· एक हिंदुस्तान से आई हुई पाकिस्तान की 'सिंधी शरणार्थी'–बयक-वक़्त कितने मसरूर और कितने उदास मालूम हो रहे थे ··· उन्हें मालूम था कि ज़मीन उनकी आज की नौजवान नस्ल के क़दमों के नीचे से सरक चुकी है और सारी दुनिया का मुस्तक़बिल[2] उनकी कितनी बड़ी ज़िम्मेदारी है। क्या उनके बाप यह जानते थे कि उनकी नस्ल के सियासतदानों की बनाई हुई

---

1. भावुकता; 2. भविष्य।

दुनिया में उनके बच्चों को क्या कुछ सहना पड़ेगा ?

"चलो, तुम्हें कोलंबो घुमा दिया जाए," राम ने कुर्सी पर से उठते हुए कहा।

"मगर एयरलाइंस का दफ़्तर ··· "

"जहन्नम में जाए तुम्हारा एयरलाइंस का दफ़्तर ! यह लंच टाइम है। सारे दफ़्तर तीन बजे तक बंद रहेंगे ··· फ़िक्र मत करो। तुम्हें कल हवाई जहाज़ में बिठा दिया जाएगा।

" ··· ग़ालिबन तुम इसका मदावा नहीं कर सकतीं[1] कि लोग तुममें अदबदाके दिलचस्पी लें ··· यह दूसरी बात है कि अपनी हद तक तुम भी उनका दिल नहीं तोड़ना चाहतीं ··· "

"तुमने कौन जगह अब तक नहीं देखी है ?" टैक्सी का दरवाज़ा बंद करके राम पूछ रहा था।

"कैलानिया टेंपल," उसने मरी हुई आवाज़ में जवाब दिया।

मंदिर की चढ़ाई पर पहुँचकर चारों तरफ़ नज़र डालते हुए सीता ने कहा, "तुम्हारे यहाँ की सियासी सूरते-हाल[2] जो कुछ भी हो, मुझे तो पिछले आठ-दस दिन से बराबर ऐसा ही लग रहा है कि मैं जुनूबी हिंद में हूँ। वैसे ही मनाज़िर[3] हैं, उसी तरह की कल्चर ··· " वह थककर सीढ़ियों पर बैठ गई। दुनिया में इतना रोला क्यों मचता है ?

"गाइड ··· लेडी ··· फ़र्स्ट क्लास गाइड ··· ," एक सिंहाली ने अचानक नमूदार[4] होकर पूछा।

वह सीढ़ियों पर से उठी, "तुम्हारे बुद्धिस्ट मंदिरों में इतने हिंदू देवी-देवताओं का ज़ोर क्यों है ?" उसने इमारत की तरफ़ चलते हुए सवाल किया।

राम ख़ामोशी से सर झुकाए साथ-साथ आ रहा था।

"ये हिंदू देवी-देवता लोग लंका में हमारे बुद्ध धर्म के मुहाफ़िज़[5] हैं," गाइड ने बड़े वसूक़[6] से बताया।

"लो सुन लो भई ··· ," सीता ने राम से कहा और उसे डाक्टर लेज़ली मार्श याद आ गया।

"पुर्तगालियों के आने से पहले तक लंका तहज़ीबी लिहाज़ से बिलकुल एक था और बर्तानवी तसल्लुत[7] से क़ब्ल तामिल-सिंहाली झगड़े का वजूद भी नहीं था।" राम ने कहना शुरू किया मगर फिर उकताकर चुप हो गया। नारंजी कपड़ों में मलबूस बड़े-बड़े ताड़ के पंखे उठाए भिक्षुओं की एक टोली सामने से गुज़री।

"तुम मुझसे कुछ कह रहे थे ?"

"कुछ नहीं। तुम सोशियोलॉजिस्ट हो ना ··· तुम अभी जुनूबी हिंद की बात कर रही थीं। तुम ठीक कहती थीं। सिंहाली तरीक़-ए-ज़िंदगी[8] बुनियादी तौर पर हिंदू तरीक़-ए-ज़िंदगी है। मगर फिर यह सवाल पैदा होता है कि बुद्धिज़्म या कम-अज़-कम लंका की बुद्धिज़्म महज़ हिंदू मत का एक विज़न है या इसे अलाहदा मज़हब और कल्चर समझा जाए ? सिंहाली समाज की बुनियाद कास्ट पर थी हालाँकि कास्ट सिस्टम बुद्धिज़्म में नहीं है।

---

1. बच नहीं सकतीं; 2. स्थिति; 3. दृश्य; 4. प्रकट; 5. रक्षक; 6. भरोसा; 7. आधिपत्य; 8. जीवनशैली।

बहुत-से सिंहाली बुद्धिस्ट, हिंदुओं के खुदाओं को पूजते हैं ... फिर क़ौमी[1] कल्चर क्या है ? ख़ालिस सिंहाली क़ौमी कल्चर ? ख़ालिस हिंदुस्तानी क़ौमी कल्चर ? ख़ालिस पाकिस्तानी क़ौमी कल्चर ?

"मैंने जयसूर्य के डिनर में उस रोज़ मेनलैंड से आए हुए चंद हिंदुस्तानी और पाकिस्तानी मेहमानों से पूछा था कि क्या पाकिस्तानी इस्लाम वही है जो सऊदी अरब और मिस्र में राइज[2] है ? और क्या हिंदुस्तान के हिंदू अवाम का कल्चर वही है जो अशोक के ज़माने में था ? जब मैं जयसूर्य से कहता हूँ कि तुम लोग तारीख़ के इर्तक़ा[3] को किस रुख़ से देख रहे हो, तो वह फ़ौरन हम जलावतनों की नफ़सियात[4] पर एक तक़रीर शुरू कर देता है।"

"यहाँ बर्तानवी दौर की नई मिडिल क्लास ने मुलाज़मतें और सियासी मुराआत[5] हासिल करने के लिए एजिटेशन किया होगा ... और मिडिल क्लास के मुख़्तलिफ़ नस्ली और मज़हबी फ़िरक़ों के मफ़ाद[6] आपस में टकराते थे ... " सीता ने पूछा।

"हाँ। अब बुद्धिस्ट कांग्रेस का मुतालबा[7] है कि लंका की तारीख़ अज-सरे-नौ[8] लिखी जाए। एशिया के हर नए मुल्क में लिखी जा रही है ... मगर तारीख़ को किस ज़ाविये[9] से इंटरप्रेट किया जाएगा ?"

मंदिर की पहलू[10] की दीवार पे दूसरे खुदाओं के साथ रावण के छोटे भाई भगवान विभीषण दाँत बाहर निकाले मुस्कुरा रहे थे। भगवान विभीषण ग़रीब चूँकि भगवान होने के बावजूद राक्षस भी थे, इसलिए उनके दो दाँत बाहर निकले हुए थे। "घर के भेदी यही महाशय थे," सीता ने राम से कहा और फिर उसे इस उर्दू मुहावरे का मतलब समझाया।

अंदर हाल में आर्ट स्कूल का एक तालिब-इल्म[11] फ़्रेस्कोज़ की नक़ल उतारने में मसरूफ़ था। राम को उससे बातें करता छोड़कर वह आगे बढ़ गई।

बराबर के कमरे में गौतम बुद्ध के तवील[12] लेटे हुए मुजस्समे के क़दमों में पुजारनों में से किसी एक का मुन्ना-सा बच्चा मैले-से कपड़े में लिपटा हुआ मीठी नींद सो रहा था और उसकी माँ ठंडे मरमरीं फ़र्श पर सजदे में पड़ी थी।

राहुल ... राहुल ... राहुल ...

बहुत आहिस्ता-आहिस्ता और एहतियात से क़दम रखती कि पैरों की आहट से बच्चा जग न जाए, वह दूसरे कमरे में गई जहाँ एक और सुनहरी गौतम बुद्ध हस्बे-मामूल खिले हुए कँवल पर सुकून से बैठे थे। वह ज़रा के ज़रा आँखें बंद करके मूर्ति के सामने मरमरीं सीढ़ियों पर बैठ गई। चंद लहज़ों के बाद उसने आँखें खोलीं। सामने इरफ़ान खड़ा था।

---

1. राष्ट्रीय; 2. प्रचलित; 3. उद्विकास; 4. मानसिकता, मनोविज्ञान; 5. विशेषाधिकार; 6. हित, स्वार्थ; 7. माँग; 8. नये सिरे से; 9. (दृष्टि) कोण; 10. बगल; 11. छात्र; 12. लंबे।

17

उसने ख़ामोशी से चेहरा दूसरी तरफ़ फेर लिया और दीवार की तसवीरों को ग़ौर से देखने लगी। इरफ़ान आगे बढ़ा, "सीता ... सुनो ... देखो ... बात सुनो ... गौतम बुद्ध अम्न के शहज़ादे थे–मैं उनके सामने झुककर तुमसे माफ़ी माँगता हूँ ... माफ़ कर दो ... सीता ... "

वह फ़्रेस्कोज़ पर नज़रें जमाए रही।

"सीता ... सुन रही हो ... ? सीता ... सीता ... सीता ... "

18

"कल तो मैं सुकूने-क़ल्ब[1] हासिल करने महात्मा बुद्ध के मंदिर में गया था मगर आज मेरी मूड इतनी ड्रामाई नहीं है ... लिहाज़ा आज शाम को चलो, शहर को सुर्ख़ रंग दें ... " माउंट ल्योनिया की बालकनी पर झुके हुए इरफ़ान ने तजवीज़[2] किया।

"चलिए ... ," सीता ने बशाशत[3] से जवाब दिया। "लिटिल हट जाकर चीनी कैबरे देखेंगे ... सारे नाइट क्लबों में जाएँगे।"

"जाएँगे।"

"शान मीशेल जाकर डचबर्गर लौंडिया से अपनी फ़रमाइश के गाने सुनेंगे।"

"सुनेंगे।"

"जू में जाकर हाथी को हार्मोनियम बजाते देखेंगे।"

"देखेंगे।"

"मगर तुम्हें तो अपने जर्नलिस्ट दोस्तों के घर जाकर ओवरसीज़ और स्टेटलेस हिंदुस्तानियों के मसाइल[4] के तजज़िये[5] के प्रोजेक्ट पर काम करना था !"

"ओह इरफ़ान ... वाक़ई ... !!" वह क़हक़हा लगाकर हँसी।

"तुम भी कैसे-कैसे भाँत-भाँत के लोगों को कहाँ-कहाँ से पिक्-अप कर लेती हो ! कमाल है !!"

इरफ़ान के लहजे में कोई तंज़, कोई तल्ख़ी नहीं थी। वह एक बेतकल्लुफ़ साथी की तरह बात कर रहा था ... जो हासिद[6], बदगुमान, शक्की, कमज़र्फ़[7] आशिक़ नहीं था बल्कि

---

1. दिल की शांति; 2. प्रस्ताव; 3. प्रसन्नता; 4. समस्याओं; 5. विश्लेषण; 6. ईर्ष्यालु; 7. छिछोरा।

महज़ एक पुराना दोस्त था ... इनसान किस तरह लहज़ा-ब-लहज़ा[1] मुख़्तलिफ़ होता रहता है।

"अरे भई, अपने उस हनुमान को फ़ोन तो कर दो कि नहीं आ सकतीं उसके डिनर पर।"

"हनुमान कौन ?"

"वही तुम्हारा रामास्वामी अप्पास्वामी कौन है।"

यह वाक़िया था कि उस वक़्त तक वह रामास्वामी को बिलकुल भूल चुकी थी। इरफ़ान ने उसे कब का वापस बुला लिया था। रामास्वामी की कमसिनी,[2] हमख़याली, तहज़ीबी यगानगत, हर चीज़ उसके दिमाग़ से कैलानिया के मंदिर ही में महव[3] हो गई थी ... दुनिया में आदमी सिर्फ़ एक था–इरफ़ान ... इरफ़ान ... अव्वलो-आख़िर[4] इरफ़ान ... परसों शाम जब इरफ़ान ने उसकी तौहीन की थी तो वह फूट-फूटकर रोती रही थी ... वह ख़ौफ़नाक सुबह जब उसे जयसूर्य के दफ़्तर में ... बैठना पड़ा था ... वह उजाड़ दोपहर जब उसने रामास्वामी के साथ सिगरेटों के धुँए से भरे क़हवाख़ाने में सिलोन की सियासत पर बातें की थीं ... वह सब यकसर[5] उसके ज़ेह्न से मह्व हो गया। लहज़ा ... हाल[6] ... लहज़ा मौजूद है ... जो तुम्हारे हाथ में है ... उसे थामे रखो ... मज़बूती से थामे रखो ... क्योंकि दिन और रात तेज़ी से सरकते जा रहे हैं ...

वक़्त अनक़रीब[7] ख़त्म होनेवाला है।

19

उस रात इरफ़ान ने लिटिल हट से लौटते हुए पहली मर्तबा जमील का ज़िक्र किया। उसने कहा कि लड़ाई वाली रात उसने बारह बजे यह बताने के लिए फ़ोन किया था कि जमील से मुलाक़ात तो हुई थी मगर उनके हाँ कुछ और लोग आ गए, इसलिए कोई बात न हो सकी। लेकिन कल शाम को तो वह ज़रूर-बिल-ज़रूर जमील से मिल रहा है।

"मैं आपकी इन मुलाक़ात की कोशिशों और मुलाक़ातों से इतनी बोर हो चुकी हूँ अब मुझे क़त्तई कोई परवाह नहीं," सीता ने बेध्यानी से जवाब दिया। "मैं जाती हूँ दिल्ली वापस !"

लेकिन उसके दूसरे रोज़ सुबह ही सुबह उसके दरवाज़े पर दस्तक हुई।

"क्या है ?" वह हड़बड़ाकर उठ बैठी ... और जाकर दरवाज़ा खोला।

"आ-छीं" ... इरफ़ान छींकता हुआ अंदर दाख़िल हुआ।

---

1. पल-पल; 2. कमउम्री; 3. विस्मृत; 4. आरंभ से अंत तक; 5. एक सिरे से; 6. वर्तमान; 7. जल्द ही।

"अरे ''' आप कैसे हैं ?" सीता ने परेशान होकर पूछा।

"बिलकुल ठीक हूँ ''' फ़िक्र न करो ''' क़मरवाला हश्र मेरा नहीं हुआ ''' दरअस्ल कल रात बहुत देर तक समंदर के किनारे टहलने की वजह से जुकाम हो गया ''' हवा बहुत तेज़ थी।"

"अच्छा तो आप समंदर के किनारे टहले !! किसके के साथ ?"

"हलो ''' ," इरफ़ान ने उसे ग़ौर से देखा। सोफ़े पर बैठकर वह खुशदिली से हँसा। "तुम्हारे शौहरे-नामदार के साथ ''' " वह बेइंतहा अच्छी मूड में था। "भई, बहुत लुत्फ़ आया ''' तुम्हारे मियाँ से बहुत दोस्ती हो गई हमारी ''' खूब चीज़ हैं।" वह सिगरेट जलाने के बाद खूब हँसा।

"बात तो बताइए," सीता ने तकिए के सहारे औंधे लेटकर सवाल किया।

इरफ़ान उसी बशाशत[1] से हँसता रहा। "अरे भई, तुम्हारे प्राणनाथ का जवाब नहीं ''' वल्लाह ''' कल शाम जब मैं गालफ़ेस पहुँचा तो उन्होंने मुझे ऊपर कमरे में बुला लिया। भाई, हस्बे-मामूल[2] सख़्त ड्रंक थे। न सलाम न दुआ, छूटते ही उन्होंने मुझे *पद्मावत* का 'सिंघलद्वीप खंड' सुनाना शुरू कर दिया। ऐसा लग रहा था कि मलिक मुहम्मद जायसी की रूह आप ही में हलूल कर गई[3] है। दोहे पढ़ते जाते थे और तुमको याद कर-करके ज़ार-ज़ार रोते थे ''' जब 'सिंघलद्वीप खंड' पढ़ चुके तो अपनी मौजूदा बीवी की तसवीर दिखाई और अल्लामा इक़बाल के स्पेनवाले अशआर पढ़ने लगे।"

मौजूदा बीवी के ज़िक्र पर इरफ़ान ने महसूस किया कि सीता के चेहरे पर एक हलका-सा बादल गुज़र गया और उसने बेचैनी से करवट बदली। इरफ़ान ने ज़रा गड़बड़ाकर कहा, "सीता ''' तुम नाश्ता किस वक़्त करती हो ?"

"नाश्ते की फ़िक्र मत कीजिए ''' बात बताइए ''' "

"अच्छा साहब," उसने हलक़ साफ़ किया। "उसके बाद जमीलसाहब जो थे, उनके अंदर तुलसीदासजी की रूह हलूल कर गई और उन्होंने *रामायण* की चौपाइयाँ दे दनादन पढ़ना शुरू कर दीं ''' उस शख़्स को अनगिनत चौपाइयाँ अज़बर[4] हैं ''' वाक़ई तुमने किस क्रैक से शादी कर ली थी।"

सीता को यह बात बहुत नागवार गुज़री। "वह बिलकुल क्रैक नहीं हैं; लिटरेरी आदमी हैं ''' आप जैसे ठस लोग *पद्मावत* और *रामायण* क्या जानें ?"

"ओहो ''' ख़फ़ा हो गईं ! अरे भई, तुम हुक्म दो तो मैं सारी *महाभारत*, सारा कालीदास, सारा *दीवाने-हाफ़िज़*, सारा शेक्सपियर, सारा इलियट, जो चाहो सुना दूँ ''' मगर इस फ़्राड में यक़ीन ही नहीं रखता ''' तुम औरतें इन्ही चीज़ों के चक्कर में आकर तो बेवकूफ़ बनती हो ''' क्या तुम्हें मालूम नहीं कि ये ज़बरदस्त शायर और अफ़सानानिगार लोग जो मुहब्बत और ज़िंदगी के हुस्न की तारीफ़ में हज़ारों सफ़हे स्याह करते हैं और जाने क्या-क्या ज़मीन-आसमान के कुलाबे मिलाते हैं, घरों के अंदर अपनी बीवियों से उनका सलूक कैसा होता है ? चलो ''' ख़ैर ''' अच्छा तो भई, *रामायण* के बाद वह फिर

---

1. प्रसन्नता; 2. हमेशा की तरह; 3. समा गई; 4. कंठस्थ।

'सिंघलद्वीप खंड' पर लौट आए ... और अबकी दफ़ा साथ-साथ मुझे भी डाँटते गए कि मैं भी उतनी ही ज़्यादा शराब क्यों नहीं पी रहा ... फिर एक-एक दोहा दस-दस बार मुझसे भी पढ़वाए ... क्या कमाल का आदमी है वल्लाह ... ग्रेट मैन ... बहुत भला आदमी है बेचारा।"

इरफ़ान अपने एक्साइटमेंट में उठकर दरीचे के क़रीब चला गया। वह बेहद खुश था।

"एक-दो दोहे तुम भी सुनोगी ?" उसने पलटकर सीता से पूछा।

"नहीं।"

"नहीं कैसे ... सुनना पड़ेंगे ... तुमको शिकायत है कि मैं लिटरेरी आदमी नहीं ... "

उसने टहल-टहलकर हलक़ साफ़ किया। "कहता है उस्ताद कि–

सिंघलद्वीप कथा अब गावौं।
औ सो पदमिनि बरन सुनाऔं।।

"सुनाऊँ ... ?"

"नहीं।"

"अजी, तुम्हारे तो अच्छे भी सुनेंगे। जैसा तुम्हारे मियाँ ने मेरा कुंडा शरीफ़ किया है, मैं तुम्हारा कुंडा शरीफ़ क्यों न करूँ ... लो सुनो। बेचारे जमील ने किस क़दर रो-रोकर सुनाया ...

राघव जो सीता संग लाई।   रावन हरी, कवन सुध पाई।।
यह संसार सपन कर लेखा।   बिछुरि गए जानौं नहिं देखा।।

हाय हाय ... और सुनो–

सिंघलदीप जो नाहिं निबाहू।   एही ठाँव साँकर सब काहू।।

हा ... इसका कुछ अंदाज़ा तो मुझे भी है।"

सीता को बेसाख़्ता हँसी आ गई। वह अपने जोश में टहलता-टहलता फिर दरीचे के पास चला गया और उसके निचले पट पर कुहनियाँ टेक दोहे पर दोहा सुनाता रहा। वह वाक़ई इस क़दर खुश था कि जैसे कोई बड़ा मार्का सर करके[1]आया हो ... सीता ने उसे आज तक इतना खुश नहीं देखा था।

"और सुनो, क्या कह गया है ज़ालिम –

मुहमद जीवन जल भरन, रहँट घरी कै रीति
घरी जो आई ज्यौं भरी, ढरी, जनम गा बीति।[2]

"आ–छीं ... "

---

1. युद्ध जीतकर; 2. ऐ मुहम्मद, यह ज़िंदगी घड़ी रहट की मानिंद है जिसमें पनी भरता है और ढलता रहता है। घड़ी का पानी भरना गोया ज़िंदगी है और पानी का ढलना मौत।

"आप पर भी मेरे पति की क़ैफ़ियत का असर हो गया है," उसने आजिज़ आकर कहा। "अब अस्ल बात की तरफ़ आइए ⋯।"

"और सुन लो ⋯ सुन लो ⋯ फिर न कहना, हमें ख़बर न हुई ⋯ अरे हाय हाय ⋯ " वह उसकी सुनी-अनसुनी करके कहता रहा–

हिय कै जोत दीप वह सूझा यह जो दीप अँधियारा बूझा।
जो पै नाहीं अहथिर दसा जग उजार का कीजिय बसा।

"क्या मतलब ?" सीता ने दरियाफ़्त किया।

"कहता है मलिक मुहम्मद कि दिल की रौशनी में सिंघलद्वीप नज़र आया–और इस तारीक दुनिया में बिलकुल अँधेरा था। जब महबूब ही बस में नहीं तो दुनिया आबाद हो या वीरान ⋯ और सुनो," वह उचककर लिखने की मेज़ पर बैठ गया।

मुहमद चिनगी पेम कै, सुनि महि गगन डेराइ
धनि बिरही औ धनि हिया जहँ अस अगनि समाइ।[1]

फिर उसने सीता को इस दोहे का मतलब समझाने की ज़रूरत नहीं समझी और मुँह लटकाकर ख़ामोश हो गया।

"आप भी बड़े गुनवान निकले ⋯," सीता ने कहा।

उसने झुककर तसलीम की। "अरे तुमको क्या पता ! मैं बड़ा ज़बरदस्त छिपा रुस्तम हूँ। क्या समझती हो ? ख़ाली तुम्हारे जमील ख़ाँ ही उस्ताद हैं ?"

"आप दीवाने हैं बिलकुल।" वह खिलखिलाकर हँसी।

"सीता।"

"जी।"

अब वह यकबारगी बेहद संजीदा होकर ग़ौर से अपने जूतों को देख रहा था। फिर उसने अपना इज़्तराब[2] छिपाने के लिए क़लमदान में रखी हुई पेंसिलों से खेलना शुरू कर दिया। "सीता," उसने दोबारा कहा।

"जी ⋯ ? जमील ने ⋯ जमील ने क्या कहा ⋯," सीता ने साँस रोककर पूछा।

"जमील को मैंने सारी बात समझाई। आधी रात को जब मैंने उनको समंदर की ठंडी हवा खिलाई तो वह सोबर हो चुके थे ⋯ मैंने उनसे कहा कि तुम्हें तलाक़ दे दें ⋯ क्योंकि ⋯ क्योंकि मैं तुमसे शादी करना चाहता हूँ ⋯ सिचुएशन बेहद घिसी-घिसाई, पिटी-पिटाई है ना ⋯ ? मगर तुम पाकिस्तान नहीं आओगी ⋯ या आ जाओगी ?"

घड़ी की टिक-टिक तेज़ हो गई। बाहर समंदर का शोर यकलख़्त बढ़ गया। चंद लम्हों के कामिल सुकूत[3] के बाद सीता ने कहा :

"आपने यह कैसे फ़र्ज़ कर लिया कि मैं ⋯ "

"मेरा फ़र्ज़ करना न करना क़तअन[4] मेरा फ़ेल[5] है और मैं, जहाँ तक मेरा ख़याल

---

1. ऐ मुहम्मद ! मुहब्बत की चिंगारी से तो ज़मीन और आसमान तक डरते हैं। आफ़रीं हैं मुहब्बत करनेवाला और उसका दिल जिसमें यह आग समाई है; 2. बेचैनी; 3. पूर्ण निस्तब्धता; 4. पूरी तरह; 5. कार्य, क्रिया।

है, अपने फ़ेल का मुख़्तार हूँ। आप मेरे सवाल का जवाब दीजिए।"

"आप यहाँ से तशरीफ़ ले जाएँ।"

"कहाँ ? कमरे से बाहर ... ? चला जाऊँगा। एक दफ़ा तुम पहले ही निकाल चुकी हो ... वैसे यह समझ लो कि मैं आदमी हूँ काफ़ी ढीठ ... सुनो, अगले महीने मैं पेरिस पहुँच रहा हूँ ... तुम एक काम करो ... ," उसने नर्वस होकर फिर पेंसिलों से खेलना शुरू कर दिया। "तुम यह करो कि वहाँ आ जाओ।"

वह पलंग पर से उठ खड़ी हुई। "जो होगा, देखा जाएगा ... अब जाइए।"

"अच्छा, एक दोहा और सुन रखो और उस पर ग़ौर करना–दरवाज़े में जाकर उसने कहा :

मुहमद मद जो पेम कर गए दीप तेहि साध
सीस न देइ पतंग होइ तौं लगि लहै न खाध।[1]

20

" ... और जब कामदेव शंभू की तसख़ीर[2] के लिए चला तो सारे मुक़द्दस सहीफ़े[3] बेकार हो गए। तज़किय-ए-नफ़्स,[4] सब्र, संन्यास, फ़र्ज़, मुआरफ़त,[5] इल्म, बेनियाज़ी[6] सब मैदान छोड़कर भाग खड़े हुए। ख़िरद[7] किताबों में जा छिपी ... रति का पति अपना तीर-कमान सँभाले इस क़दर ग़ैज़[8] में किसको अपना शिकार बनाने जा रहा है ? सारी कायनात मुहब्बत में गिरफ़्तार हो गई। दरख़्त झुककर बेलों पर छा गए ... नदियाँ समंदर से जा मिलीं ... जल-थल एक हुए ... चरिंद और परिंद, देवता और इफ़रीत,[9] इनसान और नाग, लतीफ़ अरवाह[10] और ग़ौले-बयाबानी,[11] मरघट के भूत और साधू-संत सभी उसके तिलिस्म में मुतला[12] हुए।

"ख़िरदमंद[13] जो अब तक दुनिया को ब्रह्मा का साया समझते थे, सारी दुनिया अब उनको औरत के रूप में नज़र आने लगी ... इस आलम में कामदेव शंभू के क़रीब पहुँचा।*

"उस समय मदन के बान[14] पर जो आम की कलियों से सजा था, बहार ने शहद

---

1. ऐ मुहम्मद ! मुहब्बत की शराब से दिल का चिराग़ रौशन कर। परवाने की मानिंद जब तक सर न दे दिया जाए, तब तक उसके पास कैसे पहुँचा जा सकता है !; 2. विजय; 3. पावन मंत्र; 4. इंद्रिय-दमन; 5. अंतर्ज्ञान; 6. उदासीनता; 7. बुद्धि; 8. क्रोध; 9. प्रेत; 10. नर्मदिल रूहें; 11. भयानक पिशाच; 12. ग्रस्त; 13. बुद्धिमानजन; 14. बाण।

* रामायण अज़ तुलसीदास।

की स्याह मक्खियाँ इस तरह बिठा दी थीं गोया वह ख़याल से पैदा हुए ख़ुदा के नाम के हुरूफ़ थे। हिलाल[1] के ऐसे फूल नाखुनों के निशान की मानिंद थे जो बसंत रुत के लिपटने से जंगल के बदन पर पड़ गए थे ··· बहार तलक का फूल लगाकर भौंरों के स्याह काजल से मुज़य्यन[2] हो अपने होंठों को (जो आम के बौर थे) सुबह के आफ़ताब[3] की सुर्ख़ी से सजाया ··· पयाल के दरख़्तों से गिरते ज़र-गुल[4] से हिरनों की आँखें धुँधला गईं और वो जंगल के पत्तों पर कुलेलें भरते फिरे – कोकिल की आवाज़ ख़ुद मुहब्बत की आवाज़ बन गई ··· कोकिल की आवाज़ जो मग़रूर औरतों की सर्द-मेहरी तोड़ने में बड़ी माहिर है ··· मदन के हुक्म से दरख़्त साकित, भौंरे ख़ामोश, चिड़ियाँ चुपचाप, हिरन सुकूत में खो गए ··· सारा जंगल ऐसे दिखाई देने लगा जैसे एक बड़ी तसवीर हो।"*

21

पेरिस में सीता और इरफ़ान कई महीने रहे। इरफ़ान के पास बुलेवार सूशे में एक बड़ा ख़ूबसूरत फ़्लैट था जिसे सीता ने और ज़्यादा नफ़ासत से सजाया। इरफ़ान सुबह को दफ़्तर चला जाता। सीता बाज़ार से सौदा ख़रीदकर लाती, खाना तैयार करती–इरफ़ान के कपड़ों पर इस्तरी करती, घर की सफ़ाई, झाड़ू-बहारू करती, शाम को वह काम से लौटता तो जल्दी से उसके गर्म स्लीपर उसके सोफ़े के नीचे आतिशदान के पास रखती। सोने के वक़्त से बहुत पहले उसके स्लीपिंग सूट को गर्म पानी की बोतल पर लपेटकर उसके बिस्तर पर रख देती। वह ऐसी मुकम्मल और सुकूनबख़्श और आरामदेह हाउसवाइफ़ थी कि इरफ़ान मुताज्जिब[5] होता था।

वह रोज़ाना सुबह को डाकिये का बड़ी शिद्दत से इंतज़ार करती थी। शायद आज न्यूयार्क से उसका तलाक़नामा आ जाए ··· शायद ··· मगर दिन गुज़रते गए और तलाक़नामा न आया। वह कोलंबो से दिल्ली वापस जाकर किसी से नहीं मिली थी। उसने अपने माँ-बाप से कहा था कि उसे पेरिस में मुलाज़मत मिल गई है और वह जा रही है। वो लोग अब उससे कुछ नहीं कहते थे। न किसी क़िस्म के सवालात करते थे। इस तरह की बातों का वक़्त कब का निकल चुका था। पेरिस जाने से एक रोज़ क़ब्ल उसने कनाट प्लेस से बिलक़ीस और हिमा को फ़ोन पर ख़ुदा हाफ़िज़ कहा था।

"अब कब तक आओगी ?" बिलक़ीस ने पूछा था।

"पता नहीं ··· बात यह है कि यहाँ मेरा दिल नहीं लगता और अगर एक दफ़ा यूरोप पहुँच गई तो वहाँ से न्यूयार्क जाने में आसानी रहेगी ··· राहुल को देखने।"

---

1. चाँद; 2. सुसज्जित; 3. सूरज; 4. पराग; 5. आश्चर्यचकित; * कालीदास।

"ठीक कहती हो ··· ," बिलक़ीस ने जवाब दिया था। "मगर कभी-कभार ख़त तो लिख दिया करना।"

"बराबर लिखूँगी।"

बिलक़ीस ने उससे यह नहीं पूछा था कि वह पेरिस क्यों जा रही है। उसे मालूम था।

छुट्टी के दिन वो सीन के किनारे टहलने जाते, कार्तर लातीन में आवारागर्दी करते। किसी क़हवाख़ाने में स्याह कॉफ़ी पीते हुए वह सोच में डूब जाती तो वह उससे पूछता, "क्या सोच रही हो ?"

"मैं अब सोचना ख़त्म कर चुकी हूँ। सिर्फ़ महसूस करती हूँ," वह सर उठाकर जवाब देती।

किसी पुल की मुँडेर पर झुककर बातें करते-करते वह यकलख़्त ख़ामोश हो जाती तो वह उसें सिगरेट जलाकर देता। "लो सिगरेट पियो ··· लगे दम मिटे ग़म ··· "

एक दफ़ा इरफ़ान ने उससे कहा, "तुमसे मावरा[1] एक और तुम हो ··· जब तुम दफ़अतन चुप हो जाती हो मैं फिर अकेला रह जाता हूँ ··· तुम मुझसे हज़ारों मील दूर चली जाती हो ··· तुम बहुत बुलंदी पर होती हो। मैं तुम्हारी बातें समझना चाहता हूँ। मगर डर लगता है ··· "

कभी-कभी वह अपनी इन तवील ख़ामोशियों से झुँझलाकर खुद कहती, "इरफ़ान, बातें करो।"

"बातें करते हुए डर लगता है," वह जवाब देता।

ख़िज़ाँ के मौसम में वो दोनों स्पेन गए। वहाँ मस्जिदे-क़र्तबा[2] की सीढ़ियों पर चाँदनी रात में उन्हें एक पाकिस्तानी तालिबे-इल्म[3] मिला जिसने बेहद प्यारी आवाज़ में गिटार पर इक़बाल की नज़्म सुनाई :

सिलसिल-ए-रोज़ो-शब,[4] नक़्शगरे-हादिसात,[5]
सिलसिल-ए-रोज़ो-शब, अस्ले-हयातो-ममात।[6]

"अब मुझे इसका मतलब समझाओ," सीता ने इरफ़ान से कहा।

बहुत देर तक अशआर की तशरीह[7] करने के बाद इरफ़ान ने झुँझलाकर उससे कहा, "तुम अपना कालीदास, तुलसीदास करती रहो ··· इक़बाल तुम्हारे बस की बात नहीं।"

एक रोज़ अमरीका से एक ख़त आया। उसने खोलकर पढ़ा और फिर ख़ामोशी से कपड़ों पर इस्तरी करने में मसरूफ़ हो गई।

"सीता ··· ," इरफ़ान ने कमरे में दाख़िल होकर उसे पुकारा।

"क्या है," उसने चिढ़कर कहा और इस्तरी का स्विच बंद करके दरीचे में चली गई।

---

1. परे; 2. स्पेन का नगर कार्दोवा जो कभी इस्लामी सभ्यता का गढ़ था; 3. छात्र; 4. सयमचक्र (रात-दिन का सिलसिला); 5. घटनाओं का निर्माता; 6. जीवन-मृत्यु का परम तत्व; 7. व्याख्या।

"आप आहू-चश्म[1] हैं, आहू[2] नहीं; हमसे वहशत की न लीजे, आइए," इरफ़ान ने आतिशदान के क़रीब सोफ़े पर बैठते हुए उसकी तरफ़ बाँहें फैलाकर कहा।

वह उसी तरह दरीचे से बाहर देखती रही।

"सीता, क्या बात है ? मुझे बताओ।"

"कुछ नहीं इरफ़ान," उसने मुड़कर जवाब दिया, "मामी का ख़त न्यूयार्क से आया है ··· वह लिखती हैं कि अब वह किस-किसके नामों के नुक़्ते तब्दील करेंगी ?"

वह ख़ामोश रहा।

"इरफ़ान, मेरा ख़याल है, हमने बहुत सख़्त गलती की है। मैं कब तक इस तरह तुम्हारे साथ रहती रहूँगी ?"

"क्यों ?" वह खोखली हँसी हँसा, "चंद ही महीनों में घबरा गईं–गिरिनंदिनी उमा ने तो शंभू से ब्याह करने के लिए एक हज़ार बरस तक तपस्या की थी ··· *कुमारसंभव* पढ़ो।"

"मुझे नहीं चाहिए तुम्हारा *कुमारसंभव*-वंभव ··· " उसने झुँझलाकर कहा।

"हा हा ··· अब आया तुम्हारी अक्ल में ? मैं न कहता था कि तुम्हारा सारा कालीदास-वालीदास, शायरी, अदब, फ़लसफ़ा, सब फ़्राड है। ज़िंदगी की तल्ख़ हक़ीक़तों के सामने सब खुराफ़ात मालूम होता है कि नहीं ?"

आख़िर एक दिन उसने डरते-डरते बिलक़ीस को ख़त लिखा ··· पेरिस के मौसम का ज़िक्र किया। फ़रख़ंदा बाजी और छोटी ख़ाला की ख़ैरियत दरियाफ़्त की मगर यह पूछने की फिर भी हिम्मत न पड़ी कि जमील ने उन लोगों को उसके मुतल्लिक़ कुछ लिखा है या नहीं।

बिलक़ीस का फ़ौरन निहायत मुफ़स्सल[3] जवाब आ गया। बड़ा नार्मल और बश्शाश और ग़ैर-शख़्सी[4] सा ख़त था जो किसी निजी तज़किरे[5] के बजाय महज़ थिएटर की ताज़ातरीन ख़बरों से पुर था।

इप्टा की आठवीं सालाना कांफ़्रेंस का इस साल डा. राधाकृष्णन ने इफ़्तताह[6] किया। बहुत सारे रूसी डेलिगेट भी आए थे। गोपीनाथ भी नाचा।

इस मर्तबा नटराज नगरी में तुम बहुत याद आईं।

'नई नौटंकी' वाले नौटंकी की तर्ज़ पर 'मिट्टी की गाड़ी' प्रोड्यूस कर रहे हैं। ख़ासा दिलचस्प तजरबा रहेगा ··· ललिता कल तुम्हें बहुत याद कर रही थी।

बंबई का लिटिल बैले ग्रुप 'मेघदूत' स्टेज करनेवाला है ··· 'शकुंतला' ··· 'आगरा बाज़ार' ··· 'मिट्टी की गाड़ी' ··· हिमाचलप्रदेश के फ़ोक आर्टिस्ट ···

ख़त बेदिली से एक तरफ़ फेंककर वह बावर्चीख़ाने में चली गई।

इरफ़ान के साथ रहते हुए उसे ये बातें किसी दूसरे कुर्रे[7] की ख़बरें मालूम हो रही थीं।

---

1. हिरन जैसी आँखों वाली; 2. हिरनी; 3. विस्तृत; 4. अवैयक्तिक; 5. ज़िक्र; 6. उद्घाटन; 7. ग्रह।

एक महीना और गुज़र गया।

"इरफ़ान बताओ, अब मैं क्या करूँ ?" उसने आजिज़ आकर सवाल किया।

"फिर बिलक़ीस की खुशामद करो और क्या ?" उसने ज़रा बेपरवाही से जवाब दिया और कोट पहनकर दफ़्तर चला गया।

चुनांचे दरीचे के सामने बैठकर सीता ने बिलक़ीस को लिखना शुरू किया :

> मैं जमील से कोलंबो में बात नहीं कर सकी। बात करना तो दरकिनार, उनकी एक झलक भी न देख पाई। तुम ठीक कहती थीं। यह जंगली बतख़ का तआरुफ़ था। खुदा के लिए उन्हें लिखो कि मुझे जल्द-अज़-जल्द आज़ाद कर दें। वह मुझे काफ़ी सज़ा दे चुके हैं।

यकबारगी उसके आँसू टप-टप काग़ज़ पर गिरने लगे। वह सफ़हे के सफ़हे लिखती चली गई और एक लंबा साँस लेकर लिफ़ाफ़ा बंद कर दिया।

उस ख़त के जवाब में बिलक़ीस ने लिखा : "तुमको यह मालूम करके खुशी होगी कि बलवंत गार्गी का 'सोहनी महिवाल' मास्को में छः महीने से चल रहा है ··· पटने के इप्टावालों ने तालकटोरा ड्रामा फ़ेस्टिवल में अबके से अपना ड्रामा 'पीर अली' दिखलाया। उसका एक एक्टर तुम्हारा पुराना क्लासफ़ेलो निकला। तुमको उसने सलाम कहलवाया है।

– मृणालिनी साराभाई गुजराती में नौ तंमसीलें प्रोड्यूस कर रही हैं।

– यूनिटी थिएटर वाले फ़िरोज़शाह कोटला के ओपेन एयर थिएटर में 'औरंगज़ेब' स्टेज करनेवाले हैं।

– और आग़ा हश्र की तजदीद[1] के सिलसिले में तुम यह जानकर खुश होंगी कि देहली प्ले हाऊस वाले 'रुस्तम-सोहराब' पेश कर रहे हैं।"

एक शाम सिनेमा से वापस आकर वो अपने फ़्लैट में दाख़िल होने लगे तो कोंसीअर्ज़* ने एक केबिल सीता के हाथ में थमा दिया। इरफ़ान ताला खोलकर अंदर जा चुका था। सीता ने दहलीज़ पे खड़े-खड़े लिफ़ाफ़ा चाक किया। उसके भाई की तरफ़ से इत्तला आई थी, "डैडी गुज़र गए।"

जब इरफ़ान कपड़े तब्दील करके सिटिंग रूम में आया उस वक़्त वह आतिशदान के सामने दोहरी हुई बैठी थी।

"क्या बात है लिटिल वुमन ?" इरफ़ान ने झुककर उसके सर पर हाथ फेरा।

"कुछ नहीं," उसने चेहरा ऊपर उठाकर इरफ़ान को देखा। उसकी आँखें बिलकुल खुश्क थीं। उसने केबिल इरफ़ान के हाथ में थमा दिया।

"ओह ··· आई ऐम सॉरी," काग़ज़ पर नज़र डालते ही इरफ़ान ने आहिस्ता से

---

1. नवीनीकरण, पुनरुत्थान।

* Concierge

कहा।

"मैं दिल्ली जा रही हूँ।"

"अच्छा ···"

"मैं मम्मी के साथ कुछ अरसे रहूँगी।"

"हाँ हाँ, ठीक है ··· ज़रूर जाओ," इरफ़ान ने रसान से[1] जवाब दिया।

रहमत मंज़िल, क़रोलबाग़ पहुँचकर वह कई हफ़्ते घर से बाहर नहीं निकली। बिलक़ीस के 'मॉडर्न थिएटर ग्रुप' ने ताज़ियत के लिए[2] उसके पास आना चाहा मगर उसने बिलक़ीस और शहज़ाद के ज़रिये सबको मना करवा दिया। एक महीने में वह पीली पड़ चुकी थी।

एक रोज़ उसकी माँ ने कहा, "यह तूने अपनी क्या दशा बना रखी है ! जा बाहर घूम आ ··· क्या बीमार पड़ेगी ?"

उसकी माँ ने अब तक उससे पेरिस या इरफ़ान के मुतल्लिक एक लफ़्ज़ बात नहीं की थी। अब वह स्टेज आ चुकी थी कि उनकी लड़की की निजी ज़िंदगी बिलकुल ख़ालिस्तन[3] उसका ज़ाती मामला था।

आख़िर वह एक रोज़ तीसरे पहर को तैयार होकर चाणक्यपुरी गई। बिलक़ीस के डाँ सबने बड़ी मुहब्बत से उसका इस्तक़बाल[4] किया। फ़रख़ंदा बाजी देर तक उससे बातें करती रहीं। उसी वक़्त नई तमसील का स्क्रिप्ट लेकर कैलाश आन पहुँचा।

थोड़ी देर के बाद बातों-बातों में उसने सीता को मुख़ातिब किया :

"सीताजी ··· आपको प्रोजेश बाबू बहुत पूछते थे। दिल्ली आकर जब भी हम लोगों से मिलते हैं, बराबर आपका ज़िक्र करते हैं ··· मगर आपने हम सबसे रूठकर विलायत ही को अपना देस बना लिया है।"

वह बड़े इख़लाक़ से मुस्कुराई, "आजकल प्रोजेश बाबू कहाँ हैं ?"

"उनकी नुमाइश हो रही है। उसके लिए आए हुए हैं।"

"कहाँ ठहरे हैं ?"

"वहीं ··· अपनी पुरानी जगह ··· बिलक़ीस ··· भई, यह ललिता का पार्ट देख लो ··· ," सीता उठकर लांज में चली आई।

"अभी कहाँ जा रही हो ? रात को स्क्रैबिल खेलेंगे ··· ," उसे जाते देखकर बिलक़ीस ने ड्राइंगरूम से आवाज़ दी।

"नहीं बिली, अब मैं चलूँगी। मम्मी घर पे बिलकुल अकेली हैं।"

"थोड़ा और ठहर जाओ, रात को तुम्हारे दूल्हा भाई पहुँचा आएँगे," छोटी ख़ाला ने कहा।

"आज हम लोग फ्रेंच लफ़्ज़ बनाएँगे। तुम तो बहुत ज़्यादा फ्रेंच जान गई होंगी,"

---

1. आहिस्ता से, धीमी आवाज़ में; 2. शोक व्यक्त करने के लिए; 3. शुद्ध रूप से; 4. स्वागत।

बिलक़ीस ने कैलाश से गुफ़्तगू करते-करते फिर कहा। मगर अब उसकी आवाज़ में मसरूफ़ियत थी। सीता बाहर आ गई।

वक़्त बहुत तेज़ी से गुज़रता चला गया। शुरू-शुरू में इरफ़ान उसे पाबंदी से हर हफ़्ते ख़त लिखता था। पिछले चंद माह से वह बिलकुल ख़ामोश था। सीता अब तक उसे अनगिनत ख़त भेज चुकी थी मगर किसी का जवाब नहीं मिला था। इरफ़ान ने उसे आख़िरी ख़त में लिखा था कि वह दफ़्तर के काम से जर्मनी जा रहा है, मगर इस बात को भी अरसा हो चुका था।

अब वह उसी शिद्दत से इरफ़ान के ख़त का इंतज़ार करती जिस तरह वह अब तक जमील के तलाक़नामे का इंतज़ार करती थी। उसकी माँ को क्लेम के मुआवज़े के थोड़े रुपये मिल गए थे और उसका भाई दुर्गापुर से अपनी आधी तनख़्वाह भेज देता था। इस उम्मीद पर कि वह बहुत जल्द इरफ़ान के पास वापस चली जाएगी, उसने मुलाज़मत की तलाश भी नहीं की। सारा दिन वह माँ के पास बैठी रहती। छोटी बहनें शाम को कालिज से लौटतीं तो उनसे बातें करती।

ज़िंदगी तारीकतर[1] होती गई।

उस रात कड़ाके का जाड़ा पड़ रहा था। खाना खाने के बाद आँगन के नलके पर हाथ धोते हुए अचानक उसे ख़याल आया कि कोई उसका दोस्त नहीं। इतनी बड़ी दुनिया में, इतने बड़े अज़ीमुश्शान जगमगाते हुए दारुल-सल्तनत[2] में, शनासाओं[3] के इतने बड़े हुजूम में कोई उसका हमदर्द नहीं ··· क्यों नहीं ··· उसने किसी का क्या बिगाड़ा था ? प्रोजेश ने एक दफ़ा उससे कहा था, "सीतादेवी ! तुम ऐसी अजीबो-ग़रीब लड़की हो कि तुमको इस दुनिया में मुसर्रत[4] ज़रा मुश्किल ही से मिलेगी ··· "

"जिस तरह की मुसर्रत की तुम्हें तलाश है प्रोजेश !"

"मम्मी ! मैं ज़रा बाहर जा रही हूँ," हाथ पोंछने के बाद ओवरकोट पहनकर उसने गली में उतरते हुए कहा। उसकी माँ ने आँगन में आकर ड्योढ़ी का दरवाज़ा अंदर से बंद कर लिया।

नई दिल्ली जानेवाली बस तक़रीबन ख़ाली थी। वह एक खिड़की के शीशे से सर टिकाकर बैठ गई और आँखें बंद कर लीं। अब मुझे ऐसा लग रहा है, उसने अपने दिल में कहा, जैसे रात के अँधेरे में बहुत-सी कश्तियाँ घाट से लग जाएँ और मुझे मालूम न हो कि उनमें से मेरी कश्ती कौन-सी है।

प्रोजेश की जा-ए-क़याम[5] पर पहुँचकर उसने क्लर्क से पूछा, "मिस्टर चौधरी हैं ?"

"कौन-से मिस्टर चौधरी ?"

"जो कलकत्ते से आए हैं। "

"वह जो एक्टर हैं ?"

"नहीं ··· जो आर्टिस्ट हैं।"

"ओह ··· जी हाँ, इधर से आइए।"

---

1. अधिकाधिक अँधेरी; 2. राजधानी; 3. परिचितों; 4. प्रसन्नता; 5. ठहरने की जगह।

जब वह अंदर चली गई तो क्लर्क ने सर खुजाकर दिल में कहा, खूब ⋯ साल-डेढ़ साल हुआ मुझे याद पड़ता है, यह इसी तरह रात को आई थीं तब कलकत्ते वाले एक्टर मिस्टर चौधरी को पूछती थीं। यह सब क्या घपला है !

प्रोजेश कुमार चौधरी कमरे में आरामकुर्सी पर बैठा कुछ लिख रहा था। उसे दरवाज़े पर खड़ा देखकर हक्का-बक्का रह गया। "सीतादेबी," उसने मुसाफ़हे[1] के लिए हाथ बढ़ाकर बड़े ड्रामाई अंदाज़ में कहा। "मुझे मालूम था कि एक रोज़ तुम ज़रूर वापस आओगी।"

गोरी-कामिनी सीता, साँवली रगंत के प्रोजेश कुमार चौधरी के बाजुओं में इस तरह जा गिरी जिस तरह गंगा का शफ़्फ़ाफ़[2] पानी, जमुना के तारीक, ग़ज़बनाक पानियों से जा मिलता है।

बहुत जल्द देहली के फ़नकारों के हलके में यह ख़बर फैल गई कि श्री प्रोजेश कुमार चौधरी का 'सिंधी पीरियड' शुरू हो चुका है।

छः महीने और निकल गए ⋯ सीता प्रोजेश के साथ 'स्प्रिंग फ़ेस्टिवल' के लिए श्रीनगर गई हुई थी। वहाँ से लौटके उसके हमराह कलकत्ते चली गई। आख़िर दिसंबर में प्रोजेश के जापान जाने के बाद वह देहली वापस आई। आते के साथ ही उसकी माँ ने उसे दो लिफ़ाफ़े दिए। एक पर रोम की मुहर थी। बहुत मुख़्तसर[3] ख़त था :

> ताज़ातरीन ख़बरें जो तुम्हारे मुतल्लिक़ सुनी हैं, सही हैं ?
>
> – इरफ़ान

दूसरा लंबा लिफ़ाफ़ा न्यूयाक से आया था। उसका दिल तेज़ी से धड़कने लगा। जमील का ख़त ⋯ जमील के हाथ से लिखा हुआ उसका नाम ⋯ उसके हाथ लरज़ने[4] लगे ⋯ शाम हो रही थी। खिड़की में जाकर उसने पढ़ना शुरू किया ⋯ यह ख़त भी बहुत मुख़्तसर था :

> राहुल अच्छी तरह है। मैं तुमको तलाक़ दे रहा हूँ। तुम अब आज़ाद हो और जिससे चाहो, शादी कर सकती हो। राहुल को मैं अगले साल दिल्ली, जामिया मिल्लिया भेज रहा हूँ ताकि अपने मुल्क में रहे और हिंदुस्तानी बने। यहाँ वह एकदम अमरीकन हो गया है। वह दिल्ली आ जाए तो तुम फ़रख़ंदा बजिया के हाँ जाकर उससे मिल भी सकती हो। मुझे कोई एतराज़ नहीं।
>
> फ़क़त
>
> – जमील

उसे बेहद कमज़ोरी महसूस हो रही थी। वह वहीं खिड़की के पास दरी पर बैठ गई और दीवार के सहारे टिककर हनुमान की तसवीर देखने लगी जो हथेली पर पहाड़ उठाए उड़े चले जा रहे थे।

दूसरे रोज़ उसने इरफ़ान को उतना ही मुख़्तसर जवाब लिखा—मैं भाई का इंतज़ार

---

1. हाथ मिलाना; 2. साफ़-सुथरा; 3. संक्षिप्त; 4. काँपने।

कर रही हूँ। वह यहाँ आ जाए तो मम्मी और लीला-मोहिनी को उसके साथ दुर्गापुर भेजकर फ़ौरन तुम्हारे पास पहुँचूँगी। मेरा इंतज़ार करो ⋯ मैं तुम्हें ⋯ और सिर्फ़ तुम्हें चाहती हूँ और अंत समय तक इसी तरह चाहूँगी ⋯

वक़्त निकला जा रहा है। वक़्त सरपट भागा जा रहा है। अब मुझे ज़्यादा देर नहीं लगाना चाहिए। उसने लिफ़ाफ़ा बंद करते हुए अपने-आपसे कहा।

लेकिन अब वक़्त की क्या परवाह है ! उसने दोबारा खुद को याद दिलाया। अब वह बहुत जल्द मिसेज़ इरफ़ान बन जाएगी। वह अब क़ानूनी तौर पर आज़ाद है। वह इरफ़ान से शादी करेगी जो इंटेलेक्चुअल या बोहीमियन या "बर-अफ़रोख़्ता नौजवान"[1] नहीं है, समझदार, सीधा-सादा, solid आदमी है ⋯ फिर वह पाकिस्तान चली जाएगी और पाकिस्तानी शहरी[2] की हैसियत से अपने शहर कराची वापस जाएगी जो अब उसका नहीं लेकिन फिर उसका हो जाएगा ⋯ शायद ⋯ फिर वह उन जगहों पर दोबारा जाएगी ⋯ हैदराबाद, ⋯ साधबेला ⋯ सक्खर ⋯ मुल्तान ⋯ पंचनद का वह डाकबँगला जहाँ रात की रानी महकती थी।

जमील, क़मर दोनों ने उसकी रूह को मालामाल करने के बजाय उलटा उसकी रूह को घायल किया। प्रोजेश अपनी अज़्मत[3] में इतना खोया हुआ था कि उसकी रूह के क़रीब फटका ही नहीं ⋯ लेकिन इरफ़ान ⋯ इरफ़ान ⋯

सीता मीरचंदानी ⋯ सीता जमील ⋯ सीता इरफ़ान ⋯ और अब बहुत जल्द उसके पुराने दोस्त बिलक़ीस, हिमा, ललिता उसके लिए ग़ैर-मुल्की होंगे। उसकी माँ, उसके भाई-बहन, सारे हिंदुस्तान में उसके बिखरे हुए लोग ⋯ सिंध महासागर अब जिनका नहीं है ⋯ लेकिन सीता मीरचंदानी सिंधुदेश वापस जा रही है। उसे बिल-आख़िर[4] अपना घर मिल गया है ⋯ इरफ़ान का ख़याल उसके लिए अब ऐसा था जैसे अमावस की रात में दफ़अतन चाँद निकल आए।

दो हफ़्ते इस सफ़र की तैयारियों में लग गए। जिस रोज़ वह जल्दी-जल्दी अपनी सारियाँ इस्तरी करके सूटकेस में रख रही थी, उसकी माँ ने उसके कमरे में आके पूछा :

"⋯ अब कहाँ चलीं ?"

"मम्मी ⋯ मैं इरफ़ान से शादी करने जा रही हूँ।" उसने सूटकेस बंद करके सुकून से जवाब दिया।

दोपहर के वक़्त कनाट प्लेस में एयरलाइंस के दफ़्तर से बाहर निकलकर उसने सोचा कि सब दोस्तों को आख़िरी बार खुदा हाफ़िज़ कहे। कॉफ़ीहाउस अभी ख़ाली पड़ा था वर्ना ललिता और कैलाश का ग्रुप अमूमन शाम के वक़्त या इतवार की सुबह को वहीं मिल जाता था।

आटो-रिक्शा में बैठकर वह सबसे पहले निज़ामुद्दीन वेस्ट गई। यहाँ चारों तरफ़ दूर-दूर तक नई कोठियों में ज़्यादातर मुतवस्सित तबक़े[5] के पंजाबी आबाद थे। वह पहली मर्तबा ललिता के यहाँ जा रही थी। बड़ी दिक़्क़त से उसे ललिता का छोटा-सा घर

---

1. एंग्री यंगमैन; 2. नागरिक; 3. महानता; 4. अंततः ; 5. मध्यवर्ग।

मिला। वह अंदर आँगन में स्लीपिंग सूट पर शाल ओढ़े धूप में बैठी थी। उसका बच्चा स्कूल से लौटकर आँगन में ट्राइसिकिल चलाता फिर रहा था। उसका मियाँ अभी दफ़्तर से वापस नहीं आया था। रसोइया बावर्चीख़ाने में खाना बना रहा था। सीता जाकर ललिता के पास खुर्री चारपाई पर बैठ गई।

"आज जमादारनी अभी तक नहीं आई। सारे घर में इतना कूड़ा पड़ा है, ··· " ललिता ने मुतमइन[1] आवाज़ में उससे कहा। उसे जुकाम हो रहा था। "इस तरफ़ आ जाओ। अभी धूप वहाँ से सरक जाएगी।"

नई हिंदुस्तानी स्टेज की यह बुलंद-पाया[2] अदाकारा[3] अपने घर की चारदीवारी में महफ़ूज़,[4] कितने सुकून से बैठी थी !

वह घंटे-भर तक सीता से इधर-उधर की बातें करती रही। उसने भी सीता से ज़्यादा सवालात नहीं किए। जब धूप आँगन पर से उतर गई तो उसने कहा–आओ, सामने चलकर बैठें। वह चुपचाप उठकर बाहर आ गई जहाँ मुन्ने-से दो मोंढ़े डालकर ललिता ने उससे बैठने को कहा।

"अब चलूँ," कुछ देर बाद सीता ने कहा।

"वाह ! खाना खाकर जाना।"

"नहीं, देर हो जाएगी।"

"अच्छा, मोहन का तो इंतज़ार कर लो ··· अभी आते होंगे।"

"अच्छा।"

सामने चंद क़दम के फ़ासले पर निज़ामुद्दीन औलिया के मक़बरे की दीवार पर धूप लहरें मार रही थी। फ़िज़ा में बड़ी बेचैनी और उदासी थी। सीता ने सरासीमा होकर[5] पहलू बदला। ललिता चुपचाप बैठी सड़क को देखती रही।

निज़ामुद्दीन औलिया की मस्जिद से अज़ान की आवाज़ बुलंद हुई। फ़िज़ा का सन्नाटा गहरा हो गया।

"ललिता, अब मैं चल ही दूँ। कैलाश, प्रदीप, कामरान, सबको मेरा सलाम कहना और कॉफ़ीहाउस वाले सारे क्राउड को ··· "

"अच्छा।"

नौकर आटो-रिक्शा ले आया।

सड़क पर बगूले उड़ रहे थे। वह ललिता को खुदा हाफ़िज़ कहकर आटो-रिक्शा में आ बैठी। आटो-रिक्शावाले सरदारजी की लंबी सफेद दाढ़ी जाड़े की सर्द हवा में लहरा रही थी।

ललिता अपने छोटे-से फाटक पर झुकी देर तक सड़क को देखा की।

अमलतास के ज़र्द पत्ते बगूले में चक्कर काट रहे थे। धूप अब बहुत हलकी पड़ गई थी।

"कहाँ चलूँ बीबीजी ?" सरदारजी ने बाहर की सड़क पर आकर पूछा।

---

1. संतुष्ट; 2. ऊँचे दर्जे की; 3. अभिनेत्री; 4. सुरक्षित; 5. घबड़ाकर।

बिलक़ीस के घर में उस वक़्त धोबी की आमद-आमद[1] थी। छोटी ख़ाला पिछले बरामदे में सब्ज़ीवाले से आलू तुलवा रही थीं। फ़रख़ंदा बाजी के बच्चे स्कूल से लौटकर हस्बे-मामूल पड़ोस के बच्चों के साथ पिछले लॉन पर क्रिकेट खेल रहे थे। बिलक़ीस लॉन में बेद की कुर्सियों के ग़िलाफ़ उतारने में मसरूफ़ थी।

"इस कमरे में आ जाओ ''' मैं ज़रा ये चादरें-वादरें उतार लूँ," सीता को देखकर उसने सुकून के साथ कहा।

तमाम उम्र रहा ग़मज़-ओ-अदा का शिकार।

ड्राइंगरूम के मेज़पोश समेटकर वह फ़रख़ंदा बाजी के बेडरूम में आ गई।

"उधर वाला दरवाज़ा बंद कर दो; बड़ा सख़्त झक्कड़ चल रहा है," उसने सीता से कहा। फिर वह जल्दी-जल्दी सिंगारमेज़ की चीज़ें हटा-हटाकर फ़र्श पर रखने लगी। सीता झाड़पोंछ में उसकी मदद करती गई। बिलक़ीस ने फ़रख़ंदा बाजी और दूल्हाभाई की मसहरियों के पलंगपोश उतारे। राखदानियाँ साफ़ कीं। नीले पर्दे के पीछे छिपे हुए *हिंदुस्तान टाइम्ज़* के अंबार पर से धूल झाड़ी। दूल्हाभाई के कपड़े सारे कमरे में बिखरे पड़े थे। उनको समेटा।

तमाम उम्र रहा ग़मज़-ओ-अदा का शिकार।

बराबर के कमरे में छोटी ख़ाला ने हीटर जलाया और शाल में सर से पाँव तक लिपटकर उकड़ूँ बैठ गईं और डली काटने लगीं। बाहर से बच्चों के हँसने और झगड़ने की आवाज़ें आ रही थीं। सर्दी अब ज़्यादा हो गई थी। चाणक्यपुरी के डिप्लोमैटिक एनक्लेब में आला अफ़सरों के सरकारी फ़्लैट और सिफ़ारतख़ानों[2] की इमारात दूर-दूर तक बेनियाज़ी से बिखरी हुई थीं। मसरूर और मुतमइन इनसान इन इमारतों में रहते थे। दूर अशोका होटल गर्दो-गुबार के धुँधलके में लिपटा अपनी अज़्मत में सरबुलंद और मुंजमिद[3] संगे-सुर्ख़ के ऊँचे पहाड़ की तरह एस्तादा[4] था। बाग़ों में मौसमे-सर्मा[5] के फूल खिल चुके थे।

तमाम उम्र रहा ग़मज़-ओ-अदा का शिकार।

लांज के दरवाज़े पर दस्तक हुई। कैलाश आया था। प्रदीप का फ़ोन आया। किसी बच्चे ने डाइनिंग रूम में छन से ग्लास तोड़ा। बतूल बाजी ने बरामदे में नमाज़ के बाद वज़ीफ़ा पढ़ते हुए हुंकारा भरा।

चाणक्यपुरी से रवाना होकर सीता कमिश्नर लेन पहुँची। पीली कोठी के बरामदे में खड़ी हुई दो-तीन लड़कियों ने उसे नमस्ते किया।

गार्डन हाउस में हिमा अपने बच्चे को लेकर बेडरूम में जा चुकी थी। उसका मियाँ लंदन से वापस आ गया था और वह तीन-चार दिन बाद उसके साथ अपनी ससुराल जानेवाली थी।

गार्डन हाउस के बाहर घास पर दो नन्हे-मुन्ने तिब्बती कुत्ते खेल रहे थे—"चंग और चाओ।" शहज़ाद ने उनको गोदी में उठाकर सीता से उनका तआरुफ़ कराया, "ये दोनों

1. शुभागमन; 2. दूतावासों; 3. जड़, स्थिर; 4. खड़ा हुआ; 5. शीत ऋतु।

दलाई लामा के साथ यहाँ आए हैं।"

"अच्छा।"

"इक़बाल लेकर आया है। सरहद से वह दलाई लामा के क़ाफ़िले के साथ ड्यूटी पर था ना ! पता है, इक़बाल अब लेफ़्टिनेंट-कर्नल बननेवाला है।"

"हाउ वंडरफुल ··· "

अम्माँ बाहर निकल आईं।

"अरी सीता, बहुत दिनों बाद दिखी। कैसी है ?"

"अच्छी हूँ, अम्माँ।"

"शाम हो गई है, सर्दी में मत खड़ी रह।"

"अच्छा अम्माँ।"

उस समय जब दोनों वक़्त मिलते हैं तब महादेवजी और पार्वतीजी कैलाश से उतरकर सारे में उड़े-उड़े फिरते हैं, ऐसी ही एक सर्द शाम को अम्माँ ने उसे बताया था।

हिमा और शहज़ाद से रुख़सत होकर वह रात गए क़रोलबाग़ लौटी। सुबह-सवेरे वह पेरिस के लिए परवाज़[1] करनेवाली थी।

22

जनवरी 1961 की उस तारीक सहपहर[2] को मूसलाधार बारिश हो रही थी जब टैक्सी बुलेवार सूशे की एक मानूस[3] इमारत के नीचे जाकर रुकी। सीता को ऐसा लगा जैसे वह सदियों बाद अपने घर वापिस आई है क्योंकि जहाँ इरफ़ान है वहाँ घर है। जमील उसकी नौउम्री का रूमान[4] था जो चंद माह बाद ही ख़त्म हो गया। क़मर के लाउबालीपन[5] ने उसे अपनी तरफ़ से खींचा था। प्रोजेश चौधरी से उसे हमदर्दी महसूस हुई थी। शोहरत और इज़्ज़त और दौलत और मक़बूलियत[6] इन चारों चीज़ों की उसके पास फ़रावानी[7] थी। औरतें उस पर जान देती थीं, मर्द उस पर रश्क करते थे, मगर इन सब बातों के बावजूद वह ऐसा बेकस-सा मालूम होता था। सीता को पहली मर्तबा यह महसूस करके शदीद तमानियत[8] हुई थी कि अब तक उसको क़ाबिले-रहम समझा जाता था मगर अब वह खुद भी किसी पर रहम खा सकती थी। उस रात प्रोजेश ने कांस्टीट्यूशन हॉल में सीता से कहा था, "सीतादेबी ! मैं सारी उम्र बेइंतहा तनहा रहा हूँ। दुनिया मेरी तसवीरों को

---

1. उड़ान; 2. तीसरा पहर; 3. परिचित; 4. रोमांस; 5. चित्त की अस्थिरता; 6. लोकप्रियता; 7. बहुतायत; 8. भारी संतुष्टि।

समझ लेती है मगर मुझे नहीं समझ पाती। मेरे दोस्त, मेरे नक्क़ाद,[1] मेरे मद्दाह,[2] कोई भी असल प्रोजेश कुमार चौधरी को नहीं जानता ... कोई उस प्रोजेश चौधरी को नहीं जानता, जो एक ज़माने में आधी रात को कलकत्ते की सुनसान गलियों में अपनी रूह की तलाश में मारा-मारा फिरा करता था, और अब शोहरत और अज़्मत[3] के सबसे ऊँचे सिंहासन पर बैठा है, लेकिन फिर भी खुश नहीं। अनगिनत हसीन लड़कियाँ मेरी ज़िंदगी में आईं, सीतादेबी ! ... लेकिन मेरी रूह की गहराई तक कोई भी नहीं पहुँच सकी ... " सीता को मालूम था कि प्रोजेश कुमार चौधरी ज़बरदस्त गप हाँक रहा है मगर प्रोजेश के उसी फ़्राड पर तो उसे तरस आ गया ... जब वह बच्चों की तरह उससे कहता, मुझे तुम्हारी ज़रूरत है सीतादेबी, तो उसके अंदर छिपी हुई माँ जाग उठती। मगर इरफ़ान ... इरफ़ान ...

अब तक वह क़ानूनी तौर पर मिसेज़ जमील थी मगर अब कि यह काग़ज़ अमरीका से आ चुका है, खुद को मिसेज़ इरफ़ान कहलाने का हक़ अब कोई उससे नहीं छीन सकता। वो जल्द-अज़-जल्द शादी कर लेंगे। इरफ़ान अब उसका 'आशिक़' नहीं होगा ... उसका 'शौहर' होगा। मजाज़ी[4] खुदा ... देवता ... सब रिश्तों से उत्तम, मुक़द्दस[5], खूबसूरत, प्यारा रिश्ता ... उसका क़ानूनी शौहर ...

वह तेज़ी से ज़ीना तय करके ऊपर आई और अपने फ़्लैट के दरवाज़े पर जाकर ज़ोर-ज़ोर से घंटी बजाने लगी।

दरवाज़ा खुला, अंदर से एक अजनबी सूरत ने सर निकाला।

"कौन ?"

"मैं ... मादाम इरफ़ान हूँ ... "

"जी ... ? मादाम इरफ़ान ... ?" अजनबी ने जो एक अधेड़ उम्र का फ़्रांसीसी था, किवाड़ से आधे बाहर निकलकर उसे ग़ौर से देखा। "आपको यक़ीन है कि आप मादाम इरफ़ान हैं ?"

"जी हाँ ... क्यों ? क्या मतलब ?" गुस्से और शर्म और ख़िफ़्फ़त[6] से उसकी टाँगे काँपने लगीं।

"मगर मोशियो इरफ़ान तो कल ही सुबह मादाम इरफ़ान के साथ दो महीने की रुख़सत पर कराशी गए हैं ... इतने अर्से के लिए अपना फ़्लैट मुझे दे गए हैं ... आइए ... मादाम ... अंदर आ जाइए।"

"मादाम इरफ़ान ... ?" सीता ने डूबती हुई आवाज़ में इस तरह कहा जैसे कुएँ के अंदर से बोल रही हो।

"वही मादाम ... जो पहले मादमोज़ील मारसेल दोबियर थीं ... वह मोशियो इरफ़ान के दफ़्तर में काम करती थीं ... शादी पिछले इतवार को हुई थी मादाम ... साबिक़[7] मादमोज़ील[8] दोबियर नार्मंडी की मलिक-ए-हुस्न[9] रह चुकी हैं। बहुत कम-उम्र हैं। कोई उन्नीस साल की होंगी ... " रूमाल से हाथ पोंछते हुए बालकनी में जाकर उसने

---

1. आलोचक; 2. प्रशंसक; 3. महानता; 4. इहलौकिक; 5. पवित्र; 6. लज्जा; 7. भूतपूर्व; 8. कुमारी; 9. नार्मंडी-सुंदरी।

आसमान को देखा।

"कई दिन से सूरज नहीं निकला। आज बड़ी सर्दी है। जाने अबके साल बहार कितनी देर में आएगी ... आइए अंदर, आ जाइए ... यहाँ हवा बहुत तेज़ है।"

तमाम उम्र रहा ग़मज़-ओ-अदा का शिकार।

अभी दिन बाक़ी है। फिर रात होगी। फिर सुबह होगी। एक और दिन ... एक और रात।

सिलसिल-ए-रोज़ो-शब नक़्शगरे-हादिसात।

दिन और रात का हिसाब रखने की ग़लती कभी न करना। वक़्त का हिसाब कोई नहीं लगा सका है।

तुझको परखता है ये, मुझको परखता है ये
सिलसिल-ए-रोज़ो-शब सैरिफ़-ए-कायनात[1]

दिन और रात का हिसाब ... ज़िंदगी कोई तुम्हारी डॉक्यूमेंटरी फ़िल्म है कि लेके सारी ज़िंदगी लांग मिडक्लोज़ में समेट दो–बिलक़ीस ने एक मर्तबा सौलत से[2] कहा था।

सिलसिल-ए-रोज़ो-शब, तारे-हरीरे-दोरंग।[3]

हवा के झोंके ने दरवाज़ा ज़ोर से बंद कर दिया।

---

1. सृष्टि का जौहरी; 2. दबदबे के ढंग से; 3. दोरंगे रेशम का धागा।